BASTEI
LÜBBE

Von Gerald Seymour erschienen bei BASTEI-LÜBBE

10706 Das tödliche Patt
11248 Erzengel
11508 Der Kronzeuge
11622 Gesang im Morgengrauen
11854 Aus nächster Nähe

Gerald Seymour

HEIMKEHR IN DEN TOD

Aus dem Englischen
von Christian Quatmann

BASTEI LÜBBE

BASTEI-LÜBBE-TASCHENBUCH
Band 12 300

Titel der englischen Originalausgabe:
Home Run
Erschienen bei Collins Harvill, London

Lizenzausgabe: Gustav Lübbe Verlag GmbH, Bergisch Gladbach
Printed in France, April 1995
Einbandgestaltung: Roland Winkler
Titelfoto: Picture Library, London
Satz: MPM, Wasserburg
Druck und Bindung: Brodard & Taupin, La Flèche
ISBN 3-404-12300-x

Der Preis dieses Bandes versteht sich einschließlich
der gesetzlichen Mehrwertsteuer.

Für William und Rosalind
in Liebe

Prolog

(25. Juni 1982)
Sie wurde die Eisentreppe hinuntergeführt, dann durch die Halle und hinaus in die kühle Morgenluft. Am liebsten wäre sie auf Zehenspitzen gegangen wegen der offenen Wunden an ihren Fußsohlen. Aber die beiden Wachen, die sie in die Mitte genommen hatten und sie an den Oberarmen festhielten, schoben sie eilig durch den mit kleinen Steinen gepflasterten Hof. Sie ließ sich den Schmerz nicht anmerken, der von den Füßen her in ihren Körper schoß.
Auf der anderen Seite des Hofes wartete bereits ein Jeep. Dahinter standen vier Pfosten vor einer mit Sandsäcken geschützten Wand. Zwei Gruppen von Soldaten lagerten in dem feuchtkalten Gras zwischen dem Jeep und dem Zaun, einige von ihnen putzten ihre Gewehre. Sie sah die Seile, die an den Pfosten festgemacht waren. Sie warteten darauf, ihre Arbeit zu tun, aber sie hatte mit dieser Arbeit nichts zu tun.
Vor der Ladefläche des Jeeps wurden ihr Handschellen angelegt. Dann hob man sie unsanft in das mit einer Plane bedeckte Wageninnere. Ihre Begleiter stiegen nach ihr ein. Sie wurde zu Boden gestoßen, wo sich der Schweißgeruch in ihrem schwarzen Tschador mit Benzingestank vermischte. Der Jeep setzte sich ruckelnd in Bewegung. Sie hörte, wie der Fahrer am Tor mit den Wachen sprach, dann hörte sie den gedämpften Lärm des frühmorgendlichen Verkehrs. Sie schloß die Augen. Zu sehen gab es ohnehin nichts. Als man

sie vor drei Monaten ins Gefängnis gebracht hatte, da hatte sie sehr rasch begriffen, daß ihr fortan die Ohren als Augen dienen mußten.
Die Fahrt zum Flugplatz dauerte etwa eine Stunde.
Die Plane wurde hochgeschlagen und die Klappe des Jeeps heruntergelassen. Die junge Frau wurde aus dem Wagen gehoben. Sie sackte kurz auf dem Rollfeld zusammen, bevor ihre Wächter sie wieder auf die Füße stellten. In ihren Gesichtern konnte sie keine Spur von Mitleid entdecken. In den Augen dieser Männer war sie nichts als die verhaßte Feindin. Sie wußte, wo sie sich befand. Als Kind war sie oft mit ihrer Mutter hiergewesen, um ihren Vater abzuholen, wenn der wieder einmal von einer seiner Felddübungen in die Hauptstadt zurückgekehrt war. Sie dachte an die Soldaten und die herausgeputzten jungen Offiziere, die vor ihrem Vater Haltung angenommen und salutiert hatten. Sie dachte an das respektvolle Lachen, das um sie her aufgeklungen war, wenn sie sich von der Hand ihrer Mutter gelöst und sich in die geöffneten Arme ihres Vaters gestürzt hatte. Kostbare Erinnerungen in diesem Augenblick. Die Wachen führten sie zur hinteren Ladeluke des Transportflugzeugs.
Je weiter man sie in dem engen Rumpf der Maschine nach vorne stieß, um so schwächer wurde das Morgenlicht. Die Soldaten zogen die Beine an und legten die Rucksäcke und Waffen beiseite, um den Weg für sie und ihre Begleiter frei zu machen. Die führten sie in den vorderen Teil des Flugzeugs, wo ein paar Sitze durch Vorhänge aus Sackleinen von dem übrigen Innenraum abgetrennt waren. Der Wächter, der den Sicherheitsgurt um ihre Taille legte, sah ihr lüstern ins Gesicht. Sein Atem roch stark nach Chili. Der Motorenlärm schwoll an, die Maschine holperte über die Rollbahn.
Für die gut 500 Kilometer von Teheran nach Täbris brauchte das Flugzeug zirka 75 Minuten. Sie saß reglos da. Sie versuchte nicht einmal einen Blick aus dem kleinen Bullauge direkt hinter ihrem linken Ohr zu werfen. Sie wußte ohnehin, daß

das goldene Licht der Sonne von jenseits des Demawend, des höchsten iranischen Berges, herüberstrahlte. Sie saß still da, reglos, ohne ein Wort zu sprechen. Ihr Blick ruhte starr auf dem Boden, auf einer freien Fläche zwischen den Munitions- und den Proviantkisten direkt vor ihren Füßen.
Das Flugzeug war schon alt. Das Dröhnen der Motoren wurde ab und zu vom Geräusch einer Fehlzündung übertönt. Durch den Motorenlärm drang von jenseits des Sackvorhangs eine Stimme herüber, die monoton den Koran rezitierte. Die Wachen sprachen leise miteinander und würdigten die Gefangene keines Blickes – so als würden sie sich bereits durch einen Blickkontakt mit ihr beflecken. Sie versuchte, nicht zu denken. Hatte ihr kurzes Leben sich gelohnt, oder hatte sie es vergeudet? Besser nicht darüber nachdenken.
Das Motorengeräusch veränderte sich. Sie schloß die Augen. Sie hatte keinen Gott. Sie gab sich einen Ruck. Nur jetzt den Mut nicht verlieren.
Die Transportmaschine ratterte und schaukelte über die lange Landebahn des Flugplatzes von Täbris. Helles Licht erfüllte den Rumpf der Maschine, als die Luke im Heck kreischend heruntergelassen wurde. Sie mußte auf ihrem Platz sitzen bleiben, bis alle Soldaten ausgestiegen waren und die Waffen, die Munition und den Proviant ausgeladen hatten. Die Stimmen wurden immer leiser. Sie wollte so gern tapfer sein. Sie wollte sich so gern ihres Vaters würdig zeigen. Ein Wächter löste ihren Sicherheitsgurt und ließ sie aufstehen. Aus einer Plastiktüte nahm einer der Männer ein weites weißes Gewand. Man streifte ihr das Gewand über den Kopf und band es an den Seiten zusammen. Sie war ganz allein. In vier Tagen wäre sie achtzehn geworden. Man hatte sie in die zweitgrößte Stadt ihres Geburtslandes gebracht, um sie dort öffentlich hinzurichten.
Die Wächter führten sie in das helle Sonnenlicht des jungen Morgens hinaus. Sie fühlte sich so klein und verlassen unter all den Männern. Sie wollte an ihren Vater denken, aber es

gelang ihr nicht, die Schmerzen waren so stark, daß ihr fast die Sinne vergingen. Sie überlegte, ob wohl ihr Vater in dem Augenblick, als man ihn im Evin-Gefängnis an den Pfosten gebunden hatte, an sie, seine Tochter, gedacht hatte – ein kurzer schemenhafter Gedanke, bevor alles vorbei gewesen war. Der kleine Laster, der ein paar Meter neben der Ladeluke auf sie wartete, nebelte sie mit seinen Auspuffgasen ein. Flankiert von zwei Wächtern, die sie am Ellbogen hielten und sie mehr trugen als führten, schleppte sie sich zu dem Lastwagen hinüber, wo eine kleine Gruppe von Männern auf ihre Ankunft wartete. Auch der junge Mullah war da. Erst gestern, am Spätnachmittag, in Block eins des Evin-Gefängnisses, hatte sie im Gerichtssaal vor ihm gestanden. Vielleicht war er noch am Vorabend nach Täbris gereist, nachdem er die gegen sie erhobene Anklage vernommen, den Fall untersucht, sie verurteilt und das Strafmaß festgesetzt hatte. Vielleicht war er aber auch erst nach ihr in die Maschine gestiegen und hatte während des Fluges bei den Soldaten gesessen. Aber das war jetzt auch gleichgültig. Der Mullah starrte ihr ins Gesicht. Sie versuchte seinem Blick standzuhalten, aber die beiden Wachen zerrten sie an ihm vorbei und hoben sie auf die Ladefläche des Lastwagens. Der Mullah hatte sich nur wenige Minuten mit ihrem Fall befaßt. Sie hatte nichts zu ihrer Verteidigung vorgebracht. Sie wollte nur, daß es bald vorüber war. Sie wußte nicht, wie lange sie noch tapfer sein konnte.
Der Laster fuhr nach Täbris hinein. Das Verbrechen, dessen man sie bezichtigte, hatte sie wirklich begangen. Ja, sie hatte die Granate geworfen. Und ja – sie bedauerte außerordentlich, daß nicht mehr von den Schweinen dabei draufgegangen waren. Sie wußte, warum man sie nach Täbris gebracht hatte. Sie wußte, daß das Regime – wenn irgend möglich – am Tatort Vergeltung übte.
Einige Male blieb der Laster im Verkehr stecken. Im Geist stellte sie sich die Straße vor, auf der sie sich befanden. Es war der gleiche Weg, auf dem sie zusammen mit den beiden

Jungen in die Stadt gefahren war, direkt ins Zentrum, zum örtlichen Hauptquartier der *pasdaran.* In ihren Augen waren die *pasdaran,* die Islamischen Revolutionswächter, ein Symbol der Sklaverei, der Unterdrückung und der Engstirnigkeit, die Verkörperung einer bösen Macht, die ihr Volk geknechtet hatte.

Der Lastwagen hielt an. Die Wachen umklammerten ihre Arme noch immer mit eisernem Griff. Sie sah, daß die Männer sie beobachteten; sie wollten wissen, wie sie sich in den letzten Minuten verhalten würde. Sie zogen sie von der hölzernen Sitzbank hoch und führten sie zum rückwärtigen Ausstieg. Sie fühlte sich wie betäubt, ihr zitterten die Knie. Aus den Lautsprechern ertönte eine bellende Stimme, und sie erkannte, daß es dieselbe Stimme war, die sie vor noch nicht einmal vierundzwanzig Stunden – da hatte sie gedämpft und melodiös geklungen – zum Tode verurteilt hatte. Sie stand ganz hinten auf der Ladefläche. Überall Menschen, so weit ihr Blick reichte. Geschrei empfing sie. Das Stimmengewirr schlug wie eine Brandung über ihr zusammen – Welle auf Welle. Unmöglich, die Zurufe zu verstehen, denn ihre Ohren waren noch immer betäubt von dem Luftdruckabfall nach der Landung. Aber die Gesichter sagten alles. Aus ihnen sprach der blanke Haß, die Freude über das, was ihr bevorstand. So weit sie blicken konnte – von Haß und Vorfreude verzerrte Gesichter. Sie konnte den Mullah zwar nicht sehen, aber seine sich überschlagende Stimme verriet ihr, wie erregt er war.

Hände streckten sich ihr entgegen. Sie wurde von dem Wagen heruntergehoben. Wenigstens waren die Schmerzen in ihren Fußsohlen verschwunden. Ihre Wächter stießen sie vorwärts, und uniformierte Männer stemmten sich gegen die Masse, um eine Gasse für die Delinquentin frei zu machen.

Vorne erblickte sie den Kran.

Der Kran befand sich auf der Ladefläche eines Lastwagens, direkt hinter dem Führerhaus. Und dieser Lastwagen stand

unmittelbar vor dem Eingangstor zum Hauptquartier der *pasdaran.* Genau an der Stelle, wo sie die Granate geworfen hatte, wo die beiden jungen Männer, die bei ihr gewesen waren, von Schüssen niedergestreckt worden waren, wo man sie festgenommen hatte. Direkt unter dem Lastenarm des Krans stand ein schwerer Tisch. An dem Arm hing ein Strick mit einer Schlinge daran, und daneben wartete ein Mann in der Kampfuniform der *pasdaran.* Er war stämmig gebaut und hatte einen mächtigen Vollbart. In der einen Hand hielt er einen langen Lederriemen.
Mühelos hoben die Wächter sie auf den Tisch. Sie blickte um sich. Sie spürte, wie der Henker neben ihr sich bückte und ihre Beine in Höhe der Knöchel mit dem Lederriemen fesselte. Wie lächerlich. Wie lächerlich, daß so viele Leute gekommen waren, um der Hinrichtung einer jungen Frau beizuwohnen. Wie lächerlich all diese Leute waren, die da vor ihr standen – unter ihr. Es erschien ihr so unsinnig, daß sie lächeln mußte. Ein breites Lächeln erschien auf ihrem Gesicht. Das Lächeln ihrer Jugend. Das Lächeln ihrer Fassungslosigkeit. Sie hörte, wie die Stimme des Mullahs den Chor der andern Stimmen übertönte. Und dann plötzlich kehrte Ruhe ein.
Ein dröhnendes Schweigen herrschte, als der Henker ihr das weiße Schild umhängte, das in Großbuchstaben von ihrem Verbrechen kündete. Dann legte er ihr die Schlinge um den Hals und zog sie unter ihrem Kinn zusammen.
Noch nie hatte er eine solche Stille erlebt.
Sie alle würden sie nie vergessen – keiner von denen, die jetzt da unten standen und das mit Handschellen gefesselte Mädchen in dem weißen Kleid angafften, das nun allein auf dem Tisch stand, von dem der Henker soeben heruntergesprungen war.
Der Arm des Krans sauste nach oben.
Sie starb einen qualvollen, raschen Tod.
Zwei Stunden lang hing ihr Körper hoch über der Straße an dem Arm des Krans.

Der alte Mann schlurfte mit müden Schritten durch den Korridor.
Er war in dem Gebäude eine Institution, eine lebende Erinnerung an jene Tage, als man in dieser Behörde von Computern, Software und Satellitenkommunikation noch nicht einmal geträumt hatte. Ja, auf seine Weise war der Botengänger im Century House sogar eine Art Berühmtheit, weil er schon so lange dabei war. Er war inzwischen einer der ganz wenigen, die noch das Gewirr von Gängen und Zimmerfluchten zwischen Queen Anne's Gate und Broadway gekannt hatten, in dem der Geheimdienst früher einmal untergebracht gewesen war. Er hatte in all den Jahren schon unter sieben verschiedenen Präsidenten gearbeitet, und die meisten älteren Leute im Century House konnten sich gar nicht recht vorstellen, wie sie ohne ihn überhaupt zurechtkommen sollten. Er bewegte sich langsam. Er hatte sich nie recht an die Prothese gewöhnen können, die ihm den rechten Unterschenkel ersetzte. Sein Bein hatte er schon als junger Mann in Palästina verloren, wo er als Korporal der Infanterie gedient hatte. Unglücklicherweise war er auf eine Mine getreten. Offiziell betrug seine wöchentliche Arbeitszeit achtunddreißig Stunden – offiziell, denn Woche für Woche war er mindestens sechzig Stunden lang im Century anzutreffen.
Durch die Lärmschutzfenster des Towerblocks gedämpft, hörte man auf der anderen Seite der Themse Big Ben halb zehn Uhr abends schlagen. Die Eisenbeschläge an den Schuhen des Botengängers schabten über den Fliesenboden des Korridors. Sonst war in dem Gebäude kein Laut zu hören. Die Bürotüren waren abgeschlossen, das ganze Haus lag im Dunkeln. Nur aus einem Büro am Ende des Korridors drang noch Licht. An diesem Abend – wie an jedem anderen – erwies der Botengänger Mr. Matthew Furniss einen persönlichen Dienst. Er brachte ihm die von den zuständigen BBC-Stellen in Caversham ausgefertigte Übersetzung der Teheraner Abendnachrichten, die auch per Telex an das

Außen- und Commonwealth-Ministerium weitergeleitet wurde.
An der Tür von Mr. Furniss' Büro blieb er kurz stehen. Zwischen Daumen und einem nikotingelben Finger hielt er die übersetzte Mitschrift. Er klopfte an.
»Herein.«
Der Botengänger fand Mr. Furniss' Stimme sehr angenehm. Eine Stimme, die sich auch im Radio sehr gut machen würde, dachte er. Und weil Mr. Furniss' Stimme so angenehm klang, fand der Botengänger auch Mr. Furniss selbst sehr angenehm. Er fand sogar, daß Mr. Furniss von den alten Kameraden im Century mit Abstand der sympathischste war, ein echter Gentleman.
»Sehr freundlich von Ihnen, Harry... Ganz herzlichen Dank. Eigentlich sollten Sie ja schon seit ein paar Stunden zu Hause sein.«
Diese Worte hatten bereits einen mehr oder weniger rituellen Charakter, denn der Botengänger brachte die Mitschrift am Abend eines jeden Werktags vorbei, und jedesmal wirkte Mr. Furniss aufs neue angenehm überrascht und dankbar. Aber heute hatte der Botengänger den Eindruck, daß Mr. Furniss miserabel aussah, fast als müßte er das ganze Leid der Welt auf seinen Schultern tragen. Der Botengänger kannte den Mann so gut wie alle anderen im Century – ja vielleicht sogar ein bißchen besser als die meisten, weil seine Frau bisweilen auf Mr. und Mrs. Furniss' Kinder aufgepaßt hatte. In dem Zimmer stank es nach Pfeifentabak, und der Aschenbecher quoll fast über. Das war sonst nicht der Fall, und auch die schon reichlich in Anspruch genommene Flasche Grants pflegte sonst nicht vor ihm zu stehen.
»Kein Problem, Sir ...« Der Botengänger überreichte die Mitschrift.
Auf die Minute genau waren vierundzwanzig Stunden vergangen, seit der Botengänger die letzte übersetzte Mitschrift der Teheraner Abendnachrichten bei Mr. Furniss abgeliefert hat-

te. Er konnte sich noch ganz genau daran erinnern. Mr. Matthew Furniss hatte ihn mit seinem gutgelaunten Verschwörerlächeln angesehen und sich in seinem Stuhl zurückgelehnt, um die Aufzeichnungen zu lesen. Plötzlich war er in seinem Stuhl zusammengezuckt und hatte die Papiere auf den Schreibtisch fallen lassen. Wie vom Schlag getroffen hatte er dagesessen. Das war gestern abend gewesen ... Der Botengänger stand da und beobachtete Mr. Furniss durch den dichten Pfeifenrauch hindurch. Die Mitschrift dieses Abends lag nun auf dem Schreibtisch, und Mr. Furniss studierte sie Zeile für Zeile. Dann hielt er inne. Er sah aus, als könne er einfach nicht glauben, was er da las.

Der Botengänger stand an der Tür. Er sah, wie sich die Hand, die die Mitschrift hielt, zur Faust ballte, sah, wie die Fingerknöchel weiß wurden.

»Diese Schweine ... diese dreckigen, brutalen Schweine ...«

»So habe ich Sie ja noch nie sprechen hören, Mr. Furniss ...«

»Diese verfluchten Dreckschweine ...«

»Sir, was ist denn mit Ihnen los?«

»Sie haben sie aufgehängt.«

»Aufgehängt – wen, Sir?«

Dem Botengänger war nicht entgangen, daß Furniss einen Augenblick lang die Fassung verloren hatte. Aber jetzt hatte er sich schon wieder im Griff. Furniss goß einen kräftigen Schluck Whisky in ein sauberes Glas und bot es dem Botengänger an. Das kleine Glas auf dem Schreibtisch war bereits randvoll. Tatsächlich hatte der Botengänger im Century einen besonderen Status. Kein anderer von den uniformierten Mitarbeitern des Service wäre im Büro eines der höheren Beamten zu einem Drink eingeladen worden. Der Botengänger bückte sich und kratzte sich am Knie, wo die Halterung seines Beines ihn zwickte.

»Die Tochter eines Freundes, Harry ... In der Mitschrift, die Sie mir gestern abend gebracht haben, hieß es, daß die Brüder sie in einem lächerlichen Schnellverfahren angeklagt, für schuldig befunden und verurteilt haben. Und heute abend heißt es, daß sie sie hingerichtet haben. Sie war fast genauso alt wie unsere Mädchen ... Wenn Sie warten, Harry, nehm' ich Sie mit nach Hause. Seien Sie so gut und warten Sie bitte kurz draußen. Nur ein Telefonat.«

Der Botengänger setzte sich draußen auf einen Stuhl. Aber auch dort konnte er jedes Wort verstehen. Da er von morgens bis abends Papiere, Postsachen und hausinterne Mitteilungen durch die Korridore des Century trug, wußte er einiges, hörte er so manches, was eigentlich nicht für seine Ohren bestimmt war. Jetzt hörte er, daß Mr. Furniss sich vom Fernamt ein Gespräch nach Kalifornien vermitteln ließ. Er hörte die ruhige Stimme auf der anderen Seite der Trennwand. »Kate, bist du's, Kate? Hier spricht Mattie. Es tut mir furchtbar leid, Kate, aber ich habe schreckliche Nachrichten für euch. Es handelt sich um Juliette, sie ist heute morgen in Täbris ums Leben gekommen. Umgebracht worden. Es tut mir so schrecklich leid, Kate – und wir sind in Gedanken bei euch, bei dir und bei Charlie ... Und du willst ihn trotzdem noch zu uns rüberschicken? Natürlich kümmern wir uns um Charlie, es liegt ganz bei ihm, wann er kommen will ... Kate, ihr habt unser tiefstes Mitgefühl.« Er hörte, wie der Hörer leise eingehängt wurde. Das war wirklich furchtbar, ein junges Mädchen zu hängen, das war teuflisch. Es gab schlicht nichts, was so etwas rechtfertigen konnte, jedenfalls nicht in Harrys Vorstellungswelt. Mr. Furniss stand mit dem Mantel über dem Arm in der Tür.

»Zeit, daß wir nach Hause fahren, Harry.«

1. Kapitel

Charlie Eshraq gehörte stets zu den Gästen, wenn Mahmud Shabro in seinem Büro eine Party schmiß. Shabro hatte Charlies Vater gekannt und seine Mutter und seinen Onkel. Die großen Fenster gingen auf die geschäftige Ostseite der Kensington High Street hinaus. Der Raum war mit einem Schreibtisch, Regalen und ein paar Aktenschränken ausgestattet – alles mit Teakholz furniert. In einer Ecke stand ein Computer. Auf dem Wollteppich, der den Boden bedeckte, lag eine kostbare Brücke, die Shabro bereits vor vielen Jahren aus der Heimat mitgebracht hatte. Die Wände waren über und über mit Fotos bedeckt, auf denen Motive aus einem fernen Land zu sehen waren – Moscheen, Landschaften, eine Basarszene, ein Offizier in vollem Wichs. Darunter stand eine ganze Batterie von Sesseln, die an den Wänden entlang aufgereiht waren. Mahmud Shabro war unter seinen im Londoner Exil lebenden Landsleuten eine Ausnahme: Er war erfolgreich. Und wenn er wieder einmal besonders erfolgreich gewesen war, wenn er ein wirklich lukratives Geschäft abgeschlossen hatte, dann feierte er und lud dazu auch seine weniger erfolgreichen Landsleute ein.

Mahmud Shabro handelte mit Elektrowaren, deren Abnehmer meist am Golf zu Hause waren. Nicht mit irgendwelcher billigen Unterhaltungselektronik aus Taiwan oder Korea handelte er, sondern mit hochwertigen Gütern aus Finnland, Westdeutschland und Italien. Die Geschäfte liefen nicht schlecht. Er behauptete gern, daß die vor Geld

stinkenden Ölfritzen aus den Emiraten ihm aus der Hand fraßen.
Charlie ließ sich durch die großen Sprüche und die Angeberei von Mr. und Mrs. Shabro nicht sonderlich irritieren, und auch der Kaviar und die Kanapees und der Champagner irritierten ihn nicht weiter. Eintausend erstklassige Zanussi-Waschmaschinen sollten demnächst nach Dubai geliefert werden, und irgendein Idiot ließ sich das Privileg, mit Mahmud Shabro ins Geschäft zu kommen, eine riesige Stange Geld kosten. Anlaß genug für eine Party. Er stand am Fenster. Er beobachtete, er amüsierte sich. Er kümmerte sich nicht um das aufgesetzte Partygeschwätz, und auch das gekünstelte Lachen konnte ihn nicht hinters Licht führen. Er kannte sie alle, mit Ausnahme der neuen Sekretärin. Einer von ihnen war Minister in der vorletzten Regierung gewesen, die Schah Resa Pahlewi noch ernannt hatte, als der Pfauenthron schon gewaltig wackelte. Einer war Major bei den Fallschirmjägern gewesen, jetzt fuhr er Taxi, nachts; er nippte an einem Glas Orangensaft, was bedeutete, daß er sich nicht einmal erlauben konnte, auch nur ein einziges Mal richtig auf den Putz zu hauen. Einer war früher Richter in Isfahan gewesen, jetzt lebte er von der Sozialhilfe. Einer war Polizist gewesen und kreuzte nun alle vierzehn Tage beim Anti-Terror-Kommando von New Scotland Yard auf, weil er angeblich nicht den Schutz erhielt, der einem so offensichtlich bedrohten Exiliraner wie ihm zustand.
Sie alle waren weggelaufen. Sie gehörten nicht zu denen, die vom System profitiert hatten und in der Unterwäsche ihrer Ehefrauen ihre Dollars ins Ausland geschafft hatten, sofern sie nicht von vornherein weitsichtig genug gewesen waren, ihr Geld gleich auf einer Schweizer Bank zu deponieren. Sie waren allesamt hoch erfreut, wenn sie zu einer von Mahmud Shabros Partys gebeten wurden, und sie aßen alles, was ihnen unter die Finger kam, und ließen auch keine Flasche stehen. Charlie amüsierte sich immer sehr über Mahmud Shabro.

Mahmud Shabro war ein Gauner und darauf sogar noch stolz. Das gefiel Charlie. Die übrigen spielten alle nur ihr Spielchen und sprachen von zu Hause, als würden sie nächste Woche von Heathrow aus mit dem nächsten Flugzeug Richtung Heimat düsen. Sie sprachen über das gegenwärtige Regime, als handle es sich lediglich um eine kurzzeitige Verirrung. Und von ihrer neuen Umgebung redeten sie in einem Ton, als seien sie als Eroberer gekommen. Aber sie hatten nichts erobert, das Regime saß fest im Sattel, und sie würden weder nächste Woche noch nächstes Jahr nach Hause fahren. Mahmud Shabro dagegen hatte die alte Welt hinter sich gelassen, und das gefiel Charlie Eshraq. Er mochte Leute, die den Tatsachen ins Gesicht blicken.

Ja, man mußte sich an den Tatsachen orientieren. Und Tatsache war auch, daß er vergangenen Monat zwei Männer umgebracht hatte und nicht geschnappt worden war.

Um ihn her redeten alle durcheinander. Nachdem sie Mahmud Shabro gebührend mit Glückwünschen überhäuft hatten, sprachen sie nur noch von *der Heimat.* Die Wirtschaft ruiniert, immer mehr Arbeitslose, die Mullahs und Ajatollahs, die sich gegenseitig zerfleischten, und die zunehmende Kriegsmüdigkeit. Wie die wohl schauen würden, wenn sie wüßten, daß Charlie Eshraq letzten Monat zu Hause gewesen war und dort zwei Männer umgebracht hatte. Welche Möglichkeiten hatten diese Leute hier schon, etwas über *die Heimat* zu erfahren? Ein Drink mit dem Captain eines IranAir-Jumbos, der in London übernachtete und gerne mal ein Schwätzchen hielt, wenn kein Aufpasser in der Nähe war. Ein Telefonat mit einem Angehörigen, der daheim geblieben war, Gerede über belanglose Dinge, weil die Leitung ohnehin sofort tot war, sobald man anfing, über Politik zu sprechen. Ein Zusammentreffen mit einem Geschäftsmann, der mit ausländischen Devisen unterwegs war, um kriegswichtige Güter einzukaufen. In Charlies Augen hatten die Leute hier keinen blassen Schimmer, was in *der Heimat* vor sich ging.

Er fand Mahmud Shabros neue Sekretärin sehr attraktiv. Charlie und das Mädchen waren fünfundzwanzig Jahre jünger als sämtliche übrigen Partygäste. Sie langweilt sich, dachte er.
»Ich hab' vor 'n paar Wochen mal bei dir angerufen – tolle Party, was? Ich hab' dich zweimal angerufen, aber du warst nicht da.« Mahmud Shabro stand hinter ihm.
Er hatte gerade die Kehrseite des Mädchens bewundert, die besonders gut zur Geltung kam, als sie sich gerade nach einem Stück Pastete bückte, das auf dem Boden lag und immer mehr platt getreten wurde. Der Teppich war fünfzehntausend wert, schätzte er.
»Ich war weg.«
»Viel unterwegs, was, Charlie?«
»Kann man wohl sagen.«
»Immer noch als ...?«
»Kurier«, erwiderte Charlie leichthin. Er sah zu der Sekretärin hinüber. »Hübsches Mädchen. Kann sie tippen?«
»Wer weiß, was sie sonst noch alles kann?«
Charlie sah, wie Mrs. Shabro argwöhnisch zu ihnen herüberblickte.
»Bei dir alles in Ordnung, Charlie?«
»Könnte nicht besser sein.«
»Brauchst du irgendwas?«
»Wenn ich mal allein nicht mehr weiterkommen sollte, geb' ich dir Bescheid.«
Mahmud Shabro ließ Charlies Arm los. »Bring sie nach Haus, dann kann ich mir das Taxigeld sparen.«
Er mochte Mahmud Shabro. Seit er sich von seiner Mutter abgenabelt und sich ohne Familie in London niedergelassen hatte, hatte Mahmud Shabro sich wie ein Freund, fast wie ein Onkel um ihn gekümmert. Er wußte auch, warum er Mahmud Shabros Freund war. Er hatte den Mann nie um etwas gebeten.
Die Sekretärin war inzwischen zu ihm herübergekommen und

nahm die Stelle ihres Chefs ein. Sie hielt eine Flasche Champagner in der Hand. Er dachte, daß es wahrscheinlich die letzte Flasche sei und daß sie zuerst zu ihm herübergekommen sei, um sein Glas bis zum Rand zu füllen, bevor sie weiterzog und den übrigen Gästen je ein paar Tropfen ins Glas goß. Kurz darauf kam sie mit der leeren Flasche zurück. Sie erklärte, Mahmud Shabro habe zu ihr gesagt, sie könne eine Flasche für sich auf die Seite schaffen. Der Blick aus ihren überaus sorgfältig geschminkten Augen signalisierte, daß sie auch durchaus bereit war, die Flasche zu teilen. Sie erklärte ihm, daß sie noch aufräumen müsse. Er nannte ihr seine Adresse und gab ihr einen Schlüssel und das Taxigeld und sagte, er müsse auf dem Heimweg noch bei einem Mann vorbeischauen. Sie solle auf ihn warten.

Er trat in den Frühsommerabend hinaus. Es war schon dunkel. Rasch schritt er die Straße entlang. Er ging lieber zu Fuß. Da konnte er leichter feststellen, ob er verfolgt wurde. Er tat nur das Übliche – nichts Spektakuläres. Er ging um die Ecke und wartete. Er blieb plötzlich stehen und drehte sich um, ging ein Stück zurück und musterte die Gesichter. Man konnte ja nie wissen.

Dann ging er zu seiner Verabredung. Die Ansammlung von hoffnungslosen Gestalten, Verlierern und Träumern in Mahmud Shabros Büro hatte er aus seinen Gedanken gestrichen.

Sie war neunzehn.

Sie war eine Fixerin.

Draußen wurde es allmählich dunkel. Sie stand im Schatten einer Toilettenanlage in einem kleinen Park, ein paar Meter von der Haupteinkaufsstraße entfernt. Sie war zur Fixerin geworden, weil ihr Koks schnupfen und Crack inhalieren nicht mehr den »Kick« brachten.

Lucy Barnes war ein zartes kleines Mädchen. Sie spürte die Kälte. Sie wartete nun schon zwei Stunden, und als sie die Wohnung in dem besetzten Haus verlassen hatte, hatte die

Sonne noch über den Dächern der kleinen Reihenhäuser gestanden. Die Ärmel ihrer Bluse waren an den Handgelenken zugeknöpft. Um sie herum war es stockfinster, denn jemand hatte die Lampe über dem Toilettengebäude zertrümmert. Trotzdem trug sie eine große Sonnenbrille.
Vor zwei Wochen hatte sie den mit allen Raffinessen ausgestatteten tragbaren Fernseher verhökert, den sie von ihren Eltern zum Geburtstag bekommen hatte. Das Geld hatte sie schon ausgegeben, und inzwischen hatte sie den ganzen Stoff verbraucht, den sie für das Geld hatte kaufen können. Aber auch jetzt hatte sie wieder einige zusammengeknüllte Geldscheine in ihrer Hosentasche stecken. Vor ein paar Stunden erst hatte sie eine Teekanne ihrer Eltern verkauft. Jahrhundertwende, Silber – guter Preis. Und ein guter Preis, das war entscheidend für sie.
Der Kerl ließ verdammt lange auf sich warten. Sie hatte schon Krämpfe in den Beinen, fror und schwitzte gleichzeitig. Ihre Augen tränten. Es sah aus, als ob sie weinte, weil er noch nicht da war.

Mattie Furniss hätte selbst mit seinen engsten Kollegen nicht darüber gesprochen, aber in den letzten vierzehn Wochen war er zu der Überzeugung gelangt, daß der neue Präsident des Geheimdienstes überfordert war. Und dieser Eindruck wurde nun wieder einmal bestärkt. Die Sitzung der Abteilungen Naher Osten/Westasien dauerte schon eine Stunde länger als geplant. Obwohl sie seit fast drei Stunden konferierten, hatten sie vielleicht gerade ein Drittel der anstehenden Fragen besprochen. Nein, persönlich hatte er überhaupt nichts gegen den Präsidenten, er konnte nur das dumpfe Gefühl nicht loswerden, daß der Mann besser im diplomatischen Dienst hätte bleiben sollen und daß dem Geheimdienst mit einem echten Profi mehr gedient gewesen wäre. Mattie Furniss war ein Profi, der neue Präsident dagegen mit Sicherheit nicht. Und ganz sicher konnte es auch nicht angehen,

daß der Secret Intelligence Service im Century House wie ein Ableger des Auswärtigen Amtes geführt wurde.
Noch schlimmer jedoch war, daß der in Geheimdienstsachen völlig unbedarfte Präsident gerade im Begriff stand, sich auf die Iran-Abteilung des Amtes einzuschießen. Zwar hatte er auch die Ressorts Israel, Naher Osten, Golfregion und Subkontinent (Pakistan) schon im Visier, aber die erste Breitseite feuerte er auf die Iran-Abteilung ab.
»Zusammenfassend können wir nur feststellen, meine Herren, daß unsere Erkenntnisse bei weitem nicht die gewünschte Qualität haben. Ich gehe jede Woche einmal in den Geheimdienstausschuß und muß mich mit schöner Regelmäßigkeit von denen fragen lassen: ›Was ist eigentlich im Iran los?‹ Mehr als verständlich, daß die das von mir wissen wollen. Ich erzähl' denen dann jedesmal, was ich von Ihnen gehört habe, meine Herren. Wissen Sie, was sie dann sagen? Die sagen, und ich kann ihnen nicht einmal widersprechen, daß sie solche Informationen auch über die üblichen Kanäle am Golf beziehen können ...«
»Sir, darf ich ...«
»Gestatten Sie mir bitte, zu Ende zu sprechen. Ich würde es sehr zu schätzen wissen ...«
Mattie ließ sich auf seinem Stuhl zurücksinken. Er war der einzige Raucher an dem runden Mahagonitisch, den der Präsident direkt nach seinem Amtsantritt hatte aufstellen lassen. Alle früheren Präsidenten, für die er gearbeitet hatte, hatten Zweiergespräche bevorzugt und auf lange Reden verzichtet. Er nebelte sich in eine Rauchwolke ein.
»Ich werde meine Budgetvorstellungen fürs nächste Jahr kaum durchbringen, wenn unser Dienst in einer so brisanten internationalen Situation nichts Besseres anzubieten hat als das, was wir dem Foreign Office tagtäglich melden. Und das ist die Crux an der Geschichte, Mattie.«
Mattie hörte sich diesen Monolog nun schon zum viertenmal an. In den drei vorangegangenen Sitzungen hatte er seinen

Standpunkt behauptet und auf die schwierige Situation hingewiesen. Keine Botschaft in Teheran, die den eigenen Leuten als Tarnung hätte dienen können. Nicht die Spur einer Chance, irgendwelche Zuträger in den inneren Machtzirkeln der Teheraner Regierung zu rekrutieren. Kaum noch Chancen, daß einer der britischen Techniker, die im Iran Raffinerien oder sonst etwas bauten, sich bereit erklärte, seine Nase in irgendwelche brisanten Dinge zu stecken. Außer allgemeinen Einschätzungen zur Lage war von denen nichts mehr zu bekommen. Dreimal hatte er wichtige Erkenntnisse vorgetragen, die er von seinen vor Ort stationierten Agenten erhalten hatte (und alles für die Katz), beim letztenmal sogar die brandheißen Informationen des Jungen; und wenn die Veranstaltung hier nicht bald zu Ende war, dann würde er ihm nicht einmal mehr das versprochene Geld übergeben können.
»Ich verstehe Sie durchaus, Sir.«
Der von Pfeifenrauch eingenebelte Präsident hustete irritiert. »Und was gedenken Sie zu tun?«
»Wir werden versuchen, Material zu beschaffen, das mehr Anklang findet als die unter großen Mühen gesammelten Informationen, die meine Abteilung in letzter Zeit bereitgestellt hat.«
Der Präsident fächelte sich mit einer Akte frische Luft zu. »Sie sollten dort selbst nach dem Rechten schauen, Mattie.«
»In Teheran, Sir. Erstklassige Idee«, entgegnete Mattie. Der Israel-Referent war der Jüngste im Raum, hochbegabt und ein wenig renitent. Aber er kannte sich in der Szene aus und preßte sich jetzt die Hand vor den Mund, um nicht laut loszulachen.
»Ich habe wenig Sinn für Ihre Albernheiten.«
»Wohin soll ich denn reisen, Sir?«
»In die Region.«
Mattie fragte ruhig: »Und weshalb?«
»Ist doch wohl ziemlich klar. Um Ihren Leuten klarzumachen, was wir jetzt von ihnen erwarten. Um Ihre Agenten

richtig zu plazieren, damit wir sie künftig entsprechend unseren Bedürfnissen besser einsetzen können.«
Mattie biß auf den Schaft seiner Pfeife. »Sie vergessen, Herr Präsident, daß Ressortleiter normalerweise nicht reisen.«
»Wer sagt das?«
»Ressortleiter sind noch nie gereist – aus Gründen der Sicherheit.«
»Aber in Ausnahmefällen reisen Ressortleiter eben doch.«
Hätte er den Schaft seiner Pfeife durchgebissen, dann wären dabei auch seine Zähne draufgegangen. »Ist das Ihr letztes Wort?«
»Jawohl. Und ich glaube, das war's für heute.«
Eilig wurden die Papiere zusammengeklaubt. Der Israel-Referent war bereits aus der Tür, als der Präsident sagte: »Guten Abend, meine Herren, und vielen Dank für Ihre Geduld. Gut Ding will bekanntlich Weile haben.«
Mattie Furniss wartete nicht, bis der Lift in den neunzehnten Stock heraufkam: Er ließ seine Kollegen stehen und eilte zum Treppenhaus hinüber. Je zwei Stufen auf einmal nehmend, hastete er nach unten und betete, daß der Junge noch auf ihn wartete – und natürlich auf das Geschenk.

Für Lucy Barnes war es kein langer Weg von dem feudalen Haus ihrer Eltern im Londoner Stadtteil Belgravia zu der Dachwohnung in der Kleinstadt westlich der Metropole gewesen. An diesem kühlen Frühsommerabend war sie finanziell am Ende. Sie war ein paar Tage zuvor in London gewesen, war durch das Küchenfenster in das Haus ihrer Eltern eingestiegen und hatte die Teekanne gestohlen. Ganz sicher würden sie jetzt die Schlösser austauschen. Wahrscheinlich hatten sie es bereits getan. Sie konnte sich nicht mehr erinnern, warum sie nur die Teekanne genommen hatte. Sie wußte nicht, wo sie in Zukunft Geld herbekommen sollte oder neuen Stoff, wenn der Vorrat, der jetzt neben ihrem Bett lag, erst einmal aufgebraucht sein würde.

Kein langer Weg. Aus Neugierde und jugendlichem Protest hatte sie hinter der Schulturnhalle Haschisch geraucht. Dann hatte sie angefangen, Heroin in Zinnfolie zu erhitzen und die Dämpfe durch einen Strohhalm zu inhalieren. Danach war sie dazu übergegangen, die erhitzten Dämpfe mit Hilfe einer Streichholzschachtelhülle in ihre Lunge zu saugen. Jetzt, eineinhalb Jahre nachdem sie von der Schule geflogen war – das war peinlich genug gewesen, war doch Daddy dazu ausersehen gewesen, bei der Jahresabschlußfeier die Preise zu überreichen –, jetzt hing sie an der Nadel und brauchte im Monat einen Riesen, um ihren Bedarf zu decken.
Der Dealer hatte gesagt, der Stoff sei ganz frisch und reiner als alles, was er zuvor in der Hand gehabt habe. Der beste Stoff, den er je verkauft habe. Keines der üblichen Streckmittel – weder Talkum-Puder noch Kreidestaub oder Puderzucker. Echt guter Stoff – so wie früher, als die Dealer noch nicht so verdammt geldgeil gewesen waren.
Sie machte sich eine Spritze. Die Dosis bestimmte sie nach Gefühl, eine empfindliche Waage brauchte sie dazu nicht. Sie saß mit gekreuzten Beinen auf einem schäbigen Teppich. Durch die völlig verdreckten Fenster fiel das Licht einer Straßenlaterne in die düstere Mansardenwohnung. Sie konnte sehen, was sie tat. Die Venen ihrer Arme und Beine waren inzwischen für ihre Zwecke gleichermaßen unbrauchbar. Sie streifte die Schuhe ab. Sie hatte weder eine Strumpfhose noch Socken an. Ihre Füße waren fast schwarz. Das letzte Bad hatte sie vor mehr als einem Monat genommen. Aber sie wußte genau, wo die Venen in ihren Fußsohlen zu finden waren. Sie knirschte mit den Zähnen, als sie die Nadel direkt hinter dem Ballen in ihren rechten Fuß stieß. Dann zog sie den Kolben der Spritze zurück, so daß das Blut sich in dem Zylinder mit dem bereits darin befindlichen Heroin vermischte. Langsam injizierte sie sich den Stoff und versuchte mit letzter Kraft, das Zittern ihres Daumens zu unterbinden.

Sie legte sich rücklings auf die nackte Matratze und wartete auf den Frieden und den Traum.

Der Junge wartete schon an der verabredeten Stelle.
Mattie Furniss war ein altmodischer Mensch. Und so verlegte er bestimmte Begegnungen nach Möglichkeit in irgendeinen Park, wo es vergleichsweise einfach war, sich gegen unerwünschte Zuhörer und elektronische Überwachung zu schützen. Der Junge war unter der Platane gleich neben dem See nur schemenhaft zu erkennen. Mattie hastete fast im Laufschritt auf ihn zu, wobei die Plastiktasche rhythmisch gegen sein Bein schlug. Auf der Straße am Rande des Parks machte ein Lastwagen eine scharfe Kehrtwendung und tauchte dabei mit seinen Scheinwerfern die Szenerie und den Jungen in gleißendes Licht. Er war groß, trug einen Bart – eine angenehme Erscheinung. Mattie kannte Eshraq schon so lange, daß er in ihm vermutlich auch in Zukunft in erster Linie immer den Jungen sehen würde. Aber andererseits machte Charlie auf Mattie so gar nicht den Eindruck eines normalen zweiundzwanzigjährigen Jungen – weder in seiner äußeren Erscheinung noch in seinem ganzen Gehabe. Ein verdammt feiner Kerl, ganz der Vater ... Mattie hatte den Baum nun erreicht. Er blieb keuchend stehen. Er hatte den ganzen Weg im Laufschritt zurückgelegt – vom Century auf der andern Seite des Flusses über die Brücke quer durch Whitehall zum Park. Wenn er tatsächlich im Sommer an dem halben Marathonlauf teilnehmen wollte, dann mußte er noch ein paar Extratrainingsstunden einlegen.
»Konnte leider nicht eher kommen, mein Junge, tut mir leid.«
»Kein Problem, Sir.«
Mattie mochte es, wie Charlie mit ihm sprach. Ganz der Vater, dachte er wieder. Und ein bißchen auch die Mutter, fairerweise.
»Lange nicht gesehen, mein Junge.«

»Ganz neue Erfahrung für mich, Berichte zu schreiben, Sir. Ich hoffe, daß Sie was damit anfangen können.« Charlie griff in seine Jackentasche, holte ein dickes Kuvert hervor und überreichte es Mattie. Ohne einen Blick darauf zu werfen, schob Mattie den Umschlag in die Innentasche seiner Anzugjacke und zog den Reißverschluß zu – auch so eine alte Angewohnheit von ihm. Wäre ziemlich peinlich für einen Sektionsleiter des Century gewesen, wenn man ihm in der U-Bahn wichtige Unterlagen geklaut hätte.
»Freu' mich schon auf die Lektüre ... Hast du was von deiner Mutter gehört?«
»Nein.« Charlie sagte das in einem Ton, als sei es ihm egal, daß seine in Kalifornien lebende Mutter nie schrieb oder anrief. Er tat so, als berühre es ihn nicht weiter, daß seine Mutter ihre Tage und Abende auf dem Golfplatz, in der Reithalle oder im Bridgeclub verbrachte, daß er für sie lediglich ein Relikt aus früheren Tagen im Iran war, sie also an eine Zeit erinnerte, die sie möglichst vergessen wollte.
»Ich hab' in der guten alten *Tehran Times* von deiner Heldentat gelesen. Sogar im Radio haben sie's gebracht.«
Charlie lächelte.
»Hast du keine Schwierigkeiten bekommen?«
»Die haben hinterher eine große Suchaktion gestartet, mit Straßensperren und so weiter. Aber die wußten ja nicht mal, wen sie überhaupt suchten. Sie haben es den ›Heuchlern‹ in die Schuhe geschoben. Ist ganz gut gelaufen.«
Mattie kannte den Text der IRNA-Meldung fast auswendig, die er in der *Tehran Times* gelesen hatte. Dort war von zwei islamischen Revolutionsgardisten die Rede gewesen, die am hellichten Tag von konterrevolutionären *mustaqafin* (Heuchler) der MKO *(mudjahedin-e-khalq-Organisation)* ermordet worden seien. Und natürlich hatten amerikanische Söldner-Agenten ihre Hände ebenfalls im Spiel gehabt. Der gute Harry war nun schon seit über vier Jahren in Rente. Deshalb bekam Mattie die IRNA-Meldungen jetzt früher als die

BBC-Übersetzungen der betreffenden Nachrichten. Er vermißte den alten Botengänger.
»Wir haben uns was Nettes für die nächste Runde ausgedacht«, sagte Mattie. Er überreichte dem jungen Mann die prall gefüllte Plastiktüte. »Die nötigen Instruktionen findest du beiliegend.«
»Danke.«
»Ich brauche wieder einen Bericht über die Aktion.«
»Natürlich, Sir. Geht es Ihrer Frau gut?«
»Bestens – auch den Mädchen. Du mußt uns mal auf dem Land besuchen, wenn du zurück bist. Ich werde unsern Mädchen auch Bescheid sagen. Dann machen wir uns ein schönes Wochenende.«
»Das wär' toll.«
»Wie sieht's mit Geld aus? Ich könnte noch 'n bißchen was lockermachen für dich.«
Ein Geschenk in einer Plastiktüte, das war kein Problem. So etwas konnte er selbst mit der Abteilung Ausrüstung im neunten Stock regeln. Geld zu beschaffen war dagegen schon schwieriger. Geld mußte er sich offiziell genehmigen lassen.
»Geld ist kein Problem, Sir.«
»Freut mich zu hören.«
Er sah, wie der Junge zögerte. Charlie schien zu überlegen, wie er sein Anliegen am besten formulieren sollte. Mattie spürte die ersten Regentropfen auf der Haut.
»Los, raus damit.«
»Das Objekt, auf das ich es in erster Linie abgesehen habe, hat Begleitschutz und einen gepanzerten Wagen.«
»Und das heißt?«
»Es ist kaum möglich, nahe heranzukommen.«
»Und ...?« Mattie ließ den Jungen zappeln.
»Ich brauche was für die Distanz, wie man so sagt. Wenn Sie wissen, was ich meine, Sir?«
»Ja, ich versteh' dich sehr gut.« Mattie blickte dem Jungen in die Augen. Dort war von Unschlüssigkeit nichts mehr zu

sehen. Er hatte gesagt, was er wollte. Die Augen des Jungen strahlten eine ruhige, durchaus anziehende Sicherheit aus.
»Dann müßtest du aber länger dort bleiben und regelmäßig Berichte schreiben.«
»Warum nicht«, sagte Charlie leichthin.
Mattie dachte an den Vater des Jungen, der ein großzügiger Gastgeber und echter Freund gewesen war. Er dachte an den Onkel des Jungen, einen hervorragenden Jäger und Schützen. Er dachte an die Schwester des Jungen, die jeden Streit durch ihr strahlendes Lächeln für sich entschieden und ihn jedesmal geküßt hatte, wenn er, mit Geschenken ausgerüstet, einen Besuch in der Villa abgestattet hatte. Er dachte an die Mutter des Jungen, die ihre Unsicherheit hinter einer Fassade der Unnahbarkeit verbarg, die aber auch den Mut besessen hatte, sich als Ausländerin in den Kreisen der wohlhabenden Teheraner Gesellschaft zu bewegen. Eine zerstörte Familie.
»Das würde allerdings sehr teuer werden.« Matties Stimme klang plötzlich härter. Ja, bei ihm mußte alles seine Ordnung haben, er war durch und durch korrekt. Nein, er hätte die Vermischung seiner Geheimdienstarbeit mit dem privaten Rachefeldzug des Jungen nie zulassen dürfen.
»Ich könnte ja dafür bezahlen.«
Mattie Furniss würde in den nächsten Tagen auf Reisen gehen, aber das ging den Jungen nichts an. Und er wußte noch nicht einmal, für wie lange und wohin er überhaupt fahren würde. Er hatte nicht die geringste Ahnung, wann er zurückkehren und wann sie sich das nächste Mal würden treffen können. Es gab soviel zu besprechen zwischen ihnen. Sie hätten sich eigentlich in aller Bequemlichkeit über angenehmere Dinge unterhalten, den neuesten Klatsch austauschen sollen, anstatt – in dem jetzt stärker werdenden Regen – unter einem Baum im St. James Park über panzerbrechende Distanzwaffen zu reden. Er holte einen kleinen Notizblock hervor und notierte auf einem Blatt Papier einen Namen und eine Adresse.

»Danke, Sir«, sagte Charlie. »Bitte grüßen Sie Mrs. Furniss herzlich von mir – und die Mädchen.«
»Natürlich, mach' ich. Sie werden sich freuen, daß ich dich gesehen habe.« Er überlegte kurz, ob den Jungen mit einer seiner Töchter vielleicht mehr als nur Freundschaft verbunden hatte. Sie waren sehr vertraut miteinander umgegangen, damals auf dem Land, und auch später, als die Mädchen schon in London gewesen waren und Charlie sie besucht hatte. Es war jetzt drei Jahre her, daß Mattie in dem kleinen Salon in der Wohnung seiner Töchter dem Jungen in dürren Worten erklärt hatte, was mit seiner Schwester, seinem Vater und seinem Onkel geschehen war. Seither hatte er den Jungen nie mehr weinen sehen. Er fraß alles in sich hinein, natürlich. »Wann willst du fahren, mein Junge?«
»Schon sehr bald.«
»Rufst du mich noch mal zu Hause an, bevor du fährst?«
»Ja.«
»Du gibst auf dich acht?«
»Ja.«
Regentropfen rannen über Matties Gesicht, blieben in seinem gepflegten silbergrauen Oberlippenbart hängen und ließen sein Hemd auf der Brust dunkel erscheinen. Wegen des Regens konnte er das Gesicht des Jungen nur mehr verschwommen erkennen.
»Sollte dir auf deiner Reise etwas zustoßen, so wären Harriet, die Mädchen und ich ...« Mattie drückte die Schultern des Jungen.
»Warum sollte mir was passieren, Sir?«
Sie trennten sich.
Er ging nach Hause. Mattie fühlte sich schuldig, weil er die Dummheiten des Jungen auch noch unterstützte, obwohl er nicht gewußt hätte, wie er ihn davon hätte abhalten sollen. Nun hatte er das dicke Kuvert in der Tasche, und der Junge würde sich länger dort aufhalten und regelmäßig Berichte schreiben. In einer besseren Welt hätte Matthew Cedric

Furniss vermutlich eine gehörige Tracht Prügel verdient, dachte er.
Er hoffte inständig, daß Harriet noch aufsein würde und auf ihn wartete. Er wollte noch ein wenig mit ihr plaudern, eine Platte anhören und getröstet werden. Seit drei Jahren hatte er den Jungen nicht mehr weinen sehen, und der Junge hatte zwei Revolutionsgardisten umgebracht und wollte jetzt sogar mit dem Geschenk in seiner Plastiktüte wieder dorthin gehen. Der Junge hatte von panzerbrechenden Distanzwaffen geredet. Ja, verdammt, von Krieg hatte er gesprochen, der Junge, den Mattie wie seinen eigenen Sohn liebte.
Während er den Zebrastreifen vor seiner Londoner Wohnung überquerte, sprach Mattie ein kurzes Gebet für Charlie Eshraq. *Alles Gute, Charlie.* Und falls tatsächlich der Junge mit einer seiner Töchter geschlafen haben sollte, dann galt das natürlich um so mehr.
Er war klatschnaß. Das Wasser rann ihm über das Gesicht. Seine klammen Hosenbeine klebten an seinen Schienbeinen, seine Schuhe glucksten bei jedem Schritt. Als er nach oben blickte, sah er hinter den Vorhängen das Licht, das ihn willkommen hieß.

Es gab vermutlich etwa 50 000 Heroinsüchtige im Vereinigten Königreich.
An diesem Abend hatte Lucy Barnes, eine von ihnen, übersehen, daß der Stoff, den sie sich spritzte, besonders rein war und sie ihre übliche Dosis hätte reduzieren müssen. Allein auf ihrer stinkenden Matratze liegend, fiel sie in ein Koma und erstickte an ihrem eigenen Erbrochenen.

2. Kapitel

Der Detective war auf dem Weg nach oben vorangegangen. In den vergangenen Stunden hatte er sich mit der Mansarde unter dem schrägen Dach bereits einigermaßen vertraut gemacht. Er lehnte an der Wand, von der die Tapete abblätterte. Die Treppe knarzte unter dem Gewicht der beiden Männer, die ihm folgten. Der Detective hatte Verständnis dafür, daß der Minister seinen eigenen Sicherheitsmann mitgebracht hatte. Dieser Leibwächter folgte dem Minister jetzt wahrscheinlich bereits so lange auf Schritt und Tritt, daß er schon fast zur Familie gehörte. Der Detective verstand, daß der Minister wenigstens ein vertrautes Gesicht in der Nähe haben wollte. Der Minister trat in die Mansarde. Am Kragen seines schwarzen Mantels hatten sich Spinnweben und weißer Staub verfangen. Der Detective hatte sich in eine Ecke zurückgezogen und überließ die Mitte des Raumes dem Minister und seinem Leibwächter. Er kannte sie alle: die Bedürftigen und Almosenempfänger ebenso wie die Mächtigen im Lande. Sie alle kamen gebeugt und demütig, um den Ort in Augenschein zu nehmen, das stinkende Loch, in dem ihr Kind sein Leben ausgehaucht hatte. Meistens kamen auch die Mütter mit. Er wußte, daß manche aggressiv reagierten, andere gebrochen und wieder andere voller Scham. Ihr Kind, ihre Zukunft – von einer Injektionsnadel ins Nichts befördert. Der Raum war erbärmlich kahl und noch unordentlicher als zu dem Zeitpunkt, da die vom Rettungsdienst benachrichtigte Polizei eingetroffen war und sein Team die ganze Bude auf den Kopf gestellt und Zentimeter für Zentimeter durchkämmt hatte. Seine Leute hatten die Matratze auseinandergenommen, die Kleider des Mädchens untersucht und dann in einen schwarzen Plastiksack gesteckt, ihre Papiere in einer Zellophantüte verstaut, die zur weiteren Untersuchung direkt an sein Büro gegangen war.

Der Leibwächter stand auf der obersten Stufe. Mit den Augen forderte er den Detective auf, weiterzusprechen. Der Polizist kannte den Minister nur aus dem Fernsehen und von Zeitungsfotos. Er fand zwar nie die nötige Ruhe, die Zeitung wirklich zu lesen, aber er bestellte sie auch nicht ab, weil er damit morgens, bevor er aus dem Haus ging, den Kamin anzünden konnte. Der Minister bot keinen besonders schönen Anblick, ja, er sah aus wie ein Mann, der einen schweren Schlag erlitten hat. Zwar hielt er sich aufrecht, aber aus seinem Gesicht war jede Farbe gewichen. Der Polizist hatte alles korrekt erledigt und den Vater benachrichtigt, sobald er den Namen des Mädchens herausgefunden hatte. Und jetzt hatte er den Vater auf dessen ausdrücklichen Wunsch hierhergeführt, noch bevor die Pressemeute Wind von der Sache bekommen hatte. Er konnte schon zufrieden sein, dachte er trocken, wenn es ihm gelang, den Minister, von den Fotografen unbehelligt, in diese Bruchbude hinein- und hinterher wieder herauszubringen.

»Lucy hat etliche Wochen hier gewohnt, Sir«, nahm er den Faden wieder auf, »mindestens einen Monat. Gelebt hat sie, soweit wir wissen, von Sozialhilfe. Nach unsern vorläufigen Erkenntnissen muß man sie wohl als Drogenopfer bezeichnen – wir betrachten Drogenabhängige nicht als Kriminelle, Sir, sondern als Opfer einer Krankheit beziehungsweise rücksichtsloser Geschäftemacher. Die Venen an ihren Unterarmen sind voller Einstiche, ebenso ihre Beinvenen. Zuletzt ist sie offenbar dazu übergegangen, sich den Stoff durch die kleinen Venen im Fuß zu injizieren. Ich nehme an, Sie wissen,

daß sie süchtig war, Sir. Ich meine – das war kaum zu übersehen, jedenfalls kann es Ihnen kaum entgangen sein, wenn Sie mit Ihrer Tochter noch in Kontakt standen ...«
Der Minister hielt den Kopf gesenkt und sagte nichts. Genau wie alle Väter und Mütter empfand er es offensichtlich als seine Pflicht, den Ort, an dem sein Kind gestorben war, auf sich wirken zu lassen. Mein Gott, wie es in dem Zimmer stank!
»Wir können noch nichts Endgültiges über die Todesursache sagen, jedenfalls nicht offiziell, dazu müssen wir den pathologischen Befund abwarten. Aber alles spricht dafür, daß sie eine besonders reine Dosis erwischt hat. Es war einfach zu viel für ihren Organismus. Meistens kommt es in solchen Fällen zunächst zu einem Koma und dann zum Erbrechen. Den Rest besorgen die Speisereste in der Luftröhre ... Tut mir leid, Sir.«
Der Minister sprach mit kaum hörbarer monotoner Stimme. »Ich hab' einen alten Freund, einen Arzt in London. Gleich als es anfing, hab' ich den gefragt: ›Welche Kinder werden süchtig?‹ Seine Antwort war: ›Dein Kind.‹ Er sagte: ›Niemand denkt weiter darüber nach, wenn die Sprößlinge im Nachbarhaus süchtig werden, aber wehe, es ist das eigene Kind.‹ Wir haben geglaubt, wir hätten alles für sie getan. Wir haben sie auf die besten Schulen geschickt. Als sie süchtig wurde, haben wir die beste Entziehungsklinik für sie ausgewählt. Reine Geldverschwendung. Als wir ihre monatlichen Bezüge gekürzt haben, hat sie angefangen, die Sachen zu verkaufen, die wir ihr geschenkt hatten. Dann ist sie ausgezogen und hinterher heimlich zurückgekommen, um uns zu bestehlen. Können Sie sich das vorstellen, Detective, sie hat ihre eigenen Eltern bestohlen ... Natürlich können Sie sich das vorstellen, Sie kennen ja das mit dieser Sucht verbundene Elend. Zuletzt haben wir sogar die vom Ministerium in unserem Haus installierte Sicherheitsanlage umbauen lassen. Immerhin nicht ganz alltäglich – daß der Verteidigungsmini-

ster das ganze ausgeklügelte Sicherheitssystem in seinem Haus umbauen lassen muß, weil seine eigene Tochter vielleicht dort einbrechen könnte ... Ihre Mutter – ich kann ihr ohnehin nichts verheimlichen – wird sicher wissen wollen, ob sie gelitten hat.«

»Nein, Sir. Sie ist sofort ohnmächtig geworden.« Der Detective sprach sachlich, ohne Erregung, ohne Mitleid, ohne Schuldzuweisung. Er hatte schon zuviel gesehen. »Sie hatte ja den Stoff. Ohne das Zeug hätte sie wahrscheinlich Schmerzen gehabt.«

»Wieviel Geld hat sie denn für den Stoff etwa aufwenden müssen?«

»Nach dem zu urteilen, was wir gesehen haben, zwischen hundert und zweihundert Pfund die Woche – in diesem Stadium.«

Der Detective überlegte, wie der Minister wohl mit alldem umgehen würde. Er überlegte, ob der Politiker sich aus der Öffentlichkeit zurückziehen würde, sobald der öffentliche Rummel losging und die Zeitungen mit den Riesenschlagzeilen rauskommen würden. Oder ob er weitermachen würde, so als ob sein öffentliches und sein Privatleben nichts miteinander zu tun hätten. Er überlegte, ob das öffentliche Leben des Mannes sein privates so ruiniert hatte, daß ein einsames, verlorenes Kind Wärme und Geborgenheit nur noch durch die Injektionsnadel hatte finden können.

Der Minister hatte sich hervorragend unter Kontrolle, er sprach mit klarer Stimme. Weder geriet er ins Stottern, noch waren seine Stimmbänder belegt. »Ein Kollege hat unlängst zu mir gesagt: ›Dieser Drogenmißbrauch führt knallharte Kriminelle und labile Konsumenten zu einer unheilvollen Allianz zusammen, die für jegliche Ordnung und sämtliche sozialen Werte eine tödliche Bedrohung darstellt. Die Konsequenzen sind nicht auszudenken – falls wir in diesem Kampf unterliegen.‹ Das war, bevor Lucy dieses Problem hatte, also habe ich mir darüber damals nicht allzu viele Gedanken

gemacht. Was unternehmen Sie, Detective, gegen diese tödliche Allianz?«
Der Detective unterdrückte den ersten Gedanken, der ihm in den Kopf schoß. Ganz sicher war das der falsche Zeitpunkt, sich über die unzureichende finanzielle und technische Ausstattung zu beklagen und darüber, daß seine Mitarbeiter keine Sekunde länger als nötig arbeiteten, weil sie etwaige Überstunden nicht bezahlt bekamen. So erwiderte er: »Wir versuchen, so viele Beweise wie möglich zusammenzutragen, Sir, und auf dieser Grundlage unsere Ermittlungen voranzutreiben.«
»Haben Sie Kinder, Detective?«
»Ja, Sir.«
»Wie alt?«
»Ungefähr halb so alt wie Lucy, Sir.«
»Könnte denen das gleiche widerfahren wie ihr?«
»Solange der Stoff in solchen Mengen zu uns hereinflutet, wie das gegenwärtig der Fall ist – ja, Sir.«
»Was würden Sie verlangen, Detective, wenn es sich um Ihre Tochter handelte?«
»Ich würde verlangen, daß man die Schweine ... Entschuldigung, Sir ... daß man die Leute einsperrt, die Ihrer Lucy das Zeug verschafft haben.«
»Werden Sie in dieser Sache alles in Ihrer Macht Stehende tun?«
»Ehrlich gesagt, Sir, selbst wenn ich das tue, so ist das nicht sehr viel. Ja, wir werden uns bemühen.«
Der Leibwächter hatte leicht mit den Fingern seiner lässig herabhängenden Hand geschnippt. Der Detective wußte Bescheid. Er drehte sich um und ging an dem Minister vorbei zur Treppe hinüber. Der Leibwächter stieg bereits, nach allen Seiten Ausschau haltend, die Stufen hinab. Aus einer Wohnung weiter unten drang Musik. Der Detective hatte bereits mit den anderen Bewohnern des Hauses gesprochen, und er wollte sie später, sobald er den Minister wieder los war, noch

einmal befragen. Er war mit den jungen Hausbesetzern nicht allzu hart umgesprungen, nachdem er erfahren hatte, wer Lucy Barnes' Vater war. Wäre nur kontraproduktiv gewesen, wie er gerne sagte, die Hausbesetzer in der augenblicklichen Situation zu stark in die Enge zu treiben. Er war auf ihre Hilfe angewiesen, mußte alles aus ihnen herausbekommen, was sie wußten. Auf dem oberen Treppenabsatz drehte er sich noch einmal um. Der Minister starrte auf die Matratze und den Kleidersack und das Gerümpel, Dinge, die vor einer Woche für das neunzehnjährige Mädchen vielleicht noch sehr wichtig gewesen waren.
Er blieb unten an der Treppe stehen. »Was soll ich denn seiner Meinung nach unternehmen?«
Der Leibwächter zuckte mit den Achseln.
Zwei, drei Minuten später hörten sie die Stufen knarren. Der Detective glaubte eine leichte Rötung in den Augen des Ministers zu entdecken, die hinter der randlosen Brille nun undeutlich zu erkennen waren.
Draußen auf dem Gehsteig blieb der Minister neben seinem Wagen stehen. Der Chauffeur hatte bereits den hinteren Schlag geöffnet. »Nochmals vielen Dank, Detective. Ich sehe sehr wohl die Schwierigkeiten, mit denen Sie sich in Ihrer Arbeit herumplagen müssen. Aber eines kann ich Ihnen versichern. Ich werde alle Möglichkeiten meines Amtes und meiner gesellschaftlichen Stellung schamlos ausnutzen, um die Überführung und strafrechtliche Verfolgung jener zu erwirken, die für Lucys Tod die Verantwortung tragen. Guten Tag.«
Er stieg in den Wagen. Der Leibwächter schloß die Tür hinter ihm und nahm vorne auf dem Beifahrersitz Platz. Der Detective sah noch, wie der Minister ein tragbares Telefon aus einer Tasche holte, und schon brauste der Wagen mit hoher Geschwindigkeit davon.
Er ging wieder nach oben. In engen Räumen arbeitete er am liebsten allein. Eine halbe Stunde später entdeckte er in

einem langen Hohlraum unter einem gelösten Bodenbrett und einem Packen Zeitungen Lucys Tagebuch.

»Das hier ist schon viel besser, Mattie. Ungefähr das, was ich brauche.«
»Freut mich.«
»Und jetzt werde ich Ihnen mal erklären, was ich von der ganzen Iran-Geschichte halte ...«
Mattie blickte zur Deckenlampe hinauf. Nicht daß er unhöflich erscheinen wollte, vielmehr wollte er den Ausdruck der Ungeduld auf seinem Gesicht verbergen.
»Wir sprechen hier von der geopolitischen und militärischen Bedeutung einer Region, durch die einige der wichtigsten Ölhandelsrouten der Welt verlaufen. Wir sprechen über ein Land, das durchaus die Chance hat, im Hinblick auf das Bruttosozialprodukt in der Welt demnächst wieder Platz dreizehn einzunehmen – über ein Land, das sich die größte Armee in Westasien leistet, keine Auslandsschulden hat und ohne weiteres in der Lage ist, jedes andere Regime in der Region hinwegzufegen ...«
»Ich habe mich seit 1968 auf den Iran spezialisiert, Sir – ich habe sogar dort gelebt.«
»Ja, ja, Mattie. Ich weiß, daß Sie mit dem Iran sehr vertraut sind: '65 bis '67 Verbindungsoffizier; von '76 bis '78 dem britischen Militärattaché zugeordnet; in der Zeit nach der Revolution dann Bahrain und Ankara. Gestehen Sie mir bitte zu, Mattie, daß ich eine Personalakte lesen kann. Ich weiß, daß Sie sich im Iran schon auskannten, bevor Sie in den Service eingetreten sind, und daß Sie sich seither in erster Linie mit diesem Land beschäftigt haben. Ich kenne Ihre Akte auswendig, und ich sage Ihnen eins: Vielleicht sind Sie mit Ihrem Spezialgebiet sogar zu sehr vertraut. Ich bin Kreml-Experte und habe mich auf den kalten Krieg spezialisiert, und trotzdem bin ich der Ansicht, daß Sie vielleicht besser als ich beurteilen können, wie wir mit der Sowjetunion und ihren

Satelliten umgehen sollten. Und entsprechend glaube ich, daß ich eine sehr klare Vorstellung davon habe, wie wir uns gegenüber dem Iran verhalten müssen. Es wird Zeit, daß wir Klartext miteinander reden, Mattie ...«
Mattie starrte jetzt nicht mehr zur Decke hinauf. Er hatte sich nicht einmal seine Pfeife angezündet. Er saß mit geballten Fäusten da. Schon lange war er nicht mehr so wütend gewesen.
»Sie haben sich festgefahren. Das ist auch der Grund, weshalb man mir die Leitung von Century übertragen hat. Zu viele hier im Haus sind in ihrem alten Trott festgefahren, arbeiten wie Bürokraten, die ihre Ergebnisse nie in Frage stellen. Aber ich brauche hier keine Aktenhengste ... Was Sie mir hier gegeben haben, ist das Beste, was ich je von Ihnen bekommen habe.«
Mattie sah zur anderen Seite des Tisches hinüber, wo die Abschrift von Charlie Eshraqs Bericht lag. Nicht schlecht, das Material, aber so gut nun auch wieder nicht. Ein vielversprechender Anfang, sonst nichts.
»Der Bericht hier ist zwar unausgegoren, aber immerhin stehen ein paar Fakten drin. Und solches Material bekomme ich nur allzu selten auf den Tisch. Die Aufzeichnungen enthalten fünf wichtige Informationen. Erstens ist darin die Rede von der Verlegung des 8. und des 120. Bataillons der 28. Sanandaj-Division der Revolutionswächter von Ahwaz nach Saqqez. Die Tatsache, daß diese Verlegung nachts erfolgt ist, spricht dafür, daß es sich nicht lediglich um eine taktische Maßnahme handelt, sondern daß die Garden in einem bestimmten Frontabschnitt verstärkt und somit angriffsbereit gemacht werden sollen. Das wird die Irakis ganz sicher interessieren ...«
»Sie geben solche Informationen an die Irakis weiter?« fragte Mattie ungläubig.
»Vielleicht. Nützliche Informationen verpflichten die andere Seite ... Zweitens ist in dem Bericht dieser deutsche Inge-

nieur erwähnt, der nach Hamadan gereist ist, und in Hamadan befindet sich zufällig eine Raketenfabrik. Die Geschichte können wir unseren Bonner Freunden unter die Nase reiben. Sehr glücklich werden die darüber nicht gerade sein ... Ich habe alles markiert, was ich für wichtig halte – insgesamt fünf Punkte. Das Ausbildungslager in Manzariyeh nördlich von Qom, das ist für uns auch sehr wichtig. Wirklich gutes Material.«

Der Präsident hatte seinen Füllfederhalter vorsichtig auf den Tisch gelegt. Dann nahm er ein Glas und goß sich aus einer Karaffe einen Schluck Wasser ein.

»Und welcher von den islamischen Geistlichen den internen Machtkampf gewinnen wird, wie lange der Krieg noch dauern wird und wie die Stimmung in der Bevölkerung ist – soll ich davon ausgehen, daß das unwichtig ist?«

»Nein, Mattie. Nicht unwichtig, nur fällt es nicht in Ihre Zuständigkeit. Solche Analysen überlassen wir unseren diplomatischen Vertretern, und die sind darin sehr gewieft. Ich hoffe, ich werde von Ihnen noch mehr Informationen dieser Art bekommen.«

»Ja.«

»Wie heißt Ihr Mann?«

»Ich glaube, ich habe Sie richtig verstanden, Herr Präsident.«

»Ich habe gefragt, wie der Mann heißt.«

»Ich werde dafür sorgen, daß solche Informationen künftig reichlicher fließen.«

Der Präsident lächelte. Noch nie zuvor hatte Mattie die Lachfalten des Mannes gesehen.

»Wie Sie meinen, Mattie. Und gute Reise.«

Charlie Eshraq war ein Teil von Matties Privatleben, er ging niemand anderen etwas an. Mattie stand auf, drehte sich um und ging aus dem Raum.

Als er im Lift nach unten fuhr, überlegte er, was der Junge wohl mit dem Geschenk anstellte. In Matties Augen ging es außer ihm selbst jeden einen feuchten Dreck an, daß der

Junge auf seiner letzten Reise in die Höhle des Löwen zwei Männer umgelegt hatte und daß er auf seiner gegenwärtigen Expedition einen weiteren ins Jenseits befördern sollte.

Sie kannten sich schon von der Universität und aus der Nachwuchsorganisation der Partei. Außerdem hatten sie in ihrer gemeinsamen Zeit in der Parteizentrale am Smith Square ein Büro geteilt. Sie waren im gleichen Jahr ins Parlament gewählt worden und anläßlich derselben Kabinettsumbildung in den Ministerrang aufgestiegen. Wenn der Premierminister sich demnächst von seinem Amt zurückziehen würde, dann würden sie sich wahrscheinlich beide um ebendieses Amt bewerben. Aber soweit war es noch nicht. Noch waren sie eng befreundet.
»Es tut mir furchtbar leid, George.«
Nachdem der persönliche Sekretär des Innenministers den Kaffee hereingebracht, auf den Tisch gestellt und sich wieder entfernt hatte, waren die beiden allein. Es kam in letzter Zeit selten vor, daß die beiden Männer miteinander sprachen, ohne von einer Phalanx von Stenographen, Referenten und Assistenten umgeben zu sein. Der Verteidigungsminister saß erschöpft in einem Sessel. Der Staub und die Spinnweben hingen noch immer am Kragen seines Mantels. »Ich möchte, daß gegen diesen dreckigen Rauschgifthandel etwas unternommen wird.«
»Das verstehe ich nur zu gut, George.«
Der Verteidigungsminister blickte seinen Freund und Kollegen grimmig an. »Ich weiß, mit welchen Schwierigkeiten du zu kämpfen hast, aber ich will, daß man sie findet und vor Gericht stellt, und ich bete darum, daß sie überführt und zu langen Strafen verurteilt werden, jedes einzelne der Schweine, die Lucy auf dem Gewissen haben.«
»Sehr verständlich.«
»Dieser Detective hat mir erzählt, daß nur zehn Prozent der illegalen Einfuhren abgefangen werden ...«

»Wir haben sowohl die Polizei als auch den Zoll personell verstärkt. Wir haben große Summen für die Rauschgiftbekämpfung bereitgestellt ...«
Der Verteidigungsminister schüttelte den Kopf. »Bitte jetzt keine Wahlkampfrede – nicht in diesem Augenblick. Ich muß heute abend Libby ins Gesicht sehen, ich muß ihr sagen, wo ihre – unsere – Tochter gestorben ist, und dann werde ich sie zu Hause zurücklassen und mit fröhlichem Gesicht an einem Bankett teilnehmen, das wir ausgerechnet für ein paar Parteibonzen aus Pakistan veranstalten, aus einem Land also, das im Herzen des Goldenen Halbmonds liegt, wenn du weißt, was das ist. Ich glaube nicht, und das ist mein voller Ernst, daß Libby den heutigen Abend überleben wird, wenn ich ihr nicht das feierliche Versprechen geben kann, daß Lucys Mörder gefaßt und vor den Kadi gestellt werden.«
»Ich werde tun, was ich kann, George.«
»Sie war ein so feines Mädchen, unsere Lucy – bevor das alles anfing ...«
»Alles, was in unserer Macht steht – das verspreche ich dir. Und versichere Libby meines tiefempfundenen Mitgefühls. Es tut mir ja so furchtbar leid.«
»Ja, bei Gott, es hätte dir leid getan, George, wenn du gesehen hättest, wie Lucy – und wo sie gestorben ist. Libby wird übermenschliche Kraft brauchen, sonst überlebt sie das alles nicht. In meinem tiefsten Herzen habe ich seit fast einem Jahr geahnt, daß es so enden würde, aber diesen Abgrund menschlichen Elends habe ich mir trotzdem nicht vorstellen können, George. Du wirst tagein, tagaus damit konfrontiert – aber diesmal ist meine tote Tochter in deinen Statistiken hinter irgendeinem Komma vermerkt, und ich werde dich aus deinem Versprechen nicht entlassen.«

Der Detective arbeitete sich Seite für Seite durch das Tagebuch hindurch. An jedem dritten oder vierten Tag war der betreffende Eintrag noch zusätzlich mit einem roten Stern-

chen gekennzeichnet, so auch das Datum jenes Tages, an dem das Mädchen sich die Überdosis injiziert hatte. In dem Heft waren auch etliche Telefonnummern verzeichnet. Einige davon waren siebenstellig, also höchstwahrscheinlich Londoner Nummern; die schieden fürs erste einmal aus. Er hatte aus den anderen Bewohnern des besetzten Hauses herausgekitzelt, daß Lucy Barnes das Städtchen in den vergangenen Tagen nicht verlassen hatte. Die Nummern der Kleinstadt waren fünfstellig. Eine von ihnen war rot unterstrichen. Der Detective legte sein weiteres Vorgehen fest. Er würde bis zum frühen Abend arbeiten, dann die Papiere auf seinem Schreibtisch wegschließen, den Mantel anziehen und heimfahren. Was sonst sollte er tun? Selbst wenn er und seine beiden Mitarbeiter fünfundzwanzig Stunden am Tag gearbeitet hätten, wäre man dadurch der Lösung des Rauschgiftproblems, das inzwischen sogar diese Kleinstadt auf dem Land terrorisierte, nicht um einen Millimeter näher gekommen. Würde man gegen dieses Teufelszeug je wirksame Schutzmauern errichten können? Der Detective hatte immer wieder Seminare besucht, auf denen über nichts anderes als sogenannte Großstadtprobleme gesprochen wurde. Aber die Probleme, die sie in den Großstädten hatten, die hatte er hier auch. Hätte er seine Sorgen nicht jeden Abend im Büro zurückgelassen, dann hätten das Heroin und der Koks ihn selbst wahrscheinlich auch noch kaputtgemacht.
Bevor er den Schlüssel in die Tasche steckte, schickte er den zuverlässigeren seiner beiden Mitarbeiter noch mit dem Auftrag zum Fernamt, den zu der rot unterstrichenen Telefonnummer gehörigen Anschluß anzuzapfen und sämtliche Gespräche mitschneiden zu lassen.
Dann wünschte er ihnen einen guten Abend und machte sich auf den Heimweg.

»Wir sollen also ohne Rücksicht auf Verluste alle verfügbaren Mittel einsetzen – das ist es doch, was Sie meinen, oder?«

Er war früher Polizeichef einer Grafschaft gewesen. Er hatte alles gesehen, kannte all die Sprüche. Er wollte glasklare Anweisungen, und zwar aus erster Hand. Er leitete die New Scotland Yard angeschlossene Nationale Drogenpolizei und war zuständig für die Koordinierung sämtlicher Bemühungen, den Rauschgiftimport zu unterbinden.
»Ja, Sie haben mich richtig verstanden. Genau das meine ich.« Der Innenminister schlug nervös die Beine übereinander. Sein Privatsekretär machte eifrig Notizen, und auf der gegenüberliegenden Seite des Raums fertigte ein Mitarbeiter des Polizisten eine Art Sitzungsprotokoll an und sah dann in Erwartung weiterer Einzelheiten die beiden Männer an. Der Innenminister überlegte, wie weit die Aufzeichnungen beider Seiten schließlich wohl voneinander abweichen würden.
»Ich möchte bei dieser Gelegenheit allerdings darauf hinweisen, Herr Minister, daß ich gewisse Schwierigkeiten damit habe, unsere ohnehin schon völlig überforderte Behörde ausschließlich auf einen – zugegebenermaßen außerordentlich tragischen – Fall anzusetzen, nur weil das Opfer zufällig aus gewissen Kreisen stammt. Sie verstehen diesen Einwand hoffentlich richtig, aber es ist meine Pflicht ...«
»Es ist zweifellos kein besonders schwieriger Fall. Sie haben solche Dinge schon dutzendfach erfolgreich bearbeitet. Ich möchte nur, daß Sie die Geschichte rasch aufklären«, sagte der Innenminister.
»Dann möchte ich Sie nur kurz über einige der Fälle aufklären, die in den vergangenen Tagen hier bei uns gelandet sind ... Vier Schwarze, die sich gewaltsam Zugang zu einem Haus verschafft und dabei auf eine Mutter und ihren kleinen Jungen geschossen haben, der Junge ist tot. Natürlich ein Rauschgiftdelikt. Eine blinde Witwe in einer der Grafschaften im Westen ist wegen hundert Pfund zusammengeschlagen worden. Die Täter brauchten das Geld natürlich ebenfalls für Drogen. In einem einzigen gut hundert Meter langen Straßenabschnitt in Westlondon sind in den vergangenen zwei

Monaten achtundzwanzig Polizisten verletzt worden, weil wir versuchen, den Rauschgifthandel in dieser Gegend zu unterbinden. Dann gibt es mindestens zwei neue Labors im Osten Londons, in denen sogenannte Designer-Drogen, Amphetamin-Cocktails etc. hergestellt werden. Nur wissen wir leider noch nicht genau, wo diese Giftküchen sich befinden. Ein sechsjähriger Knirps, der schon täglich seine Marihuanadröhnung braucht, kommt gemeinsam mit seiner Mutti zu uns hereinspaziert und erklärt, daß er 150 Pfund aus ihrer Handtasche geklaut hat, um den Stoff zu bezahlen ... Das sind nur ein paar Beispiele. Jetzt frage ich Sie, Sir: Sie möchten also, daß wir in all diesen – für die Betroffenen überaus wichtigen – Fällen die Ermittlungen aussetzen?«

»Ja.«

»Weil die Tochter eines Kabinettsmitglieds so dumm gewesen ist, sich eine Überdosis zu verpassen?«

»Hören Sie auf, hier den wilden Mann zu spielen.«

»Danke, Sir, werd' mich darum kümmern.«

»Und sorgen Sie dafür, daß der Fall gelöst wird – verstanden?«

Ein frostiges Lächeln huschte über das Gesicht des Polizisten, ein Lächeln, daß den Innenminister ein wenig aus der Fassung brachte. Er sah zur Seite und mied den Blick seines Gegenübers. Er wußte nur zu genau, daß der Polizist ihn dafür verachtete, daß er alle üblichen Gepflogenheiten einfach beiseite schob, nur weil ein Kollege ihn darum gebeten hatte.

»Sie halten mich auf dem laufenden«, sagte der Minister zu seinem Privatsekretär. »Und jetzt können Sie den Wagen kommen lassen.«

»Charlie Eshraq hat angerufen«, sagte Harriet Furniss.

Mattie schälte sich aus seinem Mantel. »Ach, wirklich?« Er hängte das Kleidungsstück hinter der Eingangstür ein wenig umständlich an die Garderobe. »Und was hat er gesagt?«

Mattie sprach zu Hause grundsätzlich nicht über berufliche

Dinge. So hatte er seiner Frau auch nichts von seiner Zusammenarbeit mit dem Jungen erzählt, und ebensowenig wußte Harriet Furniss, die Charlie wie einen Sohn behandelte, daß dieser während seines letzten Heimataufenthalts zwei Männer getötet hatte. Harriet und Mattie waren seit achtundzwanzig Jahren verheiratet. Drei Viertel dieser Zeit war Mattie als Angehöriger des Geheimdienstes tätig gewesen, und stets hatte er sich strikt an die Vorschriften gehalten, die besagten, daß Ehefrauen aus allen dienstlichen Angelegenheiten herauszuhalten seien.

»Er hat gesagt, es sei schade, daß du nicht da bist. Und daß er heute abend wegfährt ...«

»Ach – tatsächlich?« Mattie spielte den Arglosen. Wahrscheinlich wußte Harriet ganz genau, was Sache war – aber sie hatte noch nie versucht, ihn auszufragen.

»Er hat gesagt, daß er in den nächsten Wochen einen ziemlich guten Job hat – irgendwas als Reiseleiter in der Ägäis.«

»Klingt nicht übel.«

»Er bedankt sich noch mal für das Geschenk.«

»Ah ja. Nur eine Kleinigkeit, die ich irgendwo gesehen und ihm zugeschickt habe«, sagte er ein bißchen zu hastig. Im Century konnte er lügen, daß sich die Balken bogen, aber zu Hause war er auf diesem Gebiet der reinste Stümper.

»Er hat gesagt, er kann es sehr gut brauchen.«

»Um so besser ... Ein Wochenende auf dem Land wird mir guttun, Harriet. Ich hab' da etwas zum Lesen.«

Er küßte sie auf die Wange – fast so, als hätte er das eigentlich schon früher tun sollen. In all den langen Jahren seiner Ehe hatte Mattie nie eine andere Frau angeschaut. Vielleicht war er ja altmodisch. Er wurde sich seines fortschreitenden Alters von Tag zu Tag ein wenig deutlicher bewußt – in wenigen Wochen würde er schon 53 Jahre alt sein – und war froh, daß er das verdammte Glück gehabt hatte, Harriet Furniss, geborene Owens, kennengelernt und geheiratet zu haben.

Er öffnete seine Aktentasche und holte das schwarze Buch

hervor, das den einzigen Inhalt der Mappe bildete. Jeden Morgen schleppte er seine Aktentasche – wie ein unentbehrliches Utensil – mit ins Büro, aber er brachte am Abend in der Mappe nie irgendwelche Papiere mit nach Hause. Er zeigte ihr den Buchrücken, auf dem in eleganter Schrift zu lesen war: *Die urartäische Zivilisation des Nahen Ostens – eine Würdigung.* Sie zog eine Grimasse. Er öffnete das Buch und zeigte ihr die Quittung des Antiquars.

»Eigentlich genau das richtige Geburtstagsgeschenk.«

Sein Geburtstag war noch neun Wochen entfernt. Sie würde das Buch genauso bezahlen, wie sie für die meisten Sonderausgaben aufkam, wie sie das Schulgeld für die Mädchen und den Flugschein für Charlie Eshraq bezahlt hatte, als dieser vor vier Jahren von Kalifornien nach London gekommen war. Mattie hatte kein Geld, kein ererbtes Vermögen, lediglich sein Gehalt, das für die Grundausgaben gerade ausreichte – die Ratenzahlungen, die Hypothekenrückzahlung und den Haushalt. Die Familie hätte sich in ihrem Lebensstil erheblich einschränken müssen, hätte Harriet nicht immer wieder etwas zugeschossen.

»Was für einen Eindruck hat Charlie auf dich gemacht?«

»Hörte sich ganz gut an – richtig beschwingt sogar ... Das Essen müßte eigentlich fertig sein.«

Sie gingen durch die Diele in Richtung Küche. Er hielt seine Frau bei der Hand. Das tat er häufiger, seit die Mädchen aus dem Haus waren.

»Hast du dir fürs Wochenende schon was Bestimmtes vorgenommen?«

»O ja ... Der entsetzliche Typ, der ›Manor Farm‹ gekauft hat, der hat den Feldweg einfach umgepflügt, der durch ›Ten Acre‹ führt. Ich werde also mehr als genug zu tun haben.«

Gott sei dem armen Irren gnädig, dachte Mattie, dem Zugereisten aus der großen Stadt, der einen alten Weg umgepflügt und sich Harriet Furniss zur Feindin gemacht hat!

Sie blickte ihm ins Gesicht. »Die Urartäer, waren die nicht

irgendwo in der östlichen Türkei?« Er nickte. »Und dahin reist du also?«
»Zuerst an den Golf, aber vielleicht auch da hoch.« Bisweilen wünschte er nichts mehr, als mit Harriet über alles reden zu können, über seine Enttäuschungen und über seine Triumphe. Aber er hatte das nie getan und würde es auch in Zukunft nicht tun.
In der Küche machte er sich einen schwachen Gin-Tonic und reichte Harriet ihr Glas Zypern-Sherry. Der Gin und der billige Sherry stammten aus dem Supermarkt, denn Getränke wurden grundsätzlich aus der Haushaltskasse bezahlt. Er war sehr ruhig an diesem Abend. Während sie die Töpfe abspülte und das restliche Geschirr in die Maschine räumte, saß Mattie in einem Sessel beim Fenster und nahm trotz der offenen Vorhänge nichts wahr. Er dachte darüber nach, wo Charlie Eshraq sich wohl gerade aufhalten mochte.

»Komm schon rüber, Wächter ... stell dich nicht so an.«
Das Pub war rammelvoll. Jeden Augenblick konnte die gefürchtete Glocke ertönen, und die Gäste an der Theke soffen um die Wette.
David Park stand abseits der Bar, abseits der Gruppe. Er sah seine Kollegen an.
»Verdammt noch mal, Wächter, trinkst du jetzt endlich einen mit uns oder nicht?« Sie standen zu sechst an der Bar. Einige von ihnen hatten sich ihrer Jacken entledigt, und alle hatten sie die Krawatten gelöst und waren rot im Gesicht. Sie fühlten sich allesamt ganz unübersehbar sauwohl an diesem Abend, mit Ausnahme von David Park. Zwar hatte er sich nicht aus dem Staub gemacht und war zu Ann heimgefahren, wie er ursprünglich vorgehabt hatte. Aber er hatte sich auch nicht an dem unvermeidlichen Besäufnis beteiligt, das fällig geworden war, als Richter Kennedy nach der Verhandlung so wunderschöne Worte gefunden hatte.
»Wächter, die nächste Runde geht auf deine Kosten.«

Natürlich, David Park mußte jetzt eine Runde schmeißen. Er trank seinen Bitter-Lemon aus. Dann ging er an die Bar hinüber. Mit leiser Stimme bestellte er sechs Bier und einen Bitter-Lemon. Er sprach so leise, daß die Barfrau ihren nicht unbeträchtlichen Busen fast auf die Theke schieben mußte, um ihn zu verstehen. Dann drückte er die Biere in die sich ihm entgegenstreckenden Hände.

»Hervorragend, Wächter ... Prost, alter Freund ... Wird Zeit, daß ... Wächter, alter Kumpel, du machst heute abend einen reichlich laschen Eindruck ...«

Er grinste verlegen, als sei er in einem Augenblick der Schwäche ertappt worden. Seine schwachen Seiten gingen niemanden etwas an.

»Ich muß fahren«, sagte er ruhig. Er schob sich wieder an den Rand der Gruppe. Im Polizeifunk war er allgemein als Wächter bekannt, und das bereits seit er dem Sonderkommando der Zollfahndung zugeteilt worden war. Bloß weil er Park hieß, hatte ihm irgendein begnadeter Witzbold den Decknamen Wächter verpaßt. Sich vollaufen lassen, große Töne spucken und in der Gegend herumtorkeln, das war nicht Parks Bier. Er hatte andere Talente, und diese Talente hatte Richter Kennedy durchaus zu würdigen gewußt, als er die Arbeit des April-Teams über den grünen Klee gelobt und die übrigen Mitglieder des Sonderkommandos mehr oder weniger unmißverständlich dazu aufgefordert hatte, sich sieben halbe Liter reinzuknallen und hinterher mit dem Taxi nach Hause zu fahren. Richter Kennedy hatte nämlich am Nachmittag dieses Tages ein paar saftige Strafen verhängt – einmal vierzehn Jahre, zweimal zwölf und einmal neun. Richter Kennedy hatte außerdem Bill Parrish, den Leiter des April-Teams, vortreten lassen und ihm im Namen »der von diesen niederträchtigen Drogenhändlern bedrohten Gesellschaft« seinen persönlichen Dank ausgesprochen. Bill Parrish hatte in seinem blütenweißen Hemd ganz verlegen gewirkt, als diese unerwartete Lobeshymne auf ihn niedergegangen war.

Parrish bezog ein Grundgehalt von 16 000 Pfund im Jahr, und David Park kam ohne Überstunden sogar nur auf 12 500. Die Dreckskerle dagegen, die für vierzehn, zwölf und neun Jahre in den Bau gegangen waren, konnten sich auf ein paar Millionen freuen, die sie rechtzeitig beiseite geschafft hatten. Soviel Geld konnte Park nicht mal in einem vierzigjährigen Arbeitsleben verdienen.
Was er an diesem Beruf am meisten liebte, war dieser gewisse Kitzel, das Jagdfieber, doch sein Interesse an der Sache erlosch in dem Moment, in dem die Handschellen einmal zugeschnappt waren. Bei Parrish verhielt sich das ein bißchen anders. Wann immer der einen Fall erfolgreich abgeschlossen hatte, wurde er zu Hause von seiner Frau mit großem Hallo empfangen. Dann goß sie ihm noch ein Bier ein, setzte ihn vor die Glotze und spielte ihm per Video die beiden wichtigsten Nachrichtensendungen des Abends vor, und so konnte er sich rülpsenderweise die an die Nation gerichtete Botschaft reinziehen, daß die Zollfahndung einfach phantastisch sei und die Sicherheit der Nation gewährleiste, etcetera, etcetera. Park hoffte, daß Ann schon ins Bett gegangen war.

Das April-Team steckte sozusagen bis zum Hals in iranischem Heroin. Park gehörte jetzt vier Jahre zu dem Sonderkommando und hatte sich in dieser Zeit ein umfassendes Wissen über iranisches Heroin angeeignet. In dem soeben erfolgreich abgeschlossenen Ermittlungsverfahren hatte er den Kopf hingehalten und war bis ins Zentrum des Rauschgiftrings vorgedrungen, ja, er hatte sogar für die Gangster als Fahrer gearbeitet. Ann hatte nicht die geringste Ahnung davon gehabt, worauf er sich da eingelassen hatte. Er hoffte, daß sie schon schlief.
Er beobachtete seine Kollegen. Er fand, sie sahen blöd und betrunken aus. Er konnte sich überhaupt nicht mehr daran erinnern, wann er zuletzt in der Öffentlichkeit blau gewesen war. Man hatte ihn für den Job ganz sicher auch deshalb

ausgesucht, weil er mit Alkohol keinerlei Probleme hatte. Ein Polizist, der bei einer solchen verdeckten Operation weniger als tausendprozentig klar im Kopf war, hatte die besten Chancen, umgelegt zu werden; im Grunde genommen konnte so jemand sich auch gleich selbst die Knarre an den Kopf halten.

Nein, Ann wußte nicht viel über seine Aktivitäten. Keine Einzelheiten, nur Grundsätzliches. Schließlich hätte er ihr kaum erzählen können, daß man ihn in einen Rauschgiftring eingeschleust hatte und daß er kopfüber in der Themse landen würde, und zwar mit dem blutigen Überrest eines Hinterkopfes, falls die Gangster ihm auf die Schliche kommen sollten.

Mittlerweile hatte er den Eindruck, daß einer von den Jungs da drüben sich kaum noch auf den Beinen halten konnte.

Bill Parrish hatte sich aus der an der Bar zechenden Gruppe gelöst und kam steifbeinig auf Park zu. Er legte einen Arm um dessen Schulter und stützte sich bei ihm auf.

»Hamse was dagegen, wenn ich Ihn' mal was sage ...? Sie könn' manchmal ganz schön eingebildet sein, David.«

»Nur raus damit.«

»April is 'n Team, sogar 'n verdammt gutes Team. Und so 'n verdammt gutes Team gehört ssusammen, sonst geht es kaputt. Aber man kann nicht ssusammensein, wenn einer aus der Gruppe sich für 'nen feinen Pinkel hält.«

Park befreite sich von dem Arm und legte ihn auf das Sims des Kamins. »Und was lernen wir daraus?«

»Daraus lernen wir ... daß wir 'nen großen Erfolg gehabt haben – und da wird man doch wohl noch einen sswitschern dürfen ...«

Park atmete tief ein. Parrish hatte es ja so gewollt. Jetzt mußte er auch die Konsequenzen tragen.

»Sehen Sie die Typen noch vor sich? Erinnern Sie sich noch, wie die uns ausgelacht haben, als das Urteil verkündet wurde? Ja, ausgelacht haben die uns, Bill. Einmal vierzehn, zweimal zwölf und einmal neun Jahre, und die haben zu uns rübergeschaut, als hätten sie gerade einen guten Witz gehört. Und haben Sie ihre Frauen im Zuschauerraum gesehen? Alle tiefbraun – frisch von der Costa eingeflogen. Und was die an den Fingern hatten und an den Ohren und am Hals, das war kein Lametta ... Hören Sie mal zu, Bill. Wir machen uns doch selbst was vor. Wir haben den Schweinen doch bestenfalls einen kleinen Kratzer zugefügt, und jetzt spielen wir uns hier als die großen Sieger auf. Und auch der Richter hat bei dem ganzen Schwindel mitgespielt, und so gehen die Leute in Großbritannien heute abend mit dem Gefühl ins Bett, daß alles in bester Ordnung ist. Wir machen uns doch selbst was vor, Bill. Denn wir gewinnen nicht nur nicht, wir kommen nicht mal voran. Wir ersaufen doch fast schon in dem verdammten Rauschgift ...«

»Das ist doch alles Quatsch, David.«

»Wieso Quatsch? Der Heroinhandel explodiert, Koks wird inzwischen an jeder Straßenecke verhökert, Amphetamine gehören schon fast zum guten Ton, und Cannabis rechnen wir nur noch nach Tonnen statt nach Kilo. Wir bescheißen uns doch selbst, wenn wir so tun, als hätten wir die Sache im Griff. Gar nichts haben wir im Griff. Oder wollen Sie vielleicht das Gegenteil behaupten, Bill?«

»Ich hab' getrunken, ich hab' jetzt keine Lust, über diese Dinge zu reden.«

»Tut mir leid, daß ich so ausgerastet bin. Wissen Sie, was ich glaube ...«

Er sah, wie Parrish die Augen verdrehte. War schließlich nicht das erstemal, daß der sich Wächters Welterlösungsphantasien anhören mußte.

»Nur raus damit.«

»Wir sind zu zahm, Bill. Wir müßten wesentlich aggressiver zur Sache gehen. Wir müßten ins Ausland gehen und direkt bei den Erzeugern zuschlagen. Wir sollten uns nicht länger damit zufriedengeben, mit dem Rücken zur Wand zu kämp-

fen und Feuerwehr zu spielen. Wir müssen denen das Leben schon draußen in den Erzeugerländern zur Hölle machen.«
Parrish blickte in das junge Gesicht seines Kollegen, in die kühlen, nicht von Alkohol benebelten Augen, auf das energische Kinn des jungen Burschen. Er schwankte leicht. »Und wo ist *draußen?* Draußen, das bedeutet am Arsch der Welt irgendwo in Afghanistan oder in irgendeinem iranischen Kaff. Mein Lieber, dahin können Sie alleine gehen. Und Ihr guter alter Onkel Bill wird dort ganz sicher nicht bei Ihnen sein.«
»Dann können wir ebensogut aufgeben und das Zeug gleich legalisieren.«
»Für einen jungen Polizisten, dem ein Richter vor ein paar Stunden den Honig kübelweise um den Bart geschmiert hat, sind Sie weiß Gott nicht leicht zufriedenzustellen, Wächter ... Am besten, Sie gehen jetzt nach Haus und schlafen sich erst mal richtig aus. Wenn Sie morgen früh geduscht, sich rasiert und Ihren Darm entleert haben, dann sieht die Welt gleich wieder freundlicher aus.« Damit gab Parrish es auf und ging wieder zu seinen Kumpels hinüber.
Park stand noch ein paar Minuten allein da. Die anderen hatten ihn jetzt völlig vergessen. Er konnte nichts dagegen tun. Er konnte das alles in seinem Kopf nicht einfach abstellen wie die anderen. Er hatte recht, das wußte er ganz genau, aber keiner von ihnen kam rüber zu ihm, um sich anzuhören, wie verdammt recht er hatte. Er rief ihnen zu, er müsse sich jetzt verdünnisieren. Keiner von ihnen hielt es für nötig, sich nach ihm umzudrehen, keiner beachtete ihn auch nur.
Auf dem Heimweg hielt er sich strikt an die vorgeschriebene Geschwindigkeitsbegrenzung. Er war stocknüchtern. Daß der Richter ihm ein Sonderlob erteilt hatte – dafür konnte er sich nun wirklich nichts kaufen. Für ihn zählte nur eines: daß sie sich im Krieg befanden und nichts dafür sprach, daß sie ihn gewinnen würden.
Seine Wohnung im Südwesten der großen Stadt hatte zwei Schlafzimmer. Leisten konnte er sich eine solche Wohnung

nur, weil er reichlich Überstunden schob und weil Ann noch in einem Architekturbüro arbeitete. Er fuhr seinen Escort auf der rückwärtigen Seite des Wohnblocks in die Garage. Er war jetzt hundemüde. Es dauerte eine Weile, bis er den richtigen Schlüssel gefunden hatte. Der Grund seiner Müdigkeit und des Brechreizes, den er verspürte, waren die Blicke, die die Gangster ihm nach der Urteilsverkündung von der Anklagebank aus zugeworfen hatten. Die Schweine hatten die Polizisten nur ausgelacht.
Auf einer kleinen Konsole in der Diele fand er eine Nachricht:
D. Ich bin heute abend zu meiner Mutter gefahren. Vielleicht sehen wir uns ja morgen, falls du Zeit hast. A.

Der Detective, der trotz der frühen Morgenstunde schon erstaunlich munter war, bedankte sich bei dem diensthabenden Fernmeldefritzen. In einer kleinen Landstadt wie dieser unterhielt die Polizei – natürlich ganz inoffiziell – hervorragende Beziehungen zum örtlichen Fernamt. Die Nummer, die man am Vorabend ohne viele Umstände angezapft hatte, war im Lauf der Nacht dreimal angewählt worden. Einer der Anrufer hatte seinen Namen und seine Nummer hinterlassen. Der junge Darren, der dem Detective bereits einschlägig bekannt war.
Wieder in seinem Büro, erklärte er seinen Mitarbeitern, die gleichzeitig mit ihm eingetroffen waren, sie könnten die Mäntel gleich anbehalten. Er gab ihnen die Adresse und trug ihnen auf, Darren Cole zu einem kleinen Plausch aufs Revier zu bringen.
Er pfiff vor sich hin, Gilbert and Sullivan. Er freute sich schon darauf, mit dem jungen Master Cole mal wieder über die alten Zeiten zu sprechen und über Lucy Barnes' Heroin-Connection. Der Tag fing gut an, fand er – bis ein Mitarbeiter ihn davon in Kenntnis setzte, daß der Chef ihn zu sprechen wünsche und daß zwei hohe Tiere von der Bezirkspolizei auf ihn warteten.

3. Kapitel

Er trug die weitgeschnittene Khakiuniform der *pasdaran*, und er hinkte gerade so stark, daß es zwar auffiel, aber nicht übertrieben wirkte.

Er hatte sein Motorrad hundert Meter von der Stelle entfernt abgestellt, wo der Mann, den er verfolgte, seinen zerkratzten Hillman Hunter geparkt hatte. Er war dem Mann durch die Gassen des zu dieser Stunde geschlossenen Basars gefolgt, vorbei an den Stahlgittertüren zur Masjid-i-Jomeh. Er ging immer weiter und ignorierte den Schmerz, den der unter den Ballen seines rechten Fußes geklebte Kiesel verursachte. Er sah, wie der Mann an den Wachen am Eingang der Moschee vorbeiging und in den Schatten der Gewölbe eintauchte. Als der Mann verschwunden war, drehte er sich um und ging durch den spärlichen Verkehr auf die andere Straßenseite hinüber. Seit Jahren schon galten beim Freitagsgebet überall im Land verschärfte Sicherheitsvorschriften; sie waren eingeführt worden, nachdem beim Freitagsgebet in der Universität von Teheran unter einer Gebetsmatte eine Bombe explodiert war. Charlie sah sich um und wartete. Die Wachen am Eingang der Moschee hatten den jungen Mann bereits entdeckt, der auf der gegenüberliegenden Straßenseite auf dem ramponierten Gehsteig hockte. Auch sein Hinken war ihnen nicht entgangen, deshalb winkten und lächelten sie ihm kameradschaftlich zu. Sie nahmen wohl an, daß er in einer der großen Schlachten im Sumpfgebiet um Basra oder in den Kämpfen bei Halabja an der Bergstraße nach Bagdad verletzt worden war. Charlie wußte, daß Männer in Uniform, die weit hinter der Front stationiert waren, verwundeten Soldaten großen Respekt entgegenbrachten. Er würde nun die Straße überqueren und der Stimme des Mullahs lauschen, die aus den Lautsprechern an den Kuppeln der Masjid-i-Jomeh dröhnte.

Charlie war nicht als Moslem erzogen worden. Dieses Zugeständnis hatte sein Vater seiner in Amerika geborenen Frau gemacht. Seine Mutter hatte sich zu keiner Religion bekannt, und so hatte er weder die geistliche Betreuung der Ajatollahs noch der christlichen Priester genossen, die in der Ausländergemeinde im Iran wirkten. Aber bevor er auf die amerikanische Schule gegangen war, hatte er von den Kindern, mit denen er gespielt hatte und gemeinsam erzogen worden war, soviel über den Islam gelernt, daß er ohne weiteres einen Rechtgläubigen spielen konnte. Er wollte mit den Wachen reden. Reden konnte Charlie gut, weit besser noch konnte er allerdings zuhören.

Und so hörte er den Wachen zu. Er ließ sie reden – über Dienstpläne, die Schandtaten der Ungläubigen, Truppenbewegungen. Fragen, die seine Person betrafen, beantwortete er äußerst zurückhaltend. Nein, seine Verwundung sei nicht weiter schlimm, er hoffe, daß er bald wieder im Dienst des Imams weiterkämpfen könne.

Charlie sah, wie der Mann aus der Moschee heraustrat. Soeben hatte er den Wachen noch aufmerksam zugehört, nun aber, von einem Moment auf den anderen, verabschiedete er sich von ihnen unter dem Vorwand, er sei müde und müsse sich ausruhen. Und dann war er auch schon verschwunden.

Den Namen des Mannes kannte er schon seit zwei Jahren, die Adresse hatte er vor sechs Wochen erfahren, als er wieder in seiner alten Heimat eingetroffen war. Er kannte das Alter des Mannes und den Namen seiner Frau, er wußte, wie viele Kinder er hatte, und war über seine Arbeit im Bilde. Er war genau über die Lebensläufe von mindestens einem Dutzend

Menschen informiert, die dieser Mann seit der Revolution hingerichtet hatte. Er wußte, daß der Mann je nach Anweisung der Islamischen Revolutionsgerichte seine Opfer durch den Strang oder durch Erschießung ins Jenseits beförderte.
Der Mann war offensichtlich völlig arglos. Er schien sich nach der Zwiesprache mit seinem Gott absolut sicher zu fühlen, sicher in seiner Heimatstadt, sicher im Dienst seines Imams.
Der Mann hatte einen halbwüchsigen Anhänger der Baha'i-Religion gehängt, der sich trotz Folter geweigert hatte, seiner Häresie abzuschwören. Er hatte den vierundneunzigjährigen Oberst Iraj Matbu'i erschossen, der fast zum Exekutionspfosten getragen werden mußte und verurteilt worden war, weil er während der Revolte von Meshed 1935 den Einsatz der Gendarmen gegen die Mullahs geleitet hatte. Und er hatte Juliette Eshraq öffentlich gehängt.
Charlie kannte den Namen des Mannes seit zwei Jahren, seit er zum erstenmal wieder in den Iran zurückgekehrt war, seit er vom Tod seiner Schwester erfahren hatte und vor Schmerz fast wahnsinnig geworden war. Schon schwieriger war es gewesen, die Namen der beiden Wachen herauszufinden, die Juliette unter dem Kran direkt vor den Unterkünften der Revolutionsgarden in Täbris auf den Tisch gehoben hatten. Doch dann hatte er sie gejagt und getötet. Mittlerweile kannte er auch den Namen des Polizisten, der seine Schwester gefoltert hatte. Und er kannte den Namen des Mullahs, des Richters, der seine Schwester zum Tode verurteilt hatte.
Er sah, wie der Mann in seinen alten Wagen stieg. Er fuhr mit dem Motorrad hinter ihm her, über die Brücke des Flusses, der von der Schneeschmelze im Norden stark angeschwollen war, dann am Friedhof und an den Gärten entlang, die früher einmal der Stolz der Stadt gewesen waren. Die Mittagshitze lastete auf den Betongebäuden im Talkessel. Charlie spürte die Luft in warmen Wellen auf seinem Gesicht, während er hinter dem Hillman Hunter über das grobe Pflaster der alten Straße rumpelte.

Ohne zu blinken, bog der Wagen vor ihm von der Straße ab und rollte einen staubigen Weg hinauf. Charlie bremste, stellte den Motor aus, stieg ab und machte sich an der Kette des Motorrads zu schaffen. Er sah, wie die Kinder aus dem Haus liefen und daß der Mann mit ihnen lachte, ihnen die Arme entgegenstreckte und sie hochhob.
Er hatte genug gesehen. Er stieg wieder auf und brauste auf dem Motorrad davon.

Bewacht von einer Polizeibeamtin mit undurchdringlichem Gesicht, saß der junge Darren in einem der Verhörzimmer und schwitzte.
Die beiden Untergebenen erstatteten dem Detective gerade Bericht. Im Büro des Chefs saßen die beiden hohen Tiere von der Bezirkspolizei lässig in den Sesseln und gaben sich leutselig. Der Detective war hoch erfreut über das, was er hörte. Der junge Darren war direkt vor seiner Wohnung auf dem Gehsteig aufgegriffen worden, als er gerade seinen Wagen abgeschlossen hatte. Die beiden Beamten waren von zwei Seiten an ihn herangetreten, und der völlig überraschte Verdächtige hatte keine Chance mehr gehabt, etwaige Beweismittel verschwinden zu lassen.
Der Detective richtete noch ein paar Fragen an die beiden und brummte dann etwas, was wie ein lauwarmes Lob klang. Er wußte genau, wie er mit ihnen umgehen mußte. Nur nicht übertreiben. Es genügte völlig, ihnen das Gefühl zu geben, daß sie zwar richtig gehandelt, jedoch nicht gerade ein Wunder vollbracht hatten. Danach zogen sich die beiden Beamten zurück, und der Detective ging mit der Akte zu den hohen Tieren hinüber. Er trug ihnen die wichtigsten Daten vor: Cole, Darren Victor. Alter: vierundzwanzig Jahre. Adresse: ... Vorstrafen: Wegen Rauschgiftbesitz (Geldstrafe); wegen Rauschgiftbesitz (Geldstrafe); noch mal Rauschgiftbesitz (sechs Monate). Lebt in eheähnlichen Verhältnissen mit einer Frau; zwei Kinder. Einkommen: Keine nachweisba-

ren Einkünfte. Resümee: Provinzler, kleiner Gauner, Dealer und Konsument ... Geringfügige Haftstrafen, kleinere Vergehen, kein Typ, der damit rechnen mußte, im Verhörraum ein paar hohen Tieren von der Bezirkspolizei vorgeführt zu werden.

Sie ließen den Detective der kleinen Stadt nicht im Zweifel darüber, daß er ab jetzt für sie arbeitete und sie das Sagen hatten. Er würde nur ihre Anweisungen befolgen und dankbar dafür sein. Der Detective erhob keine Einwände, er hatte während seiner ganzen Polizeilaufbahn niemals das System in Frage gestellt. Als nächstes sollte er mit seinen beiden Assistenten und einem Hund Darren Coles Wohnung einen Besuch abstatten, den uniformierten Beamten fortschicken, der dort auf die Frau und die Gören aufpaßte, und die ganze Bude auf den Kopf stellen. Für das Verhör mit diesem Darren brauche man ihn nicht, gaben sie ihm zu verstehen, und Gott möge ihm gnädig sein, falls er es wage, mit weniger als einer Plastiktüte voll Beweismaterial aus der Behausung des Ganoven zurückzukommen.

Sie schickten zunächst einmal die Polizistin aus dem Verhörraum. Sie stellten sich als Kommissar und Chefinspektor vor. Sie saßen da und rückten ihre Stühle nach hinten, als ob dies ihrer Bequemlichkeit diene. Sie betrachteten Darren Cole wie ein Stück Dreck, als müßten sie nach dem Gespräch mit ihm erst einmal eine gründliche Dusche nehmen. Die Augen des jungen Burschen flackerten und wanderten von einem zum andern. Sie ließen die Szene auf ihn wirken, er sollte Wachs in ihren Händen sein.

»Darren heißen Sie, nicht wahr? Darren Cole, stimmt das?« fragte der Chefinspektor leise.

Der Ganove schürzte die Lippen und schwieg.

Der Kommissar erklärte: »Ich gehe mal davon aus, Darren, daß Sie nicht völlig zurückgeblieben sind. Ich gestehe Ihnen einfach mal zu, daß Sie nicht absolut blöde sind. Nun kommt es allerdings nicht jeden Tag vor, daß Leute wie mein Kollege und ich auf ihr Frühstück verzichten und hierherkommen, um uns mit einem kleinen Scheißer wie Ihnen zu unterhalten, Darren. Verstanden?«

Darren nickte, unübersehbar nervös.

»Können wir noch mal von vorne anfangen, Darren?« Der Chefinspektor reichte eine Packung Zigaretten über den Tisch, und Darren Cole nahm eine heraus und führte sie mit zitternder Hand zum Mund. Er bekam auch noch Feuer. Keiner der beiden Beamten nahm eine Zigarette. »Sie sind Darren Cole, richtig?«

»Ja.« Es klang, als ob ein Schilfrohr im Wind flüsterte.

»Gut gemacht, Darren ... Ich hab' schon zu meinem Kollegen gesagt, daß Darren Cole ganz sicher weiß, was gut für ihn ist. Ich hab' gesagt, daß Darren Cole sich ganz sicher zu benehmen weiß. Also, Sie verkaufen Heroin, Freundchen.«

»Früher vielleicht ...«

»Sie verkaufen es regelmäßig.«

»Vielleicht.«

Die Stimme des Chefinspektors wurde härter. »Regelmäßig.«

»Ja, das stimmt.«

»Sie haben auch Lucy Barnes beliefert.«

»Ich kenne die Namen nicht.«

»Lucy Barnes.«

»Vielleicht.«

»Fangen Sie nicht schon wieder mit dem Unsinn an, Darren ... Lucy Barnes.«

»Ja.«

»Sie haben Lucy Barnes mit Stoff versorgt.«

Darren zuckte mit den Achseln.

Der Kommissar sagte: »Lucy Barnes ist tot, Freundchen. Im Leichenschauhaus. Versuchen Sie mir nicht weiszumachen, daß Sie das nicht wissen. Verdammt noch mal, warum dauert in diesem elenden Kuhdorf alles so lange ...«

Jemand klopfte leise an die Tür. Ein uniformierter Beamter kam herein und gab dem Kommissar ein zusammengefaltetes

Blatt. Dieser überflog es leise lächelnd und reichte es dann dem Chefinspektor. Auch der lächelte. Dann tauschten die beiden Männer einen langen zufriedenen Blick aus. Darren Cole sah, was los war. Er wurde auf seinem Stuhl immer kleiner.

»Der Hund hat in Ihrer Bude mal 'n bißchen rumgeschnüffelt, Darren. Ich sag' Ihnen eins: Wenn das hier vorbei ist, wenn Sie Ihre Strafe abgesessen haben, dann sollten Sie erst mal lernen, Ihre Sachen besser zu verstecken. Schließlich könnte man 400 Gramm einer vermutlich verbotenen Substanz, nämlich Heroin, wahrlich besser verstecken als unter einer idiotischen Matratze. Leichter kann man es dem Hund nun wirklich nicht mehr machen, Darren, mein Gott ...«

»Das ist nicht besonders clever, Freundchen.« Der Kommissar schüttelte den Kopf.

Für die beiden Beamten war die ganze Geschichte reine Routinesache, sie arbeiteten schon seit über zehn Jahren zusammen. Kein Problem, dieser Fall, ein glatter Durchmarsch.

»Sieht nicht gut aus für Sie, Darren«, erklärte der Chefinspektor, als ob ihm das leid täte.

»Ich wußte nicht, daß sie tot ist.«

»Bisher haben Sie nur den offenen Strafvollzug kennengelernt, Darren. Wenn Sie richtig eingesperrt sind, das ist nicht das gleiche. The Scrubs, Pentonville, Winson Green, Long Larton, Parkhurst, da geht es anders zu als in den Anstalten, die Sie bis jetzt kennengelernt haben. Sieht gar nicht gut aus für Sie, Darren. Wissen Sie, was Sie zu erwarten haben, Darren?«

Cole entgegnete nichts. Sein Kopf sank vornüber.

»Zehn Jahre sind allemal drin, Darren, schließlich war Miss Lucy Barnes nicht irgendwer. So wahr ich hier sitze, Darren, zehn Jahre. Verdammt harte Zeit in einem solchen Knast, wenn wir uns nicht für Sie verwenden.«

Darren fragte kaum hörbar: »Was wollen Sie?«

»Wir wollen nicht *Sie,* Freundchen, das ist schon mal klar, wir wollen die Leute, die hinter Ihnen stehen. Wir würden uns für Sie verwenden, wenn Sie uns den Dealer nennen.«
Ein langes Schweigen folgte.
Der Kommissar sagte leichthin: »Nur den Namen Ihres Dealers, Freundchen.«
Cole warf den Kopf in den Nacken. Er lachte lauthals. Seine Schultern und sein Oberkörper schüttelten sich, als hätte er noch nie etwas so Komisches gehört. Auf seinem Mund stand Schaum.
»Ja, Sie haben recht, wenn ich singe, dann bin ich schnell wieder raus aus dem Knast. Und wissen Sie, warum? Weil die mich nämlich umlegen. Wenn ich den Kerl verpfeife, dann tun die alles, um mich kaltzumachen. Darauf können Sie Gift nehmen, Mister.«
Während der nächsten Stunde blickte Darren Cole starr vor sich hin und sagte kein einziges Wort.
Die beiden hohen Tiere von der Bezirkspolizei kochten, schrien, lockten und erreichten nichts. Der Detective der kleinen Stadt lachte sich ins Fäustchen, als er gegen Mittag erfuhr, wie außerordentlich erfolgreich sie gewesen waren.

In seiner schwerfälligen Handschrift, die nur Miss Duggan entziffern konnte, brachte Mattie mit einem Filzstift die Anweisungen zu Papier. Da gab es einmal jene Sektionsleiter, die an den Land- und Seegrenzen des Iran stationiert waren und aus sicherer Entfernung die Entwicklung in dem von der Welt völlig abgeschnittenen Land beobachteten. Es gab aber auch Agenten, die vor Ort im Iran operierten. Die Sektionsleiter in Dubai, Bahrain und Ankara erhielten verschlüsselte Telefaxbotschaften, die vom Dach des Century House aus zu einer Sendeanlage in Shropshire gefunkt und von dort an einen hoch oben im Troödos-Gebirge auf Zypern installierten Verstärker weitergeleitet wurden. Man teilte ihnen knapp mit, daß »Delphin« demnächst in der Region eintreffen würde. Die Botschaften für die Agenten im Iran waren verschlüsselt in den Abendkommentaren enthalten, die vom BBC World Service in Farsi ausgestrahlt wurden. Diese Sendung wurde erstens von einem Mann im Büro des Hafenmeisters von Bandar-e Abbas empfangen, zweitens von einem Mitarbeiter, der in den engen, überdachten Gassen im Basar von Teheran mit Teppichen handelte, und drittens von einem Mann, der in Täbris hinter dem alten Bahnhof eine Lkw-Werkstatt betrieb.

Nachdem Matthew Furniss' persönliche Assistentin den Wortlaut der Mitteilungen an die zuständige Abteilung im Tiefgeschoß weitergeleitet hatte, kam sie auf die Formalitäten zu sprechen. Zunächst wollte sie wissen, ob Mr. Furniss' Impfungen noch gültig seien. Dann fragte sie ihn, wann er wegen der Malaria- und Magen- und auch der Schlaftabletten für den Flug in der medizinischen Abteilung vorbeischauen könne. Im übrigen, so erklärte sie, werde sie sich im dritten Stock um seine Reiseschecks kümmern, sobald er diese Vollmacht hier unterzeichnet habe. Und wegen seiner Flugtickets müsse er bitte noch hier und dort und da unten unterschreiben. Und ob ihn der Wagen direkt von zu Hause oder vom Century aus zum Flughafen bringen solle? Und ob sie noch einen Termin beim Präsidenten arrangieren solle? Außerdem habe sie einen Merkzettel in seinen Paß gelegt. »Damit Sie nicht vergessen, unterwegs für Ihre Töchter und natürlich für Ihre Frau ein paar hübsche Geschenke zu besorgen. Ich glaube nicht, daß sie sich durch die Strickjacke hat hinters Licht führen lassen, die ich beim letztenmal noch rasch hier in der Stadt besorgt habe.«

Das Reisen hatte inzwischen für ihn viel von seiner Selbstverständlichkeit verloren. Deshalb überließ er alles, was damit zusammenhing, dem organisatorischen Wirbelwind namens Miss Duggan. Er saß auf dem zweisitzigen Sofa in seinem Büro und hörte im Hintergrund das Klackern ihrer PC-Tastatur. Konzentriert las er in seinem Buch und versuchte sich möglichst viele Details einzuprägen. Großartige Leute, die Urartäer, eine ungewöhnliche, dreihundert Jahre lang blühende Kultur – und dann aus und vorbei. Ungefähr tausend Jahre vor Christus hatte dieses vitale Volk einem heute zwischen der Türkei, dem Irak und Nordostiran aufgeteilten Gebiet seinen Stempel aufgedrückt. Was das kulturelle Schaffen dieser Menschen betraf – ihre Gürtel, Ohrringe, Armbänder, aber auch ihre Keilschrift –, konnte er durchaus als Experte gelten. Höchstwahrscheinlich würde er auch nach Van reisen. Die tief in der Türkei gelegene urartäische Festung Kalesi in Van wollte er gleich im Anschluß an Täbris besuchen. Und tatsächlich freute er sich schon jetzt auf den Aufenthalt dort. Er rief sich ins Gedächtnis zurück, was er von Kalesi noch wußte: Die Mauern der Festung bestanden aus – bis zu fünfundzwanzig Tonnen schweren – behauenen Steinblöcken; sie wurde durch einen über sechzig Kilometer langen Kanal mit Wasser versorgt. Und von dieser Kultur hatten die Assyrer nichts als ein paar Bronzearbeiten und Tonscherben übriggelassen, an denen nun Männer wie Mattie Furniss ihre Freude hatten. In dem Buch, das er gerade las, ging es um eine befestigte Stadt, die 1936 im sowjetischen Armenien ausgegraben worden war. Er hatte noch nie zuvor eine lesbare, ungekürzte Übersetzung des Grabungsberichts in Händen gehalten. In erster Linie diente die Lektüre seiner Tarnung. Wann immer Mattie in der Golfregion und im Nahen Osten umherreiste, gab er sich als Archäologe aus. Eines Tages wollte er selbst ein Buch über die Urartäer schreiben; nur wußte er nicht, wie er dafür einen Verleger erwärmen sollte. Aber im Notfall würde Harriet bestimmt bereit sein, einen Privatdruck seiner Ansichten über die urartäische Kultur zu finanzieren.

Miss Duggan schloß ihre Papiere im Wandsafe ein. Zeit zum Mittagessen. Zeit, sich in der Kantine in die Schlange einzureihen. Er nahm sein Essen selten im Büro ein. Er fand es einfach angenehm, mittags in der Kantine ein wenig mit den

Kollegen zu plaudern. Das Essen war genießbar, und man hatte einen sehr anregenden Blick auf den Fluß. Er legte ein Lesezeichen in das Buch und folgte ihr.

Mattie war im Century House sehr beliebt, nicht nur weil er schon so lange für den Service arbeitete, sondern auch weil niemand, ob jung oder alt, ob in höherer oder untergeordneter Funktion, vom Chef der Iran-Abteilung je unhöflich oder anmaßend behandelt worden war. Er hatte seine Position nicht zu Lasten der Zukunftsaussichten anderer Mitarbeiter des Hauses erreicht. Gegenüber Kollegen, die in Schwierigkeiten waren oder seinen Rat suchten, zeigte er sich stets großzügig. Und viele suchten seinen Rat. Doch hätte er nie mit seiner Beliebtheit geprahlt, weil er darüber überhaupt noch nie nachgedacht hatte.

Im Aufzug traf er den Israel-Referenten.

»Tut mir leid, wie der Chef neulich mit Ihnen umgesprungen ist, Mattie. Der Präsident hat kein Recht, so vor den Kollegen zu reden und auch nicht im persönlichen Gespräch. Ich hatte in der Situation das Gefühl, daß es Ihnen nicht viel nützen würde, wenn ich mich auf Ihre Seite stelle, aber wenn so etwas noch mal passiert, dann können Sie auf mich rechnen. Kopf hoch, Mattie ...«

Mattie setzte sogleich ein Lächeln auf, als ob derartige Lappalien ihn nicht weiter beunruhigen könnten.

Er holte sich an der Theke ein mehrgängiges Menü. Harriet würde abends nicht daheim sein, das wußte er schon, irgendeine Komiteesitzung. Wenn er jetzt reichlich aß, würde am Abend ein Sandwich genügen. Percy Martins stand hinter ihm. Percy Martins war für Jordanien, Syrien und den Irak zuständig. Er hatte vor ein paar Jahren einmal eine spektakuläre, allerdings äußerst riskante Aktion inszeniert und war deshalb in der Hierarchie viel weiter nach oben geschossen, als es seinen Fähigkeiten entsprach – nur daß der neue Präsident das noch nicht mitgekriegt hatte.

»Danke für die Informationen über die Sanandaj-Einheiten,

Mattie. Wir haben das gleich nach Bagdad weitergeleitet. Bin dir sehr dankbar ... Tut mir leid, daß du mit dem Boß aneinandergeraten bist. Ich finde, ihm fehlt der richtige Hintergrund, außerdem ist er durch seine Aufgabe überfordert. Wenn du mal Unterstützung brauchst, dann bin ich dein Mann.«

Mattie erwiderte dieses Angebot mit einem kurzen Lächeln, das zu besagen schien: »Ist nicht nötig, alter Freund, trotzdem besten Dank.«

Er hielt nach einem Tisch Ausschau. Er wollte allein sein. Er zerschnitt gerade ein Stück Leber, als jemand ihm gegenüber Platz nahm. Der gute alte Henry Carter ... Großer Gott, der Mann hatte also die erste Entlassungswelle des neuen Chefs offenbar überstanden. Henry Carter, Junggeselle und Pedant, aber alles andere als auf den Kopf gefallen, war schon vor Mattie im Haus tätig gewesen. Mattie konnte sich einfach nicht vorstellen, was es im Service noch für Henry Carter zu tun gab. Früher war der Mann wohl für den Schutz vor Lauschangriffen zuständig gewesen, so genau wußte das niemand. Seit das Spezialistentum sich auch hier im Haus durchgesetzt hatte, war es nicht mehr üblich, sich mit Mitarbeitern anderer Abteilungen über ihre Arbeit zu unterhalten. Mein Gott, warum spricht dieser Mensch nur so wahnsinnig leise, dachte er, aber es wäre unhöflich gewesen, Carter zu ignorieren, obwohl es verdammt schwer war, ihn überhaupt zu verstehen.

»Ich seh's Ihrem Gesicht an, Sie haben gedacht, daß ich längst nicht mehr hier bin. Eigentlich hatte ich die Altersgrenze ja schon letztes Jahr erreicht, aber Gott sei Dank konnte ich noch mal um zwölf Monate verlängern. Hier halten mich alle für verrückt, weil ich noch immer nicht meinen Abschied genommen habe, aber was soll einer wie ich denn im Ruhestand machen? Ich hab' regelrecht Angst vor dem Tag meiner Pensionierung. Ist für mich die reinste Horrorvorstellung, daß ich demnächst meine Kennkarte abgeben und endgültig meinen Abschied nehmen muß. Tut mir leid, daß Sie Probleme haben, der Mann sollte sich mal psychiatrisch untersu...«

Offenbar war die Geschichte im ganzen Haus bekannt, und das sprach nicht gerade für Professionalität, fand Mattie. Bevor er sein Dessert zu Ende gegessen hatte, tauchten an seinem Tisch noch zwei andere Figuren auf, die mit ihm redeten, als wäre er am Vortag Witwer geworden. Er hatte das Gefühl, daß man aus ihm gerne einen Rebellen machen wollte, und das konnte er auf keinen Fall zulassen. Unter keinen Umständen war er bereit, sich zur Galionsfigur einer Fronde gegen den neuen Chef des Service machen zu lassen.

Carter fragte: »Und was gedenken Sie nach Ihrer Pensionierung zu tun?«

»Ich schreib' 'n Buch. Die Geschichte einer untergegangenen Kultur.«

»Klingt sehr gut. Untertitel: Die Geschichte des Geheimdienstes.«

Die Auskunft des zuständigen Beamten von der Nationalen Drogenpolizei war klar wie reines, eisiges Quellwasser.

»Hören Sie, mein Freund, ich krieg' mächtig Druck von oben. Wenn Sie nicht in der Lage sind, aus 'nem kleinen Wald-und-Wiesen-Dealer die Namen seiner Hintermänner rauszuholen, dann geben Sie mir in genau einer Stunde Bescheid, damit ich einen unserer Polizeischüler vorbeischicken kann. Habe ich mich deutlich ausgedrückt, alter Freund? Die Namen der Hintermänner, oder der Fall wird Ihnen entzogen.«

Der Kommissar hörte nur noch ein Rauschen in der Leitung. Er war knallrot angelaufen. Sein Chefinspektor steckte den Kopf möglichst tief in irgendwelche Papiere, um nicht Zeuge der peinlichen Situation zu sein.

»Unser Lokalmatador, wo ist er?«

»Immer noch in Coles Wohnung.«

»Lassen Sie ihn herkommen.«
»Sie wollen doch nicht etwa das Verhör ihm überlassen«, witzelte der Chefinspektor.
»Wenn es dem Gedächtnis dieses miesen kleinen Ganoven auf die Sprünge hilft, dann würde ich sogar einen Hund mit dem Verhör betrauen.«

Die Funkanlage und die Telefax-Geräte waren im Tiefgeschoß des Gebäudes untergebracht, und dort unten arbeiteten auch die Dechiffrierungsspezialisten im stetigen Luftstrom der Klimaanlage. Die Mitteilung aus London wurde einem jungen Mitarbeiter übergeben.
Dieser Mitarbeiter mußte nun über eine Treppe zwei Etagen nach oben steigen und dann einen Korridor entlanggehen, an dem auch das Büro des Militärattachés lag, um in den Sicherheitsbereich zu gelangen, wo der Geheimdienst arbeitete. Die Leute, die das Botschaftsgebäude ursprünglich geplant hatten, hatten nicht daran gedacht, daß die Gesandtschaft durch den Sturz des Schahs von Persien einmal erheblich an Bedeutung gewinnen würde. Daß Bahrain zu einem Horch- und Beobachtungsposten, zur Basis der Ausspähung des Landes jenseits des Golfes avancieren könnte, das hatte niemand vorhergesehen. Aber natürlich kam es überhaupt nicht in Frage, die Botschaft jetzt nachträglich entsprechend den Bedürfnissen des Service umzubauen. Und die Mitarbeiter des Geheimdienstes aus der Botschaft in ein anderes Quartier umzusiedeln wäre erstens zu teuer gewesen und hätte sie außerdem ihren diplomatischen Status gekostet.
Der Dienstmann hatte seit fünfundzwanzig Jahren Tee und sonstige Getränke über die Treppen und durch die Gänge der Botschaft getragen. Er hatte mit seinem durstlöschenden Tablett Zugang zu allen Teilen des Hauses, mit Ausnahme der Sicherheitszone in der oberen Etage, die jenseits des Büros des Militärattachés begann. Er sah, wie der Sektionsleiter, eine leichte Jacke über die Schultern gehängt, die Betontrep-

pe hinunterging, um vor Einbruch der Dunkelheit noch ein wenig Golf zu spielen. Er erkannte auch die Stimme des jungen Mitarbeiters und hörte diesen auf halber Höhe der Treppe sagen: »Gerade eingetroffen. Delphin stattet uns einen Besuch ab. Trifft nächste Woche hier ein.«
»Warum denn um alles in der Welt?«
»Offenbar geht es um unsere strategischen Ziele und unsere weitere Vorgehensweise.«
»Das kommt mir höchst ungelegen ...«
Der junge Mitarbeiter eilte die Treppe hinauf und verschwand im Sicherheitsbereich der oberen Etage.
Nachdem er seine Tassen, Gläser und Untertassen gespült, zum Trocknen in einen Geschirrkorb gestellt und zum Schutz vor den Fliegen mit einem Tuch abgedeckt hatte, verließ der Dienstmann eine Stunde später seinen Arbeitsplatz und trat in die trockene, flimmernde Hitze des Spätnachmittags hinaus.

Der Detective der kleinen Stadt zündete sich eine Zigarette an. Dann, als hätte er es zuvor vergessen, bot er auch Darren, der ihm gegenübersaß, einen Glimmstengel an. Sie waren allein. Zwischen ihnen kräuselte sich der Rauch ihrer Zigaretten. In der Luft hing der penetrante Geruch von Erbrochenem, den die Betrunkenen der vergangenen Nacht hinterlassen hatten.
»Damit wir uns recht verstehen, Darren, damit wir keinen Fehler machen, den wir später bereuen: Sie haben zugegeben, Lucy Barnes mit Stoff versorgt zu haben, und darauf stehen zehn Jahre Knast. Und dann haben wir noch 428 Gramm von dem Zeug bei Ihnen zu Hause gefunden. Das ist mehr als genug. Das Problem ist nur, daß es damit noch nicht getan ist. Versuchen Sie mal, die Sache von unserem Standpunkt aus zu betrachten, Darren. Da finden wir 428 Gramm Stoff unter der Matratze des Betts, das Sie mit der Dame Ihres Herzens teilen. Ich glaub' nicht, daß es mir schwerfallen

würde, eine beliebige Zahl von Männern – bei Frauen wär's natürlich noch einfacher – davon zu überzeugen, daß Ihre Angebetete von dem Zeug wußte. Spinnen wir den Gedanken jetzt mal weiter, und wenn Sie mir nicht mehr folgen können, dann erheben Sie Einspruch: Wir haben jetzt also auch noch eine Komplizin. Und das ist weiß Gott nicht angenehm für die Dame, Darren. Oder lassen Sie es mich anders sagen: Das wird sogar verdammt unangenehm für sie werden. Ich schätze, sie kriegt ungefähr fünf Jahre ... Betrachten Sie das Ganze mal aus unserer Sicht, Darren: Sie haben uns nicht geholfen, und wir verpassen Ihnen dafür zehn Jahre. Sie haben uns nicht geholfen, und Ihre Herzdame kriegt dafür fünf Jahre. Aber was passiert dann mit Ihren Kindern, Darren? Die bekommen einen Vormund. Die werden vom Vormundschaftsgericht in die Obhut von irgend jemandem gegeben. Wenn Ihre Angebetete dann aus dem Knast kommt, sind die Kleinen schon lange irgendwo in Pflege, was nicht unbedingt zu ihrem Nachteil sein muß. Und weder Ihre Lebensgefährtin noch Sie selbst werden die Kinder zurückbekommen. Das ist natürlich nur der schlimmste Fall, Darren. Schauen wir uns jetzt mal an, was im günstigsten Fall passiert. Sie kennen mich und vertrauen mir. Sie wissen, daß man sich auf mich verlassen kann. Was ich verspreche, das halte ich auch. Fairer Deal, soweit es mich betrifft. Ich krieg' von Ihnen den Namen des Dealers und sonstige Einzelheiten. Und Sie kriegen von uns ein Schreiben für den Richter, und Ihre Liebste kommt ungeschoren davon, und die Kinder bleiben unbehelligt. Ich lass' Ihnen jetzt ein Stück Papier und einen Stift hier, und ich möchte, daß Sie den Namen aufschreiben und alles, was Sie über den Mann wissen. Bilden Sie sich nicht ein, Darren, daß Sie mir helfen, denken Sie immer daran, daß Sie nur sich selbst helfen ...«
Eine halbe Stunde später kam der Detective mit vier Blatt Papier wieder, die in einer ungeübten Handschrift vollgekritzelt waren und auf denen auch ein Name verzeichnet war.

»Verdammt gute Arbeit«, sagte der Chefinspektor heiser.
»Werden wir nicht vergessen«, sagte der Kommissar.
»Falls Sie nichts dagegen haben, Sir, verschwinde ich jetzt. Meistens bin ich um diese Zeit schon zu Hause.«

Er fuhr aus dem Schlaf hoch.
Er hörte, wie die Tür geschlossen wurde. Er war wach, doch es dauerte einen Augenblick, bis er begriff, wo er war, bis er sein eigenes Wohnzimmer wiedererkannte. Er hörte Schritte hinter der Tür. Er sah alles vor sich: die Vase auf dem Kaminsims, die sie vor zwei Jahren von seinen Eltern zu Weihnachten bekommen hatten, auf der Anrichte stand das Hochzeitsfoto, das ihn selbst und Ann zeigte. Neben dem Kamingitter ihr Nähkorb …
Park rief: »Bist du's?«
Er hörte, wie sie den Mantel auszog. Er hörte ihre Stimme. »Wer wohl sonst?«
Er war wieder klar im Kopf. Die Wanduhr zeigte sieben Uhr. Sieben Uhr – was? Morgens, abends? Er schüttelte den Kopf. Mein Gott, war er müde gewesen. Der Teller vom Mittagessen stand noch auf der Armlehne des Sessels und geriet bei jeder seiner Bewegungen in Schräglage. Es mußte Abend sein. Er hatte offenbar sechs Stunden geschlafen. Das ganze April-Team hatte dank William Parrish einen Tag frei. Und wieder hatte er seinen Papierkram nicht erledigt. Weder hatte er die zwei Glühbirnen ausgewechselt noch den Wasserhahn in der Küche repariert. Auch den Teppich in der Diele hatte er nicht befestigt und nicht einmal das Bett gemacht.
Sie trat ins Wohnzimmer.
»Was machst du denn hier?« Sie gab sich erstaunt: »Ich hatte dich hier eigentlich nicht erwartet …«
»Wir haben heute einen Tag frei.« Er stand da und schämte sich wegen des Tellers auf der Armlehne des neuen Sessels. Er hatte gesagt, sie könnten sich das Möbelstück nicht leisten, und sie hatte entgegnet, daß sie keine Lust habe, in einer

Bruchbude zu wohnen, und daß sie ihr selbstverdientes Geld ausgeben könne, wie es ihr paßte.
»Und wieso hast du heute frei?«
»Weil gestern ein Prozeß zu Ende gegangen ist. Und da wir Grund hatten, auf das Ergebnis stolz zu sein, haben wir heute freibekommen.«
Sie nahm den Teller. Die Armlehne war tadellos sauber, trotzdem fuhr sie mit dem Handrücken darüber. »Gestern nachmittag ist ein wichtiger Prozeß zu Ende gegangen. Ich weiß das, weil ich es im Radio gehört habe, als ich nach Hause gekommen bin. Ich hab' bis nach neun hier herumgesessen ... Aber was bin ich bloß für ein dummes kleines Ding, denn mir wollte einfach nicht in den Kopf, warum es mehr als fünf Stunden dauert, vom Old Bailey in Central London hier rauszufahren.«
»Wir hatten eine Feier.«
»Schön für dich.« Sie ging in die Küche. Er folgte ihr. Sie sprach über die Schulter. »Schade, daß der Wasserhahn immer noch tropft.«
»Tut mir leid.«
»David, ich weiß ganz genau, wie die Entscheidung ausfällt, wenn du zwischen dem April-Team und mir beziehungsweise deinem Heim zu wählen hast. Also erzähl mir bitte nicht, daß es dir leid tut.«
Sie war ein sehr attraktives Mädchen. Sie hatte phantastisch ausgeschaut, als er sie das erstemal gesehen hatte, damals, als er noch als Uniformierter in Heathrow Dienst geschoben hatte. Und am Tag ihrer Hochzeit war sie in ihrem weißen Kleid atemberaubend schön gewesen, und ebenso hinreißend war sie an dem Tag gewesen, als er freudestrahlend nach Hause gekommen war und ihr berichtet hatte, daß man ihn zur Zollfahndung versetzt hatte. Und sie sah auch jetzt phantastisch aus, als sie den schmutzigen Teller in die Spülmaschine stellte. Die Spülmaschine hatte Ann gekauft. David hatte gesagt, daß sie keine Spülmaschine brauchten, und Ann

war losgezogen und hatte im Ausverkauf eine besorgt. In ihren hochhackigen Schuhen war sie genauso groß wie er, sie trug ihr flachsblondes Haar zu einem Pferdeschwanz zusammengebunden, und sie hatte feinknochige Wangen und einen Mund, der in seinen Augen absolut vollkommen war. Sie arbeitete im Vorzimmer eines gutsituierten Architekten und legte auf ihre Kleidung Wert, um die Kunden zu beeindrucken.

»Und dann seid ihr alle in die Kneipe gegangen, wo es natürlich kein Telefon gab ... und dann hast du – wie ich annehme – die Gelegenheit wahrgenommen und ihnen erzählt, daß sie alles falsch machen.«

»Ich hab' Bill erklärt, was wir meiner Ansicht nach tun müßten ...«

»Tolle Art zu feiern.«

Er ereiferte sich: »Ich sagte, daß wir meiner Meinung nach so keinen Blumentopf gewinnen können. Ich sagte, daß wir aggressiver vorgehen und mehr im Ausland arbeiten müssen. Ich sagte, daß die Männer, die sie gestern eingelocht haben, nach der Verlesung des Urteils über uns gelacht haben ...«

»Mein Gott, müssen die dich langweilig finden.«

»Ist dir bekannt, daß die Menge des beschlagnahmten Kokains letztes Jahr um 350 Prozent zugenommen hat? Das bedeutet, daß letztes Jahr dreimal soviel Stoff hereingekommen ist wie im Jahr zuvor ...«

»Mich interessiert in erster Linie, daß mein Mann siebzig Stunden in der Woche arbeitet, daß er soviel verdient wie ein durchschnittlicher Londoner Constable im ersten Jahr. Ich bin – beziehungsweise ich war früher – ziemlich traurig darüber, daß mein Mann nie zu Hause ist, wenn ich ihn brauche, und daß er, falls ich einmal in den Genuß des Privilegs komme, ihn tatsächlich zu sehen, über nichts anderes redet als über schmierige, dreckige, widerliche Drogen.«

Sein Frühstücksteller und -schälchen folgten dem Mittagsteller in die Spülmaschine.

»Es ist eine Krankheit, an der das Land zugrunde geht – AIDS ist gar nichts dagegen. Ann, jedes Jahr werden in diesem Land eine Milliarde Pfund für Drogen ausgegeben. Drogen sind der Hauptgrund für die vielen Raubüberfälle, für Einbruch, Diebstahl, Körperverletzung und Betrug ...«
»Ich kenne keinen einzigen Fixer, David – jedenfalls gibt es hier in unserem Block nicht einen, das weiß ich. Und auch in meinem Büro gibt es keinen. Ich sehe auch beim Einkaufen keine Fixer. Mit Drogenabhängigkeit habe ich absolut überhaupt nichts zu tun, außer wenn du dich hier bei uns zu Hause über dieses Thema verbreitest.«
»Deshalb kannst du das Problem doch nicht einfach ignorieren«, sagte er trocken, »egal, ob du mit mir verheiratet bist oder mit einem anderen.«
Sie drehte sich um. Sie kam auf ihn zu. Sie streckte ihre Arme aus und legte sie um seinen Hals. Ihre Mutter hatte ihr geraten zurückzugehen, und zwar nicht nur, um ihre Koffer zu packen, ihre Mutter hatte ihr geraten, es noch einmal zu versuchen. Sie hatte zu ihrer Mutter gesagt, daß sie es wirklich nur noch ein allerletztes Mal versuchen werde. »Sind die Jungs bei April alle so wie du?«
»Ja.«
»Alle siebzig Stunden in der Woche, jeden Tag im Dienst?«
»Wenn es sein muß, ja.«
»Und sind alle Ehefrauen deshalb sauer?«
»Die, die dageblieben sind, ja.«
»Ich habe zwei Steaks gekauft und ein Fläschchen.«
Sie küßte ihn. Er hatte schon fast vergessen, wann sie ihn das letztemal geküßt hatte. Er hielt sie in den Armen, als das Telefon klingelte. Er nahm den Apparat von der Wandkonsole.
»Ja, am Apparat, hallo Bill ...«
Er spürte, wie ihre Arme sich von ihm lösten. Er sah die Traurigkeit auf ihrem Gesicht. Er hörte genau zu. Er sah, wie sie in einen Beutel griff und das Fleisch auf den Küchentisch klatschte.

»Also morgen früh im Hauptquartier, Punkt acht Uhr. Ich freu' mich schon ... Ann, der geht's phantastisch. Danke, Bill, bis morgen früh dann.«
Er sah, daß sie weinte. Park wußte nicht, wie er die Tränen seiner Frau stillen sollte. Er wußte nicht, wie er ihr seine Begeisterung erklären sollte, denn sein Chef hatte ihn für den nächsten Morgen um acht Uhr zu einer Besprechung in das Hauptquartier in der New Fetter Lane bestellt. Offenbar ein sehr interessanter Fall.

Die Nachricht, die der Dienstmann überbracht hatte, gelangte durch einen Flugpassagier von Bahrain nach Abu Dhabi am Persischen Golf und wurde von dort aus durch ein Crewmitglied der IranAir nach Teheran weitergeleitet.
Sie landete auf dem Schreibtisch eines Beamten der Gegenspionage im vierten Stock eines unscheinbaren Gebäudes, das mitten in der Stadt lag und zum iranischen Nachrichtendienst gehörte. Der Ermittler mußte unwillkürlich lächeln, als er die Mitschrift des aufgeschnappten Gespräches las.
Natürlich kannte er Delphin. In seiner Abteilung gab es mindestens ein Dutzend Männer, die Matthew Cedric Furniss' Decknamen kannten. Er kannte diesen Decknamen schon ewig lange, noch aus Zeiten, die heute tabu waren, als er noch für einen anderen Herrn gearbeitet hatte, damals, vor der Revolution. Es erstaunte ihn, daß nach all den Jahren noch derselbe Deckname verwendet wurde. In der Islamischen Republik Iran war der britische Geheimdienst gleich nach dem CIA, den Spionen des großen Satans, die meistgehaßte Organisation. Der Ermittler war nicht der Mann, der von sich aus viel unternommen hätte, dazu war er zu sehr Überlebenskünstler. Denn sonst wäre er als ehemaliger Mitarbeiter des *Sazman-e Amniyat Va Attilaat-e Keshvar* kaum noch am Leben gewesen; geschweige denn, daß es ihm gelungen wäre, einen sicheren Zufluchtsort in einer Organisation zu finden, deren erklärtes Ziel es war, alle Spuren des

SAVAK mit Stumpf und Stiel auszurotten. Er hatte sich darauf verlegt, Informationen zu sammeln und den wenigen Leuten innerhalb des Regimes vorzulegen, die mächtig genug waren, um zu handeln. In ihren Augen war der Ermittler ein außerordentlich wertvoller Zuarbeiter.

Er ließ sich von seinem IBM-Computer den Eintrag über Matthew Cedric Furniss präsentieren und verfaßte einen kurzen Bericht, in dem er die eben erhaltene Information nach oben weitergab.

Der Ermittler saß immer bis spätabends in seinem Büro. Er liebte die Kühle und Ruhe des Abends, die schweigenden Schatten auf den Korridoren. Er faßte einen Entschluß und griff zum Telefon. Während er sprach, hörte er ein gedämpftes Donnern: Über dem Westteil der Stadt tobte gerade ein Luftangriff.

Er reiste mit einem falschen Paß unter dem Mädchennamen seiner Frau. Berufsangabe: »Wissenschaftler«.

Harriet hatte ihn zum Flughafen begleitet, was ungewöhnlich war, aber schließlich war es auch höchst ungewöhnlich, daß ein Ressortleiter ins Ausland reiste. Sie hatten sich zum Abschied auf die Wange geküßt, und er hatte ihr empfohlen, am besten zu ihrem gemeinsamen Landhaus in Bibury hinauszufahren und diesem Amateur-Farmer wegen der Verunstaltung des besagten Feldweges die Hölle heiß zu machen. Eigentlich empfand Mattie es als durchaus wohltuend, wieder einmal in der Luft zu sein und sich an die Front zu begeben, aber das hatte er Harriet natürlich nicht gesagt. Gut, mal wieder unterwegs zu sein, statt immer nur Akten zu wälzen.

4. Kapitel

Der Motor des Wagens sprang hustend an, der Auspuff setzte dicke Abgaswolken frei. Während er sich bei seinem Nachbarn dafür bedankte, daß dieser ihm mit einer geladenen Batterie Starthilfe gegeben hatte, ließ er den Motor laufen. Er wußte, daß er seinen Nachbarn um jede kleine Gefälligkeit bitten konnte. Denn der Nachbar war über den Beruf des Wagenbesitzers informiert. Die meisten Männer, die um seine berufliche Tätigkeit wußten, behandelten ihn mit Respekt. In seiner Firma gab es niemanden, der ihn beschimpfte oder beleidigte. In ganz Täbris konnte kaum ein Mann ganz sicher sein, daß er nicht irgendwann einmal in die – aus den Sehschlitzen einer enganliegenden Maske hervorspähenden – tiefbraunen Augen des Wagenbesitzers blicken würde. Die Mächtigsten und die Ohnmächtigsten im Land lebten alle in beständiger Angst, daß vielleicht eines Tages seine mächtige Hand sie am Arm fassen würde. Er war zwar nicht selbst daran beteiligt gewesen, aber er kannte den Mann, der das von dem geistlichen Sondergericht gegen Mehdi Hashemi verhängte Urteil vollstreckt hatte, und Hashemi war immerhin Protegé eines Mannes gewesen, den der Imam zu seinem Nachfolger bestimmt hatte. Außerdem kannte er den Mann, der Sadeq Ghotzbadeh ins Jenseits befördert hatte, und Ghotzbadeh war schließlich Außenminister des Landes und Vertrauter des Imams gewesen. Niemand in Täbris konnte es sich leisten, den Scharfrichter zu unterschätzen. Der Mann konnte seine Opfer ebenso fach-

kundig hängen wie erschießen oder geißeln. Er hatte auch schon öfter Steinigungen überwacht, die ehebrecherische Frauen über sich ergehen lassen mußten. Er verstand sich aber auch auf die Handhabung der jüngst eingetroffenen elektrischen Maschine, die mit einem sauberen Schnitt die Finger von Dieben abtrennen konnte. Noch heute würde er das Gerät an einem Dieb anwenden, der einen Gemüsehändler bestohlen hatte. Und dann noch drei Hinrichtungen, alle in der Stadt: einen Rauschgifthändler, einen Kurden, der den »Heuchlern« geholfen hatte, und einen Mann, der Unzucht mit kleinen Kindern getrieben hatte.
Seine Frau scheuerte in dem Hof hinter dem Haus auf einem Waschbrett Hemden. Sie erwiderte seinen aus einiger Entfernung herübergerufenen Abschiedsgruß von der Hintertür aus. Die vier Kinder balgten sich in der Nähe der Mutter um einen schlaffen Ball und waren von ihrem Spiel so gefesselt, daß sie ihn nicht hörten. Er ging noch einmal ins Haus zurück und holte aus einem Schrank in dem Zimmer, das er mit seiner Frau teilte, eine alte, gepflegte, sehr zielgenaue 9-mm-Browning-Pistole. Durch die geöffnete Tür hörte er den Motorenlärm von seinem Wagen.
Er trat in die Morgenluft hinaus und sprang mit seinen frisch geputzten Schuhen elegant über die Regenpfützen hinweg. Dann stieg er in den Wagen, legte die geladene, gesicherte Browning auf den Beifahrersitz und deckte sie mit dem *ettelaat* vom Vortag zu.
Während er davonfuhr, hupte er noch ein paarmal. Aber die Kinder achteten gar nicht auf sein Hupen; wahrscheinlich waren sie viel zu sehr mit ihrem Ballspiel beschäftigt. Bei diesem Gedanken huschte ein Lächeln über sein Gesicht.
Langsam fuhr er den Weg hinauf und umrundete geschickt die tiefsten Schlaglöcher, um die Stoßdämpfer des alten Hillman Hunter zu schonen. An der Einmündung in die Schnellstraße hielt er den Wagen an. Die Straße war voller

Lastwagen, die in Richtung Innenstadt fuhren. Er hielt nach einer Lücke Ausschau.
Er sah einen jungen Mann auf einem Motorrad, der ein Stück weiter stadteinwärts auf dem gegenüberliegenden Seitenstreifen auf etwas zu warten schien und in Richtung Stadtzentrum blickte. Der junge Mann in dem blauen Trainingsanzug hatte einen kräftigen Bart und war barhäuptig; er hatte eine Tasche umgehängt.
Endlich entdeckte der Scharfrichter eine kleine Lücke, nutzte die Gelegenheit und setzte seinen Hillman Hunter in Bewegung. Hinter sich hörte er ein lautes, langgezogenes Hupen, doch der Hillman Hunter beschleunigte nur langsam, und im Rückspiegel konnte der Fahrer erkennen, wie der riesige Lkw mit kreischenden und fauchenden Reifen immer näher kam. Noch einmal gab der Laster ein pompöses Hupen von sich, dann endlich hatte der Hillman sich sicher in den Verkehr eingefädelt. Für den Scharfrichter war es jedesmal ein schwieriges Manöver, aus der Gasse, in der er wohnte, auf die Schnellstraße nach Täbris zu gelangen.
Er war nun vorne und hinten und auf der rechten Seite von Fahrzeugen eingeklemmt. Links verlief der begrünte Mittelstreifen, rechts fuhr ein Dodge-Kleinlaster, auf dem ein paar Bauarbeiter hockten. Vor ihm befand sich ein Viehtransporter und hinter ihm ein großer Kühllaster. Er konnte weder langsamer fahren noch beschleunigen. Kein Problem, daß er den Viehtransporter nicht überholen konnte, schließlich war er ohnehin reichlich früh dran.
Als er in den Rückspiegel blickte, sah er den Motorradfahrer. Wirklich äußerst praktisch, so ein Zweirad, wenn man im dichten Morgenverkehr in das Stadtzentrum fahren mußte.
Es war das gleiche Motorrad, das er neben der Straße gesehen hatte. Der Scharfrichter blickte nach vorne, dann in den Seitenspiegel. Er sah, daß das Motorrad schon ein gutes Stück weit aufgeholt hatte und sich nun bereits fast auf gleicher Höhe mit dem Dodge-Kleinlaster neben ihm befand. Wirk-

lich angenehm, einfach so an den Lkws vorbeizurauschen ...
Er sah, wie der junge Mann auf dem Motorrad in die Tasche griff, die jetzt vor seiner Brust baumelte, und nur mehr mit der rechten Hand steuerte.
Er sah, daß das Motorrad jetzt auf gleicher Höhe mit seinem Wagen fuhr.
Er sah, daß der Mann sich jetzt direkt neben seinem heruntergekurbelten Fenster befand.
Er sah das Grinsen auf dem Gesicht des Motorradfahrers, das Grinsen galt ihm, und der Arm des Motorradfahrers machte sich auf dem Dach seines Autos zu schaffen.
Er hörte einen dumpfen Schlag auf dem Dach seines Wagens.
Das grinsende Gesicht des Motorradfahrers füllte das ganze Wagenfenster aus.
Sein Körper war plötzlich von kaltem Schweiß bedeckt. Anhalten konnte er nicht, seitwärts ausbrechen ebensowenig. Wenn er scharf bremste, würde der Kühlwagen hinter ihm vermutlich mit zirka sechzig Stundenkilometern über ihn hinwegdonnern.
Nicht eine Sekunde lang glaubte der Scharfrichter, daß es sich bloß um einen harmlosen Scherz handelte. Er griff nach der Pistole, und er beobachtete, wie das Motorrad davonbrauste. Er löste den Sicherheitsgurt, doch was konnte er tun? Er konnte nicht durch die Windschutzscheibe schießen. Und dann hatte er den Eindruck, daß der Motorradfahrer, der junge Mann in dem blauen Trainingsanzug, sich auf seinem Fahrzeug umdrehte und dem alten Hillman Hunter zuwinkte, und dann war er verschwunden. Er konnte den Motorradfahrer nicht mehr sehen, nur noch die Rückseite des Lkws. Er wußte nicht, was er tun sollte ... wie er aus seinem Gefängnis ausbrechen sollte ...
Er blickte in den Rückspiegel und sah seine eigenen Augen. So oft schon hatte er den starren Blick angsterfüllter Augen gesehen.
Charlie hatte sich noch einmal umgedreht, um zu winken und

um sich zu vergewissern, ob die Box auf dem niedrigen Dach des gelben Wagens auch tatsächlich noch in Position war. Die Metallbox enthielt zwei Pfund Sprengstoff, einen Zünder und einen Stoppuhrmechanismus, der fünfundvierzig Sekunden nach Betätigung des Auslösers den Zünder und das Polar-Amon-Gelite zur Explosion bringen sollte. Ein neun Pfund schwerer Magnet hielt die Box unerbittlich auf dem Dach des Hillman Hunter fest.

Er winkte und sah, daß die Sprengladung wie eine Beule von dem Wagendach aufragte.

Er betätigte den Gashebel, riß das Motorrad in einen höheren Gang und brauste mit dem vollen Schub seiner Maschine an dem Viehtransporter vorbei.

Während er auf seinem Motorrad so dahinbrauste, mußte er an den Angstgeruch in dem Auto denken, einen Geruch, den der Fahrer des Wagens gewiß schon öfter bei den Menschen wahrgenommen hatte, die er ohne einen Funken Mitgefühl ins Jenseits befördert hatte. Er fädelte sich vor dem Viehwagen in den Verkehr ein.

Die Druckwelle der Explosion war noch auf dem Motorrad zu spüren.

Er hörte die ohrenbetäubende Detonation.

Ein heißer Windhauch hüllte ihn ein.

Und das Motorrad raste davon.

Er bog nach rechts von der Schnellstraße ab. Er brauste eine kleine Straße entlang und versetzte ein paar Ziegen, die friedlich an der Böschung nach Futter suchten, in Panik. Abermals rechts. Er raste mit Vollgas dahin. Er befand sich jetzt etwa zweihundert Meter entfernt auf einer Piste parallel zu der Schnellstraße. Er blickte nach rechts und sah über den Dächern der niedrigen Häuser eine Rauchwolke aufsteigen.

Er fuhr sehr schnell und pfiff vergnügt gegen den Fahrtwind an. Und er war seinem Freund, Mr. Furniss, zutiefst dankbar für das Geschenk, das dieser ihm überreicht hatte.

»Und warum hat man uns nicht gleich eingeschaltet, warum sind die Bullen jetzt an der Sache dran?«
Bei der Sondereinheit der Zollfahndung ging es demokratisch zu. Rangunterschiede wie etwa beim Militär hatten sich in der Lane gar nicht erst entwickelt.
Der stellvertretende Chef der Truppe war sehr geduldig. In seinem Team konnte jeder sagen, was er wollte. »Die Polizei ist an dem Fall dran, David, weil der Tod von Lucy Barnes in diesem Stadium der Ermittlungen noch Polizeisache ist.«
»Die richten doch sowieso nur Chaos an«, entgegnete Park. Ein paar von den Männern gluckten, selbst Parrish, der neben dem Stellvertretenden saß, mußte lächeln. Das gesamte April-Team war in dem Raum versammelt, und niemanden störten Wächters Einwürfe. Wenn er sich nicht gerade in irgendeiner Kneipe in der Ecke herumdrückte, wenn er im Dienst war, dann war Wächter ein erstklassiger Mann, der 'ne Menge von seiner Arbeit verstand.
Der Stellvertretende rollte die Augen. »Dann müssen wir halt Ordnung in das Chaos bringen, falls die uns an die Sache ranlassen.«
In der Truppe galt es als ausgemacht, daß die eigene Spezialeinheit der Polizei weit überlegen sei. Und die Vorgesetzten taten wenig, um die Jungs wieder auf den Teppich herunterzuholen. Denn ohne die Kampfmoral einer verschworenen Gemeinschaft wäre der Krieg gegen die fetten Ratten, die Rauschgiftschieber und Geldsäcke, noch aussichtsloser gewesen. Die meisten Mitglieder der Einheit hätten jeden Eid darauf geschworen, daß kein Polizist in der Lage sei, die für die Aufnahme in die Truppe erforderlichen Bedingungen zu erfüllen. Der eigentliche, unausgesprochene Grund für diese Ressentiments gegen Polizisten war allerdings der Gehaltsunterschied. Das April-Team war nämlich ebenso wie die übrigen Sonderkommandos der Zivilverwaltung zugeordnet, und entsprechend wurden die Männer auch bezahlt. Natürlich erhielten sie auch mal die eine oder andere Sonderprä-

mie, aber insgesamt war ihr Einkommen miserabel. Die Stümpereien der Bullen waren in der Truppe immer wieder ein Lieblingsthema. So hatte der Zoll vor einiger Zeit beispielsweise einen in der Tschechoslowakei geborenen Drogenimporteur festgenommen und neun Millionen Pfund bei ihm beschlagnahmt. Dann war der Kerl aus seiner Zelle ausgebrochen, und die Bullen hatten ihn beschattet. In Heathrow saßen währenddessen die Jungs von der Zollfahndung herum und warteten auf einen Kurier. Alle Fahndungsteams standen auf Abruf, um die Spur zu den Hintermännern zu verfolgen – nur waren in der Zwischenzeit ein paar Bullen nach Paris rübergeflogen, hatten den Ganoven dort aufgegriffen und somit jede Chance kaputtgemacht, doch noch an die echten Drahtzieher heranzukommen. Fast konnte man schon von einem offenen Krieg sprechen. Die Polizei hatte der Zollfahndung empfohlen, eine Drogen-Sondereinheit aufzustellen, und man hatte ihnen geantwortet, eine solche Sondereinheit existiere bereits, eine Truppe unbestechlicher Männer und Frauen, was man von ... nicht gerade behaupten könne und so weiter und so fort.

»Und was muß passieren, damit die uns ranlassen?«

Sie befanden sich im oberen Geschoß des Gebäudes. Kein Polizist mit einiger Selbstachtung hätte in solchen Räumlichkeiten gearbeitet. Der Wandverputz hatte Risse, den einzigen Wandschmuck bildeten Urlaubs- und Dienstpläne. Und als kürzlich neue Elektroleitungen verlegt worden waren, hatten die Handwerker einfach den ohnehin schon reichlich lädierten Teppichboden aufgerissen und hinterher alles so liegenlassen. Die neuerdings mit PCs ausgestatteten Schreibtische standen hintereinander aufgereiht. Und in einer Ecke hinter einer halbhohen Sperrholz-Glaswand befand sich Parrish' Arbeitsplatz. Dort saßen jetzt der Stellvertretende und Parrish mit baumelnden Beinen auf einem Schreibtisch, den sie sich mit einer Kaffeemaschine teilen mußten.

»Man kann nur hoffen, daß sie bald zu Verstand kommen ...

Lucy Barnes hat ihren Stoff von einem Kleinstadtdealer namens Darren Cole bekommen. Darren Cole wiederum hat einen Mr. Leroy Winston Manvers als seinen Lieferanten genannt. Dieser Manvers ist zwar bisher noch nicht gerichtsnotorisch, aber unser Computer ist schier ausgeflippt, als wir den Namen eingetippt haben ...«

Etwas großspurig hielt er einen Computerausdruck in die Höhe. Der bereits mit einer Viertelmillion Namen gefütterte Zoll-Computer, der noch Platz für eine weitere halbe Million Einträge bot, war der ganze Stolz der Truppe – eine wahre Fundgrube. In der Truppe waren alle felsenfest davon überzeugt, daß die Bullen etwas Vergleichbares nicht anzubieten hatten. Deshalb gab es jedesmal ein Riesentheater, wenn die Drogenspezialisten von Scotland Yard Einblick in das Material nehmen wollten.

»... Leroy Winston Manvers, 37 Jahre alt, afro-karibischer Herkunft, ohne legale Einkünfte, in Notting Hill Gate wohnhaft, ein richtiger Hurensohn und sehr gefährlich. Ich werd' Ihnen hier nicht die ganze Liste vorlesen, das können Sie schließlich selbst ... Wir haben mit Scotland Yard vereinbart, daß wir die Überwachung von Manvers' Wohnung übernehmen, während unsere Kollegen von der Polizei sich mal ein bißchen mit seinem Lebenswandel befassen und rausfinden, mit wem er so verkehrt. Eines dürfen Sie jedoch unter gar keinen Umständen vergessen, Gentlemen: Natürlich würden wir Manvers lieber heute als morgen einlochen und seinen gesamten Besitz beschlagnahmen. Aber wichtiger ist noch der Großlieferant, der hinter Manvers steht. Deshalb hat man uns auch bereits so früh in die Ermittlungen eingeschaltet. Wir wollen diesen Kerl unbedingt haben. Wir wollen wissen, von welchem Dreckskerl Leroy Winston Manvers den Stoff bezieht. Und vergessen Sie nicht: Diese Ermittlungen haben höchste Priorität ... Noch irgendwelche Fragen?«

»Wozu das Ganze?« wollte Park wissen.

»Dreimal dürfen Sie raten, Wächter«, fuhr Parrish ihn an.

»So ist nun mal das Leben, junger Mann«, sagte der Stellvertretende scharf. »Und machen Sie mir ja keine Schwierigkeiten. Wir stehen vor der Situation, daß die einzige Tochter des Verteidigungsministers an einer Überdosis Heroin gestorben ist. Und der Verteidigungsminister hat sich an der Schulter des Innenministers ausgeweint. Und der Innenminister setzt Himmel und Hölle in Bewegung. Deshalb ... Noch irgendwelche Fragen? Nein? Gut, dann wird Bill Sie über die Einzelheiten in Kenntnis setzen ... Noch eins: Ich habe Ihnen erläutert, worauf es uns in erster Linie ankommt, halten Sie sich also bitte an unsere Prioritäten. Vielen Dank, Gentlemen.«

Als der Stellvertretende fort war, besprach Parrish mit den Männern die Details der Überwachung, die vom späten Vormittag an über eine im dritten Stock eines Hauses in Notting Hill Gate gelegene Sozialwohnung verhängt werden sollte.

Weil er den Mund zu weit aufgerissen hatte und zu vorlaut gewesen war und weil offizielle Arbeitszeiten ihm ohnehin schnuppe waren, ergab es sich geradezu zwangsläufig, daß Park die Überwachungsaktion eröffnete. Er beklagte sich nicht. Und er rief auch Ann nicht an, um ihr zu sagen, daß er nicht wisse, wann er heimkommen werde.

Er rief sie nicht an, weil er gar nicht an sie dachte. Er studierte hingebungsvoll das erst vor kurzem heimlich von Leroy Winston Manvers geschossene Foto. Er konzentrierte sich jetzt ganz auf dieses Foto und prägte sich die Züge des Mannes ein.

»Überall in unserem Land sind heutzutage der Tod und die Trennung von Menschen, Zerstörung, Heimatlosigkeit, Korruption und Verzweiflung alltägliche Wirklichkeit, und all dies verdanken wir der unmenschlichen Herrschaft und dem katastrophalen Krieg der Geistlichkeit. Diese Geistlichen haben nur Zerstörung über unser Volk gebracht. Ist Ihnen eigentlich bekannt, meine Damen und Herren, daß wegen der chronischen Wirtschaftskrise 8000 Fabriken im Iran geschlossen werden mußten? Einstmals wurden wir wegen unserer Öleinkünfte von der ganzen Welt beneidet, und heute müssen wir feststellen, daß die Förderung infolge des Krieges um mehr als die Hälfte gefallen ist ... Vielleicht gehen Ihnen die kalten Wirtschaftszahlen nicht so sehr zu Herzen, vielleicht möchten Sie mehr über das Schicksal der Menschen hören. Dennoch möchte ich Ihnen hier noch einmal sagen, daß der Ruin der Wirtschaft Millionen von Menschen in Armut, Arbeitslosigkeit und Hunger gestürzt hat. Ich möchte Ihnen aber auch davon berichten, welche furchtbaren Folgen dieser von den Geistlichen, die sich selbst hinter der Front in Sicherheit wiegen, so grausam geführte Krieg für die Menschen hat. Ist Ihnen eigentlich bekannt, daß die Geistlichen in ihrem Blutdurst inzwischen bereits Kinder an die Front schicken? Und wenn Sie mir nicht glauben, dann vertrauen Sie wenigstens den Meldungen in der Presse. In einer Zeitung heißt es: ›Bisweilen wickelten sich die Kinder selbst in Decken ein und robbten so durch das Minenfeld, damit die Fetzen ihrer Körper nicht zu weit verstreut würden und man sie leichter einsammeln und hinter den Linien in Särge legen könne.‹ Meine Damen und Herren, haben Sie schon einmal etwas Obszöneres gehört? So sieht die Herrschaft des Klerus aus, ein Regime des wirtschaftlichen Bankrotts, ein Regime des Blutes, ein Regime der Roheit und der Gefühllosigkeit ...«

Als er eine Pause einlegte und sich mit einem Taschentuch den Schweiß von der Stirn wischte, klatschten die Zuhörer zustimmend. Er war überrascht, daß so viele Menschen in der Londoner City um die Mittagszeit der Einladung gefolgt waren. Es machte ihn traurig, daß er nirgendwo im Publikum seinen Bruder sah. Er hatte seinen Bruder inständig gebeten, sich in der Gemeinde der Exilierten wenigstens zurückhaltend zu gewissen politischen Grundsätzen zu bekennen. Aber

er konnte seinen Bruder nirgendwo entdecken und fügte sich in diese Niederlage.
Er nahm einen Schluck Wasser.
Im Hintergrund des Saales saß ein in London eingeschriebener iranischer Student und hielt jedes Wort fest, das Jamil Shabro über die Tyrannei der Geistlichkeit sagte.
Jamil Shabro sprach noch zwanzig Minuten. Als er schließlich wieder Platz nahm, schlug ihm herzlicher Beifall entgegen, viele Menschen drückten ihm die Hand und beglückwünschten ihn zu seinem Mut, die Stimme gegen die Tyrannei zu erheben.
Und an jenem Nachmittag suchte der Anglistikstudent mit den Aufzeichnungen, die er am Mittag gemacht hatte, eine Moschee im Westen Londons auf, die innen mit einem Bild des Imams geschmückt war. Nachdem er einen Ausweis der Islamischen Republik Iran vorgezeigt hatte, führte man ihn zu einem der verborgenen Büros.

Nach dem Ende der Sitzung sprach der Verteidigungsminister auf dem Korridor vor dem Kabinettssaal den Innenminister an.
»Ich reise für eine Woche nach Washington und komme erst am Tag vor der Beerdigung zurück. Ich fahr' jetzt nach Hause und pack' meine Sachen, und dann geht's zum Flughafen ... Was kann ich Libby berichten? Irgendwas muß ich ihr doch sagen.«
»Die Polizei kümmert sich um die Sache, George.«
»Was soll ich ihr bloß sagen?«
Der Innenminister entgegnete leise: »Du kannst ihr berichten, daß wir den Kleindealer haben und dem Großdealer auf der Spur sind. Du kannst ihr sagen, daß wir Scotland Yard, die Nationale Drogenpolizei und die regionalen Ermittlungsbehörden eingeschaltet haben. Du kannst ihr außerdem sagen, daß wir eine sehr effiziente Sondereinheit der Zollfahndung auf den Fall angesetzt haben. Deren Aufgabe wird

es sein, über den Großdealer an den Lieferanten im Hintergrund heranzukommen. Wenn von alledem nur ein Wort bekannt wird, George, ein einziges Wort, dann würde ich große Schwierigkeiten bekommen.«
»Das wird für sie ganz sicher ein großer Trost sein ... Natürlich machen wir uns selbst Vorwürfe. Warum haben wir nicht eher etwas bemerkt? Jetzt sieht es fast so aus, als wäre uns der psychische Verfall unseres Kindes einfach entgangen. Für Libby ist das alles ein gewaltiger Schock gewesen ...«
»Ich hoffe, ich habe gute Nachrichten für dich, wenn du zurückkommst.«
Damit war das Gespräch beendet. Der Schatzkanzler und der Energieminister traten gerade aus dem Kabinettssaal. Sie waren guter Dinge, denn laut der letzten Meinungsumfrage lag die Regierung mit sechs Punkten vorn, und das mitten in der Legislaturperiode.

Zu diesem Zeitpunkt ging in Whitehall noch eine andere Besprechung zu Ende: die wöchentliche Sitzung des Geheimdienstkomitees. Auch hier im Konferenzsaal herrschte das übliche Bild – auf dem Tisch leere Tassen und überquellende Aschenbecher. Politiker waren bei dieser Besprechung nicht zugegen gewesen. Im Kreis dieser Männer war man sich einig, daß man das Schicksal der Nation nicht Leuten überlassen könne, die von der Zufallslaune der Wähler abhängig waren. Bei dem soeben zu Ende gegangenen Treffen waren die Chefs des Geheim- und Nachrichtendienstes sowie des Militärischen Abschirmdienstes anwesend gewesen, außerdem hohe Beamte aus dem Außen- und Commonwealth-Ministerium. Ein Unterstaatssekretär, der sich als Koordinator der Geheim- und Nachrichtendienste bezeichnen durfte, hatte die Sitzung geleitet. In diesem Komitee wurde darüber entschieden, welche Informationen man den Politikern mitteilen würde und was sie besser nicht wissen sollten.
Der Koordinator gab dem Präsidenten von Century House

durch ein Handzeichen zu verstehen, daß er noch bleiben möge, während die übrigen Sitzungsteilnehmer bereits zu ihren draußen wartenden Leibwächtern und den Limousinen hinausgingen.

»Unter uns – ich wollte es nicht vor den anderen sagen, um Sie nicht in Verlegenheit zu bringen –, aber ich muß sagen, Sie haben Ihre Sache bisher verdammt gut gemacht«, strahlte der Koordinator. »Ihr neuer Job im Century House ist echte Knochenarbeit, aber ich hab' den Eindruck, daß Sie die Sache voll im Griff haben. Vom Premierminister abwärts hatten wir das Gefühl, daß der Laden mal wieder auf Vordermann gebracht werden muß, und das scheint Ihnen zu gelingen.«

»Es ist leichter, durch eine Betonwand zu gehen«, sagte der Präsident grimmig, »aber wir machen Fortschritte.«

»Wurde aber auch Zeit, daß mal jemand in dem Laden aufräumt, sonst hätten die da drüben nie kapiert, daß der kalte Krieg ungefähr so aktuell ist wie das Neolithikum. Sind wir uns einig?«

»Ich versuche gerade, unsere Osteuropa-Abteilungen zugunsten des Nahen und Mittleren Ostens abzubauen. Aber ich stoße auf eine Menge Widerstand ... Kennen Sie Furniss?«

»Wer kennt Mattie Furniss nicht, lieber Freund?«

Der Präsident stützte sich auf den Tisch. »Er ist ein sehr guter Mann, und allmählich nimmt auch er Vernunft an.«

»Der Iran ist für uns von großer Bedeutung.«

»Deshalb hab' ich Mattie auch persönlich an den Golf geschickt. Ich hab' ihm erklärt, was ich von ihm erwarte.«

»Tatsächlich?« Der Koordinator rollte mit seinem Stuhl zurück. »Sie haben uns heute hier ein paar wichtige Informationen aufgetischt. Waren die von Mattie?«

»Ja. Er hat einen neuen Agenten angeheuert, über den er sich jedoch ausschweigt.« Der Präsident gluckste. »Typisch Mattie. Ich hab' ihm einen kräftigen Tritt in den Hintern verpaßt, und seither ist er ein wahrer Goldjunge. Er hat einen neuen Agenten angeheuert, und jetzt ist er zum Golf runtergeflogen,

um unseren Agenten im Iran selbst und in den angrenzenden Gebieten ein bißchen Feuer unterm Hintern zu machen.«
»Hervorragend. Die Iraner glauben ja inzwischen schon, daß sie ungestraft morden können. Nachdem das Pentagon den Libyern und wir den Syrern eine Lektion erteilt haben, benehmen die sich inzwischen beide wesentlich manierlicher. Meiner Ansicht nach ist es an der Zeit, daß auch die Iraner mal einen kräftigen Dämpfer verpaßt kriegen ... Warum bleiben Sie nicht noch ein bißchen und essen mit mir zu Mittag?«

In Bahrain hatte Mattie den Teppichhändler aus Teheran getroffen. Da der Mann ausländische Devisen ins Land brachte, seine Familie im Iran zurückließ und außerdem zwei Söhne bei der Armee hatte, bekam er gewöhnlich das für Auslandsflüge nötige Visum. Dann hatte Mattie noch mit dem Sektionsleiter in Bahrain gesprochen. Bei seiner Ankunft war er übrigens bereits von ein paar obskuren Gestalten erwartet worden, die sich fortan unauffällig an seine Fersen heften sollten.
Von Bahrain aus war Mattie nach Dubai geflogen, um den dortigen Sektionsleiter aufzusuchen. Während des Fluges und nach der Landung wurde er genauestens beobachtet. Er sprach ungefähr vier Stunden mit seinem Mann, munterte ihn auf und legte ihm nahe, sein elitäres Gehabe zu vergessen und häufiger in den Hafen zu gehen, wo er sich vielleicht ein paar Seeleute durch Gefälligkeiten verpflichten könne.
Wäre er mit dem Wagen von Dubai nach Abu Dhabi gefahren – vorbei an den Autowracks, die in der Wüste vor sich hin rosteten, weil den durch das Öl reich gewordenen Bewohnern des Landes der Einbau eines neuen Anlassers oder sonstige kleine Reparaturen unzumutbar erschienen –, hätte er also den Landweg genommen, dann wäre ihm kaum entgangen, daß er beschattet wurde. Da er jedoch mit dem Flugzeug

reiste, bemerkte er nichts davon, daß man ihn unentwegt beobachtete.
Auch bot sich hier in den Golfstaaten nur wenig Gelegenheit, sich als Archäologe zu betätigen. Überhaupt erschien ihm dieser Landstrich mit den klimatisierten Hilton-Hotels, den gegen über vierzig Grad Außentemperatur vollkommen geschützten künstlichen Eisenbahnen und den fast steuerfrei lebenden britischen Ingenieuren reichlich öde. Von Van versprach er sich da wesentlich mehr, die Ruinen der Urartäer würden ihn reichlich entschädigen.
In Abu Dhabi gelang es ihm einmal, seine Verfolger, von deren Existenz er nicht das geringste ahnte, abzuschütteln. Dazu bedurfte es lediglich einer Routinemaßnahme. Er meldete sich an der Rezeption des Hotels an, erhielt ein Zimmer im zwanzigsten Stock dieses architektonischen Ungetüms zugewiesen und verließ es anschließend über Feuer- und Personaltreppe durch den Lieferanteneingang. Betreten hatte er das Hotel noch in seinem dunklen Leinenanzug, als er nun durch den Hintereingang wieder herauskam, trug er Jeans und ein Sweatshirt. Und er schwitzte gewaltig in diesem Sweatshirt, als er nun quer durch die Stadt die paar hundert Meter zu dem kleinen Büro zu Fuß ging, das offiziell als internationales Handelskontor firmierte. In einem von Jalousien verdunkelten Zimmer im ersten Stock traf er den Mann, der im Iran im Büro des Hafenmeisters von Bandar-e Abbas arbeitete.
Mattie mußte den Mann umarmen. Auch eine Routinemaßnahme. Es fiel ihm nicht leicht, öffentlich Zuneigung zur Schau zu stellen, aber in der Szene gehörte es nun einmal dazu, daß man einen Mann, der heimlich in einer Dhau den Golf durchquert hatte, wie den verlorenen Sohn herzte. Der Mann küßte ihn auf beide Wangen, und Mattie roch nicht nur, was sein Gegenüber zuletzt gegessen hatte. Aber der Leiter der Iran-Abteilung durfte sich nicht darum kümmern, daß der unter Netzen und Tauen auf einer Dhau versteckte Mann

während der Überfahrt von Bandar-e Abbas nach Abu Dhabi all seine Furcht ausgeschwitzt hatte. Wenn der Küstenschutz die Dhau geentert und man den Mann entdeckt und vor ein Revolutionsgericht gestellt hätte, dann wäre der Mann wahrscheinlich in einer Weise gefoltert worden, daß er seine Hinrichtung herbeigesehnt hätte! Aber durch solche Erwägungen durfte sich der Vorgesetzte dieses Mannes nicht aus der Fassung bringen lassen.

Sie setzten sich und tranken Tee, während Mattie dem Mann seine Instruktionen gab.

»Worauf es uns ankommt, sind Einzelheiten ... harte Fakten. Ich möchte nicht nur wissen, ob ein in Portugal, Schweden oder Zypern registriertes Schiff mit Containern an Deck in den Hafen von Bandar-e Abbas einläuft, das kann ich auch auf Satellitenfotos erkennen. Ich möchte wissen, was in den Containern drin ist. Ich möchte wissen, was auf den Containern draufsteht ...«

Er beobachtete den Mann, sah, daß seine Finger sich an einer Perlenkette zu schaffen machten, die er auf den Knien hielt. Wenn er sich im Lauf der Jahre emotional auf den Mann eingelassen hatte, dann wäre er wohl kaum in der Lage gewesen, solche Forderungen an ihn zu richten.

»... über den Iran ist ein internationales Waffenembargo verhängt worden. Es ist verboten, über Bandar-e Abbas oder sonst einen iranischen Hafen Waffen zu liefern, aber nach unseren Informationen geben die Iraner jeden Monat 250 Millionen Dollar für schweres Gerät aus. Wir wollen Ihr Land, Ihre Regierung von jeglichem Waffennachschub abschneiden. Ohne Waffen läßt sich der Krieg nicht mehr lange führen, und wenn das geistliche Regime den Krieg nicht mehr fortsetzen kann, wird es über kurz oder lang hinweggefegt werden. Und das ist der Nutzen, den Sie von einer solchen Entwicklung haben.«

Natürlich erwähnte Mattie gegenüber dem Agenten mit keinem Wort die Verärgerung des britischen Geheimdienstes über die US-Regierung, die den geistlichen Führern des Iran vor kurzem etliche radargesteuerte Boden-Boden-Raketen sowie reichlich Ersatzteile für die alte F-4 Phantom geliefert hatte. Und natürlich verspürte er auch nicht das Bedürfnis, ihm die übrigen Lieferländer des Iran aufzuzählen: UdSSR, China, England (alles, was das Herz begehrte – von Radaranlagen bis hin zu Munition), Italien, Spanien, Griechenland, Nord- und Südkorea, Taiwan, Pakistan, Syrien, Libyen, die Tschechen, die Ostdeutschen, die Japaner, die Brasilianer, Argentinien, die Niederlande, Israel, Portugal, Belgien, selbst die Saudis ... Schließlich ging es um eine Menge Geld ...

»... Gut, wir wissen, daß das Regime im Iran immer mehr dazu übergeht, die nötigen Waffen selbst zu produzieren, aber im Augenblick ist dieses Gerät für den modernen Krieg noch nicht tauglich. Auch brauchen die geistlichen Herren für ihre Luftwaffe immer wieder Ersatzteile – und darüber möchten wir besser Bescheid wissen. Schütteln Sie nicht den Kopf. Sie können sogar auf dem Wasser gehen, wenn Sie es unbedingt wollen. Sämtliche Waffenlieferungen werden abgeschirmt und von Militärfahrzeugen begleitet, und sie gehen ohne Formalitäten durch den Zoll. Und genau über solche Lieferungen brauchen wir Informationen ...«

Die anderen Stadtflüchtlinge in Bibury, die Mattie Furniss Samstag abends zum Cocktail einzuladen pflegten, hielten ihn ganz sicher für einen ehrlichen und seriösen Menschen, einen feinen Kerl eben. Leute, die normalerweise mit ihm über EG-Milchquoten oder die Börsenkurse sprachen, hätten wahrscheinlich die Welt nicht mehr verstanden, wenn sie gewußt hätten, daß er, ohne mit der Wimper zu zucken, imstande war, einen tapferen kleinen Spion zu einem schier selbstmörderischen Unternehmen zu überreden. Er war ein harter Mann und nicht umsonst Sektionsleiter im Century.

Am nächsten Morgen, als der Beamte aus dem Büro des Hafenmeisters wieder auf einer Dhau versteckt nach Bandar-e Abbas zurückkehrte, wurde Mattie dabei beobachtet, wie er das Flugzeug nach Ankara bestieg.

Ihm fehlten vier Schneidezähne, und sein restliches Gebiß bestand aus gelben Stümpfen. Sein von Falten durchzogenes Gesicht unter dem wirren, ungepflegten Haar war walnußfarben. Es war ein hartes Leben für den alten Mann, der hier, am Hang des Iri Dagh, ein paar kümmerliche Ziegen und dickwollige Schafe züchtete. Über ihm ragte der fast dreitausend Meter hohe, von ewigem Schnee bedeckte Gipfel auf. Wenn die Sonne an klaren Tagen frühmorgens hinter den Bergen aufging, konnte er weit unten in der Ferne die Stadt Täbris sehen. Aber er sah kaum hin. Die Stadt kümmerte ihn nicht.

Der harte und karge Boden, auf dem sein Vieh graste und auf dem er gleich neben seinem blechgedeckten Steinhaus sein Gemüse anbaute, hatte ihn gestählt, und die Last des Alters hatte ihn ruhig werden lassen.

Majid Nazeri zog die hölzerne Brettertür hinter sich zu und ging zum Winterunterstand der Tiere hinüber, wo er auch das Futter gelagert hatte. Er ging aufrecht wie ein alter Soldat. Mit der heutigen Welt hatte er nichts mehr im Sinn, und deshalb war er froh, hier oben ganz allein mit seinen Hunden zu leben – weit weg von Täbris, wo jetzt die neuen Herren regierten.

Er steckte den Schlüssel, den er an einem Lederband um den Hals trug, in das Vorhängeschloß. Er verzog das Gesicht zu einer Grimasse, weil seine klobigen Füße noch nicht recht in die neuen Schuhe passen wollten, die er unlängst bekommen hatte. Dabei war er durchaus dankbar für die Schuhe, nur würde er wohl erst im folgenden Winter bequem in ihnen laufen können. Die nächste menschliche Siedlung war das Dorf Elehred, das nördlich der Berge in Richtung der sowjetischen Grenze lag. Er hatte beschlossen, seine letzten Tage

in der Wildnis zu verbringen, wo noch die Adler ihre Bahn zogen, wo Wolfsrudel umherstreunten und wo er mit ein wenig Glück sogar hier und da einen Leoparden zu Gesicht bekam, sofern die rauhen Winde, die an den Abhängen des Iri Dagh ohne Unterlaß wehten, ihn nicht vorzeitig verrieten.
Er hatte nicht immer als Einsiedler gelebt. Früher einmal hatte er gewußt, wie man Stiefel auf Hochglanz bringt, wie man einen Martini richtig mischt und serviert, und er hatte auch gewußt, wie man einen Zug Soldaten in die Schlacht führt. Einmal hatte er sogar neben dem König der Könige, dem Schah persönlich, gestanden. Majid Nazeri hatte es im Regiment von Charlie Eshraqs Großvater immerhin zum Feldwebel gebracht, und er hatte Charlies Vater als Leibbursche gedient. An dem Tag, als Charlies Vater verhaftet worden war, war Majid von Teheran nach Täbris gereist und hatte dann weiter nördlich Ausschau nach einem Platz gehalten, wo er mit den Scheußlichkeiten, die in der Ebene an der Tagesordnung waren, nichts zu schaffen hatte.
Es war nun zwei Jahre her, daß der junge Eshraq, der inzwischen von einem lärmenden Jungen zu einem ruhigen Mann herangewachsen war, ihn hier oben in seiner Gebirgshütte gefunden hatte.
Wann immer Charlie ihn nach einem seiner Besuche wieder verließ, fragte er sich, ob er den jungen Mann wohl je wiedersehen werde. Jedesmal wenn Charlie nach einem rauhen Abschied wieder seiner Wege ging, stiegen dem alten Mann die Tränen in die Augen. Es machte ihm nichts weiter aus, daß seine Augen, die früher so scharf wie die eines Luchses gewesen waren, immer schlechter wurden. Seine Hunde ersetzten ihm die Augen, und je schlechter sein Augenlicht wurde, um so verschwommener konnte er in der Ferne die Stadt Täbris erkennen, und das war ihm nur recht so. Charlie hatte ihm berichtet, daß man in Täbris direkt vor dem Hauptquartier der Revolutionsgarden Miss Juliette gehängt hatte. Er verspürte nicht das geringste Verlangen, die

graue Silhouette der Minarette von Täbris noch einmal zu sehen.
Majid Nazeri, dessen Leben langsam zu Ende ging, sah in Charlie einen Racheengel. In den Augen des alten Soldaten, des loyalen Dieners und Leibburschen, war Charlie der letzte Abkömmling einer Linie, der stets die ganze Verehrung des alten Mannes gegolten hatte.
Er zog die Tür des Viehstalls auf. In der einen Hand hielt er einen alten Lumpen, die Überreste eines Armeehemds.
Er verbrachte den Nachmittag damit, den Tank, die Speichen und den Motor von Charlies japanischem Motorrad zu polieren. Im Grunde genommen war diese Putzaktion völlig sinnlos, denn wenn Charlie nach einer beschwerlichen Fahrt über steinige Wege das nächste Mal unten an der Straße von Ahar nach Täbris anlangen würde, würde die Maschine ohnehin wieder schmutzig sein. Nachdem er das Motorrad gewienert hatte, schaute er nach, ob die Blöcke, auf denen die Maschine zur Schonung der Reifen aufgebockt war, noch stabil waren. Er wußte nicht, hatte auch nie danach gefragt, wann Charlie das nächste Mal gegen seine Tür hämmern und den alten Mann mit seiner Umarmung fast erdrücken würde.
Er hob die beiden Teile eines ausrangierten blauen Trainingsanzugs vom Boden auf und ging zum Fluß hinunter, um sie zu waschen.
Allmählich brach die Abenddämmerung herein. Aber er brauchte bei Anbruch der Dunkelheit nicht gleich sein aus Lumpen und Fellen hergerichtetes Bett aufzusuchen. Charlie hatte ihm für die Lampe, die im Hauptraum seiner Hütte an einem Deckenbalken hing, Kerosin mitgebracht. Und so konnte er noch lange nach Einbruch der Nacht, während draußen die Hunde durch ihr Geheul die Wölfe vom Vieh fernhielten, auf seinem Holzstuhl dasitzen und seinen liebsten Besitz anstarren – eine in Gold gerahmte Fotografie, auf der ein Armeeoffizier mit seiner ausländischen Frau und seinen beiden Kindern zu sehen war.

Die größte Freude in Majid Nazeris Leben waren Charlies Besuche, seine schlimmsten Augenblicke durchlebte er, wenn sein junger Freund wieder fortging.

Er trug wieder seine *pasdar*-Uniform.
Er saß schlafend im hinteren Teil des Mercedes-Bus. Mehrmals wurde er von seinem Nachbarn wach gerüttelt, weil der Bus wieder einmal von Revolutionswächtern angehalten worden war, die die Papiere kontrollierten. Seine Papiere waren in Ordnung. Wie jeder Iraner trug er die *Shenass-Nameh,* seine Ausweispapiere, stets bei sich. In seinen Ausweispapieren waren ein falscher Name verzeichnet, ein falsches Geburtsdatum, ein erfundener Bericht über seinen Dienst bei den Revolutionswächtern. Die Papiere erregten keinen Verdacht. Er war unbewaffnet, auch die Möglichkeit, daß man seine kleine Tasche durchsuchen könnte, bereitete ihm keinerlei Kopfzerbrechen. Er war im Dienste seines Landes verwundet worden, er war in der schönen Stadt Täbris bei seinen Eltern auf Genesungsurlaub gewesen, und nun kehrte er nach Teheran zurück, wo seine Einheit wieder neu formiert werden sollte. Die *pasdaran,* die den Bus durchsuchten, grüßten ihn freundlich.
Der Bus hielt vor einem Café. Charlie döste weiter. Er spürte kein Verlangen, etwas zu essen. Er hatte am frühen Morgen in Majid Nazeris Haus reichlich gefrühstückt. Hungergefühle hätten ihn nur beim Schlafen gestört, und er brauchte unbedingt Schlaf, denn am Morgen würde der Bus in Teheran ankommen.

Er hatte sich seinen Vorschlag von dem Mullah abzeichnen lassen. Denn der Ermittler unterbreitete lediglich Vorschläge. Er hatte den Mullah, dessen Unterschrift und Bürostempel das Dokument zierten, mit Bedacht ausgewählt. Er kannte seinen Mann, er wußte genau, welcher von den Geistlichen für seinen Plan am leichtesten zu gewinnen war.

Es war spätabends. Der einzige Schmuck in dem Arbeitszimmer des Ermittlers war ein Porträt des Imams. Wie anders hatte doch sein Büro ausgesehen, als er noch der treue Diener eines inzwischen gerupften Pfaus gewesen war. Jetzt gab es in seinem Raum weder einen Teppich noch alkoholische Getränke, weder Sessel noch Farbfernseher. In dem Kampf, der jetzt, da das Leben des Imams sich dem Ende zuneigte, zwischen den Ajatollahs und den Mullahs tobte, konnten nach Auffassung des Ermittlers die sogenannten Pragmatiker, Realisten oder Gemäßigten nur den kürzeren ziehen. Er war fest davon überzeugt, daß Männer wie der Mullah, der seine Unterschrift unter die beiden Papiere gesetzt hatte, den Sieg davontragen würden.
Die Stadt unter ihm war still. Er wählte die Nummer des Lagers in Manzariyeh, einem südlichen Vorort der Hauptstadt. Er wartete, daß jemand das Telefon abnahm – in dem Gebäude, in dem einst die Studentinnen der Kaiserin-Farah-Universität gewohnt hatten und in dem jetzt das Revolutionäre Zentrum für freiwillige Märtyrer untergebracht war.

5. Kapitel

Sie war anders, aber schließlich war sie auch das einzige Mädchen in diesem Kreis. Die Jungs, die er von früher her noch kannte, hatten ihn gleich abblitzen lassen. Sie war ungeschminkt und trug ihr kurzes Haar in der Mitte gescheitelt. Sie hatte das auf der Straße obligatorische Kopftuch abgelegt und trug Jeans und eine Bluse, die normalerweise von einem Tschador verhüllt waren.

»Vielleicht bin ich im Ausland gewesen, okay, ich bin tatsächlich weg gewesen. Aber das war nicht meine Entscheidung. Man hat mich überhaupt nicht gefragt. Aber jetzt bin ich mein eigener Herr, und ich möchte hierher zurückkommen und im Iran leben.«

Sie waren früher Freunde gewesen, die Jungs und das Mädchen, damals in der Amerikanischen Schule. Das Mädchen hieß La'ayya. Charlie saß auf einem einfachen Stuhl, das Mädchen lag lang ausgestreckt auf einem großen Sofa. Die beiden befanden sich im Empfangszimmer der Villa ihrer Eltern. Vor der Revolution waren in dem Raum Fotografien von La'ayyas Vater aufgestellt gewesen, auf denen er unter anderem mit weniger wichtigen Mitgliedern der ersten Familie zu sehen gewesen war. Die Bilder eines anderen Lebens waren ebenso verschwunden wie die Dienerschaft und die Gärtner. Ihre Eltern nutzten den letzten Schnee auf den Skihängen oberhalb des Kaspischen Meeres. Das Mädchen war allein in der Villa, die abseits der großen Straße lag und in deren Garten gerade die Kirschbäume zu blühen began-

nen. Und im Gegensatz zu den verängstigten Jungs schien sie lediglich amüsiert.
»Ich bin mit meiner Mutter nach Kalifornien gegangen. Ich fand's dort scheußlich. Dann haben sie mich nach London geschickt, wo wir Freunde haben. Dort wohne ich jetzt, aber ich kann die Stadt nicht ausstehen. Ich bin Iraner, und ich möchte mein Leben in meinem Heimatland verbringen.«
Genau das gleiche hatte er auch den Jungs erzählt. Aber von denen hatte ihn keiner auch nur zu Ende reden lassen. Keinem der Jungs hatte er seine Situation ausführlich schildern können, denn jedesmal war er schon nach kurzer Zeit an die frische Luft gesetzt worden – jedenfalls hatte es das Mädchen nicht eilig, ihn wieder loszuwerden. Sie hatte immer mehr Mut gehabt als irgendeiner der Jungs in seiner Klasse. Nun lächelte sie ihn offen an.
»Du glaubst mir wohl nicht?«
»Ich bin keine Fanatikerin, Charlie. Ich bete nicht für das ewige Leben von Khomeini. Ich lebe nur hier. Und wenn jemand, der die Chance hat, in Kalifornien oder London zu leben, mir erzählt, daß er lieber hier leben möchte, dann denke ich, daß er entweder nicht ganz dicht ist oder lügt.«
»Aber wenigstens hast du mich – Verrückten oder Lügner – nicht gleich rausgeschmissen wie die andern.«
»Dein Vater und deine Schwester sind umgebracht worden, und du sprichst über deine angebliche Heimkehr, als würdest du mal schnell die Straße überqueren ... Soll ich dir sagen, warum die Jungs Angst vor dir haben? Als du fortgegangen bist, waren wir zweiundzwanzig in der Klasse. Die Jungs, die du besucht hast, und ich – wir sind die einzigen von allen, die noch in Teheran leben. Acht leben im Ausland, und acht sind inzwischen tot.«
»Kriege dauern nicht ewig, Kriege hören irgendwann auch mal wieder auf. Auch der Imam lebt nicht ewig. Wir müssen hier ein ganz neues Land aufbauen. Es wird einen neuen Iran geben, und dort gehöre ich hin ...«

Sie runzelte die Stirn. »Glaubst du das wirklich?«
»Ja, deshalb bin ich zurückgekommen.«
»Und welche Rolle, bitte schön, hast du mir oder den Jungs, die dich rausgeworfen haben, dabei zugedacht?« fragte sie heftig.
Er dachte daran, daß er einen Platz für die Waffen brauchte, die er bei seinem nächsten und letzten Besuch mitbringen wollte, und daß er möglicherweise einen Fahrer brauchte und jemanden, der ihm den Rücken freihalten würde.
Er sagte: »Ich brauche jemanden, der meine Vision mit mir teilt.«
Sie lachte, und es klang, als wollte sie sich über ihn lustig machen. »Du weißt nichts über den Iran ...«
»Immerhin weiß ich, daß ich in meinem Heimatland leben möchte.«
Sie stand auf und ging Richtung Tür. »Ich liebe das Leben, Charlie. Ich habe auch Freunde und Verwandte, die man ins Evin-Gefängnis und ins Qezel-Hezar-Gefängnis und ins Gohar-Dasht-Gefängnis gebracht hat. Ich möchte nicht auch in einem dieser Gefängnisse landen. Außerdem, Charlie, glaube ich von dem, was du mir gerade erzählt hast, nicht ein Wort.«
Als er sie zuletzt gesehen hatte, war sie noch knochig und hager gewesen. Aber jetzt war sie zu einer schönen Frau herangewachsen, das konnte er nicht leugnen.
»Wenn ich zurückkehre, werde ich dich wieder besuchen und dir beweisen, daß ich die Wahrheit gesagt habe.«
Sie zog eine Grimasse. »Und dann gehen wir auf einen Cocktail in die Hilton-Bar ... Das Problem ist nur, Charlie, daß das Hilton heute nicht mehr Hilton heißt, daß es den Freiwilligen von Beitolmoqaddar als Unterkunft dient und daß es der Organisation der Entrechteten gehört. Wiedersehen, Charlie. War nett, dich zu sehen, aber nicht sehr vernünftig.«
»Ich hätte nicht geglaubt, daß du Angst hast.«

In ihrer Stimme schwang zum erstenmal so etwas wie Bitterkeit mit, als sie scharf entgegnete: »Das hier ist kalifornisches Geschwätz oder Londoner Geschwafel. Du beleidigst mich. Du weißt nichts über meinen Iran, du weißt nichts über mein Leben. Du kommst einfach hier reingeschneit, machst dich über mich lustig, lachst mich aus und meinst, du könntest mich auch noch belügen.«
»Was soll ich dir mitbringen?«
»Wenn du noch mal Kontakt zu mir aufnimmst, bringst du mich in Gefahr.«
»Sag mir nur, was du gerne hättest.«
»Seife«, erwiderte sie unumwunden.
Dann begleitete sie ihn hinaus.
Er fand sie sehr hübsch, sehr traurig. Sie schloß die Tür hinter ihm, ehe er noch den Gehsteig erreicht hatte. Er ging die Straße hinunter, zertrat die ersten Kirschblüten des jungen Frühlings.

Als er das erstemal im Lager in Manzariyeh gewesen war, hatte am Tor noch die Statue Lord Baden Powells, des obersten Pfadfinders, gestanden, und er selbst hatte noch der Geheimpolizei der inzwischen gestürzten Monarchie angehört. Er hatte die Kaiserin-Farah-Universität für Mädchen damals mit dem Auftrag aufgesucht, eine Studentin zu verhaften, die angeblich Mitglied einer Tudeh-Zelle gewesen war. Das ehemalige Studentinnenheim war jetzt durch schwere Stacheldrahtrollen von der Außenwelt abgeschnitten und wurde von Freiwilligen der Organisation der Entrechteten bewacht. Von dem übrigen Gelände war es durch elektrische Zäune abgetrennt. Und anstelle seines dunkelgrauen Anzugs trug der Ermittler jetzt eine eher hellgraue Hose, seine Füße steckten in Sandalen, und das Hemd trug er offen über dem Hosenbund. Seine Wangen waren von einem stacheligen Bart bedeckt, und statt eines BMW-Coupés fuhr er jetzt einen klapprigen R 4. Niemand hatte aus-

drücklich von ihm verlangt, daß er auf die während seiner SAVAK-Zeit erworbenen Statussymbole verzichten müsse, aber der Ermittler war ein vorsichtiger Mann.
Er wurde im ehemaligen Büro des Dekans willkommen geheißen und mit Tee bewirtet. Seine Besuche in diesem Raum hatten stets denselben Grund: Er suchte einen Kandidaten für eine Operation im Ausland. Der Vorsitzende des Revolutionären Zentrums hatte dann die Aufgabe, sich Gedanken über das Zielobjekt, den Tatort und das Vorgehen zu machen und einen Freiwilligen zu benennen. Der Ermittler war schon häufig in Manzariyeh gewesen, weil das Regime es immer wieder einmal für nötig hielt, im Exil lebende Verräter zu bestrafen.
Die Studenten in Manzariyeh wurden in erster Linie in den Lehren des Korans unterwiesen, zugleich aber auch im Nahkampf ausgebildet. Sie beteten morgens, mittags und abends und wurden während des restlichen Tages in den verschiedenen Techniken des Tötens unterwiesen.
Der Ermittler zog ein Notizbuch aus seiner Aktentasche. Von der Wand blickte das Bild des Imams streng auf ihn herab und weckte in ihm eine Erinnerung, die er stets zu verdrängen suchte. Er hatte einmal an einer Zusammenkunft teilgenommen, bei der man die Ermordung des Imams im Exil erwogen hatte. Wenn es im Leben des Ermittlers einen Alptraum gab, dann war es die Befürchtung, daß möglicherweise noch ein Gesprächsprotokoll dieser Sitzung irgendwo existierte und daß in diesem Protokoll die Namen der Teilnehmer verzeichnet waren.
Seine Stimme klang monoton.
»Der Exilant heißt Jamil Shabro. Obwohl wir ihn schon einige Male gewarnt haben, hört er nicht auf, gegen den Imam und die islamische Regierung des Iran zu hetzen. Ich werde Ihnen eine Zusammenfassung seiner letzten öffentlichen Rede hierlassen. Wir schlagen vor, Sprengstoff zu verwenden. Auf diese Weise können wir eine widerspenstige Zunge vernichten und

hundert andere durch Angst und Schrecken zum Schweigen bringen.«
Der Vorsitzende blickte auf die Fotografie Jamil Shabros. »London ... In London haben wir fast freie Hand.«
»Dann wäre da noch etwas anderes ...«
Der Ermittler griff ein weiteres Mal in seine Mappe und holte eine zweite Akte hervor. Auf den Deckel hatte er in Farsi nur ein einziges Wort geschrieben, das persische Wort für Delphin.

Er sah, wie sich das hohe Stahltor öffnete, er sah, wie der Kühler des Wagens in der engen Durchfahrt erschien, und er sah, wie die Wache, die das Tor geöffnet hatte, ehrfurchtsvoll den Kopf neigte.
Auf der ungefähr fünfzehn Meter breiten Straße herrschte dichter Verkehr. Der Mercedes hatte keine Möglichkeit, sich in den Strom der Fahrzeuge einzufädeln. Es war genau wie beim letztenmal, als er an dieser Stelle auf dem Gehsteig gewartet hatte. Das Gebäude hinter ihm war verlassen, der Garten war zugewachsen, und die Oleanderbüsche hatten sich so ungehindert ausgebreitet, daß sie gleichsam eine immergrüne Wand bildeten. Er hatte den Garten bereits inspiziert und den Platz in Augenschein genommen, wo er auf der Mauer des alten zerfallenen Konservatoriums stehen und über die Umgrenzungsmauer des Grundstücks hinwegblicken konnte. Der Fahrer des Mercedes veranstaltete ein wahres Hupkonzert und konnte schließlich in die Straße einbiegen.
Er sah den Mullah. Ein noch junger Mann. Das Gesicht eines Akademikers. Charlie sah die dünnen Brillengläser und das blasse Gesicht, den sauberen Turban und das Kamelhaarcape, das der Mann um die Schultern gehängt hatte. Der Mullah saß allein im Fond des langen Mercedes, und Charlie fiel neuerlich auf, daß die Scheiben des Wagens das Gesicht dahinter breiter erscheinen ließen, als es eigentlich war. Er bemerkte auch, daß die Reifen des Mercedes fast unter dem

Chassis verschwanden. Der Mercedes war an den Seiten gepanzert, und auch die Seitenfenster bestanden aus Panzerglas.
Das Tor fiel quietschend ins Schloß. Die Wache stand wieder mit geschultertem Gewehr davor. Der Mercedes war inzwischen nicht mehr zu sehen.
Charlie entfernte sich.
Er schlenderte lange dahin. Er ging gerne zu Fuß, weil er sich dabei noch einmal vor Augen führen konnte, was er in den vergangenen Stunden in Erfahrung gebracht hatte.
Er hatte am Morgen dieses Tages den Aufenthalt des Ermittlers ausfindig gemacht. Zwar hatte er ihn nicht gesehen, aber er wußte nun, wo der Mann arbeitete.
Charlie wohnte in einem kleinen Hotel. Das Gebäude lag in einer Gasse, die vom frühen Morgen bis zum späten Abend Lebensmittelhändler und Handwerker bevölkerten. Ein gepflegtes Etablissement, das überdies noch sehr billig war. Unten in der engen Halle gab es ein Telefon. Den ganzen Morgen über hatte er verschiedene Nummern im Nachrichtendienst angewählt. Er war von einer Nummer zur nächsten weitergereicht worden. Fünfzehn Anrufe, und jedesmal hatte er dieselbe Frage gestellt, hatte darum gebeten, mit dem Mann verbunden zu werden. Vierzehnmal war seine Bitte abschlägig beschieden worden. Beim fünfzehntenmal bat ihn eine Stimme zu warten. Er hörte, wie in der Nebenstelle das Telefon läutete. Dann erklärte ihm die Telefonistin, der Mann sei nicht in seinem Büro ... und er hatte eingehängt. Eine Stunde später hatte er, diesmal mit tiefer Stimme, noch einmal angerufen und erklärt, daß er in dem Gebäude einen Termin habe und die Adresse nicht mehr finden könne. Jetzt kannte er sie.
Die Prozession zog an ihm vorüber.
Studenten, die sich im Gänsemarsch bewegten.
Kleine Jungen, die in zu großen Uniformen dahinmarschierten.

Frauen, deren Füße unter ihrem Tschador dahinschlurften, die Witwen des Krieges.
Männer mit Eimern, in welche die Menschen vom Gehsteig aus Münzen und zusammengerollte Geldscheine warfen.
Über dem Zug schaukelten Bilder des Imams, und die Straßen hallten von haßerfüllten Losungen wider.
Charlie warf ebenfalls ein paar Geldscheine in einen der Eimer, als einer der Männer an ihm vorüberging. Hätte er eine Spende verweigert, wäre er nur aufgefallen.
Er hielt ein Taxi an.
Es dauerte eine Ewigkeit, bis sie die verstopften Straßen der unter einer Smogglocke liegenden Stadtviertel passiert hatten. Er würde sich nie wohl fühlen in Süd-Teheran. Hier, in diesem Arbeiterviertel, war der Imam ein Gott, hier forderten die Menschen am lautesten die Fortsetzung des Krieges und den Tod ihrer Feinde. Süd-Teheran war die Wiege der Revolution.
Vor dem Haupteingang des Behesht-i-Zahra-Friedhofs stieg er aus. Für Charlie Eshraq war dies eine Pilgerfahrt. Wann immer er in Teheran war, besuchte er diesen Friedhof. Er mußte am Tor warten, während eine lange Schlange Taxis hindurchfuhr. Jedes der Taxis hatte einen Sarg auf dem Dach – Märtyrer, die von der Front zurückgebracht wurden. Begleitet wurden die Särge von trauernden Familienmitgliedern, die neben den Wagen hergingen. Er schloß sich dem Trauerzug an. Über Hunderte von Metern ging Charlie an Gräbern vorbei, an einem Meer von Fahnen. Auf den Gräbern waren kleine Holzkästchen auf Stelzen aufgestellt, die vorne mit einer Glasscheibe versehen waren. In den Kästchen waren Fotografien der Verstorbenen aufgehängt. Er sah eine Planierraupe, die eine Grube von der Größe eines Schwimmbeckens aushob und Platz schuf für die Toten der nächsten Schlacht. Er sah dunkelgekleidete Frauen, alte Männer und kleine Kinder, die sich zwischen den mit Schildern markierten Gräbern hindurchschlängelten.

Er eilte weiter. Die Jugend seines Landes wurde hier unter dem Wehklagen der Frauen, dem Dröhnen der Raupe und dem Stottern alter Taximotoren zur Ruhe gebettet – hier auf dem Friedhof, der den Namen »Tor zum Himmel« trug. Und die Leute standen Schlange, um hierher zu gelangen ... Irgendwo im Zentrum des Friedhofs sprudelte aus einem Brunnen rotes Wasser. In Charlies Augen war dies Ausdruck eines kranken Geistes. Er fand es genauso krank, das Wasser des Friedhofsbrunnens rot einzufärben, wie es ihm widernatürlich erschien, die jungen Männer mit Plastikschlüsseln aus Taiwan an die Front zu schicken, damit sie sich, sollten sie in der Schlacht fallen, leichter Zugang zum Paradies verschaffen könnten. Als er das erstemal hiergewesen war, hatte er einen Beamten der Friedhofsverwaltung bestochen. Hundert Dollar in kleinen Scheinen hatte er ihm auf den Tisch gelegt, bevor der Angestellte in den Büchern nachgesehen und ihm die Nummer genannt hatte.

Der Weg zu diesem abgelegeneren Bereich der Friedhofsanlage hatte sich seinem Gedächtnis tief eingegraben ... Man mußte an den Fahnen und den Kästchen mit den Fotografien vorbeigehen und gelangte dann in einen Teil der Anlage, wo in die noch feuchten Betonplatten Zahlen eingeritzt worden waren. Die Nummer, die in die Grabplatte seines Vaters eingraviert war, konnte er nicht vergessen.

Sein Vater hatte gesagt, daß ein Berufssoldat, der sich nicht um Politik kümmerte, von seiten der Revolution nichts zu befürchten haben werde, und jetzt lag sein Vater in einem Grab, das durch nichts als eine eingeritzte Nummer gekennzeichnet war.

Er hatte keine Ahnung, wo seine Schwester begraben lag, oder sein Onkel, den sie zuerst geprügelt, dann verstümmelt und schließlich auf dem Dach der Refah-Schule erschossen hatten, wo der Imam nach seiner Rückkehr aus dem Exil zunächst residiert hatte. Er kannte nur dieses eine Grab, und wann immer er in Teheran war, zog es ihn zu dieser Stätte.

Mattie Furniss konnte Schlamperei nicht ausstehen, denn Nachlässigkeit war in seinen Augen die schlimmste Bedrohung geheimdienstlicher Effizienz.
Eigentlich war es nicht seine Sache, langatmige Standpauken zu halten. Doch er hatte das Gefühl, es sei an der Zeit, den Sektionsleiter in Ankara davon in Kenntnis zu setzen, daß er mit dem, was er gesehen hatte, alles andere als zufrieden war.
Die Niederlassung in Ankara war nicht im Botschaftsgebäude untergebracht. Der Service hatte vor ein paar Jahren die dritte Etage eines der Hochhäuser im Regierungsviertel der türkischen Hauptstadt angemietet. Nach außen hin firmierte die Niederlassung allerdings als britisches Ingenieurbüro.
Er hatte noch eine Stunde Zeit bis zu dem Termin beim türkischen Geheimdienst, übrigens der einzigen offiziellen Begegnung, die für die gesamte Reise vorgesehen war. Eine Stunde – und er hatte die Absicht, die Zeit gut zu nutzen.
»Unterbrechen Sie mich nicht, Terence, seien Sie ein guter Junge und glauben Sie nicht, daß es mir etwa Spaß macht, Ihre Arbeit zu kritisieren ... Es handelt sich wahrscheinlich um die älteste Geschichte in unserem Metier: Ein Typ geht ins Ausland und hat, kaum daß er an seinem Bestimmungsort angekommen ist, schon alles vergessen, was wir ihm zu Hause eingebleut haben. Fangen wir mal von vorne an, und zwar mit dem Wagen, der mich abgeholt und hierhergebracht hat. Der Fahrer war ein Penner. Unterwegs auf einer Kreuzung hat uns ein mit Männern voll besetzter Wagen den Weg abgeschnitten, natürlich im Schrittempo, und Ihr Fahrer saß nur da, als hätte er von der Möglichkeit einer Entführung noch nie was gehört. Er schien auch gar nicht auf die Idee zu kommen, daß er dem Wagen vielleicht hätte ausweichen können. Kurz: Ihr Fahrer war vom Hals aufwärts so gut wie nicht existent. Es ist jetzt das drittemal, daß ich Ihnen hier einen Besuch abstatte, und jedesmal ist Ihr Fahrer dieselbe Strecke gefahren. Ihr Wagen hat entgegen den Vorschriften im Fond keinen Rück-

spiegel für etwaige Fahrgäste. Ihr Fahrer ist heute morgen direkt ins Hotel spaziert und hat an der Rezeption auf mich gewartet, und als er mich dann zum Wagen rausführte, kam es ihm überhaupt nicht in den Sinn, mal nachzusehen, ob nicht in der Zwischenzeit vielleicht jemand einen Sprengsatz an der Kiste angebracht hatte ...«

»Mr. Furniss, wir sind hier in der Türkei, nicht in Beirut. Bei uns liegen nicht an jeder Straßenecke irgendwelche Höllenmaschinen herum.«

»Augenblick noch, Terence ... Ihr Wagen ist ungepanzert und hat auch nicht die vorgeschriebenen Spezialreifen, auf denen man im Notfall auch ohne Luft fahren kann. Und ich wette, daß der Benzintank nicht selbstversiegelnd ist ...«

»Wissen Sie, wieviel diese Spezialreifen kosten, Mr. Furniss? – Dreitausend Pfund das Stück. Für solche Extras reicht mein Budget hinten und vorne nicht.«

»Ich werd' das mit London abklären ... Dieser Raum ist von jemandem ausgestattet worden, der gegen jede einzelne unserer Vorschriften verstoßen hat. Die Jalousien vor den Fenstern sind nicht heruntergelassen, von dem Gebäude da drüben aus kann jeder hier hereinschauen und Sie erschießen. Das Glas in dem Bilderrahmen dort drüben, ist das splitterfrei? Ein elegantes Cocktail-Kabinett haben Sie da, aber mit Glasscheiben. Hat Ihnen noch nie jemand erzählt, daß Glas bei einer Explosion splittert und durch die Gegend fliegt?«

»Hier bei uns sind Terroranschläge äußerst selten, Mr. Furniss.«

»Auch in Brüssel und Athen sind solche Anschläge selten. Und trotzdem haben wir dort schon gelegentlich Typen von der Wand kratzen müssen, die noch ein paar Minuten früher geschworen hätten, am sichersten Ort der Welt stationiert zu sein.«

»Ich werd' für Abhilfe sorgen, Sir.«

»Sehr vernünftig von Ihnen ... Und nun möchte ich Ihnen gerne unsere iranischen Pläne erläutern ...«

Mattie Furniss kam nun im Detail auf die Art von Informationen zu sprechen, die er künftig von seinem Sektionsleiter über die Vorgänge im Iran erwartete. Der junge, rasch aufgestiegene Terence Snow fiel vor Schreck aus allen Wolken. Furniss verlangte, seine Mitarbeiter in der Türkei sollten künftig aus iranischen Flüchtlingen, die zu Fuß über die Gebirgsgrenze in die südöstliche Türkei kamen, detaillierte Informationen herauskitzeln und regelmäßig entsprechende Berichte in der Zentrale abliefern. Die Opiumträume der Exilanten in Istanbul seien wenig ergiebig, meinte er, sie bräuchten brandaktuelle Informationen.
Sie gingen zusammen die Treppe hinunter. Mattie erzählte, daß er am nächsten Morgen nach Gallipoli reisen werde, wo im Ersten Weltkrieg eine große Schlacht stattgefunden habe. Sein Vater sei damals als Artillerist dabeigewesen, habe aber nie viel über seine Erlebnisse gesprochen. Und dann schwang plötzlich Begeisterung in seiner Stimme mit, als er erwähnte, daß sie nach dem Gallipoli-Besuch ein paar Tage in den ausgegrabenen Ruinen von Troja verbringen würden. Ob Terence davon gehört habe, fragte er, daß die schönsten trojanischen Schätze früher einmal in einem Museum in Berlin aufbewahrt und dann 1945 von den Sowjets verschleppt worden seien. Nein, davon hatte Terence noch nie gehört.
»Und dann reisen wir gemeinsam nach Van, nehm' ich an.«
Guter Gott. Drei Tage Archäologieunterricht ohne Punkt und Komma. Terence fügte sich mit äußerst gemischten Gefühlen in sein Schicksal. »Würde mich freuen, Mr. Furniss.«

Die Tür der Sozialwohnung, in der Leroy Winston Manvers mit seiner Frau und seinen vier Kindern lebte, war mit schwerem Werkzeug aus den Angeln geschlagen worden, und der Wind peitschte Regentropfen in den Vorraum. Es war drei Uhr morgens, und der Hund hatte nichts gefunden.

Der Hund war ein hübscher Spaniel und hörte auf das Kommando einer ziemlich attraktiven jungen Frau, die in ihrer schwarzen Trainingshose und ihrem Seemannspullover allerdings ein bißchen maskulin wirkte. Park hatte sie überhaupt nicht bemerkt. Solange der Hund in der Wohnung herumgeschnüffelt hatte, hatte die Adrenalinausschüttung der Männer auch ohne ein weiteres Stimulans funktioniert. Aber der Hund hatte nichts gefunden und saß inzwischen ruhig zu Füßen seiner Betreuerin, und die übrigen Männer sahen Park an, der die Ermittlungen leitete und deshalb auch die Entscheidungen zu treffen hatte. Aber hier im Wohnzimmer konnte er nicht offen sprechen. Leroy kauerte zusammen mit den in Decken gehüllten Kindern auf dem Sofa, und seine Frau saß mit angezogenen Knien in dem einzigen Sessel. Park stand in der Diele neben dem Hund, und neben ihm warteten seine Kollegen, die noch immer die Werkzeuge und Hämmer in den Händen hielten, mit denen sie die Tür aufgesprengt hatten und die sie in ihrem Jargon als Schlüssel bezeichneten. Leroy blickte ziemlich ruhig in Parks Richtung. Der Mann mit der Rastamähne, der nur seine Unterwäsche anhatte, strahlte eine Gelassenheit aus, die Park ihm am liebsten mit einem der Vorschlaghämmer ausgetrieben hätte.

Auch Parrish war da, aber der wartete draußen vor der Tür. Der Chef des April-Teams hielt sich ein wenig abseits und überließ die Ermittlungen dem zuständigen Beamten.

Wächter konnte einfach nicht glauben, daß die Wohnung sauber war.

Eine ganze Woche lang war die Wohnung vierundzwanzig Stunden am Tag überwacht worden. Sämtliche Aktivitäten rund um die Wohnung waren überprüft und fotografiert worden. Jeden Besuch eines Kleindealers hatten die Männer registriert. Auf jedem Stadtgang hatte man Leroy beschattet, jede seiner Verabredungen war notiert worden. Achtzehn lange Stunden am Tag hatte Wächter in einem der Überwachungsfahrzeuge zugebracht. Er hätte den verdammten

Hund am liebsten mit drei Tagen Schappi-Entzug bestraft, denn schließlich mußte der Stoff doch irgendwo in Leroys Bude sein.
»Sind Sie *ganz* sicher?« Die an die Hundebetreuerin gerichtete Frage klang fast ein wenig gehässig, fast so, als sei sie dafür verantwortlich, daß der Hund nichts gefunden hatte.
»Nein, ich bin mir überhaupt nicht sicher, mein Bester«, entgegnete die Betreuerin. »Und auch mein kleiner Liebling hier hat nicht etwa behauptet, daß es hier keinen Stoff gibt, das Tierchen hat nur zu verstehen gegeben, daß es hier nichts finden kann. Aber das heißt natürlich nicht, daß irgendwer hier *ganz* sicher weiß, daß die Bude clean ist.«
Die übliche Durchsuchung hatte bereits stattgefunden. Während die Männer das Wohnzimmer, die Küche und die Räume der Kinder auf den Kopf gestellt hatten, hatte man Leroy samt Familie ins Elternschlafzimmer verfrachtet. Als dann das Bad und das Elternschlafzimmer an der Reihe gewesen waren, hatte sich Leroy mit seinem Anhang ins Wohnzimmer begeben. Die Truppe hatte sämtliche Betten durchwühlt, Schubladen und Schränke aufgerissen, alles gefilzt, obwohl das eigentlich gar nicht nötig gewesen wäre, denn normalerweise hätte der Hund ein solches Versteck entdecken müssen.
Und jetzt? Sollten sie vielleicht noch mal an der Eingangstür von vorne beginnen?
Die beiden uniformierten Beamten sahen ihn an. Die Jungs vom Zoll konnten zwar völlig legal Leroys Wohnung in ihre Bestandteile zerlegen, solange sie den Inhaber des Etablissements nicht gerade dazu zwangen, auf allen vieren vor ihnen herumzukriechen und Männchen zu machen, aber es mußten immer zwei Uniformierte dabeisein. Arrogante Typen, die beiden Gesetzeshüter. Sie waren bewaffnet, während Wächter und seine Mannen ohne Schießeisen auskommen mußten. Die beiden Uniformierten hatten lediglich darauf zu achten,

daß die Jungs von der April-Truppe nicht gegen das Gesetz verstießen und nicht von einem bösen Gangster totgeschossen wurden.
Er überlegte, ob er das Handtuch werfen sollte. Er hätte Parrish auch in die Küche ziehen und ihm mitteilen können, daß Leroy nach seiner – Parks – bescheidenen Meinung sauber sei, und dann hätten sie alle nach Hause und ins Bett gehen können. Aber diese Möglichkeit zog er überhaupt nicht ernsthaft in Betracht.
Schließlich hatten sie in der Zentrale in der Lane Dutzende von Fotos, auf denen neun aktenkundige Kleindealer zu sehen waren, die Manvers allesamt innerhalb der letzten sieben Tage einen Besuch abgestattet hatten. Nein, irgendwo in der Wohnung mußte der Stoff versteckt sein ...
»Nehmt die Bude auseinander«, sagte er.
Er führte seinen Kollegen sogleich vor, wie das ging. Er kroch auf den Knien im Korridor herum und riß den auf den Holzdielen festgenagelten Teppichboden Stück für Stück los. Dann rammte er ein Brecheisen zwischen die Bretter und brach den splitternden und krachenden Boden auf. Parrish, der im Eingang stand, blickte zur Seite und dachte offenbar schon über die Schadenersatzforderungen nach, die zu erwarten waren, falls sich die Aktion als erfolglos erweisen sollte. Außerdem mußten sie sich auf den Vorwurf rassistischer Schikane gefaßt machen und noch auf einiges mehr. Trotzdem ließ er die Männer gewähren.
Man konnte den Eindruck haben, daß in der Wohnung ein Abbruchkommando am Werk war. Einer der Männer ließ Leroy keinen Moment aus den Augen und versuchte von seinem Gesicht abzulesen, ob seine Kollegen der Sache näher kamen oder ob sie lediglich Bretter aufstemmten.
Dann stieß jemand einen rauhen Freudenschrei aus, und zwar Duggie Williams, Deckname Harlech, der aus einem Hohlraum unter dem Küchenboden eine isolierte Kühlbox hervorzog. Als er den Deckel entfernt hatte, wurden zunächst wohl

ein Dutzend Kühlbeutel sichtbar und darunter die Beutel mit dem Rauschgift.
»Das Tier kann nichts dafür«, erklärte die Hundebetreuerin eilig. »Ich hab' Ihnen die ganze Zeit gesagt, daß der Hund tiefgefrorenen Stoff nicht riechen kann.«
Als sie schließlich fertig waren, die Wohnung versiegelt, Leroy in die Zentrale verfrachtet und seine Frau und seine Kinder in einem städtischen Wohnheim abgeliefert hatten, lohnte es sich für Park nicht mehr, noch nach Hause zu gehen. Sie war schon in den letzten beiden Nächten nicht dagewesen, als er nach Hause gekommen war.
Es war ohnehin sinnlos, noch nach Hause zu fahren, denn er wollte früh auf den Beinen sein und sich mit Leroy Winston Manvers unterhalten.

6. Kapitel

Bill Parrish fuhr nach der Arbeit stets nach Hause, egal wie spät er aufhörte und wann er wieder anfangen mußte. Er wollte jedenfalls ein bißchen mit seiner Frau schmusen, ein frisches Hemd anziehen und ein vernünftiges Frühstück zu sich nehmen. Nach Parks Berechnungen konnte sein Chef nicht länger als eine Stunde daheim gewesen sein. Denn Parrish hatte wahrscheinlich den Frühzug von Charing Cross nach Kent genommen, war dann vermutlich schnurstracks vom Bahnhof zu seiner Doppelhaushälfte marschiert, hatte sich seine Streicheleinheiten bei seiner Frau abgeholt, sein Hemd gewechselt, sich rasiert, gefrühstückt, war wieder zum Bahnhof gehetzt und hatte sich unter die ersten Pendler eingereiht, die um diese Zeit Richtung Charing Cross fuhren.

David hatte auf der Toilette ein frisches Hemd angezogen, sich rasiert, auf das Frühstück verzichtet, an Ann keinen Gedanken verschwendet, und geschlafen hatte er auch nicht. Er hing in seinem Stuhl und blieb sogar sitzen, als der von einer After-shave-Wolke umnebelte Parrish hereintrat. Die Verwaltungsangestellten würden wahrscheinlich erst in einer halben Stunde aufkreuzen und die übrigen April-Mitarbeiter wohl im Laufe der nächsten zwei Stunden eintrudeln. Parrish kümmerte es nicht weiter, daß Park sich seinetwegen nicht eigens erhob. Hier beim Zoll herrschte ein eigener Korpsgeist, und der hatte mit militärischer Disziplin nichts zu tun. Er sah zur Kaffeemaschine hinüber, die leise vor sich hin

blubberte, und dann spülte er seine Tasse aus, die noch auf dem Tablett neben der Maschine stand, wo er sie abgestellt hatte, bevor die Truppe in der Nacht aufgebrochen war, um Leroy Winston Manvers festzunehmen.
»Leroy heute schon gesehen?«
»Nein.«
»Was ist in den anderen Zellen los?«
»Nichts – sind leer.«
»Wollen ihn besser nicht allzu lange schlafen lassen.«
Er hätte nicht so früh an seinem Arbeitsplatz zu erscheinen brauchen, wäre er nicht sicher gewesen, daß Wächter in der April-Zentrale auf ihn wartete.
»Weiß der Stellvertretende schon, daß wir ihn haben?«
»Natürlich. Ist schon ganz ungeduldig.«
»Er will möglichst schnell Ergebnisse sehen, stimmt's?«
»Haargenau, David, es kann ihm gar nicht schnell genug gehen. Er hat nämlich den Boß am Hals, und dem sitzen die Drogenfritzen von Scotland Yard im Nacken, und die wiederum kriegen Druck vom Minister. Sie wollen wissen, was Leroy zu sagen hat, und zwar am besten schon vorgestern.«
»Und ich habe Rückendeckung?« fragte Wächter.
»Wie nie zuvor.«
Das Ganze ging Parrish gegen den Strich. Parrish, der 30 Jahre beim Zoll und davon 26 bei der Fahndung war, fand es ganz und gar nicht richtig, daß politische Einflußnahme über den Gang von Ermittlungen entscheiden sollte. Aber er war nur ein Rädchen im Getriebe, und er mochte keinen Zoff.
»Dann fangen wir am besten gleich an.«
Wächter führte ihn die Treppe hinunter, denn um diese Zeit war der Lift mit Angestellten vollgestopft, die zur Arbeit erschienen. Es waren stets die Pedanten, die schon morgens in aller Herrgottsfrühe im Amt erschienen, die Sekretärinnen und Sachbearbeiter, die Mehrwertsteuerfritzen und die EDVler. Diesen Anblick wollte er sich ersparen.
Sie stiegen die Stufen zum Tiefgeschoß des Gebäudes in der

New Fetter Lane hinunter. An der Sicherheitstür des Zellentrakts drückte Park auf die Klingel und ließ dann Parrish den Vortritt.
Ein kurzer Wortwechsel. Parrish erklärte, sie würden den Gefangenen jetzt übernehmen. Der Aufseher könne in aller Ruhe in der Kantine frühstücken, eine Zigarette rauchen und mit den Mädchen dort schäkern. Der Aufseher blickte abwechselnd Parrish und Park an, sah den Ausdruck auf Parks Gesicht und sagte dann, daß er eine Tasse Tee und ein kräftiges Frühstück gut vertragen könne.
Park trat in die Zelle. Parrish lehnte draußen im Korridor an der Wand und fühlte sich zum Kotzen.

Der Dealer war es nicht gewohnt, vor Mittag aufzustehen, und hatte den Fehler gemacht, nackt zu schlafen. Verschlafen erhob er sich von seiner Pritsche, als Park ihm die Decken wegzog.
»Mein Anwalt ...«, murmelte er.
»Der kommt als nächster dran. Aber zuerst bist du an der Reihe.«
Park verpaßte Leroy Winston Manvers mit der Linken einen Schlag in die Magengrube. Der Mann krümmte sich, und als er sich wieder aufrichtete und nach Luft schnappte, rammte Park Leroy Winston Manvers ein Knie in die Leistengegend. Der Mann sackte zu Boden und wand sich vor Schmerz. Park zog ihn rücksichtslos an den Haaren wieder hoch. Und dann versetzte er ihm in aller Seelenruhe einen Schlag, dem etliche weitere folgten.
Parks Schläge zielten nur auf den Rumpf des Mannes – er versuchte möglichst nur solche Stellen zu treffen, an denen keine Blutergüsse und Schwellungen zu erwarten waren.
Ein ums andere Mal traf er den schlaffen Körper des großen Mannes, bis dieser schließlich wimmernd auf dem gefliesten Zellenfußboden lag. Dann stieß sein Peiniger plötzlich seine Fragen hervor ...

Von seinen Schmerzen halb betäubt, hörte der winselnde Rauschgifthändler wie von ferne die Fragen.
»Wer ist der Kerl?«
Er hatte die Frage zwar gehört, aber bevor er ihren Sinn noch ganz verstanden hatte, wurde er schon wieder hochgerissen und krachend in eine Ecke geschleudert. Wimmernd lag er da und preßte schützend seine Hände auf seine Weichteile.
»Du hast Darren Cole mit Stoff versorgt, wer ist der Kerl, von dem du das Zeug hast?«
Aus den Augen des Mannes strömten Tränen, er konnte kaum noch atmen. Hier kommst du nicht mehr lebend raus, wenn du den verdammten Bullen nicht totschlägst, dachte er, holte mit der rechten Faust aus und schlug einen Haken ins Leere. Und dann schoß ein brennender Schmerz durch seinen Körper, und er schlug mit dem Kopf auf dem Boden auf, und wieder hörte er die unerbittliche Stimme: »Der Kerl, der dich beliefert, wie heißt er?«
»Er heißt Charlie ...«
Park trat einen Schritt zurück. Er war schweißgebadet. Er starrte den übel zugerichteten Mann auf dem Zellenboden an.
»Ich höre, Leroy.«
Die Stimme flüsterte, keuchte. »Ich kenn' ihn nur als Charlie ... Charlie Persia. Das Zeug stammt aus dem Iran ...«
»Weiter, Leroy.«
»Er ist aus London, Charlie Persia. Aber er holt den Stoff selbst.«
»Und er ist Iraner?«
»Ja, aber er lebt hier.«
»Wie alt?«
»Ihr Alter ungefähr ... vielleicht 'n bißchen jünger ...«
Es war erst eine Minute her, seit er zuletzt geschlagen worden war. Doch jetzt schoß Leroy Winston Manvers plötzlich eine andere Angst durch den Kopf. »Wenn es rauskommt, daß ich gesungen habe, ist mein Leben keinen Pfifferling mehr wert.«
»Keine Sorge, Leroy. Du bist hier gut aufgehoben. Charlie

wird schon 'ne ganze Weile tot sein, bevor du hier wieder rauskommst.«

»Sagen Sie nichts davon, daß ich gesungen habe.«

Der Dealer kroch zu seiner Pritsche zurück und stemmte sich ächzend hinauf. Er kehrte Park den Rücken zu und sagte nichts mehr.

Der Aufseher wartete am Eingang des Zellentrakts. Park erzählte ihm, der Gefangene sei müde und man solle ihn ausschlafen lassen.

Park fuhr gemeinsam mit dem käsebleichen Parrish im Lift wieder nach oben.

Die Etage, auf der das April-Team sein Hauptquartier hatte, war hell erleuchtet. Die Mädchen saßen an den Computer-Terminals oder telefonierten, und Harlech hatte die Ärmel seines Hemdes hochgekrempelt und massierte den Nacken einer Rothaarigen, die währenddessen weiterarbeitete.

»Gehen Sie jetzt nach Hause, Wächter. Verschwinden Sie«, sagte Parrish.

Charlie hatte seine *pasdar*-Uniform sorgfältig in seinem Rucksack verstaut.

Er war mit dem Bus von Teheran nach Qazvin gereist. Von Qazvin, wo er ein paar Stunden lang unter den Platanen des Sabz-i-Meidan auf den Anschlußbus gewartet hatte, war er weiter in Richtung Rasht am Kaspischen Meer gefahren. In der Nähe von Manjil war er am Fluß ausgestiegen und dann der Schotterpiste gefolgt, die neben dem reißenden Fluß herführte. Er hatte keine Angst. Seine Papiere waren gut, schließlich hatte er dem Fälscher in Istanbul eine Menge Geld dafür hingeblättert. Unterwegs hielt ein Beamter aus der Gegend an, der ihn zirka zwanzig Kilometer weit auf seinem Motorrad mitnahm. Die Fahrt hatte ihn einige Nerven gekostet, und so war er froh, als ein Eselskarren vorbeikam und er während der nächsten zwei Stunden hinten auf dem Gefährt vor sich hin dösen konnte.

Er kam kurz vor Mittag in dem Dorf an.
Die wenigen Steinhäuser, die gleich neben dem Fluß am Fuß der Hügel verstreut lagen, waren zu unbedeutend, um auf irgendeiner Karte der Region vermerkt zu sein. Ungefähr einmal in zehn Jahren trat der Fluß nach einem besonders schneereichen Winter im Frühjahr über die Ufer und hinterließ auf den ausgewaschenen Feldern eine fruchtbare Lehmschicht. Die gleich hinter dem Dorf gelegenen Felder brachten deshalb reiche Ernte.
Wegen der Fruchtbarkeit seiner Felder, aber auch dank seiner Abgelegenheit war das Dorf erstaunlich wohlhabend. Von diesem Reichtum war allerdings äußerlich nichts zu sehen. Die amerikanischen Dollars und die iranischen Rial, die der Dorfälteste angesammelt hatte, waren irgendwo vergraben. Er lebte in der beständigen Furcht, die Behörden könnten eines Tages auf das Dorf aufmerksam werden und den Reichtum seiner Gemeinde entdecken. Und dann würde er von Soldaten nach Qazvin abgeholt und im Hof des Ali Qapu hingerichtet werden ... Charlie hatte nie herausfinden können, was der Älteste mit dem Reichtum, den er unter Lebensgefahr ansammelte, eigentlich zu tun gedachte.
Er hatte gemeinsam mit dem Ältesten, seinen Söhnen und seinen Brüdern gespeist. Sie hatten ihm zu Ehren eine Ziege geschlachtet und gebraten. Nun saß er auf dem Teppich, der auf dem Lehmboden des größten Raumes im Haus des Ältesten ausgebreitet war. Die Leute im Dorf waren ganz sicher gute Schiiten, die sich streng an die Lehren des Koran hielten. Er hielt Ausschau nach einem Fehler in dem handgeknüpften Gewebe. Selbst die kostbarsten Teppiche wiesen nämlich solche Fehler auf, wie er wußte. Vollkommenheit war ein Vorrecht Gottes. Der Mensch hingegen machte sich der Ketzerei schuldig, wenn er versuchte, etwas Vollkommenes zu schaffen, das heißt Gott nachzuahmen. Er konnte keinen Fehler entdecken ... Er hatte zu viel gegessen, er fühlte sich wohlig müde und hatte Schwierigkeiten, klar zu denken. Am

Abend jedoch mußte er wieder auf der Höhe sein, dann mußte er nämlich mit dem Dorfältesten verhandeln.
Am Nachmittag wirkte das Dorf wie ausgestorben. Die Sonne brannte auf die Blechdächer der Häuser und tauchte die kleinen Gassen in gleißendes Licht. Man hatte ihm eine Ecke des Raumes angewiesen, wo er seinen Rucksack deponiert hatte und wo ein paar Decken ausgebreitet lagen.
Er stand in der Tür des Hauses und blickte auf das graubraune Wasser des Flusses, auf die Felder, auf das leuchtende Rot der blühenden Mohnpflanzen.

Die Päckchen, die man in der Kühlbox in Leroy Winston Manvers Wohnung gefunden hatte, waren zur Untersuchung an das Labor von Scotland Yard in Lambeth geschickt worden. Und zugleich hatte der stellvertretende Chef der Zollfahndung die Instruktion erteilt, daß diese Analyse absolut vorrangig zu behandeln sei. In dem Labor in Lambeth waren lediglich vierundzwanzig Drogenexperten tätig, und diese Spezialisten waren hoffnungslos überfordert. Gerade vor einem Monat war in London ein Kokain-Prozeß geplatzt, weil es den Wissenschaftlern von Scotland Yard trotz fünf verschiedener Verhandlungstermine nicht gelungen war, die entsprechenden Expertisen rechtzeitig zu erstellen. Selbst ein einfaches wissenschaftliches Gutachten war inzwischen nicht mehr unter neun Wochen Wartezeit zu haben. Der Stellvertretende hatte deshalb kategorisch verlangt, daß alles übrige zu warten habe und die besten Fachleute auf der Stelle mit der Sache zu befassen seien. Als er jetzt am Telefon herumtobte und versuchte, bereits völlig überarbeitete Männer und Frauen zu äußerster Anstrengung zu motivieren, konnte er nicht umhin, sich zu fragen, ob nicht der ganze Laden in der Lane, den er leitete, völlig für die Katz war. Hatten die Regierung, das Parlament und die Behörden denn überhaupt noch einen Anspruch darauf, ernst genommen zu werden, wenn sie gegen die Drogenepidemie gerade mal vierundzwanzig Wissenschaftler ins Feld schickten? Er wußte auf diese Frage beim besten Willen keine Antwort, und außerdem hatte er ohnehin von dem ganzen Schwachsinn die Nase gestrichen voll. Er war inzwischen lange genug bei der obersten Zollbehörde, um zu wissen, daß es völlig absurd war, sich wegen mangelnder politischer und technischer Unterstützung aufzuregen. Noch letzte Woche hatte er vor dem Nationalen Rechnungshof detailliert Auskunft über seine Amtsführung ablegen müssen, und in der Woche davor hatte er den Herren von der Aufsichtsbehörde mühsamst eine geringfügige Aufstockung des Budgets abgerungen. Er hatte mit Bill Parrish gesprochen und wußte daher, was am frühen Morgen in der Zelle vorgefallen war, nachdem der mit den Ermittlungen befaßte Beamte die Tür von innen hinter sich zugemacht hatte. Typisch Parrish, daß er schnurstracks in das Büro des Stellvertretenden marschiert war und seinen Müll eine Etage höher abgeladen hatte, so daß er selbst aus allem fein raus sein würde, falls von der Geschichte wider Erwarten doch etwas nach außen dringen sollte. Der Stellvertretende würde es schon irgendwie deichseln.

Wenn er allein in seinem Büro saß und ausnahmsweise einmal nicht über ausbleibende Laborberichte fluchte oder über die Pingeligkeit des Rechnungshofes oder die Knauserigkeit der Aufsichtsbehörde, dann wußte der Stellvertretende haargenau, wie der Hase lief. Das ganze politische System war im Grunde genommen marode. Nach den Regeln dieses Systems war es völlig selbstverständlich, daß der Fall einer Ministertochter, die sich eine Überdosis Heroin verpaßt hatte, weil sie nicht wußte, daß der Stoff reiner als üblich war – daß also dieser selbstverschuldete Tod eines Prominententöchterchens wesentlich wichtiger war als vergleichbare Katastrophen bei gewöhnlichen kleinen Leuten. Unter diesen Umständen war es ein Wunder, daß junge Leute wie Park sich überhaupt für einen solchen Beruf entschieden und bei der Stange blieben. Und der Stellvertretende war dem

Herrgott dankbar dafür, daß es solche Leute überhaupt noch gab.
Ein Kurier hatte soeben den vorläufigen Laborbericht im Büro des Stellvertretenden abgegeben, als dessen Sekretärin ihm seinen Nachmittagstee und ein wenig Gebäck hereinbrachte.
Er las.
Die ersten Untersuchungen hatten ergeben, daß die zwei Kilo und 742 Gramm Heroin, die in den vierunddreißig Päckchen enthalten gewesen waren, vermutlich aus dem nördlichen Iran stammten. Auffällig war auch das Herkunftszeichen, das auf keiner der Packungen gefehlt hatte – die Abbildung eines kleinen Dolches. Das gleiche Symbol hatte man in den vergangenen sechs Jahren schon häufiger auf beschlagnahmten Rauschgiftlieferungen entdeckt. Das in den Päckchen mit dem Krummdolchsymbol enthaltene Heroin war ausnahmslos von bester Qualität.
Er wählte die Nummer von Parrish' Büro eine Etage tiefer.

»Keine Sorge, Liebes ... Den überläßt du am besten mir.«
Park schoß aus dem Sessel hoch. Die Eingangstür stand bereits offen, Ann schob den Schlüssel wieder in ihre Handtasche, sie hielt den Kopf gesenkt, und sein Vater stand hinter ihr. Dieser nahm seine eindrucksvollste Pose ein und stand mit herausgedrückter Brust kerzengerade da, fast als wäre er auf dem Weg zum Dienst. Vielleicht war dies tatsächlich der Fall, denn er trug seine marineblaue Hose, ein weißes Hemd samt schwarzem Schlips und seinen alten Anorak, den er immer anhatte, wenn er zum Dienst ging oder wieder nach Hause kam. Sein Vater war ein stämmiger Mann, und Park glaubte, daß der Alte seinen Bauch daher hatte, weil er den ganzen Tag entweder im Streifenwagen oder in der Kantine hockte. Weil sein Vater bei der Polizei war, hatte David sich für den Zoll entschieden, eine Art Trotzreaktion, da er sich von Kindesbeinen an das Gestöhne

des Alten über das harte Leben bei den Bullen hatte anhören müssen.
Er führte die beiden ins Wohnzimmer und schloß die Akte, in der er gerade gelesen hatte.
Als sie sich schließlich gegenüberstanden, konnte er Anns Gesicht deutlicher erkennen. Sie hatte gerötete Augen. Er verzog den Mund. Sie hatte kein Recht, mit ihren Eheproblemen zu seinen Eltern zu gehen und sich bei ihnen auszuheulen.
»Freut mich sehr, dich zu sehen, Vater ... Geht's Mutti gut? ... Ich hab' hier gerade noch 'n bißchen in 'ner Akte rumgeblättert. Wir waren gestern die halbe Nacht unterwegs, und deshalb haben sie uns heute 'nen Tag freigegeben ...«
»Es ist kalt hier drin ...« Ann ging zu dem Elektroheizofen hinüber und schaltete das Gerät ein.
Die Stromrechnung ging auf seine Kosten. Das letztemal hatte er 148,74 Pfund gezahlt. Das wußte er noch ganz genau. Er hatte den Betrag nämlich in derselben Woche überwiesen wie die Telefongebühren über 74,98 Pfund und die 101,22 Pfund für die Inspektion des Autos. Er hatte sein Konto überziehen müssen.
Er blickte die ganze Zeit seinen Vater an. »Wie gesagt – ich hab' gerade noch 'n bißchen Akten gewälzt, weil ich nämlich dem Stellvertretenden in nächster Zeit ein Papier unter die Nase halten möchte. Am liebsten würde ich aus dem ganzen Heroingeschäft aussteigen und in einem Team mitarbeiten, das sich auf Kokain spezialisiert hat. Das Papier soll den Stellvertretenden davon überzeugen, daß es besser wäre, einen Mann nach Bogotá zu schicken ...«
Er fragte sich, ob sein Vater überhaupt wußte, wo Bogotá lag.
»... Bogotá ist die Hauptstadt von Kolumbien, Vater. Wir haben einen Drogen-Verbindungsmann in Caracas, der Hauptstadt von Venezuela ... aber ich fürchte, Caracas ist zu weit weg vom Schuß. Wir müssen viel mehr direkt vor Ort ermitteln. Kolumbien exportiert achtzig Prozent des weltwei-

ten Kokainaufkommens. Heroin hat seinen Höhepunkt schon erreicht, aber Kokain nimmt immer mehr zu. Ich meine, die Heroinzahlen vom letzten Jahr waren ungefähr die gleichen wie vorletztes Jahr, aber Kokain hat irrsinnige Zuwachsraten. Wahrscheinlich ist allein letztes Jahr Koks im Wert von 500 Millionen Pfund nach England gelangt. Weißt du, es gibt da in Kolumbien einen Ort namens Medellín, wo die großen Rauschgiftbosse ganz unbehelligt leben. Und genau da müssen wir hin, wenn wir was erreichen wollen. Solange wir nur einen Mann in Caracas haben, bekommen wir immer bloß Informationen aus zweiter Hand. Weißt du eigentlich, daß die US-Drogenpolizei letztes Jahr in Florida zehn Tonnen Koks beschlagnahmt hat? Eine solche Menge ist im Straßenverkauf fünfzig Millionen Dollar wert. Da müssen wir hin, wenn wir was bewegen wollen. Was meinst du, Vater?«
»Ich glaube, daß du dich allmählich zum größten Langweiler entwickelst, den ich je getroffen habe.«
»Das ist nicht das Thema.«
»Und zum größten Schwachkopf.«
»Dann verlasse meine Wohnung.«
»Ann hat mich hierher eingeladen, und ich gehe erst wieder, nachdem ich das eine oder andere klargestellt habe.« Eine dunkle Röte stieg in das Gesicht seines Vaters, und an seiner Stirn traten die Adern hervor. »Fällt dir nichts Besseres ein, wenn du nach Hause kommst, als über deine langweiligen Drogengeschichten zu sprechen?«
»Ist aber doch wichtig.«
»Meinst du, daß Ann sich so brennend für Drogen interessiert?«
»Sie hat mir ihre Meinung zu dem Thema schon gesagt.«
»Es gibt in deinem ganzen Leben nur noch dieses eine Thema. Allmählich wird das Ganze bei dir zu einer Zwangsvorstellung.«
»Was erwartest du von mir, soll ich vielleicht wie du irgend

welche blöden Geranien in einem gottverdammten Gewächshaus anlabern?«

»Nein, um deine Frau solltest du dich zur Abwechslung vielleicht mal kümmern.«

»Erzähl mir nicht, wie ich mit Ann umzugehen habe.«

»Wenn dir nicht mal jemand anständig auf die Füße tritt, dann wirst du demnächst tatsächlich keine Eheprobleme mehr haben, aber auch keine Frau. Du hast eine Frau wie Ann überhaupt nicht verdient.«

»Wieso kannst du das beurteilen?«

»Jedenfalls kann ich beurteilen, daß du deine Frau miserabel behandelst.«

Jetzt ging David hoch. »Eins hast du nie gelernt, Vater, wenn man sich in seinem Job nicht engagiert, dann kann man's gleich bleibenlassen. Bei uns in der Truppe glotzen wir nicht unentwegt auf die Uhr. Wir verteilen nicht nur Strafzettel und überprüfen Waffenscheine und fertigen lächerliche Protokolle über entlaufene Katzen an – wir stehen an der Front. Und wenn wir alle beim ersten Klingelzeichen nach Hause rennen, dann machen die Drecksgangster, wozu sie gerade Lust haben, und dann kannst du demnächst an jeder Straßenecke den gottverdammten Stoff kaufen. Verstanden? Bist du imstande, das zu begreifen? Weißt du, was ich heute morgen getan hab', als du deine elenden Geranien begossen und dann in deinen spießigen Job gegangen bist? Was ich getan habe, während sie ihr Make-up aufgelegt hat und dann in ihr schickes kleines Büro gegangen ist, weißt du das ...? Ich hab' einen Mann zusammengeschlagen. Ich hab' Leroy Winston Manvers windelweich geprügelt und aufgepaßt, daß er keine blauen Flecken und Prellungen zurückbehält. Ich hab' ihn getreten und mit den Fäusten bearbeitet, bis ich kaum noch auf den Beinen stehen konnte ... bis er mit einem Namen herausgerückt ist. Habt ihr es nicht in den guten alten Zeiten genauso gemacht? Habt ihr nicht auch gerne mal kräftig hingelangt, damals, in den guten alten Zeiten? Ich hab' Leroy

Winston Manvers kräftig aufgemischt, weil er Heroin verhökert, und er hat mir seinen Lieferanten genannt, von dem der Stoff stammt, an dem das Töchterchen von so einem hohen Tier aus der Politik elend verreckt ist. Ich hab' Leroy Winston Manvers fertiggemacht, weil ich ihn gehaßt habe. Und ich wollte den Namen seines Lieferanten herausfinden ... So sieht das aus, das ist der Morast, in den man gerät, wenn man versucht, an die Hintermänner ranzukommen. Aber davon verstehst du natürlich nichts, nein, solche Sachen, die verdrängst du am liebsten. Für das, was ich da heute morgen getan habe, könnten die mich fünf Jahre in den Knast stecken ... Und ich sag' dir eins, es hat mir Spaß gemacht, den schwarzen Bastard zu verprügeln. Ja, es hat mir Freude gemacht. Und weißt du was? Er hat schließlich den Namen herausgerückt. So ein Dreckskerl, so ein Schwein. Der macht in einem Monat mehr Geld als ich in zehn Jahren. Er ist eine dreckige kleine Ratte ... Von euch verlangt man so etwas nicht, Vater, oder? Von einem altmodischen Constable erwartet niemand, daß er die Ermittlungen in einem dreckigen Heroinfall führt, stimmt's, Vater?«

»Sieht nicht gut aus mit dir, David.« Sein Vater hatte sich erhoben.

Ann sagte: »Tut mir leid, Vater, daß ich dich hergebeten habe.«

»Ich kann das alles nicht abends um fünf Uhr wie ein Radio ausschalten«, sagte David. »Entweder du kannst damit leben oder nicht. In dem Fall muß ich allein weitermachen. Das ist eine faire Warnung. Du tust, was du mußt, und ich mach' so weiter wie bisher.«

»Möchtest du mitkommen, Liebes?«

David sah, wie seine Frau den Kopf schüttelte. Sie murmelte etwas von Abendbrot und war dann schon Richtung Küche verschwunden.

»Wir lieben das Mädchen, David, deine Mutter und ich. Wir lieben sie wie unser eigenes Kind.«

»Ich mach' euch daraus ganz sicher keinen Vorwurf. Ich bin sogar froh darüber. Aber hetzt sie nicht gegen mich auf. Ich hab' auch so schon genug Probleme. Wir stehen mitten in einem Krieg, verstehst du, in einem gottverdammten Krieg.«
Auf dem bewegungslosen Gesicht seines Vaters mischten sich Erstaunen, Angst und Widerwillen. Und dann war er auch schon fort.

Es war wie ein Spiel. Er dachte, am Ende werde er schon bekommen, was er wollte, und sie würden einlenken. Er hatte sich auf das Spiel eingelassen. Er erhob sich sogar von dem Teppich und ging aus dem Haus auf die schmutzige Straße hinaus, wo er im Mondlicht dastand und dem Bellen der Hunde und dem fernen Heulen der Wölfe lauschte. Das alles gehörte zu dem Spiel, denn alle Beteiligten waren müde und sehnten sich nach Schlaf, und deshalb würden sie wahrscheinlich in Kürze einwilligen, ihm für sein Geld ganze sieben Kilo zu geben.
Sie hätten Charlies Geld auch so haben und ihn in einen alten Brunnen werfen oder auf dem Feld vergraben können.
Charlie wußte das, dachte aber kaum daran. Er verließ sich auf ihre Gier. Dank der Hamstermentalität des Ältesten fühlte er sich einigermaßen sicher. Sie wollten noch öfter Geschäfte mit ihm machen. Und Gott sei Dank wußte der Älteste nicht, daß dies Charlies letztes Geschäft sein würde.
Spät am Abend streckte der Älteste seine kräftige, trockene Hand aus und schüttelte Charlies Rechte. Charlie nahm an, daß er müde war oder Sehnsucht nach seiner Frau und seinem Bett hatte. Mit diesem Händedruck war das Geschäft besiegelt. Das Spiel war zu Ende.
Jedes der von einem Gummiband zusammengehaltenen Bündel enthielt fünfzig Scheine. Charlie holte den Rucksack und legte bedächtig zehn Bündel vor sich auf den Teppich. Er saß mit gekreuzten Beinen da. Ziemlich unangenehm, fand er, und sein Rücken schmerzte bereits, weil seine Muskeln an

diese Haltung nicht gewöhnt waren. Doch nun würde er bald davon erlöst sein. Auch deshalb hatte er aufgeatmet, als der Alte seine Hand schüttelte.
Charlie verließ das Dorf vor Anbruch der Morgendämmerung. In seinem Rucksack befanden sich versiegelte Plastikbeutel mit sieben Kilo reinstem Heroin. Den Beuteln war das Herkunftszeichen der Drogen aufgestanzt. Er hatte zugesehen, als sie das Krummdolchsymbol auf die Plastiktüten gestanzt hatten. So früh am Morgen war auf der Straße neben dem Fluß noch kein Fahrzeug unterwegs, das ihn hätte mitnehmen können. Deshalb wanderte er zu Fuß den staubigen Weg entlang.
In seinem Rucksack hatte er die Währung, um panzerbrechende Geschosse kaufen zu können. Er war bester Laune und pfiff vor sich hin. Er war in den Bergen seines Heimatlandes, allein.

Wächter wanderte im Büro des April-Teams rastlos auf dem zerfetzten und mitgenommenen Teppichboden hin und her. Sein Benehmen ging den anderen mächtig auf die Nerven, aber selbst Parrish traute sich nicht recht, ihm das ins Gesicht zu sagen, und Harlech, der mit Park *fast* befreundet war, verfluchte ihn nur in Gedanken und hielt den Mund.
Charlie Persia. Dem großen stummen Speicher des Computers war ein solcher Name unbekannt. Und auch die Dutzende, ja Hunderte von Querverweisen über verdächtige Personen und Vorgänge, die täglich in den Computer eingefüttert wurden, hatten nichts gefruchtet.
Wächter war davon überzeugt, daß Leroy Winston Manvers nach der Abreibung alles ausgepackt hatte, was er wußte. Er war überzeugt, daß der Lieferant wirklich unter dem Namen Charlie Persia arbeitete. Zudem hatte der Laborbericht ergeben, daß die Päckchen, die sie in der Sozialwohnung in Notting Hill gefunden hatten, aus dem Iran stammten. Offensichtlich war Charlie Persia Iraner und hatte den guten,

reinen Stoff nach London gebracht. Park wartete sehnsüchtig auf einen Rückruf, von dem er hoffte, daß er ihn weiterbringen würde, jetzt, da der Computer mit seinem Latein am Ende war. Er mußte unbedingt irgendeinen Anhaltspunkt finden. Er brauchte Glück. Und deshalb tigerte er in dem Zimmer auf und ab.

Auch damals, als er noch am Flughafen in Heathrow Dienst geschoben hatte, hatte er Glück gehabt. So viel Glück, daß er schließlich seine Uniform an den Nagel hängen und bei der April-Truppe in der Lane einsteigen konnte. Das Mädchen aus der Maschine von Rio war ihm gleich aufgefallen. Sie sprach einen Ostlondoner Akzent, und ihre Kleider wollten so gar nicht zu einer Dame passen, die soeben aus Rio zurückkehrte, und sie war der einzige Passagier sämtlicher Interkontinentalflüge dieser Nacht gewesen, den er gestoppt hatte. Sie hatte ein Flugticket bei sich gehabt und fünfhundert Pfund in bar, und in einer Monatsbinde, die sie zwischen den Beinen trug, hatte man dann noch ein Kilo Kokain gefunden. Ja, das war etwas gewesen, das war aufgefallen. Man mußte einfach Glück haben und dann im richtigen Augenblick zupacken. Und dann hatte er bis zum Eintreffen des nächsten Jumbos eine halbe Stunde später noch ein bißchen Zeit gehabt und war nach draußen in die Halle gegangen, um sich eine Zeitung zu besorgen. Und dabei hatte er einen Mann gesehen, der draußen vor der Barriere herumstand und auf einen Passagier zu warten schien. In Heathrow hatten sie Fahndungsfotos von allen straffällig gewordenen Pushern und Dealern. Nicht alle Beamten achteten auf diese Bilder, aber der junge David Park hatte es sich zur Gewohnheit gemacht, die Fotos wöchentlich zu studieren. Und deshalb kannte er das Gesicht des Mannes – achtzehn Monate Isleworth Court; der Typ konnte erst seit ein paar Wochen wieder in Freiheit sein. Auch das war Glück. Er hatte sofort seinen Vorgesetzten vom Flughafenzoll Bescheid gestoßen. Die hatten den »Abholer« dann unter die Lupe genommen, das

Treffen observiert und den betreffenden Passagier noch mal zur Zollkontrolle gebeten. Sie fanden dann in den Plateauabsätzen des Kuriers auch etwas mehr als ein Kilo, und der »Abholer« war gleich wieder in Isleworth Court gelandet, während der Kurier sieben Jahre Zeit zum Nachdenken erhielt. Natürlich hatte er Glück gehabt, aber es gab in der Führungsebene der Zollfahndung einige, die überzeugt waren, daß solches Glück kein Zufall sei. Und so wurde seine Bewerbung um Aufnahme in das April-Team beschleunigt behandelt.

Als das Telefon auf seinem Schreibtisch läutete, befand sich Park gerade auf der anderen Seite des Raumes. Wie von der Tarantel gestochen schoß er zu dem klingelnden Apparat hinüber. Gott, wie wichtig es für ihn war, daß jetzt eine glückliche Wende eintrat, nachdem der Computer ihn hatte hängenlassen!

Ann ... ob er zum Abendbrot nach Hause komme? Keine Ahnung ... Ob sie für zwei Personen kochen solle? Wahrscheinlich besser nicht ... Ob er ungefähr wisse, wann er heimkomme? Schließlich sagte er, ob sie das Gespräch bitte beenden könnten, da er auf einen wichtigen Anruf warte.

Wieder rannte er auf dem gammeligen Teppichfußboden hin und her. Die ungleichmäßig vor den Fenstern baumelnden Blenden standen dem abgetretenen Boden in puncto Häßlichkeit um nichts nach, ebensowenig der Riß, der sich hinter seinem Schreibtisch in der Wand auftat und schon seit einem Jahr einer Reparatur harrte. Wenn ihm das Glück nicht zur Hilfe kommen würde, sah es schlecht für ihn aus.

Dann kam der langersehnte Anruf endlich und bereitete ihm eine herbe Enttäuschung. Die Anti-Terror-Abteilung von Scotland Yard hatte die umfassendste Kartei aller in London lebenden Iraner. Ein Chefinspektor berichtete ihm, daß sie keinen Exilanten namens Charlie Persia registriert hätten ... »Tut mir leid, daß ich Ihnen nicht helfen kann.«

Alles, was er bisher in der Mappe auf seinem Schreibtisch

über den Fall zusammengetragen hatte, war der vorläufige Laborbericht. Und dann gab es noch ein Blatt Papier, auf dem er handschriftlich sein Verhör mit Leroy Winston Manvers protokolliert hatte. Er war sicher, daß der gesuchte Mann tatsächlich Charlie hieß, und er war davon überzeugt, daß es sich um einen Iraner handelte. Die Mappe hatte er vorne mit »TANGO eins« beschriftet, und das bedeutete nach dem internen Sprachgebrauch der Truppe, daß der Verdächtige noch nicht identifiziert war.

Der Ermittler arbeitete bis spät in die Nacht. Er hatte keine Familie, und es gab nichts, was ihn in seine vollgestopfte Zweizimmerwohnung gelockt hätte, die er seit dem Ende seines früheren Lebens bewohnte. Unter seinem Fenster hatten die Straßen Teherans sich inzwischen geleert. Der Freiwillige aus Manzariyeh würde am nächsten Morgen abfliegen. Bisher war alles ganz einfach gewesen; schwieriger würde es hingegen sein, den Gesandten des Todes nach seiner Ankunft in London richtig zu instruieren und unbemerkt die nötige Unterstützung zu organisieren. Das erforderte große Sorgfalt. Natürlich sollte, wenn es nach ihm ging, keine »rauchende Pistole« am Tatort zurückbleiben. Er hatte es hier mit einer heiklen Sache zu tun, und die Entfernung erleichterte die Durchführung natürlich nicht gerade. Nachdem er sich ausführlich mit dem Fall des Verräters und Kollaborateurs Jamil Shabro beschäftigt hatte, wandte er seine Aufmerksamkeit dem britischen Geheimdienstagenten Delphin/Mattie Furniss zu, der gegenwärtig der Stadt Van einen Besuch abstattete.

Auf einer Karte, die auf seinem Schreibtisch lag, waren die Stationen von Matties Reise durch die Türkei markiert; das gleiche hatte man natürlich auch schon während seiner Golfreise gemacht. Der Mann kam zu ihm wie ein Lamm, das freiwillig zur Schlachtbank geht.

Für die schwarze aasfressende Krähe, den Vogel des Todes,

betrug die Entfernung, die sie von der iranischen Grenze bis zur Stadt Van im Flug zurücklegen mußte, nicht mehr als neunzig Kilometer.

Man hatte Furniss so sparsam wie möglich beschattet – vom Flughafen zum Hotel und dann wieder vom Hotel zum Flughafen. Wenn er sein Hotel an seinem jeweiligen Standort zwischen den Flügen verlassen hatte, war ihm niemand gefolgt. Was er dort trieb, war dem Ermittler völlig gleichgültig, jedenfalls im Augenblick.

Er arbeitete so lange, weil er am nächsten Morgen in aller Frühe nach Täbris fliegen und die letzten Stücke in ein Mosaik einsetzen wollte, auf das er nicht wenig stolz war.

7. Kapitel

Besonders faszinierend an dieser Gegend ist der Umstand, Terence, daß sie nie mit einer europäischen Kultur in Berührung gekommen ist. Hier sehen Sie die unverfälschten Überreste der Kultur der Hethiter, der Urartäer und der Armenier.«
Was den Sektionsleiter von Ankara betraf, so hielt er Van für einen der ödesten Orte, an die ein ungnädiges Schicksal ihn je geführt hatte. Seine Augen tränten, und außerdem hatte er noch einen ausgesprochen widerwärtigen Katarrh, erzeugt durch den Staub, den die anderen Fahrzeuge auf der Schotterstraße aufwirbelten.
»Man braucht all die Kostbarkeiten hier zu unsern Füßen bloß aufzuheben. Nehmen Sie einen Spaten, graben Sie an der richtigen Stelle, und Sie werden auf Kunstgegenstände aus der Zeit König Sarduris stoßen, der im neunten Jahrhundert vor Christus hier regierte. Einfach faszinierend ...«
Der Sektionsleiter aus Ankara war hauptsächlich damit beschäftigt, die Aufmerksamkeit eines der Taxis zu erregen, die zu dem hundert Meter entfernten Hotel fuhren, wo die Touristen bereits in Reih und Glied warteten. Zweitens dachte er angestrengt darüber nach, wie er sich dieser Kulturexkursion am leichtesten entziehen und möglichst schnell nach Ankara zurückkehren könnte.
»Wissen Sie, Terence, daß es hier im Umkreis von vielleicht dreißig Kilometern Höhlenmalereien gibt, die mindestens 15 000 Jahre alt sind? Wenn man sich das richtig bewußt-

macht, dann begreift man plötzlich, daß man sterblich ist, und das ist nur heilsam.«

»Ja, Sir ... Zweifellos.«

Die Moral des Sektionsleiters war immer mehr gesunken, seit sie in Ankara mit dem Flugzeug aufgestiegen waren. Sie waren über die riesige, ausgedörrte Wildnis des Landesinneren geflogen. Geschichte hin oder her, nach seiner Schätzung lag Van eine Viertel Flugstunde jenseits jeglicher – antiken oder modernen – Zivilisation. Am Flugplatz kein Wagen, obwohl sie von Ankara aus einen gebucht hatten. Im Akdamar-Hotel angeblich kein Zimmer frei, obwohl telefonisch vorbestellt und bestätigt. Gut, er hatte inzwischen einen Wagen aufgetrieben, und sie hatten nun auch zwei Einzelzimmer im Akdamar, aber diese Erwerbungen hatten ihn eine Menge Schweiß und stimmlichen Aufwand gekostet und dazu noch den allerletzten Nerv. Kein warmes Wasser, kein Frühstück, kein Toilettenpapier ... Und diese Leute fühlten sich fit für die Europäische Gemeinschaft! Wenn er wieder in Ankara war, würde er erst mal in dem luxuriösen Hotel dinieren, in dem er damals gemeinsam mit seiner Frau seine erste Nacht in der Stadt verbracht hatte. Was ihn am meisten fuchste, war die Gewißheit, daß sein Vorgesetzter sich in diesem erbärmlichen Nest ausgesprochen wohl fühlte.

Er ärgerte sich, daß die Fahrer in den vorüberbrausenden Taxis ihn völlig ignorierten, und achtete daher auch jetzt nicht auf den Mann, der ihnen schon vom Hotel aus gefolgt war und in einiger Entfernung hinter ihnen an einer Mauer lehnte.

»Haben Sie je in dieser Gegend Jade gekauft, Terence? Wirklich hervorragende Qualität. Die Steine lassen sich leicht umarbeiten. Sie können aus dem Zeug, das Sie hier in der Gegend finden, eine sehr hübsche Halskette machen.«

Der Sektionsleiter vermutete, seine Frau würde ihn aus der Wohnung werfen, falls er sie bei seiner Rückkehr mit einem Stück Jade aus Van beehren sollte. Er lächelte. Der alte

Mattie war ihm trotz allem sympathisch, alle Mitarbeiter des Service mochten den alten Knaben, auch wenn man sich manchmal wirklich fragen konnte, ob der Mann noch ganz richtig im Kopf war.
»Nein, Sir, noch nie.«
Während der vergangenen zwei Tage hatten sie mit Flüchtlingen aus dem Iran gesprochen. Eines mußte der Sektionsleiter Mattie lassen: Der Mann aus London ging so nonchalant und ungezwungen zu Werke, daß die Typen, aus denen er etwas herauskitzeln wollte, ihm schier aus der Hand fraßen. Der Sektionsleiter war sich durchaus bewußt, daß er von Matties Gesprächsführung nur lernen konnte, daß er an Ort und Stelle vorgeführt bekam, was man in Zukunft von ihm erwartete. Der gute Mattie hatte durchblicken lassen, daß sein Mann in Ankara hinfort mindestens einmal monatlich hier im Grenzgebiet zum Iran, also in Van, in Hakkari oder Dogubayazit, aufzukreuzen hatte. Und der Sektionsleiter hatte seine Schwierigkeiten mit den Flüchtlingen. Offen gestanden brachte er ihnen zwiespältige Gefühle entgegen. Sie waren jung, sie standen noch unter Schock, sie waren total erschöpft von all der Kletterei in den Bergen und den langen Nächten der Angst vor iranischen oder türkischen Grenzpatrouillen. So unangenehm ihm das auch war, der Sektionsleiter mußte zugeben, daß den türkischen Behörden gar nichts anderes übrigblieb, als ihre Grenze zu bewachen und diejenigen zurückzuschicken, die aus dem Iran herüberkommen wollten. Schließlich hatten sie schon eine Dreiviertelmillion Iraner im Land – Leute, die sich vor dem Militär drücken wollten, und jede Menge Gesindel. Und nicht wenige der Flüchtlinge gehörten Verbrecherbanden an oder handelten mit Heroin. In seinen Augen war es das Recht der Türken, illegale Grenzgänger auf der Stelle zurück in deren Heimat zu schicken. Trotzdem ganz schön brutal, wenn er an die jungen erschöpften Gesichter dachte, die er in den vergangenen zwei Tagen gesehen hatte ...

»Da drüben hält unser Taxi, Mattie.«
Der Wagen kam nach einer abenteuerlichen Geländefahrt knapp neben ihnen zum Stehen. Oben vor dem Hotel protestierte ein ganzer Chor von Touristen, die in Reih und Glied auf eine Mietdroschke warteten. Mattie schien das alles überhaupt nicht zur Kenntnis zu nehmen.
Sie stiegen ein, und der Wagen brauste los.
Der Kopf des Sektionsleiters knallte mit schöner Regelmäßigkeit gegen das Wagendach, als sie so über die Schlaglochpiste dahinrasten. Sie fuhren an dem ausgedehnten azurblauen Van-See entlang, auf dem gerade eine Fähre unterwegs war, und holperten durch Caldiran zur Straße nach Dogubayazit hinüber. Der Fahrer schien noch nie etwas davon gehört zu haben, daß man Schlaglöcher auch umfahren kann. Der Sektionsleiter rieb sich die Stirn und sah, daß Mattie die Augen geschlossen hatte und offenbar ein Nickerchen hielt. Er zündete sich eine Zigarette an. Er glaubte zu verstehen, warum Mattie Furniss es zum Abteilungsleiter gebracht hatte, ohne sich im Century irgendwelche Feinde zu machen. Sie waren unterwegs, um einen Agenten aus der Höhle des Löwen zu treffen – einen Menschen, der durch seinen Grenzübertritt ein verdammt hohes Risiko einging –, aber Mattie saß mit geschlossenen Augen da und fing auch noch an zu schnarchen. Der Sektionsleiter war tief beeindruckt – ja, das war große Klasse. Während er selbst wie ein Hirnamputierter nach einem Taxi gewinkt hatte, war Mattie die Ruhe selbst gewesen, wohl weil er glaubte, daß ein Agent, der eigens aus dem Iran herübergekommen war, kaum beleidigt wieder kehrtmachen würde, wenn man ihn eine Viertelstunde warten ließ. Ganz offensichtlich mußte er noch lernen, wie man sich vor einem Treffen mit Agenten verhielt, die ständig am Rand des Abgrunds agierten. Am besten, man hielt ein Nickerchen, ließ die Dinge auf sich zukommen und schnarchte auch schon mal entspannt – erstklassig, Mattie ...
Er blickte sich um. Kein Verfolger. Hätte ihm auch schon

früher einfallen können, zum Beispiel als er wegen des Taxis fast den Verstand verloren hatte. Aber auf der schnurgeraden Schlaglochpiste war weit und breit kein Fahrzeug zu sehen. Nachdem er zwei Tage mit seinem Abteilungsleiter zusammengewesen war, fühlte er sich inzwischen durchaus imstande, einen Reiseführer über Van und Umgebung zu schreiben. Er wußte, daß Xenophon seine Zehntausend bei Van in eine Schlacht geführt hatte, daß Alexander und Pompejus ebenso hier gewesen waren wie die Mongolen unter Tamerlan. Ferner war ihm bekannt, daß Van erst unter Sultan Selim dem Grimmigen, der 1514 das nötige Gemetzel veranstaltet hatte, Bestandteil des Osmanischen Reiches geworden war. Und er fragte sich, ob er in zwanzig Jahren wohl ebenfalls in der Lage sein werde, auf dem Weg zu einem Geheimtreffen mit einem Agenten auf dem Rücksitz eines Taxis zu schlafen, und ob er einem potentiellen jungen Untergebenen dann wohl ebenso vorsintflutlich erscheinen werde.
Als Mattie schließlich aufwachte, sich umsah, sich dann aufrichtete und achselzuckend für sein Nickerchen entschuldigte, erfand der Sektionsleiter rasch einen wichtigen Termin in Ankara und fragte, ob es in Ordnung gehe, wenn er am nächsten Morgen zurückfliege. Kein Problem. Er hatte nicht den Mut, Mattie rundheraus zu gestehen, daß seine Frau am nächsten Tag Geburtstag und er die Absicht hatte, für sie in ihrer gemeinsamen Wohnung eine Fete zu schmeißen.
Sie baten den Taxifahrer, vor der Raststätte zu halten. Auf dem Hof hinter dem Haus befanden sich eine Art Reparaturwerkstatt und ein Schuppen mit verrosteten Eisenwaren. Überall standen abgewrackte Autos herum. Der Sektionsleiter sah den Lkw mit dem iranischen Kennzeichen.
Ein guter Treffpunkt. Fast jeder iranische Fernfahrer machte hier Station.
Er hatte den Eindruck, der Agent müsse mit Mattie schon lange befreundet sein. Der Sektionsleiter stand ein wenig abseits und beobachtete, wie der Fremde Mattie strahlend

entgegenkam, seine Hand drückte und ihn sogar am Arm faßte. Der Sektionsleiter war direkt von der Uni – natürlich Cambridge – zum Geheimdienst gestoßen. Man hielt durchaus große Stücke auf ihn und hatte ihm deshalb bereits in jungen Jahren den Posten in Ankara anvertraut, aber jetzt hatte er das Gefühl, daß er überhaupt nichts wußte ... Er sah einen Agenten vor sich, der Matties Arm ergriffen hatte und sich daran wie an einen Talisman klammerte. Er sah die zurückhaltende Herzlichkeit, mit der Mattie über die Hand des anderen strich, eine vertraute Geste der Freundschaft. Er wußte zwar nicht, wie er es hätte erklären sollen, aber der Sektionsleiter hatte das bestimmte Gefühl, daß er sich, sollte er selbst einmal in eine Krise geraten, auf Mattie Furniss' Unterstützung würde verlassen können. Er selbst hatte keine Agenten zu betreuen, die in Feindesland operierten, er war für analytische Fragen zuständig. Natürlich hatte auch er seine – vom Vorgänger »geerbten« – Leute in diversen Ministerien und Institutionen, aber in Ankara und nicht hinter den feindlichen Linien im Iran. Mattie hatte den Arm um die Schultern des Agenten gelegt und spazierte nun mit ihm auf die andere Seite des Lkws, wo man die beiden weder von der Straße noch von dem Hof aus sehen konnte, wo die Mechaniker sich in dem Schuppen mit ihren Schweißbrennern zu schaffen machten ... Er hatte keine Ahnung. Er wußte nichts von dem grauen Nebel der Angst, mit dem ein operativer Agent tagtäglich zu leben hatte, und verstand auch nichts von der moralischen Unterstützung, die ein solcher Agent von seinem Führungsoffizier erhielt.
Er gehörte nicht dazu. Ihm blieb während der nächsten Stunden nichts anderes übrig, als sich die Füße zu vertreten. Er saß auf einem senkrecht stehenden Ölfaß, als Mattie zu ihm zurückkam.
»Haben Sie alles erreicht, was Sie wollten, Sir?«
»Hab' ihm den Rücken gestärkt und ihm erklärt, was wir brauchen. Das übliche Zuckerbrot-und-Peitsche-Spiel ... Ihr

Termin in Ankara morgen wird Sie hoffentlich nicht zu lange in Anspruch nehmen.«

»Glaub' ich kaum, Sir.«

»Würde mir leid tun, wenn deshalb Ihre Party platzen sollte.« Mattie drehte sich um und stapfte davon. Dem Sektionsleiter war das Lächeln nicht entgangen, das über das Gesicht des Mannes aus London gehuscht war.

Der Bus fuhr Meile um Meile auf der leicht ansteigenden Straße nach Zanjan dahin. Durch die verstaubten Fenster konnte Charlie die von Pappeln umstandenen kleinen Oasen sehen und die Dörfer zu beiden Seiten der Piste. Es war Nacht gewesen, als er von Täbris nach Teheran gefahren war, aber jetzt schien die Sonne, und er konnte weit ins Land hinausblicken. Es war auch weit und breit kein Dunst zu sehen, denn die Straße lag viel zu hoch, als daß Nebel sich hätte bilden können. Er blickte nach Süden, weil er die Ruinen sehen wollte, über die ihm Mr. Furniss einiges erzählt hatte, als er noch ein Kind gewesen war. Das Mausoleum von Sultan Oljaitu-Khocabandeh lag nicht weit von Soltaniyeh in den Ruinenfeldern. Furniss, ein Freund von Charlies Vater, hatte zu dieser Zeit seine Familie besucht und dem damals achtjährigen Jungen viel Interessantes erzählt. Und die Geschichte des Mausoleums von Sultan Oljaitu-Khocabandeh hatte Charlie nie vergessen. Diesen Mann, einen vor 550 Jahren gestorbenen Sultan der Mongolen, hatte es nach Unsterblichkeit gelüstet, und deshalb hatte er sich ein fast sechzig Meter hohes Grabmal errichten lassen. Das war nun wirklich der Gipfel der Idiotie. Von Charlie Eshraq würde nie ein Bild an irgendeiner Wand hängen. Nie würde man auf irgendeinem Banner einen seiner Aussprüche lesen. Wenn er einmal sterben mußte – wann immer das auch sein mochte –, dann wollte Charlie wie sein Vater in einem schlichten Grab beigesetzt werden. In irgendeiner abgelegenen Ecke eines Friedhofs mit einem Zementdeckel, in den eine Nummer

eingraviert sein würde, und Unkraut, das auf dem Grab wucherte. Diese Einstellung, fand er, machte aus ihm einen unabhängigen Mann.
Als sie an dem Mausoleum vorüberfuhren, versuchte Charlie, die Scheibe sauber zu putzen, aber der Schmutz klebte hauptsächlich außen an dem getönten Glas. Er blickte auf das große achteckige Gebäude mit der mächtigen Kuppel. Am Fuße des Monuments grasten Ziegen.
Dieser freie Blick auf das Mausoleum währte allerdings nur wenige Sekunden. Keiner der übrigen Fahrgäste in dem Bus machte sich die Mühe, das Bauwerk anzuschauen. Charlie spürte Haß in sich aufsteigen, Haß auf jene Männer, die Mausoleen für sich errichten ließen, die von Fotografien aus auf große Plätze niederblickten und verlangten, daß ihre Aussprüche auf Banner geschrieben wurden. Doch sein Gesicht verriet nichts über seine Gefühle. Er lehnte sich entspannt zurück und stützte sich dabei auf seinen Rucksack auf dem Platz neben ihm. Er hatte keine Angst, daß der Rucksack eines *pasdar* bei einer Straßenkontrolle geöffnet würde. Seine Papiere waren in Ordnung. Die *pasdaran* würden einen *pasdar* auf dem Rückweg nach Täbris freundlich behandeln und nicht sein Gepäck durchsuchen.
Ja, er haßte Männer, die Mausoleen für sich bauen ließen, er verachtete sie.
Er erinnerte sich noch, was Furniss damals zu ihm gesagt hatte, als er acht Jahre alt gewesen war: »Ein Mann, der vor dem Tod Angst hat, lieber Junge, der hat auch nicht den Mut zu leben.«

In dem Wagen, der ihn vom Flughafen zum Hauptquartier der Revolutionswächter in Täbris brachte, hörte sich der Ermittler im Radio die Nachrichten an. Die von Schnellbooten aus operierenden *pasdaran* hatten einen unter der Fahne Singapurs fahrenden Tanker auf dem Weg nach Kuwait mit Raketen manövrierunfähig geschossen. Viele Soldaten wa-

ren den Märtyrertod gestorben, nachdem der irakische Feind wieder einmal Senfgas über den Schützengräben abgeworfen hatte, und natürlich hatte der vom großen Satan beherrschte UN-Sicherheitsrat keinen Protest eingelegt. In Teheran waren Spione des Regimes in Bagdad hingerichtet worden. An der Westgrenze waren Mudschahedin, also Konterrevolutionäre, mit 250 Kilogramm Sprengstoff aufgegriffen worden. Die Revolutionswächter hatten in Zahedan soeben eine Übung beendet und einmal mehr ihre Fähigkeiten zur restlosen Zerschlagung der Subversion und des Schmugglerunwesens unter Beweis gestellt. Im Safariyeh-Basar in Teheran war eine Bombe explodiert, Tote waren nicht zu beklagen. Eine mit Granaten und Maschinengewehrfeuer vorgetragene Attacke auf das Teheraner Hauptquartier der Revolutionswächter am Resselat-Platz war zurückgeschlagen worden. Der Sprecher der Madschlis hatte anläßlich eines Treffens von Militärexperten über den erfolgreichen Abschuß einer feindlichen MIG-25 berichtet, die bei Isfahan von iranischen Boden-Luft-Raketen getroffen worden war. Dreizehn ausländische Frachtschiffe, die auf See durchsucht worden waren, hatten ihre Fahrt unbehelligt fortsetzen können ...
Ein Ende des Krieges war nicht abzusehen. Seit er erwachsen war, hatte er nie etwas anderes kennengelernt als Krieg. Zehn Jahre hatte er für den SAVAK gearbeitet und zehn Jahre für das Informationsministerium. Während all der Jahre beim SAVAK hatte er – während er die Akten studierte und Aufschluß über die Zahl der Oppositionellen zu gewinnen suchte – doch stets gewußt, daß das Regime am Ende war. Und so hatte er Brücken gebaut, sich insgeheim auf den Machtwechsel vorbereitet und sich der Mitwirkung in den Erschießungskommandos entzogen, zu denen die meisten seiner Kollegen abkommandiert worden waren. Er hatte die Seiten gewechselt, und er wußte augenblicklich nicht zu sagen, wie sich die Dinge nach der drohenden Niederlage entwickeln würden. Eine militärische Niederlage schien ihm

höchst wahrscheinlich, aber würden sich deshalb die Machtverhältnisse in Teheran verändern, und falls ja, wie? Der Ermittler konnte zwischen den Zeilen der offiziellen Nachrichten lesen. Die Meldungen über Schlachten, Verluste, Aufstände und auswärtige Bedrohungen nahmen immer mehr zu. Offenbar hatten sie den Zweck, ein ohnehin schon am Boden liegendes Volk auf noch größere Opfer einzustimmen. Manchmal fragte er sich, wie viele weitere Opfer das Volk bei aller Ergebenheit noch würde ertragen können ... Früher einmal hatte er an den Endsieg geglaubt. Als die militärische Führung in ihrer Ahnungslosigkeit alle Kräfte an die Front geworfen hatte und die Truppen wie Käfer unter einem Stiefelabsatz zermalmt worden waren – ja, damals hatte er geglaubt, der Sieg sei nahe. Aber der Krieg ging weiter und mit ihm auch die Bombenangriffe ...

Er hatte sich für die Radikalen entschieden. Er setzte darauf, daß sie über die gemäßigten Kräfte triumphieren würden.

An diesem Morgen befand sich der Mann aus der Terrorschule in Manzariyeh auf dem Flug nach London. Seine Operation würde den Radikalen zugute kommen. Und falls die geplante Aktion gegen den Engländer Furniss erfolgreich verlief, würde auch sie ihre Position stärken.

Als sie nach Täbris hineinfuhren, befestigte der Fahrer kurzerhand ein Polizeilicht auf dem Wagendach und drehte die Sirene voll auf.

Schließlich hielten sie auf dem Platz vor dem Hauptquartier der *pasdaran.* Das Tor war schwer bewacht. Selbst der Ermittler in seinem Dienstwagen mußte seine Papiere vorweisen. Das Gebäude stand unter strengstem Schutz, seit ein verrückt gewordenes Mädchen vor dem Tor eine Bombe in eine Gruppe von *pasdaran* geworfen hatte. Man hatte ein Büro für den Ermittler vorbereitet, direkte Telefonleitungen installiert und eine Telex-Verbindung mit Teheran geschaltet. Er überprüfte als erstes die Maßnahmen, die zur Vorbereitung des Transports in die Wege geleitet worden waren. Dann rief er die für die Reise ausgewählten Männer zu einer abschließenden Besprechung zu sich. Später wollte er sich dann von dem Stand der Vorbereitungen in der Villa einen Eindruck verschaffen.

»Und Sie kommen zurecht, Sir?«
»Natürlich, Terence, und hören Sie auf, mich zu bemuttern. Ich werde kein Leitungswasser trinken, ich werde nur im Restaurant essen und um Salate einen weiten Bogen machen. Und bevor Sie danach fragen ja danke, reichlich Klopapier hab' ich auch. Alles in allem, selbst wenn Sie nicht Kindermädchen oder Schutzengel oder den lernbegierigen Schüler spielen, werde ich sehr zufrieden sein. Ich werde mich auf den Zinnen der Kalesi-Festung herumtreiben. Ich werde die Steinstufen hinaufsteigen, auf denen in alter Zeit Sardur der Zweite gestanden hat. Ich werde in den Räumen umherwandern, in denen er 750 Jahre vor Christi Geburt gewohnt hat. Ich weiß nicht, wann ich wieder eine Chance dazu bekomme. Damit ist es jetzt wohl vorbei, nachdem Sie in die Geheimnisse unseres Faches eingeweiht sind, Terence. Ich befürchte, ich bin künftig überflüssig hier. Was meinen Sie?«
Der Sektionsleiter lächelte gequält. »Ich werde Ihren Bericht durchgeben, sobald ich im Büro bin.«
»Ja, daran werden sie in London einiges zu kauen haben. Ich bin immer wieder erstaunt, wieviel ein operativer Agent zu leisten vermag, wenn er richtig geführt wird. Schließlich würde wohl kaum jemand glauben, daß man von einer Reparaturwerkstatt in Täbris aus besonders erfolgreiche Spionagearbeit leisten kann, und doch ist es so. Die Herren in London werden zufrieden sein.«
Die Herren in London würden in der Tat mit dem Bericht zufrieden sein, erinnerten sie doch gegenwärtig eher an Bettler, die für jedes Stück Brot dankbar sein mußten. Ohnehin war es traurig genug, daß der Leiter der Iran-Abteilung die gesamte Golfregion und die nordöstliche Türkei bereisen

und drei operative Agenten kontaktieren konnte, ohne sich darüber ärgern zu müssen, daß er keine Gelegenheit gefunden hatte, auch noch andere im Iran aktive Agenten zu treffen. Und zwar aus dem ganz einfachen Grund, weil es keine anderen gab ... Aber über solche Dinge wollte er sich nicht unbedingt gegenüber dem hoffnungsvollen Mr. Snow auslassen, der von dem spärlichen Informationsfluß aus dem Iran augenscheinlich nichts ahnte ... der Glückliche! Mattie dagegen war alles andere als ahnungslos. Er wußte zum Beispiel, daß die Iran-Abteilung fast am Ende war. Acht Jahre nach der Revolution und dem Beginn der Säuberungen gab es für Mattie Furniss im Iran nichts mehr zu holen. Und unter den gegenwärtigen Bedingungen war auch kaum zu erwarten, daß die Freiwilligen vor der britischen Botschaft Schlange stehen würden, um in den Dienst des Geheimdienstes Ihrer Majestät zu treten. Nüchtern betrachtet konnte er sogar noch von Glück sagen, daß ihm überhaupt drei Agenten geblieben waren ... und Charlie Eshraq. Ja, er dankte Gott für Charlie Eshraq.

»Ich werd' Sie vom Flughafen abholen, Sir.«

»Das ist sehr nett von Ihnen, Terence. Machen Sie sich jetzt auf den Weg und bereiten Sie Ihrer charmanten Frau den wundervollen Abend, den sie verdient hat.«

Mattie sah zu, wie der Sektionsleiter ins Taxi stieg. Mußte noch eine Menge lernen, der Junge, aber wenigstens war er lernfähig. Was man von den Idioten in Bahrain nicht gerade sagen konnte ... Seinen Bericht hatte er auf den Weg gebracht und sich damit einer Last entledigt. Einen ausführlichen Bericht konnte er immer noch nach seiner Heimkehr schreiben. Er hatte die halbe Nacht daran herumgedoktert und dabei zwischendurch abwechselnd gesüßten Joghurt und Mineralwasser getrunken. Am Ende war er dann mit seinen Aufzeichnungen recht zufrieden gewesen. Nach Matties Erfahrung kam es entscheidend auf den Vorwegbericht an. Sein ausführlicher Abschlußbericht, darüber machte er sich keine

Illusionen, würde im Century innerhalb weniger Stunden die Runde machen und nach spätestens achtundvierzig Stunden in irgendeinem Aktenschrank verschwinden.
An der Rezeption bestellte er einen Mietwagen.
Unten in der Halle machte er sich mit einer Gruppe von Touristen bekannt und unterhielt sich bis zur Ankunft des Autos aufs angenehmste. Natürlich Amerikaner. Die unbändige Reiselust dieser Leute hatte ihn schon immer beeindruckt. Sie kamen aus Milwaukee und Boise in Idaho und Nashville. Am Nachmittag wollten sie dem Van-See einen Besuch abstatten und hofften, Pelikane und Flamingos zu sehen. Mit ein wenig Glück, so erzählten sie Mattie, und falls man der Reiseliteratur trauen könne, müßten sie eigentlich auch Große Rohrsänger und andere exotische Vögel zu Gesicht bekommen. Er war tief beeindruckt von der Stärke ihrer Ferngläser und Kameralinsen und ließ bescheiden durchblicken, daß es vermutlich nicht klug sei, mit den Geräten militärische Einrichtungen ins Visier zu nehmen. Am nächsten Morgen wollten sie zum Ararat aufbrechen. Sie berichteten Mattie voll Begeisterung davon, was sie sich von dieser Expedition alles erhofften, und er fühlte keinerlei Drang, sie ihrer Illusionen zu berauben. Ja, er war nicht einmal abgeneigt zu glauben, daß sie durchaus eine Chance hätten, vielleicht sogar Noahs Arche zu heben. Ausgesprochen angenehme Leute. Nur zu schade, daß er in seinem Leben so selten Gelegenheit gefunden hatte, mit solchen Menschen Umgang zu pflegen. Und besonders schade war, daß sie bereits am frühen Morgen zum Ararat aufbrechen und somit keine Gelegenheit haben würden, gemeinsam mit Mattie das ruhmreiche Kalesi in Van zu besuchen, die Burg Sardurs des Zweiten.
Gutgelaunt und in freundlichem Angedenken an Terence, erstand Mattie eine Karte, die er nach Hause zu schicken gedachte.

Georges Frau, die sich außer Hörweite befand, war »sehr tapfer«, wie es später heißen sollte. Großartig, wie gefaßt sie die Hände der Trauergäste schüttelte und ihnen für ihre Anteilnahme dankte.
Vier ranghohe Vertreter des Verteidigungsministeriums waren zu der Trauerfeier erschienen und leisteten ihrem Chef moralische Unterstützung. Alles in allem eine ziemlich eindrucksvolle Veranstaltung. Die Fotografen und Reporter wurden durch Polizisten und Absperrgitter vom Portal des Gebäudes ferngehalten. George trat in Begleitung des Innenministers ein paar Schritte beiseite.
»Stehst du noch zu deinem Wort?«
»Aber natürlich.«
»Eigentlich hätte ich gedacht, daß ihr den Fall schneller löst.«
»Wir tun alles, was in unserer Macht steht.«
Der Verteidigungsminister schnaufte. »Aber es ist noch in keinem Fall Anklage erhoben worden.«
»Wird aber in Kürze geschehen.«
»Sie war noch ein Kind – ein Kind, dessen Leben von brutalen Gangstern zerstört worden ist ...«
Typisch für den Mann, dachte der Innenminister, daß er noch vor der Kapelle, in der sein Kind soeben eingeäschert worden war, einen Streit vom Zaun brach. Aber jetzt war nicht der richtige Zeitpunkt, seinem Kollegen einmal offen die Wahrheit ins Gesicht zu sagen. Niemand hatte die kleine Lucy gezwungen, das Teufelszeug zu nehmen, das hatte sie freiwillig und ohne äußeren Druck getan. Wenn der aufgeblasene Typ etwas weniger Dauerwahlkampf und Imagepflege getrieben und sich häufiger hätte zu Hause blicken lassen und wenn die bemitleidenswerte Mutter da drüben etwas weniger egozentrisch gewesen wäre, dann stünden die beiden ganz sicher jetzt nicht als trauernde Eltern an diesem Ort.
»Im übrigen kann ich dir mitteilen, George, daß wir nicht nur den Kerl, der eurer Tochter das Heroin verkauft hat, am Wickel haben, sondern auch den Pusher, von dem der Klein-

dealer das Zeug bezogen hat. Außerdem gibt es inzwischen einige Hinweise auf den Lieferanten. Der Lieferant ...«

»Ich weiß, was ein Lieferant ist, das brauchst du mir nicht zu erklären.«

»Doch, George, ich werde dir mal genau sagen, was ein Lieferant ist. Ein Lieferant bringt Heroin im Straßenverkaufswert von mindestens einer halben Million Pfund Sterling ins Land. Er ist ein gewiefter Krimineller und hat sehr viel zu verlieren. Deshalb wird er kaum einen Fehler machen, der es uns gestatten würde, ihn mal eben festzunehmen, nur weil du gerade mit dem Finger schnippst und den wilden Mann markierst. Habe ich mich deutlich ausgedrückt, George?«

»Aber ihr werdet ihn kriegen? Es ist deine verdammte Pflicht und Schuldigkeit, ihn zu kriegen. Und ich erwarte von dir als Freundschaftsdienst, daß du deinen gesamten Apparat aufbietest und den Kerl zur Strecke bringst.«

»Du kannst dich darauf verlassen.«

»Ich nehme dich beim Wort.«

Der Verteidigungsminister machte auf dem Absatz kehrt und ging zu seiner Frau hinüber – offenbar hatte er es jetzt eilig, von diesem Ort fortzukommen. Der Innenminister atmete tief durch. Mein Gott, viel hatte nicht gefehlt, dann wäre er explodiert. Er dachte: Wenn der Mann je Premierminister wird, dann sollte ich am besten gleich den Möbelwagen bestellen und mich auf meine Farm zurückziehen. Zweifellos würde es wesentlich angenehmer sein, Schweine zu züchten als in dem Kabinett eines zu höchsten Weihen gelangten Verteidigungsministers zu sitzen. Er sah, wie das Paar in den Fond der Limousine stieg und im Blitzlichtgewitter der Fotografen davonfuhr.

Die Grenze wurde an dieser Stelle von einem kleinen knietiefen und knapp zwei Meter breiten Bach markiert, der sich sein Bett in die vom Wasser geglättete Felsformation gegraben hatte. Das Wasser war eiskalt. Er befand sich an einer Stelle westlich des Dorfes Lura Shirin, wo das iranische Territorium ein wenig tiefer in türkisches Gebiet hineinreichte als im sonstigen Grenzverlauf. Immer wenn er sich für diese Route entschieden hatte, war er allein gereist. Er befand sich nördlich der Zone, in der die Flüchtlinge üblicherweise ihr Glück versuchten und sich gegen entsprechende Geldleistungen von ortskundigen Kurden zur Grenze führen ließen. Aber Charlie Eshraq war nicht bereit, sein Leben in die Hände eines anderen Menschen zu legen. Er hatte in Istanbuler Exilantenkreisen viele Geschichten über die Gefahren des Grenzübertritts gehört. In den Cafés und Bars hatte er mit Leuten gesprochen, die es zwar geschafft hatten, allerdings von den kurdischen Bergführern um ihre gesamte Barschaft erleichtert worden waren und auf der anderen Seite der Grenze Todesängste vor den türkischen Patrouillen ausgestanden hatten. Er wußte, daß Mitglieder der Revolutionsgarden auf der iranischen Seite der Grenze regelmäßig Kontrollgänge unternahmen und es besonders auf junge Männer abgesehen hatten, die sich vor dem Kriegsdienst zu drücken versuchten. Er wußte ferner, daß die westlich der Grenze stationierten starken Fallschirmjägereinheiten mit Nachtsichtgeräten und Kampfhubschraubern ausgestattet waren. Er hatte von einem Jungen gehört, der aus den Schützengräben von Basra geflüchtet war, den iranischen Grenzschützern ein Schnippchen geschlagen hatte und dann von den Türken aufgegriffen und zurückgeschickt worden war.

Als er den Bach durchquert hatte, wurde ihm ein wenig wehmütig ums Herz. Er dachte an die Tränen in Majid Nazeris Augen, und er sah im Geiste vor sich, wie der alte Mann das Motorrad polierte. Er dachte an das Mädchen. Er wußte, daß er erst nach seiner Rückkehr wieder richtig glücklich sein würde.

Er schritt vorwärts, so schnell er sich getraute. Er mußte dem

Lauf eines kleinen Baches folgend einen steilen Felsen hinaufklettern. Er spürte das Gewicht des Rucksacks auf seinem Rücken. Seine Hände waren kalt und glitschig, und er mußte sich mächtig anstrengen, bis er schließlich oben war und aus dem Wasser heraussteig. Noch bevor die Sonne hinter ihm aufging, wollte er den Kamm der vor ihm liegenden Bergkette überschritten haben.

Araqi flog mit einem Jumbo der IranAir nach London. Er trug die Uniform eines Stewards. Zufällig kannte er einen der vier *pasdaran,* die als Luftsheriffs an Bord waren. Sie wechselten schweigend einen vielsagenden Blick, ohne sich jedoch offiziell zu begrüßen. Araqi kannte den Sicherheitsbegleiter, weil sie zusammen in Manzariyeh gewesen waren.
Nachdem er in London mit der Crew die Maschine verlassen hatte, sah er seinen Bekannten nicht mehr, denn die Sicherheitsleute an Bord ließen das Flugzeug keinen Augenblick aus den Augen. Der Luftsheriff blieb sogar über Nacht an Bord, während Araqi mit der Crew in einem Flughafenbus zu dem Hotel in Westlondon hinüberfuhr, wo die IranAir eine ganze Etage gemietet hatte.
Obwohl viele Crewmitglieder, mit Ausnahme der beiden Piloten, in Zweibettzimmern schliefen, wurde Araqi ein Einzelzimmer zugewiesen. Dieser an sich nicht sonderlich wichtige Umstand hätte den zuständigen Mitarbeitern des Anti-Terror-Kommandos eigentlich nicht entgehen dürfen. Aber aus einer Reihe von Gründen blieb der seltsame Gast in dem Einzelzimmer unbemerkt: Erstens hatte man einen Hinweis auf einen möglicherweise bevorstehenden Anschlag einer nordirischen Terrorgruppe erhalten, und zweitens waren etliche Mitarbeiter damit beschäftigt, Brandsätze zu entschärfen, die von militanten Tierschützern in zwei großen Kaufhäusern in der Oxford Street gelegt worden waren. Außerdem hatte die Wachsamkeit der Truppe wahrscheinlich darunter gelitten, daß seit elf Monaten in Großbritannien nicht ein

einziger iranischer Terroranschlag zu verzeichnen gewesen war; und obendrein waren noch einige Mitarbeiter wegen der zur Zeit in London grassierenden Grippe ausgefallen. Später sollte sich eine Untersuchungskommission mit der Frage befassen, wie es zu dieser Nachlässigkeit hatte kommen können, aber das diente wie üblich nur mehr dazu, die Öffentlichkeit zufriedenzustellen.

Die nötigen Utensilien sollte Araqi geliefert bekommen. Danach sollte er die Bombe zusammenbauen und an dem vorgesehenen Ort installieren, dann ins Hotel zurückkehren und das Land auf dem gleichen Weg wieder verlassen, auf dem er gekommen war. Das war das einzige, worum er sich zu kümmern hatte. Für die Bereitstellung des Sprengstoffs und die Ausspähung des vorgesehenen Mordopfers waren andere zuständig.

Araqi war ein pflichtbewußter Mann. Er hatte von Bord eine kleine Weltkarte mitgehen lassen, und in seiner Aktentasche befand sich ein kleiner Kompaß. Als er sich zum Gebet niederließ, konnte er also ganz sicher sein, daß er sein Gesicht dem als Kaaba bekannten schwarzen Stein in Mekka zugewandt hatte.

Nachdem er sein Gebet verrichtet hatte, wartete er hinter seiner verschlossenen Tür auf seinen Kontaktmann und las derweil im Koran.

Er erkannte sofort die breiten Schultern und das volle Haar, das den Kragen des alten Leinenjacketts halb verdeckte. Und auch die Stimme war unverkennbar. Schon die alten Britannier hatten angeblich besonders laut geschrien, wenn sie mit einem Menschen zu tun hatten, der ihrer Sprache nicht mächtig war. Und so war das gesamte Rezeptionspersonal darüber informiert, daß Mr. Furniss den Besuch einer weiteren Burg plante, den Wagen am folgenden Tag mittags zurückgeben und dann abreisen wollte.

Charlie Eshraq, der erschöpft und schmutzig in die Halle des

Akdamar-Hotels eingetreten war und sich nach nichts mehr sehnte als nach einem heißen Bad, fand es wunderbar, als er dort Mr. Furniss erblickte.
Er blieb stehen. Man sah es der Hose von Mr. Matthew Furniss an, daß er auf der nackten Erde gekniet hatte, und auch seine Schuhe waren völlig verdreckt. Charlie wartete, bis Mr. Furniss an der Rezeption fertig war, sich die Kameratasche über die Schulter hängte und in Richtung Treppe marschierte. Er glaubte zu wissen, welche Kamera in der Tasche war: sicher die alte Pentax, mit der Furniss ihn damals auf dem Rasen hinter dem Haus in Bibury fotografiert hatte. Seine in Kalifornien lebende Mutter hatte darum gebeten, ihr ein Foto ihres Sohnes zu schicken. Er stieg hinter dem Freund seines Vaters die Treppe hinauf und folgte ihm dann bis zu seinem Zimmer im ersten Stock.
Als Mr. Furniss vor einer der Türen stehenblieb und in der Jackentasche nach dem Schlüssel suchte, sprach Charlie ihn an.
»Hallo, Mr. Furniss.«
Er sah, wie der Mann herumwirbelte. »Ich bin Dr. Owens«, sagte er. Charlie sah das Erstaunen in Mr. Furniss' Gesicht, das gleich darauf dem Erkennen wich. »Guter Gott ...«
»Eine echte Überraschung.«
»Phantastisch, mein Junge. Wirklich eine Überraschung. Was um alles in der Welt tust du hier?«
»Ich möchte ein Bad nehmen, Mr. Furniss.«
»Du mußt schon gewaltiges Glück haben, wenn du warmes Wasser bekommst, aber du kannst natürlich gerne bei mir ein Bad nehmen.«
»Und Sie, Mr. Furniss, was treiben Sie hier?«
Er hätte sich die Frage sparen können. Die Frage war ziemlich vorwitzig. Er sah, wie Heiterkeit in Mr. Furniss' Augen aufblitzte. Mr. Furniss hatte bereits vor längerer Zeit einmal zu Charlie gesagt, daß man sich in seiner Gegenwart selbst als alter Mann wieder jung fühle.

»Zwischen den alten Steinen herumstochern, was denn sonst?«
»Oh, natürlich ...«
Die Tür war inzwischen offen. Charlie wurde wie ein Sohn umarmt und erhielt ein paar kräftige Klapse auf den Rücken. In dem Zimmer herrschte das reinste Chaos. Das einzige, was von dem allgemeinen Durcheinander abstach, war das frisch gemachte Bett. Niemand hatte die wild durcheinanderliegenden schmutzigen und sauberen Kleidungsstücke zusammengeräumt, und auch die Reisebücher, die handschriftlichen Notizen und die Zeichnungen von Teilen der Kalesi-Anlage waren auf und neben dem einzigen Tisch im Raum verstreut.
»Männer, die allein in einem Hotel absteigen, leisten sich manchmal derartige Befreiungsschläge, mein Junge ... Mein Gott, Charlie, bist du gerade heute rübergekommen? Verzeih mir meine Umständlichkeit. Du mußt ja fix und fertig sein. Soll ich dir etwas zu essen oder zu trinken bestellen? In der Zwischenzeit kannst du dann ein Bad nehmen. Was möchtest du denn gerne?«
Nach einem eiskalten Bad und einem reichhaltigen Mahl fing Charlie an, dem bereits ungeduldig dasitzenden Mr. Furniss von den Geschehnissen der vergangenen Wochen zu erzählen. Zuerst berichtete er von seiner Grenzüberquerung. Er war mit dem Bus von Täbris aus am Urmia-See entlang nach Rezaiyeh gefahren. In der Nacht hatte er zunächst zu Fuß das Hügelland durchwandert und war dann in die Berge hinaufgelangt. Dann über die Grenze ... vorbei an den türkischen Patrouillen zur Hauptstraße hinüber. Den Rest des Weges nach Van hatte er per Anhalter zurückgelegt.
Und dann sprach er über Truppenbewegungen zwischen Teheran und Täbris. Er berichtete von einem Feldwebel der Artillerie, den er im Bus getroffen und der sich darüber beklagt hatte, daß im Frontabschnitt bei Dezful für die 105-mm-Haubitzen pro Tag nur noch jeweils sieben Geschosse ausgegeben wurden. Er erzählte, daß er den Mullah

ausgespäht hatte und daß in den Basaren das Gerücht umging, der Mann werde es bei den Radikalen noch weit bringen. Er sprach von dem Maschinenbauingenieur, der ihm in einem Café vertraulich mitgeteilt hatte, daß das bei Susangerd stationierte Panzerregiment wohl demnächst aufgerieben werde, weil sämtliche zweiundsiebzig in England gebauten Chieftain-Tanks reparaturbedürftig seien und die Männer vergeblich auf Ersatzteile warteten. Er sprach von der Haltung der Menschen im Iran gegenüber den Mudschahedin, die von jenseits der irakischen Linien gegen ihr eigenes Land operierten. »Die sind so gut wie gestorben. Sie finden im Iran keinerlei Unterstützung und sind lediglich im Grenzgebiet aktiv, das können Sie mir glauben. Im Land selbst gibt es keinerlei Widerstand. Das Regime hat jeden Widerstand zermalmt ...«
Charlie sprach zweieinhalb Stunden lang, während Mr. Furniss das gesamte hoteleigene Notizpapier vollschrieb, das sich in seinem Zimmer fand. Unterbrechungen gab es kaum, und wenn doch einmal eine kurze Pause entstand, dann lag das daran, daß Charlie sich bestimmte Einzelheiten in Erinnerung zu rufen suchte.
»Erstklassig, mein Junge ...«
»Und was haben Sie als nächstes vor, Mr. Furniss?«
»Es ist wirklich tragisch, daß die Arbeit meistens der Erholung in die Quere kommt. Ich habe mir einen Sonderausweis für das militärische Sperrgebiet von Toprakkale besorgt. War ganz stolz, daß es mir gelungen ist. Wie gesagt, ein Sperrgebiet, aber es gibt eine alte Festung in der Gegend. Eigentlich wollte ich heute nachmittag hinfahren. Doch jetzt muß das bis morgen warten. Immer kommt einem die Arbeit dazwischen, was?«
»Sind Sie etwa in Van, um Ruinen zu besichtigen?«
Charlie lächelte, als Mr. Furniss die Stirn runzelte. Dann grinsten beide wie zwei Schuljungen, die gemeinsam etwas ausgeheckt haben.

»Konntest du mit meinem kleinen Kracher was anfangen?«
»Ich hab' mich genau an die Gebrauchsanweisung gehalten.«
»Und wie hast du's gemacht?«
»Ich bin mit meinem Motorrad seitlich an den Wagen rangefahren und hab' dem Typen das Ding aufs Dach geknallt. Ich hab' noch sein Gesicht gesehen, bevor ich davongebraust bin. Er wußte zwar nicht, was es war, aber er hatte Angst. Nur konnte er nichts machen, weil er von Lkws eingeklemmt war. Er konnte nicht anhalten, er konnte nicht aussteigen. Er hatte keine Fluchtmöglichkeit.«
»Ich werde nie vergessen, was für ein nettes Kind deine Schwester gewesen ist.«
»Wenn ich das nächste Mal dorthin gehe, brauche ich panzerbrechende Waffen.«
»Nur nichts überhasten, mein Junge. Bewahre deiner Schwester Juliette ein ehrendes Andenken und vergiß den Rest. Du hast schon genug getan.«
»Wenn ich eine panzerbrechende Waffe habe, dann kann ich den Mullah erledigen, der sie verurteilt hat, und wahrscheinlich komm' ich sogar an den Ermittler ran, der sie gefoltert hat. Ich hab' die Namen der beiden rausgekriegt.«
Er sah, daß Mr. Furniss aus dem Fenster starrte. Er glaubte zu verstehen, warum Mr. Furniss den Kopf abgewandt hatte. Draußen vor dem Fenster war nichts weiter zu sehen als ein Meer von notdürftig zusammengezimmerten Dächern.
Schließlich hatte Mr. Furniss selbst ihm von der Hinrichtung seines Vaters und später seiner Schwester Mitteilung gemacht. Und in beiden Fällen hatte er sich abgewandt, als er dieser traurigen Pflicht nachgekommen war.
»Aber wenn ich keine geeigneten Waffen habe, dann ist es viel schwieriger. Vielleicht geht es dann überhaupt nicht.«
»Ich glaub', es ist besser, Charlie, wenn du uns in Zukunft nicht mehr in Bibury besuchst ... Das wäre wohl professioneller.«

»Ist das für Sie ein Problem, ich mein', die Beschaffung der Waffen?«
»Mein lieber Junge, wenn du das nötige Kleingeld hast, kannst du alles kaufen. Hast du soviel Geld?«
»Geld ist kein Problem, Mr. Furniss.«

Parrish war nicht überrascht, daß Wächter immer noch in der Lane herumhockte.
Er goß sich eine Tasse Kaffee ein.
»Nichts ...?«
Park schüttelte den Kopf.
»Was haben wir bis jetzt?«
»Wir lassen Manvers' Bude beobachten. Haben den Namen und eine allgemeine Beschreibung des Typen an alle Flug- und sonstigen Häfen durchgegeben ... Bisher nichts.«
»Irgendwas wird schon passieren, das ist immer so.«
»Bis jetzt hat sich jedenfalls noch nichts getan.«
»Ich sag' immer: Geduld ist alles.«
»Aber es ist verdammt schwierig, bei so 'ner Sache die Nerven zu bewahren«, schnauzte Park. »Ich glaub' nicht, daß wir mit Geduld allein weiterkommen.«

Mattie war müde. Er hatte schlecht geschlafen, weil der junge Mann, der sich auf dem Boden ein Lager aus Decken bereitet hatte, sich die ganze Nacht hin- und hergewälzt hatte und schon in aller Herrgottsfrühe aufgebrochen war.
Er war in bester Stimmung. Der Besuch der Ruinen im militärischen Sperrbezirk von Toprakkale war für ihn der absolute Höhepunkt seiner Reise gewesen. Aber er war jetzt ziemlich spät dran, was natürlich kein Wunder war, wenn man bedachte, wie faszinierend dieses alte Gemäuer war. Nun mußte er noch den Wagen in Van abgeben, seine Reisetasche packen, die Hotelrechnung begleichen und dann die Maschine nach Ankara erwischen.
Da er erschöpft, von seinen letzten Eindrücken überwältigt

und dazu noch in Eile war, achtete er nicht besonders auf den Dodge-Lieferwagen, der von hinten immer näher kam. Auch über den Traktor, der ein Stück weiter vorne mit einem vollbepackten Heuwagen auf die Straße einbog, machte er sich keine Gedanken. Er hatte die Fahrt von Van nach Toprakkale nicht geplant, war einfach der Straßenkarte gefolgt. Seine Reaktionen ließen zu wünschen übrig ... Die Ausbilder in Portsmouth wären entsetzt gewesen. Immer wieder hatten sie ihm AUPR eingebleut: Aufmerksamkeit, Umsicht, Planung und Reaktionsschnelle. Wenn ein junger Mann aus Matties Kurs im Ausbildungszentrum sich ähnliche Schnitzer geleistet hätte, dann hätte er ihn vor der gesamten Mannschaft am Spieß gebraten.

Vor sich sah er nur die schnurgerade Straße, auf der außer dem Traktor mit seinem Heuwagen kein einziges Fahrzeug unterwegs war. Und auch hinter ihm war weit und breit kein Fahrzeug zu sehen – mit Ausnahme des Lieferwagens.

Eigentlich hätte Mattie in einem Spezialfahrzeug sitzen sollen. Er hätte sich von einem Berufsfahrer kutschieren lassen sollen. Er hätte das Hindernis vor und hinter sich erkennen müssen.

Der Traktor hielt an.

Und spätestens jetzt hätte bei Mattie die Alarmglocke schrillen müssen. Er hätte versuchen müssen, auf dem Seitenstreifen an dem Traktor vorbeizukommen. Oder er hätte den Wagen um hundertachtzig Grad drehen, also die Handbremse anziehen und das Lenkrad herumreißen müssen.

Aber er lieferte sich wie ein Lamm dem Schlächter aus. Er drückte leicht auf die Bremse und brachte den Fiat 127 zum Stehen. Er hupte einmal kurz und höflich.

Als der Dodge-Lieferwagen krachend auf den Fiat auffuhr, wurde das Fahrzeug mit einem gewaltigen Ruck ein Stück nach vorn geschleudert. Mattie wurde zurückgeworfen und stieß mit dem Kopf gegen das Dach des Wagens. Sein Herz raste, und Angst schnürte ihm die Kehle ab, als er nach hinten blickte.

Zwei Männer kamen von dem Lieferwagen aus auf ihn zugerannt, zu beiden Seiten seines Wagens, und auch von vorne stürmte ein Mann auf ihn zu. Er sah die Revolver und die Maschinenpistole. Drei bewaffnete Männer. Der Motor seines Wagens war bei dem Aufprall abgestorben.
Die Tür neben ihm wurde aufgerissen. O Gott, nicht einmal die Tür hatte er verschlossen …
Er schrie auf englisch: »Ich hab' nicht viel Geld bei mir. Ich gebe Ihnen …«
Er wurde aus dem Wagen gerissen und auf den Straßenbelag geworfen, ein Stiefel trat ihm ins Gesicht, seine Arme wurden auf den Rücken gedreht, und er spürte eine Plastikkordel, die tief in sein Fleisch einschnitt. Dann wurde er zur hinteren Tür des Lieferwagens geführt.
Mattie war im Bilde. Er wäre ein Vollidiot gewesen, wenn er noch immer nicht begriffen hätte.
Er wurde hochgehoben und unsanft in den Laderaum des Wagens befördert. Die Türen wurden zugeworfen. Es war stockfinster.

Der Beamte von der Einwanderungsbehörde sah den jungen Mann an, der vor ihm stand, und blickte dann auf das Reisedokument, das vor ihm auf dem Tisch lag.
»Sie sind also staatenlos …?«
»Die iranische Regierung erkennt meinen alten Paß nicht mehr an. Ich hoffe bald die britische Staatsangehörigkeit und einen britischen Paß zu bekommen.«
Der Beamte warf abermals einen Blick auf das Dokument.
»Und Sie sind …?«
»Charles Eshraq.«
Und wieder richtete der Beamte seinen Blick ohne Hast von dem Dokument auf den jungen Mann in dem eleganten dunkelblauen Blazer, auf dessen Brusttasche die Initialen eines Reiseunternehmens prangten.
»Tut mir leid …«

»Ich bin Charles E . . .S . . .H . . .R . . .A . . .Q.«
Obwohl der Beamte sich eifrig an einer Stelle seines Arbeitstisches zu schaffen machte, die dem Blick seines Gegenübers entzogen war, gelang es ihm vortrefflich, eine Atmosphäre gelangweilter Routine zu verbreiten. Er blätterte geschäftig in einem Buch. Er hatte es nicht vergessen. Als er nachmittags zum Dienst erschienen war, war die ganze Schicht noch eigens zu einer kurzen Besprechung zusammengerufen worden. Hinter dem Mann wurde die Schlange immer länger. Kein Problem, die konnten warten. Er hatte den Iraner, er hatte Charles/Charlie, geboren am 5. August 1965, und er hatte einen Fahndungsruf der Sondereinheit. In dem Verzeichnis, das vor ihm auf dem Tisch lag, wurde der Verdächtige als Charlie Persia bezeichnet, wahrscheinlich ein Spitzname, und das »o«, das hinter dem Namen stand, war das Kennzeichen der Zollfahndung. Der Beamte drückte den versteckten Knopf auf seinem Tisch.
Der Vorgesetzte kam herein und trat zu dem Beamten. Dieser wies auf das Reisedokument: *Charles Eshraq. Geburtsort: Teheran.* Dann zeigte er mit dem Finger auf die Fahndungsliste: *Charlie Persia, vermutlich Iraner. Geburtsdatum: frühe bis mittlere sechziger Jahre.*
»Würden Sie mir bitte kurz folgen, Sir?« fragte der Vorgesetzte und legte eine Hand auf Charlies Arm.
»Irgendwas nicht in Ordnung?«
»Wahrscheinlich nur eine Kleinigkeit, Sir. Reine Routinesache. Bitte hier entlang, Sir.«

8. Kapitel

Wir haben den Hund mal an dem Rucksack schnuppern lassen – der war so weggetreten, daß wir ihn von der Tasche kaum noch wegkriegen konnten.«

Das Zimmer war gerammelt voll.

Da waren einmal die Leute von der Einwanderungsbehörde, dann die uniformierten Zollfritzen, und in der Mitte stand Park. Parrish und Harlech verfolgten das Geschehen von der Tür aus. Park hörte genau zu. Er wußte schon seit langem, daß die erste Besprechung die wichtigste war, und als der für den Fall zuständige Mann wollte er seine Entscheidungen danach richten.

»Wir haben ihn in einen Warteraum gebracht. Er glaubt, daß mit seinen Papieren etwas nicht stimmt. Das Seltsamste ist, der macht überhaupt keinen nervösen Eindruck. Wenn ich hier mit so ’ner Menge Stoff aufgekreuzt wäre, daß der Hund vor Begeisterung fast durchdreht, dann würde ich nicht so ruhig da drinnen sitzen. Gut, euer Flughafenköter hat sicher öfter mal die Gelegenheit, seine Nase an erstklassigem Stoff zu ergötzen, und vornehme Zurückhaltung scheint auch nicht gerade seine Stärke zu sein, aber einen so völlig durchgedrehten Hund hab’ ich noch nie gesehen.«

Parrish hatte sich noch nicht ganz von der Fahrt zum Flughafen erholt. Er sah immer noch aus wie ein Mann, der sich auf hoher See an ein Stück Holz klammert. Auch Harlech, der auf dem Beifahrersitz gesessen hatte, war nach der Schleuder- und Überholorgie, die Park veranstaltet hatte, noch immer ziemlich blaß um die Nase. Später erzählte Harlech den anderen, daß die Fahrt vom Hauptquartier in der Lane nach Heathrow das Schlimmste gewesen war, was er in seinem Leben erlebt hatte. Harlech hatte Spätdienst gehabt. Parrish hatte gerade seinen Schreibtisch aufgeräumt und die Überstundenmeldungen überprüft. Und Wächter hatte nur herumgesessen und zum drittenmal an diesem Tag seine Schuhe gewienert. Bis dann die Kollegen vom Flughafen angerufen hatten.

»Wir haben ihn gebeten, uns seinen Flugschein zu zeigen, und der Gepäckschein war an das Ticket geheftet. Wir brauchten nur noch die Tasche von dem Anhänger herunterzuholen und dem Hund unter die Nase zu halten. Der Köter hätte fast den Typen umgerissen, der ihn an der Leine hatte.« Der uniformierte Beamte hatte Park am Flughafen bereits erwartet. Zwar konnte er den Jungen nicht ausstehen, aber er hatte seine Fähigkeiten erkannt und sich dafür eingesetzt, daß Park zur Zollfahndung kam. »... der Stoff steckt in einem Rucksack, der mit dem Flug aus Istanbul gekommen ist. Hör mal zu, aus dem Verhalten des Hundes lassen sich 'ne Menge Rückschlüsse ziehen. Und nach dem Verhalten des Hundes zu urteilen, muß der verdammte Rucksack bis obenhin voll sein mit dem Zeug. Wir haben das Gepäckstück nicht geöffnet. Schließlich leitest du die Ermittlungen, Park.«

Parrish schwieg und schüttelte noch immer den Kopf, fast als wollte er die Erinnerung an den entsetzlichen Augenblick loswerden, als die Radkappen des von Park gesteuerten Escort mit den Radkappen eines Taxis zusammengestoßen waren. Park konnte sich nicht erinnern, daß er sich über die Identifizierung eines mutmaßlichen Verdächtigen je zuvor derartig gefreut hatte. Schließlich führte er die Ermittlungen, wie der Mann schon ganz richtig gesagt hatte.

»Ich würde ihn laufenlassen.« Park hatte bereits zwei seiner Kollegen zu Hause anrufen und nach Heathrow beordern lassen. Die beiden Wagen mußten jeden Augenblick eintref-

fen. »Und zwar sobald die beiden Kollegen hier sind, die ihn beschatten sollen.«
Bill Parrish zog die Augenbrauen hoch. Normalerweise hätte man den Verdächtigen entweder auf der Stelle festgenommen oder wenigstens den Rucksack aufgemacht, den Stoff herausgenommen und durch irgendein weißes Pulver ersetzt. Park wußte, was die Falten auf der Stirn seines Chefs zu bedeuten hatten.
»Tut mir leid, Bill, aber ich meine wirklich, wir sollten ihn laufenlassen.«
Parrish ließ den jungen Leuten in seiner Mannschaft normalerweise durchaus freie Hand. Wenn er etwas nicht ausstehen konnte, dann waren das Zeitgenossen, meist alte Knacker, die davon überzeugt waren, daß Alter und Erfahrung unabdingbare Voraussetzungen seien, um kluge Entscheidungen zu fällen. Parrish stand hinter seinen Grünschnäbeln, ließ ihnen ihren Willen und hatte deshalb schon so manches Mal Wasser und Blut geschwitzt. Er ging zu einem Telefon hinüber und blätterte in seinem Adreßbuch. Er wählte die Privatnummer des Stellvertretenden. Er faßte sich kurz. Er verschwieg dem Stellvertretenden, daß sich der Hund vor dem Rucksack wie ein Berserker aufgeführt hatte. Er berichtete lediglich, daß an dem Rucksack Spuren von Narkotika entdeckt worden seien. Er sagte, daß sie hier einen Verdächtigen hätten, einen Mann iranischer Herkunft, der mit einem in Großbritannien ausgestellten Staatenlosenausweis reise und genau das richtige Alter habe, um von April als Tango eins geführt zu werden. Man werde Tango eins wieder auf freien Fuß setzen, sobald genügend Überwachungspersonal am Flughafen eingetroffen sei. Der Schweiß stand ihm auf der Stirn, aber immerhin kein Blut ... Nur, verdammt noch mal, Blut würde fließen, wenn Wächter die Sache verpfuschte. Nichts auf dieser Welt konnte ihn mehr überraschen, jedenfalls nicht mehr seit ein Erzbischof, der von den Kollegen in Rom aufgehalten worden war, protestierend mit den Armen in der

Luft herumgefuchtelt und dabei drei Päckchen Heroin verloren hatte, die unter seiner Soutane in einem Gürtel steckten. Überraschen konnte ihn nichts mehr – nicht einmal mehr ein junger Mann, der versuchte, mit einer riesigen Menge Heroin im Rucksack den Zoll in Heathrow zu passieren. Die meisten versuchten es ganz schlau anzustellen. Die meisten versuchten es mit doppelbödigen Samsonite-Koffern oder mit Schachfiguren, die aus Kokain gepreßt waren, oder sie schoben es sich hinten rein, oder sie schluckten es in Zellophantüten. Es gab fast nichts, was sie unversucht ließen. So fand Parrish es auch nicht weiter verwunderlich, daß Tango eins den Stoff einfach in einem Rucksack verstaut hatte, obwohl man den Stoff in einem solchen Behältnis schon bei der oberflächlichsten Kontrolle finden mußte. Und trotzdem: Wieviel von dem Teufelszeug entdeckten sie schon? Vielleicht eine von hundert oder besser zweihundert Sendungen? Ein relativ geringes Risiko, ja eine Chance, die es sich zu ergreifen lohnte ...

»Wir haben seinen Segen, David, Sie können ihn laufenlassen ...«

Er zog Wächter auf den Gang hinaus, wo die Männer in dem Raum ihn nicht hören konnten.

Nur Harlech bekam mit, wie der am ganzen Leib bebende Parrish seinem Untergebenen Park etwas ins Ohr flüsterte.

»Wenn Sie die Sache schmeißen, David, dann bin ich erledigt, und der Stellvertretende, der Sie deckt, wird gemeinsam mit mir in den Orkus fahren, und wir werden Sie mit uns in den Abgrund reißen – darauf können Sie Gift nehmen.«

»Verstanden, Bill.«

»Und vergessen Sie nicht, was ich Ihnen gesagt habe.«

Das Telefon läutete, und Parrish wurde verlangt. Man teilte ihm mit, daß die beiden anderen April-Wagen inzwischen eingetroffen seien und am Terminal 3 auf weitere Anweisungen warteten.

Sie gingen den Korridor hinunter – der Typ von der Einwanderungsbehörde und Parrish, Wächter und Harlech. Unterwegs stieß ein uniformierter Zollbeamter zu ihnen, der einen khakifarbenen Rucksack in der Hand hielt. Parrish hätte schwören können, daß an der Klappe des Rucksacks Spuren von Hundespeichel zu erkennen waren. Der Rucksack war dreckverschmiert. Sie ließen ihn ungeöffnet. Ein Rucksack war wesentlich schwieriger aus- und wieder einzupacken als ein Koffer. Es bestand dazu auch kein Anlaß, denn die Reaktion des Hundes war deutlich genug gewesen. Sie gingen aus dem Zollbereich in die Räumlichkeiten der Einwanderungsbehörde hinüber. Wieder marschierten sie durch lange Gänge, vorbei an Pinnwänden mit Dienstplänen.

In der Tür zu dem Raum, in dem der Verdächtige und sein Bewacher warteten, befand sich ein Einwegfenster. Wächter trat an die Scheibe heran und schaute hinein. Sein Atem ging eine Idee schneller. Das Glück war ihm also wieder einmal hold gewesen, obwohl er schon nicht mehr daran geglaubt hatte. Er blickte durch die Scheibe auf Charlie Persia alias Charles Eshraq alias Tango eins. Er sah einen gutgebauten jungen Mann mit vollem dunklem Haar und einem kräftigen Bart. Er sah, wie der Mann die Asche von seiner Zigarette abschnippte. Er sah, daß der Mann völlig ruhig war. Er selbst würde den Raum nicht betreten. Er schob Harlech vor die Scheibe. Keiner von ihnen durfte sein Gesicht zeigen. Er warf Parrish ein gequältes Lächeln zu.

»Geteiltes Leid ist halbes Leid, Bill.«

Parrish war nicht in der Stimmung, Volksweisheiten auszutauschen. Er drängte sich an Harlech vorbei und öffnete die Tür.

Park stand direkt neben der Tür. Er konnte jedes Wort verstehen. Er wußte, daß der gute alte Parrish die Gabe hatte, Verdächtige in Sicherheit zu wiegen.

»Tut mir wirklich leid, daß Sie so lange warten mußten, Mr. Eshraq.«

»Wo lag das Problem?«

»Es hat eigentlich nur ein Problem gegeben, daß Sie nämlich an einen Beamten geraten sind, der mit den für staatenlose Personen geltenden gesetzlichen Bestimmungen nicht ausreichend vertraut war.«

»Und sonst nichts?«

»Die Ausweise für Staatenlose sollen demnächst geändert werden, und unser junger Kollege war der Meinung, daß die alten Reisedokumente nicht mehr gültig sind ... Sie müssen verstehen, es ist mitten in der Nacht, und es war gerade niemand da, der ihn hätte aufklären können, und da haben sie in ihrer Verzweiflung schließlich mich angerufen.«

»Hat ziemlich lange gedauert.«

»Tut mir außerordentlich leid, wenn wir Ihnen Unannehmlichkeiten bereitet haben ... nur noch ein paar Formalitäten, Mr. Eshraq. Das ist nun einmal so bei einer Behörde, wir müssen über jeden Vorgang einen Bericht schreiben. Ihr Name ...?«

»Charles Eshraq.«

»Geburtsdatum und Geburtsort ...?«

»5. August 1965 in Teheran. Steht alles in dem Ausweis.«

»Keine Sorge ... Adresse im Vereinigten Königreich ...?«

»Apartment 6, 24 Beaufort Street, SW3.«

»Sehr schön ... und Ihr Beruf?«

»Freiberuflicher Reiseleiter.«

»Immer im sonnigen Süden unterwegs, was?«

»Meistens hab' ich im östlichen Mittelmeer zu tun.«

»Wir haben Sie sehr lange aufgehalten. Hat jemand Sie am Flughafen erwartet?«

»Nein, ich hab' meinen Wagen in der Garage für Dauerparker abgestellt.«

»Mutig, mutig. Einen guten Wagen würde ich dort ja nicht parken.«

»Es ist nur ein kleiner Suzuki-Jeep.«

»Sollen wir Sie rüberfahren?«

»Nein, danke. Ich nehm' den Bus, ich hab's nicht eilig.«

»Ja, eine schöne Nacht heute. Entschuldigen Sie bitte nochmals. Sie haben doch sicher Gepäck?«
»Nur einen Rucksack.«
»Dann gehen wir am besten zur Gepäckabholung rüber, Mr. Eshraq.«
Harlech und Park verdrückten sich in ein leerstehendes Büro. Durch die halboffene Tür sah Park noch, wie Parrish mit Tango eins in den Gang trat. Er wies Harlech an, dem Verdächtigen unauffällig bis zum Bus zu folgen und dann an der Haltestelle zu warten, wo ihn ein Kollege mit dem Auto abholen werde. Dann rannte er zu dem Escort hinüber, den er auf dem Angestelltenparkplatz abgestellt hatte. Als Wächter seine beiden zum Flughafen bestellten Leute entdeckte, wies er den Mann mit dem Decknamen »Athens« sofort an, er solle zunächst Harlech abholen und sich dann gemeinsam mit seinem Kollegen vor dem Eingang des Gebäudes für Dauerparker postieren, einer ein Stück westlich und der andere östlich der Ausfahrt. »Der Verdächtige fährt einen Suzuki-Jeep. Ich werd' ihm mit meinem Escort auf den Fersen bleiben. Und laßt euch nicht austricksen. Er sagt zwar, daß er in der Beaufort Street in Chelsea wohnt, aber der Typ ist so verdammt cool, daß ich mich nicht wundern würde, wenn er sein Glück in Windsor Castle versucht. Sobald wir wissen, wo er hinfährt, gelten wieder die üblichen Vorschriften.«
Dann flitzte er durch den Tunnel. Schließlich mußte er den Suzuki in der Garage lokalisiert haben, bevor der Verdächtige eintraf.

Die Einwanderungsfritzen hatten ihn auch früher schon manchmal aufgehalten, aber noch nie so lange.
Er war nicht sonderlich überrascht. Die Typen von der Einwanderungsbehörde fanden an den Ausweispapieren Staatenloser ständig irgend etwas auszusetzen. Er wußte schon lange, daß Ausländer an englischen Flughäfen regelmäßig

schikaniert wurden, das war sozusagen die offizielle Politik der Einwanderungsbehörde. Um so mehr hatte ihn die Höflichkeit des Mannes überrascht, der die Sache schließlich aufgeklärt hatte. So einen gab es nur einmal unter tausend, und besonders clever war er offenbar auch nicht. Der würde sich kaum lange in der Position halten können. Er blickte in den Rückspiegel und sah direkt hinter sich einen dunklen Ford Escort.
Er lebte nun schon seit vier Jahren in London, hatte sich hier aber nie recht zu Hause gefühlt. Ganz sicher hätten auch die ersten Exilanten, die nach London gekommen waren, nicht geglaubt, daß die Stadt für sie mehr sein würde als ein vorübergehender Zufluchtsort. Aber dann hatte Megalopolis sie alle verschlungen. Sie träumten noch immer davon, in die Heimat zurückzukehren. Sie träumten davon, aber er, Charlie, er würde tatsächlich zurückgehen. Dabei wurde ihm bewußt, daß er heute das letztemal vom Flughafen in die Stadt fuhr. »Immer im sonnigen Süden unterwegs, was?« O ja, Sonne würde er reichlich bekommen. Er war inzwischen von der Autobahn abgebogen und fuhr an dem alten Lucozade-Gebäude vorbei. Temperatur: 5° C. Er blickte wieder in den Spiegel und sah, daß jetzt ein Vauxhall hinter ihm herfuhr, ja, das mußte ein Vauxhall sein.
Er fuhr völlig entspannt. Er hatte sich unter Kontrolle und fühlte sich wohl. Er hatte überhaupt nicht daran gedacht, daß sie ihn in Heathrow vielleicht hopsnehmen könnten. Er war Charles Eshraq, Staatenloser, aber er würde nicht mehr lange staatenlos sein ... Charlie Eshraq hatte zwei Revolutionsgardisten mit einer Handfeuerwaffe niedergestreckt. Er hatte den Scharfrichter von Täbris in die Luft gejagt. Er war ein Freund von Mr. Matthew Furniss. Bald würde er nach Hause zurückkehren, wo er nur noch zwei Sachen zu erledigen hatte. Und dann ... dann würde er Charlie Eshraq sein, ein iranischer Bürger. Wahrscheinlich nicht mehr der Freund von Mr. Furniss und ganz sicher nicht mehr der enge Freund der

Töchter Furniss. Er dachte an La'ayya, und er streichelte den Rucksack und stellte abenteuerliche Berechnungen darüber an, wieviel Parfüm und Seife man für den Gegenwert von sieben Kilo erstklassigem Heroin wohl kaufen könne. Aber zunächst mußte noch die Kleinigkeit mit den panzerbrechenden Waffen erledigt werden. Er befand sich nun auf der King's Road. Während er herunterschaltete und leicht bremste, warf er wieder einmal einen Blick in den Spiegel. Hinter ihm fuhr jetzt ein Maestro.

Wenn er sich beim Duschen beeilte, konnte er noch vor der Sperrstunde im Pub sein. Bevor die Glocke die letzte Runde Bier einläutete, würde man ihn mit großem Hallo begrüßen. Er würde ein paar gute Storys über blöde Touristen erzählen, die in irgendeinem türkischen Badeort ihren Paß oder ihre Unterhosen verloren hatten, und die anderen würden lachen und ihm freundschaftlich auf die Schulter klopfen.

Er parkte.

Den Wagen auf der anderen Straßenseite beachtete er nicht. Auch das Liebespaar, das ein paar Meter weiter in heftiger Umarmung begriffen war, sah er nicht. Er hörte nicht, wie Amanda, alias »Token«, ihren Kollegen Athens, der dieses Jahr beim Londoner Marathonlauf nach acht Meilen hatte aufgeben müssen, anfauchte, ob er wohl bitte seine Hand aus ihrer Bluse herausnehmen könne. Und er hörte auch nicht, wie Athens ihr ins Ohr flüsterte, daß er das alles doch nur im Interesse der guten Sache tue.

Charlie schleppte den Rucksack die Treppe hinauf zu seiner Wohnung. Er warf die Heroinladung, die immerhin einen Straßenverkaufswert von über einer Million Dollar hatte, auf den Boden.

Er trat ans Fenster und blickte auf die Straße hinunter. Auf der gegenüberliegenden Seite stieg gerade ein Mädchen aus einem Auto, warf wütend die Tür hinter sich zu und stieg hinten in denselben Wagen wieder ein. Charlie lächelte. Er war überzeugt, daß es La'ayya in der King's Road gefallen

würde, obwohl wenig dafür sprach, daß sie die Straße je zu Gesicht bekommen würde.
Er stellte sich unter die Dusche.

Mattie war wie ein Päckchen verschnürt.
Seine Füße waren taub, in den Handgelenken verspürte er stechende Schmerzen.
Er war hellwach. Alte Verhaltensregeln kamen ihm in den Sinn – Dinge, die man ihm vor zehn oder sogar schon zwanzig Jahren eingebleut hatte. Um Gottes willen, er selbst hatte diese Dinge sogar im Ausbildungslager in Portsmouth anderen beigebracht. Er hatte mehrere Kurse über richtiges Fluchtverhalten besucht und war später in solchen Kursen sogar selbst Ausbilder gewesen. Er wußte genau, was los war. Er lag auf dem harten geribbelten Metallboden des Lieferwagens. Seine Entführer hatten ihm einen Knebel aus dickem Leder in den Mund geschoben und die Enden der Bänder hinter seinem Kopf zusammengebunden.
Während der Ausbildung hatte er gelernt, daß die Fluchtchancen im Augenblick der Gefangennahme am besten seien. Das hatte er jedenfalls seinen Azubis beigebracht. Und tatsächlich hatte er von Anfang an auf den geeigneten Augenblick gewartet, während er in die Mündung einer automatischen Pistole starrte. Der bestgeeignete sei zugleich der riskanteste Augenblick, hatte er den jungen Leuten immer wieder eingebleut, denn der Entführer stehe zu ebendiesem Zeitpunkt unter enormem Streß. Er hatte in diesem Augenblick in die Mündung einer automatischen Pistole gestarrt, und dann hatte ihm jemand gegen den Kopf getreten. Sein Ohr hatte geblutet; inzwischen war die Wunde verkrustet. Wahrscheinlich hätten die Brüder ihm sein blutendes Ohr zusammen mit dem halben Kopf weggeschossen, wenn er sich dort auf der Straße auf einen Kampf eingelassen hätte. Ein alter Mann gegen vier, von denen keiner auch nur halb so alt war wie er!

Zwei von ihnen befanden sich bei ihm im Laderaum. Beide trugen jetzt Masken mit Sehschlitzen, und beide zielten mit einer Waffe auf ihn, und keiner von beiden hatte während der Fahrt bisher auch nur ein Wort gesprochen.

Ihm war nicht entgangen, daß der Wagen zuerst etliche Meilen gefahren und der Motor dann für schätzungsweise drei Stunden abgeschaltet worden war. Er wußte, daß sie entweder in einer Garage oder einem Stall Zwischenstation gemacht hatten, denn er hatte gehört, wie Türen geschlossen worden waren, und als der Motor abgestellt und später wieder eingeschaltet wurde, hatte er an dem Geräusch erkannt, daß sie sich in einem geschlossenen Raum befanden. Er war alleine dagelegen. Die Schmerzen waren in Wellen gekommen und wieder abgeebbt, und einmal hatte er geglaubt, er könne sie nicht mehr ertragen. Aber seine Angst war noch stärker gewesen als der Schmerz. Er bemühte sich, die Durchblutung seiner Hände und Füße wieder zu stabilisieren, und redete sich unablässig ein, daß sich gewiß irgendwann eine Fluchtmöglichkeit bieten werde.

Die Türen zum Laderaum wurden geöffnet. Jemand überprüfte im Licht einer Taschenlampe den Zustand der Fesseln. Und dann öffneten sich die Türen des Gebäudes, und der Wagen fuhr weiter, eine lange Strecke über eine dieser verdammten Schlaglochpisten. Und noch eines hatte man ihm während der Ausbildung eingehämmert – sich während der Fahrt nach der Entführung so viele auffallende Dinge wie möglich einzuprägen. Basiswissen war das. Das war allerdings in den Wäldern und auf den Straßen rund um Portsmouth wesentlich einfacher, als wenn man unter dem Schock einer Entführung stand, ein paar Tritte gegen den Kopf bekommen hatte und aus kaum einem halben Meter Entfernung zwei Waffen auf einen gerichtet waren. Offenbar reichte eine Squashpartie pro Woche doch nicht ganz aus, um einen Zweiundfünfzigjährigen für die Strapazen einer Entführung fit zu machen. Immerhin hatte er mitbekommen, daß sie ein gutes Stück weit gefahren waren.

Irgendwann fiel ihm auf, daß der Wagen nun langsamer fuhr und daß noch andere Fahrzeuge in der Nähe sein mußten. Er hörte Stimmen, die türkisch sprachen. Und dann setzte sich der Wagen wieder in Bewegung. Er hatte den Eindruck, daß sie nun wieder auf einem erträglichen Straßenbelag fuhren. Dann hielt der Wagen plötzlich an, und Mattie wurde mit dem Kopf gegen die Innenwand des Lieferwagens geschleudert.

Er hörte, wie der Fahrer *»Asalaam Aleikum«* rief.

Von draußen ertönte die Antwort: *»Aleikum Asalaam.«*

Der Wagen beschleunigte wieder. Die Worte hallten in seinem Kopf nach.

»Friede sei mit dir.«

»Mit dir sei Friede.«

Mattie hatte als militärischer Verbindungsoffizier und später als Sektionsleiter im Iran gelebt. Daher hatte er keinerlei Mühe, die Bedeutung dieser Worte zu verstehen.

Er lag mutlos auf der Ladefläche des Wagens. Er war im Iran, von jeglicher Hilfe abgeschnitten.

Von dem Telefon der Grenzstation aus wurde ein Gespräch mit dem Büro in Täbris angemeldet, das der Ermittler vorübergehend bezogen hatte. Die Nachricht war knapp und bündig. Der Ermittler wurde davon in Kenntnis gesetzt, daß ein Dodge-Lieferwagen soeben die Grenze passiert und sich auf die gut zweihundert Kilometer weite Reise nach Täbris gemacht habe.

In seinem früheren Leben hätte er bei einer solchen Nachricht sofort eine Flasche Champagner geöffnet ... ja, es gab etliche Dinge aus der alten Zeit, die ihm abgingen. Statt dessen ließ er sich mit dem Teheraner Büro des Mullahs verbinden, in dessen Schutz er sich begeben und der auch die Entführung abgesegnet hatte. Dann rollte er sich auf seinem Feldbett zusammen und versuchte noch ein paar Stunden zu schlafen.

Nein, Dr. Owens sei entgegen seinen Ankündigungen noch nicht abgereist. Die Hotelleitung befand sich in einer unangenehmen Situation, denn man hatte das Zimmer inzwischen bereits anderweitig vergeben, und nun waren Dr. Owens' Sachen immer noch in dem Raum.
Nein, Dr. Owens hatte auch den Wagen nicht zurückgebracht, und die Autovermietung hatte schon zweimal beim Portier angerufen.
Nachdem das Flugzeug aus Van ohne Mr. Furniss gelandet war, hatte der Sektionsleiter sich eine volle Stunde lang in einer Telefonzelle die Finger wund gewählt, bevor er von Ankara aus nach Van durchgekommen war. Eine weitere Stunde brauchte er, bis er schließlich den Luftattaché der Botschaft erreichte.
Nein, natürlich gebe es heute nacht keinen Flug mehr nach Van, hatte der Luftattaché gesagt.
Daraufhin erwiderte der Sektionsleiter, daß er den Luftattaché ganz sicher nicht wegen irgendeiner Lappalie so spät abends angerufen hätte. Er brauche ein leichtes Flugzeug und den Luftattaché als Piloten – und zwar auf der Stelle.
»Ich war schon halb im Bett, Terence. Ist es offiziell?«
»Leider ja ... sogar hochoffiziell.«
Der Flug in der immer wieder von Böen geschüttelten kleinen Cessna über die weiten Flächen der Inneren Türkei war gräßlich. Obwohl der Sektionsleiter normalerweise kein großer Freund des Fliegens war, bemerkte er nicht einmal, wie mühsam sie in dem kleinen Flugzeug vorwärts kamen. Der Luftattaché, der alle Hände voll zu tun hatte, schwieg während des gesamten Fluges. Ihm war die nervöse Angespanntheit des jungen Mannes, der auf dem Sitz neben ihm angeschnallt war, nicht entgangen.
Nach der Landung in Van bat der Sektionsleiter den Luftattaché, sich direkt ins Akdamar zu begeben und dafür zu sorgen, daß das von einem gewissen Dr. Owens angemietete Zimmer weder geöffnet noch gereinigt würde.

Er selbst ging zum nächstgelegenen Revier der *jandarma*. Er wies sich als Mitglied der britischen Botschaft aus und nannte die Zulassungsnummer des gemieteten Fiat. Kurz vor Sonnenaufgang ging die Meldung ein, das Auto sei verlassen und beschädigt aufgefunden worden. Er erklärte, Dr. Owens, der Fahrer des Wagens, sei ein hervorragender Archäologe und persönlicher Gast des Botschafters. Man brachte ihn zu der Unfallstelle. Er versuchte, sich die Sorgen, die ihn mitten in der Nacht durch das halbe Land geführt hatten, nicht anmerken zu lassen, wirkte allerdings nicht sehr überzeugend. Die Scheinwerfer des Jeeps hatten die Rücklichter des Fiat eingedrückt. Der Fiat stand schräg an der Straßenböschung, die beiden rechten Reifen waren tief in den weichen Matsch eingesunken. Man gab ihm eine Taschenlampe und ließ ihm Zeit, den Ort des Geschehens in Augenschein zu nehmen. Für die Polizisten handelte es sich lediglich um eine Bagatelle. Todesfälle auf der Straße waren nichts Besonderes, nicht in der Osttürkei, und hier handelte es sich noch nicht einmal um einen Todesfall, sondern nur um eine vermißte Person. Tatsächlich deutete nichts in dem Wagen darauf hin, daß Mr. Funiss verletzt worden war, der Sektionsleiter konnte weder Blutspuren noch Glassplitter entdecken. Aber auf der Straße sah er die Reifenspuren des Fiat und ein Stück weiter vorne den Schmutzbelag, der quer zur Fahrbahn verlief. Er sah die zerborstenen Rücklichter und die eingedrückte hintere Stoßstange. Ziemlich klare Sache: Ein vom Feld kommendes Fahrzeug – nach der Spurbreite zu urteilen, ein Traktor – war vorne auf die Straße eingebogen, ein anderes Fahrzeug war von hinten gekommen und hatte Rammbock gespielt ... und dazwischen hatte sich der alleinreisende Chef der Iran-Abteilung befunden.

»Vielleicht steht er unter Schock und irrt zu Fuß in der Gegend umher ...«, meinte der *jandarma*-Beamte.

Ganz sicher nicht.

»... eine andere Erklärung gibt es nicht.«

Der Beamte fuhr ihn zum Akdamar.
Er sah sich in dem Zimmer um. Überall Kleidungsstücke, Bücher, Papiere und zahllose vollgekritzelte Zettel, doch nicht auf englisch, mußte irgendein Code sein. Er blickte sich noch einmal gründlich in dem Chaos um und gelangte zu der Überzeugung, daß Mr. Furniss den Raum so zurückgelassen und sich niemand an seinen Sachen zu schaffen gemacht hatte.
Er verstaute alles in Mr. Furniss' Koffer, beglich Dr. Owens' Rechnung und weckte dann den Luftattaché, der in einer dunklen Ecke der Halle ein Nickerchen machte.
»Na, haben Sie Ihr kleines Problem gelöst, Terence? Die Fäden entwirrt?«
»Nein, ich befürchte, es sieht schlimm aus.«
»Kann ich Ihnen irgendwie behilflich sein?«
»Ja, fliegen Sie mich sofort nach Ankara zurück. Und bitte kein langes Gesicht, keine Vorhaltungen und keine Witze. Am besten, Sie sagen überhaupt nichts. Bitte.«
Als sie vor dem Hoteleingang auf ein Taxi warteten, befiel den Sektionsleiter entsetzliche Angst. Was auch geschehen sein mochte, eines war sicher – Mattie Furniss spazierte in diesem Augenblick nicht irgendwo in der Osttürkei umher, um sich von einem Unfallschock zu erholen. Terence hatte auch schon darüber nachgedacht, was wohl passiert wäre, wenn er Mattie begleitet hätte. Wäre er dann jetzt noch am Leben? Und wo würde er sich jetzt wohl befinden? Aber wie sich die Dinge auch entwickeln mochten, auf jeden Fall würde er eins aufs Dach bekommen, weil er seinen Vorgesetzten mutterseelenallein in Van zurückgelassen hatte. Vielleicht war's auch ganz vorbei mit der Karriere.
Als sie von der Piste abhoben, ging hinter ihnen die Sonne auf.

Ein stürmisch feuchter Frühsommermorgen in London. Autoschlangen verstopften die Themsebrücken. Von den oberen Etagen des Century House aus wirkten die Ströme der

Pendler, die um diese Zeit in die Büros eilten, wie Ameisenkolonnen.
Der erste Bericht des Leiters der Sektion Ankara war inzwischen dechiffriert und mit dem Stempel EILT an den diensthabenden Beamten weitergeleitet worden. Der Beamte wollte gerade in Ruhe eine Tasse Kaffee trinken und dann seinen Nachtdienst beenden, als die Nachricht auf seinen Tisch flatterte. Er bestätigte den Empfang, überflog das Papier und verschüttete vor lauter Schreck seinen Kaffee über der Morgenzeitung. Für den Katastrophenfall gab es einen genauen Katalog von Dienstvorschriften. Er mußte den persönlichen Referenten des Präsidenten anrufen. Der wiederum würde dann seinen Chef verständigen, wo immer dieser sich auch aufhalten mochte. Und dann mußte der Nachtdienstbeamte den Präsidenten über eine Spezialleitung von der Lage in Kenntnis setzen.
Der Nachtdienstbeamte las die Nachricht mit klarer, fester Stimme vor. Aber seine Kehle war trocken, und seine Finger trommelten auf die Schreibtischplatte. Er kannte Mattie, jeder im Century kannte Mattie Furniss. Am anderen Ende der Leitung herrschte bedrohliches Schweigen.
»Haben Sie das verstanden, Sir?«
Eine eisige Stimme erwiderte: »Jawohl.«
»Und was soll ich jetzt machen, Sir?«
Wieder Schweigen. Ja, was konnte man tun? Und was zum Teufel tat der alte Mattie, ein gestandener Ressortleiter, im hintersten Winkel der Türkei? Zuletzt hatte er gehört, daß der alte Knabe sich in Bahrain aufhielt, und nur Gott wußte, was er dort zu tun hatte. Aber was ging das alles schon ihn, den Nachtdienstbeamten, an ...? Der Nachtdienstbeamte hatte allen Grund, von Mattie Furniss nur Gutes zu denken. Beim Mittagessen in der Kantine hatte er Mattie einmal davon erzählt, daß sein Sohn unter äußerst unangenehmen Zahnproblemen litt, und Mattie hatte sich eine Notiz gemacht und ihm eine Woche später den Namen eines Spezia-

listen in der Wimpole Street gegeben, und dieser Spezialist hatte das Problem dann im Lauf der folgenden neun Monate in den Griff bekommen und noch nicht einmal eine unverschämte Rechnung geschickt. Die Frau des Nachtdienstbeamten hielt große Stücke auf Mr. Furniss, und deshalb nahm sich der Nachtdienstbeamte vor, seiner Frau nichts von Matties rätselhaftem Verschwinden im hintersten Winkel der Türkei zu erzählen.

Die Stimme ließ ihn aufschrecken.

»Alle Ressortleiter für Westasien und der Vizepräsident haben um neun Uhr in meinem Büro zu erscheinen – und informieren Sie Downing Street, daß ich dort in einer halben Stunde eintreffen werde. Ich muß den Premierminister sprechen.«

Das Telefon klickte, und die Leitung war tot.

Der Lieferwagen fuhr nun langsamer. Sie mußten sich in einer Stadt befinden, wie an dem Verkehrslärm, der von draußen in den dunklen Laderaum drang, unschwer zu erkennen war. Er hatte den Eindruck, sie müßten ganz in der Nähe eines Geschäftsviertels sein. Er konnte die Schreie der Straßenhändler hören, und wenn der Wagen hielt, nahm er den Geruch der auf den Gehsteigen feilgebotenen Lebensmittel wahr. Sie waren mehrere Stunden zügig dahingefahren, wahrscheinlich auf der Straße, die von der Grenze nach Teheran führte. Falls sie jetzt tatsächlich in einer Stadt waren, konnte das eigentlich nur Täbris sein. War schon eine Ewigkeit her, seit er zuletzt in Täbris gewesen war. Nein, falsch ... eine Ewigkeit war es her, seit er auf der Straße bei Toprakkale in einen Hinterhalt geraten und entführt worden war.

Während all der Stunden, die er nun schon auf der Ladefläche des Wagens lag, hatte niemand auch nur ein Wort mit ihm gesprochen. Trotz des Fußtritts gegen das Ohr spürte er jetzt keine Schmerzen mehr am Kopf. Aber der Knebel war äußerst unangenehm. Sein Mund war ausgedörrt. Wegen

der Fesseln an den Knöcheln waren seine Füße völlig gefühllos.
Der Wagen bremste, setzte sich wieder in Bewegung, bog nach rechts ab und fuhr nun in einem niedrigen Gang ruckelnd ein Stück weit, bis er abermals hielt. Der Motor wurde abgeschaltet. Er konnte alles genau hören: das Klicken, als die Tür geöffnet wurde, das Quietschen des Sitzes, als der Fahrer ausstieg, den Knall, mit dem die Tür zugeschlagen wurde. Die gleiche Reihenfolge auf der Beifahrerseite. Er hörte leises Getuschel neben der Fahrerkabine, konnte aber kein Wort verstehen. Dann sah er, wie sich die beiden hinten im Laderaum sitzenden Entführer auf ihn zubewegten. Er blieb völlig reglos liegen. Er hatte keine Angst, noch nicht. Ihre Hände näherten sich seinem Gesicht. Durch die Masken roch er ihren Atem. Er versuchte erst gar nicht, sich zur Seite zu drehen, denn er wollte ihnen keinen Anlaß bieten, ihn zu mißhandeln. Sie banden ihm einen Stoffetzen vor die Augen. Mattie wurde von der Ladefläche heruntergehievt. Er spürte einen warmen Wind auf den Wangen. Die Fesseln an seinen Knöcheln wurden gelöst, und er fühlte, wie das Blut mit aller Macht in seine Füße zurückfloß. Er war außerstande, allein zu gehen, aber die Männer schleppten ihn ein paar Stufen hinauf und durch eine Tür. Dann ging es eine Treppe hinauf und noch einmal durch eine Tür. Die Augenbinde wurde ihm abgenommen.
Er stand mitten in einem Raum.
Jemand nahm ihm den Knebel aus dem Mund und löste die Fesseln an seinen Handgelenken.
Die Tür wurde hinter ihm zugemacht. Er hörte, wie ein Schlüssel herumgedreht wurde.
Er sah sich um.
Das von innen vergitterte Fenster hatte keine Scheiben und war von außen mit Sperrholz abgedichtet. Das Eisenbett erinnerte ihn an den Schlafsaal in dem Internat, in dem er seine Schulzeit verbracht hatte. In einer Ecke gab es ein

Spülklosett, und auf dem Tisch gleich daneben standen ein Keramikkrug und eine Stahlschüssel. Dies waren die einzigen Einrichtungsgegenstände. Er drehte sich um. Die Tür war aus massivem Holz und hatte auf Augenhöhe einen Spion. Die Wände waren frisch geweißelt. Der Boden war gefliest.
Hätte er für einen Gefangenen, wie er selbst jetzt einer war, eine Haftzelle entwerfen müssen, so wäre der Raum ganz sicher sehr ähnlich ausgefallen. Der ganze Ablauf der Entführung, die Verweigerung jeglicher Kommunikation, die Zelle – so ähnlich hätte er eine derartige Aktion wahrscheinlich auch durchgeführt. Mattie Furniss, Ressortleiter im Century und langjähriger Mitarbeiter des britischen Geheimdienstes, war ein Profi, und so blieb ihm auch die Professionalität seiner Entführer nicht verborgen.
Er setzte sich auf das Bett. Er massierte seine Knöchel und Handgelenke. Er ging noch einmal seine Legende durch. Seine Legende war sein einziger Schutz.

Der Premierminister saß wie versteinert auf seinem Stuhl. Der Kaffee war noch unberührt, die Toaststücke waren inzwischen kalt geworden.
»Und er ist einfach so vom Erdboden verschwunden?«
»Nicht einfach so verschwunden, Herr Premierminister, alles deutet auf eine Entführung hin.«
»Aber die Tatsache, daß er überhaupt dort unten gewesen ist, bedeutet doch, daß er eher ein kleines Licht ist ...?«
»Nein, im Gegenteil – Furniss ist für unsere Operationen von ungeheurer Wichtigkeit.«
»Dann hätten Sie vielleicht die Freundlichkeit, mir zu erklären, was er dort unten so ganz alleine macht – er war doch allein? Sie haben bei diesem allem Anschein nach riskanten Unternehmen doch hoffentlich nicht ein ganzes Ressort aufs Spiel gesetzt?«
»Schon sehr bald nach meinem Amtsantritt, Herr Premier-

minister, hat sich bei mir der Eindruck verfestigt, daß die Leistungen der Iran-Abteilung in letzter Zeit nicht mehr unseren Erwartungen entsprachen. Ich habe deshalb von Anfang an versucht, das Ressort wieder auf Trab zu bringen. Ich erklärte Mattie Furniss, der übrigens ein hervorragender Diener unseres Landes ist, was mir vorschwebte. Ganz offensichtlich bewegen sich die Dinge im Iran auf eine Entscheidung zu. Wir müssen wissen, und zwar sehr genau, wer demnächst an der Spitze des neuen Iran stehen wird. Wir sprechen hier nämlich von einer durchaus hochentwickelten regionalen Supermacht, von einem Land, das über riesige Ölreserven verfügt und in der Lage ist, vielleicht mit Ausnahme des Irak, jeden kleinen Staat in seiner Nachbarschaft zu destabilisieren. Wir haben beträchtliche finanzielle Interessen in den Golfstaaten, in Kuwait und Saudi-Arabien. Und genau diese Interessen stehen in dem fast schon offen geführten Machtkampf zwischen den Gemäßigten und den Radikalen in Teheran auf dem Spiel. Die amerikanische Regierung hat in diesem Kampf schon eindeutig Stellung bezogen, aber auch wenn wir eine zurückhaltendere Politik betreiben, sollten wir wenigstens wissen, was uns erwartet – jedenfalls soweit sich das heute überblicken läßt. Denn sollte die radikale Partei gewinnen, dann können wir Milliardensummen abschreiben, die wir in dieser Region investiert haben, und einen Markt werden wir dann dort ohnehin nicht mehr haben. Immerhin geht es hier um den Zusammenbruch eines unserer größten Auslandsmärkte überhaupt und um den drohenden Verlust zahlloser Arbeitsplätze, auf den wir uns gefaßt machen müssen, falls die Radikalen sich durchsetzen und weiterhin ihre Revolution samt ihrem islamischen Fundamentalismus exportieren.«

»Ich habe Sie nicht um ein außenpolitisches Grundsatzreferat gebeten, Herr Präsident. Ich möchte nur wissen, warum zum Teufel Ihr offenbar hochgestellter Mitarbeiter so ganz allein in dieser gefährlichen Weltgegend herumgondelt.«

»Ich habe Furniss in die Golfregion und die Türkei geschickt ...«
»*Sie* haben diese Entscheidung getroffen?«
»Ja, er sollte dort unsere Beobachter besuchen und auch mit einigen der wichtigsten operativen Agenten zusammentreffen, die für uns im Iran tätig sind.«
»Soweit ich weiß, steht diese Entscheidung in eklatantem Widerspruch zu allen bei Century üblichen Gepflogenheiten. Ist das der neue Besen, mit dem Sie den Laden auskehren möchten, Herr Präsident?«
»Er sollte unseren Mitarbeitern, die uns tagtäglich mit Nachrichten aus dem Iran versorgen, genau erklären, worauf es uns ankommt.«
»... uns mit Nachrichten versorgen. Ja gut, Sie haben zwar nicht viele Worte darüber verloren, aber offenbar haben wir jeden Grund anzunehmen, daß es Mr. Furniss augenblicklich weniger mit Nachrichten aus dem Iran als mit dem iranischen Nachrichtendienst zu tun hat.«
»Ich wage kaum daran zu denken, Herr Premierminister.«
»Sie haben ihn losgeschickt, und deshalb würde ich Ihnen empfehlen, sogar sehr scharf nachzudenken. Sie spielen da ein riskantes Spiel, Herr Präsident. Lassen Sie allen Ihren Mitarbeitern, bevor Sie sie ins Ausland senden, vielleicht auch noch einen Union Jack auf die Brusttasche nähen? Steht in seinem Paß vielleicht sogar schwarz auf weiß ›Iran-Ressort, Century‹?«
Der Präsident sah den Premierminister an und erwiderte: »Natürlich reist er unter einer bis ins letzte ausgeklügelten falschen Identität. Er ist Archäologe, sogar ein sehr angesehener, glaub' ich – ein Experte für frühe ostkleinasiatische Kulturen.«
»Ich hoffe, Sie haben recht, aber Archäologen werden gewöhnlich nicht eine Autostunde von der iranischen Grenze entfernt vom Erdboden verschluckt. Oder ist das häufiger der Fall, Herr Präsident? Ich kenne mich mit Archäologen nicht

sonderlich aus, aber ich habe den Eindruck, daß Furniss enttarnt worden ist, wie Sie es wohl nennen, und zwar schon lange bevor er auch nur einen Fuß auf türkisches Territorium gesetzt hat. Schließlich muß sich doch jeder halbwegs intelligente Mensch fragen, warum sich ein angeblicher Spezialist für die Kulturen Ostkleinasiens tagelang ausgerechnet in der Golfregion herumtreibt. Und sollte er jetzt tatsächlich im Iran sein und sollten sie ihn zudem enttarnt haben, dann muß er sich auf einiges gefaßt machen, nicht wahr?«

»So ist es, Herr Premierminister.«

»Besten Dank, Herr Präsident. Ich glaube, das ist erst einmal genug Aufregung für den heutigen Morgen. Halten Sie mich bitte auf dem laufenden und seien Sie so gut und verzichten Sie auf den Versuch, ihn von einem israelischen Schnüfflerteam im Iran aufspüren zu lassen. Ich habe den Eindruck, daß Sie auch so bereits genügend Porzellan zerschlagen haben.«

Der Präsident verließ das Zimmer. Er fuhr mit dem Aufzug ins Erdgeschoß. Draußen auf dem Gehsteig zwischen der Eingangstür und seinem Wagen schnappte er nach Luft. Furniss mußte wahnsinnig geworden sein. Und er würde dafür weiß Gott einen hohen Preis zu bezahlen haben und mit ihm noch eine ganze Reihe anderer Leute.

Der Wagen fuhr durch die kleine Gasse davon. Harriet Furniss blickte ihm nach. Es war windig, im Radio hatten sie ein Gewitter angesagt. Die Blüten würden also wohl nicht mehr lange an den Bäumen bleiben. Er war sehr nett zu ihr gewesen, der junge Mann, und er hatte mindestens dreimal betont, daß der Präsident persönlich ihn geschickt habe. Nicht daß es viel zählte, ob der junge Mann freundlich oder unfreundlich war; am Inhalt der Nachricht änderte das nichts.

Mattie wurde also vermißt. Und alles sprach dafür, daß er entführt worden war. Wie erbärmlich! Jede Frau hätte Century besser leiten und noch nebenbei ihren Haushalt führen

können. Sie war sich jeder ihrer Bewegungen deutlich bewußt. Sie ließ sich wieder auf ihr Kniekissen nieder und fuhr fort, das Unkraut aus dem Beet zu entfernen, an dem sie sich gerade zu schaffen gemacht hatte, als der junge Mann eingetroffen war. Es war auffallend, wieviel Vogelkraut es dieses Jahr gab ... Sie war wie betäubt, aber sie arbeitete weiter, mechanisch, ohne zu denken ... Sie weinte leise. Sie liebte den Mann. Sie liebte Matties Ruhe, Freundlichkeit und Geduld, und sie schätzte seine Liebenswürdigkeit. Nein, er war nicht so gebildet wie sie. Nein, im Gegensatz zu ihr konnte er nicht malen. Auch bedeuteten ihm das Theater und die Musik nicht soviel wie ihr und den Mädchen, aber sie liebte seine unerschütterliche Stärke. Mit diesem Mann hatte sie ihr gesamtes Leben als erwachsene Frau verbracht. Sie konnte sich nicht erinnern, wann er das letztemal ihr gegenüber laut geworden war ... Diese Idioten in London!
Sie verbrachte den ganzen Morgen auf den Knien. Am Ende stand eine Schubkarre voll Unkraut neben ihr. Den ganzen Morgen vergoß sie Bäche von Tränen.

Von der Auffahrt des Hotels aus ging Khalil Araqi etwa zweihundert Meter zu Fuß weiter; dann hielt er ein Taxi an und erkundigte sich nach der nächsten McDonald's-Niederlassung. Danach kehrte er um, ging zum Haymarket hinüber und schlenderte die Regent Street entlang. Ein unbeteiligter Beobachter hätte wahrscheinlich nur bemerkt, daß er auffallend lange in die Auslagen der Geschäfte starrte. Auf diese Weise – indem er in kurzen Abständen vor Schaufenstern und in Ladeneingängen verweilte – konnte er immer wieder überprüfen, ob er beschattet wurde. Er hielt sich genau an die Anweisungen, die man ihm in Teheran erteilt hatte. Eigentlich rechnete er nicht damit, beschattet zu werden, und er konnte auch keinen Verfolger entdecken. Nachdem er Ecke Brook und Bond Street drei, vier Minuten auf dem Gehsteig gewartet hatte, hielt neben ihm plötzlich ein Wagen, in den er einstieg. Der Englischstudent fuhr ihn erst in südlicher und dann in westlicher Richtung durch die ganze Innenstadt. Araqi war auch schon früher in London gewesen, aber das war schon viele Jahre her. Er sah sich um. Er war in bester Stimmung. Er war fest davon überzeugt, daß seine Mission optimal vorbereitet war.

Sie hielten ein paar hundert Meter von der kleinen Sackgasse entfernt.

Während Araqi die Straße hinunterging, folgte ihm der Student in großem Abstand langsam mit dem Wagen. Am Eingang der Sackgasse befand sich eine Art Torbogen, und Araqi blickte nach oben, um die Lichtverhältnisse abzuschätzen, die abends auf der gepflasterten Straße herrschten. Dann schritt er rasch die ganze Länge der kurzen Straße ab, wobei er auf der rechten Seite blieb und Abstand zu einem BMW der 5er Serie hielt. Vor jeder der in leuchtenden Farben gehaltenen Türen parkten Autos.

Er war zufrieden.

Als der Wagen etwa zehn Gehminuten vom Hotel entfernt wieder anhielt, überreichte der Student Araqi ein in braunes Packpapier eingewickeltes Paket. Der Student wußte nicht, was sich in dem Paket befand. Und er wußte auch nicht, daß ein Kurier aus Westdeutschland damit am Vorabend in Felixstowe an Land gegangen war.

Araqi sagte dem Studenten, um welche Zeit er abends vor der Garage in der Park Lane abgeholt werden wollte. Die restlichen Stunden des Tages verbrachte er damit, eine Zündvorrichtung zusammenzubauen, die ein Kilo Sprengstoff zur Explosion bringen sollte.

Der persönliche Referent stand direkt vor dem Schreibtisch. »Ich hoffe, Sie werden sich nicht an dem Überbringer der Nachricht rächen, Sir?«

Der Präsident seufzte, sein Kopf sank nach vorne. »Schon raus damit.«

»Soeben ist Mr. Furniss' Tasche aus der Türkei hier eingetroffen – samt dem ganzen Krempel, den unser Sektionsleiter aus Ankara in Matties Hotel eingesammelt hat. Bei den Sachen befindet sich auch ein Bericht, aus dem ich nicht recht klug geworden bin, den Miss Duggan aber für Sie getippt hat. Sie sollten ihn, glaube ich, lesen ... Aber leider kommt's noch dicker. Mr. Furniss' Paß ist auch bei den Sachen – das heißt der Paß mit dem Mädchennamen seiner Frau. Es sieht also ganz so aus, als hätte Mr. Furniss kein Dokument bei sich, mit dem er seine Legende einigermaßen stützen könnte.«

»Das hat gerade noch gefehlt.«

Der Präsident hatte ein halbes Leben lang zusammen mit Benjamin Houghtons Vater im Außen- und Commonwealth-Ministerium gedient. Er und Houghtons Vater waren alte Golfpartner, und sie hatten sogar einmal um dasselbe Mädchen geworben, jedoch beide einen Korb bekommen. Als er seinen Job im Century angetreten hatte, war es deshalb eine seiner ersten Amtshandlungen gewesen, den jungen Benjamin zu seinem persönlichen Referenten zu ernennen. Der Junge war schlau und souverän und sehr tüchtig. Ganz sicher hatte er eine steile Karriere vor sich, wenn er kein dummes Zeug anstellte.

»Ich wollte Sie nur davon in Kenntnis setzen, Sir.«

Und schon war Houghton wieder verschwunden, fast unverschämt eilig. Genauso war es nach dem Treffen mit dem Vizepräsidenten und den Ressortleitern gewesen. Sie alle hatten sich unverschämt distanziert verhalten und waren sehr auf Abstand bedacht gewesen. Hosenscheißer.

Der Präsident vertiefte sich nun in Furniss' Bericht, der offenbar auf den Beobachtungen eines mit den Vorgängen im Iran außerordentlich gut vertrauten Agenten beruhte. Außerdem handelte es sich um brandaktuelle Informationen. Keine Wortklingelei, sondern gute, prägnante Auskünfte. Sein PR meldete sich am Telefon. Für zwei Uhr war ein Treffen mit dem ständigen Unterstaatssekretär im Außen- und Commonwealth-Ministerium angesetzt. Um drei ein Termin beim Geheimdienstausschuß. Um vier eine Sitzung des hausinternen Krisenstabs, bei der man möglicherweise über Telefax mit Ankara verbunden sein würde. Um sechs erwartete der Premierminister persönlich den Präsidenten.

»Soll ich Ihre Ballettkarten vielleicht zur Verlosung freigeben, Sir?«

»Nein. Verdammt noch mal. Rufen Sie Angela an, und sagen Sie ihr, sie soll eines der Kinder mitnehmen. Und falls Sie für heute abend etwas geplant haben, dann können Sie es auch gleich absagen.«

Er bemerkte nicht den Bauwagen, der gegenüber dem Apartmenthaus gleich neben dem Spielplatz geparkt war. Er blickte zu den Fenstern der Wohnung hinauf. Obwohl an diesem Morgen der Himmel bewölkt und diesig war, war dort oben alles dunkel. Eigentlich hätte um diese Zeit in der Wohnung Licht sein müssen. Er wußte, daß die Kinder nicht die Vorschule besuchten, und er wußte, daß sich die Familie morgens um diese Zeit gewöhnlich in der Wohnung aufhielt.

Er hörte weder das Klicken der Kamera noch Harlechs Stimme, die flüsternd über ein kleines Mikrophon die Ankunft von Tango eins meldete. Das Klicken der Kamera und die flüsternde Stimme hätte Charlie nur wahrnehmen können, wenn er sich ganz in der Nähe des schmuddeligen Bauwagens befunden hätte. Charlie stand mitten auf dem Spielplatz. Um ihn herum waren einige Kinder damit beschäftigt, im Sand zu buddeln oder zu schaukeln, während die Mütter daneben saßen, sanft ihre Kinderwagen schaukelten, sich unterhielten und an ihren Zigaretten saugten. Und dann war da noch ein Mann von der Stadtreinigung, der mit einem fahrbaren Müllkübel auf dem Spielplatz umherzog und Cola-Dosen, Zigarettenstummel und anderen Abfall einsammelte. Und schließlich war auf dem Gelände

noch ein Fußballspiel im Gang; um das Tor zu markieren, hatten die ganz in das Spiel vertieften kleinen Bolzer einfach ein paar Äste von den jungen Bäumen abgerissen und in den Boden gesteckt.
Er stieg die Betontreppe bis zum dritten Stock hinauf. Er sah den Balken, der über die Wohnungstür genagelt worden war. Er rannte die Stufen wieder hinunter und bemühte sich, die in ihm aufsteigende Panik niederzukämpfen. Er konnte auf dem Grundstück nichts Auffälliges entdecken. Die jungen Mütter bliesen ihren Säuglingen den Zigarettenrauch ins Gesicht, der Mann von der Stadtreinigung ging weiter seiner Sisyphusarbeit nach, die Kinder spielten wie immer und überall Fußball. Aber über die Tür von Leroy Winston Manvers' Wohnung war ein Balken genagelt worden. Er war unschlüssig, was er tun sollte. Im Iran, seiner Heimat, war er mit einer schallgedämpften Pistole einfach auf die zwei Wachen zugegangen und hatte den Scharfrichter von Täbris verfolgt, doch niemals war eine solche Angst in ihm aufgestiegen. Dort war er zu Hause. Das Grundstück in Westlondon, auf dem er sich gerade befand, war hingegen fremdes Territorium.
Er sah sich um. Da waren die geparkten Autos und ein Bauwagen und die Leute ... alles genau so, wie man sich die Umgebung eines Wohnblocks an einem grauen Morgen vorstellt.
Er gab sich einen Ruck. Er ging auf eine Gruppe junger Mütter zu. Er wies zu der unbeleuchteten Wohnung hinauf.
Prusten und gellendes Gelächter. Diese Frauen wären ganz gewiß auch bei einer öffentlichen Hinrichtung in Täbris in vorderster Front dabeigewesen.
»Den ham se hopsgenommen. Der ist in den Bau eingefahren, den sehen wir hier nicht wieder.«
Charlie war wie vom Donner gerührt. Er hatte Mühe, die Fassung zu bewahren. Er drehte sich um und ging davon, während sich hinter ihm die Frauen vor Lachen bogen.

Als die Mütter eine halbe Stunde später ihre Kleinen wieder eingesammelt und sich verzogen hatten, fuhr auch der Bauwagen gemächlich davon.

»Ganz sicher wird er den Stoff nicht einfach irgendwo vergraben. Der sucht sich einen neuen Dealer. Der sitzt doch auf einem Geldsack. Und deshalb wird er versuchen, das Zeug woanders abzustoßen.«
Auch Parrish war dieser Meinung. Er fand, daß Wächter seine Sache gut machte.
»Und wo ist er jetzt?« fragte Parrish.
»Irgendwo in der Kensington High Street. Er sitzt ganz schön in der Scheiße. Harlech meint, er sieht ziemlich fertig aus. Augenblicklich hält er sich gerade in einem Laden auf, der als Import-Export firmiert. Mehr wissen wir noch nicht.«
»Alle Achtung, Wächter.«
Park grinste. »Für den Augenblick nicht schlecht, aber wir sind ja erst am Anfang.«
»Nach Mitteilung des Innenministeriums brauchen Staatenlose einen Bürgen.«
»Gute Nachricht, Bill.«
»Wär' allerdings gar nicht gut, wenn ihr den Stoff aus den Augen verliert. Verstanden? Das wär' überhaupt nicht gut.«
Der Stoff mußte noch immer in der Wohnung in der Beaufort Street sein, davon war Park felsenfest überzeugt. Die rückwärtige Plane des Suzuki war zurückgeschlagen, und vorne in der Fahrerkabine war der Stoff auch nicht. Der Wohnblock wurde sowohl auf der Straßen- als auch auf der Rückseite rund um die Uhr bewacht. Und bei seinen Fahrten mit dem Jeep wurde Eshraq sorgfältig beschattet, so auch als er an diesem Morgen losgefahren war und in einem Feinkostladen Torte gegessen und Kaffee getrunken hatte.
Park wollte als nächstes im Innenministerium vorsprechen, während Parrish die Funkverbindungen koordinierte. So hat-

te Parrish es am liebsten – allein mit der Sekretärin und einem Verwaltungsassistenten in der Lane rumsitzen und sich von ihnen verwöhnen und mit Kaffee abfüllen lassen, während die jungen Helden draußen die Arbeit machten. Es mußte schon einiges passieren, bevor der gute alte Parrish auf Touren kam, erst wenn seine ganze Meute unterwegs war, kam er so richtig in Stimmung.
An diesem Morgen war er blendender Laune. Er tippte auf seiner Maschine im Zweifingersystem den Bericht für den Stellvertretenden. Natürlich war er aufgeregt. War ja schließlich ein verdammtes Risiko gewesen, Eshraq mit dem Stoff laufenzulassen.

»Sehr freundlich von Ihnen, vielen Dank.«
»Keine Ursache.«
Mahmud Shabro begleitete Charlie durch das Vorzimmer. Er war nicht von gestern; er sah genau, wie seine neue Sekretärin von ihrem Schreibtisch aus den Jungen anschaute. Und er sah die Andeutung des Lächelns auf Charlies Lippen, während sie zur Eingangstür gingen.
»Grüß Jamil herzlich von mir.«
»Mach' ich, Mr. Shabro. Ich seh' ihn morgen, wenn er Zeit hat.«
Shabro hatte nicht gefragt, was Charlie von seinem Bruder wollte, zu dem er wegen seiner undurchsichtigen Geschäfte und seiner politischen Aktivitäten ein distanziertes Verhältnis hatte.
»Paß auf dich auf, mein Junge.«
Die Eingangstür schloß sich hinter Charlie. Shabro blieb noch einen Augenblick im Vorzimmer stehen.
»Ich hab' das Gefühl, Sie sind enttäuscht von Charlie, meine Liebe.«
Sie zuckte mit den Achseln. »Jedenfalls hätte er anrufen können.«
»Er hätte anrufen müssen.«

»Ich meine ... schließlich gehe ich nicht mit jedem aus. Ich bin nicht so eine ...«
Sie war sehr tüchtig, und allmählich kapierte sie auch, worauf es bei seiner Arbeit ankam. Er wollte Polly Venables behalten.
Er fand es seltsam, daß Charlie unbedingt mit seinem Bruder reden wollte. Sein Bruder war politisch aktiv, und sein Geld stammte aus dunklen Kanälen. Trotzdem hatte er die Begegnung arrangiert.
»Es wäre nicht sehr klug von Ihnen, Polly, wenn Sie sich wegen Charlie zu viele Gedanken machen.«

Park trat aus dem Gebäude des Innenministeriums wieder ins Freie.
Er hatte nur eine Stunde gebraucht. In seiner Mappe hatte er die Fotokopie des Antrags auf einen Staatenlosenausweis.
Der Antragsteller war ein gewisser Charles Eshraq, ein iranischer Flüchtling.
Der Name des Bürgen lautete Matthew Furniss, Mitarbeiter des Außen- und Commonwealth-Ministeriums.

9. Kapitel

»Guten Morgen, Mr. Furniss.« Die Stimme klang wie ein säuselnder Windhauch, ein Blätterrascheln.

Mattie erhob sich von dem gefliesten Boden. Er machte gerade seine Liegestütze.

»Es ist immer gut, etwas für die Gesundheit zu tun, Mr. Furniss.«

Seine Jacke und sein Hemd lagen auf dem Bett, seine Schuhe hatte er ordentlich unter das Bett geschoben. Er schwitzte in seinem Unterhemd, und sein Haar war zerzaust. Natürlich hatten sie ihn durch den Spion in der Tür beobachtet. Sie hatten gewartet, bis er sich für seine Übungen entkleidet hatte, und dann waren sie hereingekommen. In der Sperrholzblende vor dem Fenster waren einige kleine Löcher, und er wußte bereits seit einigen Stunden, daß es Tag war. Allerdings hatte er keine genaue Zeitorientierung mehr, denn die Uhr hatten sie ihm bereits abgenommen, als er noch halb bewußtlos auf dem Lieferwagen gelegen hatte. Soweit er sich erinnerte, hatte er stundenlang auf dem Bett gesessen, zwischendurch hatte er sich hingelegt und zu schlafen versucht und auf ihr Kommen gewartet. Schließlich hatte er beschlossen, seine Übungen zu machen. Natürlich hatten sie ihn die ganze Zeit beobachtet.

»Es ist mir eine außerordentliche Freude, Sie kennenzulernen, Mr. Furniss.«

Mattie sprach fließend Farsi, aber der Mann beherrschte ein fast akzentfreies Englisch.

Er rappelte sich auf und rang nach Atem. Gerne wäre er mitten im Raum aufrecht stehengeblieben, aber seine Muskeln waren zu schwach, und er bekam kaum Luft. Er setzte sich auf das Bett und zog das Hemd über seine Schultern.

»Und mit wem habe ich das Vergnügen ...?«

»Ich führe in Ihrem Fall die Ermittlungen, Mr. Furniss.«

»Haben Sie vielleicht einen Namen? Meines Wissens gebietet es die Höflichkeit auch heute noch, daß man sich vorstellt. Übrigens verrate ich Ihnen auch gerne, wie ich heiße. Ich bin nämlich nicht Ihr Mr. Furniss. Ich verfüge auch über keine Kenntnisse, die für Sie von Bedeutung sein könnten. Ich bin Dr. Owens von der Universität London, und ich bestehe darauf, daß Sie mich unverzüglich auf freien Fuß setzen und zu meinem Hotel zurückbringen. Ich habe bereits genug Zeit verloren.«

»Verzeihung.«

Der Mann glitt durch den Raum, beugte sich neben Mattie nieder, entfernte sachkundig die Schnürsenkel aus seinen Schuhen und steckte sie in die Tasche, dann griff er an Matties Taille, öffnete den Gürtel und zog ihn aus den Schlaufen. In seinen braunen Augen lag ein Anflug von Bekümmernis. Mattie begriff. Sein Gegenüber war nicht etwa bekümmert, weil er den Gefangenen der Schnürsenkel und des Gürtels berauben mußte, nein, der Mann war irritiert, daß dies nicht schon längst geschehen war.

Es war das erstemal seit seiner Gefangennahme, daß jemand mit ihm sprach. Das Tablett, auf dem man ihm etwas zu essen gebracht hatte, stand auf dem Boden neben seinen Schuhen. Keiner der Männer, die das Essen gebracht hatten, hatte auch nur ein Wort gesagt. Die Tür war aufgeschlossen worden, und dann hatte ein Mann, hinter dem noch ein zweiter stand, das Tablett in den Raum geschoben.

Genauso hätte sich auch Mattie im umgekehrten Fall verhalten.

Er hatte sein Hemd inzwischen zugeknöpft und war in die Schuhe gestiegen. Er glättete sein Haar.
Er war ein wenig überrascht, daß der Ermittler weder Anzug noch Krawatte trug. Er bemerkte die verwaschenen amerikanischen Jeans und das lange Hemd, das lose über der Hose hing. Er sah die Sandalen, die nackten Füße. Auch der kurze Bürstenschnitt des Mannes fiel ihm jetzt auf. Nach seiner Schätzung war der Mann ein bißchen jünger als er selbst, die graumelierten Schläfen des anderen waren ihm ebenso aufgefallen wie die Sorgenfalten unter den Augen. Ziemlich schreckliche Augen. Völlig leblose Augen.
»Vielleicht sollte ich Ihnen eines noch erklären, Mr. Furniss. Sie befinden sich hier in der Islamischen Republik Iran. Für die gegen Amerika, die Zionisten und die britischen Neokolonialisten kämpfenden Volksmassen unseres Landes sind Sie von großer Bedeutung. Deshalb sind Sie hier.«
Er richtete sich im Sitzen auf und atmete tief ein. »Ich bin Archäologe, ich bin für niemanden von besonderer Bedeutung, und ganz sicher habe ich mit etwaigen britischen Neokolonialisten nichts zu schaffen.«
Die Worte hingen in der Luft und verhallten dann. Mattie sah, wie sich der Mund des Ermittlers zu einem Lächeln verzog, aber die Augen blieben völlig ausdruckslos. Der Mann schwieg.
»Ich kann nur vermuten, daß Sie oder Ihre Auftraggeber einen Fehler begangen haben, dessen Opfer ich geworden bin. Wenn ein Wissenschaftler nicht einmal mehr in Ruhe seiner Arbeit nachgehen kann, dann ist es um die Welt schlecht bestellt. Ich habe mein gesamtes Erwachsenenleben der Erforschung der Urartäer gewidmet, ihrer Kultur, ihrer Architektur, ihrem Verschwinden aus der Weltgeschichte. Sie haben doch Leute in London, wie ich annehme. Sie können sich die Richtigkeit meiner Aussage gern vom Kurator der Abteilung ›Nahöstliche Vor- und Frühgeschichte‹ am Britischen Museum bestätigen lassen.«

»Zweifellos, Mr. Furniss.«
Das Lächeln war aus dem Gesicht des Ermittlers verschwunden.
»Ich wäre Ihnen sehr verbunden, wenn Sie entsprechende Nachforschungen so rasch wie möglich anstellen würden, damit diese Farce bald ein Ende findet. Ich habe weder gegen das iranische Volk noch gegen seine Revolution irgendwelche Vorbehalte. Ich bin kein Politiker, ich bin Wissenschaftler. Meine ganze Arbeit dient lediglich der historischen Forschung, und bevor ich endgültig die Geduld verliere, möchte ich Sie noch einmal bitten, sich einzuprägen, daß ich O.W.E.N.S. heiße, Owens. Ganz offensichtlich verwechseln Sie mich mit jemandem.«
»Mr. Furniss, ich bin heute morgen hierhergekommen, um mich zu vergewissern, daß es Ihnen gutgeht und daß Sie unverletzt sind. Ich bin nicht hierhergekommen, um mir Ihre Legende in allen Einzelheiten anzuhören.«
»Legende ... das ist ja lachhaft. Lassen Sie mich jetzt in Ruhe. Mir reicht's. Gehen Sie und machen Sie sich kundig, bevor Sie in ernste Schwierigkeiten geraten.«
»Mr. Furniss, im Laufe des Tages werden Sie einige Blatt Papier und einen Stift erhalten. Dann können Sie die Gründe aufschreiben, die Sie ausgerechnet in den Teil der Türkei geführt haben, der an unser Land grenzt. Und ich möchte Sie bitten, sich in Ihrem Bericht genau zu fassen.«
»Nichts lieber als das. Aber sobald ich diesen detaillierten Bericht abgeschlossen habe, erwarte ich von Ihnen, daß Sie wieder hier erscheinen und sich entschuldigen. Und ich warne Sie, ich werde in dieser Sache bei der britischen Botschaft in Ankara vorstellig werden – Entschuldigung hin oder her.«
Die braunen Augen blickten Mattie an, schienen ihn abzuschätzen, zu erforschen. Als der Ermittler dann sprach, klang seine Stimme noch leiser als zuvor.
»Mr. Furniss, nur um Ihrem Gedächtnis aufzuhelfen: Sie waren zwischen 1975 und 1978 als Repräsentant des briti-

schen Geheimdiensts Sektionsleiter hier in Teheran. An einem Februartag des Jahres 1976, und zwar am Morgen, kamen Sie, wie ich mich erinnere, ins Hauptquartier des SAVAK. Ich kann mich deshalb so genau daran erinnern, weil ich Ihnen und dem Beamten, mit dem Sie damals gesprochen haben, den Kaffee serviert habe … An eine Unterhaltung über urartäische Festungen kann ich mich allerdings nicht entsinnen.«

Volltreffer. »Ich fürchte, es muß sich um eine Verwechslung handeln.«

»Ich rate Ihnen, sobald Sie das Papier in den Händen haben, einen genauen Bericht über Ihre Aktivitäten zu verfassen, Mr. Furniss.«

Mattie ließ den Kopf sinken. Er hörte, wie die Sandalen auf dem Fliesenboden davonschlurften, wie die Tür geöffnet und der Schlüssel herumgedreht wurde.

Ein blasser, sehniger Körper. Park trug grundsätzlich kein Unterhemd. In der Kommode zu Hause lagen noch immer unbenutzte Unterhemden, die Ann ihm im ersten Winterschlußverkauf nach ihrer Hochzeit gekauft hatte. Die Mädchen in dem vom April-Team okkupierten Großraumbüro sahen nicht einmal auf, keine von ihnen interessierte sich für den gefühlskalten Park, und außerdem waren sie an den Anblick von Männern mit bloßem Oberkörper gewöhnt, die die Weste mit den Taschen für die Funkgeräte anlegten. Auch eine .38er Smith & Wesson hätte in der Weste noch Platz gehabt, aber die Männer von der Zollfahndung trugen grundsätzlich keine Kanonen. Falls sie das Gefühl hatten, auf Waffenschutz nicht verzichten zu können, beantragten sie ein paar Polizeischützen. Park hatte das Mikrophon an einer Kordel um den Hals gehängt, schlüpfte nun wieder in sein Hemd und schob sich den kleinen Empfängerknopf in das Ohr.

An diesem Morgen standen zwei Pkws und ein Lieferwagen

bereit, die Tango eins überallhin folgen sollten. Allerdings war die Kupplung des Lieferwagens miserabel, so daß dieser mit den Pkws kaum mithalten konnte, aber irgendwann würde er schon am gewünschten Ort eintreffen. Athens sollte die Pentax mit der 500-Millimeter-Linse bedienen und sämtliche Situationen und Motive, die Wächter für wichtig hielt, auf Zelluloid bannen.

Parrish trat aus seinem Büro.

»Ist er immer noch in seiner Bude?«

»Er hat auswärts gefrühstückt und ist dann wieder nach Hause gegangen ... Wir werden ungefähr in 'ner halben Stunde dort sein.«

»Irgendwelche Telefongespräche?«

»Hat das Telefon nicht angerührt.«

»Gibt's neue Erkenntnisse über seinen Werdegang?«

»Ich werd' den halben Tag in dem Lieferwagen hocken, dann ist Harlech dran. Anschließend nehm' ich mir mal die Kollegen vom Außen- und Commonwealth-Ministerium zur Brust.«

»Ah ja, die Elite der Nation«, sagte Parrish.

Park grinste. Nach Parrish' Ansicht hielten sich die Typen von der Armee und vom Außenministerium für was Besseres, und die Polizei und die Zollfahndung konnten den Arsch hinhalten. Parrish würde seinen Urlaub ganz sicher nie in einem toskanischen Landhaus mit fünf Schlafzimmern verbringen, er fuhr mit dem Wohnwagen schön brav nach Salcombe. Und Park selbst leistete sich überhaupt keinen Urlaub.

»Ich hab' mich bei denen gestern abend ungemein höflich benommen. Hab' mich nach dem zuständigen Personalfritzen erkundigt und gesagt, ich müßte mit einem gewissen Mr. Furniss sprechen. Der Typ war verdammt hochnäsig, gab sich aber leutselig. Er ist rausgegangen und zwanzig Minuten später zurückgekommen, und dann hat er mich ohne viele Umstände an die frische Luft gesetzt. Kein Wort darüber, wo Furniss anzutreffen ist, er meinte nur, daß ich ihn nicht

sprechen kann. Ich hab' zwar 'n bißchen Theater gemacht, hat allerdings nichts genützt. Der hat mich angesehen, als wär' ich der letzte Dreck. Ergebnis: Heute nachmittag um vier steh' ich bei denen wieder auf der Matte. Und eins versprech' ich Ihnen, Bill, heute krieg' ich von denen eine Antwort.«
»Ich komm' mit«, erklärte Parrish.
»Haben Sie Angst, daß ich einen von denen verdresche?«
»Nein, ich möchte bloß Ihr zartes Händchen halten – nun machen Sie, daß Sie wegkommen.«
Für Parrish war seine Truppe der beste Verein der Welt, und er konnte es gar nicht ausstehen, wenn ein hergelaufener Schwachkopf im Außenministerium einen seiner Jungs wie einen Idioten behandelte. Offenbar ein interessanter Zeitgenosse, dieser Matthew Furniss, der für einen skrupellosen Heroingroßhändler als Bürge aufgetreten war.

Der Präsident ließ sich an diesem Morgen persönlich blicken. Er fühlte sich wie der Kapitän eines sturmgepeitschten Schiffes, auch wenn er sich natürlich hütete, etwas Derartiges verlauten zu lassen. Verantwortliche Führung war für ihn ein Glaubensgrundsatz, und so wanderte er durch die Korridore, fuhr mit den Aufzügen von Stockwerk zu Stockwerk und trank sogar seinen Kaffee in der Kantine. Er hatte Houghton gebeten, ihn zu begleiten und ihm bei Bedarf die Namen der einzelnen Mitarbeiter und ihre Funktion zuzuflüstern.
Das Century bestand aus mehreren Abteilungen. Und so war beispielsweise die Nordamerika-Abteilung nicht jeden Tag über die Erfolge und Mißerfolge des Osteuropa-Ressorts auf dem laufenden. Die Osteuropa-Abteilung wiederum hatte nur wenig mit dem Fernost-Ressort zu schaffen. Und normalerweise hätte sich in den übrigen Abteilungen niemand für einen Vorfall wie Mattie Furniss' Entführung interessiert. Normalerweise. Doch diesmal war alles ganz anders. Der Präsident mußte sich eingestehen, daß in dem Gebäude, dessen Leitung ihm anvertraut war, die Gerüchtebörse nur so

kochte und brodelte. Etliche Mitarbeiter fragten ihn ohne Umschweife, ob man etwas Neues über Mattie Furniss wisse und ob es wahr sei, was man über Mattie Furniss höre. Und einige besonders Hartnäckige zeigten auch keinerlei Bereitschaft, das Thema zu wechseln und sich statt über Mattie Furniss über den neuen Computer, das Cricketspiel gegen die Mannschaft des Nachrichtendiensts oder das neue Telefonsystem, das im Herbst eingebaut werden sollte, zu unterhalten. Der Präsident beschloß, es für heute genug sein zu lassen, lange bevor er in der Iran-Abteilung angelangt war.

Wieder in seinem Büro, ließ er seinen Vize rufen. Der Mann hatte mit seiner Familie gerade einen dreiwöchigen Urlaub auf den Bermudas verbracht. Die Sonne hatte seinem Gesicht jene gesunde Bräune verliehen, die ihn in Verbindung mit seinem vollen blonden Haar noch jugendlicher erscheinen ließ. Für den Präsidenten war der Posten im Century die letzte Station seiner Beamtenlaufbahn, und in den neunzehn Etagen des Gebäudes galt es allgemein für ausgemacht, daß sein Stellvertreter ihn dereinst beerben würde. Die Beziehung der beiden durch zwanzig Lebensjahre getrennten Männer konnte seit dem Amtsantritt des Präsidenten bestenfalls als gespannt bezeichnet werden, hatte sich der jetzige Vize doch ebenfalls um die Position beworben und war unter Verweis auf sein relativ jugendliches Alter knapp gescheitert. Im übrigen hielt der Vize seinen Vorgesetzten für einen Amateur und sich selbst für den eigentlichen Fachmann. Die beiden Männer arbeiteten am erfolgreichsten, wenn ihre Aufgabenfelder klar voneinander abgegrenzt waren. Aber an diesem Morgen war der Präsident überhaupt nicht streitsüchtig. Er mußte seine Handlungsfähigkeit unter Beweis stellen, immerhin sollte er am Spätnachmittag zum drittenmal innerhalb von zwei Tagen dem Premierminister Rede und Antwort stehen.

Die beiden Herren kamen überein, daß sämtliche im Iran operierenden Agenten zwar über die Situation aufgeklärt werden, doch das Land zu diesem Zeitpunkt noch nicht

verlassen sollten. Über den englischsprachigen World Service der BBC sollte die Nachricht verbreitet werden, daß der britische Archäologe Dr. Matthew Owens auf einer Forschungsreise in der nordöstlichen Türkei spurlos verschwunden sei. Das war zwar wenig genug, konnte aber unter gewissen Umständen für Mattie vielleicht von Nutzen sein. Außerdem kam man überein, daß die türkischen Behörden zum gegenwärtigen Zeitpunkt noch nicht über Matties tatsächliche Identität aufgeklärt werden sollten. Womöglich waren den zuständigen Stellen in Ankara Matties Kontakte nicht gänzlich verborgen geblieben – auf regierungsamtlicher Ebene jedenfalls brauchte über seinen Status nicht auch noch etwas verlautbart zu werden. Der Sektionsleiter in Ankara sollte an Ort und Stelle bleiben; den CIA wollte man vorläufig noch nicht über den Vorgang informieren; der Krisenstab des Hauses mußte in ständiger Alarmbereitschaft gehalten werden. Die Iran-Abteilung wurde bis auf weiteres dem Vize unterstellt. Der Präsident wollte einen hohen Beamten nach Ankara schicken, der gemeinsam mit dem dortigen Sektionsleiter einen detaillierten Bericht über Furniss' Türkei-Aufenthalt erstellen sollte.
Ziemlich dürftig, was sie dem Premierminister bisher anzubieten hatten – aber solange sie nicht den geringsten Hinweis auf Mattie Furniss' Entführer in den Händen hielten, gab es nichts Sinnvolles, was sie sonst noch hätten veranlassen können.
Der Präsident rekapitulierte noch einmal alle Maßnahmen, die sie vereinbart hatten.
»Wußten Sie eigentlich schon, daß Furniss einen neuen Agenten angeworben hat? Liefert durchaus brauchbares Material. Wir haben heute morgen versucht, im Zentralcomputer etwas über ihn in Erfahrung zu bringen. Pustekuchen. Die haben nichts – weder biographische Daten noch sonstige Hinweise. Außerordentlich seltsam. Schließlich kennt Furniss die Bestimmungen in- und auswendig ...«

»Furniss kann doch nicht mal tippen«, entgegnete der Vize kalt. »Seine PA, Flossie Duggan heißt sie, bemuttert ihn wie eine Glucke. Die tippt alles für ihn und hat ganz sicher auch die Daten des geheimnisvollen Agenten auf Diskette. Wahrscheinlich bewahrt sie die Dinger in Matties Safe auf. An der können Sie sich die Zähne ausbeißen. Aber das ist sicherlich im Moment nicht unsere Hauptsorge. Schließlich handelt es sich lediglich um einen weiteren Agenten, der in Gefahr schwebt ...«

Der Präsident schnitt ihm das Wort ab. Er hatte sich über den Tisch gebeugt.

»Was für Gerüchte kursieren eigentlich hier im Haus? Ich meine, was sagen die Leute über die Geschichte?«

»Wollen Sie das wirklich wissen?«

»Natürlich will ich das wissen.«

»Die Leute sagen, daß Mattie gegen dieses Unternehmen war, daß er zu der Reise gezwungen worden ist, daß die Sicherheit eines ranghohen Mitarbeiters unseres Hauses leichtfertig aufs Spiel gesetzt worden ist.«

»Aber das ist doch nur die eine Seite.«

Der Vize explodierte. »Verdammt noch mal, ein Mann, der soviel weiß – die werden ihn foltern, bis er alles sagt. Wenn sie damit nicht sogar schon angefangen haben. Wir können unser gesamtes Agentennetz im Iran vergessen, Mattie hat sämtliche Details im Kopf. Sie werden die Namen aus ihm herausfoltern. Wissen Sie, was das bedeutet, Herr Präsident – Folter?«

Der Präsident lehnte sich zurück, fuhr sich mit der Hand durchs Haar und sah in den grauen Morgen hinaus. »Ist er ein tapferer Mann?«

»Es geht doch dabei überhaupt nicht um Tapferkeit. Verstehen Sie das nicht? Es geht um *Folter.*«

Jemand klopfte leise an die Tür. Der Präsident wandte sich um. Bevor er noch »Ja bitte« sagen konnte, kam schon der junge Houghton hereinspaziert.

»Warum klopfen Sie denn überhaupt noch, Ben. Also, was zum Teufel ist jetzt schon wieder los?«
»Tut mir leid, daß ich störe, Sir. Es handelt sich um eine etwas seltsame Geschichte, und unsere Leute wissen nicht, wie sie sich verhalten sollen. Im Außenministerium ist gestern so ein kleiner Kretin vom Zoll aufgekreuzt, der unbedingt Matthew Furniss sprechen will.«
»*Vom Zoll?* Ganz unmöglich ... Weshalb denn um Gottes willen?«
»Der Kerl ist von der Zollfahndung, Sir. Ziemlich ernste Geschichte, glaub' ich. Die haben herausgefunden, daß Mattie für einen jungen iranischen Exilanten gebürgt hat, der jetzt in England lebt ...«
»Ja und ... hat er vergessen, seine Aufenthaltsgenehmigung verlängern zu lassen?«
Benjamin Houghton hatte mit seinen trockenen Sprüchen schon so manchen Vorgesetzten zur Weißglut gebracht. »Nein, so ernst ist es nicht, Sir. Er hat nur mit Heroin gehandelt, allem Anschein nach sogar mit ziemlich großen Mengen.«

Parrish' Stimme krächzte in Parks Ohr.
»April eins an April fünf, April eins an April fünf.«
»April fünf an April eins, bitte melden. April fünf an April eins, bitte melden.«
»Was ist los, April fünf?«
»April fünf an April eins. Hier ist es so ruhig wie auf dem Highgate-Friedhof. Tango eins ist noch in dem Haus. Alles läuft planmäßig. Wir stehen direkt an der Tordurchfahrt zu der Sackgasse und haben einen hervorragenden Blick auf die Eingangstür. Harlech ist auf der Straße und drückt der Politesse ein paar Scheine in die Hand. Das Haus hat einen Hintereingang, der auf eine kleine Straße hinausgeht. Wir haben Token dort postiert. Der Jeep von Tango eins steht hier in der Straße.«

»Klingt gut. Und jetzt noch eine kleine Überraschung für euch.«
»Schießen Sie los, April eins.«
»Also gut, April fünf ... Der 5er BMW ist auf einen gewissen Jamil Shabro zugelassen, einen gebürtigen Iraner, 57 Jahre, und ihr steht genau vor seiner Tür. Die Zulassungsstelle erteilt über das Kennzeichen keine Auskunft. Wir mußten das Polizeipräsidium bemühen. Die wollten uns anfangs ebenfalls abblitzen lassen, denn die haben den Mann – nennen wir ihn Tango vier – auf ihrer Liste von potentiellen Terroropfern.«
»Was bedeutet das?«
»Das bedeutet, daß Tango vier dem Ajatollah nicht in den Kram paßt. Wird allmählich interessant, die Sache, was? Tango vier hat von den Anti-Terror-Fritzen genaue Anweisungen bekommen, muß ständig seine Fahrtrouten wechseln und so weiter. Die sagen, Tango vier ist ’n ziemlich linker Vogel, aber er hat Mumm und macht aus seinem Herzen keine Mördergrube, wenn es um den Ajatollah geht.«
»Dann sitzen wir also in der Klemme?«
»*Sie* sitzen in der Klemme, April fünf.«

Es dauerte über eine Stunde, bis die Experten der Anti-Terror-Truppe im fünften Stock des New-Scotland-Yard-Gebäudes erfuhren, was auf dem Flughafen in Heathrow vorgefallen war.
Die IranAir-Maschine London-Teheran war an diesem Tag bereits um 11.40 Uhr abgeflogen, also vierzig Minuten vor dem planmäßigen Start. Die auf dem Flughafen stationierten uniformierten Polizisten, die sämtliche startenden und landenden Maschinen dieser Fluglinie beobachteten, erfuhren durch die britische Flughafenaufsicht von der Sache. Sie informierten das Büro der Staatssicherheitspolizei in Heathrow, wo man den Vorgang zu den Akten nahm und schließlich über eine interne Telefaxleitung die Anti-Terror-Truppe benachrichtigte.

Das Telefax landete auf dem Schreibtisch eines der dortigen Beamten. Es enthielt nichts als die dürren Fakten. Da war also ein Flugzeug ohne Rücksicht auf ein paar wütende Passagiere einfach zu früh gestartet, dachte der Beamte und grinste. Aber da er ein pflichtbewußter Mann war, rief er die Flughafenaufsicht an und fragte, ob man dort über den Grund der Flugplanänderung informiert sei.
Interne Gründe ... was denn sonst? Nein, die Maschine befinde sich bereits im französischen Luftraum.
Der Beamte eilte über den Gang zum Büro seines Vorgesetzten. »Wenn die Iraner aus ›internen Gründen‹ zu früh starten, dann heißt das für mich, daß sie jemanden ausfliegen, jemand, der Dreck am Stecken hat. Wir sitzen auf einer Bombe, Sir.«

In dem Raum hingen silbergerahmte Fotografien an den Wänden, auf denen alte Soldaten mit dem Schah der Schahs zu sehen waren. Auf dem Tisch lagen mit Goldbuchstaben bedruckte Einladungen zu Freß- und Saufgelagen, wie sie in bestimmten Exilantenkreisen üblich waren. Die Veranstalter dieser Geselligkeiten hatten es fast ausnahmslos für nötig befunden, die Einladungskarten mit einer Aufzählung ihrer sämtlichen Würden und Titel zu versehen. Auf einem Beistelltisch aus Walnußholz lagen in Kalbsleder gebundene Ausgaben persischer Dichter. Wäre das auf die Sackgasse hinausgehende Panoramafenster nicht gewesen, das fast vom Boden bis zur Decke reichte, hätte der Raum sich auch in einem Haus im Norden Teherans befinden können.
Die Tochter hörte einen Stock höher Popmusik, wie Charlie unschwer an dem dumpf-hämmernden Rhythmus erkennen konnte. Die Gattin ging ihrer Lieblingsbeschäftigung nach, dem Einkaufen. Charlie war mit Jamil Shabro allein in dem Wohnzimmer.
»Weshalb bittest du mich darum, Charlie?«
»Ist das wichtig?«

»Ja, zum Teufel noch mal. Ich soll dir einen Kontakt machen, und ich will wissen, warum.«
»Ist doch klar. Ich hab' Stoff, und den will ich verkaufen.«
»Werd nicht unverschämt, mein Junge. Warum?«
»Weshalb verhökert man das Zeug schon? Wegen Geld.«
»Und was willst du mit dem Geld anstellen?«
»Ich denke, das ist meine Sache, Mr. Shabro.«
»Irrtum. Du kreuzt hier auf und ziehst mich da mit rein, und ich hänge mit in der Sache, wenn ich dich zu einem Dealer schicke. Ich bin doch kein Idiot. Entweder du beantwortest mir ein paar Fragen, oder du kannst gleich wieder abziehen.«
»Also dann. Was wollen Sie hören?«
»Charlie ... Du bist ein netter Junge, und ich habe deinen Vater gekannt. Wenn mir jemand erzählt hätte, daß du anfangen würdest, Heroin zu verscherbeln, und schließlich bei einem alten Gauner wie mir landen würdest, hätte ich bloß gelacht. Aber jetzt bist du hier, und der alte Gauner möchte wissen, wozu du das Geld brauchst.«
»Für ein paar Panzerfäuste.«
Er sah, wie Jamil Shabro die Kinnlade herunterfiel.
»Nur so kann ich die Schweine kaltmachen, die meine Familie ermordet haben.«
Er sah, wie sich die Augen seines Gegenübers weiteten.
»Als ich letzte und vorletzte Woche im Iran war, hab' ich den Scharfrichter von Täbris getötet. Und bei meinem vorletzten Besuch hab' ich zwei Wächter getötet. Aber da ist noch eine Rechnung zu begleichen.«
Er sah, wie das Blut aus Jamil Shabros Wangen wich.
»Sobald ich das Geld habe und die Panzerfäuste, geh' ich wieder in den Iran und werde mein Leben der Zukunft meines Landes widmen.«
»Charlie, du mußt in den Tod verliebt sein.«
»Ich liebe mein Land, Mr. Shabro.«
Jamil Shabros Hände krampften sich zusammen. »Ich weiß, was sie deiner Familie angetan haben, Charlie, deinem

Vater, deiner Schwester und deinem Onkel. Wir alle wissen das. Wir verstehen deinen Zorn ... aber du redest wie ein Narr ...«

»Wer im Augenblick redet, das sind Sie, Mr. Shabro, und Sie sind es auch, der das Land verlassen hat. Die Kommunisten und die Demokraten und die Monarchisten – sie alle haben sich verpißt. Sie alle haben kein Recht auf eine neue Chance. Aber ich, meine Generation, wir haben dieses Recht.«

»Ich riskiere mein Leben für meine Überzeugung, jedenfalls hat mir das die Polizei erklärt.«

»Und ich gehe direkt in die Höhle des Löwen, Mr. Shabro.«

Jamil Shabro ging schweigend im Wohnzimmer auf und ab. Ihm mißfiel die Arroganz des Jungen, aber er bewunderte seinen Mut. Das erstemal seit vielen Jahren empfand Jamil Shabro so etwas wie Demut, Demut angesichts der Tapferkeit dieses Jungen, Charlie Eshraq.

»Nehmen wir an, ich helfe dir, du gehst zurück und sie kriegen dich. Wenn sie dich dann verhören, gibst du meinen Namen preis. Und was wird dann aus mir?«

»Sie sind in London, Mr. Shabro. Und ich kenne viele Namen, die den Mullahs wichtiger sind als Ihrer.«

Jamil Shabro ging zu seinem Schreibtisch hinüber und klappte einen Notizblock auf, der neben dem Telefon lag. Er schrieb einen Namen auf und eine Londoner Telefonnummer. Er riß das Blatt ab und hielt es unschlüssig in der Hand.

»Ich krieg' zehn Prozent.«

»Das ist nur fair.«

Sie verzichteten auf einen Handschlag, nur das Papier wechselte den Besitzer. Unten wurde die Eingangstür geöffnet. Jamil Shabro ging zur Treppe hinüber und rief zu seiner Tochter hinauf, daß er jetzt einen Termin habe und daß ihre Mutter zurück sei. Diese war inzwischen keuchend die Treppen hinaufgestiegen. Sie trug eine Pelzjacke und brach fast unter dem Gewicht von zwei Harrods- und einer Harvey-Nichols-Einkaufstüte zusammen. Shabro gab seiner Frau einen

flüchtigen Kuß, wobei unübersehbar war, daß er es in erster Linie wegen des Besuchers tat.
»Das hier ist Oberst Eshraqs Sohn Charlie, meine Liebe. Er hätte gern einen Drink ... Charlie, meine Frau.«
»Sehr erfreut, Mrs. Shabro.«
»Ich weiß nicht, wann ich zurück bin«, rief Jamil Shabro noch und verließ den Raum.
Seine Frau stellte die Tüten auf den Teppich und warf die Pelzjacke darüber.
»Was hätten Sie denn gerne, Mr. Eshraq?«
»Am liebsten Scotch, aber einen schwachen, bitte.«
Er hörte, wie die Eingangstür ins Schloß fiel. Ihm fiel auf, daß Jamil Shabro nach der Rückkehr seiner Frau gar nicht schnell genug aus dem Haus hatte kommen können. Es erheiterte ihn, daß sie ihren Mann für seine Gleichgültigkeit bestrafte, indem sie sein Geld zum Fenster hinauswarf. Nachdem sie ihm den kaum mit Wasser verdünnten Whisky gebracht hatte, ging sie wieder zu der Bar am Fenster und mixte sich einen Wodka-Tonic. Er nippte an seinem Glas. Durch das Fenster konnte er sehen, wie Jamil Shabro unten auf der Straße die Tür des BMW aufschloß. Anschließend warf der Mann noch einen kurzen Blick zum Fenster hinauf, und seine Frau winkte ihm nachlässig zu.
»Zum Wohl.«
»Auf Ihr Wohl, Mrs. Shabro.«
Sie stand neben ihm. Er überlegte, wieviel Geld sie wohl im Monat für Kleider ausgab.
»Ich bin völlig erledigt. Das Einkaufen ist so anstrengend in London.«
Charlie sah, wie der Wagen unten auf der Straße wendete. Er hörte, wie die Gänge eingelegt wurden. Und er sah auch den klapprigen Lieferwagen, der am oberen Ende der Sackgasse parkte.
»Tut mir leid, daß meine Tochter wieder solchen Krach macht.«

Der BMW brauste los.
Er sah das Licht.
Zuerst kam das Licht.
Das Licht war ein grell zuckendes Feuer.
Der BMW wurde hochgeschleudert. Die Beifahrertür löste sich von dem Fahrzeug. Die Kühlerhaube flog auf.
Die Windschutzscheibe zerbarst. Der Lieferwagen am anderen Ende der Sackgasse schwankte. Der Körper des Fahrers wurde wie eine Puppe durch die zerstörte Windschutzscheibe geschleudert.
Charlie warf sich zwischen Mrs. Shabro und das Fenster. Die Scheibe zersprang klirrend, Splitter ergossen sich über den Teppich. Er spürte die heiße Druckwelle auf seinem Gesicht, seiner Brust. Die gleiche heiße Druckwelle, die er auf der breiten Straße nach Täbris im Rücken gespürt hatte.
Er hörte die Explosion, das Krachen eines leeren Ölfasses, den rollenden Donner tödlichen Sprengstoffs.
Er lag auf dem Teppich. Auf seinem Gesicht und in seinem Bart hingen die ersten kleinen Blutstropfen. Unter seinen Händen knirschte zerbrochenes Glas. Hinter ihm lag die Frau.
Charlie kroch auf den Knien zu der Fensteröffnung. Ganz plötzlich herrschte Stille. Der 5er BMW war zum Stehen gekommen. Über dem Unglücksort stieg ein Rauchpilz auf. Jamil Shabros Körper lag auf dem Kopfsteinpflaster; sein rechtes Bein war oberhalb des Knies abgetrennt, sein Gesicht war nicht mehr vorhanden. Charlie sah, wie die rückwärtigen Türen des Lieferwagens aufgestoßen wurden. Ein Mann mit einer Kamera samt einem langen Objektiv um den Hals stieg aus, stand schwankend wie ein Betrunkener da. Ein zweiter Mann folgte. Der zweite Mann hielt ein Fernglas umklammert.
Charlie hörte den Schrei.
Der Schrei übertönte noch das Kreischen der Frau hinter ihm auf dem Teppich. Die Frau war Charlie völlig egal, ihn interessierte nur noch der Schrei.

»April fünf an April eins, April fünf an April eins ... bitte melden, verdammt noch mal ... Hier spricht April fünf, Polizei, Feuerwehr, Krankenwagen sofort zum Standort von April fünf ... Bill, hier ist eine gottverdammte Bombe hochgegangen.«
Charlie begriff.
»Es gibt Tote und Verletzte, Bill. Tango vier ist von einer Bombe zerrissen worden ... Sorgen Sie dafür, daß wir Hilfe bekommen, Bill.«
Ein Mädchen kam um die Ecke gerannt. Wie von Furien gejagt, lief sie auf die beiden Männer zu. In der Hand hielt sie ein Funkgerät.
Die Bullen. Sein Treffen mit Jamil Shabro war überwacht worden.
Er hatte es jetzt sehr eilig.
Er hastete durch die Garagentür auf der Rückseite des Gebäudes in einen kleinen Garten und stieg dann über den hohen hölzernen Gitterzaun, weil er sah, daß das Tor verschlossen war. Er rannte die schmale Gasse entlang zu seinem Jeep.

Der Körper lag noch immer an derselben Stelle, war aber inzwischen mit einem Tuch zugedeckt. Das Bein befand sich in einem Plastiksack direkt neben der Leiche. Harlechs Politesse, die kaum noch einen Fetzen am Leib hatte, war vorsichtig in den ersten Krankenwagen gehoben und langsam weggefahren worden – zu langsam, dachte Park, um zu überleben. Der Polizeifotograf ging seiner traurigen Tätigkeit nach. Die gesamte Sackgasse war jetzt abgesperrt. Um das Auto drängten sich zahlreiche Männer: uniformierte und zivile Beamte von der Bezirkspolizei sowie einige Mitarbeiter der Staatssicherheitspolizei und der Anti-Terror-Truppe. Etwas im Hintergrund standen zwei Gestalten, die nach Parks Empfinden nicht genau wußten, was sie an diesem Ort zu suchen hatten. Wahrscheinlich vom Nachrichtendienst. Dann

waren noch einige Polizistinnen im Haus, und alle, die draußen auf der Straße standen, hörten das Schluchzen und Weinen. In vier der umstehenden Häuser wurden Menschen von Sanitätern verarztet. Zwei Wagen, die unmittelbar neben dem Explosionsort parkten, waren ebenfalls zertrümmert.
Man hatte Athens bereits ins Krankenhaus gebracht. Er hatte gerade ein Bild von Tango vier geschossen, als der BMW auf sie zugerollt war. Die Wucht der Explosion hatte ihm die Kamera mit solcher Gewalt ins Gesicht geschleudert, daß der Apparat ihm die Nase, den Wangenknochen und eine Augenbraue eingedrückt hatte. Er mußte genäht werden und würde künftig wahrscheinlich mit einem Glasauge leben müssen.
Park hatte in seinem Leben schon einiges gesehen, aber nichts, was sich mit der Verwüstung vor Shabrils Haus hätte vergleichen lassen. Er und Token hielten sich im Hintergrund. Natürlich hatte man die Bezirkspolizei nicht davon in Kenntnis gesetzt, daß die Zollfahndungstruppe April in ihrem Revier wilderte. Natürlich hatte man auch die Anti-Terror-Truppe nicht darüber informiert, daß ein in den Akten als »gefährdet« ausgewiesener Iraner von April überwacht wurde. Es war nicht verwunderlich, daß die Herren von der Konkurrenz Park und Token die kalte Schulter zeigten. Die beiden würde man sich nach Beendigung der gröbsten Aufräumungsarbeiten zur Brust nehmen. Park war noch ganz benommen. Noch immer dröhnte der Höllenlärm in seinen Ohren. Noch immer tat ihm die Schulter weh, auf die er gestürzt war, als ihn die Druckwelle durch das Innere des Lieferwagens geschleudert hatte. Er konnte sich glücklich schätzen, daß er überhaupt noch lebte.
Parrish traf ein. Er ging durch das Eingangstor der Sackgasse, ohne sich um den Constable zu kümmern, der vergeblich versuchte, ihn aufzuhalten. Er ging direkt auf Park zu.
Ohne sich am Tatort groß umzuschauen, kam er sogleich zur Sache.
»Wo ist Tango eins?«

»Im Haus ist er jedenfalls nicht mehr«, sagte Park.
»Sie waren doch auf der Rückseite des Hauses, Amanda. Ist er zur Hintertür rausgekommen?«
Sie blickte zu Boden und zerknüllte ihr Taschentuch in der Hand. »Ich hab' den Knall gehört, und dann bin ich nach vorne gerannt. Hätten doch alle tot sein können, die Kollegen in dem Lieferwagen.«
Parrish schnaufte. »Wenn Sie das nächste Mal Samariterin spielen wollen, dann melden Sie sich vorher wenigstens ab, verdammt noch mal.«
Parrish hatte sein Funkgerät in der Hand. In seinen abgehackten Worten schwang unterdrückter Ärger mit. »Alpha Kontrolle, hier spricht April eins. Falls ihr im Augenblick gerade nichts Besseres vorhabt, würdet ihr dann wohl so freundlich sein und so schnell wie möglich zur Wohnung von Tango eins hinüberfahren und mir Bescheid geben, ob sich Tango eins dort aufhält? Ende.«
Sie traten durch das Tor aus der Sackgasse heraus. Park hatte das Gefühl, daß etliche von den Bullen ihn musterten, als ob er für das alles hier verantwortlich sei. Als sei das alles nur passiert, weil die Zollfahndung die Nase in die Sache gesteckt hatte. Das Dröhnen in seinen Ohren klang langsam ab. Ganz gegen seine Gewohnheit nahm er Amandas Hand und drückte sie.
Als sie gerade auf die Hauptstraße hinaustraten, erhielt Parrish über Kopfhörer die Antwort. Er lauschte, ohne den Blick von dem dichten Verkehr auf der Straße abzuwenden. Er wandte sich gemächlich Park zu.
»Tango eins hat die Düse gemacht. Hat es offenbar teuflisch eilig gehabt und nicht mal die Wohnungstür hinter sich zugemacht. Hervorragend, Florence Nightingale, der Scheißer ist uns entwischt. Das ist hart. Und noch schlimmer ist, daß er den ganzen Stoff mitgenommen hat.«
»Lassen Sie's gut sein, Bill. Sie hat nur getan, was jeder von uns getan hätte. Schließlich war das kein Feuerwerk. Wenn

wir nur zehn Meter näher dran gewesen wären, dann wären wir alle in die Luft geflogen.«
»Beschissene Welt, Wächter ... Fühlen Sie sich fit genug, den Knaben im Außenministerium einen Besuch abzustatten?«
»Ja«, sagte Park.

Als man die Leiche fortgebracht und die Witwe mit ihrer Tochter bei dem Bruder ihres toten Mannes untergekommen war, durchkämmte ein Team von Polizisten das Haus in der Sackgasse. Zu diesem Zeitpunkt war es ohnehin sinnlos, die Witwe und ihre Tochter zu befragen, die beide völlig hysterisch waren und eine Beruhigungsspritze erhalten hatten.

»Ich bedaure, Mr. Parrish, daß Mr. Furniss Sie bei Ihren Ermittlungen unter gar keinen Umständen unterstützen kann.«
»Das würden wir gerne von ihm selbst hören.«
»Sie mißverstehen mich ... Es steht überhaupt nicht zur Debatte, daß Mr. Furniss Ihnen persönlich Rede und Antwort stehen könnte.«
Wenn sie zwei abgerissene Typen gewesen wären, denen in Benidorm der Paß abhanden gekommen war, hätte man sie vermutlich besser behandelt, dachte Park. Parrish und er befanden sich in einem Sprechzimmer im Außen- und Commonwealth-Ministerium. Auf der anderen Seite des glänzenden Tisches saßen zwei Männer, von denen der eine überhaupt nichts sagte. Derjenige, der sprach, trug einen dreiteiligen Anzug und eine Krawatte der Brigade of Guards. Er redete schleppend, als koste es ihn große Überwindung, mit Typen wie Park und Parrish überhaupt zu sprechen. Park spürte ein leichtes Kribbeln, und das kam wohl nicht nur von dem Heftpflaster, das die Krankenschwester in der Lane ihm wegen eines Kratzers an der Stirn verpaßt hatte.
»Normalerweise bilden wir uns selbst ein Urteil darüber, ob jemand uns bei unseren Ermittlungen von Nutzen sein kann.«

»Lassen Sie mich etwas deutlicher werden, Mr. Parrish ... Sie werden ihn ganz sicher nicht zu Gesicht bekommen.«
»Ich bin im höheren Dienst bei der Zollfahndung beschäftigt. Wir haben im Rahmen unserer Ermittlungen festgestellt, daß eine bestimmte Person Heroin im Straßenverkaufswert von mehreren hunderttausend Pfund aus dem Iran nach Großbritannien eingeführt hat. Der Hauptverdächtige, also der Importeur, hat einen Staatenlosen-Paß, in dem Matthew Furniss als Bürge genannt ist ... Ich hoffe, Sie können mir folgen ... Aus den vorgenannten Gründen möchte ich mit Mr. Furniss sprechen, um mir ein Bild von dem Hintergrund eines cleveren und gefährlichen Kriminellen zu machen.«
»Sie werden Ihre Ermittlungen ohne Mr. Furniss' Unterstützung weiterführen. müssen, Mr. Parrish.«
»Es ist Ihnen hoffentlich klar, daß Sie der Verdunkelung einer Straftat Vorschub leisten. Und Sie wissen sicher auch, daß Sie damit gegen das Strafgesetzbuch verstoßen.«
»Ich bin ganz sicher, daß das in diesem Fall nicht zutrifft.«
»In manchen Kreisen gilt die Einfuhr von Heroin als sehr schwerwiegendes Verbrechen.«
»So ist es. Aber Mr. Furniss wird Ihnen gleichwohl nicht helfen können.«
»Ich werde mich an Ihren Vorgesetzten wenden.«
»Das ist Ihr gutes Recht, Sie würden allerdings nur Ihre Zeit verschwenden. Mein Rat ist, halten Sie sich an die Hauptsache.«
»An diese Worte werden Sie noch denken.«
»Wir werden sehen. Viel Glück bei Ihren Ermittlungen, meine Herren.«
Sie fuhren zurück in die Lane. Als sie unterwegs in einen Stau gerieten, wandte sich Parrish an Park.
»Sie waren mir eine große Hilfe.«
»Das war doch auf eine Meile Entfernung zu riechen.«
»Sagen Sie mir, hilfreicher junger Freund, was haben Sie denn auf eine Meile gerochen?«

»Der Knabe war vom Geheimdienst. Er hat Ihnen verklickert, daß wir uns verpissen sollen, Bill. Wenn die uns extra so ein blasiertes Arschloch vom Service vor die Nase setzen, damit wir Leine ziehen, dann spricht alles dafür, daß Matthew Furniss für die da drüben arbeitet und bei denen wahrscheinlich sogar 'n ziemlich hohes Tier ist. Sonst würden die nicht eine solche Schwachsinnsnummer abziehen.«
»Deprimierend. Aber wahrscheinlich haben Sie recht.«
»Versprechen Sie mir eins, Bill.«
»Heraus damit.«
»Die werden alles tun, um uns Steine in den Weg zu legen, jede Wette. Vermutlich laufen jetzt schon die Leitungen heiß. Wir haben es mit iranischem Heroin zu tun, mit Exil-Iranern, mit Autobomben und mit einem hohen Tier vom Service. Die wollen natürlich nicht, daß die kleinen Scheißer vom Zoll ihre Nase da hineinstecken.«
»Und was soll ich versprechen?«
»Daß wir uns von denen nicht in die Ermittlungen reinpfuschen lassen, Bill, bloß weil irgendein blasierter Typ daherkommt und uns Vorschriften machen will.«
»Versprochen.«
»Die können uns mal, Bill.«
»Genau, die können uns mal, Wächter.«
Parrish pfiff nachdenklich ein Lied vor sich hin. Als sie in der Lane ankamen, lief er auf Hochtouren.

Als ihm am Abend das Essen zur Tür hereingeschoben wurde, übergab Mattie dem Aufseher drei vollgeschriebene Blatt Papier. In seinem Bericht schilderte er eingehend seine langjährige Beschäftigung mit den Urartäern, die vor Tausenden von Jahren unweit der heute türkischen Stadt Van eine blühende Kultur geschaffen hatten.

10. Kapitel

Im Unterricht benutzte er gelegentlich ein bestimmtes Wort. Ein Wort, das er kennengelernt hatte, als er zum erstenmal mit einem Entführungsfall zu tun gehabt hatte: »emotionale Vergewaltigung«. Die Bezeichnung war zutreffend. Seine Uhr, der Gürtel seiner Hose und seine Schuhbänder, alles weg. Jeglicher Kontakt wurde ihm verweigert. Jemand hatte das Frühstückstablett durch die geöffnete Tür in den Raum geschoben und eine Stunde später wortlos und ohne ihn eines Blickes zu würdigen wieder abgeholt.

Sein Vater war Berufssoldat gewesen. Sein Vater war ein harter, strenger und schweigsamer Mann gewesen, in dessen Leben Disziplin absolute Priorität gehabt hatte. Auch Mattie war zunächst zur Armee gegangen. Mattie hatte als junger Mann in der Brigade of Guards als Offizier gedient und sich derselben Disziplin unterwerfen müssen wie sein Vater. Schon möglich, daß er sich innerlich gegen diese Disziplin aufgelehnt hatte, schon möglich, daß er deswegen sogar die Reihen der Armee verlassen hatte und zum Secret Service gegangen war. Das Soldatendasein hatte ihm immer weniger zugesagt, dazu hatte er zu lange als junger Verbindungsoffizier im Iran gelebt, war in Zivil herumgelaufen und hatte mit Zivilisten Umgang gepflegt. Doch die damals erlernte Disziplin war ihm in Fleisch und Blut übergegangen. Man hatte ihm schon früh eingebleut – und diesen Grundsatz hatte er als Ausbilder später selbst immer wieder vertreten –, daß die Verzweiflung, die auf die Schmach der »emotionalen

Vergewaltigung« folgte, nur durch Disziplin einzudämmen sei.
Hätte er mit den Wachen sprechen können, dann hätte er das nur in äußerst höflichem Ton getan, aber wie sollte er sich gegenüber zwei Kerlen höflich verhalten, die ihn weder ansahen noch sein Dankeschön zur Kenntnis nahmen. Seine Übungen hatte er bereits gemacht. Körperliche und geistige Fitneß waren in einer solchen Situation lebenswichtig. Er ging zu dem Waschbecken neben der Toilette hinüber. Es gab keine Toilettenbürste, und das irritierte ihn, weil es gewiß zu seiner inneren Stabilität beigetragen hätte, wenn er das WC-Becken hätte sauberhalten können. Er stand vor dem Waschbecken. Es gab kein Tuch, um das Becken sauberzumachen, aber das ließ sich noch einigermaßen mit den Fingern bewerkstelligen. Aus dem einzigen Hahn floß nur kaltes Wasser. Aber Mattie Furniss konnte auch ohne warmes Wasser auskommen. Er öffnete den Hahn. Schon nach kurzer Zeit ließ der Druck nach, und statt eines Wasserstrahls kam nur mehr ein dünnes Rinnsal aus der Leitung. Die braune Sauce war ekelerregend, aber die Regeln verlangten, daß er sich wusch. Er ließ das schmutzige Wasser in die hohlen Hände laufen, dann schloß er die Augen und klatschte sich das Wasser ins Gesicht. Er zog sein Hemd aus, ließ abermals Wasser in die hohlen Hände laufen und wusch sich unter den Achseln. Rasieren konnte er sich natürlich nicht, und die Bartstoppeln auf seinen Wangen irritierten ihn. Als er mit dem Waschen fertig war, spülte er die Schmutzrückstände in den Ausguß.
Morgen, falls es ein Morgen gab, wollte er sein Hemd waschen. Heute wusch er erst mal seine Socken. Seine Schuhe konnte er auch ohne Socken tragen. Verdammt noch mal, Harriet, wie soll ich meine verdammten Socken trocknen? ... Harriet ... wer ihr wohl die Nachricht überbracht hatte? Ihm war einmal die Aufgabe zugefallen, der Frau eines Service-Mitarbeiters eine schlechte Nachricht zu überbringen. Was

hatte der Service schon mit den Empfindungen dieser Frau zu schaffen gehabt, deren Mann in der Umgebung von Sharjah sein Auto zu Schrott gefahren hatte? Er hatte sich damals gegenüber der Frau wohl nicht besonders mitfühlend verhalten, und trotzdem bekamen Harriet und er immer noch alljährlich eine Weihnachtskarte von ihr. Er überlegte, wie sie es Harriet wohl beigebracht hatten ... Wenn er daheim in England war, wusch Harriet normalerweise seine Socken, und sie wußte, wie sich nasse Strümpfe sogar bei schlechtem Wetter trocknen ließen; darüber hatte er schon gestaunt, als es in ihrem Landhaus draußen in Bibury noch keine vernünftige Heizung gegeben hatte. Nie hatte er mit Harriet über das Risiko gesprochen ... niemals. Weder als er Sektionsleiter in Teheran gewesen war noch vor seiner Mission am Golf und auch nicht, als sie ihm für seine jetzige Reise die Sachen aus dem Schrank geholt hatte. Hätte Harriet je zu ihm gesagt, dieses Leben macht mich fertig, dieses Leben ist was für junge Leute, nichts für uns, alter Junge, dann wäre Mattie zwar getroffen gewesen, aber er hätte es weggesteckt. Sie hatte so etwas nie gesagt. Er hoffte, daß man einen guten Mann zu ihr geschickt hatte.

Nachdem er seine Socken über das Bettgestell gehängt hatte, machte er noch einmal das Waschbecken sauber. Guter Gott: Made in England. Er sah das Emblem des Herstellers, er sah das Symbol der königlichen Auszeichnung. Vermutlich ein guter Exportauftrag. Hoflieferanten für Sanitärkeramik.

»Jesus, Harriet ... ich hab' solche Angst ...« Seine Lippen formten die Worte. »Und eins versprech' ich dir: Mit den bisher üblichen Streitereien ist es in Zukunft vorbei.«

Da mußt du durch, alter Junge, hätte sie gesagt, und genau darum ging es – ums nackte Überleben. Überleben hieß, eines Tages zu Harriet, nach Hause zurückzukehren. Und der Preis für diese Rückkehr, für eine Rückkehr, die diesen Namen verdient hatte, an diesen Preis wagte er kaum zu denken. »Denk nicht darüber nach, alter Junge. Du kannst es dir nicht

leisten, darüber nachzudenken, du weißt einfach zuviel. Zu viele Menschenleben hängen von deinem Schweigen ab ... Du mußt es den Mädchen sagen – versprochen? Ruf sie an, damit sie sich um dich kümmern, bis alles vorbei ist. Ja, es wird irgendwann vorbei sein. Früher oder später, vermutlich später, wird es ausgestanden sein. Ich nehm' an, die werden mich zunächst ein wenig ausquetschen, und dann bringen sie mich nach Bibury, und du stehst an der Tür. Es wird noch Sommer sein, ja ganz sicher.«
Er wischte mit den Händen an der Unterseite des Beckens entlang und sah plötzlich die Käfer. Kleine schwarze Käfer krochen auf dem Boden herum. Sie hatten an einer Stelle, wo die Fliesen schlecht befestigt waren, einen Durchschlupf gefunden. Er fing an, die Käfer zu zählen. Das war gar nicht so einfach, denn auf dem Boden unter dem Waschbecken wimmelte es nur so von den kleinen Kerlen.
Er hatte weder die Schritte vernommen noch gehört, wie der Riegel beiseite geschoben und der Schlüssel umgedreht wurde.
Er zählte die Käfer, und dann waren plötzlich drei Männer im Raum. Für den Bruchteil einer Sekunde war er über die Störung verärgert. Die Männer kamen rasch auf ihn zu. Er wurde hochgezogen. Die Arme wurden ihm auf den Rücken gedreht. Einer der Männer faßte Mattie bei den Haaren und zog ihn daran quer durch die Zelle. Er verspürte in der Kopfhaut einen stechenden Schmerz und ein Brennen in seinen verrenkten Schultern; die Schuhe flogen ihm von den Füßen, und der Hosenbund sackte ihm auf die Hüften.
Er versuchte sich die Regeln ins Gedächtnis zu rufen: Immer höflich bleiben und gut benehmen. Ganz wichtig. Wenn er sie beschimpfte, würde er nur Prügel beziehen. Wenn er sich wehrte, würden sie ihn verdreschen. Genau das hatte er den jungen Azubis immer wieder eingebleut. »Sinnlos, sich eine Tracht Prügel einzufangen, wenn es außer ein paar miesen Schlägertypen keinen Zeugen gibt.«

Der Kerl, der Mattie bei den Haaren hielt, drückte seinen Kopf nach unten.
Er konnte nichts als den Fußboden sehen. Er sah nur abwärts führende Stufen. Er wurde vorwärts gestoßen.
Die Treppe hinab, dann quer durch die Eingangshalle des Gebäudes auf eine enge Tür zu. Von dort ging es eine Steintreppe hinunter in den Keller.
Ein in gleißendhelles Licht getauchter Raum. Er sah die Zinkwanne. Er sah den Schlauch, der an einen Wasserhahn angeschlossen war. Er sah robuste Haken, die in unterschiedlicher Höhe aus der Wand ragten. Er sah die Pritsche samt den an beiden Enden angebrachten Lederriemen. Er sah die Kabel, die wie zufällig am Boden lagen.
Er sah den Tisch und die beiden Stühle, und das gleißendweiße Licht war auf einen dieser Stühle gerichtet. Der Stuhl war frei, auf dem andern saß mit dem Rücken zum Licht der Ermittler.
Er wurde auf den freien Stuhl gesetzt. Er zappelte auf der harten Sitzfläche hin und her, um den Hosenbund, der auf seinen Hüften hing, wieder ein wenig höher zu bekommen. Die Männer, die ihn die Treppen hinuntergeführt hatten, standen hinter ihm. Er konnte sie atmen hören, jedoch nicht sehen. Er konnte nur das Gesicht des Ermittlers sehen, und wenn er an dem Gesicht des Ermittlers vorbeischaute, dann blickte er geradewegs in das entsetzliche weiße Licht. Er spürte, wie seine Hände und seine Beine zitterten. Ihm wurde flau im Magen.
Er hörte das Schleifgeräusch eines laufenden Tonbandgerätes. Das Gerät mußte irgendwo neben den Füßen des Ermittlers am Boden stehen. Das Mikrophon war seinem Blick entzogen. Der Ermittler legte eine kleine Aktentasche auf den Tisch und öffnete sie. Er nahm die von Mattie beschriebenen Blätter und eine einzelne Akte heraus. Dann schloß er die Tasche wieder und stellte sie zurück auf den Boden.
Der Ermittler schob die Akte mitten auf den Tisch in das helle

Licht. Auf dem Ordner war in Großbuchstaben das Wort DELPHIN zu lesen. Der Ermittler nahm die von Hand beschrifteten Blätter, hielt sie Mattie direkt vors Gesicht und zerriß sie in kleine Stücke.
Er sah sie zu Boden segeln.
»Ich bin kein Dummkopf, Mr. Furniss. Und ich hatte eigentlich angenommen, daß auch Sie keiner sind.«

Sobald er aus dem Schutz der Eisenbahnbrücke trat, lief ihm der strömende Regen über das Gesicht.
Er wandte sich um, doch niemand beachtete ihn.
Charlie hatte eine Flasche Sherry mitgebracht, und deshalb war er den unter der Brücke hausenden Pennern gar nicht so unwillkommen gewesen. Er selbst hatte nur einen Schluck genommen. Dann hatte die Flasche die Runde gemacht, und man hatte ihm sogar ein Stück Pappe als Unterlage gegeben. Nette Jungs. Hatten ihm keine Fragen gestellt und ihn gleich akzeptiert, weil er 'ne Flasche spendiert hatte.
Der Regen rann von seiner Nase. Vielleicht würde er wiederkommen, vielleicht auch nicht. Er war nur einer von vielen, die tagsüber in der Stadt herumstreunten und sich nachts an regengeschützten Plätzen versammelten. Er hätte auch in ein Hotel oder eine Pension gehen können, aber das erschien Charlie zu riskant. An den Schlafplätzen der Penner fühlte er sich sicherer. Ihm war nicht entgangen, daß ihm zirka um drei Uhr morgens ein Polizist mit der Taschenlampe ins Gesicht geleuchtet hatte. Aber bei den Pennern würden sie ganz sicher nicht nach ihm suchen.
Er hastete durch den strömenden Regen zur nächsten U-Bahn-Station. Dort kaufte er eine Zeitung und überflog die Seiten. Er sah die Fotografie eines ausgebrannten, völlig zerstörten Autos, und er sah Jamil Shabros Bild und die Überschrift *Ein überzeugter Monarchist.* Drei Tote: Shabro, die Politesse und eine alte Dame, die unmittelbar über der Explosionsstelle gewohnt hatte. Fünf Schwerverletzte, dar-

unter die Schwester der alten Dame, die jetzt auf beiden Augen blind war. Von einer Überwachungsoperation keine Silbe. Aber schließlich hatte er nicht geträumt, auch wenn er keinen Schimmer hatte, was die Bullen gegen ihn im Schilde führten. Fest stand jedoch, daß sie hinter ihm her waren, sonst hätten sie ihn nicht bei seinem Treffen mit Shabro überwacht. Und sie würden ihn am Flughafen festnehmen, falls er versuchte, sich abzusetzen.

Und dann fügten sich die Elemente des Puzzles vor seinen Augen plötzlich zusammen. Sie waren ihm schon bei der Einreise in Heathrow auf die Schliche gekommen. Deshalb also hatten sie das ganze Theater am Flughafen veranstaltet. Er war seither die ganze Zeit beschattet worden. Sie hätten ihn mitsamt seinem Rucksack jederzeit hochnehmen können. Aber warum hatten sie es dann nicht getan? Worauf warteten sie? Vielleicht hatten sie geglaubt, daß Jamil Shabro sein Dealer war. Wenn ja, dann verschaffte ihm das eine kleine Atempause. Ihm fiel ein Stein vom Herzen.

Unten in der Eingangshalle wählte er die Nummer, die Mr. Furniss ihm damals im St. James Park gegeben hatte.

Am anderen Ende meldete sich eine Sekretärin. Er fragte nach Mr. Stone. Seinen eigenen Namen nannte er nicht.

»Ja?«

»Wer spricht, bitte?«

»Ein Freund von Mr. Matthew Furniss.«

»Oh, von Mattie?«

»Er hat gesagt, ich soll Sie anrufen.«

»Tatsächlich – in welcher Sache?«

»Um mit Ihnen über geschäftliche Dinge zu reden.«

Er spürte das Zögern des anderen. »Das hat Mattie gesagt?«

»Er hat gesagt, ich soll mich an Sie wenden.«

»Wie war noch mal Ihr Name? Wenn Sie mir Ihren Namen nicht sagen, kann ich nichts für Sie tun.«

»Charlie.«

»Augenblick. Bin gleich wieder da.«

Flossie Duggan nahm den Hörer von dem blinkenden Telefonapparat. Keines ihrer Telefone war mit einer Klingel ausgestattet. Mr. Furniss wollte nicht den ganzen Tag durch läutende Telefone gestört werden. Sie hatte noch immer verweinte Augen, und ihr Papierkorb war zu einem Viertel mit feuchten Tempotaschentüchern gefüllt.
»Er ist im Augenblick nicht da, Mr. Stone ... Ja, er kennt Charlie. Ein alter Freund der Familie. Sonst noch etwas, Mr. Stone? ... Ihnen auch alles Gute.«

Er warf weitere Münzen in den Apparat. Er notierte sich die Adresse und den Zeitpunkt der Verabredung und hängte dann ein.
Anschließend ging er zu den Schließfächern hinüber. Durch die offene Tür des Fachs vor fremden Blicken geschützt, zog er eine Plastiktasche aus dem Rucksack, bevor er ihn in die Öffnung preßte. Dann wickelte er den oberen Teil der Plastiktüte um sein Handgelenk und ging nochmals zu den Telefonen hinüber.
Er wählte abermals eine Nummer und traf eine weitere Verabredung.
In der Tasche, die Charlie in der Hand trug, als er die U-Bahn-Station verließ, befand sich ein ganzes Kilo reines Heroin.

»Großer Gott ... Was machst du denn hier?«
Park war zu müde zum Denken und öffnete nur mechanisch den Mund. »Bill hat mich nach Haus geschickt.«
Sie hatte einen tollen Mund, jedenfalls solange ihr Gesicht nicht wutverzerrt war.
»Na wunderbar, dann bist du also nach Hause gekommen, weil der große Menschenfreund Mr. Parrish es dir erlaubt hat. Erinnere mich bitte daran, daß ich mich untertänigst bei ihm bedanke ... Was hast du da am Kopf?«
Er betastete mit der Hand seine Stirn. Er fühlte das Heftpfla-

ster, das sich an den Rändern schon aufgerollt hatte. »Eine Autobombe ...«
»Der Iraner?«
Sie mußte gerade von der Arbeit zurückgekommen sein. Sie hatte sich eine Schürze umgebunden und den Staubsauger aus dem Schrank geholt.
Er sagte: »Wir haben jemand überwacht, als plötzlich zirka fünfundzwanzig Meter von uns entfernt der Wagen hochgegangen ist. Hat uns ganz schön durchgeschüttelt.«
»Inzwischen ist heute nachmittag. Das alles war gestern morgen.«
Er hatte sie noch nicht mal geküßt. Er stand noch immer in der Tür, und er war so verdammt müde, und wieder das alte Lied.
»Wir waren total in Panik.«
»Und natürlich weit und breit kein Telefon, stimmt's?«
Er wußte nicht, ob sie Streit suchte oder ob sie erregt war, weil er fast von einer Bombe zerrissen worden wäre. Ihre Wangen waren gerötet. Er hatte den Eindruck, daß sie Streit suchte. Er dachte daran, wie er am Vortag Tokens Hand gehalten hatte – es war ihm ohnehin schon lange schleierhaft gewesen, warum sie keinen festen Freund hatte. Jetzt wollte er nur noch eines: einen heißen Kakao schlürfen und sein Haupt auf ein kühles Kissen betten.
»Ich sagte doch, wir waren in Panik. Wir haben vor ein paar Tagen nachts am Flughafen einen Verdächtigen aufgespürt, der 'ne Menge Stoff bei sich hatte. Gestern morgen war er bei Shabro, dem ermordeten Iraner. Bei der Gelegenheit ist er uns dann entwischt. Wir wissen nicht, wo er jetzt ist. Ich habe die Entscheidung getroffen, ihn laufenzulassen, und nun ist er verschwunden mitsamt dem Teufelszeug ... Deshalb unsere Panik. Deshalb hab' ich vergessen, dich anzurufen ...«
»David, wie zum Teufel soll es mit uns weitergehen?«
»Ich weiß nur eins: Ich bin verdammt müde.«

»Und wann können wir mal darüber sprechen?«
»Im Moment möchte ich nur schlafen.«
Sie trat beiseite und gab ihm den Weg frei. Dann stellte sie den Staubsauger an. Er stieg über das Kabel und ging ins Schlafzimmer. Wenigstens liegt der Koffer wieder oben auf der Garderobe, dachte er.
Er merkte nicht mal, daß der Staubsauger nicht mehr lief. Sie trat ins Schlafzimmer. Sie setzte sich neben ihm auf das Bett.
»Sieht es für dich wirklich so schlimm aus?«
»Wenn die Sache schiefgeht? Ja.«
»Wie schlimm?«
»Den Job als Verbindungsoffizier in Bogotá kann ich dann vergessen ...«
»Das ist das Beste, was ich diese Woche gehört habe. Das muß doch die Hölle auf Erden sein, dieses Bogotá.«
»Nur leider halte ich es für verdammt wichtig, dorthin zu gehen.«
»Wichtiger als *alles andere?*«
»Ich bin sehr müde, Ann ... Tut mir wirklich leid, daß ich nicht angerufen habe.«
Sie ging zur Frisierkommode hinüber und griff nach einem geöffneten Kuvert. Dann zog sie eine Einladungskarte aus dem Umschlag.
»Was ist das?« Er konnte die Augen kaum noch offenhalten.
»Eine Einladung ...« Sie lachte bitter. »Das Sommerfest von euerm Verein ... Gehen wir hin, David?«
»Wird bestimmt schrecklich dort sein.«
»Ich möchte gern all die wunderbaren Leute kennenlernen, die für dich so überaus wichtig sind. Ich möchte mit den phantastischen Leuten sprechen, die darüber befinden, ob wir nach Bogotá gehen oder nicht ...«
»Wir gehen hin.«
»Wenn du mich wieder versetzt ...«
»Ich sagte, wir gehen hin.«
»... dann ist es aus zwischen uns.«

»Ich bin so verdammt müde ... Ann, ich möchte nicht, daß es zwischen uns aus ist.«
»Dann tu was dagegen.«
Sie zog die Schürze aus und die Schuhe und das Kleid und war schon halb entkleidet, als sie sah, daß er schlief.

Auf dem Flughafen nachts hatte er einen Blazer angehabt, auf dessen Brusttasche das Emblem eines Reiseunternehmens aufgenäht war. Die Reisegesellschaft wußte nichts von Charlie Eshraq und hatte auch während der Zeit, als Charlie das Vereinigte Königreich zuletzt verlassen hatte, keine Reise in die Türkei veranstaltet.
In seiner Wohnung fanden sie die Rechnung eines obskuren Ladens, ein Schreiben des Finanzamts und drei gültige Rückflugtickets nach Istanbul.
Kein Adreßbuch. Keine Bankbelege. Die Bude war geradezu unheimlich sauber. Fingerabdrücke, ja, die gab es reichlich, aber das half ihnen auch nicht weiter. Kein einziges Foto. Nichts, woraus hervorging, daß er tatsächlich Eshraq hieß. Im Stehcafé und im Waschsalon war er bekannt, allerdings hatte niemand ihn je in Begleitung gesehen. Der Besitzer der Wohnung hatte ihn nie persönlich getroffen, und ein Makler, der einen ganz roten Kopf bekam, sagte, Eshraq habe stets pünktlich in bar bezahlt. Es gab drei denkbare Spuren: Manvers, der womöglich nichts über ihn wußte. Der Mann in dem Import-Export-Laden in Kensington, der – wer hätte das gedacht – ganz zufällig der Bruder des in die Luft gejagten Iraners war. Aber natürlich waren dessen Geschäftsräume inzwischen versiegelt, die Familie hatte sich verdünnisiert, und die Anti-Terror-Fritzen ließen verlauten: Bitte fragt uns nicht, wo Mr. Shabros Bruder ist, weil ihr ohnehin nur alles vermasselt; aber ihr seid ja so clever, daß ihr ihn bestimmt auch ohne Unterstützung der Anti-Terror-Einheit findet. Ach ja, und Athens' Film? Der muß noch genau untersucht werden. Und anschließend wollen ihn die Jungs von der Kripo

für ein paar Tage haben. Am besten, ihr fragt in einer Woche oder so wieder an.

Und dann gab es da noch diesen Furniss vom Außen- und Commonwealth-Ministerium.

Der Stellvertretende erklärte, Leroy Winston Manvers befinde sich im Gefängnis von Brixton in Untersuchungshaft und sei derzeit nicht zu sprechen. Im übrigen hätten sie ja Gelegenheit gehabt, ihn auszuquetschen, außerdem würde Manvers' Pflichtverteidiger sicher alles tun, um ein weiteres Zusammentreffen seines Mandanten mit der Zollfahndung zu verhindern.

Parrish hatte dem Stellvertretenden deshalb klargemacht, daß dieser Matthew Furniss jetzt die Schlüsselfigur war, und der Stellvertretende hatte ihm in diesem Punkt nicht widersprechen können.

Also wurden drei Männer im Innenministerium vorstellig. Der Stellvertretende hatte den Chef der Nationalen Drogenpolizei verständigt, dann waren er und Parrish gleich bei New Scotland Yard vorbeigefahren, um ihn abzuholen. Sie hatten ihn wissen lassen, daß sie all ihre Hoffnung auf ihn setzten, und so war ihm nichts anderes übriggeblieben, als mitzuspielen.

Sie traten in das Büro des Innenministers.

Der Stellvertretende übernahm das Sprechen. Bill Parrish lieferte ihm die Stichworte. Und der Chef der Drogenpolizei gab ihnen moralische Unterstützung.

»Kurz gesagt, Herr Minister, man läßt uns an diesen Matthew Furniss nicht heran. Wir sind in dieser Angelegenheit völlig offen gewesen. Wir haben diesen Mann, und das möchte ich besonders betonen, weder verfolgt noch ihm nachgespürt. Wir akzeptieren, daß seine Identität aus bestimmten politischen Gründen vielleicht geheim bleiben muß. Im übrigen sind wir in dieser Sache mit äußerster Korrektheit und Behutsamkeit zu Werke gegangen. Trotzdem hat man uns jede Kooperation verweigert ... Reden wir nicht länger um den heißen Brei herum. Wir haben Order, die Herkunft jener Heroinlieferung zu ermitteln, die letztlich auch zu Lucy Barnes' Tod geführt hat. Um diesen Auftrag auszuführen, haben wir alle Hebel in Bewegung gesetzt ... Und jetzt legt man uns Steine in den Weg. Es ist nur billig, daß wir offen miteinander sprechen, Herr Minister. Sie haben uns angewiesen, diesem Fall höchste Priorität einzuräumen.«

»Sie haben diesen Eshraq und das Heroin aus den Augen verloren?«

»Richtig, Herr Minister. Wir haben seine Spur unter äußerst bizarren Umständen verloren, wie Sie zugeben werden. Wenn wir ihn mitsamt seinem Stoff und ohne einen enormen Zeitverlust wieder aufspüren sollen, dann führt an Matthew Furniss kein Weg vorbei.«

»Ich werd' mich darum kümmern.«

»Entweder man läßt uns mit ihm sprechen, oder wir können unsere bisherigen Ermittlungen gleich in den nächsten Mülleimer werfen, Sir.«

»Ich sagte bereits, daß ich mich darum kümmere, Mr. Parrish. Danke, Gentlemen. Guten Tag.«

Parrish war im allgemeinen alles andere als schadenfroh, aber ihm entging nicht, daß der Innenminister wie ein in die Enge getriebenes Kaninchen wirkte. Den Grund dafür kannte er natürlich nicht, trotzdem nahm er das Unbehagen des Mannes mit einer gewissen inneren Genugtuung zur Kenntnis.

Das Treffen war bis ins einzelne vorbereitet. Nichts war dem Zufall überlassen. Charlie gefiel die Art, wie der Grieche die Sache arrangiert hatte. Zunächst wurde er in Chiswick in Westlondon von einem anonymen kleinen Gauner mit blassem Gesicht und traurigen Augen angesprochen. So hatten sie es telefonisch vereinbart. Er war ziemlich sicher, daß er schon bei dieser Gelegenheit von Abgesandten des Griechen unter die Lupe genommen wurde. Der Typ sagte ihm, er solle mit der U-Bahn bis zur Endstation der Circle Line in Wimbledon fahren. Eine Beschreibung seiner Person mußte in der Zwischenzeit telefonisch durchgegeben worden sein; denn nachdem er im U-Bahnhof von Wimbledon eine Weile herumgestanden und ein paar Kaffees getrunken hatte, wurde er abermals angesprochen. Man verstaute ihn auf der Ladefläche eines Lieferwagens und kurvte eineinhalb Stunden mit ihm in der Gegend herum. Als der Wagen schließlich anhielt und er überhaupt nicht mehr wußte, wo er sich befand, wurde die rückwärtige Tür von außen geöffnet, und der Grieche stieg zu.

Der Grieche war gründlich. Er ließ Charlie im Wageninneren bis auf die Unterhose ausziehen. Nein, den konnte man nicht hereinlegen, der ging auf Nummer Sicher und ließ nachchecken, ob Charlie nicht vielleicht irgendwo in seinen Kleidern ein Mikrophon versteckt hatte. Das war die Ouvertüre, und dann kam man zur Sache. Charlie holte ein Viertelkilo reines Heroin aus der Plastiktüte. Der Grieche war kein Anfänger und erkannte den Stempel auf der Packung sofort. Er füllte ungefähr einen Teelöffel von dem Stoff in ein kleines durchsichtiges Plastiktütchen und reichte diese Probe durch die leicht geöffnete Hintertür. Offenbar ließ er das Zeug chemisch analysieren. Guter Stil. Charlie war ganz angetan. Wesentlich professioneller als Manvers in seinen besten Tagen. Die Probe wurde wieder in das Wageninnere gereicht. Ein anonymer Daumen gab das Okay. Während die Analyse vorgenommen wurde, hatten sie bereits die Konditionen ausgehandelt.

»Soviel Bargeld ist schwer zu beschaffen.«

»Entweder bar oder überhaupt nicht.«

»Du hast den Stoff selbst reingebracht?«

»Ja, hab' das Zeug selbst im Qazvin-Distrikt abgeholt.«

»Und du planst weitere Lieferungen?«

Charlie log. »Ja, ich sorge regelmäßig für Nachschub – und nur erstklassigen Stoff.«

»Und du willst ...?«

»Eine Viertelmillion – für sieben Kilo.«
»Zweihundert.«
»Zweihundertfünfzig.«
»Wenn ich dir das Zeug morgen bar bezahle, dann sind zweihundert für sieben Kilo das Maximum.«
»Ich werd' mich morgen wegen der Übergabe melden.«
Sie reichten sich die Hand. Die Handfläche des Griechen war von klebrigem Schweiß bedeckt. Charlie war zufrieden mit dem Geschäft. Der Grieche würde zwar doppelt soviel rausholen, wie er Charlie zahlte, aber das war Charlie egal.
»Wozu brauchst du die Knete?«
»Was zum Teufel geht dich das an?«
Der Grieche verzog sein Gesicht zu einem schiefen Lächeln. Auf der ganzen Länge seines Unterkiefers zog sich eine Narbe hin, die er sich bei einer Messerstecherei auf dem Schulhof eingefangen hatte. »Ich mein' nur, weil du eigentlich nicht der Typ für so was bist. Wozu brauchst du den Schotter also?«
»Für ein Unternehmen, von dem dir nie etwas zu Ohren kommen wird.«

»Was um alles in der Welt will er denn von mir?«
Benjamin Houghton sah deutlich, wie nervös Miss Duggan war. Menschen wie Flossie Duggan wurden normalerweise nie in den neunzehnten Stock hinaufgebeten. Ihr fehlten nur noch einige Jahre bis zur Pensionierung, jedenfalls mußte sie früher aufhören als Mr. Furniss. Aber er hatte ihr versprochen, daß er für sie ein paar weitere Jahre herausschinden werde, damit sie noch bis zum Ende seines Arbeitslebens bei ihm bleiben konnte. Ihre Tätigkeit als Mr. Furniss' persönliche Assistentin war ihr ganzer Lebensinhalt. Sie hatte vor nichts soviel Angst wie vor dem Tag, an dem sie ihren Dienstausweis abgeben und fern vom Century ihren Lebensabend verbringen mußte. Sie war 1950 in den Service eingetreten, nachdem sie im Wartezimmer eines Augenarz-

tes in einem Hochglanzmagazin eine Anzeige gelesen hatte, in der »guterzogene junge Damen für Stellung in London« gesucht wurden, »Auslandsaufenthalte möglich. Alter: zwischen 18 und 30 Jahren«. Wenn sie demnächst ihren Ausweis zurückgeben mußte, würde sie nach Weston-super-Mare ziehen, wo ihre Schwester eine nur im Sommer geöffnete Pension betrieb. Vor ihrem endgültigen Abschied würde man sie – der Abwicklung halber – noch zu einem ein- bis zweitägigen Informationsgespräch bitten, und dann würde sie allein mit ihren Erinnerungen vor der Tür stehen. Für die wohlerzogene, arme, loyale Flossie Duggan war Mr. Furniss der feinste Gentleman, für den zu arbeiten sie das Privileg gehabt hatte.

»Er möchte nur ein wenig mit Ihnen plaudern.«

»Er hat doch schon Mr. Furniss' Disketten geklaut.«

»Das ist nicht fair, Flossie ...«

»Für Sie immer noch Miss Duggan.« Der junge Bengel hätte sich niemals soviel herausgenommen, wenn Mr. Furniss dagewesen wäre.

»Der Präsident ist berechtigt, die Computereinträge sämtlicher Ressortleiter einzusehen, und zwar auch dann, wenn der betreffende Ressortleiter diese Aufzeichnungen in seinem persönlichen Safe verwahrt und nicht – wie es Vorschrift ist – in der Bibliothek. Können wir jetzt also bitte gehen?«

Er sah Matties säuberlich aufgeräumten Schreibtisch, sein Aschenbecher stand geputzt für seine Rückkehr bereit. Seine angespitzten Bleistifte steckten ordentlich in einem kleinen Behälter. Die beiden Fächer für Postein- und -ausgänge waren leer. Das Foto von Mrs. Furniss auf dem Regalbrett direkt hinter dem Schreibtisch schien frisch poliert. In einer Vase neben dem Foto stand ein Strauß später Osterglocken. Flossie Duggan tat ihren Unwillen kund, indem sie umständlich ihre Schreibtastatur mit einer Plastikhülle abdeckte, und dann wühlte sie in ihrer Handtasche nach ihrem Lippenstift. Wieder fiel ihm ihre Nervosität auf, weil ihr leuchtender

Lippenstift die Blässe ihres eingefallenen Gesichts nur um so deutlicher zur Geltung brachte.

»In meinen Augen trägt er die Verantwortung.«

»Das können Sie ja dem Präsidenten persönlich erzählen, Miss Duggan. Aber überlegen Sie genau, was Sie sagen, sonst schmeißt er Sie in den Aufzugschacht.« Er hielt ihr die Tür auf.

Im Lift hielt sie sich an der auf halber Höhe angebrachten Stange fest.

Er führte sie den Gang hinunter und ließ sie dann in das Vorzimmer eintreten. Er klopfte an die Tür.

»Miss Duggan, Sir.«

Sie ging zögernd in den angrenzenden Raum. Sie hörte, wie die Tür hinter ihr geschlossen wurde.

Sie haßte den großen, mageren Mann, der sich von seinem lederbeschlagenen Stuhl erhob, sie kurz musterte und dann zu einem Sofa hinüberwinkte. Er war an allem schuld, das stand für sie fest.

»Nett, daß Sie vorbeischauen, Miss Duggan ... harte Zeiten für uns alle. Möchten Sie einen Sherry?«

Sie schüttelte den Kopf.

»Ich bin sicher, daß Sie trotz Mr. Furniss' Abwesenheit sehr beschäftigt sind, Miss Duggan. Ich komme deshalb gleich zur Sache.«

Der Präsident war inzwischen um den Schreibtisch herumgegangen und lehnte sich nun gegen die Vorderkante.

»Ich nehme an, Miss Duggan, daß Sie über Mr. Furniss' Aktivitäten hier im Service bestens informiert sind?«

Sie nickte heftig mit dem Kopf. Das war einer von Mr. Furniss' kleinen Späßen: Die schlimmste Zeit des Jahres sei die eine Woche Urlaub, die sie in Weston-super-Mare verbrachte, weil in seinem Büro dann Chaos herrschte.

»Zunächst einmal möchte ich Ihnen versichern, Miss Duggan, daß wir alle, jeder von uns, alles tun, um Mr. Furniss wohlbehalten heimzuholen, das ist ohnehin klar ...«

Sie sah ihn finster an. Man hätte ihn gar nicht erst dorthin schicken sollen. Ressortleiter wurden nicht ins Ausland entsandt.
»Natürlich tun wir alles in unserer Macht Stehende – und das ist wahrlich nicht wenig –, um dieses Ziel zu erreichen. Aber ...«
Sie platzte heraus: »Es war schon unklug, ihn überhaupt dorthin zu schicken.«
»Wir befinden uns hier nicht in einem Kindergarten, Miss Duggan. Der Service ist ein für die Verteidigung dieses Landes unerläßliches Instrument. Falls einem Mitarbeiter das damit verbundene Risiko zu hoch erscheint, so hat der Betreffende jederzeit das Recht, die entsprechenden Konsequenzen zu ziehen.«
Sie hätte ihn ohrfeigen mögen. Seine Augen blickten sorgenvoll. Seine zusammengepreßten schmalen Lippen verrieten den inneren Druck, unter dem er stand.
»Wir haben uns die Diskette von Mr. Furniss' Computer angeschaut, aber eine gewisse Person, mit der Mr. Furniss nach unserer Auffassung in Verbindung steht, ist dort nicht vermerkt. Sie wissen ganz sicher, daß es gegen sämtliche Vorschriften verstößt, dienstlich relevante Informationen zurückzuhalten. Ein solcher Verstoß gegen die Dienstvorschriften reicht aus, um Sie fristlos zu entlassen. Haben Sie das verstanden, Miss Duggan?«
Sie nickte.
»Miss Duggan, wer ist Charlie Eshraq?«
Sie sagte es ihm.

Auch wenn in der heutigen Welt Informationen mit Lichtgeschwindigkeit um den Globus sausen – das Sagen haben immer noch die Schreibtischhengste und Knöpfchendrücker. Die Nachricht ging zuerst beim Anti-Terror-Kommando ein. Von dort wurde sie an den zentralen Polizeicomputer weitergeleitet. Dann erfuhr die Nationale Drogenpolizei von der

Sache. Um weitere Einzelheiten herauszufinden, wandten sich die Beamten von der Drogenpolizei an den von sämtlichen Ermittlungsbehörden gemeinsam betriebenen CEDRIC-Computer.
Danach allgemeines Stimmengewirr und knallende Bürotüren.

Sie wurde durch das Läuten des Telefons aus dem Schlaf gerissen.
Er schlief wie ein Stein. Auch ein Erdbeben hätte ihn nicht geweckt. Die Vorhänge waren noch offen, aber draußen war es inzwischen dunkel geworden, und sie sah, daß Regentropfen gegen die Scheiben prasselten. Das Telefon stand auf seinem Nachttisch, aber er machte keine Anstalten abzunehmen. Ann lehnte sich über ihn. Ihre Brust fiel aus ihrem Negligé und streifte sein Gesicht, aber er rührte sich nicht einmal. Sie kuschelte sich an ihn, sie küßte ihren Mann. Er sah jetzt zehn Jahre jünger aus – so entspannt. Sie nahm den Hörer ab.
»Ja?« flüsterte sie.
»David?«
»Hier ist Ann Park.«
»Bill Parrish – kann ich ihn mal sprechen?«
Sie blickte auf ihn herab. Sie sah, wie friedlich er dalag. Sie sah die Verletzung auf seiner Stirn.
»Er ist verletzt nach Hause gekommen ... Warum hat niemand mir was davon gesagt?«
»Weil ich kein Kindermädchen bin, Mrs. Park. Bitte holen Sie ihn an den Apparat.«
»Verdammt noch mal, er schläft.«
»Kitzeln Sie ihn an der Nase oder sonstwas. Aber wecken Sie ihn auf.«
»Mr. Parrish, wissen Sie eigentlich, wie mein Leben aussieht, weil Sie Ihr blödes Büro nicht zehn Minuten ohne meinen David auf die Reihe kriegen?«

»Ich war auf Ihrer Hochzeit, und ich bin kein Trottel ... also wecken Sie ihn schon auf.«
»Er ist erschöpft und verletzt, und er braucht Ruhe.«
»Bitte tun Sie nicht so, junge Dame, als sei ich ein Unmensch, den das alles völlig kalt läßt. Haben Sie Aberystwyth schon vergessen ...?«
Sie würde Aberystwyth nie vergessen. Sie waren damals noch nicht verheiratet gewesen. Ein Einsatz an der walisischen Küste. Die Männer warteten auf eine Jacht aus dem Mittelmeer, die eine Ladung Stoff vor der Küste abwerfen sollte. Das April-Team war in einer gammeligen Hütte einquartiert gewesen. David war gerade erst zu der Truppe gestoßen, und die Hochzeit mußte bis nach der Aktion verschoben werden. Damals hatte sich Bill Parrish über sämtliche Dienstvorschriften hinweggesetzt. Er hatte David den Tip gegeben, seine Freundin mitzubringen und sie auf einem Campingplatz, vier Meilen von der Hütte entfernt, zu »stationieren«. Und er hatte dafür gesorgt, daß David sich jede Nacht zu dem Zelt absetzen konnte, in dem Ann bereits auf ihn wartete. Sie hatten sich auf einem Gaskocher das Essen zubereitet, dann hatten sie geschmust und den Rest der Nacht in ihrem Schlafsack verbracht, bis sie ihn morgens wieder zu seinem Einsatzort zurückgeschickt hatte. Das waren wunderschöne Tage für sie gewesen, und Bill Parrish hatte es ermöglicht, und seither hatte sie nichts dergleichen wiedererlebt.
»Das würde er heute nicht mehr machen«, sagte sie. »Warum können Sie nicht jemand anders nehmen?«
»Wir sitzen alle in einem Boot, so arbeiten wir nun einmal, und wenn wir nicht so arbeiten würden, dann könnten wir unsere Aufgabe nicht erfüllen.«
»Mein Gott, hab' ich das nicht schon mal irgendwo gehört?«
»Tun Sie mir den Gefallen und wecken Sie ihn auf, ja?«
Sie beugte sich über David und konnte sein regelmäßiges Atmen hören. Mit tonloser Stimme sagte sie: »Sie machen unsere Ehe kaputt.«

»Er wird in einer halben Stunde abgeholt. Sagen Sie ihm, daß es in der Sache neue Bewegung gibt.«
Sie hängte ein. Sie weckte ihn auf. Sie sah das Flackern in seinen Augen, als sie ihm berichtete, was Parrish gesagt hatte. Sie sah, wie er sich rasch anzog. Sie machte ihm in der Küche Rührei und Toast, und er sah die ganze Zeit aus dem Fenster und wartete darauf, daß die Scheinwerfer des Wagens auftauchten. Als der Wagen dann schließlich kam, hätte sie weinen können. Sie räumte den Teller ab. Sie hörte die Türglocke. Er griff nach seinem Anorak, zog ihn über, öffnete die Tür.
Ann sah, daß draußen ein Mädchen stand. Ein jungenhaftes, stämmiges Mädchen mit kurzgeschnittenem Haar und einer Windjacke, die so groß wie ein Schlafsack war. Sie sah, wie ihr Ehemann mit dem Mädchen zum Wagen hinüberging.
Als die Rücklichter des Wagens nicht mehr zu sehen waren, brach Ann Park in Schluchzen aus.

Token sprach, während Wächter schwieg.
»Die älteste Geschichte der Welt. Neben dem Telefon in Shabros Wohnung lag ein Notizblock. Die Herren vom Anti-Terror-Kommando haben sich diesen Block einmal näher angeschaut und darauf gewisse Druckstellen entdeckt: ein Name und eine Telefonnummer. Sie haben den Namen überprüft und festgestellt, daß der Junge einiges auf dem Kerbholz hat, alles Drogengeschichten. Und deshalb haben sie die entsprechenden Daten in den zentralen Computer eingegeben. Der Typ ist heiß. Der hat schon mal wegen Rauschgiftbesitzes in Untersuchungshaft gesessen, aber das ist schon etliche Jahre her. Erst vor einiger Zeit hat er im Old Bailey ein Verfahren gehabt, aber der Bastard hat seinen Kopf noch mal aus der Schlinge gezogen. Vier der Schöffen haben sich zu seinen Gunsten entschieden. Das Verfahren hat fast eine Million gekostet und monatelang gedauert. Die Staatsanwaltschaft hat darauf verzichtet, in die nächste In-

stanz zu gehen. Und diesen Namen haben die Terror-Fritzen auf dem Notizblock in Shabros Haus entdeckt – in Shabros Schrift. Das oberste Blatt war nicht mehr auffindbar. Sieht ganz so aus, als hätte Tango eins versucht, statt Manvers einen neuen Dealer aufzureißen. Schau nicht so mürrisch aus der Wäsche, das funktioniert ganz sicher. Wir haben sein Telefon schon angezapft und lassen ihn überwachen ... Was war denn mit deiner Angetrauten los, David?«

Zwei Wächter schleppten Mattie die Kellertreppe hinauf. Er war nicht bewußtlos – das war er vorher gewesen, mehrmals. Er war bei Bewußtsein, und das Wasser tropfte von seinem Kopf. Die Schmerzen in seinen Füßen erschienen ihm seltsam fern, und er bekam genau mit, was um ihn her vor sich ging. Auf der Straße vor dem Gebäude war alles ruhig. Es mußte also schon Nacht sein. Er wußte nicht, wie viele Stunden er in dem Keller verbracht hatte, auch konnte er sich nicht erinnern, wie oft er bewußtlos geworden war, wie oft sie ihn in die Zinkwanne geworfen hatten.
Er begriff, warum sie aufgehört hatten. Sie hatten eingesehen, daß es sinnlos war, ihn noch länger zu schlagen, weil die Schmerzen sich wechselseitig betäubten. Sie trugen ihn, weil er nicht mehr auf den Füßen stehen konnte. Sein Kopf baumelte kraftlos zwischen seinen Schultern, und er sah auf seine Füße hinab. Seine Schuhe waren nicht mehr da. Seine Füße waren grotesk angeschwollene, blutige Klumpen. Er wußte nicht mehr, wie oft sie seine Fußsohlen während dieses langen Tages mit dem dicken Elektrokabel geschlagen hatten und wie oft er dank einem gnädigen Schicksal das Bewußtsein verloren hatte.
Sie brachten ihn in seine Zelle und ließen ihn auf das Bett fallen. Er lag auf seinem Bett, und der Schmerz kehrte langsam in seine tauben Füße zurück. Der Schmerz kam angekrochen wie Maden, die sich durch verwesendes Fleisch wühlen. Der Schmerz kroch von dem weichen Fleisch seiner

Fußsohlen zu den Knöcheln hinauf und dann in die Schienbeine und Waden, durch die Oberschenkel in seine Gedärme. Und dabei hatten sie erst angefangen. Während des ganzen langen Tages bis spät in die Nacht hinein hatte der Ermittler nicht eine einzige Frage an Mattie gerichtet. Zunächst wollte man ihn weichklopfen, ihn schlagen und verletzen. Das war erst der Anfang, und sie würden weitermachen, bis er sie schreiend und winselnd anflehen würde, mit der Quälerei aufzuhören. Fragen würden sie erst stellen, wenn ihnen der richtige Augenblick gekommen schien, wenn sie glaubten, jetzt sei der Moment gekommen, die in seinem Gedächtnis gespeicherten Namen abzurufen.
Der Schmerz durchzuckte in Wellen seinen Körper. Er lag auf dem Bett und versuchte sich aus dem Schmerz herauszuwinden. Und während er mit fest geschlossenen Augen dalag, sah er die ganze Zeit die schweißüberströmte Stirn des Mannes vor sich, die Anstrengung, wenn er das Elektrokabel über die Schulter erhob und dann auf Matties Fußsohlen niedersausen ließ.
Sie hatten ihm nichts geschenkt. Nicht einmal das stolze Gefühl, die Beantwortung ihrer Fragen zurückzuweisen.

11. Kapitel

Wie geht es uns heute morgen, Mr. Furniss?«

Nur nichts sagen. Mattie atmete die heiße Luft in dem stickigen Keller ein.

»Ist der Arzt bei Ihnen gewesen?«

Nur nichts sagen. Das übliche Ritual. Natürlich wußte der Ermittler, daß der Arzt ihn untersucht hatte, weil er ihn selbst vorbeigeschickt hatte. Der Arzt sollte sich vergewissern, daß der Gefangene keinen ernsthaften Schaden erlitten hatte. Ein fieser Typ, der Arzt. Er war Matties Blick beständig ausgewichen, der verdammte Hund, der seinen Eid gebrochen hatte. Er hatte einen kurzen Blick auf die Füße geworfen, den Puls gemessen, gecheckt, ob Matties Herz durchhalten würde, die Augenlider nach oben gezogen und die Pupillen studiert und schließlich mit einem Stethoskop Matties Lunge abgehört.

»Wie geht's Ihren Füßen, Mr. Furniss?«

Nur nichts sagen. Er konnte stehen, mit Müh und Not. Er hatte sich auf die Schultern der Wächter gestützt, die ihn nach unten geführt hatten, aber seine Füße konnten schon wieder einiges Gewicht tragen.

»Bitte, Mr. Furniss, setzen Sie sich doch.«

Er setzte sich, und der Schmerz schoß in seine Beine, als die Füße von der Last befreit waren.

»Mr. Furniss, im World Service der BBC hat es geheißen, daß ein als Archäologe bezeichneter Dr. Matthew Owens in der Türkei vermißt wird ...« Das Lächeln war eiskalt. Die Stimme sanft wie Pulverschnee. »Man versucht Sie zu beschützen, aber das ist völlig sinnlos. Haben Sie verstanden, Mr. Furniss?«

Nur nichts sagen.

»Ihre Leute können Sie nicht schützen.«

Das brauchst du mir nicht zu sagen, guter Mann. Erzähl mir lieber etwas, was ich noch nicht weiß ... Er war ganz von der Erinnerung an den Schmerz erfüllt, an die Todesangst, die er bei jedem Ohnmachtsanfall empfunden hatte. Das war gestern gewesen. Wenn man bei einem Verhör nicht einbrechen wollte, so hatte es jedenfalls Professor Furniss gelehrt, dann mußte man sich auf den jeweiligen Tag konzentrieren, immer nur auf das Nächstliegende. Den gestrigen Tag hatte er überstanden, überlebt ... aber sie hatten ihn noch nicht verhört. Was gestern war, ist vorbei, also vergiß die Schmerzen von gestern. Aber genau an die Schmerzen von gestern, daran wollten sie Mattie erinnern. Die alten Knaben im Service, die noch die »alte Schule« durchlaufen hatten, die hatten noch systematisch gelernt, wie man bei einem Verhör die Fassung bewahrt. Und diese alten Knaben hielten sich selbst für zäher als den heutigen Nachwuchs: unter allen Umständen hart bleiben, keine Schwäche zeigen, bis zum bitteren Ende durchhalten. Für Königin und Vaterland – das war es, woran die alte Schule glaubte. Und trotzdem war es beim Verhörtraining bisweilen zu peinlichen Zwischenfällen gekommen.

Wenn er den Schmerz aus seinem Bewußtsein herausschnitt, dann würde sein Kopf leer sein, dann würde er an andere Dinge denken. Und diese anderen Dinge waren die Namen.

Er versuchte hinter dem grell-leuchtenden Licht die Konturen der Wächter auszumachen.

»Was haben Sie in Van gemacht, Mr. Furniss?«

»Ich habe Ihnen bereits mehrfach erklärt, daß ich die Festung Sardurs des Zweiten besichtigen wollte.«

»Das ist nun wirklich besonders idiotisch, Mr. Furniss.«

»Aber es ist die Wahrheit.«

»Es ist idiotisch, Mr. Furniss, weil Sie Ihre Augen vor der

Wirklichkeit verschließen. Die Wirklichkeit ist dieser Keller, die Wirklichkeit ist die Macht, die ich hier ausübe. Was Sie gestern erlebt haben, war noch das reinste Vergnügen, aber heute fängt die Wirklichkeit an. Wenn Sie bei Ihrer Lügengeschichte bleiben, dann sieht es schlecht für Sie aus, Mr. Furniss.«

Klammere dich an deine Legende, laß dich um nichts in der Welt von deiner Legende abbringen.

»Schon möglich, daß Sie mich vor vielen Jahren in Teheran gesehen haben. Aber mit diesen Dingen hab' ich schon seit Jahren nichts mehr zu tun. Jetzt bin ich als Wissenschaftler tätig und habe mich auf die urartäische Kultur spezialisiert.«

»Und Sie interessieren sich für nichts anderes?«

»Nur für die Urartäer, ja.«

»In der Türkei?«

»Die urartäische Zivilisation war in der heutigen nordöstlichen Türkei beheimatet und jenseits der Grenze des modernen Iran westlich des Urmia-Sees. Und mit dieser Kultur ...«

»Sind die Urartäer zufällig nach Dubai gereist, Mr. Furniss, oder nach Abu Dhabi und Bahrain? Muß ein Wissenschaftler, der sich auf diese Kultur spezialisiert hat, in Begleitung der diversen Sektionsleiter des britischen Geheimdienstes die Golfregion bereisen?«

Er sah in das gleißende Licht. Dahinter standen die Wachen. Er konnte sogar ihren Atem hören. Er wußte, sie waren angewiesen, sich still zu verhalten und den Gefangenen nicht von den Fragen des Ermittlers abzulenken.

»Ich bin Wissenschaftler.«

»Das glaube ich nicht, Mr. Furniss, vielmehr bin ich sicher, Sie sind Delphin, Ressortleiter der Iran-Abteilung im Century House in London. Sie waren früher als Berufssoldat im Iran stationiert und haben als Verbindungsoffizier mit dem früheren Regime Waffenkäufe ausgehandelt. Zwischen 1976 und 1978 waren Sie als Sektionsleiter in Teheran tätig. 1982/83 waren Sie dann als Sektionsleiter in Bahrain stationiert und dort ausschließlich für iranische Angelegenheiten zuständig. 1985 waren Sie vier Monate in Ankara. Und seit dem 1. Januar 1986 sind Sie Ressortleiter. Sie arbeiten in leitender Stellung für den britischen Geheimdienst, Mr. Furniss. Damit wir uns verstehen, ich möchte keine weiteren Einzelheiten über Ihr Hobby hören. Eines Tages werde ich vielleicht das Vergnügen haben, ein entsprechendes Buch von Ihnen zu lesen. Für heute wollen wir auf die Beschäftigung mit Hobbys verzichten, Mr. Furniss, und nur darüber sprechen, was Sie in der Nähe unserer Grenze zu suchen gehabt haben.«

Die Namen schwirrten durch seinen Kopf. Er war ein Mann unter Wasser, der den Atem anzuhalten versuchte, und sein Atem waren die Namen. Und während die Tage und Nächte vorbeigingen, würden seine Lungen irgendwann den Atem ausstoßen, der Schmerz würde die Namen ausspeien. Das wußten auch die alten Kameraden. Die Frage war bloß, wie viele Tage und Nächte er durchhalten würde. Die Agenten mußten eigentlich mittlerweile gewarnt worden sein ... Aber wußte man überhaupt, in wessen Hände er gefallen war? Würde der Secret Service seine besten Leute abziehen, bevor sie die Bestätigung dafür hatten, daß Mattie sich im Iran befand?

Wie hätte er sich selbst an ihrer Stelle verhalten? Er dachte daran, wie kompliziert es war, den Agenten im Iran eine Warnung zukommen zu lassen und ihre Flucht zu organisieren. Er wußte, wie schwierig das war, schließlich hatte er das Netz selbst aufgebaut. Die notwendigen Warnsignale an den Mann zu bringen war viel verzwickter, als die Agenten zu weit im voraus arrangierten Gesprächen ins Ausland zu bitten. Und welch ungeheure, die Arbeit auf Jahre belastende Komplikationen würden eintreten, wenn die Agenten tatsächlich abgezogen wurden, denn ein Zurück gab es für sie in einem solchen Fall nicht mehr. London würde es mit der Zerstörung des eigenen Agentennetzes nicht eilig haben. Er strich die Namen aus seinem Bewußtsein. Er hob den Kopf. Ein Ent-

rinnen vor dem gleißenden Licht bot allein das Gesicht des Ermittlers.
»Es ist schlicht ein Skandal, daß ein harmloser Wissenschaftler ...«
Der Ermittler gab mit der Hand ein Zeichen. Die Wächter traten vor und rissen Mattie von seinem Stuhl.

Charlie telefonierte. Er stand wieder in derselben Zelle, nachdem er abermals eine Nacht unter Pappkartons verbracht hatte.
Nach dem Anruf half er den Pennern, die Kartons zu verstauen, ging zu den Schließfächern in der Untergrundstation hinüber und holte seinen Rucksack.

Sie hatten einen prächtigen Blick auf das Haus des Griechen. Parrish hatte die Sache gedeichselt. Wächter nahm an, daß Parrish auf einen möglichst guten Platz am Fenster Wert legte. Ein phantastisches Fenster. Das Laub an den Bäumen war noch nicht sehr dicht, so daß man über den Garten und die Straße auf den Garten und die Veranda des Griechen blicken konnte.
Es war ein altes, verwittertes Haus, dessen Mauern dicht mit üppigem Efeu bewachsen waren. Ein dreistöckiges viktorianisches Backsteinhaus. Und Parrish hatte es aufgetan. Im obersten Stockwerk hatten sie die Kamera in Position gebracht. Wächter und Token waren über das Leben der Dame inzwischen in allen Einzelheiten informiert. Jede volle Stunde kam sie mit einer Kanne Tee und Keksen nach oben. Sie war Witwe. Ihr verblichener Gatte war Brigadegeneral gewesen. Sie lebte jetzt seit neunzehn Jahren allein in dem Haus, und Jahr für Jahr hatte sie die Schecks der Immobilienhaie zurückgewiesen – zuletzt hatte man ihr eine Dreiviertelmillion Pfund geboten –, die das Anwesen plattwalzen und ein Apartmenthaus darauf errichten wollten. Sie war davon überzeugt, daß ihre Katzen keine Lust auf einen Umzug verspür-

ten. Mit ihrem Nachbarn jenseits der Straße hatte sie nichts im Sinn. Immer wieder bedrohten seine Hunde ihre Katzen. Alles, was den Besitzer der Hunde in die Bredouille brachte, war der alten Dame nur recht. Von dem oberen Fenster aus konnten sie die Hunde sehen: ranke, ruhelos umherschweifende Dobermänner, die sich mit den Vorderläufen auf den Reifen des mitternachtsblauen Jaguar abstützten, der vor der Veranda geparkt stand. Sie war ein schlaues altes Mädchen, die Generalswitwe. Wächter war nicht entgangen, daß sie ihnen beiden einen verstohlenen Blick zugeworfen, den Ring an seinem Finger registriert und gleichzeitig bemerkt hatte, daß Tokens Finger unberingt war.

Er fühlte sich wohl mit Token. Sie hatte nichts dagegen einzuwenden, daß er über Kolumbien sprach und über die Bekämpfung des Problems an der Wurzel. Vor dem Haus auf der gegenüberliegenden Straßenseite waren noch andere Autos aufgetaucht und dann wieder weggefahren. Sie hatten jedes Ereignis auf der Straße fotografiert. Von dem Griechen allerdings fehlte noch jegliche Spur. Ein Wahnsinnshaus, in dem der Hurensohn wohnte. Das Grundstück mindestens zweieinhalbtausend Quadratmeter groß, beheiztes Schwimmbad, Tennisplatz.

Als ihr Mann das Haus damals erworben habe, erzählte ihnen die Generalswitwe gerade, hätten sie noch über Felder ins offene Land hinausgeblickt ...

Aus dem Funkgerät erklang eine krächzende Stimme.

»April eins an April fünf, April eins an April fünf ...«

»Hier April fünf, April eins bitte kommen ...«

»Tango eins hat mit eurem Mann telefoniert. Und jetzt der Wortlaut des Gespräches ... Tango eins: Hier spricht Charlie ... Euer Mann: Du wirst an der gleichen Stelle abgeholt wie gestern. Bring alles mit ... Tango eins: In Ordnung ... Haben Sie verstanden, April fünf?«

»April fünf an April eins. Alles klar, verstanden, Ende.«

Seine Knie zitterten.

»Aha. Wächter ist von den Toten erwacht«, stellte Token fest.
»Was bedeutet das – Wächter?« fragte die Generalswitwe.
Token lächelte. »Es handelt sich dabei um einen sehr tüchtigen Mann, Madam, und um einen sehr verletzlichen noch dazu.«
»Die Bestien da unten sind einmal aus dem Garten ausgebrochen und haben eine meiner Katzen getötet. Sie haben Disraeli buchstäblich in Stücke gerissen.«

»George, nur auf ein Wort.«
Der Verteidigungsminister blieb auf dem Gang vor dem Kabinettssaal stehen.
»Es geht um den Lieferanten. Es gibt da etwas sehr Seltsames. Möglicherweise brauche ich deine Hilfe.«
»Wovon zum Teufel sprichst du?«
»Die Zollfahndung hat einen Verdächtigen. Sie wissen bisher kaum etwas über ihn. Aber sie stellen Nachforschungen an, und sie glauben, daß ein Typ namens Matthew Furniss, der offiziell im Außen- und Commonwealth-Ministerium arbeitet, in Wirklichkeit aber für den Geheimdienst, ihnen weiterhelfen könnte. Aber die Verantwortlichen im Service wollen nichts davon wissen. Dieser Mr. Furniss wird abgeschirmt. Die Beamten von der Zollfahndung kommen nicht an ihn ran.« Der Anblick maßloser Wut auf Georges Gesicht entschädigte seinen Kollegen für alle Erniedrigungen der letzten Wochen. Als sie den Kabinettssaal betraten, sagte er: »Ich wollte ja nur, daß du Bescheid weißt.«

Parrish saß in der Lane im obersten Stock in der Funkzentrale und koordinierte die Meldungen seiner Leute. Im Moment überstürzten sich die Ereignisse. Harlechs Fall mußte jetzt erst mal warten, und die Geschichte, auf die er »Corinthian«, den Ersatzmann für den noch schwer angeschlagenen Athens, angesetzt hatte, ebenfalls. Die Sache mit dem Iraner war so heiß, daß man nichts dem Zufall überlassen durfte.

Parrish an Wächter: »April eins an April fünf. Vergessen Sie nicht, daß Sie ausschließlich für Tango eins zuständig sind. Unsere Kollegen von der Polizei werden sich um jeden anderen Tango außer Tango eins kümmern.«
Harlech an Corinthian: »April sieben an April elf. Hey, alter Junge, es ist einfach unglaublich, phantastisch. Weißt du, was sie machen? Sie haben Tango eins in einem weißen Lieferwagen verstaut, und dann steht da noch ungefähr 40 Meter weiter hinten ein anderer – ein grüner – Lieferwagen. Sie schleppen den von Tango eins mitgebrachten Stoff von dem weißen zu dem grünen Wagen, wo sie das Zeug offenbar chemisch untersuchen. Verstanden? Sie machen das alles gleich an Ort und Stelle. Zwischen den beiden Wagen parkt der Jaguar, und der Jaguar-Tango befindet sich gemeinsam mit Tango eins in dem weißen Lieferwagen. Heute muß Weihnachten sein. So etwas Irres hab' ich noch nie erlebt.«
Wächter an Token: »April fünf an April neun. Mach noch mal die Runde. Du hast noch einen zweiten Fragebogen. Läute noch mal an den Häusern, die du beim erstenmal ausgelassen hast. Ich möchte wissen, ob der Motor des Wagens läuft, in dem Tango eins sich befindet. Ich muß unbedingt wissen, wann die Kiste sich in Bewegung setzt.«
Corinthian an Wächter: »April elf an April fünf. Mach dir nur nicht ins Hemd, Wächter, hier sieht es folgendermaßen aus: Tango eins hockt mit dem Griechen in der weißen Kiste. Der Stoff wird von dem weißen zum grünen Wagen hinübergebracht und dort wahrscheinlich getestet. Der Typ, der das Zeug zu der grünen Kiste rüberbringt, kommt mit leeren Händen zurück und erstattet durch die rückwärtige Tür der weißen Kiste Bericht. Gefährlich aussehender Bursche in einem blauen Overall. Der Stoff ist also in dem grünen Wagen. Die grüne Kiste können wir den Bullen überlassen. Alles klar, April fünf?«
Parrish an alle: »Bleibt an der Sache dran, ganz cool, ganz ruhig. Wenn einer von euch Mist baut, kann er für den Rest

seiner Tage in Uniform Päckchen aufmachen. Wir lassen Tango eins laufen ... Das ist von oben abgesegnet. Uns interessiert nur Tango eins.«

Eine ruhige Straße gleich neben der Umfassungsmauer des Richmond Park. In der Straße parkten zwei Lieferwagen und dazwischen ein Jaguar. Auf der gegenüberliegenden Straßenseite läutete ein Mädchen an diversen Haustüren und erkundigte sich bei den Anwohnern nach deren Lieblingswaschmittel. Im Obergeschoß eines Hauses zirka 150 Meter nördlich des grünen Wagens hatte man eine 500-Millimeter-Linse installiert. In der Straße parkten übrigens noch drei weitere Autos: zwei davon in gleicher Richtung wie der weiße Lieferwagen ...

»Erstklassiger Stoff ...«
»Ich hab' selbst gesehen, wie das Zeug abgepackt worden ist.«
»Und es gibt mehr davon ...?« Der Grieche konnte seine Gier nicht verbergen.
»Ich werd' in ein paar Monaten mehr davon bringen«, versicherte Charlie.
Der Grieche hatte seine Hand auf Charlies Arm gelegt. »Falls sie dich hopsnehmen und du anfängst zu quatschen, dann bekommst du ein Messer zwischen die Rippen, ganz egal, wo du bist. Ich krieg' dich, darauf kannst du Gift nehmen.«
Charlie erwiderte: »Mein Freund, und falls sie dich hopsnehmen und du zu singen anfängst, dann verpass' ich dir 'ne Kugel mitten in den Kopf. Das ist ein Versprechen. Und ich finde dich.« Damit verstaute er die letzten Bündel von 20-Pfund-Noten in seinem Rucksack.
Die beiden schüttelten einander die Hand.
»Sei vorsichtig, wenn du wieder dort hingehst.«
»Und du paß auf, wenn du das Zeug vertickst«, entgegnete Charlie.
Blendendes Licht fiel in den Innenraum, als die Wagentür

sich öffnete. Der Grieche bedachte Charlie noch einmal mit einem düsteren Lächeln und stieg dann aus.
Während der Lieferwagen sich in Bewegung setzte, hörte Charlie das tiefe Röhren des Jaguar-Motors.

In einer Nebenstraße in Hammersmith rammte ein Polizei-Landrover den weißen Lieferwagen von der Seite und drückte die Fahrertür so tief ein, daß sie sich nicht mehr öffnen ließ. In Shepherds Bush schnitten die Fahrzeuge des Rauschgiftdezernats dem grünen Lieferwagen den Weg ab.
Eine Stunde später: Der Grieche war erst vor ein paar Minuten wieder in seinem Haus in dem kleinen Ort Chigwell in Essex eingetroffen. Ein Scharfschütze der Polizei stellte in dem Haus gegenüber seine Teetasse ab, bat die Generalswitwe, ein paar Schritte zurückzutreten, und schoß innerhalb von vier Sekunden beiden Dobermännern mitten ins Herz. Dann sprach der Scharfschütze kurz in sein Funkgerät, schloß das Fenster und war einigermaßen überrascht, als die alte Dame ihm einen Kuß auf die Wange drückte. Sie standen noch immer am Fenster, als ein speziell für diesen Zweck ausgerüsteter Landrover mit hoher Geschwindigkeit krachend das hohe Holztor durchbrach. Ein paar Sekunden später – ein Polizist hatte gerade zum zweitenmal mit einem schweren Hammer zugeschlagen – flog splitternd die pseudo-georgianische Eingangstür auf.
In der U-Bahn, die sie in Wimbledon bestiegen hatten, ließen Wächter, Token und Harlech Tango eins nicht aus den Augen, und über ihnen brauste Corinthian wie ein Wahnsinniger durch den dichten Verkehr.

Wie immer stieg er gemeinsam mit seinem Leibwächter direkt vor dem Eingang des Regierungsgebäudes aus der Limousine. Er ging durch einen langen Korridor, stieg dann ein paar Stufen hinab und gelangte so in den Gang, der das Gebäude mit Downing Street verband. Nun trennte ihn nur

noch eine Tür vom Sitz des Premierministers. Der bewaffnete Polizist, der hier die letzte Sicherheitsüberprüfung vornahm, grüßte ihn wie einen alten Freund. Er kannte den Polizisten schon ewig. Gott allein wußte, wie der Mann das geschafft hatte, aber er schien sich in seinem ganzen Arbeitsleben nie mehr als hundert Meter von Whitehall entfernt zu haben.
Der Leibwächter blieb draußen im Wartezimmer zurück. Und wie immer würde der Mann auch diesmal von einer der langbeinigen, schlanken jungen Damen, die in den angrenzenden Büros arbeiteten, eine Tasse Kaffee serviert bekommen. Ja, Leibwächter müßte man sein, der hatte ein gutes Leben, fast so gemütlich wie der Polizist an der Sicherheitsschleuse. Der Präsident wurde zum Büro des Premierministers geführt.
Im ersten Augenblick glaubte er, daß er in eine noch nicht ganz beendete Besprechung geraten sei. Er nickte dem Verteidigungsminister kühl zu. Er war dem Mann bereits mehrmals begegnet, fand ihn allerdings unerträglich arrogant.
»Danke, daß Sie so rasch gekommen sind.«
Als ob er eine Wahl gehabt hätte.
»Ich weiß das zu schätzen. Sie kennen sich? Ja. Tut mir leid, Ihnen sagen zu müssen, daß mein Kollege mir soeben eine äußerst heikle Beschwerde vorgetragen hat.«
Er konnte das Unbehagen des Premiers und die Ablehnung des Ministers förmlich spüren.
»Tut mir leid, das zu hören, Herr Premierminister.«
»Georges Tochter Lucy ist unlängst einem Drogenunfall zum Opfer gefallen.«
Der Präsident sah den Premier an. Die Zeitung konnte er jedenfalls noch lesen. Das Mädchen war süchtig gewesen.
»Die Polizei und die Zollfahndung versuchen gerade den Importeur des fraglichen Rauschgifts zu ermitteln ...«
Und dann wußte er, was kommen würde.
»Die äußerst sorgfältig geführten Ermittlungen haben die Behörden auf die Spur einer Person fremder Nationalität mit

einem Staatenlosen-Paß geführt, für dessen Ausstellung sich ein Mitglied des Service verwandt hat. Die Zollfahndung möchte nun verständlicherweise mit diesem Mitglied des Service sprechen, aber dort ist man zu irgendwelchen Auskünften offenbar nicht bereit.«

Wußte der Premierminister, um wen es sich handelte? Nein, unmöglich. Sonst hätte er sich denken können, was los war.

»Einfach empörend«, schnaubte der Minister.

»Ich glaube, wir können diese Angelegenheit ziemlich rasch regeln, nicht wahr, Herr Präsident? Bevor uns die Sache aus dem Ruder läuft.«

Nein, offenbar hatte er keine Ahnung. »Herr Premierminister, ich bin nicht befugt, vor Dritten über diese Angelegenheit zu sprechen.«

»Und ob Sie das werden«, polterte der Minister mit hochrotem Kopf los.

Der Präsident maß den Mann von oben bis unten. Diesen abschätzigen Blick von Kopf bis Fuß hatte er als Junge seinem Lateinlehrer in Marlborough abgeschaut. »Ich habe lediglich dem Premierminister Rede und Antwort zu stehen, Sir, und dem Außenminister. Angelegenheiten, die den Service betreffen, liegen außerhalb der Zuständigkeit Ihres Ministeriums.«

»Wenn ich Sie recht verstehe, sind Sie der Auffassung, daß die Einfuhr von Heroin in die Zuständigkeit des Geheimdienstes fällt. Das ist doch offenbar Ihre Meinung? Wie zum Teufel kommt der Service dazu, sich solche Rechte anzumaßen, das wüßte ich gern. Importieren Sie etwa Heroin, Herr Präsident? Handelt es sich darum? Muß ich also Ihre Behörde für den Tod meines einzigen Kindes verantwortlich machen?«

»George, ich glaube, das genügt.«

»Nein, Herr Premierminister, es ist noch lange nicht genug. Ich verlange, daß der Präsident diesen Matthew Furniss augenblicklich herbeischaffen läßt, damit die Polizei und die

Zollfahndung nicht weiter kostbare Zeit verlieren, oder daß er uns ohne langatmige Ausführungen über die Zuständigkeiten des Service erklärt, warum er diesen Mann bedeckt hält.«
»Wir alle wissen, wie wichtig der Zeitfaktor für die Polizeiarbeit ist, George. Ich glaube nicht, daß Sie oder irgendwer anderer uns darüber aufzuklären braucht – aber haben Sie Matthew Furniss gesagt? War das der Name?«
»Ja, Herr Premierminister. So heißt der Geheimdienstmann. Der Innenminister hat mir berichtet, daß der Importeur ein gewisser Iraner namens Charlie Eshraq ist.«
»Und was haben Sie dazu zu sagen, Herr Präsident?« Die Befangenheit des Premierministers schien wie weggeblasen.
»Ich sage folgendes, Herr Premierminister. Unter anderen Umständen würde ich Ihnen wahrscheinlich ohne viel Umschweife erklären, was der Service mit der ganzen Sache zu tun hat und wie unendlich gering die Chance ist, daß unsere Behörde etwas mit dem Tod der rauschgiftsüchtigen Tochter des Ministers zu schaffen hat. Aber ich habe mir soeben die hysterischen Spekulationen und Vorwürfe eines Mannes angehört, mit dem ich, es sei denn auf ausdrücklichen Befehl, nicht bereit bin, über diesen oder irgendeinen anderen Fall auch nur ein Wort zu sprechen. Überdies ist es schlicht skandalös, daß hier über einen loyalen Staatsdiener der Stab gebrochen wird, einen Mann, der, wie der Herr Premierminister nur zu gut weiß, außerstande ist, seinen guten Namen zu verteidigen.«
»Ich werde Ihnen das Genick brechen, Sir.«
»Das können Sie natürlich versuchen, Sir.«
»Herr Premierminister, wollen Sie eine solche Unverschämtheit etwa hinnehmen?«
»Ich hoffe, Herr Premierminister, ich kann auf Ihre Unterstützung rechnen.«
Zögernd kam die Antwort: »Ich werde darüber nachdenken.«
Während er durch den langen Korridor zurückwanderte,

schossen dem Präsidenten gleich mehrere Gedanken auf einmal durch den Kopf. Er dachte an Mattie Furniss, den in der Gefangenschaft die Folter erwartete. Er dachte an sein Gespräch mit Miss Duggan, deren Loyalität er nur bewundern konnte, und an die zwei Gläser Mineralwasser, ohne die sie Charlie Eshraqs Geschichte wahrscheinlich kaum hätte erzählen können. Er dachte an das Mädchen, das die Mullahs an einem Kran hatten aufhängen lassen. Und er dachte an den außerordentlichen Wert, den Eshraq für den Service haben konnte. Solange Furniss Eshraqs Namen nicht unter Folter preisgab. Solange die Zollfahndung den Iraner nicht zu fassen bekam.

»April fünf an April eins, April fünf an April eins.«

»April eins – April fünf, bitte melden.«

»Nur ein Lagebericht, Bill. Er sitzt in einer Kneipe und schlägt offenbar die Zeit tot. Er sitzt schon fast seit einer Stunde vor einem Glas Bier, sonst ist nichts passiert, seit wir uns zuletzt gemeldet haben. Was hat der Boß gesagt?«

»Er sagt, daß er um Jahre gealtert ist. Ja, das hat der Boß gesagt. Dann hab' ich ihm meine Geschichte erzählt und erklärt, daß wir wissen möchten, wohin Tango eins uns führt, um dann den ganzen Ring auszuheben. Unser guter Chef sähe es natürlich lieber, wenn wir dem Kerl Handschellen anlegen würden, aber er kann mit der Situation leben, weil wir ja den Stoff haben.«

»Wieviel ist es?«

»Ungefähr sieben Kilo, Wächter. Und wissen Sie was? Die Markierungen auf den Päckchen sind die gleichen wie bei Manvers. Das hat dem Boß die Entscheidung erheblich erleichtert.«

»Das ist ja gerade das schlimme, daß wir nichts Konkretes wissen.«

Der Vize saß in einem Sessel. »Je mehr Lärm wir veranstalten, um so schlimmer kann es für ihn ausgehen. Ich meine, wir können nicht gut die Schweden bitten, dem iranischen Außenminister einen Besuch abzustatten und den Nachtwächter zu fragen, ob man dort vielleicht einen verschleppten Ressortleiter des britischen Geheimdienstes verhört ... Nein, wir müssen durch diese Geschichte durch, und Sie müssen eine Entscheidung treffen.«

»Ob wir die Agenten abziehen? Darüber entscheide ich morgen früh.«

»Das sind Sie ihnen schuldig, Sie müssen ihnen Zeit geben, sich abzusetzen. Operative Agenten sind mutige Leute. Falls sie hochgehen, können sie noch von Glück sagen, wenn sie nur aufgehängt werden.«

Der Präsident wirkte geistesabwesend. Er schloß die Augen, als verspürte er einen heftigen Schmerz.

»War Ihnen das nicht klar, als Sie den Job übernommen haben?«

»Ich werde morgen früh eine Entscheidung treffen.«

»Vielleicht bleiben uns nur Stunden – Stunden, verstehen Sie, Herr Präsident. Die werden Mattie an den Fingernägeln aufhängen, bis die Namen nur so aus ihm herauspurzeln, ob er es will oder nicht. Es ist nur eine Frage des Zeitpunkts, aber kleinkriegen werden sie ihn auf jeden Fall.«

Er hatte den ganzen Tag an dem Haken an der Wand gehangen. Er hatte schon oft genug darüber gelesen. Jeder, der sich näher mit dem Iran befaßte, wußte von dieser Methode, Geständnisse zu erzwingen. Er dachte, inzwischen müsse gewiß ein Tag vergangen sein, aber er war dreimal bewußtlos gewesen und hatte jegliches Zeitgefühl eingebüßt. Die Schmerzen, die seinen Rücken, seine Schultern und seinen Brustkorb durchpulsten, waren noch unerträglicher als die Qualen, die er am Tag zuvor an den Füßen auszustehen gehabt hatte. Er hatte das Gefühl, sein Körper müsse jeden Augenblick auseinanderbrechen – wie das trockene

Kaminholz, das er in Bibury auf seinem Knie zerbrach. Seinen linken Arm hatte man ihm von oben hinter den Nacken gebogen und den rechten Arm hinter seinem Rücken so weit nach oben gepreßt, daß die Hände ineinander zu liegen kamen. Seine Handgelenke waren mit Lederriemen fest verknotet. Und an diesen Riemen hatte man ihn dann an einen Fleischerhaken gehängt. Nur mit den Zehen konnte er den Boden berühren. Wann immer seine Zehen ihn nicht mehr zu tragen vermochten und er zusammensackte, schoß ein entsetzlicher Schmerz durch seine Schultern, und seine Rippen schienen zu zerbersten. Anfangs war es noch relativ erträglich gewesen. Anfangs hatten seine verquollenen, blutunterlaufenen Füße noch einen Großteil seines Gewichts getragen. Im Laufe des Tages aber – auch wenn er nicht wußte, wie viele Stunden inzwischen vergangen waren – war die Kraft aus seinen Füßen gewichen. Die ganze Last hatten nun seine verdrehten Arme zu tragen gehabt. Dreimal war er in der übelriechenden Hitze ohnmächtig geworden. Sie hatten ihn nicht etwa heruntergenommen. Sie hatten ihm lediglich Wasser ins Gesicht gegossen. Keine Erlösung von dem Haken an der Wand. Immer unerträglichere Schmerzen hatten seinen Rücken, seine Schultern, seine Rippen durchzuckt ... Nicht einmal Gott konnte wissen, wie seine Muskeln, sein Körper das Gewicht aushalten würden, wie er die Schmerzen ertragen sollte.

»Mr. Furniss, warum verhalten Sie sich so unkooperativ? Was versprechen Sie sich davon?«

Wollte der Mann seine Lebensgeschichte hören?

»Selbst die fanatischsten Anhänger der Mudschahedin treten öffentlich im Fernsehen auf, denunzieren vor der ganzen Welt ihre ehemaligen Kameraden und bereuen ihre Taten. Wie ist das möglich, Mr. Furniss?«

»Ich hab' keine Ahnung ... über solche Fragen ... denkt ein Archäologe ... im allgemeinen nicht nach.« Er hörte den rauh-heiseren Klang seiner Stimme.

»Sogar die mutigsten ›Heuchler‹ verraten ihre Kameraden und ihre Ideale wegen unerträglicher Schmerzen, Mr. Furniss.«
Er hatte die Fotografien gesehen. Er wußte, was sie mit ihren Feinden anstellten. Er hatte Videoaufzeichnungen von solchen Bekenntnissen gesehen. Schwarzgekleidete Frauen und Männer in Trainingsanzügen hatten sich vor laufender Kamera in der Sporthalle des Gefängnisses von Evin gegenseitig darin überboten, ihre Kameraden und ihre Sache in den Schmutz zu ziehen, ohne daß sie deshalb dem Erschießungskommando oder dem Henker entgangen wären. Das Sprechen tat ihm weh. Wenn er die Luft tief genug in seine Lungen sog, um sprechen zu können, wurden die Schmerzen in seinem Rücken, seinen Schultern und Rippen nur um so unerträglicher.
Er bildete die Wörter mit den Lippen. Keine Stimme in seiner Kehle, nur Mundbewegungen. *Er war Wissenschaftler und befaßte sich mit der Frühgeschichte der türkischen Stadt Van.*
Er mußte an einen Vortrag damals im Fort denken. Der Redner war ein älterer Mann gewesen, dessen Rücken wie durch eine Wirbelsäulenverkrümmung verbogen war, dessen Fingernägel in den rosa Nagelbetten nie mehr nachgewachsen waren. Er hatte seine Rede mit einem gutturalen mitteleuropäischen Akzent vorgetragen. Aus seinem abgewetzten, glänzenden Anzug hatte der Kragen eines lutherischen Pastors hervorgelugt. Man hatte ihnen berichtet, daß der Redner die beiden letzten Jahre des Zweiten Weltkriegs in Dachau verbracht hatte. Er sprach von seinem Glauben, er sprach von seinem Gott, er sprach vom Beten und von der Kraft, die seine Religion ihm damals gegeben hatte. Anders als Harriet war Mattie kein regelmäßiger Kirchgänger. Wenn er sich in der Kirche befand, beugte er gemeinsam mit dem Rest der Gemeinde das Knie und sang mit kräftiger Stimme, aber er hatte nicht den Eindruck, daß er seinem Gott besonders nahe war. Welch einen wundervollen Schutz hatte der

Glaube doch jenem Mann in dem unvorstellbaren Elend von Dachau geboten. Mattie war jetzt genauso allein, wie der Redner damals in seiner Zelle in Dachau allein gewesen war, wie die von der Obrigkeit verfolgten Jünger vor zweitausend Jahren. Mattie hätte wahrscheinlich gesagt, seine Religion gründe sich auf ein Wissen um Recht und Unrecht, er hätte vermutlich erklärt, daß er sich vor dem Tod fürchte, weil er noch nicht bereit sei, seinem Schöpfer gegenüberzutreten. Wie gerne hätte er gebetet. Aber er konnte nicht beten, weil in seinem Bewußtsein neben den Schmerzen für nichts anderes mehr Platz war. Er überlegte, wie jener lutherische Pastor wohl gebetet hatte, als man ihm die Fingernägel herausgerissen und sein Rückgrat verbogen hatte.
»Mr. Furniss, Sie sind ein Gentleman. So etwas sollte Ihnen nicht widerfahren, Mr. Furniss. Eine solche Behandlung verdienen eigentlich nur die dreckigen ›Heuchler‹. Sie können sich weitere Qualen ersparen, Mr. Furniss. Helfen Sie mir, helfen Sie sich selbst. Warum sind Sie im Nahen Osten herumgereist? Wen haben Sie getroffen? Sie brauchen nichts weiter zu tun, als diese Fragen zu beantworten.«
Tatsächlich hatte Mattie den Eindruck, daß er die Namen im Augenblick überhaupt nicht nennen konnte. Die Namen waren wie weggeblasen. Er verspürte nichts als Schmerz. Das gleißende Licht strahlte ihm direkt ins Gesicht. Seine Qualen wurden noch intensiver, als er versuchte, seinen Kopf von dem Licht und von dem Gesicht des Ermittlers wegzudrehen. Der Ermittler saß gut einen Meter von Matties aufgesprungenen, trockenen Lippen entfernt. Er war froh über die Schmerzen. Er war froh, daß die Schmerzen die Namen der Agenten aus seinem Gedächtnis gelöscht hatten. Er roch die Zigaretten der Wächter. Offenbar rauchten sie pausenlos.
Plötzlich schnippte der Ermittler mit den Fingern. Er erhob sich von seinem Stuhl, ging zum Tisch hinüber und schob seinen Notizblock in eine Aktentasche.

In Matties Augen wirkte der Ermittler weder verärgert noch zufrieden. Er hatte lediglich sein Tagespensum erledigt.
»Mr. Furniss, es gibt noch ein Morgen und ein Übermorgen und einen Tag danach und dann wieder einen Tag. Jeder Tag wird für Sie nur schlimmer werden. Ihre Starrköpfigkeit wird Sie teuer zu stehen kommen.«

»Nein, Mutter, es gibt kein Problem, Mattie hat sich nur ein bißchen verspätet ... Ich möchte nicht mit dir über Matties Arbeit sprechen, Mutter ... Nein, du brauchst nicht zu kommen, Mutter. Du kannst doch sowieso nicht kommen, sonst verpaßt du am Freitag deine Bridgepartie. Mir geht es wunderbar, Mutter ... Tut mir leid, aber ich bin viel zu beschäftigt, um dich jetzt hier zu empfangen. Wenn es irgendwelche Probleme gäbe, dann hätte ich doch die Mädchen schon lange hergebeten. Nein, die Mädchen sind nicht hier ... Mutter, ich möchte wirklich nicht, daß du mich jetzt besuchen kommst ... Hörst du, ich möchte nicht, daß du herkommst, ich will niemanden hierhaben ... Nein, ich weine nicht, Mutter, ich versuche nur, mit meinem Leben zurechtzukommen.«
Sie legte den Hörer auf.
Sie fand, daß sie verdammt unhöflich gewesen war. Sie setzte sich wieder an das Protokoll der gestrigen Sitzung der Umweltgesellschaft.
Sie bemühte sich, nicht darüber nachzudenken, wo er wohl sein und wie es ihm gehen mochte, ihrem Mattie.
Bestimmt ging man im Century House davon aus, daß Harriet Furniss die Nerven behalten würde. Bestimmt war in Matties Akte vermerkt, daß seine Frau belastungsfähig sei. Bestimmt hatte man in der Akte auch festgehalten, daß sie ihre zwei Kinder in Teheran geboren hatte, weil sie es nicht für nötig befunden hatte, zur Entbindung eigens nach Hause zu reisen. Sie hatte keine Schwierigkeiten gemacht, als sie in der Golfregion stationiert gewesen waren, und auch nicht während

der paar Monate, die sie in Ankara verbracht hatten. Bestimmt konnte man in der Akte nachlesen, daß sie ausgesprochen pflegeleicht war und sich auch in den Botschaftskreisen bestens zurechtgefunden hatte, genau die richtige Lebensgefährtin für einen Ressortleiter.
Und trotzdem hatte sie in den vergangenen Tagen entsetzlich darunter gelitten, daß niemand aus dem Century House es für nötig gehalten hatte, sie wenigstens einmal anzurufen, ja, das hatte sie tief verletzt.

»April eins an April fünf, April eins an April fünf ...«
»April fünf an April eins ...«
»Okay, Wächter, ich hab' die gewünschten Informationen ... Der Besitzer des Hauses ist ein gewisser Brian Venables, der Himmel allein weiß, weshalb Tango eins sich so lange dort aufhält ... Venables ist bei der Themse-Wassergesellschaft angestellt.«
»Verstanden.«
»Wann sollen wir euch ablösen?«
»Bill, mich löst hier niemand ab ... Keine Einwände, Bill, sonst müssen Sie mich mit Gewalt hier wegschleppen ... In meinem Fach liegen ein batteriebetriebener Rasierer und ein Paar Socken. Die könnte ich gut gebrauchen.«
»Und was ist mit den andern?«
»Die möchten erst morgen früh abgelöst werden. Wir bleiben allesamt hier ... Bill, Token sagt, daß sie in ihrem Schließfach in einem grünen Plastikbeutel Ersatzklamotten hat.«
»Na ja, dann träumt süß, ihr Helden der Nation. April eins an April fünf, Ende.«

12. Kapitel

Der Wind, den die Rotorblätter des Hubschraubers erzeugten, preßte das Gewand des Mullahs gegen seinen Körper und ließ die Einbuchtung zwischen seinen Beinen deutlich hervortreten. Mit der einen Hand hielt er seinen schneeweißen Turban fest, mit der andern rückte er die Brille auf seiner Nase zurecht. Der Hubschrauber wurde bereits von etlichen Leuten erwartet. Da waren der Divisionskommandant mit den beiden Stabsoffizieren, einige Kriegsverletzte und schließlich noch der Mullah und seine Leibwächter. Der Landeplatz am Rand des Schlachtfelds war in gleißendes Scheinwerferlicht getaucht, denn es war noch früh am Tag, und am östlichen Himmel ging eben erst die Sonne auf. Bereits um die Mittagszeit sollten die Urteile vollstreckt werden.

Sie hoben ab. Der Hubschrauber war noch ganz neu und stammte aus Frankreich. An den offenen Türen waren Gestelle mit schweren Maschinengewehren befestigt. Um feindlichen Boden-Luft-Raketen auszuweichen, flog der Pilot sehr niedrig über den rückwärtigen Teil des Kampfgebiets. Die heißumkämpfte Gegend, über die sie hinwegflogen, lag östlich der irakischen Stadt Basra. Der in seinem Segeltuchsitz festgeschnallte Mullah saß in Flugrichtung. Er war noch jung und hatte Angst. Noch dreißig Minuten zuvor hatte das Schlachtfeld unter schwerem Artilleriebeschuß gelegen. Einige der Schwerverletzten befanden sich nun an Bord des Hubschraubers. Sie lagen auf Bahren direkt vor seinen Füßen, und die Pfleger hielten Tropfflaschen in den Händen. Es handelte sich allerdings nur um die paar wenigen Verwundeten, die Glück gehabt hatten und sich zum Zeitpunkt des Angriffs zufällig in der Nähe des Landeplatzes aufgehalten hatten. Der Mullah wandte den Kopf zur Seite und sah aus einem der staubbedeckten Bullaugen. Dann blickte er an einem der MG-Schützen vorbei durch die offene Luke. Sie flogen sehr niedrig über die flache, gesichtslose Gegend. Er sah alte Schützengräben, die vor einigen Jahren heftig umkämpft gewesen waren, und erkannte die Stellen, an denen erst kurz zuvor Artilleriegeschosse explodiert waren. Er sah die leblosen Körper der Gefallenen und die verzerrten Gesichter der Verwundeten, er sah, wie Sanitäter mit Tragen hin und her rannten. Er konnte die Panzer in ihren Unterständen erkennen, die nicht einsatzfähig waren, weil es an Ersatzteilen fehlte.

Auf diesem Schlachtfeld wuchs buchstäblich überhaupt nichts mehr. Wo einstmals Felder gewesen waren, sah man jetzt Panzerspuren, die sich tief in die Erde eingegraben hatten. Wo früher stattliche Bäume gewachsen waren, gab es jetzt nur mehr von Geschossen zerfetzte Stümpfe. An die Stelle der üppigen Marschvegetation war eine gelbe Ödnis getreten, denn man hatte das ganze Gelände mit Herbiziden besprüht, um den Feind jeglicher Deckung zu berauben. Der Hubschrauber knatterte über ein Nachschublager, über Zelte und Bunker hinweg. Er flog so tief, daß der Mullah die Gesichter der Soldaten erkennen konnte, die am Boden hockten und nach oben starrten. Es waren die gleichen Gesichter, wie er sie am Vorabend weiter vorne an der Front gesehen hatte. Die gleichen mürrischen Blicke wie bei seiner Durchhalterede. Zwangsverpflichtete Soldaten, die zwar Angst hatten, den Mund aufzumachen, aber kühn genug waren, mit den Augen ihre Fragen zu stellen: Wo bleibt die Luftunterstützung, wo bleiben die Ersatzteile für die Panzer, wo bleibt der Sieg, wann hat das alles ein Ende?

Noch am Morgen desselben Tages hatte er über fünfzehn Rekruten zu Gericht gesessen, die beim letzten Angriff auf die feindlichen Linien den Befehl verweigert hatten. Junge Männer mit niedergeschlagenen Augen, die von ihm – dem Mullah – zum Tod durch Erschießen verurteilt worden waren. Feigheit vor dem Feind konnte nicht geduldet werden.
Seine Sporen im Dienst des Imams hatte der Mullah sich bei den Ermittlungen gegen eine Gruppe von Luftwaffenoffizieren verdient, die von ihrem Stützpunkt in Hamadan aus einen Staatsstreich geplant hatten. Alle Tränen und alles Flehen der Piloten hatten ihn nicht davon abhalten können, seine Pflicht zu tun.
Er hatte sehr gute Arbeit geleistet. Und so hatte man ihm vor vielen anderen den Vorzug gegeben, als es später das Komplott aufzudecken galt, das der große Satan eingefädelt hatte, um seine gefangengehaltenen Agenten in einer Nacht-und-Nebel-Aktion zu befreien und aus dem Iran auszufliegen. So viele Verräter waren damals aufzuspüren gewesen, und er hatte sie aufgespürt. Er hatte die Verbrecher überführt, die die Lkws fahren sollten, und die Verräter, die eine sichere Landung der Flugzeuge gewährleisten sollten, und dann noch jene vaterlandslosen Gesellen, die die Radar-Abwehr lahmgelegt hatten. Überhaupt war ihm der Plan des großen Satans als völlig unsinnig erschienen – ein Unternehmen, das scheitern mußte.
Der Mullah war ein Diener der Revolution, ein Kind der grausamen Revolution. Etwas anderes kannte er nicht.
Als sie außer Reichweite der irakischen Boden-Luft-Raketen waren, gewann der Hubschrauber an Höhe. Er würde zunächst ein Feldlazarett anfliegen. Anschließend würde es dann nach Täbris gehen. Er hatte schlecht geschlafen an der Front – die Artilleriegefechte waren zu nahe gewesen. Nun, auf dem Weg nach Täbris, döste er friedlich vor sich hin, nur hin und wieder dachte er an einen Mann, dessen Deckname Delphin lautete.

Brian Venables kam an diesem Morgen erst spät aus dem Haus. Er war so spät dran, weil erst der Gast das Bad blockiert und dann seine Frau auch noch vergessen hatte, ihm das Frühstück zu machen. Endgültig in Rage geraten war er aber erst, als er den Blick gesehen hatte, den Polly über den Tisch geworfen hatte – schamlos, einfach unverfroren.
Brian Venables hatte seine Tochter nicht aufgezogen, damit sie eines Tages einen Ausländer mit nach Hause brachte und mitten in der Nacht heimlich in ihr Zimmer ließ. Das kam überhaupt nicht in Frage, und abends würde er ihr gehörig die Meinung sagen. O ja.
Er trat aus der Haustür und ging über den sauber gepflasterten Weg zu dem frisch gestrichenen, schmiedeeisernen Gartentor hinüber. An den Bäumen, die die Straße säumten, hingen noch die letzten Blüten. Früher einmal war die Wellington Street eine ruhige, anständige Straße gewesen, aber inzwischen hatte sich auch hier das Gesindel breitgemacht.
Er warf das Gartentor hinter sich zu.
Er ging den Gehsteig entlang.
Er sah die beiden Typen in dem Auto. Brian Venables gehörte in seiner Straße zu den Mitbegründern der Selbstschutzgruppe. Und direkt vor seiner Tür saßen zwei Typen in einem Wagen und beobachteten die Häuser. Er hatte sich Wort für Wort gemerkt, was die Polizistin ihnen damals eingeschärft hatte, als sie die Selbstschutzgruppe ins Leben gerufen hatten. Die Kerle warten, bis der Mann das Haus verlassen hat, die Kinder in der Schule sind und die Hausfrau ihre Einkäufe erledigt. Okay, den beiden jungen Typen da drüben würde er es zeigen. Er machte auf dem Absatz kehrt.

Sie beobachteten das Haus. Sie hatten gesehen, wie der Mann im Regenmantel und mit einer Aktentasche in der Hand auf den Bürgersteig getreten und dann umgekehrt war. »Wahrscheinlich hat der alte Knacker bloß sein Frühstücksbrot vergessen«, meinte Corinthian.

Der Streifenwagen kam von hinten und hielt direkt neben ihnen.

Park fluchte leise. Jemand klopfte auf der Fahrerseite an das Fenster.

»Führerschein, bitte ...«

»Verpißt euch«, zischte Corinthian.

»Also gut, Freundchen, aussteigen.«

Corinthian griff in seinen Anorak und zog seine Kennkarte hervor: Zollfahndung. Er hielt sie dem Uniformierten direkt vor die Nase. »Verschwindet.«

Der Beamte erstarrte. Dann fragte er mit der ganzen Würde seines Amtes: »Ist bei euch in der Zentrale bekannt, daß ihr hier herumlungert?«

»Warum geht ihr nicht wieder in eure Kantine Kaffee trinken, bitte«, sagte Corinthian.

Der Beamte versuchte, ihm einen strengen Blick zuzuwerfen, was ihm nicht ganz gelang, ging dann aber zu seinem Streifenwagen zurück.

Park hatte bereits das Funkgerät in Position. Seine Stimme klang rauh. »April fünf an April neun und April sieben ... Ich weiß nicht, wie ernst die Situation ist, aber möglicherweise sind wir aufgeflogen, vielleicht auch nicht. Also verpißt euch, so schnell es geht, verdammt noch mal. Bewegt euch.«

»Was hältst du davon?« wollte Corinthian wissen.

Wächter dachte darüber nach, was Bill Parrish wohl zu seinem kleinen Wächter sagen würde, falls die Bullen Ärger machen sollten. Und was ihm dabei einfiel, behagte ihm gar nicht.

Charlie kam die Treppe herunter.

Während er seinen Rucksack gepackt hatte, hatte er gehört, wie unten das Telefon läutete. Er fühlte sich nicht schlecht an diesem Morgen. Zwar hatte er nicht besonders viel geschlafen, aber das war nicht so wichtig. Sie war ein tolles Mädchen, und auch ihre Mutti war nicht schlecht, und das Frühstück war hervorragend gewesen. Nicht ganz so toll wie Polly

allerdings. Polly war klasse, und ihr Vater war eine dumme Sau. Unten auf der Treppe blieb er stehen. Er hatte geglaubt, Pollys Vater sei schon fort, und jetzt hörte er, wie der alte Scheißer gerade einen Anruf beendete.
Er hörte, wie Pollys Mutter mit Pollys Vater sprach. Er stellte den Rucksack ab und lauschte.
Pollys Vater sagte: »Nein, der Polizeibeamte war überhaupt nicht sauer, warum sollte er auch? Es ist doch ihre verdammte Pflicht und Schuldigkeit, in solchen Fällen nach dem Rechten zu sehen, sonst können wir die ganzen Präventivmaßnahmen gegen Verbrechen doch gleich vergessen. Draußen sitzen zwei Männer in einem Auto und beobachten unsere Straße. Ich werd' doch wohl noch das Recht haben zu erfahren, was da los ist. Die beiden Kerle da draußen sind vom Ordnungsamt, hat der Polizist gesagt. Halten Ausschau nach Schwarzarbeitern, die sich als Fensterputzer und Handwerker verdingen und gleichzeitig Stütze kassieren. Genau das hat der Polizist gesagt. Ich muß jetzt gehen. Und ich verlass' mich darauf, daß euer junger Freund heute abend nicht mehr hier ist.«
Charlie bedachte Pollys Vater mit einem strahlenden Lächeln, als sie sich unten in der Diele begegneten. Er hatte das Gefühl, daß der Mann ziemlich irritiert war, als er merkte, daß Charlie alles mitgehört hatte. Die Tür fiel ins Schloß. Pollys Mutter, die gerade das Geschirr spülte, sagte: »Das ist doch lächerlich. Hier in der Gegend bekommt man weder für gute Worte noch für Geld einen Fensterputzer.«
Das Lächeln war aus Charlies Gesicht gewichen. Pollys Vater hatte von einer Überwachungsaktion gesprochen. Er fühlte sich, als hätte er einen Schlag in den Magen erhalten.
Sie trat in die Diele. Sie war glücklich, ihr Gesicht strahlte. Er spürte, wie seine Beine zu zittern begannen und kalter Schweiß auf seine Stirn trat. Er wurde überwacht. In der Küche klapperte das Geschirr.
»Was ist hinter dem Haus?«
»Der Garten und die Garage.«

»Gibt es dort eine Straße?«
»Wir hätten wohl kaum unsere Garage auf der Rückseite, wenn es dort keine Straße gäbe, du Schlaukopf. Warum interessiert dich das?«
Er blieb ihr die Erklärung schuldig. Er schleppte seinen Rucksack in die Küche. Er bedankte sich höflich, wie er es als Kind gelernt hatte, bei Pollys Mutter für ihre Gastfreundschaft. Dann öffnete er die Küchentür und trat in den Garten hinaus.
Sie folgte ihm.
Sie erwischte ihn im Garten, gleich neben dem Gemüsebeet, auf das ihr Vater so stolz war.
»Beobachten sie dich, Charlie?«
»Warum willst du das wissen?«
»Also sag schon, Charlie, weshalb beobachten sie dich?«
»Das ist eine lange Geschichte, und ich bin in Eile.«
Er hätte schon lange fort sein sollen. Wenn sie die Vorderseite des Hauses beobachteten, dann konnte hinten genausogut jemand postiert sein.
Sie hatte seine Hand gefaßt. »Was hast du denn Schlimmes angestellt?«
»Nichts, alles.«
»Mr. Shabro hat mir erzählt, was sie mit deiner Familie gemacht haben. Er hat gesagt, daß du für niemanden wirklich etwas empfinden kannst.«
Sanft entzog er ihr seine Hand. »Vielleicht gehen wir eines Abends mal zusammen tanzen, bis frühmorgens. Du mußt mir glauben, daß ich das sehr gerne tun würde.«
»Ist das eine Lüge, Charlie?«
»Nein, ganz sicher nicht ... liebe Polly. Je mehr man einem anderen Menschen von sich erzählt, um so tiefer zieht man ihn in die eigenen Probleme mit hinein und um so eher hat das für den anderen schmerzliche Folgen ... Deshalb ist es besser, ich sage nichts.«
»Werde ich dich wiedersehen?«

Charlie streichelte ihre Wange. »Wir werden die ganze Nacht durchtanzen. Versprochen.«
»Willst du es mir nicht sagen, weil ich noch zu jung bin? Ist es das?« Ihre Stimme klang bitter, erstickt.
»Wenn du es wüßtest, würde es dir nur weh tun.«
Er küßte sie.
Er spürte ihre Zärtlichkeit.
Vielleicht würden sie eines Abends tanzen gehen ...
Er rannte aus dem Garten.

Wächter empfand eine grimmige Befriedigung. Fast hätten sie Tango eins aus den Augen verloren, aber dann war es ihnen doch noch gelungen, sich an seine Fersen zu heften. Token hatte erstklassig reagiert, als er aus dem Gartentor gestürzt kam, eilig nach rechts abgebogen und dann kräftig ausgeschritten war. Token war ihm gefolgt und direkt hinter ihm hergegangen. Token sagte, sie sei ihm so dicht gefolgt, daß sie Tango eins den Schlaf aus den Augen hätte reiben können, und dann hatte sie noch erklärt, daß sie ihn ziemlich appetitlich gefunden hatte. Auch Harlech hatte gute Arbeit geleistet, denn Tango eins war zunächst in einen Bus gestiegen, an einer roten Ampel plötzlich abgesprungen und in einen entgegenkommenden Bus eingestiegen. Harlech hatte hervorragende Arbeit geleistet, denn er hatte seinen motorisierten Kollegen noch rechtzeitig die Nummer des betreffenden Busses durchgefunkt. Corinthian war Tango eins dann in die U-Bahn gefolgt und hatte ihn beobachtet, bis Charlie umgestiegen war. Dann war Token, die inzwischen ein Kopftuch und eine Brille aus Fensterglas trug, wieder an der Reihe gewesen. Und so waren sie ihm den ganzen Weg bis zur King's-Cross-Station auf den Fersen geblieben.
Offenbar glaubte Tango eins, seine Verfolger mit Hilfe einiger simpler Tricks abschütteln zu können. Ein blutiger Anfänger, der zwar einen guten Instinkt, aber wenig Erfahrung hatte. Aber das konnte Wächter nur recht sein.

Er saß im InterCity-Zug. Vor sich sah er den Hinterkopf von Tango eins. Harlech war weiter vorne im Wagen plaziert, und Token befand sich im Wagen dahinter, während Corinthian im Wagen davor die Augen aufhielt. Der Zug brauste mit über hundertsechzig Stundenkilometern Richtung Norden.
Park glaubte, daß Tango eins eingeschlafen war, wobei er den Rucksack, in dem sich zirka eine Viertelmillion Pfund befinden mußten, als Kopfkissen benutzte. Es sei denn, er hatte das Geld bei Mr. Venables zurückgelassen, aber das erschien nicht sonderlich plausibel, denn aus welchem Grund hätte Venables dann die Polizei anrufen sollen. Am besten war wohl, Statesman würde sich Venables abends noch mal vorknöpfen.

Mattie Furniss wußte, daß es spät in der Nacht war.
Es schien schon eine Ewigkeit vergangen zu sein, seit sie das Tablett fortgetragen hatten, auf dem sie ihm das Abendbrot und ein Glas Wasser gebracht hatten.
Sie holten ihn, als er gerade ohne Unterhose auf dem Bett lag und die Decke über sich gezogen hatte, um seine Nacktheit vor etwaigen Beobachtern am Spion zu verbergen. Seine Unterhose hatte er zum Trocknen über das Bettgestell gehängt.
Es war ein gräßlicher Tag gewesen. Er hatte unentwegt auf das Rattern der Tür und auf die Männer gewartet, die ihn in den Keller schleppen würden. Aber man hatte ihm nur am frühen Morgen das Frühstückstablett in die Zelle geschoben und dann am frühen Abend das Abendbrot. Es mußte nach seinem Empfinden ungefähr vier Uhr nachmittags gewesen sein, als ein Auto vorgefahren war. Er hatte draußen Stimmen gehört, und er meinte, daß die Stimme des Ermittlers darunter gewesen war. Aber sie waren nicht zu ihm gekommen.
Er konnte mit Müh und Not alleine gehen. Seine Fußsohlen waren stark angeschwollen, aber er hatte eine rollende Gangart eingeübt, die für die Bewältigung kurzer Entfernungen

ausreichte. Die Schmerzen in seinen Schultern und in seinem Rücken zwangen ihn, gebeugt zu gehen.
Als sie schließlich kamen, ließen sie ihm keine Zeit, seine Unterhose, seine Hose oder seine Socken anzuziehen. Von zwei Wächtern eskortiert, ging Mattie Furniss die Treppe hinab. Er hatte nichts als sein Hemd am Leibe. Er ging humpelnd und gebeugt. Niemand konnte ihm helfen – was ihn erwartete, waren abermals Schmerzen, Schmerzen.
Die Treppe hinunter und durch die Halle; instinktiv wandte er sich nach links zur Kellertreppe. Er wurde nach rechts gerissen.
Er stolperte und stürzte zu Boden. Er fühlte die kühlen Fliesen an den Knien. Sie rissen ihn wieder auf die Beine, und Schmerzen durchzuckten seinen Körper.
Sie führten ihn durch eine Küche. Motten umflatterten eine schirmlose Glühbirne. Auf dem Elektroherd standen zwei große Metalltöpfe, und der Tisch war mit Tellern gedeckt, die am Rand mit Salat garniert waren. Er sah das Essen, das so gar nicht an die Rationen erinnerte, die man ihm in seine Zelle brachte. Er wurde durch die Küche geschleppt, hinaus in das gleißende Licht eines auf der Rückseite des Hauses gelegenen Hofes, wie ihm schien.
Die Quelle des Lichts waren die Scheinwerfer einer Mercedes-Limousine. Sie tauchten den Hof in strahlende Helligkeit und wurden von einer dicken Betonmauer gebrochen. Die Mauer war nach seiner Schätzung etwa einen halben Meter höher als er selbst, hätte er aufrecht stehen können und wäre er nicht wegen der Schmerzen in seinen Schultern und Rippen gebeugt gegangen. Auch das war ein reiner Reflex – daß er die Höhe der Mauer sogleich abschätzte. Und nun überschlugen sich in seinem Kopf die Eindrücke. Er erkannte an der Mauer die Einschußstellen von Kugeln, und die Einschüsse bildeten jeweils Gruppen nah beieinanderliegender Löcher. Er sah den Wächter, auf dessen angewinkeltem linkem Arm lässig eine Waffe ruhte, eine sowjetische AK-74.

Er sah den Ermittler, der mit tief in den Hosentaschen vergrabenen Händen dastand. Er sah einen jungen Geistlichen mit einem schneeweißen Turban, einem Kamelhaarumhang und mit einer dünnrandigen Brille.
Das Ganze lief wie eine Routinevorstellung ab: Außer Mattie kannten alle Beteiligten ihre Rolle. Aber er lernte sehr rasch. Niemand sprach ein Wort. Kein Geräusch – nur der leise surrende Mercedes-Motor und Matties schlurfende Schritte. Er konnte nur mehr schlurfend gehen, weil die Kraft ihn verließ, weil seine Beine ihn kaum mehr trugen. Sie schleiften ihn quer durch den Hof zu der Wand mit den Einschußlöchern hinüber.
Sie mußten ihn fast tragen.
Seine Beine versagten den Dienst. Er dachte an Harriet – seine Frau. Er dachte an das Landhaus – sein Zuhause. Er wollte flehen, er wollte weinen, aber die Laute erstickten ihm in der Kehle. Die Wachen stellten ihn gegen die Wand und ließen ihn los. Er brach zusammen. Er lag bäuchlings im Schmutz. Der Tod kroch durch den schmutzigen Hof einer Villa am Stadtrand von Täbris. Der Tod kam würgend daher in der lauen Nachtluft – fernab von jeglicher Hilfe. Der Tod grub seine eiserne Faust in die Eingeweide eines wehrlosen Mannes in einem fremden Land ... Der Tod war das Echo einer Kalaschnikow, die knackend entsichert wurde. Eine Hand faßte sein Haar und riß ihn am Kopf nach oben, bis er von dem kalten, feuchten Schmutz des Hofes besudelt – halbnackt an der Mauer kniete. Starr vor Angst, konnte er nicht beten, wie der lutherische Pastor in Dachau gebetet hatte. Er dachte an alle, die zu fern waren, um ihm zu helfen, aber immer noch näher als der ihm unbekannte Gott. Er dachte an die Männer im Century House und an Flossie Duggan. Er dachte an die einsame Harriet in dem Haus in Bibury, wo der Frühling gerade zu Ende ging und der Sommer Einzug hielt, und an Will, der demnächst wieder aufkreuzen würde, um das Gras unter den Apfelbäumen zu mähen. Er

dachte an die Agenten in Teheran und Täbris und an seinen Mitarbeiter im Büro des Hafenmeisters in Bandar-e Abbas. Er dachte an Charlie, den er wie einen Sohn liebte. Sie alle würden den nächsten Morgen erleben, die Frische eines neuen Tages. Dieser Morgen, dieser neue Tag gehörte zu einer anderen Welt.

Am Hinterkopf, dort wo sein Haar langsam schütter wurde, spürte er den Druck eines Gewehrlaufs. In Erwartung des Unvermeidlichen verspürte er einen stechenden Schmerz.

Keine weiteren Fragen.

Kein Interesse mehr an Namen.

Er öffnete die Augen. Er sah das Gesicht des Ermittlers, er sah das Gesicht des Geistlichen – völlig ausdruckslos.

Er zitterte am ganzen Körper, und wie er den Kopf auch bewegte, der Gewehrlauf blieb in Position.

Dann hörte er das Klicken des Abzugs.

Seine Ohren dröhnten. Seine Eingeweide krampften sich zusammen.

Er stürzte zu Boden, lag reglos da.

Er lag bäuchlings im Schmutz, Sand verstopfte ihm Nase und Mund.

Mattie hörte das glucksende Lachen des Ermittlers. Er öffnete die Augen. Er blickte in das Gesicht des Geistlichen. Er sah das stille, freudlose Lächeln.

Er wurde wieder auf die Beine gestellt. Seine Oberschenkel und sein Hemd waren urinverklebt. Er konnte nicht sprechen, er konnte sich nicht allein auf den Beinen halten. Er machte keinen Versuch, seine Blöße zu bedecken, als sie ihn wieder durch die Küche an dem Herd vorbeiführten, auf dem das Essen kochte, die Treppe hinauf, zurück in seine Zelle.

Er war ihr Spielzeug.

Er lag weinend auf dem Bett. In seinem Kopf waren die Namen. Die Namen der Agenten schwirrten ihm durch den Kopf, und Charlie Eshraqs Name.

Von seinem Zimmer aus blickte er auf die Westseite des Turms. Big Ben zeigte ein paar Minuten nach Mitternacht. Er hatte die Entscheidung überschlafen, er hatte inzwischen einen ganzen Tag vertan. Er hatte andere um Rat gefragt, aber die Entscheidung mußte er selbst treffen. Er konnte sie nicht länger hinauszögern.
Er fuhr in den dreizehnten Stock hinunter.
Er trat, ohne anzuklopfen, in das Zimmer ein. Ein seltsames Geräusch in dem Raum ließ ihn verharren. Es war nach Mitternacht im Zentrum von London, und die Geräuschkulisse erinnerte ihn an die Morgendämmerung auf dem Lande. Sie hatten den alten Henry Carter für den Nachtdienst eingeteilt. Weil es nicht so einfach war, für den kurz vor der Pensionierung stehenden Henry Carter noch eine sinnvolle Beschäftigung zu finden, hatten sie ihm den Nachtdienst in dem Tagungsraum des Krisenstabs überlassen. Hinten am Fenster stand ein Feldbett. Der Mann trug lange Unterhosen und ein kurzärmliges Unterhemd, das vorne Knöpfe hatte. Typisch Whitehall, typisch für den Staatsdienst, daß ein Krisenstab spätestens um Mitternacht auf einen pensionsreifen alten Mann zusammenschrumpfte, der in altmodischer Unterwäsche dasaß und weiß Gott was anhörte ... Der Mann sprang blitzschnell aus dem Bett, schlüpfte in seine Anzughose und hatte im Nu seine Hosenträger übergestreift. Um seine Oberbekleidung machte er sich offenbar keine Gedanken. Auf dem Boden stand ein teurer Recorder, in dem eine Kassette lief. Aus der für den Präsidenten unidentifizierbaren Klangkulisse stach plötzlich sehr deutlich ein seltsamer Vogelruf hervor. Henry Carter war offenbar völlig weggetreten. Auf seinem Gesicht ein Ausdruck reinster Glückseligkeit. Er schaltete das Gerät ab.
»'tschuldigung, Sir, danke für Ihre Geduld ... *phylloscopus inornatus* oder gelbäugige Grasmücke, ein wahrer Prachtkerl. Das Band hab' ich letztes Wochenende in Norfolk aufgenommen. Ich war nicht sicher, ob es geklappt hat, das weiß man

immer erst hinterher. Hat einen sehr durchdringenden Lockruf. Haben Sie es gehört, Sir? Verschwindet im Sommer nach Sibirien, bemerkenswerter kleiner Kerl ... 'tschuldigung, Sie sind ganz sicher nicht hierhergekommen, um sich den Gesang der gelbäugigen Grasmücke anzuhören.«

Der Präsident reichte ihm ein von ihm selbst beschriftetes und abgezeichnetes Blatt Papier. Carter las den Text. Er hatte die Lesebrille nicht auf und mußte seine Gläser deshalb ein Stück weit von sich weghalten, um besser sehen zu können.

»Sie nehmen es mir hoffentlich nicht übel, wenn ich sage, daß es dazu ein bißchen spät ist, Sir.«

»Haben Sie zufällig was zu trinken hier?«

Henry holte eine Flasche Scotch und zwei Gläser aus einem Schrank und goß zwei reichliche Portionen ein.

Der Präsident nahm einen kräftigen Schluck.

»Ich weiß, daß wir sie gewarnt haben, Sir. Aber der Befehl abzuhauen, kommt verdammt spät.«

»Eine schwerwiegende Entscheidung, Carter, einen ganzen Agentenring aufzulösen. Und dieser Entschluß wiegt noch schwerer, wenn ein solcher Ring bereits auf drei Mann zusammengeschmolzen ist und man vermutlich Jahre brauchen wird, um einen neuen aufzubauen.«

»Ich bete nur zum Himmel, daß ihnen genug Zeit bleibt.«

»Furniss hat doch gelernt, Druck auszuhalten.«

»Sehr vornehme Umschreibung, das Wort ›Druck‹ ... Sir.«

»Verdammt noch mal, wir reden hier über die Auflösung eines ganzen Agentenrings.«

»Verzeihen Sie, Sir, das ist nicht ganz richtig. Wir sprechen hier über physischen und psychischen ›Druck‹.«

»Das hat er doch in seiner Ausbildung gelernt ... Kann ich bitte noch einen Schluck haben?«

Carter nahm das Glas, goß einen kräftigen Schluck ein und gab es dem Präsidenten zurück.

»O ja, Sir, er hat es während der Ausbildung gelernt. Und er hatte im Fort immer einen hervorragenden Namen. Einer der besten Ausbilder, die sie je gehabt haben. Aber ich hab' die Erfahrung gemacht, daß Theorie und Praxis zwei völlig verschiedene Dinge sind.«

Der Präsident erschauderte. Seine Hände umklammerten das Glas.

»Was meinen Sie, wie lange wird er durchhalten?«

»Ich kenne den Mann seit über zwanzig Jahren, und ich bin stolz darauf. Aber wenn er sich tatsächlich im Iran befindet, dann kann man kaum von ihm erwarten, daß er sehr lange durchhält.«

Der Präsident eilte zum Lift, fuhr nach unten und ging rasch zu seinem Wagen. Er überließ es Henry Carter, die drei Agenten im Iran über die entsprechenden Kanäle zur Flucht anzuweisen.

13. Kapitel

Ich bin Matthew Furniss ... Ich bin Leiter der Iran-Abteilung ... im Century House.«

Nun war es heraus ... Offenbar waren sie beide reichlich erschöpft, es war wie nach einer Geburt, und Mattie war die Mutter, und der Ermittler war die Hebamme, und das Geständnis war das Kind.

Er sah in das schweißüberströmte, vor Anstrengung rotgesprenkelte Gesicht des Ermittlers, der Mühe hatte zu atmen. Er lag festgeschnallt auf dem Bett. Er sah, wie der Ermittler zurücktaumelte, so als sei er weiter gegangen, als er eigentlich geplant hatte. Er sah das schwere Elektrokabel, das in der Hand des Mannes baumelte. Er konnte einfach keine weiteren Schläge mit dem Kabel auf seine Fußsohlen mehr ertragen. Der Schmerz schoß von seinen Füßen in die Knie und dann in seine Schenkel und Eingeweide, und dort explodierte das Feuer und loderte in seinem ganzen Körper. Der Schmerz erfüllte sein Denken und Sein, mehr konnte er nicht ertragen.

Es war vorüber.

»Matthew Furniss.«

Es war, als hätten sie alle gemeinsam eine lange Reise zurückgelegt. Da war zum einen Mattie, der – er wußte nicht mehr wie viele Tage – furchtbare Schmerzen ausgehalten hatte, da waren die Wächter, die zu Beginn des Tages noch Fußball mit seinem geschundenen Körper gespielt, ihm die Augen verbunden, ihn getreten und ihn immer wieder gegen die feuchte Kellerwand geworfen hatten, und dann war da noch der schweißüberströmte Ermittler, der mit aller Macht auf Matties Fußsohlen eingeschlagen hatte. Sie alle zusammen hatten eine Reise gemacht, und die Wächter und der Ermittler hatten Matties Willen gebrochen, und Mattie war an das Bett gefesselt und mußte reden, um sich weitere Schmerzen zu ersparen.

Der Ermittler stützte sich auf den Tisch und gewann langsam die Kontrolle über sich zurück und sog die heiße, übelriechende Kellerluft ein. Die Ausdünstungen der Körper konnten aus dem Gewölbe nicht entweichen. Während er sich immer noch auf die Tischkante stützte, schaltete er das Tonbandgerät ein.

Der zurückliegende Morgen war anders gewesen, alles; was zuvor geschehen war, war das reinste Kinderspiel gewesen, verglichen mit den vergangenen Stunden. Zuerst hatte man ihn ohne Frühstück in den Keller gebracht, als es draußen noch dunkel war. Dann hatte er eine Ewigkeit an dem Fleischerhaken an der Wand gehangen, bis der Schmerz in den Schultern ihm schier den Verstand geraubt hatte. Dann die Tritte und Stöße und schließlich die Schläge mit dem schweren Kabel. Es kam ihm fast so vor, als hätten sie allmählich genug von ihm, da wichtigere Geschäfte auf sie warteten und sie für ihn keine Zeit mehr hatten.

Es war so einfach gewesen, die Worte auszusprechen. Die brennenden Schmerzen waren inzwischen ein wenig abgeklungen, die Spule des Tonbands drehte sich regelmäßig, der Ermittler saß am Tisch, die Wachen hatten sich an die Wand zurückgezogen, und in der Luft hing widerlicher, süßer Zigarettenrauch.

In diesem Augenblick konnte Mattie Furniss nur an eines denken: Er wollte, daß die neuentbrannten Schmerzen endlich aufhörten. Aber die Schmerzen blieben. Die Wächter traten vor und lösten die Riemen, mit denen er an Füßen und Händen gefesselt war. Er konnte es sich auf dem Bett ein wenig bequemer machen.

Er bot einen erbärmlichen Anblick. So gar nicht der übliche Mattie Furniss. Seit man ihn am Vorabend aus dem Hof zurück in seine Zelle gebracht hatte, hatte er sich nicht mehr gewaschen. Sein Haar war ungekämmt und schmierig, seine grauen Lippen waren aufgesprungen, seine weit aufgerissenen Augen blickten starr vor sich hin. Ja, sie hatten ihn kleingekriegt. Er zog die Knie an und versuchte den Schmerz, der seinen Körper durchpulste, unter Kontrolle zu bringen. Er hatte verloren, aber wenigstens schlugen sie jetzt nicht mehr auf ihn ein.

»Bravo, Mr. Furniss. Das war der unangenehmste Teil, Mr. Furniss, das Schlimmste ist nun vorbei.«

Mattie berichtete über Century House.

Er konnte an den Augen des Mannes erkennen, daß er ihm kaum etwas Neues sagte. Er sprach ganz langsam mit keuchender, monotoner Stimme. Er gab einen trockenen, fast langweiligen Bericht wie ein Reiseführer am Ende einer langen Saison. Der Ermittler hatte seinen Stuhl nahe an Mattie herangeschoben und sich direkt über sein Gesicht gebeugt. Mitunter wiederholte der Ermittler, was er gesagt hatte. Offenbar wollte der Mann gewährleisten, daß jedes der Worte von dem Tonband in aller Deutlichkeit aufgezeichnet wurde. Der Ermittler machte sich keine Notizen, wollte sich vermutlich durch nichts von Matties Ausführungen und Reaktionen ablenken lassen. Mattie sprach über das Budget der Iran-Abteilung, und er sprach über die personelle und technische Ausstattung der Sektionsleiter in Ankara, Bagdad, Dubai, Abu Dhabi und Bahrain.

Alle Loyalitäten, alles, wofür er stand, hatten sie aus ihm herausgeprügelt.

Er hörte das Dröhnen seiner eigenen Stimme ... Er hatte es ihnen wahrhaftig nicht leichtgemacht. Er hatte länger geschwiegen, als die allermeisten es durchgehalten hätten. Es gab nichts, dessen er sich schämen mußte. Er hatte ihnen ausreichend Zeit verschafft, die drei Agenten aus dem Iran abzuziehen.

Man reichte ihm ein Glas Wasser. Er hielt es mit beiden Händen, und das Wasser sabberte auf das Hemd, als er zu trinken versuchte. Seine Lippen waren brüchig wie Pergamentpapier ... Er hatte Zeit herausgeschunden. Sie konnten ihm dankbar dafür sein, daß er einen so hohen Preis für ein paar Tage Zeitgewinn gezahlt hatte.
Er nannte den ersten Namen ... »Er betreibt ein Geschäft im Abbas-Abad-Basar.«
Er sah ihn deutlich vor sich, den mächtigen, dicken Mann, wie er in dem Büro hinter den dunklen Verkaufsräumen auf seinem doppelt verstärkten Stuhl saß und zwischen Zigarren und dampfendem Kaffee hof hielt. Er war ein großer Teppichkenner, ein Mann, dem kein Gerücht entging, und er war schon seit ewigen Zeiten für Century als Agent tätig. Mattie kannte den Kaufmann bereits seit zwanzig Jahren, und wann immer er mit ihm zusammentraf, wies er bei der Begrüßung augenzwinkernd darauf hin, daß seine Arme leider zu kurz seien, die Leibesfülle seines Freundes zu umfassen. Zuletzt hatte der Kaufmann von Rivalitäten zwischen gewissen Armeeobersten berichtet und von Konkurrenzkämpfen zwischen den verschiedenen Fraktionen der Mullahs und von dem Bemühen der Industriellen, an die für den Kauf ausländischer Unternehmen notwendigen Devisen zu gelangen. Wenn Mattie mit diesem Mann zusammentraf, gab es immer eine Menge zu lachen, und wann immer der Kaufmann besonders schlüpfrige Klatschgeschichten, etwa über sexuelle Fehltritte, zum besten gab, ließen sich zuweilen sogar die blasierten CIA-Agenten zu einem Lächeln herab. Er kannte den Kaufmann seit seiner Zeit als Verbindungsoffizier in Teheran, und vor dem Kamin in Bibury lag eine Brücke, die er für eine horrende Summe erworben hatte. Als Harriet ein feuchtes Stück Kiefernholz in den brennenden Kamin gelegt hatte, so daß Funken auf die kostbare Brücke gesprüht waren, hatten sie ihren letzten großen Streit gehabt. Mattie nannte den Namen des Kaufmanns, und man brachte ihm ein feuch-

tes Handtuch, das einer der Wächter zur Linderung der Schmerzen um seine Fußsohlen wickelte.
Dann der zweite Name. – »Er arbeitet im Büro des Hafenmeisters in Bandar-e Abbas.«
Als er noch Sektionsleiter in Teheran gewesen war, hatte er sich einmal auf die lange Reise nach dem Süden begeben. Erst als er sicher gewesen war, daß er die wahrscheinlich auf ihn angesetzten SAVAK-Agenten abgehängt hatte, hatte er den Mann aus dem Büro des Hafenmeisters daheim besucht. Vor der Revolution war der Mann von untergeordneter Bedeutung gewesen; man hatte ihn nur bei der Stange gehalten, weil er kein Geld verlangte. Inzwischen war der Mann Gold wert: ein operativer Agent ausgerechnet in jenem Amt, das die ein- und auslaufenden Handelsschiffe im größten Hafen des Landes überwachte! Er hatte das kleine Backsteinhaus des Mannes aufgesucht, er hatte schwitzend auf einem Teppich am Boden gesessen und sich gefragt, warum der Luftabzug gegen die unerträgliche Hitze des Golfes so wenig auszurichten vermochte. Nachdem die Ehefrau bei einem dieser Besuche Gläser mit verdünntem Zitronensaft hereingebracht hatte und dann wieder verschwunden war, hatte der Beamte Mattie erzählt, daß er Demokrat sei und aus diesem Grund das Regime des Schahs ablehnte. Dann war die Revolution gekommen, ohne daß die Geistlichen auch nur daran gedacht hätten, die Demokratie einzuführen, und so war der Beamte auf der Liste der aktiven Agenten verblieben. Ein unscheinbarer, ängstlicher Mann, der glaubte, daß er durch die Arbeit für Mattie wenigstens einen kleinen Beitrag zur allmählichen Demokratisierung des Landes leistete. Ein Bediensteter brachte dem Gefangenen jetzt ein Sandwich mit süßem Käse.
Er nannte den dritten Namen. – »Er betreibt eine Lkw-Werkstatt in Täbris und hat sogar mit den Revolutionswächtern einen Wartungsvertrag für deren Fahrzeuge.«
Ein grundehrlicher, kultivierter Mann. Der Ingenieur gehör-

te zu jener Kategorie von Leuten, die immer und überall beliebt und gefragt sind. Er kannte eigentlich nichts anderes als seine Arbeit. Angeworben hatte man ihn in der Türkei. Ein tüchtiger, rühriger Sektionsleiter, der Vorgänger des derzeit in Ankara stationierten Grünschnabels, hatte den Ingenieur in einem Café angesprochen, als dieser sich gerade in dem Nachbarland aufhielt, um einen mit Getriebeschaden liegengebliebenen Lkw abzuholen. Der Sektionsleiter hatte Glück gehabt. Der Ingenieur hatte einen Freund, dessen Sohn bei einem Schauprozeß in Täbris zum Tode verurteilt worden war. Deshalb hatte sich der Ingenieur zu einer Zusammenarbeit bereit erklärt. Das Honorar des Ingenieurs ging auf ein Konto bei der Etibank in Van, und es oblag Mattie, dafür zu sorgen, daß der Betrag auf diesem Konto stetig anwuchs. Vielleicht würde der Ingenieur eines fernen Tages sogar seine Frau und seine Kinder auf einem Laster zwischen der Ladung verstecken und seinem Heimatland für immer den Rücken kehren. Und sie waren durchaus hilfreich, die Informationen, die der Ingenieur von Zeit zu Zeit an seine britischen Auftraggeber weiterreichte. In normalen Zeiten wären solche Auskünfte höchstwahrscheinlich bedeutungslos gewesen, aber es herrschten nun einmal keine normalen Zeiten, und das Iran-Ressort war schon verdammt froh, wenn überhaupt irgend etwas aus dem Land der Mullahs nach außen drang. Mattie erhielt jetzt ein weiteres Glas Wasser, und seine Füße wurden mit einem frischen Handtuch umwickelt.

Das Hotel war das erste Haus am Platz. Wenn es sein mußte, konnte Charlie auch mit den Pennern im Freien schlafen, aber eben nur, wenn es sein mußte. Das Zimmer kostete pro Nacht 66,50 Pfund und war wohl das beste, das Leeds zu bieten hatte. Er schloß die Tür von außen hinter sich zu. Dann ging er mit dem Rucksack in der Hand den Korridor entlang; die Schulterriemen hatte er doppelt um das Hand-

gelenk geschlungen. Er trug seine sauberste Hose, ein frisches Hemd und einen dunkelblauen Blazer.
Am Ende des Gangs machte sich ein mit Jeans und einem Sweatshirt bekleideter Mann mit einem Putztuch eifrig an einem Feuerlöscher zu schaffen. Er würdigte Charlie keines Blicks und widmete sich hingebungsvoll seiner Beschäftigung. Auffälliger konnte man sich nun wirklich kaum verhalten. Charlie verstand. Welchen Grund konnte ein Mensch haben, mit solcher Inbrunst an einem Feuerlöscher herumzupolieren? Der Lift wartete bereits auf ihn.
Er trat in die Hotelhalle. Zu viele Leute, um etwaige Verfolger auszumachen, außerdem hatte er es auch zu eilig, um sich mit dieser Frage näher zu befassen. Er wußte, was er wollte. Er durchquerte die Halle, ohne nach rechts oder links zu schauen. Er wirkte völlig sorglos. Er zwängte sich durch die Drehtür und blieb dann unschlüssig stehen. Hier im Norden war es kälter als in London. Draußen warteten Taxis in Reih und Glied. Auf dem Gehsteig hielt er noch einmal inne.
Er machte auf dem Absatz kehrt, eilte zurück in das Foyer und ging schnellen Schritts zur Treppe hinüber.
Er rannte, drei Stufen auf einmal nehmend, nach oben – sechs Etagen insgesamt. Er hastete wie von Furien getrieben die Treppe hinauf und lehnte sich dann oben an die Tür, die ins Freie führte.
Er trat auf das Flachdach hinaus und ging an den Rohren der Klimaanlage vorbei. Der Blick, der sich ihm von hier oben auf Fabrikgebäude, Backsteinterrassen, pompöse viktorianische Verwaltungsgebäude und Kirchen bot, interessierte ihn nicht. Er trat fast bis an den Rand des Daches vor und blickte nach unten auf die Straße. Er sah die Reihe der wartenden Taxis. Und er sah eine grüne Limousine, die gleich hinter den Taxis stand. Er sah die beiden Gestalten, die vorne in dem Auto saßen. An den Abgasen, die dem Auspuff entströmten, erkannte er, daß der Motor lief. Er sah, daß der Mann, der vor kurzem noch hingebungsvoll den Feuerlöscher poliert hatte,

jetzt auf der anderen Straßenseite stand und daß seine Lippen sich bewegten und niemand in der Nähe war, mit dem er hätte sprechen können.
In der Badewanne war Charlie eingefallen, daß er einen einflußreichen Freund und Gönner hatte, und zwar Mr. Matthew Furniss.
Was kümmerten ihn schon diese Scheißer da unten.

»Wo zum Teufel steckt er?«
»Er ist die Feuertreppe hochgerannt.«
»Ich weiß, daß er die verdammte Treppe raufgerannt ist – aber wo ist er hin?«
»Er ist erst rausgekommen und hat sich dann plötzlich umgedreht und ist weggerannt.«
»Ich hab' selbst Augen im Kopf – aber wo steckt er jetzt?«
Harlech stand gegenüber dem Hotel auf der anderen Straßenseite. Corinthian hielt sich noch immer in der Halle auf. Token hatte sich an der Rückseite des Gebäudes postiert. »Hier hat er sich nicht blicken lassen.«
Am Steuer des Sierra saß ein wenig vertrauenerweckender Mensch von der örtlichen Zollbehörde – Abteilung Mehrwertsteuer. Wächter traute den Mehrwertsteuer-Typen grundsätzlich nicht über den Weg. Aber wenn die Männer von der Zentrale in London irgendwo in der Provinz zu tun hatten, waren sie natürlich auf örtliche Mitarbeiter angewiesen, jedenfalls brauchten sie einen ortskundigen Fahrer. Der Mehrwertsteuer-Fritze sagte: »Fängt nicht schlecht an, der Tag.«
Wächter hatte schon eine Beleidigung auf der Zunge. Doch er kam nicht mehr dazu, sie auszusprechen.
Corinthian an Wächter: »April elf an April fünf, Tango eins ist jetzt wieder in der Halle und geht in Richtung Ausgang ... Jetzt geht er durch die Tür, ihr müßtet ihn gleich sehen ...«
»Wirklich ein Glückstag«, meinte der Mehrwertsteuer-Fritze.
Wächter sah, wie Charlie aus der Drehtür heraustrat. Ein Gefühl der Erleichterung durchflutete ihn. Er sah, wie Tango

eins mit dem Rucksack in der Hand in das erste Taxi einstieg. Bisher war Wächter felsenfest davon überzeugt gewesen, es mit einem völlig ahnungslosen Amateur zu tun zu haben, aber er wußte nicht, warum Tango eins nochmals in das Hotel gegangen war, und er wußte nicht, was der Mann dort gemacht hatte, und er wußte nicht, ob sie allesamt aufgeflogen waren, und er war sich auch nicht mehr ganz sicher, ob Charlie wirklich so ahnungslos zu Werke ging, wie es anfangs den Anschein gehabt hatte.

Sie reihten sich hinter dem Taxi in den Verkehr ein. Er erklärte dem Mehrwertsteuer-Mann klipp und klar, daß er sich etwaige Hinweise auf die Schönheiten der Stadt Leeds ersparen könne, und dann mußte er den Kerl noch lautstark davon überzeugen, daß er endlich Token, die hinter ihnen herfuhr, vorbeilassen sollte. Und weder Token noch Harlech würdigten sie auch nur eines Blicks, als sie schließlich überholen konnten und sich direkt hinter dem Taxi einordneten. Auch sie hatten inzwischen dazugelernt.

Denn vielleicht war Charlie doch kein so blutiger Amateur, wie Wächter und die anderen bisher geglaubt hatten.

Herbert Stone machte gewöhnlich nur mit Zwischenhändlern und Regierungsvertretern Geschäfte. Der Junge paßte allerdings in keine dieser Kategorien. Die Zwischenhändler kamen aus Hamburg, Rotterdam oder Barcelona zu ihm, weil er in dem Ruf stand, diskret und effizient zu arbeiten und auch rasch die nötigen Papiere zu besorgen. Auch Regierungsvertreter waren häufig zu Gast in seinem Büro, einem ehemaligen Pfarrhaus, denn sie vertrauten darauf, daß er in aller gebotenen Diskretion die gewünschten Ausrüstungen an Leute weiterleitete, mit denen sie offiziell nicht in Verbindung gebracht werden wollten.

Er machte mit Unternehmern und Regierungsstellen Geschäfte, nicht mit bärtigen jungen Männern, die gelbe Socken trugen und mit einem Rucksack in der Hand in sein Büro

spaziert kamen. Und der junge Bursche wirkte so entspannt, als ob es die normalste Sache der Welt wäre, von London aus mal eben mit dem InterCity gen Norden zu reisen und dann in seinem Büro aufzukreuzen und mit ihm über die Lieferung panzerbrechender Waffen zu plaudern.
Herbert Stone kannte eigentlich nur ein Geschäftsprinzip: Er verkaufte seine Waren an jeden, der einen realistischen Preis bot – moralische oder politische Grundsätze kümmerten ihn nicht weiter. Der junge Mann hatte Mattie Furniss' Namen genannt, und Furniss' Büro hatte die Verbindung bestätigt. Century ließ etliche Geschäfte über Stone laufen, meist Sachen, von denen die Öffentlichkeit nichts erfahren sollte. Natürlich gab es in den Tälern Afghanistans nicht ganz so viele Boden-Luft-Raketen aus Belfast wie kalifornische Stingers, aber auch die Briten hatten kräftig mitgemischt und allerlei hochexplosives Zeug geliefert. Und Stone hatte als Mittelsmann des Century House dafür gesorgt, daß die Mudschahedin das Zeug auch wirklich bekommen hatten, auch wenn diese Leute mit den modernen Waffen eigentlich gar nicht richtig umzugehen wußten.
Natürlich mußte er sich in einem solchen Fall vorsehen, aber Geschäft war Geschäft – und deshalb würde er den jungen Mann zunächst einmal zuvorkommend behandeln.
Er notierte sich in seiner akkuraten Handschrift Charlie Eshraqs Auftrag. In dem Büro herrschte eine fast heitere Atmosphäre. Nichts, was an militärische Fragen erinnert hätte. An den Wänden hingen lediglich ein paar Aquarelle mit Landschaftsmotiven aus Yorkshire. Stone hätte ebensogut ein Versicherungsvertreter sein können, der mit einem Kunden eine Unfallversicherung abschließt.
»Falls ich Ihnen helfen soll, was ich allerdings zum gegenwärtigen Zeitpunkt noch nicht endgültig zusagen kann, also, wenn ich Ihnen helfen soll, ist zwischen uns ein gewisses Maß an Offenheit unerläßlich ...«
»Ja.«

»Sollten Sie mich allerdings anlügen, dann könnte es passieren, daß auch ich Sie anlüge. Ihr Problem ist, daß Sie mir vertrauen müssen ...«
»Aber ich komme auf Mr. Furniss' Empfehlung, das sollte doch reichen ...«
Richtig. Das sprach tatsächlich für den jungen Burschen und konnte notfalls auch als Sicherheit dienen. »In welchem Land beabsichtigen Sie, aktiv zu werden – ich meine, wo wollen Sie die Waffen einsetzen?«
»Iran.«
Kein Zeichen des Erstaunens. »Und wohin sollen wir liefern?«
»In die Türkei – inklusive Zollabfertigung.«
»Und um welche Art von gepanzerten Objekten handelt es sich?«
»Erst mal um einen gepanzerten Mercedes 600. Wie's dann genau weitergeht, weiß ich im Augenblick noch nicht.«
»Also kommen die Waffen nicht alle zum gleichen Zeitpunkt zum Einsatz?«
Charlie überlegte. »Nein, es handelt sich um verschiedene Ziele. Vielleicht noch ein weiteres Fahrzeug, aber kein Panzer. Vielleicht auch ein Gebäude.«
Er hörte das Kratzen von Stones Feder. »Ich verstehe.«
»Ja, und welche Waffen können Sie mir empfehlen?«
Stone runzelte die Stirn. »Sie wissen also gar nicht, was Sie eigentlich haben wollen?«
»Ich bin kein Soldat. Was also brauch' ich?«
Jeder, der in Stones Büro kam, wußte, was er wollte, hatte jedoch meist Schwierigkeiten, es auch zu bekommen. Die Kunden wollten Haubitzen, 81-mm-Mörser, sie wollten weiße Phosphorgranaten oder Boden-Luft-Raketen zum Abschuß von Hubschraubern, oder sie wollten ein Claymore-System zur Bodenverteidigung. Keiner von ihnen, kein einziger von seinen Kunden, war je im Zweifel darüber gewesen, was er brauchte.

»Verfügen Sie *überhaupt* über irgendwelche militärischen Erfahrungen?«
»Nein.«
Die Hand hörte auf zu schreiben, schwebte über dem Papier ... aber schließlich ging es ihn ja nichts an. »Sie brauchen eine leichte Panzerfaust. Die Waffe heißt LAW 80. Und in welcher Stückzahl?«
Charlie entgegnete: »Drei, vielleicht vier Stück.«
Stone sah von seinen Notizen auf. »Verstehe, wir sprechen also über eine ziemlich, eh, kleine Bestellung.«
»Ganz richtig.«

Unten auf der Themse zogen zwei Lastkähne dahin.
Der Vize faßte sich kurz. »Sie werden diesen Mann, diesen Stone, nicht kennen, aber wir haben mit ihm zu tun. Er ist Waffenhändler und auf seine Weise recht verläßlich. Gerade in diesem Augenblick sitzt Charlie Eshraq in seinem Büro und verhandelt mit ihm über die Lieferung einiger LAW-80-Kanonen.«
»Ich bin nie beim Militär gewesen – was sind das für Dinger?«
»Offenbar Panzerfäuste ... Stone hat vor zwei oder drei Tagen hier angerufen, weil er wissen wollte, ob Furniss von der Sache weiß. Miss Duggan hat mich über den Anruf informiert, und ich habe Stone ausrichten lassen, er möge mich zurückrufen, sobald Eshraq bei ihm aufkreuzt. Der Junge will die Kanonen tatsächlich mit in den Iran nehmen. Wollen wir sie ihm geben oder nicht?«
Über den beiden Kähnen hatte sich jetzt eine wild flatternde Möwenschar eingefunden. »Natürlich wäre das illegale Waffenausfuhr, keine Frage.«
»Ja, aber wir sind sonst auch nicht gerade pingelig. Vermutlich hat er das Heroin eingeführt, um das nötige Geld für die Waffen aufzubringen, und sobald er sie hat, fährt er wieder zurück in den Iran.«
»Verdammt mutig, der Junge.« Der Präsident hatte einen

Sohn, der Philosophie studierte und schon auf den Rasenmäher allergisch reagierte. »Mir gefallen mutige junge Leute, die wissen, was sie wollen.«
»Dann sind Sie bei Eshraq genau an der richtigen Adresse.«
»Also gut, geben Sie ihm die Panzerfäuste, oder wie die Dinger heißen ...«
Der Vize zog eine Grimasse. »Mit Vergnügen, aber da wäre noch ein Problem.«
»Was für ein Problem?«
»Das Problem Mattie Furniss. Das Problem, daß Mattie vielleicht unter Folter aussagt, was er über die Agenten und seinen jungen Schützling alles weiß. Hab' ich mich deutlich ausgedrückt?«
Der Präsident drehte sich vom Fenster weg und ruckelte in seinem Stuhl hin und her.
»Wollen Sie wissen, was ich glaube ... Ich glaube, daß Mattie ein sehr erfahrener und pflichtbewußter Mann ist. Er stammt noch aus der alten Schule. Ich glaube, er würde eher ins Gras beißen, als seine Agenten zu verraten.«
Der Vize brummelte: »Das ist schlicht unrealistisch, Sir. Ich fürchte, daß alles, was wir heute über Verhörmethoden wissen, dafür spricht, daß er reden wird, obwohl er ganz fraglos ein tapferer Mann ist. Soll ich Ihnen vielleicht mal unsere Verhörspezialisten vorbeischicken, damit die Ihnen erklären, was mit Mattie derzeit genau angestellt wird?«
»Nein, nicht nötig ... Ich setze nur verdammt viel Vertrauen in die Verschwiegenheit des alten Knaben. Und außerdem: Sie stehen da, als wüßten Sie genau, daß Furniss sich in einer iranischen Folterkammer befindet. Aber woher wollen Sie das wissen, woher sollen wir das wissen? Wir haben nicht die leiseste Ahnung, wo er eigentlich ist. Vielleicht ist er von irgendwelchen türkischen Ganoven entführt worden, die von seiner Identität nicht den geringsten Schimmer haben. Vielleicht ist er auch irgendwelchen Gaunern in die Hände gefallen, die sich ein hübsches Lösegeld

von ihm versprechen. Sagen Sie mir doch bitte mal, wie lange es in den vergangenen Jahren normalerweise gedauert hat, bis die extremistischen Sekten in Beirut die Entführung westlicher Geiseln bekanntgegeben haben. Manchmal haben sie schon bei Reuter angerufen, bevor man nur bis zehn zählen konnte, in andern Fällen haben sie monatelang geschwiegen. Wir verfügen auf diesem Gebiet ganz einfach über keine zuverlässigen Erfahrungen. Deshalb gehen wir so vor, wie ich es für richtig halte, falls Sie nichts dagegen haben.«
»Wie lautet also Ihre Anweisung?«
Der Präsident erwiderte: »Eshraq bekommt seine Panzerfäuste und wird von uns sogar ermutigt, in den Iran zurückzugehen. Geben Sie ihm jede Unterstützung, die er braucht, und halten Sie ihm nach Möglichkeit die Zollfahndung vom Hals.«
Der Vize kochte innerlich, errötete leicht an den Wangen, ging in sein Büro zurück und sprach mit Herbert Stone.

Parrish stürmte wie ein Berserker durch den Gang im fünften Stock des Hauptquartiers in der Lane. Die Mitarbeiter, die ihn durch die geöffneten Bürotüren vorbeisausen sahen, und die übrigen, die gerade auf dem Gang waren und ihm erschrocken Platz machten, fragten sich, ob er an Durchfall litt oder ob jemand einen Bombenalarm ausgelöst hatte. Er platzte in das Büro des Stellvertretenden, wo gerade eine Besprechung stattfand, aber die Anwesenden packten sofort ohne zu meutern ihre Sachen und verschwanden. Als sich die Tür hinter ihm schloß, polterte er keuchend los.
»Hab' gerade mit Park in Leeds gesprochen. Park ist dort, um Eshraq 'n bißchen. auf die Finger zu sehen – und der sitzt augenblicklich im Büro eines gewissen Herbert Stone, und dieser Mr. Stone verhökert Waffen. Das schlägt dem Faß den Boden aus. Der Kerl verwendet sein Heroin-Geld, um Waffen einzukaufen ... Jetzt reicht's. Eshraq hat genug Schweine-

reien angestellt, es ist an der Zeit, den miesen Typen endlich hochzunehmen.«
Der Stellvertretende rief den Chef der Zollfahndung an, und während er sprach, löste Parrish seinen Schlips und dachte, daß er zu alt sei für solche Schweinereien, ja, viel zu alt.

Die Stimme der Frau klang noch in ihrem Ohr.
»Tut mir furchtbar leid, Mrs. Furniss, tut mir wirklich leid, aber darüber kann ich am Telefon nicht sprechen. Wir sind über eine ungeschützte Leitung miteinander verbunden, verstehen Sie? Was, man hat Sie nicht mal regelmäßig angerufen? Das ist ja skandalös. Ich sollte das alles vielleicht nicht sagen, Mrs. Furniss, aber echte Gentlemen gibt es hier bei uns nicht mehr ... Mrs. Furniss, bitte sagen Sie niemandem, daß ich mit Ihnen gesprochen habe ... Die hohen Tiere hier sind völlig ratlos. Sie wissen nur, daß Mr. Furniss in der Türkei entführt worden ist, und nehmen an, daß er in den Iran verschleppt worden ist. Das ist aber auch schon alles. Sie haben einen Ausschuß eingesetzt, der sich mit der Sache beschäftigt, aber die Mitglieder haben natürlich kein Format – lauter Trottel wie der alte Carter. Ich meine, Leute wie der sind doch in so einer Situation völlig überfordert, Mrs. Furniss. Der Präsident hat mich sogar in sein Büro bestellt. In meinen Augen ist er kein Gentleman, Mrs. Furniss, in meinen Augen ist er sogar für die ganze Katastrophe verantwortlich. Er wollte nur Informationen über Charlie haben. Wissen Sie, Mr. Furniss hat sämtliche Aufzeichnungen über Charlie in seinem persönlichen Safe verwahrt und die Daten nicht weitergegeben. Aber die führenden Leute hier interessieren sich offenbar ganz außerordentlich für Charlie – offen gestanden, Charlie scheint ihnen sogar noch wichtiger zu sein als Mr. Furniss. Ich weiß nicht, worum es bei alledem geht, Mrs. Furniss, aber ich möchte schwören, daß Charlie bis zum Hals in Schwierigkeiten steckt. Es ist einfach lieblos und kaltherzig, Mrs. Furniss, daß man Sie nicht mindestens einmal täglich angerufen hat.

Ich muß jetzt Schluß machen, Mrs. Furniss. Mr. Furniss hat hier im Haus eine Menge Freunde, und die denken alle an Sie. Auf Wiedersehen.«

Sie war der guten Miss Duggan so dankbar. Als sie noch ein Kind im Vorschulalter gewesen war, hatte sie ein Kindermädchen namens Flossie Duggan gehabt, eine freundliche, warmherzige Frau mit einem Riesenbusen und einem großen Herzen. Mattie hatte schon häufig gesagt, daß ihm die ganze Arbeit im Century House keinen Spaß machen würde, wenn Flossie Duggan nicht mehr da wäre und sich um ihn kümmerte.

Harriet Furniss hätte sich selbst schwerlich als Service-Ehefrau bezeichnet, eher schon als Service-Witwe. Im Secret Service war kein Platz für Ehefrauen. In den mehr als zwanzig Jahren, seit Mattie aus dem Coldstream-Regiment ausgeschieden und zum Geheimdienst gegangen war, hatte sie nie einen Fuß in das Century House gesetzt. Wie hätte das auch geschehen sollen? Sie hatte ihn ja nicht einmal nach der Arbeit an der nächsten Straßenecke abholen dürfen. Sie hatte nie an einem gesellschaftlichen Ereignis teilgenommen, bei dem Century-Mitarbeiter zugegen gewesen wären. Der einzige Mensch, den sie im Century kannte, war Flossie Duggan, die ein- oder zweimal im Jahr nach Bibury kam, um am Wochenende noch rasch einen Bericht zu tippen, der am Montag morgen auf dem Schreibtisch des Präsidenten oder des Vize zu liegen hatte. Das Innenleben des Service war für sie ein Buch mit sieben Siegeln. Kleine Jungs, die geheime Spiele spielten, gefährliche Spiele allerdings. So verdammt gefährlich sogar, daß Mattie jetzt im Iran gefangengehalten wurde ... Dabei dachte sie gerne an den Iran zurück. Sie erinnerte sich an die gemeinsame Zeit, die sie dort verbracht hatten. Sie war damals Mutter von zwei kleinen Mädchen gewesen; im Sommer war man zum Baden an das Kaspische Meer gefahren und im Winter zum Skilaufen ins Elbrus-Gebirge. Damals war ihnen die Zukunft noch unendlich lang und sicher erschienen. Ja, es war ein schönes – ein freundliches, einladendes, angenehmes – Land gewesen. Ein Land, das einen allerdings mit seiner Europa-Nachäfferei auch zur Weißglut treiben konnte, und natürlich war ein Klempner oder Elektriker für Geld und gute Worte nicht zu bekommen gewesen. Sie wußte noch gut, wie häufig sie damals des Abends mit Gästen bei Kerzenlicht beisammengesessen hatte, weil wieder einmal einer der üblichen Stromausfälle zu beklagen gewesen war.

Sie sah in den Garten hinaus. Es war Zeit, den Goldlack umzupflanzen, aber der Regen trommelte unerbittlich gegen die Fensterscheiben. Sie liebte ihren Garten im Sommer … Sie sah Mattie vor sich, wie er quer über den Rasen auf sie zukam und ihr brüsk und schroff berichtete, daß Juliette Eshraq in Täbris auf einem öffentlichen Platz gehängt worden war. Mit Gefühlen hatte er sich schon immer schwergetan. Sie würde nie vergessen, wie er damals vor den Lupinen und den Nelken und den Stauden auf und ab gegangen war, bevor er ins Haus gekommen war und ihr von der Hinrichtung des Mädchens erzählt hatte, das als Kleinkind auf ihrem Schoß herumgeturnt hatte.

Aber was hatte Miss Duggan damit gemeint, daß Charlie in Schwierigkeiten steckte, und wieso wußte man im Service überhaupt von Charlies Existenz? Er mußte eigentlich anrufen, sobald er von seiner Mittelmeertour zurück war. Sie würde ihn nach Bibury bitten und ihn auf die Sache ansprechen. Ohne Umschweife. Sie würde nicht zulassen, daß Charlie in die Fänge des Service geriet. Nein, unter gar keinen Umständen.

Sie dachte an ihren Mann, an Mattie, ihren allseits beliebten Ehemann.

Ja, nachmittags würde sie zum Postamt hinübergehen und ein paar Briefmarken besorgen. Und falls jemand ihr Fragen stellen sollte, dann würde sie lächeln und sagen, daß es Mattie prächtig gehe, daß er sich nur ein paar Tage im Ausland

aufhalte. Aber vorher mußte sie noch ein paar Exemplare des Rundschreibens kuvertieren, die sie wegen des umgepflügten Spazierwegs an die übrigen Anlieger schicken wollte.
Sie war eine Service-Witwe, und sie beabsichtigte, ihre Rolle ohne Fehl und Tadel zu spielen. Nichts anderes würde Mattie von ihr erwarten.

Der Prospekt lag vor Herbert Stone auf dem Schreibtisch.
»Genau das brauchen Sie, Mr. Eshraq, was Besseres hat die britische Technik nicht zu bieten. Sehr modern, und erst seit ein paar Monaten bei unseren eigenen Streitkräften im Einsatz. ›Für ein Gerät ihrer Größe und ihres Gewichts erzielt die Waffe eine enorme Wirkung ... Die elektronische Zielvorrichtung garantiert ein Höchstmaß an Treffsicherheit, gleichgültig ob das Gerät zur Ausschaltung statischer oder beweglicher Objekte verwendet wird ... Der hochsensible Gefechtskopf gewährleistet aus allen Schußwinkeln eine optimale Leistung ... Die Handhabung bereitet keinerlei Schwierigkeiten ... außerdem ist das Gerät wartungsfrei.‹ Nicht schlecht, und die Waffe hält tatsächlich, was der Prospekt verspricht. Sie durchschlägt eine 650 mm dicke Panzerschicht und arbeitet bis maximal 500 Meter Entfernung absolut zuverlässig, dabei wiegt sie bloß zehn Kilo. Das Beste an der LAW 80 ist die Zielvorrichtung, Mr. Eshraq. Sie aktivieren zunächst den Sucher, und erst wenn Sie das Objekt elektronisch markiert haben, betätigen Sie den Auslösemechanismus. Das Gerät ist eigentlich zur Ausschaltung schwerer Panzer entwickelt worden. Es erübrigt sich daher beinahe der Hinweis, daß die Waffe einen gepanzerten Mercedes in Sekundenbruchteilen in einen Haufen Schrott verwandelt.«
»Und wieviel muß ich dafür zahlen?«
»Nehmen wir erst mal einen Drink ... möchten Sie einen Drink, Mr. Eshraq?«
»Wie hoch ist der Preis?«

»Ziemlich hoch.«
»Wieviel?«
»Also gut, Mr. Eshraq, verzichten wir auf den Drink und kommen wir zur Sache. Sie brauchen zirka ein halbes Dutzend von den Dingern, stimmt's?«
»Nein, vier.«
In Herbert Stones Stimme war keine Unsicherheit zu erkennen, als er sagte: »Ich berechne ihnen für vier von den Dingern 50 000 Pfund ...«
»Und was ist da sonst noch alles dabei?«
Er hat nicht einmal mit der Wimper gezuckt, dachte Herbert Stone. »Die Armee zahlt für diese Waffe einen Stückpreis von 2000 Pfund, aber die nehmen natürlich auch große Mengen ab. Sie dagegen sind ein Kleinabnehmer, und wenn ich nicht gerade mit einem von Mr. Furniss' Kollegen gesprochen hätte, dann würden Sie von mir überhaupt nichts bekommen. Sie haben einen guten Freund, junger Mann, aber das räumt natürlich noch nicht alle Komplikationen aus dem Weg. Sie wollen doch mit dem ganzen Kleinkram nichts zu tun haben, wenn ich Sie recht verstehe? Sie wollen doch, daß wir die Dinger für Sie nach Istanbul schaffen und alle Zollformalitäten für Sie erledigen, nicht wahr? Also, für den genannten Preis bekommen Sie vier von den Waffen und brauchen sich um den ganzen organisatorischen Kram keine Gedanken zu machen, Mr. Eshraq.«
»Vier Geschosse für 50 000 Pfund?«
»So ist es«, sagte Stone und machte sich eine Notiz.
Charlie beugte sich vor, hob den Rucksack auf seine Knie und griff hinein. Er legte zunächst ein schmutziges Hemd und zwei Paar schmutzige Socken auf den Rand des Schreibtischs und zum Schluß sein Reisenecessaire. Dann zog er ganz unten aus dem Rucksack einen Plastikbeutel hervor. Er schob das Reisenecessaire, die Socken und das schmutzige Hemd beiseite und förderte aus der Plastiktüte ein – von einem Gummiband zusammengehaltenes – Bündel Geldscheine

zutage. Weitere folgten. Ein weniger ausgekochter Geschäftsmann hätte vielleicht Überraschung erkennen lassen, aber Stone hielt bereits das erste Bündel in der Hand und zählte. Zwanzigpfundnoten, hundert Stück pro Bündel. Bündel für Bündel wanderte von Charlies Seite des Schreibtisches zu Stone hinüber. Fünfundzwanzig Bündel Geldscheine lagen auf dem Tisch, als Charlie die Plastiktüte zurück in seinen Rucksack steckte und sie dann wieder mit seinen Kleidungsstücken und dem Reisenecessaire abdeckte.

»Alles klar, vielen Dank.« Stone verstaute das Geld in seinem Safe.

»Mr. Stone, welcher Art sind die Komplikationen, die so viele Extrakosten verursachen, bitte?«

Eine vernünftige Frage, und so reagierte Stone auch darauf. »Nähere Einzelheiten erspare ich Ihnen lieber, Mr. Eshraq. Wenn solche Informationen in die falschen Hände geraten, können sie nämlich eine ganze Menge Ärger verursachen... Das Geld ist natürlich nicht für mich allein. Irgendwer muß die Ware auf einen Lkw aufladen, und jemand muß sie später wieder abladen, und irgendwer muß die Papiere besorgen, und irgendein Spediteur muß das Zeug transportieren, und dann ist auf dem Weg in die Türkei noch ein paarmal Schmiergeld fällig. Außerdem muß der Lkw-Fahrer, der das Zeug transportiert, dafür sorgen, daß der türkische Zoll nicht zu genau hinsieht, wenn die Dinger bei denen über die Grenze rollen. Etliche der Beteiligten riskieren hohe Gefängnisstrafen, und so erklärt sich die Differenz zwischen dem anfangs genannten Preis von 2000 Pfund das Stück und dem Endpreis, den Sie mir jetzt gerade gezahlt haben.«

Charlie sagte: »Ich möchte, daß Sie für diesen Preis noch drei Kartons erstklassige Badeseife drauflegen. Ihre Frau wird Ihnen da sicher den richtigen Tip geben können. Meinen Sie, daß Sie das einrichten könnten?«

»Ja, ich glaube, daß wir das hinkriegen.«

»Ich hinterlasse Ihnen meine Londoner Nummer. Rufen Sie

mich an, wenn alles fertig ist?« Charlies Augen wurden schmal. »Wenn jemand daran herumfummelt, wenn die Dinger nicht funktionieren ...«
»Ich denke, daß Mr. Furniss' Empfehlung ausreichen müßte, oder sind Sie anderer Meinung, Mr. Eshraq?«

Park erklärte gerade: »Wenn wir nicht nach Kolumbien reingehen und die Schweine auf ihrem eigenen Terrain schlagen, dann werden wir verlieren. Im Augenblick haben noch die Amis die Hauptlast zu tragen, aber demnächst sind auch wir an der Reihe. Wir werden den wirklich großen Kokainhandel nicht unterbinden können, wenn wir nicht wesentlich massiver vorgehen. Es gibt auch bei uns bereits 'ne Menge Leute, die sich nach dem Mittagessen gern mal 'ne Line Koks reinziehen, und deshalb wird die Nachfrage nach dem Stoff hier in London genauso zunehmen wie in den letzten Jahren in New York. Weißt du, daß es in Medellín einen Kerl gibt, der mit Koks ein Vermögen von zwei Milliarden Dollar gemacht hat? Wir werden denen nie das Handwerk legen, wenn wir bloß in Southampton, in Dover und Heathrow rumsitzen.«
Der Mehrwertsteuer-Fritze schob den Kaugummi in die Backe und sagte: »Ich hab' noch nie geglaubt, ich könnte mit meinen siebenunddreißig Dienststunden pro Woche die Welt verändern.«
»Wir müssen diesen Schweinen das Genick brechen. Hast du schon mal was von dem ehemaligen Justizminister von Kolumbien gehört, der später Botschafter in Ungarn war und den sie dann in Budapest umgelegt haben? Soviel Macht haben die Schweine, und dagegen müssen wir was tun.«
»Viel Glück.« Der Mehrwertsteuer-Fritze nahm den Kaugummi aus dem Mund und legte ihn in den Aschenbecher. »Dann willst du also nach Bogotá?«
»Wenn ich irgendwie hinkommen kann, ja.«
»Also ich persönlich, ich möchte am liebsten hier in Leeds

bleiben und dafür sorgen, daß die Geschäftsleute es nicht allzu bunt treiben. Das genügt mir völlig.«
Park entgegnete: »Hast du noch nie den Wunsch gehabt, etwas zu tun, was wirklich zählt?«
»Aha, ein Idealist, das ist ja interessant. Solche Typen trifft man bei uns hier oben verdammt selten.«
»Verglichen mit der Drogenkriminalität ist doch der ganze Terrorismus die reinste Lappalie, aber das kapiert ja niemand ...«
»Bist du verheiratet?«
»Was hat das damit zu tun?«
Der Mehrwertsteuer-Fritze hatte sich in seinem Sitz zurückgelehnt und wickelte gerade einen neuen Kaugummi aus. Dann fragte er beiläufig: »Deine Angetraute, geht die etwa mit dir nach Bogotá?«
Park schwieg. Er hatte die Kamera in der Hand und fotografierte Charlie, der gerade ins Freie trat. Als er die Fotos im Kasten hatte, alarmierte er über Funk seine Leute. Corinthian ging zu Fuß an dem Auto vorüber, in dem Park mit dem Mehrwertsteuer-Typen hockte, und im Rückspiegel sah Wächter Harlech und Token, die in dem zweiten Wagen saßen.
Tango eins marschierte mit dem Rucksack in der Hand Richtung Stadtzentrum, und seine Verfolger ließen ihn keine Sekunde aus den Augen.
David Park hatte alle instruiert.
Sie konnten den Verdächtigen nicht mehr lange laufenlassen, nicht nachdem er jetzt auch noch mit einem Waffenhändler Kontakt aufgenommen hatte. Und sobald diese Geschichte vorbei war, würde er, David Park, sich nach Bogotá versetzen lassen. War schon richtig gewesen, Eshraq so lange laufenzulassen, aber jetzt war das Maß voll. Verdammt noch mal, er hatte nicht den leisesten Schimmer, ob Ann mit ihm kommen würde!

»Sie hatten mich gebeten, Sie auf dem laufenden zu halten«, sagte der Stellvertretende. »Ich möchte Sie deshalb davon in Kenntnis setzen, daß wir beabsichtigen, Eshraq festzunehmen.«

»Und wann genau?«

»Morgen früh um vier Uhr.«

Der Innenminister schlug die Augen nieder. »Ich möchte Sie um einen Gefallen bitten.«

»Was für einen Gefallen, Sir?«

»Geben Sie mir Zeit für die nötigen Konsultationen.«

»*Konsultationen,* Herr Minister? Wir haben absolut unumstößliche Beweise.«

»Nein, nein, es handelt sich nicht um die juristische Bewertung. Sie haben hervorragende Arbeit geleistet. Ich kann Ihr Vorgehen nur bewundern. Nein, das ist es nicht. Es handelt sich vielmehr ... also offen gesagt, es mag ein bißchen seltsam klingen, aber die Sache hat einen politischen Haken, und ich muß mich zunächst mit höchster Stelle ins Vernehmen setzen.«

»Daran kann ich nichts Seltsames finden, Sir. Die Sache war schließlich von Anfang an ein Politikum. ›Stellt das ganze Land auf den Kopf, Leute, nur bringt uns den Dealer und den Zwischenhändler und den Lieferanten, laßt alles andere sausen.‹ Und genau das haben wir getan, und ich weiß nicht, ob ich meinen Job noch hätte, wenn ich mich geweigert hätte. Und jetzt haben wir ihn, diesen Heroinschmuggler, diesen miesen Killer, der den Stoff ins Land gebracht hat, mit dem Lucy Barnes sich getötet hat, Herr Minister – oder ist Mr. Barnes' politische Stellung inzwischen so schwach, daß das Schicksal seiner Tochter in politischen Kreisen auf Gleichgültigkeit stößt?«

»Commissioner, ich bin völlig Ihrer Meinung, glauben Sie mir.«

»Ich glaube Ihnen nur dann, Herr Minister, wenn Sie auf unserer Seite kämpfen. Sie sind dazu verpflichtet – aber ich werde in diesem Punkt wohl umlernen müssen, weil Sie Politiker und deshalb zu gar nichts verpflichtet sind. Jedenfalls hat das Land, dessen Wählern Sie Ihr hohes Amt verdanken, eine pflichtbewußte, ja eine fast pflichtbesessene Zollfahndung. Diese Leute verdienen, verglichen mit Ihnen, ein Trinkgeld, und sie arbeiten doppelt so hart wie Sie. Sie haben kaum Freizeit und machen kaum je Urlaub, und sie erfüllen ihre Pflicht. Und da fällt Ihnen nichts Besseres ein, als sich ins Vernehmen zu setzen.«

»Sie haben ja so recht mit dem, was Sie sagen.«

Der Stellvertretende zog einen kleinen Notizblock hervor und schrieb seine Privatnummer auf. »Morgen früh um vier Uhr, Sir. Sie können mich heute abend zu Hause erreichen. Wir stehen hinter Ihnen wie ein Mann, Sir. Aber lassen Sie uns nicht hängen.«

Es war äußerst kompliziert, den Agenten im Iran das Kommando zum Rückzug zu erteilen. Gewisse Anweisungen und Informationen ließen sich in verschlüsselter Form in diversen Sendungen des BBC World Service unterbringen, aber der Befehl, den Laden dichtzumachen, das Schiff zu verlassen, diese Anweisung konnte nur persönlich überbracht werden. Der Sektionsleiter in Ankara erhielt die Instruktion, einen zuverlässigen Mann nach Täbris zu entsenden. Der Sektionsleiter in Bahrain mußte jemanden finden, der bereit war, nach Teheran zu fliegen. Der Sektionsleiter in Abu Dhabi mußte einen Dhau-Besitzer auftreiben, der die entsprechende Anweisung über die gefährlichen Wasser des Golfs nach Bandar-e Abbas brachte. Natürlich wäre das alles rascher gegangen, wenn man die Hilfe des CIA in Anspruch genommen hätte, aber dann hätte man den Kollegen auch erklären müssen, daß Mr. Matthew Furniss, der Leiter der Iran-Abteilung, vermißt wurde. Und das wollte Century den Amerikanern nun doch lieber nicht auf die Nase binden. Solche Dinge gingen niemanden sonst etwas an.

Charlie schlief in seinem Hotel. Der Plastikbeutel lag unter seinem Kopfkissen.
Der grüne Ford Sierra stand unten auf der Straße. Der Mehrwertsteuer-Fritze war heimgegangen, und Wächter lag mit dem Funkgerät in der Armbeuge schlafend auf dem Rücksitz. Harlech, Corinthian und Token hatten auf derselben Etage wie Charlie eines der gegenüberliegenden Zimmer bezogen und wechselten sich im Zweistundenrhythmus mit der Bewachung der Tür ab.
Wächter schlief fest, als das Funkgerät plötzlich zu krächzen anfing.
»Sind Sie's, Wächter?«
»Bill? Ja, ich bin's.«
»Sitzen Sie gut? Also: Der Verdächtige wird heute nacht nicht verhaftet ... Verstanden? Laßt die Finger von Eshraq.«
»Um Himmels willen, Bill ...«
»Ich hab' gesagt Laßt die Finger von Eshraq.«
»Aber warum denn?«
»Ich hab' die Anweisung gerade vom Berg Sinai erhalten, und ich geb' sie nur an euch weiter.«
»Verdammte Scheiße, das kann doch nicht wahr sein. Was wollen sie denn noch?«
»Jedenfalls wollen sie nicht, daß ihr Tango eins heute nacht hochnehmt.«
»Verstanden.«
»Sie treiben doch hoffentlich mit Token keine Liebesspiele?«
»Verdammt noch mal, nein.«
»Um so besser ... Und bitte tun Sie uns allen einen Gefallen: Rufen Sie Ihr Herzblatt an, okay? Ich hab' ihr versprochen, daß Sie rechtzeitig zum Sommerfest wieder da sind. Angenehme Träume, Wächter. Vergessen Sie morgen früh nicht, Ihre Angetraute anzurufen, und lassen Sie Tango eins in Frieden.«

Zuerst traf ihn der Stiefel, dann die Faust.
Eine Hand krallte sich in Matties Haar und riß seinen Kopf nach oben, damit der andere Typ ihn besser treten und schlagen konnte.
Er bemühte sich, den Namen auszusprechen, aber die Schläge in den Magen hatten ihm die Luft genommen, und so versuchte er vergeblich, den Namen über die Lippen zu bringen. Seine Kehle war so ausgedörrt, daß er kaum mehr sprechen konnte. Wenn er ihnen den Namen sagte, dann würden die Schläge und Tritte aufhören.
Der Mann war zu ausgekocht, um sich mit drei Namen abspeisen zu lassen. Mattie hatte genau gewußt, warum sie wieder angefangen hatten, ihn zu prügeln. Er hatte sein Triumphgefühl nicht ganz zu unterdrücken vermocht. Er hatte geglaubt, er würde mit den drei Namen davonkommen. Der Ermittler hatte ihn durchschaut, hatte gespürt, daß Mattie gehofft hatte, sich durch die Nennung von drei Namen von den Schmerzen freikaufen zu können. Aber die drei Namen hatten eine Schleuse geöffnet. Genau das hätte Mattie auch seinen Schülern gesagt: Sobald einmal ein Name genannt ist, dann stürzt das ganze Gebäude ein. Er hatte keine Widerstandskraft mehr. Er hatte keinen der Tricks ausgelassen, die er kannte. Zuletzt hatte er sich sogar ohnmächtig gestellt, aber einer der Wächter hatte ihm eine brennende Zigarette in die Achselhöhle gedrückt, und er hatte vor Schmerz aufgeschrien.
Er kniete auf dem Boden. Seine Arme hingen seitlich herab. Im Mund spürte er den Geschmack seines eigenen Blutes. Mit der Zunge konnte er eine große Zahnlücke erfühlen. Er haßte die Männer, deren Namen er verraten hatte. All den Schmerz und all die Erniedrigung hatte er nur erleiden müssen, weil er ihre Namen kannte. Die Faust in seinem Haar zog seinen Kopf nach oben, während die Schläge unerbittlich in sein Gesicht klatschten. Immer wieder schlugen sie auf seine Nase ein, bis Tränen in seinen Augen

standen. Zugleich traten sie ihn in den Magen und in die Weichteile. Es gab nur einen Weg, wie Mattie den Schmerzen ein Ende bereiten konnte: Er mußte den Namen preisgeben.
Er versuchte sich mit den Armen Platz zu schaffen. Solange sie weiter auf ihn einprügelten, konnte er nicht richtig atmen und seinen Speichel nicht herunterschlucken und folglich auch den Namen nicht aussprechen. Er sah nicht, wie der Ermittler mit seiner Hand ein Zeichen gab. Er merkte nicht, daß die Faust nicht mehr in seine Haare verkrallt war. Er sah nur das Gesicht des Ermittlers.
Seine Brust hob sich, er sog tief die Luft in sich ein.
»Ihr habt seine Schwester umgebracht.«
»Wer, ich, Mr. Furniss?«
»Sie haben sie gefoltert und getötet.«
»Wen habe ich gefoltert, wen habe ich getötet?«
»Seine Schwester ... Er wird kommen und sich an Ihnen für das rächen, was Sie seiner Schwester angetan haben.«
»Und woher kommt dieser Rächer?«
»Aus England, über die Türkei. Er passiert die iranische Grenze in Dogubayazit.«
»Und wie will er an mich herankommen?«
»Er will Sie und den Mullah, der seine Schwester verurteilt hat, mit einer Panzerfaust umlegen.«
»Wie heißt der Mullah, der seine Schwester verurteilt hat?«
»Keine Ahnung.«
»Und wie will er über die iranische Grenze kommen?«
»Mit gefälschten Papieren, als *pasdar.*«
»Und wo bekommt er diese Papiere?«
»In Istanbul.«
»Wo in Istanbul?«
»In einem Friseurladen im Aksaray-Bezirk, gleich rechts von der Mirelaon-Kirche. Es gibt sonst keinen Friseur in der Gegend.«
»Und wann wird er hier im Iran eintreffen?«

»Schon sehr bald.«
»Glauben Sie, daß ich ihn kenne, meinen hoffnungsvollen Mörder?«
»Sie haben seine Schwester gekannt, sie haben sie selbst gefoltert. Die beiden Wachen, die seine Schwester zur Hinrichtung geführt haben, hat er bereits in Teheran erschossen. Dem Henker von Täbris hat er eine Bombe aufs Autodach gepflanzt. Sie haben den Mann sicher gekannt.«
»Mr. Furniss, wie lautet sein Name?«
Er kniete zu Füßen des Ermittlers. Sein Kopf ruhte beinahe auf seinen Knien. Seine Kleider rochen nach Erbrochenem.
»Gott, verzeih mir ...«
»Wie lautet sein Name?«
»Harriet ... Harriet, ich bitte dich, vergib mir.«
»Sein Name, Mr. Furniss?«
»Charlie, du kannst dir nicht vorstellen, wie sie mich gequält haben ... diese Schmerzen, Charlie ...«
»Der Name?«
»Er wird kommen, um Sie für das, was Sie seiner Schwester angetan haben, zur Rechenschaft zu ziehen. Er heißt Charlie. Sein Name ist Charlie Eshraq.«
»Wir schicken Ihnen den Arzt ... Danke, Mr. Furniss.«

14. Kapitel

Es war Morgen. Durch einen Spalt in der Sperrholzverkleidung vor seinem Fenster konnte Mattie erkennen, daß es Morgen war, ein neuer Tag. Er wälzte sich vorsichtig auf dem Bett hin und her. Er hatte die Knie angezogen, als würde er noch immer von Stiefeln und Fäusten bedroht. Er spürte die enganliegenden Bandagen an seinen Füßen; seine von dem Arzt genähte Unterlippe schmerzte noch immer. Zunächst traute er sich kaum zu bewegen, weil er befürchtete, die Schmerzen könnten sonst zurückkommen. Nur allmählich wagte er es, seine Muskeln und Gliedmaßen zu reaktivieren – wie ein Mann, der sich durch einen dunklen Raum tastet. Er drehte sich von der Seite auf den Rücken und sah zur Deckenbeleuchtung hinauf. Die stets eingeschaltete Deckenlampe war so grell, daß er sich beim Schlafen die Wolldecke über den Kopf ziehen mußte. Vom Rücken drehte er sich nun mühsam auf die andere Seite. Jede Bewegung verlangte von ihm ein Höchstmaß an Konzentration und Entschlossenheit. Jetzt hatte er es geschafft ... Er drehte sich wieder auf den Rücken, bis seine Wirbelsäule fest auf der Matratze auflag. Er blickte zu der in der Decke versenkten Glühbirne hinauf, deren Schutzgitter Schatten auf die Wände warf. Er schloß die Augen. Äußerlich sah man ihm kaum an, was er durchgemacht hatte. Was war das schon: ein paar Verbände und eine kleine Naht an der Unterlippe und Schmerzen im ganzen Körper ... verdammt wenig für einen, dessen Willen sie gebrochen hatten, der geredet hatte. Er

preßte die Augen zusammen. Er versuchte, jeden Gedanken auszuschalten.
Es hatte sie nicht viel Mühe gekostet, ihn zum Reden zu bringen. Er hätte das nicht für möglich gehalten. So schnell. Und ohne ihm wirklich schwere Verletzungen beizubringen.
Er konnte sich von der Seite auf den Rücken und weiter auf die andere Seite und sogar auf den Bauch drehen. Daß sie ihn zum Reden gebracht hatten, ohne ihn vorher halb totzuschlagen, war entsetzlich. Was hatte er eigentlich gesagt? Er konnte sich nur verschwommen erinnern. Er sah das Gesicht des Ermittlers vor sich und Augen, die ihn geradezu anflehten, endlich zu sprechen. Er sah die behaarten Hände eines der Wächter vor sich und die nikotingelben Finger eines anderen Folterknechts, und er roch ihren abgestandenen Schweiß und sah ihre dreckigen Stiefel vor sich. Was hatte er eigentlich gesagt? Er hörte innerlich eine Stimme, seine eigene Stimme, die Namen aussprach. Gute Namen, Namen alter Freunde ... O Gott, was für eine Schande ... O Gott, was für eine Niedertracht ... Die Stimme klang nun schwach, er war nicht einmal sicher, ob er sie überhaupt hörte. Die Stimme schien Charlie Eshraqs Namen auszusprechen. Er war nicht ganz sicher, aber die Stimme, die er in all dem Wirrwarr hörte, war offenbar seine eigene Stimme.
Sein Name ist Charlie Eshraq.
Nein, nein – das konnte doch nicht wahr sein, sein Gedächtnis spielte ihm einen Streich.
Sein Name ist Charlie Eshraq.
Seit Jahren hatte er mit ihnen zusammengearbeitet. Sie waren für ihn fast so etwas wie Freunde, Verwandte gewesen, und er hatte ihre Namen genannt ... und die Folterknechte hatten ihn nicht einmal ernstlich verletzt. Seine Fingernägel waren unversehrt, und auch seine Wirbelsäule war noch intakt. Er hatte nicht annähernd solche Qualen auszustehen gehabt wie die Opfer der Gestapo, wie dieser lutherische Pastor, der damals im Fort über seinen Glauben gesprochen

hatte. Er hatte Schande auf sich geladen, er war ein Schwächling, ein Versager. Er erhob sich von seinem Bett. Ganz vorsichtig setzte er seine Füße auf den Fliesenboden. Dann verlagerte er das Gewicht seines Körpers auf seine Füße. So, als wollte er Schmerzen empfinden, starke Schmerzen, die es rechtfertigten, daß er geredet hatte. Natürlich verspürte er Schmerzen, aber sie waren nicht stark genug. Die Schmerzen, die er spürte, wenn er sein Körpergewicht auf die Füße verlagerte, waren durchaus erträglich. Im Century würden sie es nicht verstehen. Im Century wurden Männer, die unter der Folter ausgepackt hatten, bei ihrer Rückkehr – falls sie überhaupt zurückkehrten – stets der gleichen Prozedur unterzogen: Sie mußten Bericht erstatten, und dann hieß es auf Nimmerwiedersehen. Niemand wollte sich mit den Beweggründen eines Mannes beschäftigen, der nicht dichtgehalten hatte. Da halfen auch alle früheren Erfolge nichts. Und ironischerweise war es ausgerechnet Mattie gewesen, der Ende der siebziger Jahre den Einschätzungen der britischen Botschaft widersprochen hatte, Mattie, der immer wieder darauf hingewiesen hatte, daß der Pfauenthron den religiösen Eiferern nicht mehr lange standhalten werde. Gute Arbeit, aber was nützte das jetzt noch. Man würde zwecks Schadensbegrenzung mit ihm sprechen und ihn dann ohne jegliches Mitgefühl in die Wüste schicken.
Er hörte draußen den Motor eines Wagens. Er erhob sich mühsam von seinem Bett und preßte sein Ohr gegen das Sperrholz am Fenster. Der Motor übertönte die Stimmen, aber er erkannte die Stimme des Ermittlers. Dieser Mann konnte eines Ehrenplatzes in der Hölle sicher sein. Nie mehr in seinem Leben würde Mattie diese Stimme vergessen. Er hörte das Knirschen der Reifen auf den Steinchen, als der Wagen unten im Hof wendete, er hörte das Kreischen des Tores. Mattie wußte Bescheid. Der Ermittler würde sich nun um die Überwachung der enttarnten Agenten kümmern. Und

er würde zurückkommen. Mattie überlegte, wie lange es wohl gedauert haben mochte, die Agenten aus dem Iran abzuziehen. Er kannte das System genau, denn er hatte es selbst entwickelt. Er hatte keinen genauen Überblick mehr, wie viele Tage inzwischen vergangen waren. Ja, er hätte für jeden Tag neben seinem Bett eine Markierung in die Wand ritzen sollen. Er wußte nicht, ob er seinen Leuten genug Zeit verschafft hatte. Was man mit ihm angestellt hatte, das war das reinste Zuckerschlecken gewesen im Vergleich zu dem, was den Agenten in den Verhörräumen des Evin-Gefängnisses gegebenenfalls bevorstand.

Ganz sicher hatten Matties bisherige Geständnisse den Ermittler erst richtig auf den Geschmack gebracht, das war klar. Er würde schon bald zurückkommen. Dann würden sie alles, was er wußte, aus ihm herausholen. Realistisch betrachtet, würden sie sich zunächst an ihm gütlich tun und ihn dann verschwinden lassen. Sie würden ihn durch die Küche in den Hof führen und ihn genau wie so manches arme Schwein vor ihm an die Betonwand stellen.

In seinem ganzen Leben hatte er sich noch nie so völlig hilflos und schwach gefühlt.

Sollte er nicht nach England zurückkehren ... dann würde sich irgendwann im Century House herumsprechen, daß er ausgepackt hatte. Genau wie der CIA erfahren hatte, daß der gute, tapfere Bill Buckley ausgepackt hatte. Die Schweine hatten Buckley zunächst gefoltert und dann Tonbänder, auf denen Buckleys Schreie zu hören waren, nach Langley geschickt. Die Scheißkerle hatten sich noch einen Spaß daraus gemacht, Bill Buckley zu quälen.

Er ging zum Waschbecken hinüber und drehte den Hahn auf. Als schließlich Wasser aus dem Hahn tröpfelte, kümmerte es Mattie nicht im geringsten, daß es eine brackige, stinkende Brühe war.

Aus seinem frisch gewachsenen Bart tropfte noch immer Wasser, als er bereits wieder auf seinem Bett saß. Er wartete auf sein Frühstück. Er würde die Wächter keine Sekunde aus den Augen lassen, wenn sie ihm sein Frühstück brachten.

Es war kurz nach sechs. Charlie stand singend unter der Dusche. Er fühlte sich gut. Er wußte genau, weshalb er so guter Laune war. Der Grund war sein gestriges Treffen mit Mr. Stone, dem Waffenhändler Ihrer Majestät. Stone hatte Charlies Geld genommen und würde die Ware liefern, weil Charlie ein Freund von Mr. Furniss war. Allmählich begriff er, daß Mr. Furniss' Freundschaft für ihn eine Art Schutzschild war.

Er zog sich an und packte den Rucksack.

Er trat rasch aus seinem Zimmer und ging ganz leise auf Zehenspitzen über den Teppichboden auf dem Korridor. Er hörte, daß sich hinter der Tür gegenüber jemand bewegte, und er hörte das Krächzen eines eilends aktivierten Funkgeräts. Er lief die Feuertreppe hinab.

Unten durchquerte er rasch die Eingangshalle und war im Nu an der Drehtür angelangt. Er schlenderte auf die Straße hinaus.

Charlie wandte sich nach links und ging an der Schlange der wartenden Taxis vorbei. Dahinter parkte der grüne Sierra.

Das Krächzen des Funkgeräts hatte Wächter unsanft geweckt.

Er lag noch immer auf dem Rücksitz. Er rieb sich den Schlaf aus den Augen und machte ein paar heftige Kopfbewegungen. Harlech berichtete ihm währenddessen, daß Tango eins das Zimmer verlassen hatte. Dann meldete Corinthian, Tango eins durchquere gerade die Halle.

Er richtete sich auf. Er sah, wie Tango eins an den Taxis vorbeiging, und hinter Tango eins kam Corinthian gerade zur Tür heraus, und ihm wiederum folgte Token, die krampfhaft ihre Bluse in ihre Jeans zu stecken versuchte. Warum, zum

Teufel, steckte Tokens Bluse nicht dort, wo sie hingehörte? Und das jedesmal, wenn sie gemeinsam mit Harlech in einem Hotelzimmer Wache schob? Harlech war wahrscheinlich schon in den Hof des Hotels hinübergerannt, um den zweiten Wagen zu holen. Und natürlich konnte Token ebensowenig ohne Schlaf auskommen wie er selbst, idiotisch, was er sich da wieder mal zusammengereimt hatte. Mittlerweile kam Tango eins immer näher. Obwohl im Lehrbuch nicht vorgesehen, passierte es bisweilen, daß ein Observierter direkt an einem seiner Beschatter vorbeistolzierte. In solchen Fällen drehte man sich möglichst unauffällig zur Seite, damit man nicht deutlich gesehen wurde.
So nahe waren Tango eins und Wächter einander noch nie gewesen, nicht einmal als Park Charlie in Heathrow durch das Einwegfenster beobachtet hatte. Er wandte sich ab. Er hielt sich die Zeitung vom Vortag vor die Nase und drehte sich mit dem Oberkörper Richtung Straße. Reine Routineangelegenheit.
Das Auto fing plötzlich zu schaukeln an.
Die Kühlerhaube wurde niedergedrückt.
Als er aufblickte, traute er seinen Augen kaum. Vorne auf dem Kühler saß Tango eins, wobei er Park den Rücken zukehrte.
Tango eins saß seitlich auf dem grünen Sierra, ließ seine Füße gegen den linken Vorderreifen baumeln und drehte sich nun grinsend nach Wächter um. Besaß dieser verfluchte Kerl doch wirklich die Frechheit, sich mit seinem Hintern auf den Kühler von Wächters Wagen zu setzen ... Offenbar doch keine reine Routineangelegenheit. Wächter blickte in das amüsierte Gesicht. Er sah, wie Token und hinter ihr Corinthian ein paar Schritte hinter Tango eins wie angewurzelt stehenblieben.
»Verzeihen Sie.« Er kurbelte das Fenster herunter. »Würden Sie sich freundlicherweise woanders hinsetzen?«
Er hörte die Stimme, die seinen Akzent imitierte. »Verzei-

hen Sie ... verzeihen Sie. Würden Sie freundlicherweise künftig davon absehen, mir auf Schritt und Tritt zu folgen?«

In den Dienstvorschriften hieß es ganz klar: Wenn ein Observierter bemerkt, daß er beschattet wird, hat man sich rasch und unauffällig zurückzuziehen. Aber Wächter konnte sich nicht so einfach zurückziehen. Er lag noch immer halb aufgerichtet auf dem Rücksitz seines Wagens, und sein Observierungsobjekt saß gemütlich auf der Kühlerhaube.

Etwa zwanzig Meter entfernt trat Token unsicher von einem Fuß auf den anderen und wußte nicht recht, was sie tun sollte. Harlech, der mit dem anderen Wagen in einer Durchfahrt stand, hatte den Motor abgeschaltet, während hinter ihm jemand ungeduldig hupte. Corinthian überquerte gerade im dichten Verkehr die Straße, um auf der anderen Seite Stellung zu beziehen – eine richtige Entscheidung. Eine kaum bezähmbare Wut stieg in Wächter auf.

»Würden Sie sich gefälligst von der Motorhaube herunterbequemen, bitte.«

Wieder imitierte Tango eins Wächters Stimme, doch diesmal rief er: »April fünf an April eins, April fünf an April eins ... verdammte Scheiße, bitte melden. Was für ein lustiger Name – April fünf.«

»Runter da.«

»Wieso, ihr geht mir doch auch Tag und Nacht auf die Nerven?«

Wächter hatte die Worte noch im Ohr. Er hätte nach eigenem Ermessen handeln können, wäre da nicht der Befehl gewesen. »Der Verdächtige wird heute nacht nicht verhaftet ... Verstanden?« Bill hatte allerdings nicht gesagt: »Die grinsende Visage des Verdächtigen wird nicht poliert ... Verstanden!«

Er stieg aus dem Wagen. Er war noch ganz steif von der Nacht, die er auf dem Rücksitz verbracht hatte.

»Verdammt noch mal, beweg deinen Hintern von meinem Wagen runter, Eshraq.«

»Bist du schwer von Begriff, April fünf, ich hab' gesagt: Ihr sollt mir nicht ständig hinterherschnüffeln.«
»Ich werd' so lange an dir kleben, bis wir dich eingebuchtet haben.«
»Werden wir ja sehen, April fünf.«
»Wenn du dich jetzt nicht verpißt, werd' ich 'n bißchen nachhelfen.«
»Versuch's doch mal.«
»Bild dir ja nicht ein, Eshraq, daß Furniss dich beschützen kann.«
Charlie Eshraq lachte ihn mit seinen strahlendweißen Zähnen an.
»Die Sache ist 'ne Nummer zu groß für dich, April fünf, aber mach dir nichts draus.«
Und weg war er. Park stand neben seinem Wagen und mußte sich mit den Händen auf dem Autodach abstützen, weil er kaum noch stehen konnte. Aber die plötzliche Schwäche in seinen Beinen kam nicht etwa von seiner Müdigkeit. Nein, er zitterte am ganzen Körper vor Wut.

Von nun an schoben sie Dienst nach Vorschrift. Sie behielten Tango eins auf der Rückfahrt im IC im Auge, so als wären sie nicht aufgeflogen, so als hätte er nicht auf der Kühlerhaube des Einsatzleiters gesessen, so als wüßten sie, wozu das alles gut sein sollte, so als hätten sie nicht gerade die größte Blamage ihres ganzen Berufslebens erlebt.
Keiner von ihnen fragte Wächter, worüber er neben dem grünen Sierra mit Eshraq gesprochen hatte, weil keiner sich traute. Das April-Team fuhr nach London zurück, und ein paar Reihen vor ihnen saß Charlie Eshraq und schlief selig.
Wächter stand auf und ging durch den engen Gang nach vorne. Wegen der hohen Geschwindigkeit des Zuges hatte er Probleme mit dem Gleichgewicht und suchte immer wieder an den Kopfstützen Halt.
Seine Hand streifte Charlie Eshraqs Ohr, als er an dessen

Platz vorüberkam, und er sah, wie das Gesicht des Mannes sich ärgerlich verzog. Aber das war ihm völlig schnuppe. Er pfiff fröhlich vor sich hin.
Er ging in den Buffetwagen hinüber und kaufte zwölf Dosen Newcastle Brown, vier Flachmänner Whisky, acht Tüten Kartoffelchips und acht Packungen Erdnüsse.
Als er zurückkam, schmiß er das ganze Zeug auf den Tisch. Seinem völlig verstörten Ausdruck nach zu urteilen, konnte Harlech sich beim besten Willen nicht erinnern, wann Wächter zuletzt 'ne Runde geschmissen hatte. Corinthian machte ein Gesicht wie an Weihnachten, und Token grinste.
Er fing mit kräftiger Stimme zu singen an. Wäre vielleicht kein schlechter Bariton geworden, aber von solchen Dingen verstand er nichts ...

Eshraq hat nur ein Ei,
Sein Papa hatte davon zwei,
Auch Khomeini hat etwas in dieser Art,
Der Schah dagegen hat nicht mal 'nen Bart ...

Köpfe drehten sich um. Geschäftsleute ließen ihre Taschenrechner und Finanztabellen niedersinken, und auch Eshraq wandte sich nach ihnen um. »Und noch einmal«, schrie Wächter.

Eshraq hat nur ein Ei
Sein Papa hatte davon zwei,
Auch Khomeini hat etwas in dieser Art,
Der Schah dagegen hat nicht mal 'nen Bart ...

Sie grölten um die Wette. Token hatte die dreckigste Lache, Harlech die brutalste, Corinthian die zurückhaltendste, klassischer Verlierertyp, und Wächter wieherte auf irisch. Schmutz regiert die Welt. Auch Token sprach dem Bier und dem Whisky reichlich zu. Sie lachten sich schier kaputt und waren in Bombenstimmung. Token hatte einen Arm um Davids Schulter gelegt und spielte mit dem Haar in seinem Nacken.

»Gut gemacht, alter Junge.«

Er beugte sich vor und sah die Schulter sechs Reihen weiter vorne. Sein Blick streifte dunkle Anzüge und gestreifte Hemden und mißbilligende Gesichter.

»Nur damit er's weiß: Dem werd' ich noch das Fell über die Ohren ziehen.«

»Gehen Sie jetzt nach Hause, David.«

»Ich geh' erst heim, wenn ich weiß, was los ist.«

»Und wieso glauben Sie, daß ich weiß, was los ist?«

»Das ist keine Antwort, Bill, das wissen Sie ganz genau.«

»Aber mit dieser Antwort werden Sie sich zufriedengeben müssen.«

»Wir hätten ihn festnehmen können, und Sie haben das verhindert.«

»Ich hab' Ihnen doch gesagt, daß die Anweisung dazu von oben kam.«

Die Enttäuschung war unübersehbar. Park schlug sich mit der rechten Faust in die linke Hand. Parrish schien dadurch allerdings nicht sonderlich beeindruckt. Noch nie zuvor hatte Park Parrish angeschrien, weil Parrish nämlich so schnuckelig und gutmütig war, daß man gar nicht auf die Idee kam, ihn anzubrüllen. Einfach zu nett, der Mann, um herumzukrakeelen.

»Verdammte Scheiße, Bill, immerhin geht es um einen Heroinhändler, um einen hochkarätigen Heroinhändler. Es geht um einen Großdealer, den wir doch nicht einfach laufenlassen können. Seit wann ist die strafrechtliche Verfolgung solcher Leute untersagt?«

»Die Anweisung, die ich erhalten und an euch weitergegeben habe, lautete, daß wir Eshraq laufenlassen sollen.«

»Einen hochkarätigen Kriminellen, wie Sie ganz genau wissen.«

»Ich weiß gar nichts, und ich tu', was man mir sagt. Sie sollten jetzt auch tun, was ich Ihnen sage, und nach Hause gehen.« Auf dem Weg zur Tür drehte David Park sich noch einmal um und giftete: »Und ich hab' gedacht, daß wir hier ernsthafte Arbeit leisten und nicht nur als Witzfiguren rumlaufen ...«

»Kommen Sie mir bloß nicht mit dem Schwachsinn, Wächter.«

»Und ich dachte, daß Sie Ihr Versprechen halten!«

»Guter Gott ... jetzt kommen Sie mir nicht wieder mit dieser moralischen Scheiße ... Hören Sie mal zu. Der Stellvertretende ist gestern abend beim Innenminister gewesen, um zu melden, daß wir jederzeit losschlagen können. Daraufhin hat der Innenminister ihn ein paar Stunden später zu Hause angerufen und hat – ich dürfte das eigentlich gar nicht sagen – die Sache abgeblasen. Die Anweisung kommt also von höchster Stelle. Sie möchten wissen, was los ist, ich möchte wissen, was los ist. Ich weiß nur, daß weder der Stellvertretende noch der Chef für mich zu sprechen sind. Was eigentlich los ist, werde ich erst erfahren, wenn die Herrschaften geneigt sind, es mir zu sagen, und Sie werden es erfahren, wenn ich geneigt bin, Sie davon in Kenntnis zu setzen ... Tun Sie mir also den Gefallen und gehen Sie endlich nach Hause ... Haben Sie Ihre Angetraute angerufen?«

»Er ist nichts als ein dreckiger kleiner Heroinpusher ...«

»Ich hab' gehört, er hat sich über euch lustig gemacht.«

»Was zum Teufel ...«

»War ja nur so 'ne Bemerkung ... Haben Sie mit Ihrer Angetrauten telefoniert?«

»Er ist ein dreckiges kleines Schwein.«

»Und er ist euch auf die Schliche gekommen ... Gehen Sie jetzt nach Hause und kaufen Sie Ihrer Frau 'n hübsches Ballkleid.«

»Wollen Sie sich das etwa von den hohen Herren einfach so bieten lassen?«

»Ersparen Sie mir diesen Unsinn, David ... gehen Sie jetzt lieber nach Hause.«
Ein paar Minuten später sah Bill Parrish von seinem Fenster aus, wie David Park unten auf der Straße wie ein Traumwandler zwischen den hupenden, bremsenden Autos hindurchging. Vielleicht hatte er gerade einen seiner besten jungen Leute kaputtgemacht, und trotzdem wußte er nicht, was er sonst hätte tun sollen. Er schaltete sein Funkgerät ein und erfuhr, daß Tango eins sich wieder in seiner Wohnung aufhielt. Noch immer beobachteten zwei von Parrish' Mitarbeitern die Wohnung, aber aus den Ermittlungen war jetzt die Luft raus, und niemand hatte es bisher für nötig befunden, Parrish darüber zu unterrichten, warum man an höherer Stelle plötzlich die Bremse gezogen hatte. Aber warum daran weitere Gedanken verschwenden ... schließlich handelte es sich nur um Heroin, schließlich ging es nur um irgendwelche jungen Leute, die in irgendeinem dreckigen Loch ihr Leben aushauchten, schließlich ging es nur um elende Schweine, die sich am Unglück anderer Menschen bereicherten. Warum also sollte man sich weitere Gedanken machen? Nur ein paar altmodische Narren machten sich über diese Dinge Gedanken. Narren wie Parrish und bekloppte junge Leute wie Park. Er wußte, daß Park seit zwei Jahren kaum einen freien Tag gehabt und auch für den kommenden Sommer keinen Urlaub beantragt hatte. Vielleicht sollte er für das junge Paar ein paar Wochen Ferien an der Algarve buchen und Wächter mit Handschellen an seine Ann ketten und ins Flugzeug prügeln. Konnte manchmal ganz schön sentimental sein, dieser Bill Parrish, wenn er nur wollte. Es war die reinste Schande, dieses junge Paar. Aber vielleicht ... vielleicht würde sich ja doch noch ein Ausweg zeigen.
Alles der Reihe nach, nur nicht die Nerven verlieren. Ja, das war es, was Park wohl oder übel noch lernen mußte. Ja, das mußte er dem jungen Rebellen noch beibringen, falls der nicht wegen seiner Unaufmerksamkeit unten auf der Straße

bereits platt gewalzt worden war. Er rief im Büro des Stellvertretenden an, wo man ihm sagte, daß sein unmittelbarer Vorgesetzter in einer Besprechung sei. Er rief das Büro seines obersten Chefs an, wo man ihm sagte, der große Boß sei gerade in einer Konferenz. Nur nicht die Nerven verlieren, schließlich ging es ja nur um Heroin.

Er hockte auf dem Boden seiner Gefängniszelle, gleich neben der Tür. Er war ziemlich sicher, daß die Wächter ihn dort durch den Spion nicht sehen konnten. Er trug nur seine Unterwäsche und seine Socken am Leib. Er hatte das Kopfkissen, sein zusammengerolltes Hemd und die zusammengeknüllte Hose unter der Wolldecke auf der Matratze so arrangiert, daß es aussah, als ob ein menschlicher Körper auf dem Bett liege. Er zog beim Schlafen stets die Decke über den Kopf, um sich von der Deckenbeleuchtung abzuschirmen. Seine Schuhe schauten am Fußende des Betts ein wenig unter der Decke hervor. Er hatte lange an der Tür gehorcht, bevor er diese Vorbereitungen getroffen hatte, so lange, bis er sicher gewesen war, daß niemand ihn beobachtete.
Sie hatten Mattie Furniss gedemütigt, erniedrigt. Um dieses Gefühl der Demütigung zu bannen, war er entschlossen zu töten. Ja, er war unwiderruflich entschlossen, mit seinen eigenen Händen zu töten.

Zuletzt erinnerte sich der Mullah wieder, wer Juliette Eshraq gewesen war. Zwar konnte er sich nicht mehr an Einzelheiten entsinnen, aber jedenfalls wußte er wieder, wer sie war.
Wie hätte er sich nicht an sie erinnern sollen? Es wäre völlig absurd gewesen, wenn er sich nicht an sie hätte erinnern können, weil er sonst von den zweitausend Zuschauern, die damals der Hinrichtung beigewohnt hatten, der einzige gewesen wäre, der Juliette Eshraq vergessen hatte. Außerdem hatte der Ermittler dem Gedächtnis des Mullah durch die Information aufgeholfen, daß Juliette Eshraqs Bruder mit

einer Panzerfaust im Gepäck auf dem Weg in den Iran war, um seine Schwester zu rächen.

»Sie können überzeugt sein, Eminenz, daß ich alles in meiner Macht Stehende tun werde. Es liegt auch in meinem Interesse, daß wir Juliette Eshraqs Bruder finden. Denn wenn er uns entwischt, bin ich nach Ihnen der nächste, der auf seiner Liste steht.«

Dann verließ er den Mullah, der sich nun wieder deutlich an die junge Frau erinnerte, die damals beim Anblick der zu ihrer Hinrichtung erschienenen Gaffer gelächelt hatte. Der Ermittler begab sich in sein Teheraner Büro und erteilte Anweisung, einen Beamten im Büro des Hafenmeisters von Bandar-e Abbas, einen Teppichhändler in Teheran und einen Ingenieur in Täbris zu überwachen.

Am späten Abend wollte er dann mit einer Militärmaschine von Teheran nach Täbris zurückfliegen.

»Zögern Sie keinen Augenblick«, hatte der Major ihnen damals im Fort immer wieder eingebleut. »Geben Sie sich innerlich einen Ruck, und dann nichts wie los! Denn wenn Sie zu lange nachdenken, geht es ganz sicher schief, und wenn es schiefgeht, dann wünschen Sie bei Gott, Sie hätten es erst gar nicht versucht. Wenn Ihnen also Ihr Leben lieb ist, zögern Sie nicht, weil Ihr Leben nämlich sowieso keinen Pfifferling mehr wert ist, wenn Sie es nicht versuchen.«

Mattie hockte neben der Tür auf dem Fußboden und betrachtete noch die Attrappe auf seinem Bett. Dann horchte er wieder. Jeden Augenblick würde er die Schritte der Wachen hören, wenn sie ihm sein Abendessen brachten.

Der Major stammte aus Hereford. Der Major hatte keine Lust mehr gehabt, irgendwo in Nordirland hinter Sandsäcken herumzukriechen. Also hatte er umgesattelt und war Berater geworden, was besser bezahlt wurde und weniger gefährlich war. Der Major beriet multinationale Unternehmen in Sicherheitsfragen, und gelegentlich kam er ins Fort, um die neuesten Fluchttechniken zu erläutern. Er sagte, ein Gefangener müsse vom ersten Augenblick an nach einer Fluchtmöglichkeit Ausschau halten. Er sagte, egal wie oft die Haftbedingungen sich auch ändern mochten, der Gefangene müsse seinen Plan jederzeit umwerfen und von vorne beginnen können. Und dann kursierte noch eine Geschichte über den Major und ein nagelneues Hochsicherheitsgefängnis irgendwo in Worcestershire, in das am folgenden Montagmorgen die ersten Häftlinge eingeliefert werden sollten. Am Freitag hatte das Personal ein letztes Mal Fluchtverhütung geübt, und der Major hatte das Versuchskaninchen gespielt, und am Abend war er draußen gewesen. Neugierige beschied der Major damit, daß er nicht dafür bezahlt worden war, über sein Bravourstück nähere Auskunft zu erteilen, sondern daß sein Auftrag gelautet hatte, aus dem Knast rauszukommen. Mehr war aus ihm nicht rauszubringen ... Mattie dachte an den Major und versuchte sich an jedes seiner Worte zu erinnern.

Er hörte leise Stimmen auf der Treppe und Sandalen, die schlurfend näher kamen.

Der Riegel wurde zurückgeschoben, der Schlüssel drehte sich im Schloß.

15. Kapitel

Er schlug mit der Handkante blitzschnell zu. Im nächsten Augenblick lag der Mann auf dem Boden.
Auf dem Tisch stand das Tablett mit seinem Abendbrot.
Nur nicht zögern ...
Mattie trat aus der schweren Tür. Er ging direkt auf den anderen Wärter zu, der draußen im Gang wartete. Er sah das überraschte Gesicht des Mannes. Und schon umklammerte Mattie mit den Händen die Kehle des Wärters, während er ihm zugleich mit aller Macht das Knie in die Weichteile rammte. Direkt hinter ihm auf den Fliesen lag der Körper des Wärters, der ihm das Abendessen in die Zelle gebracht hatte. Der zweite Mann sackte auf die Knie. Mattie ließ seine Kehle los und rammte ihm mehrmals das Knie ins Gesicht. Sein Kopf flog zurück und vor und krachte gegen die Wand. Noch ein Stoß mit dem Knie gegen den an die Wand gelehnten Kopf, und der Mann war fast hinüber. Mattie schleppte ihn in die Gefängniszelle und drückte ihm die Kehle zu. Der Mann versuchte in schwacher Gegenwehr, Matties Handgelenke zu umfassen, seine Augen traten hervor, und die Zunge quoll aus dem Mund, er würgte, dann versiegte sein Atem. Immer wieder hatte der Major ihnen eingebleut, daß für den Erfolg allein die Entschlossenheit ausschlaggebend sei. Nichts war schließlich einfacher, als einen Mann mit der Handkante niederzuschlagen. Nichts war einfacher, als den Hals eines Mannes mit den Händen zu umklammern und ihm die Luft abzudrücken. Seine Finger arbeiteten wie ein Schraubstock, bis auch aus

dem Körper des zweiten Wächters jegliches Leben gewichen war. Er spürte keine Angst, nur die Entschlossenheit, genau das zu tun, was er gelernt hatte. Der Körper des zweiten Wärters, der seinem Mörder bei dessen Tun unentwegt ins Gesicht geblickt hatte, sank auf den Fliesenboden zurück. Wirklich der falsche Zeitpunkt, Freundchen, Gnade von mir zu erhoffen. Als man Mattie unten im Keller bestialisch gequält hatte, da hatte dieser zweite Wächter bloß rauchend herumgestanden und gleichgültig zugeschaut, wie seine Kollegen über den Engländer hergefallen waren. In dem verdammten Kellerloch, da hast du auch kein Mitleid mit mir gehabt, Freundchen. Dieser zweite Wärter hatte die ganze Zeit Matties Handgelenke umklammert und war in seiner Dummheit nicht mal auf die Idee gekommen, Matties Arme loszulassen und die Pistole zu ziehen, die er am Gürtel trug. Unverzeihlicher Fehler, Freundchen. Mattie hörte, wie das Röcheln in der Kehle des Mannes verebbte.

Er schleppte den Körper des zweiten Wärters zum Bett hinüber.

Verdammt, war der schwer. Mattie wurde von einer Welle der Müdigkeit übermannt. Mit dem Fuß schob er beide Männer unter das Eisenbett.

Er zog dem größeren der beiden Wärter den Umhang und die Turnschuhe aus. Der Mann war größer als Mattie und hatte auch größere Füße, und seine Turnschuhe paßten Mattie trotz der Verbände an seinen Füßen. Dann nahm er die Pistole samt Halfter an sich, holte seine zusammengeknüllte Hose unter der Decke hervor, zog den Gürtel durch die Schlaufen und legte den Umhang an. Jetzt hatte er eine Pistole. Er überprüfte die Sicherung und das Magazin. Eine Ostblockwaffe. War schon verdammt lange her, seit er zuletzt eine tschechoslowakische Pistole in der Hand gehabt hatte. Er fischte das Brot von dem Tablett und steckte es zusammen mit einer Hähnchenkeule und einer Handvoll Reis in seine Hosentaschen.

Mattie trat auf den Gang hinaus.
Er horchte. Irgendwo spielte ein Radio. Es liefen gerade die Nachrichten von Radio Teheran. Die Rundfunkmeldungen vermischten sich mit dem Gebrummel von Männerstimmen. Es gab keinen anderen Weg als über die Treppe. Er ließ die Pistole im Halfter stecken. Er kannte ihren Mechanismus nicht und hatte keine Zeit, sich mit der Waffe vertraut zu machen. Der Major hatte immer wieder betont, wie entscheidend es sei, rasch zu handeln. Er ging die Treppe herunter. Unten blieb er stehen. Das Haus war für seine Zwecke geradezu ideal. Die Böden waren gefliest, und die Treppe hatte einen Zementbelag. Man konnte von der großen Halle im Erdgeschoß der Villa direkt in die Küche im hinteren Teil des Hauses gelangen. Er ging ein paar Schritte, blieb dann wieder stehen und preßte seinen Körper gegen die Wand. Lächerlich, aber ein paar Sekunden lang lauschte er der Stimme des Nachrichtensprechers, der über die gestiegenen Preise für langkörnigen Reis berichtete. Los, Mattie, weiter. Er sah das Khomeini-Poster vor sich, das die ganze Stirnseite der Halle einnahm ... Los, mach schon, alter Junge ... Die leise und entspannt plaudernden Stimmen, die er hörte, drangen aus einem Zimmer, dessen Tür fast geschlossen war. Besonders auf der Hut sein mußte Mattie vor jenen Sicherheitskräften, die er zuvor noch nie gesehen hatte, darauf hatte auch der Major immer wieder hingewiesen. Möglicherweise waren auch im Freien Wachen aufgestellt, deren Standort Mattie nicht kannte. Aber das Risiko mußte er eingehen. Er lauschte angestrengt, konnte aber nur die Nachrichten und die Stimmen der Männer in dem Zimmer hören. Er löste sich von der Wand und ging an der Tür vorbei; er versuchte, möglichst aufrecht zu gehen. Er hätte das Tablett mitnehmen sollen – sei es als Tarnung, sei es zur Verteidigung. Er öffnete die Pistolentasche, legte die Hand an die Waffe und ging in die Küche. Niemand da. Sie hatten bereits gegessen. Sein Abendbrot hatten sie wahrscheinlich zuletzt hergerichtet. Im

Spülbecken stapelten sich Teller und Töpfe bis zum Rand. Vermutlich würden sie schon in ein paar Minuten zurückkommen, wahrscheinlich sobald die Nachrichten aus waren. Dann würden sie das Geschirr spülen und sich fragen, wo die beiden Wärter abgeblieben waren, die dem Gefangenen das Abendbrot nach oben gebracht hatten.

Das erste Ziel, das Mattie erreichen wollte, war die Mauer im Hof. Nichts und niemand sollte ihn daran hindern, dort hinzugelangen. Wenn sie ihn aufhalten wollten, mußten sie ihn erschießen.

Er hatte nun die Tür erreicht, die von der Küche aus ins Freie führte. Vor sich auf dem Boden sah er seinen Schatten, aber er wußte nicht, wie er aus dem erleuchteten Raum in die Dunkelheit hinaustreten sollte, ohne einen Schatten zu werfen.

Bisher hatte er von dem Gelände, das die Villa umgab, nur den Hof flüchtig kennengelernt, und er wußte, wo sich die Mauer befand. Falls draußen eine Wache postiert war, dann vermutlich vorne am Tor, aber auch das war lediglich eine Mutmaßung.

Er ging auf Zehenspitzen quer über den Hof. Er hatte in den vergangenen Tagen nie das Bellen eines Hundes gehört. Hunde waren für einen Ausbrecher der absolute Alptraum, das hatte auch der Major immer wieder betont. Aber Mattie hatte weder einen Wach- noch einen Haushund gehört. Er hastete zu der Wand hinüber. Er peilte genau jene Stelle an, wo die Mauer mit Einschußlöchern übersät war. Sollten sie ihn tatsächlich erwischen, sollten sie ihn zu packen bekommen, dann würde er an dieser Wand sein Leben aushauchen. Er tastete sich mit den Händen vorsichtig nach oben. Es gelang ihm mit Müh und Not, sich mit den Fingern oben an der Mauerkante festzukrallen.

Als er sich hochzog, durchzuckten höllische Schmerzen seine Arme und seinen Oberkörper. Das war kein Wunder, schließlich hatte er unten in dem Keller x-fach an dem Fleischer-

haken gehangen, aber trotzdem tat es gräßlich weh. Es kostete ihn unendliche Kraft, seine Füße vom Boden zu lösen. Ächzend zog er sich nach oben, bis er über die Mauer blicken konnte. Er stemmte sich noch ein wenig höher und hievte seinen Brustkorb und ein Bein oben auf die Mauer. Halb ohnmächtig vor Schmerzen, blickte er auf eine von Bungalows gesäumte Straße hinab.
Unten auf der Straße fuhr ein Auto vorbei. Die Scheinwerfer tauchten die Fahrbahn und die angrenzenden Häuser in gleißendes Licht, das sich näher und näher an ihn heranschob, an den Mann, der keuchend oben an der Mauer hing.
Aus der geöffneten Küchentür drang jetzt die Schlußmelodie der Nachrichtensendung ins Freie. Wenn er jetzt von der Mauer zurück in den Hof fiel, dann würde er ganz sicher nicht die Kraft aufbringen, sich ein zweites Mal hochzuziehen. Jetzt, da die Nachrichten zu Ende waren, mußten die Wächter jeden Augenblick wieder in der Küche auftauchen.
Er wartete, daß die Scheinwerfer des Wagens an ihm vorbeizogen; er war fast sicher, daß die Scheinwerfer ihn erfassen würden und der Fahrer ihn entdeckte. Mein Gott, wie langsam der Mann fuhr! Er glaubte, in der Küche laute Rufe zu hören und das Stampfen von Füßen, und dann hatte er das Gefühl, daß Hände sein Bein packten und daran zerrten ...
Das Auto war an ihm vorbei. Die Lichter entfernten sich.
Hinter ihm war alles ruhig, vor ihm nichts als Dunkelheit.
Er stemmte sich hoch, bis er mit dem ganzen Körper auf der Mauer lag. Dann schob er ein Bein auf die andere Seite und ließ sich herunterfallen.
Mattie landete fast drei Meter tiefer auf dem mit Unkraut bewachsenen Grünstreifen neben der Straße. Er japste nach Luft.
Nur keine Zeit verlieren. Er rappelte sich auf und setzte sich in Bewegung.
Er wußte nicht, wohin er lief. Nur möglichst schnell weg hier,

darauf kam es an. Er humpelte, so schnell er konnte, die Straße entlang. Er wußte nicht, ob es nachts in Täbris eine Ausgangssperre gab, und falls ja, wann sie anfing. Er wußte nicht, in welchem Teil der Stadt man ihn gefangengehalten hatte. Nur über eines war er sich ziemlich sicher: daß er sich in Täbris befand.

Er lief, bis er vor Seitenstechen kaum mehr gehen konnte. Ein Stück weiter vorne sah er ein Café; draußen vor der Tür standen Bänke, innen Plastikstühle und -tische. Er wechselte die Straßenseite und hielt sich nach Möglichkeit im Schatten. Er hatte Schwierigkeiten, in der Dunkelheit überhaupt etwas zu erkennen; er konnte den Kopf vor Erschöpfung kaum mehr aufrecht halten und mußte ständig auf der Hut sein, nicht etwa einer Patrouille der Revolutionsgardisten in die Arme zu laufen.

Er war jetzt seit zirka fünf Minuten unterwegs. Er war 52 Jahre alt und hatte nach seinem Empfinden inzwischen ungefähr ein paar hundert Meter zurückgelegt. Er war durch Nebenstraßen gelaufen und hatte das Gelächter und das Geschrei gehört, das aus den kleinen Häusern drang, und er hatte die Stimme eines Radiosprechers gehört, der Koranverse rezitierte.

Als er nicht mehr weiterkonnte, weil seine Beine und seine Lunge streikten, kroch er in ein großes Betonrohr.

»Nutzt jede glückliche Gelegenheit, die sich euch bietet«, hatte der Major im Fort gesagt. »Glück will verdient sein. Glückliche Gelegenheiten sind selten, und wenn man sie nicht beim Schopf packt, ist eine solche Situation schon unwiderruflich dahin.« Er dachte an Harriet und an seine beiden Töchter. Das erstemal an diesem Tag, daß er an seine drei Frauen zu Hause dachte. Er mußte sich irgendwie in die Türkei durchschlagen, das war er ihnen schuldig. Ja, der Gedanke an seine Lieblinge daheim gab ihm die Kraft, durch das nächtliche Täbris zu laufen. Sie waren sein einziger Hoffnungsschimmer.

Ungefähr zehn Meter von ihm entfernt bremste ein Auto. Der Fahrer nahm ein Päckchen vom Rücksitz des Wagens und trug es in ein Haus. Das Auto stand mit laufendem Motor da.
Der Fahrer hatte Mattie den Wagen auf dem Präsentierteller angeboten.
Raus aus dem Rohr, rein in das Auto. Anfangs fuhr er ganz vorsichtig, um nicht zuviel Lärm zu machen. Als er um die nächste Straßenecke gebogen war, drückte er voll auf das Gaspedal. So schnell war er zuletzt in dem Jahr vor seiner Hochzeit gefahren, als er noch einen Austin Healey Sprite gehabt hatte. Natürlich war die Kiste, in der er saß, alles andere als ein Sportwagen, aber der verdammte Karren fuhr immerhin. Er brauste stadtauswärts, bis um ihn her alles dunkel war, dann hielt er an und schaltete das Licht aus. Im Handschuhfach fand er eine Karte.
Nach seinen Berechnungen mußte er sich zirka 250 Kilometer östlich der türkischen Grenze befinden, und Gott sei Dank war der Himmel sternenklar, und er stand mit seinem Wagen tatsächlich irgendwo am nordwestlichen Rand der Stadt, die nach seiner Auffassung nur Täbris sein konnte.

Die drei Wärter in der Villa machten für das Malheur allein die beiden Männer verantwortlich, die zu unvorsichtig gewesen seien … An ihrer Stelle hätte der Ermittler sicher das gleiche getan. Weiter berichteten sie, daß zwischen dem Zeitpunkt, da ihre beiden Kameraden mit dem Essen nach oben gegangen waren, und der Entdeckung der beiden Toten in der Zelle etwa fünfzehn Minuten vergangen waren. Sie hatten dann erst einmal die Villa und das ganze Gelände abgesucht. Weder die Polizei noch die Armee, noch das Hauptquartier der Revolutionsgarden waren bisher über Furniss' Flucht informiert. Die Wärter hatten zunächst die Rückkehr des Ermittlers abgewartet.
Einen Moment lang erwog dieser, sich über die türkische

Grenze abzusetzen. Aber an seinen Händen klebte soviel Blut, daß er kaum hoffen konnte, von den westlichen Geheimdiensten mit offenen Armen empfangen zu werden.
Matthew Furniss' Flucht brannte in ihm wie eine offene Wunde. Er hatte die Namen der drei Agenten und den Namen des Infiltrators – sonst nichts. Er hatte fast gar nichts über die Arbeitsweise der Iran-Abteilung in Erfahrung gebracht, über die Zusammenarbeit zwischen Century und dem CIA, über die britischen Horchposten entlang der Grenze oder über die amerikanischen Satelliten. Er wußte weder, welche Informationen die Briten und die Amerikaner an Bagdad weiterleiteten, noch welchen Auftrag die britischen Kriegsschiffe im Golf hatten. Er hatte so wenig vorzuweisen, und er hatte dem Mullah so viel versprochen, und der Mullah hatte an höherer Stelle zweifellos ebenfalls große Versprechungen gemacht. Es blieb ihm nichts anderes übrig, als Furniss wieder einzufangen und dann von vorne zu beginnen. Tief in seinem Innern wurde er von nagender Unsicherheit gequält, von einem an Panik grenzenden Gefühl der Verwundbarkeit.
Nachdem er sich seine Argumente zurechtgelegt hatte, ließ er sich ins Hauptquartier der Revolutionsgardisten im Stadtzentrum fahren. Er händigte dem Kommandanten ein paar Fotografien von Matthew Furniss aus und beschrieb, was der Gefangene seines Wissens angehabt hatte, als er aus seiner Zelle ausgebrochen war. Er fügte hinzu, daß Furniss mit einer Pistole bewaffnet sei.
Er formulierte den Wortlaut der Meldung, die über Funk an alle zuständigen Stellen weitergeleitet werden sollte.
Er verfaßte einen knappen Bericht an den Mullah in Teheran.
Er ließ dem Armeekommando der Nordwestregion über Funk eine Beschreibung von Matthew Furniss zukommen.
Er hatte keine Wahl, er mußte seinen Mißerfolg über alle verfügbaren Kanäle publik machen.

Mattie befand sich jetzt auf der Straße nach Marand. Er schätzte, daß das Benzin noch für mindestens 150 Kilometer ausreichen würde. Wenn er zu schnell fuhr, würde er ganz sicher auffallen, fuhr er aber zu langsam, dann konnte er leicht in eine Straßensperre geraten, sobald die entsprechenden Einheiten alarmiert sein würden. Er passierte Fabriken, in denen seit Jahren kein Mensch mehr arbeitete, seit der Krieg alle Kräfte des Landes aufzehrte – riesige dunkle Geisterhallen. Kurz nachdem er die alte Eisenbahnstrecke überquert hatte, auf der früher Passagiere und Güter in die Sowjetunion transportiert worden waren, bog er nach links von der Hauptstraße ab. Es war einfach zu riskant, auf der Hauptstraße zu bleiben; in der Oasenstadt Marand oder spätestens in Khvoy, dem Zentrum der landwirtschaftlichen Produktion, wäre er mit Sicherheit in eine Straßensperre geraten.

Er fuhr zunächst etwa zwanzig Kilometer weit über eine Schotterstraße, die dann in eine Schlaglochpiste überging. Der Wagen wurde nun kräftig durchgeschüttelt, aber er brauchte sich um den künftigen Zustand des Fahrzeugs ja keine Gedanken zu machen.

Als er hoch über dem Nordufer des Urmia-Sees dahinfuhr und auf die Lichter der Dörfer an den Hängen hinabblickte, die vor der Revolution für ihren guten Wein bekannt gewesen waren, sah er plötzlich ein Stück weiter vorne die Straßensperre.

Mattie wußte sofort, was los war, als er vor sich die Rücklichter einer langen Autoschlange sah und weiter vorne das Licht einer Taschenlampe, das sich rhythmisch bewegte. Die Sperre befand sich vielleicht sechs- bis achthundert Meter vor ihm. Er bremste und legte einen niedrigeren Gang ein. Dann schaltete er die Lichter aus und wendete. Er hatte sein Glück beim Schopf gepackt und war inzwischen relativ weit entfernt von Täbris ... Jetzt blieb ihm keine Wahl. Nun hieß es marschieren. Natürlich wußte er nicht, ob die Sperre eigens

seinetwegen installiert worden war oder rein routinemäßig. Ohne Wagen- und Ausweispapiere war er jedenfalls geliefert. Er schlug das Lenkrad scharf ein und machte kehrt.
Er hatte nicht damit gerechnet, daß die iranischen Sicherheitskräfte ihre Handbücher so gründlich studiert hatten. Er hatte nicht damit gerechnet, daß plötzlich ein *pasdar* aus dem dichten Gestrüpp hervortaumeln würde, der vermutlich eingenickt und durch das Knirschen der Reifen auf dem Schotter geweckt worden war. Er schaltete die Scheinwerfer wieder ein und sah, wie der *pasdar* mitten auf der Straße auf ihn zurannte. Das Licht blendete den *pasdar.* Es war ein älterer Mann; unter seiner Feldmütze lugten weiße Haarlocken hervor, und er trug einen langen Bart. Er schien Mattie zu winken, dessen Wagen ungefähr zwanzig Meter von dem Mann entfernt war, doch dann begriff er gerade noch rechtzeitig, riß sein Gewehr empor und zielte auf das gleißende Licht. Mattie raste direkt auf den Soldaten zu.
Er spürte den harten Aufprall, er spürte, wie die Vorderräder des Wagens leicht vom Boden abhoben. Ein paar Sekunden lang setzte sein Herzschlag aus. Er raste dahin und rechnete damit, jeden Augenblick von einem Maschinengewehr niedergemäht zu werden. Nein, das wäre zu absurd gewesen. Nicht auf einer so mickrigen Landstraße. Und offenbar war der alte Mann allein gewesen. Hätte bleiben sollen, wo er war, der alte Narr. Vielleicht hatte der alte Mann Kinder oder Enkel, die sich vor dem Dienst bei den *pasdaran* gedrückt hatten. Hinter der nächsten Kurve sah er einen kleinen Weg, der in den Wald hineinführte. Er bog ab und fuhr so tief in den Wald, daß man ihn von der Straße aus nicht mehr sehen konnte. Dann riß er das Lenkrad scharf nach rechts und steuerte den Wagen in ein dichtes Gebüsch. Raus, Mattie, nichts wie raus. Er war fix und fertig. Wie gerne hätte er sich in diesem Wald ein wenig ausgeruht. *Raus,* Mattie. Hast du die Straßensperre dort drüben vergessen? Schon gut, Major, ich geh' ja schon.

Mattie nahm die Pistole und die Landkarte und stieg aus. Zuerst konnte er in der Dunkelheit nicht das geringste erkennen. Er durchsuchte das Auto und den Kofferraum nach etwas Brauchbarem, fand allerdings nichts, was ihm hätte nützen können. Er dachte an den Kofferraum von Harriets Wagen: Erste-Hilfe-Kasten, Wolldecke, Schaufel ... Mattie, los weiter. Schon gut, Major, ich mein' ja nur ...
Er sah weit und breit kein Licht. Er ging vorsichtig zur Straße zurück. Der Körper des alten Mannes lag reglos da. Er unterdrückte das in ihm aufflackernde Mitleid für den alten Mann, der seine Deckung so unvorsichtig verlassen hatte. Nur nicht sentimental werden, hätte der Major wahrscheinlich gesagt. Er schleppte den Körper unter die Bäume, fünf Meter weit. Dann eine kleine Verschnaufpause. Dann noch mal zehn Meter weit. Fünfzehn Meter mußten eigentlich reichen.
Er suchte nach dem Gewehr. Das Schloß war zerschmettert. Und keine einzige Kugel, weder im Magazin noch im Lauf. Er legte die Waffe neben dem alten Mann auf den Boden. Armer, schutzloser alter Mann. Wäre eine Kugel in deiner Knarre gewesen, alter Narr, dann wäre Mattie Furniss jetzt wahrscheinlich tot. Nun aber nichts wie weg hier.
Sein Magen war leer. Er hatte das Brot und die Hähnchenkeule und den Reis in seiner klebrigen Hosentasche noch nicht angerührt. An den Füßen trug er jetzt Turnschuhe. Vor ihm lagen die Berge: ihre Umrisse zeichneten sich dunkel vor dem Nachthimmel ab. Er schätzte, daß ihm noch fünf oder sechs Stunden Dunkelheit blieben. Er trat unter den Bäumen hervor, sah noch einmal zu den Sternen hinauf und begann den langen Aufstieg.

Sie hatte die Szene, die ihr Vater ihr gemacht hatte, bereits wieder vergessen.
Ihre Handtasche lag am Fußende des Betts und ihr Kleid am Boden. Polly war es egal, daß ihr Vater geschrien und ihre Mutter geweint hatte, als sie aus dem Haus gestürmt war, es

war ihr völlig schnuppe, daß das zerknüllt am Boden liegende Kleid 199,95 Pfund gekostet hatte.
Er hatte seinen Kopf auf ihren Bauch gelegt, und sein Bart kitzelte ihre Haut, und sie ließ ihre Finger sanft über seine Schultern gleiten. Er hatte sie geliebt, und er hatte zwischendurch geschlafen, und bevor er sie in seine Wohnung mitgenommen hatte, hatte sie mit ihm den schönsten Abend ihres Lebens verbracht. Er konnte traumhaft tanzen. Polly hatte nie richtig tanzen gelernt, jedenfalls nicht bis zu diesem Abend, als sie die Magie des Tangos und des Rumbas kennengelernt hatte. Sie konnte einigermaßen Quick-Step tanzen, und wenn niemand genau hinsah, reichte es auch noch für einen Walzer. Aber sie hatte nicht geahnt, daß sie so wundervoll tanzen konnte, wie sie mit Charlie getanzt hatte. Und das Essen war ausgezeichnet gewesen, und sie hatten den ganzen Abend nur Champagner getrunken, und er hatte nur für sie Augen gehabt.
Den Familienstreit hatte sie inzwischen total vergessen. Und sie hatte auch vergessen, was Mr. Shabro ihr erzählt hatte. Wahrscheinlich war er eifersüchtig, der alte Bock ...

»Wißt ihr, auf wen die Kiste zugelassen ist?« fragte Corinthian über Funk.
Die Stimme am anderen Ende entgegnete: »Wir haben alles versucht ... aber es gibt da ein Problem. Der Typ bei der Polizei hat gesagt, daß sie über das Kennzeichen keine Auskunft erteilen können ... Sonst nichts.«
»Was sollen wir also machen?«
»Tut einfach so, als ob der Wagen nicht da wäre.«
»Was Dämlicheres fällt dir wohl nicht ein?«
»Einen besseren Tip kann ich dir leider nicht geben.«
Er zitterte. Er hatte den Motor abgestellt, und der Wagen war inzwischen ausgekühlt. Auf dem Beifahrersitz war Token sanft eingeschlummert. Offenbar hatte sie vergessen, wo sie war, oder aber sie war hundemüde, denn sie hatte ihren Kopf

an seine Schulter gelehnt. Trotzdem rechnete er sich bei ihr nicht den Hauch einer Chance aus, und zwar aus dem schlichten Grund, weil die Braut rund um die Uhr von nichts anderem sprach als von dem großen Supermann David Park. Dabei war Peter Foster – Deckname Corinthian – fest davon überzeugt, daß Wächter über kurz oder lang fertig sein würde. Mit Wächter konnte es einfach auf Dauer nicht gutgehen, weil er wie ein Hirnamputierter nichts anderes im Kopf hatte, als seinen beschissenen Drogenkrieg in Bogotá oder im Goldenen Halbmond zu gewinnen. Vielleicht war Wächter ja der Beste bei ihnen, aber er war dabei, sich selbst kaputtzumachen. Der Junge ging zu hart zur Sache. Er selbst dagegen, er ließ sich Zeit, er hatte es nicht eilig. Er machte seinen Job, und er feierte seine Überstunden ab, und er konnte sich ganz gut vorstellen, bei der Zollfahndung in Ruhe alt zu werden. Wächter dagegen spielte ein gefährliches Spiel ... Wächter war wie ein strahlender Stern, der rasch verglüht.
Es kümmerte Corinthian nicht weiter, daß die Ermittlungen sich nur noch mühsam hinschleppten, das war ja abzusehen gewesen, als aus der Lane die Weisung ergangen war, daß sie Tango eins laufenlassen sollten. Von Parrish abwärts wußte niemand, welche Scheiße sich die Herren Vorgesetzten diesmal wieder ausgedacht hatten. Und dieser Mr. Eshraq besaß die Frechheit, in aller Ruhe wieder in seine Wohnung zu spazieren, so als hätte er nie Heroin importiert. Und natürlich ließ er sich durch die Zollfahndung noch lange nicht die gute Laune verderben. 'ne Superbraut hatte der Typ bei sich gehabt, und in dem Edelschuppen, in dem die beiden sich abends vergnügt hatten, war sicher 'ne Superrechnung fällig gewesen. Die Sache stand so schlecht, daß selbst Wächter nach Hause gegangen oder besser geschickt worden war, und niemand wußte genau, wann er wieder aufkreuzen würde ...
Sie fuhr zusammen. Sie wachte auf, und dann merkte sie, wo ihr Kopf sich befand, und er sah sie böse an, und sie funkelte nicht minder böse zurück. Sie richtete sich in ihrem Sitz auf.

»Miststück, und ich wollte dich gerade vergewaltigen«, sagte er.
»Oh, verpiß dich.«
»Ganz die große Dame.«
»Ist er noch da?« Sie drehte sich nach dem anderen Wagen um.
»Und was hast du rausgefunden?«
»Sie erteilen keine Auskunft über das Kennzeichen.«
Sie schüttelte den Kopf und rieb sich den Schlaf aus den Augen. »Und was hat das nun wieder zu bedeuten?«
»Diese Auskunft erteilen sie einem, wenn es sich um einen Wagen des Nachrichtendienstes oder des Secret Service handelt. Eins frage ich mich schon die ganze Zeit: Beobachten die nun unseren erfolgreichen jungen Drogenimporteur oder etwa uns?«

Der Funkspruch des Ermittlers wurde von Teheran aus an alle Stützpunkte im Norden und westlich des Urmia-Sees weitergeleitet. Aber es handelte sich bei dieser Region um zerklüftetes, gebirgiges Gelände, in dem ein Flüchtling durchaus die Chance hatte, unentdeckt zu bleiben, eine Gegend, die sich nicht hundertprozentig überwachen ließ. Der See bildet eine riesige natürliche Barriere zwischen dem iranischen Hinterland und den Gebirgszügen, auf deren Saum die Grenze zur Türkei verläuft.
Die Funksprüche waren kaum verschlüsselt gewesen. Denn die Besatzungen der Vorposten in Mahabad, in Oshnoviyeh, in Rezaiyeh, Dilman und Khvoy wären durch komplizierte Codes schlicht überfordert gewesen.
Aber auch dem Horchposten des britischen Geheimdienstes im zypriotischen Dhekelia waren die Funksprüche nicht entgangen.

Er befand sich südlich von Dilman, allerdings so weit südlich der Stadt, daß er ihre Lichter nicht sehen konnte. Vor ihm lagen die Berge. Er blickte auf den direkt jenseits der Grenze aufragenden Gipfel des 4200 Meter hohen Mor Dag. Das Essen, das er aus seinem Gefängnis hatte mitgehen lassen, hatte er bereits vor einer Ewigkeit verschlungen. Er war hungrig. Seine Schuhe lösten sich in ihre Bestandteile auf. Er hatte von seinem Hemd die Ärmel abgerissen und die Turnschuhe notdürftig damit zusammengebunden. Er war zwei volle Nächte durchmarschiert, und wenn mittags am Ufer des Sees die Zeit der Siesta gekommen war, war er in der sengenden Hitze weitergezogen. Den ganzen Tag über konnte er vor sich in der Ferne den Gipfel des Mor Dag sehen. Dort mußte er hin ... Sein Magen schmerzte vor Hunger, aus seinen Beinmuskeln war jegliche Kraft gewichen, die hämmernden Schmerzen in seinem Kopf trieben ihn halb zum Wahnsinn. Halte dich an die Ziegenpfade, Mattie, und versuch, irgendwo Wasser zu finden. Besten Dank, Major. Ja, er würde Wasser finden. Der Gipfel des Berges war in silbernes Mondlicht getaucht. Er dachte, daß er es jetzt schon irgendwie schaffen würde.

Der Präsident nahm an seinem Schreibtisch das Frühstück ein. Der morgendliche Gang über die Hungerford-Brücke hatte seinen Appetit noch verstärkt.
Die Tür flog auf. Vor Schreck verschüttete er ein wenig von seinem Morgenkaffee.
Der Präsident traute seinen Augen kaum, als er Henry Carter in diesem Aufzug sah. Der Mann trug weder einen Schlips noch eine Jacke – ja nicht einmal Schuhe hatte er an den Füßen. Henry Carter war praktisch mit der Tür in das Büro des Präsidenten gefallen und stand nun keuchend und ganz offensichtlich unrasiert vor dessen Schreibtisch. Nicht mal die oberen Knöpfe seines Hemdes hatte Carter zugemacht.
»Er ist ihnen entwischt, Sir ... ist das nicht phantastisch? ... Delphin ist ihnen entwischt!«

Park hing jetzt schon seit drei Tagen zu Hause herum, und das mitten in der Woche. Ann zog sich gerade an, um zur Arbeit zu gehen; sie war spät dran. Sie hatte keine Ahnung, warum er nicht zum Dienst ging, und da er keine Anstalten machte, mit ihr über die Gründe zu sprechen, wagte sie nicht, ihn zu fragen. Er hatte angefangen, das Gästezimmer frisch zu streichen – warum, das wußte nur Gott allein, denn über einen besonders großen Besucherandrang konnten sie wahrlich nicht klagen. Sie dachte, daß er ihr auf diese Weise vielleicht seinen guten Willen zeigen wollte. An den Abenden hatte sie ihm dann etwas gekocht, was er, wie sie sich zu erinnern glaubte, besonders gern mochte, hatte seine Hemden gebügelt und sich hinterher vor dem Fernseher bemüht, ihre wahren Gefühle zu verbergen.
Sie wußte, daß die Zollfahndung einen dicken Fisch an der Angel gehabt hatte, daß man ihnen jedoch verboten hatte, den Fisch aus dem Wasser zu ziehen. Mehr wußte sie nicht. Immerhin hatte er sie mit seinen Monologen über Kolumbien verschont.
Er lag noch im Bett.
Auch im Bett hatten sie einen Modus vivendi gefunden. Sie ging vor ihm ins Bett, und wenn er dann nachkam, stellte sie sich schlafend. Und er tat so, als ob er glaubte, daß sie schlief. Dies Spiel hielt an, bis er schließlich wirklich eingeschlafen war, und das war meist schon nach kurzer Zeit der Fall. Sie hatte ihn noch nie zuvor so erschöpft erlebt. Wenn er dann eingeschlafen war, lag sie stundenlang mit offenen Augen da und hätte schreien mögen …
Er lag noch im Bett, und sie zog sich vor dem Kleiderschrank an. Sie hatte es ihm noch nicht gezeigt. Das Kleid hatte sie einen Wochenlohn gekostet. Es war ein schwarzes Abendkleid mit einem tiefen Rückenausschnitt, das oben am Hals von einem Band gehalten wurde. Seit sie verheiratet war, hatte sie sich etwas derart Extravagantes nicht mehr geleistet. Sie folgte einem Impuls.

Sie nahm das Kleid aus dem Schrank und hielt es an ihren Körper. Sie sah, daß er sie beobachtete.
»Für das Sommerfest, David ... Gefällt's dir?«
Er sagte: »Es ist super.«
»Ist das dein Ernst – meinst du das wirklich?«
Er sprach mit leiser, fast tonloser Stimme. »Das Kleid ist wirklich super, das ist mein voller Ernst.«
»Ich hab' so gehofft, daß es dir gefällt.«
»Ganz sicher siehst du wundervoll darin aus.«
»Wir gehen doch hin, oder?«
»Natürlich gehen wir.«
»Du willst doch, oder?«
»Natürlich, ich gehör' doch jetzt auch zum Club.«
»David, ich versteh' nicht ganz – zu welchem Club?«
Er setzte sich im Bett auf. »Zu dem Club, in dem die andern auch alle drin sind, dem Club, in dem es vor allem um die Rentenansprüche geht. Dem Club, in dem sie ständig von ihrem Urlaubsgeld und ihrem Überstundenkonto reden. Dem Club, in dem man es sich möglichst bequem macht. Dem Club der Leute, die resigniert haben. Ja, ich bin jetzt auch Mitglied, Ann. Man wird Mitglied in diesem Verein, wenn es einem scheißegal ist, daß ein Heroin-Dealer im Zentrum von London rumläuft und sich benimmt, als ob er dort das Sagen hätte ... Ja, wir gehen natürlich hin. Wird bestimmt 'ne Super-Fete ... Ann, das Kleid, es ist wirklich ganz toll.«
Sie kleidete sich weiter an. »Es wird sich schon alles finden, ganz sicher.« Sie warf ihm eine Kußhand zu und eilte zur Arbeit.

Mattie war marschiert, bis er keinen Fuß mehr vor den anderen setzen konnte.
Er war auf allen vieren gekrochen, bis er nicht mehr wußte, wohin er eigentlich wollte und wo er sich befand. Die Sonne schien gnadenlos auf ihn nieder. Er hatte weder etwas zu essen noch zu trinken. Er kroch auf dem heißen, felsigen

Untergrund dahin. Er hatte keine Kraft mehr, und er konnte auf dem scharfkantigen Geröll nicht mehr gehen, und die Turnschuhe an seinen Füßen waren zerfetzt. Er lag ausgestreckt auf dem Trampelpfad.
Keine Panik, Major, ich muß nur ein wenig verschnaufen. Lassen Sie mich bitte in Frieden. Ich muß nur warten, bis es kühler wird.

Ein paar Sekunden lang war ihr Ehemann aus Harriets Gedanken verschwunden. Sie legte den Telefonhörer auf. Er war ein feiner Mann, der ein Stück außerhalb von Bibury an der Cirencester Road wohnte, und er gehörte zu den wenigen Leuten, die sieben Tage die Woche in der Landgemeinde lebten und nicht nur am Wochenende herkamen. Außerdem hatte er Energie und ließ sich nicht so leicht unterkriegen. Er hatte angerufen, um ihr zu sagen, daß der Farmer endlich eingelenkt hatte und bereit war, den mitten durch seine Felder verlaufenden Weg, den er umgepflügt hatte, wiederherzustellen. Für die kleine Bürgerinitiative war das ein wahrer Triumph. Eigentlich gab es keinen einleuchtenden Grund dafür, weshalb der Weg nicht um die Felder des Farmers herumführen sollte, aber hier ging es ums Prinzip. Und dieses Prinzip besagte, daß der Weg mitten durch das Feld verlief, und zwar schon seit über hundert Jahren, und das Prinzip besagte ferner, daß der Weg nicht umgepflügt werden durfte, selbst wenn er nur einmal im Jahr von einem einzigen Menschen benutzt wurde. Sie gab sich ihrem bescheidenen Triumphgefühl hin. Mattie hätte sich gefreut …
Ja, wenn Mattie dagewesen wäre, dann hätte er sich mit ihr gefreut.
Sie waren schon so oft getrennt gewesen, aber noch nie hatte sie sich so einsam gefühlt.
Sie gab sich einen Ruck, wie um sich innerlich wieder aufzurichten.

Nein, sie hatte noch nicht einmal den Mädchen etwas davon erzählt.
Das Telefon läutete. Die Klingel war in der Diele angebracht, und das Läuten hallte durch das ganze Haus. Sie hatten sich extra eine besonders laute Klingel zugelegt, damit sie das Telefon auch hörten, wenn Mattie und sie sich im Garten aufhielten.
Wann immer das Telefon läutete, machte sie sich auf das Schlimmste gefaßt. Es gab in Bibury ein Ehepaar, das vor fünf Jahren bei Goose Green den einzigen Sohn verloren hatte. Der Junge war bei den Fallschirmjägern gewesen und hatte zu den letzten Toten des Falkland-Krieges gehört. Damals war eigens ein Offizier hergekommen, um den Eltern die traurige Nachricht zu überbringen. Sie glaubte nicht, daß sie vom Century sofort jemanden rüberschicken würden, aber sie hatte doch erwartet, daß der Präsident sie wenigstens einmal anrufen würde.
Sie hatte sich wieder einigermaßen im Griff. In Gottes Namen.
»Mrs. Furniss?«
Sie erkannte die Stimme. »Spreche ich mit ...«
»Flossie Duggan, Mrs. Furniss, aus Mr. Furniss' Büro ... Ich kann nur kurz sprechen. Haben Sie schon etwas gehört?«
»Nein.«
»Einfach unmöglich, diese Leute ... Mrs. Furniss, ich habe eine wundervolle Nachricht für Sie, eine sehr gute jedenfalls. Der alte Carter, dieser Trottel, er hat es mir erzählt. Er ist geflüchtet, verstehen Sie, Mr. Furniss ist geflüchtet. Carter hat heute Nachtdienst gehabt, und er war so außer Rand und Band, daß er ohne Schuhe in das Büro des Präsidenten gestürmt ist. Offenbar zieht er nachts die Schuhe aus, wenn er Dienst hat.«
»Das ist wirklich außergewöhnlich.«
»Ja, so weit ist es inzwischen hier bei uns gekommen. Mein Gott ... entschuldigen Sie bitte ... Sie müssen mich ja für

verrückt halten. Was ich eigentlich sagen wollte, Mrs. Furniss, Ihr Mann ist geflohen. Er ist ihnen entwischt. Deshalb ist Carter zum Präsidenten gerannt. Unsere Horchposten im Ausland haben die Nachricht aufgefangen. Die hören ständig den ganzen Funkverkehr im Nahen und Mittleren Osten ab. Und dabei haben sie die Nachricht aufgeschnappt. Die Iraner haben ihre Militäreinheiten im Nordwesten des Landes über Funk davon verständigt, daß Mr. Furniss geflohen ist. Natürlich suchen sie ihn, aber Hauptsache, er ist frei.«

»Aber er ist noch im Land?«

»Ja, aber wenigstens nicht mehr im Gefängnis, Mrs. Furniss. Ist das nicht eine wundervolle Neuigkeit?«

»Miss Duggan, ich danke Ihnen von Herzen, daß Sie angerufen haben. Ich bin Ihnen so dankbar. Was würden wir nur ohne Sie tun?«

Harriet legte den Hörer auf die Gabel.

Als sie ins Freie trat, machte sie wie in Trance die Tür hinter sich zu, ohne abzuschließen. Trotz des schlechten Wetters ging sie ohne ihren Regenmantel zu der moosbewachsenen Kirche hinüber.

Er erwachte aus seiner Ohnmacht, als er von einem Stiefel aus seiner Bauchlage auf den Rücken gedreht wurde. Der Stiefel stocherte an ihm herum, als wäre er ein Hund, der tot auf der Straße liegt. Mattie blickte in eine Reihe neugieriger Gesichter, die sich über ihn beugten. Alle bis auf eines der Gesichter waren jung. Dieses eine Gesicht war kalt und abweisend. Ein archaisches Gesicht mit einem mächtigen Bart. Der Mann trug das weite Hemd, das Lederwams und die Pumphosen der kurdischen Bergbewohner. Er hatte eine alte Lee Enfield umgehängt. Nach dem Ausdruck seines Gesichts zu urteilen, hätte er sich nicht weiter um den Fremden gekümmert, wenn dieser nicht zufällig mitten auf dem Weg gelegen wäre. Acht junge Gesichter, allesamt männlich. Die jungen Männer, alle etwa zwanzig Jahre alt,

sahen auf ihn nieder. Sie trugen Bündel auf dem Rücken oder hielten Sporttaschen in der Hand. Er lag auf dem Rücken und richtete sich dann mühsam auf. Er begriff. Er verstand, wer ihn da gefunden hatte. Eine glatte junge Hand schnellte zu ihm herab und zog die Pistole aus seinem Gürtel. Er leistete keinerlei Widerstand. Weil er wußte, wer ihn da gefunden hatte, empfand er keinerlei Angst, nicht mal vor dem Kurden, den die Jungen vermutlich für die letzte Wegstrecke bis zur Grenze als Führer angeheuert hatten.
Mattie sprach die Gruppe auf Farsi an.
Er fragte sie, ob sie im Namen der Menschlichkeit bereit wären, ihn mitzunehmen.
Er bat sie, ihm behilflich zu sein, da seine Schuhe zerfetzt seien.
Er fragte, ob sie vielleicht etwas zu essen für ihn hätten, da er seit zwei Tagen nichts mehr zu sich genommen habe.
Die jungen Männer waren ungewöhnlich freundlich. Obwohl sie wegen ihrer eigenen Situation unter nicht geringer Anspannung standen, hießen sie Mattie willkommen. Der Führer spuckte lediglich aus und brummelte in seinem Mattie unverständlichen Idiom irgend etwas vor sich hin. Inzwischen hatte der Führer die Pistole an sich genommen.
Mattie erhielt Brot und süßen Käse, und man gab ihm aus einer Wasserflasche auch ein wenig zu trinken, bevor der Führer ungeduldig zum Aufbruch mahnte. Er legte den beiden Jungen, die ihm auf die Füße halfen, die Arme um die Schultern und wurde jetzt halb von ihnen getragen. Verdammt gute Kerle. War bestimmt nicht leicht für die Jungs, mit einer so schweren Last wie Mattie den steinigen Bergpfad hinaufzukraxeln. Am Wegrand sah er auf Blumen, wie er sie in England noch nie gesehen hatte. Wunderschöne Schmetterlinge flogen umher. Er sah hoch oben den Schnee des letzten Winters, der noch immer nicht geschmolzen war. Sie gingen durch dichten Wald, der sich auf den nackten Felsen festkrallte. Sie gingen durch Strombetten und wateten durch

eiskalte Bergbäche. Sie kletterten an scharfzackigen Felsen empor. Mattie war nicht gerade ein Fliegengewicht. Sie alle kämpften sich mühsam vorwärts, besonders aber die beiden Jungs, die Mattie stützten. Der Führer kümmerte sich nicht weiter um die übrigen. Er marschierte immer vornweg, manchmal pfiff er sogar, um sie zu größerer Eile anzutreiben. Ohne sie wäre Mattie am Ende gewesen, wäre er vermutlich erfroren und von wilden Tieren verspeist worden.
Natürlich wollten sie wissen, wer er sei, und zunächst machte er sich einen Spaß und erzählte ihnen, daß er in den Iran gekommen sei, um Tickets für die Fußballweltmeisterschaft zu verkaufen. Dann aber, zwischen den Schmerzattacken, die ihn immer wieder peinigten, erklärte er ihnen leise, daß er genau wie sie vor dem Regime auf der Flucht sei. Einige von ihnen sprachen Englisch, einige von ihnen stammten aus Teheraner Familien, in denen noch heimlich Englisch gelernt wurde. Sie drückten sich vor dem Wehrdienst, das wußte er lange bevor sie es ihm erzählten. Sie waren die Kinder reicher Leute, die nicht bereit waren, ihren Nachwuchs in den Schützengräben um Basra abschlachten zu lassen. Wahrscheinlich hatte der Führer von ihnen eine Riesensumme verlangt. Ganz sicher hatten manche von ihnen in ihrem Gürtel eine hübsche Summe, weil sie glaubten, daß sie das Geld würden brauchen können, wenn sie von der Türkei aus mit einem Visum nach Paris oder Kalifornien weiterreisten. Sie würden noch eine Menge lernen müssen, dachte Mattie. Zunächst würde man sie in ein elendes Flüchtlingslager stecken, und dann würden sie erfahren, daß sie in der Türkei ebenso unerwünscht waren wie in Amerika oder Frankreich. Eines stand für Mattie jetzt bereits fest. Er würde Himmel und Hölle in Bewegung setzen, um für die beiden Jungs, die ihn den Berg hinaufgeschleppt und ihn durch reißende Bäche getragen hatten, in Großbritannien ein Visum zu bekommen. Seine beiden jungen Helfer erzählten ihm, daß sie vorhatten, nach Hakkari zu gehen, da sie gehört hatten, es gebe in Hakkari ein Flüchtlingslager der

Vereinten Nationen. Sie sagten, daß sie dann von diesem Lager aus Telegramme an Verwandte schicken wollten, die bereits in den Vereinigten Staaten lebten. Sie glaubten, ihre Verwandten würden es schon irgendwie hinkriegen, ihnen Visa zu besorgen. Dann wollten sie noch wissen, ob ihr neuer Freund schon jemals in Amerika gewesen war.

Endlich gelangten sie an einen Bergkamm. Der schneebedeckte Gipfel des Mor Dag lag jetzt rechts von ihnen. Der Führer war stehengeblieben und hatte sich niedergekauert. Noch ein paar Schritte, und sie waren neben ihm angekommen.

Die Sonne brannte vom blauen Himmel auf sie herab.

Die schmutzig-braunen Verbände hingen lose von Matties Füßen. Er spürte keinen Schmerz in seinen Füßen.

Der Führer zeigte nach unten.

Ein schmaler Weg führte von dem Bergkamm abwärts, und in der Ferne war eine kleine Stadt zu erkennen, und jenseits des kleinen Ortes war eine Straße zu sehen, die sich weiter landeinwärts schlängelte. Vor ihnen lag die Türkei.

Der Führer hatte sich bereits wieder ohne ein Wort des Abschieds auf den Heimweg gemacht. Keiner der Jungs hatte ihm einen freundschaftlichen Klaps auf die Schulter gegeben. Er hatte sich einfach wortlos umgedreht und befand sich inzwischen schon ein Stück unterhalb von ihnen auf dem Weg, den sie gerade heraufgekraxelt waren. Mattie spürte, wie seine Augen feucht wurden. Er hatte alles riskiert, und nun lag schon die Heimat in greifbarer Nähe. Die Tränen kullerten ihm die bärtigen Wangen hinab. Und neben ihm herrschte allgemeine Freude.

»Augenblick noch ... Augenblick noch ...« Er legte die Arme wieder um die Schultern der beiden Jungen und hielt sie zurück. Er sprach langsam, damit jene, die Englisch sprachen, Zeit hatten, seine Ausführungen zu übersetzen. Sein Farsi war für eine so wichtige Sache einfach nicht gut genug. »Wo wollt ihr jetzt hin?«

»Wir gehen einfach den Hang hinunter.«
»Wir gehen ins Flüchtlingslager.«
Mattie sagte: »Ihr dürft unter gar keinen Umständen bei Tageslicht hier runtergehen.«
»Warum denn – wir haben doch nichts zu fürchten, Mister.«
Mattie sagte: »Ihr müßt warten, bis es dunkel ist.« Er versuchte, überzeugend zu wirken.
»Und Sie?«
»Bei mir ist das anders, ich geh' jetzt allein runter ... Nun seid doch vernünftig«, sagte Mattie.
»Mister, Sie können doch nicht mal gehen.«
»Notfalls lass' ich mich runterrollen, aber ihr solltet nur bei Nacht gehen. Laßt mich vorgehen, damit ich die Leute dort unten auf euer Kommen vorbereiten kann – ich meine die Armeepatrouillen.«
Aber sie kicherten bloß und machten sich über ihn lustig. Sie waren schlicht Kinder, wie er sie von zu Hause kannte und wie sie eigentlich in jeder Familie anzutreffen sind, Kinder, die ihre Eltern für etwas beschränkt halten. Sie zogen ihn hoch.
»Ich kann euch nur nochmals warnen ...« Aber sie hörten ihm gar nicht mehr zu. Sie waren einfach zu glücklich. Sie gingen den Hang hinunter. Ihre Kleider flatterten im Wind, der in ihren Ohren dröhnte. Immer wieder durchzuckten brennende Schmerzen seine Beine, aber er wies die Hände zurück, die sich ihm hilfsbereit darboten. Er war allein aus seinem Gefängnis ausgebrochen, und er wollte ohne fremde Hilfe sein Ziel erreichen. Sehen Sie, Major, wir haben es geschafft, und wir werden den glorreichen Abschluß dieses Abenteuers mit einem Besäufnis feiern, Sie und ich. Sie kletterten rasch den Abhang hinunter. *Liebling* – er hatte das Gefühl, Harriet schluchzen zu hören. *Liebling.* Sie gingen in einer Reihe nebeneinander her.
»Dur ...«
Der Befehl durchschnitt die klare Luft.

Mattie sah sie vor sich.

»Dur...«

Nach seiner Einschätzung waren es Fallschirmjäger – harte, gestählte Männer. Sie standen mit ihren Waffen im Anschlag vor ihnen, und an der Ernsthaftigkeit ihrer Absichten konnte kein Zweifel bestehen. Er sah zunächst fünf von ihnen, die den schmalen Pfad blockierten. Er konnte ein wenig Türkisch, aber er hätte den Befehl auch verstanden, wenn er noch nie zuvor ein türkisches Wort gehört hätte: Halt! Stehenbleiben! Um das zu begreifen, brauchte man in der Tat kein Philologe zu sein. Inzwischen hatten zu beiden Seiten weitere Soldaten Stellung bezogen. Sie blickten in Gewehrläufe. Mattie hob die Hände. Sein Kopf war völlig klar. Vielleicht gab es ja in Hakkari tatsächlich Vertreter der Vereinten Nationen, aber auf den Hängen des Mor Dag war mit der Unterstützung irgendwelcher UN-Leute gewiß nicht zu rechnen. Er hielt nach dem verantwortlichen Offizier Ausschau. Er kümmerte sich nicht um die auf ihn gerichteten Waffen. Seine Autorität war plötzlich wieder da. Er war schmutzig und abgerissen und konnte kaum allein gehen, aber nicht zufällig war er Offizier im Coldstream-Regiment gewesen und hatte sogar ein paar Wochen lang die Königliche Garde im Buckingham-Palast kommandiert. Wie er mit Soldaten umzugehen hatte, das wußte er genau.

Er sah die Schulterstücke des Offiziers. Der Mann verstand wahrscheinlich Englisch, wenn man langsam und deutlich sprach.

»Guten Tag, Herr Leutnant. Mein Name ist Furniss. Ich bin Beamter der britischen Regierung. Ich bin auf der Flucht aus dem Iran, und ich bitte Sie um Ihre Unterstützung. Falls Sie Zweifel an meiner Identität hegen, dann sollten Sie über Funk Ihr Hauptquartier verständigen und darum ersuchen, daß man sich mit einem gewissen Mr. Snow in unserer Botschaft in Ankara in Verbindung setzt...«

Man ließ ihn vortreten. Er versuchte möglichst aufrecht und

würdevoll zu gehen. Er fand das Benehmen des Offiziers sehr korrekt – hatte wahrscheinlich an einem NATO-Austauschprogramm teilgenommen. Er ging an ihnen vorbei, den jungen Männern, diesem Strandgut des iranisch-irakischen Kriegs.
»Und noch etwas, Herr Leutnant, meine Regierung wäre Ihnen sehr verbunden, wenn Sie diesen jungen Männern hier behilflich sein könnten. Ohne ihre Hilfe wäre mir die Flucht über Ihre Grenze niemals gelungen. Ich ersuche darum, sie großzügig und mit Milde zu behandeln.«
Der Offizier sah durch ihn hindurch. Er gab kurze, klare Befehle. Ein Korporal nahm Mattie beim Arm und führte ihn ein Stück weiter den Hang hinunter. Als er sich umblickte, sah er, daß die Jungs von Gewehrläufen eingekesselt waren und niedergeschlagen am Boden saßen. Mattie wurde vorwärts gezogen, ob er wollte oder nicht. Schließlich blieb er einfach stehen.
»Was haben Sie mit ihnen vor?«
Der Offizier gab dem Korporal verärgert ein Zeichen. Mattie wurde jetzt gezwungen, den Weg zu verlassen und sich zwischen dornigem Gestrüpp hinzusetzen. Von hier aus konnte er die Jungs nicht mehr sehen. Er saß am Boden und vergrub den Kopf zwischen seinen Knien.
Er sah, wie der Offizier eine Leuchtpistole aus dem Gürtel zog. Er sah die Farbexplosion hoch oben am Himmel. Dann hörte er, wie der Offizier irgend etwas in sein Funkgerät hineinschrie.
Vielleicht nach einer Viertel- oder einer halben Stunde sah er durch die Blätter und Zweige des Gestrüpps, wie eine Patrouille von Revolutionsgardisten vorsichtig den Hang herunterstieg. Die Flüchtlinge waren jetzt Gefangene und wurden wieder der Obhut des Regimes übergeben, vor dessen Unmenschlichkeit sie davongelaufen waren. Sie leisteten keinen Widerstand. Keiner von ihnen versuchte wegzulaufen. Sie ließen sich wie die Lämmer abführen.

»Sie sind nichts wie Abschaum«, sagte der Leutnant. »Und sie bringen nichts als Drogen und Kriminalität in unser Land.«
»Sie haben mir das Leben gerettet, verdammt noch mal«, sagte Mattie.
»Sie hätten ja mit ihnen zurückgehen können.«
Er hatte sich nicht vehement genug für sie eingesetzt, er hatte ihretwegen nicht seine eigene Sicherheit aufs Spiel gesetzt. Jetzt war sicher, daß er noch sehr lange daran denken würde, wie die jungen Männer über die Warnungen eines alten Mannes gelacht hatten. Und dann dachte er noch, daß der Major vermutlich wenig Verständnis dafür aufbringen würde, daß er – Mattie – sich über diese Dinge so aufregte.
Eine Stunde später fing das Funkgerät plötzlich zu krächzen an. Anweisungen aus dem Hauptquartier. Der größte Mann der Patrouille, ein wahrer Hüne, hob Mattie auf seine Schultern und trug ihn in der untergehenden Sonne wie ein Kind die Hänge des Mor Dag hinunter.

16. Kapitel

Houghton stellte sich beim Öffnen der Flasche ein wenig ungeschickt an, und der Korken knallte im Büro des Präsidenten gegen die Decke.
Champagner, und zwar vom feinsten. Der Präsident hatte dem PA ein paar Geldscheine in die Hand gedrückt und ihn losgeschickt. Der junge Mann hatte die Besorgung offenbar im Laufschritt erledigt, so rasch war er wieder dagewesen. Bei einem solchen Anlaß war das Beste gerade gut genug.
»Ich hab' ja gesagt, daß er uns alle noch überraschen wird ... beziehungsweise, daß eine Menge Leute sich noch über ihn wundern werden. Ich hab' hundertprozentig an ihn geglaubt. So ist es doch immer: Wenn du meinst, du kannst nicht mehr, kommt irgendwo ein Lichtlein her. Soll ich Ihnen was sagen – Furniss ist ein wahrer Held. Einem Soldaten kann man vielleicht den Befehl geben, die irrsinnigsten Sachen zu machen, und hinterher hängt man ihm dann die Tapferkeitsmedaille um, aber Furniss hat ganz und gar aus eigenem Antrieb gehandelt. Stellen Sie sich mal vor, was für ein Gesicht unsere sogenannten Kollegen in Teheran jetzt machen, diese unrasierten Dummköpfe. Wahrscheinlich schneiden sie sich gegenseitig den Hals ab ... Einen Toast auf Mattie Furniss ... Ich wette, der gute Mattie fühlt sich jetzt wie der Weihnachtsmann persönlich.«
Der Vize murmelte: »Ist für ihn bestimmt kein Zuckerschlecken gewesen, Herr Präsident.«
Ben Houghton sagte: »Ich krieg' einfach keine Verbindung

mit ihm. Wir vermuten, daß die türkischen Militärs ihn inzwischen nach Yüksekova gebracht haben, die haben dort einen Stützpunkt. Unser Krisenstab versucht schon seit Stunden, eine Leitung zu schalten, aber wir kommen einfach nicht durch. Die Maschine, die ihn nach Ankara bringt, müßte eigentlich bald starten.«
Der Präsident strahlte: »Ich freu' mich schon darauf, ihm die Hand zu schütteln.«
»Zunächst werden unsere Leute mit ihm noch ein ausführliches Gespräch zu führen haben«, warf der Vize ein. »Solange das nicht geschehen ist, darf niemand an ihn heran. So lautet nun mal die Dienstvorschrift.«
»Und wann kann ich ihm meinen Glückwunsch aussprechen?«
»Erst wenn wir ein ausführliches Gespräch mit ihm geführt haben, und nach diesem Gespräch müssen dann noch gewisse Untersuchungen angestellt werden.«
»Sie sind ein verdammter Spielverderber, wissen Sie das? Sie sind wirklich ein alter Miesmacher.«
»Ich bin sicher, daß unser Vorgehen ganz in Matties Sinne ist. Wir müssen zunächst von ihm erfahren, was eigentlich passiert ist, wer ihn festgehalten hat, und dann werden wir uns damit beschäftigen, weshalb es so leicht war, ihn zu entführen. Mattie kennt die ganze Prozedur. Ich persönlich glaube, daß diese Untersuchung eine ganze Weile dauern wird, aber das ist natürlich nur meine persönliche Meinung.«
»Er hat sich doch hervorragend verhalten.«
»Das steht ganz außer Frage.«
»Und ich möchte nicht, daß man ihn schikaniert.«
»Davon kann gar keine Rede sein, wir möchten uns nur ausführlich mit ihm unterhalten.«
Der Vize hielt dem jungen Houghton das Glas unter die Nase. Der goß zunächst sich selbst nach, dann dem Präsidenten und zum Schluß dem Vize. Sollte der Präsident je von einem Omnibus überfahren werden und der Vize seinen Posten

übernehmen, dann würde der junge Mann auf der Stelle an die frische Luft gesetzt werden, soviel stand jetzt schon fest. Der Vize wußte die Antwort schon im voraus, trotzdem fragte er: »Haben wir Mrs. Furniss bereits benachrichtigt?«
Ben Houghton erwiderte: »Wir haben versucht, sie zu erreichen, seit die Neuigkeit hier eingetroffen ist, aber sie ist nicht daheim. Aber natürlich haben wir sie nicht vergessen.«
»Hervorragend, dieser Furniss. Ich glaub', der heutige Anlaß schreit geradezu nach einer zweiten Flasche, Ben. Verdammt schade allerdings, daß wir unsere Leute abberufen haben, aber wenigstens können wir Eshraq jetzt reinschicken.«
Der Vize runzelte die Stirn. »Verzeihen Sie, daß ich Ihnen immer wieder die Stimmung verderbe ... Der gute alte Mattie, er ist wirklich ein Mordskerl ... Ich glaube nicht, daß etwas dagegen spräche – wenn Sie ihn gerne am Flugzeug begrüßen möchten, Herr Präsident. Verzeihen Sie nochmals. Dennoch sollten Sie sich darüber im klaren sein, daß es vermutlich, ja sogar höchstwahrscheinlich nicht ganz angemessen ist, Mattie als Helden zu feiern. Denn voraussichtlich wird sich zeigen, daß er geredet hat, und außerdem haben wir durch seinen Ausflug einen ganzen Agentenring verloren. Realistisch betrachtet, haben wir es also eher mit einem Dünkirchen zu tun als mit der Invasion in der Normandie.«
»Ich wette, Sie werden sich noch wundern.«
»Außerdem haben wir unsere Leute möglicherweise zu spät benachrichtigt. Es gibt Fotos aus Kermanshahan, auf denen zu sehen ist, was die Mullahs dort angestellt haben, nachdem sich die MKO-Kämpfer zurückgezogen hatten. Ich kann Ihnen die Bilder von den Hinrichtungen gerne einmal zeigen. Jedenfalls hätte – und das mag Sie immerhin trösten – Matties Entführung selbst dann bereits eine Art Todesurteil für unsere operativen Agenten bedeutet, wenn wir sie unverzüglich von der Gefahr unterrichtet hätten, in der sie schwebten.«
»Vielleicht gelingt es ihnen ja, rauszukommen, und vielleicht

hat Mattie ja auch dichtgehalten, so daß sie möglicherweise sogar in den Iran zurückgehen können.«

»Wir sind hier nicht in einem James-Bond-Film, Herr Präsident, wir sprechen über einen Mann, der in die Hände eines Teams von professionellen Folterern gefallen ist. Wir sprechen über ein Regime, das auch dem eigenen Volk unvorstellbare Grausamkeiten zufügt, über eine Clique brutaler Männer also, denen es völlig egal ist, wie ihre Henkersknechte mit einem Ausländer umspringen.«

»Ich verstehe nicht ganz, worauf Sie hinauswollen«, meinte der Präsident.

»Bevor wir Eshraq losschicken, möchte ich wissen, ob Mattie ihnen seinen Namen genannt hat.«

»Ich setze auf Mattie, und ich trinke auf sein Wohl.«

Vielleicht war es das Schuldgefühl, mit dem sich der Sektionsleiter herumgeschlagen hatte, seit er Mattie ohne Schutz in Van zurückgelassen hatte, aber was immer auch die Ursache war, jedenfalls setzte er jetzt Himmel und Hölle in Bewegung. Seit der Militärattaché der Botschaft ihn davon in Kenntnis gesetzt hatte, daß der Flüchtling Furniss nahe der Grenze in der Provinz Hakkari von einer Grenzpatrouille aufgelesen worden war, hatte Terence Snow seine Kontakte spielen lassen. Zunächst einmal hatte er einen Beamten des türkischen Geheimdienstes mit einem stattlichen Geschenk geschmiert.

Mattie hockte neben der Straße.

Man hatte ihm eine Fallschirmjägerjacke um die Schultern gehängt, ein Arzt hatte seine Füße gesäubert und frisch verbunden, und ein Oberst hatte ihm einen Gehstock geliehen.

Die Straße diente zugleich als Landebahn. Sie führte durch eine flache Talmulde zwischen Yüksekova und Semdinli. Die breite, besonders stabile Straße, auf der Flugzeuge bei jedem Wetter Tag und Nacht landen konnten, diente hauptsächlich

als Ausgangspunkt für Militäroperationen gegen die Guerilleros der kurdischen PKK.
Man hatte Lichterketten ausgelegt, die von tragbaren Generatoren mit Strom versorgt wurden, und der Bereich, in dem Mattie sich aufhielt, wurde von den Scheinwerfern der Militärjeeps und -lastwagen in helles Licht getaucht. Er saß auf einer alten Munitionskiste. Die Soldaten, die ein paar Schritte hinter seinem Rücken schweigend in einer Gruppe herumstanden, betrachteten ihn mit einer gewissen Faszination, weil sie wußten, daß der Engländer aus dem Iran geflohen war, und weil sie von dem Arzt gehört hatten, daß seine Fußsohlen bestialisch malträtiert worden waren. Von dem Glücksgefühl, das ihn erfaßt hatte, als er oben von dem Bergkamm aus in die Türkei geblickt hatte, war nicht mehr viel geblieben. Wie nicht anders zu erwarten, war er völlig zerschlagen. Vor seinem inneren Auge sah er noch in grausamer Schärfe das Bild der Revolutionswächter vor sich, die zunächst den Hang heruntergekommen waren und dann die jungen Männer mit vorgehaltener Waffe wieder zurückgetrieben hatten. Und dann gab es noch Charlie, und dann waren da noch seine Agenten. Er wollte nur noch schlafen und weigerte sich, etwas zu essen. Zuletzt gegessen hatte er während des Aufstiegs zu jenem Bergkamm, als die jungen Männer ihre Vorräte so großzügig mit ihm geteilt hatten.
Die Hercules C-130 schwebte über der Piste ein und legte eine rumpelnde Landung hin. Sofort nachdem die Maschine Bodenkontakt hatte, schaltete der Pilot den Gegenschub ein. Das Flugzeug rollte auf die Gruppe der Soldaten zu, und als sie kehrtmachte, mußte Mattie sein Gesicht vor dem Rollsplitt schützen, der von ihren vier Propellern aufgewirbelt wurde. Der Pilot ließ die Motoren niedertourig laufen, während Mattie die rückwärtige Laderampe hinaufgeführt wurde. Erst als ihn ein Besatzungsmitglied bereits in seinem Sitz festgeschnallt hatte, fiel ihm ein, daß er ganz vergessen hatte, sich bei den Offizieren draußen für ihre Gastfreundschaft zu

bedanken. Er versuchte noch, sich winkend bemerkbar zu machen, während bereits die Laderampe hochgezogen wurde, war jedoch nicht sicher, ob die Fallschirmjäger seinen Abschiedsgruß noch gesehen hatten. Die Hercules hob mit voller Kraft von der Piste ab, schwenkte seitlich ab, um einem Ausläufer des Samdi Dag auszuweichen, und stieg dann auf Reisehöhe. Der Flug nach Ankara dauerte drei Stunden. Die Besatzung reichte ihm zwischendurch einmal eine Erfrischung, ansonsten kümmerte sich niemand um ihn. Immerhin brachten die Männer ihn nach dem Alptraum, den er gerade durchlebt hatte, wieder zurück in die ihm bekannte Welt.

Sie befanden sich auf einem Militärflughafen. Die Maschine stoppte neben einem achtsitzigen Lear-Jet.

Der Sektionsleiter ließ seinen Gefühlen freien Lauf. Er umarmte Mattie.

»Mein Gott, Mr. Furniss, das haben Sie wunderbar gemacht ... und der Präsident hat mir aufgetragen, Sie zu Ihrer Heldentat ganz herzlich zu beglückwünschen.«

»Sehr anständig von ihm.«

»Sie haben es geschafft, Mr. Furniss, ich kann Ihnen gar nicht sagen, wie froh und stolz ich bin, Sie zu kennen.«

»Nun übertreiben Sie mal nicht, Terence.«

»In meinen Augen sind Sie ein Held, Mr. Furniss.«

»Und glauben das die anderen etwa auch?«

»Natürlich. Die Iraner haben die ganze Armee losgeschickt, um Sie wieder einzufangen, und Sie sind ihnen entwischt. Sie haben die Schweine reingelegt.«

»Ja ... Und was ist mit meinen Agenten?«

»Ich weiß nur, daß man ihnen die Anweisung zum Rückzug gegeben hat.«

»Aber sind sie auch rausgekommen?«

»Das weiß ich nicht. Tut mir leid, Mr. Furniss, aber ich darf mit Ihnen über diese Dinge nicht sprechen. Das ist wohl die übliche Prozedur, nicht wahr?«

Snow nahm Matties Arm und führte ihn zu dem Lear-Jet

hinüber. Sofort kam eine Krankenschwester die Stufen herunter, faßte ihn resolut am Arm und bugsierte ihn an Bord. Als er durch die Luke in das Innere der Maschine trat, salutierte ein Luftwaffen-Korporal vor ihm, und durch die offene Tür zum Cockpit sah er den Piloten, der sich zur Seite lehnte und ihm zuzwinkerte. Dann wurde er mit dem Rücken zum Piloten in einem Sitz festgeschnallt, so daß Snow ihm gegenübersaß. Die Schwester nahm ihm unverzüglich die Verbände ab, und nach ihrem Gesichtsausdruck zu urteilen, verstand niemand sonst so viel von medizinischer Hygiene wie sie selbst. Das Flugzeug war von der Sovereign Base auf Zypern aus gestartet. Sie rasten nun donnernd in das Dunkel der Nacht, und der Pilot zog die Maschine so steil nach oben, daß man hätte glauben können, sich in einem Tornado-Kampfflugzeug zu befinden.

Terence Snow wahrte das ihm auferlegte Schweigen. So war das nun einmal, wenn ein Service-Mann aus der Gefangenschaft zurückkehrte. Das vorgeschriebene Informationsgespräch sollte durch nichts beeinträchtigt werden. Als die Schwester ihm die Verbände des türkischen Militärarztes abgenommen und Matties furchtbar zugerichtete Fußsohlen untersucht hatte, sah er, wie sich ihre ohnehin schon strenge Stirn furchte und wie der Sektionsleiter zusammenzuckte. Dann zog die Schwester ihm das Hemd aus und schürzte die Lippen, als sie die tiefblauen Flecken auf seinem Rücken sah. Nachdem sie Matties stark angeschwollene Füße und seine übel zugerichtete Rückenpartie gesehen hatte, faßte sie ihn nur mehr mit äußerster Sanftheit an; aus Snows Augen sprach grenzenlose Bewunderung. Er hätte der Sorgfalt der Schwester und der Bewunderung des jungen Mannes ein rasches Ende bereiten können, wenn er ihnen erzählt hätte, daß er seine Leute verraten hatte. Er hätte es in der Kabine des kleinen, mit etwa 900 Stundenkilometern dahinrasenden Flugzeuges herausschreien können, daß der Held des Service ausgepackt hatte.

Sie landeten am frühen Morgen auf der Royal-Air-Force-Basis in Brize Norton.
Man half ihm aus der Maschine und führte ihn zu einem Krankenwagen, der einsam auf dem riesigen Flugfeld wartete. Dann fuhr man ihn in das zur Basis gehörende Militärhospital.
Der Präsident wartete schon auf ihn und schüttelte ihm inbrünstig die Hand.
»Verdammt gute Vorstellung, Furniss. Willkommen daheim. Heute ist für uns alle ein Feiertag.«
Zunächst machten sie ein Elektrokardiogramm. Dann baten sie ihn um eine Urinprobe. Danach schickten sie ihn auf die Toilette, unter deren Brille ein Beutel angebracht war, weil sie seinen Stuhl für den Typhus- und Ruhrtest brauchten. Anschließend röntgten sie seine Füße, seine Brust und seine Schulterpartie. Sie untersuchten sein Blut auf Vitaminmangel. Sie agierten sachlich, methodisch und schnell, und Mattie sah, daß auf dem Formular, in das sie die Testergebnisse eintrugen, oben der Name des Patienten fehlte. Sie zogen ihm über den frischen Verband an seinen Füßen Plastikschuhe und erklärten ihm, daß er möglichst innerhalb einer Woche den Zahnarzt aufsuchen solle.
Der Präsident erwartete ihn bereits draußen auf dem Gang. Er strahlte ihn an. Mattie grinste fast linkisch zurück wie ein Mann, dem die übertriebene Aufmerksamkeit seiner Umgebung peinlich ist.
»Also Furniss, ich weiß zwar nicht, was Sie alles angestellt haben, seit wir uns zuletzt gesehen haben. Aber ich bin sicher, daß Sie eine Supergeschichte auf Lager haben, die wir allerdings nicht an die große Glocke hängen dürfen, so wie ich den Premierminister kenne. Aber wir werden erst mal groß tafeln gehen, wenn Sie wiederhergestellt sind, und darauf freue ich mich aufrichtig. Im übrigen hat man mich in Downing Street beauftragt, Sie der tiefsten Wertschätzung zu versichern. Das hätte ich Ihnen auch gleich ausrichten können. Und was Mrs.

Furniss anbelangt: Ich nehme doch an, daß Sie noch gerne mit ihr telefonieren möchten, bevor Sie hier abgeholt werden. Snow, würden Sie das bitte arrangieren? Danach werden Sie für einen Tag oder so nach Albury gebracht, damit Sie sich das alles einmal von der Seele reden können, Furniss – aber Sie kennen ja diese Prozeduren.«

»Und was ist mit meinen Agenten?«

»Nur keine Panik, alter Junge. Kümmern Sie sich jetzt erst mal um sich selbst, und überlassen Sie uns die anderen. Carter wird Sie in Albury aufsuchen und Ihnen alles erzählen, was Sie über Ihre Leute wissen müssen. Einfach eine phantastische Vorstellung, die Sie da abgeliefert haben, Furniss. Ich hab' ja immer gesagt, daß Sie uns noch überraschen würden. Aber ich möchte Sie nicht vom Telefonieren abhalten ... Hervorragend, was Sie da geleistet haben, Furniss, allererste Klasse. Der Service ist sehr stolz auf Sie.«

Während sie draußen auf der Straße im Auto warteten, hörten sie, wie drüben im Haus das Telefon läutete.

Das Telefon hatte schon dreimal geläutet, seit Parrish und Park mit ihrem Wagen an dieser Stelle standen.

Als die Frau an ihnen vorbeifuhr und scharf in die Garagenauffahrt seitlich des Hauses einbog, läutete es schon wieder. Sie hatte das Klingeln offenbar noch im Auto gehört. Denn sie sauste wie der Blitz ins Haus, ohne die Wagentür zuzuwerfen oder den Schlüssel aus der Wohnungstür zu ziehen.

Park wollte schon aussteigen, aber Parrish legte begütigend eine Hand auf seinen Arm.

»Lassen wir ihr ein bißchen Zeit.«

Es war Parrish' Idee gewesen, nach Bibury rauszufahren. Er war einfach vor dem Haus aufgekreuzt, in dem Park wohnte, hatte gewartet, bis Ann die Wohnung verlassen hatte, und dann an der Tür geläutet. Park hatte sich bereits an der Decke im Gästezimmer zu schaffen gemacht und nicht mal mehr Zeit gehabt, sich die Farbe von den Fingern zu waschen.

»Geben wir ihr noch Zeit, das Gespräch zu beenden. Ich muß zugeben, ich blick' einfach nicht mehr durch, aber ist mir inzwischen auch egal. Das alles ist für 'nen schlichten Menschen wie mich einfach zu kompliziert. Ich hab' die Anweisung, Tango eins nicht hochgehen zu lassen, aber gleichzeitig sollen wir ihn weiterhin überwachen – ich kann mir darauf einfach keinen Reim machen ... Man erklärt mir, daß niemand uns dabei hilft, Mr. Matthew Furniss aufzuspüren, aber der Stellvertretende hat mir nicht verboten, mit diesem Furniss zu sprechen. Falls ich überhaupt noch was begreife, dann haben die Herren im obersten Stock in der Lane nicht den blassesten Schimmer, was wir eigentlich tun sollen. Jetzt müssen wir unserem Glück mal 'n bißchen gewaltsam auf die Sprünge helfen, David, weil ich es nicht mag, wenn man mich verarscht. Und wenn ich mir bei der Geschichte hier 'n blaues Auge einfange und Sie einen Tritt in den Hintern, dann ist es jedenfalls für eine gute Sache ... Los, kommen Sie.«

Sie stiegen aus dem Wagen.

»Das Reden übernehme ich«, sagte Parrish. »Sie können ihr die Schlüssel überreichen.«

Er setzte ein wahres Henkerslächeln auf. Dann fingerte er nach seiner Brieftasche. Als er an die Tür klopfte, hielt er seine Brieftasche offen in der Hand, so daß man seine Kennmarke sehen konnte.

Sie kam an die Tür.

Sie strahlte.

Park überreichte ihr die Schlüssel, und Parrish zeigte ihr die Marke, und sie schien sich wie ein kleines Mädchen über die Schlüssel zu freuen.

»Mrs. Furniss?«

»Ist das nicht wundervoll? Kommen Sie doch herein. Mein Gott, wie schön. Ich nehm' an, man hat Sie rübergeschickt, weil ich telefonisch nicht erreichbar war. Ich war bei meiner älteren Tochter ... Und Sie sind nun ganz umsonst vom Century hier rausgekommen. Aber bevor Sie zurückfahren,

müssen Sie unbedingt noch eine Tasse Kaffee trinken. Eigentlich sollte ich eine Flasche Champagner aufmachen, genau wie es der Präsident schon gestern abend getan hat. Er hat gesagt, daß im Service alle wahnsinnig stolz auf Mattie sind, das hört man natürlich gern über den eigenen Ehemann ...«
»Und wann kommt Mr. Furniss nach Hause?«
»Ach ja, der Kaffee, ich bin völlig außer mir, kommen Sie doch herein ...« Sie trat beiseite und hielt dann inne. »Wenn Sie nicht wissen, wann er nach Hause kommt ...«
Parrish fragte ruhig: »Sie haben doch meine Kennmarke gesehen?«
»Ja natürlich, Sie sind vom Century.«
»Nein, wir sind von der Zollfahndung, Madame.«
Sie flüsterte: »Nicht vom Century?«
»Mein Name ist William Parrish, und ich ermittle in einem Fall, in dem es um die Einführung von Heroin aus dem Iran geht. Das hier ist mein Kollege Mr. Park.«
Sie legte die Hand auf den Mund. »Und ich dachte, Sie gehörten zur Abteilung meines Mannes.« Sie gab sich einen Ruck. »Und worum geht es noch mal?«
»Ich möchte gerne wissen, wann wir Ihren Mann sprechen können.«
»In welcher Angelegenheit?«
»Im Zusammenhang mit einer Erklärung, die Mr. Furniss zugunsten eines Mannes abgegeben hat, gegen den wir im Augenblick ermitteln.«
Sie vertrat ihnen den Weg. »Wir kennen keine solchen Leute.«
»Ihr Ehemann kennt einen Charlie Eshraq, Mrs. Furniss. Und Ihr Ehemann hat sich bei der Ausländerbehörde für ihn verbürgt, das haben wir überprüft.«
Sie starrte Parrish argwöhnisch an. »Und wie steht man im Century zu Ihren Ermittlungen?«
»Ich mache meine Arbeit in eigener Verantwortung, Mrs. Furniss.«
»Wissen Sie, wer mein Mann ist?«

Park hätte fast losgelacht. Parrish blieb ernst. Lachen konnte er später noch, im Augenblick zog er es vor, seine Begräbnismiene aufzusetzen.

»Ihr Mann hat sich für einen Heroinhändler verbürgt, Mrs. Furniss.«

»Mein Mann ist ein hoher Staatsbeamter.«

»Und ich arbeite ebenfalls für dieses Land, indem ich versuche, den Heroinimporteuren das Handwerk zu legen. Ich weiß nicht, vor welchen Bedrohungen Ihr Mann uns schützt, aber wo ich arbeite, nimmt man die mit der Einfuhr von Heroin verbundenen Gefahren sehr ernst.«

Sie war zutiefst empört. »Sie kommen hierher, dringen in mein Haus ein und erheben unverschämte Vorwürfe gegen einen Jungen, der für uns wie ein Sohn ist. Wissen Sie eigentlich, daß mein Mann erst vor ein paar Tagen aus einem iranischen Foltergefängnis ausgebrochen und gerade heute morgen nach England zurückgekehrt ist?«

»Dann ist er also im Augenblick nicht hier?«

»Nein, er ist nicht hier. Wahrscheinlich muß er erst mal für längere Zeit ins Krankenhaus. Aber wenn er hier wäre, Mr. Parrish, dann würde es Ihnen wohl noch lange leid tun, daß Sie auf diese unverschämte Art und Weise in mein Haus eindringen...«

Parrish sagte: »Mag sein, daß der Zeitpunkt nicht besonders glücklich gewählt ist...«

Sie ging zum Telefon hinüber, nahm den Hörer ab und wählte hastig eine Nummer.

Ihre Stimme klang klar und schneidend. »Hier spricht Harriet Furniss, Matthew Furniss' Frau. Verbinden Sie mich bitte mit dem Präsidenten...«

Park sagte: »Kommen Sie schon, Sie unverschämter Mensch, es wird Zeit, daß wir hier verschwinden.«

Sie verließen das Haus. Als sie am Gartentor angelangt waren, hörten sie, wie Harriet Furniss lautstark ihrem Unmut Luft machte.

Als sie an ihrem Wagen ankamen, sagte Park: »Wenn es dem Land dient, bin ich bereit, mich ans Steuer zu setzen.«
»Wissen Sie was, Wächter, das war ganz sicher nicht eine meiner glücklichsten Ideen, aber vielleicht haben wir sie ja wenigstens 'n bißchen nervös gemacht.«

Er hatte mit dem Premierminister gesprochen; und der Premierminister hatte sich nach Mattie Furniss erkundigt und bemerkt, dieser Furniss müsse ein bemerkenswerter Mann sein; und der Präsident hatte sich im Abglanz seines Untergebenen gesonnt. Er war schon äußerst gespannt auf das erste Gesprächsprotokoll, das in den nächsten Tagen eintreffen mußte, und natürlich würde er eine Kurzfassung an Downing Street weiterleiten. Jetzt ging er mit stolzgeschwellter Brust durch das Haus, um sich zu zeigen, wie er sich Houghton gegenüber ausdrückte.
Sie waren gerade im dritten Stock unterwegs, als Ben Houghton ihm einen Telefonhörer reichte. Im ersten Augenblick war er überrascht, schließlich hatte er noch vor ein paar Stunden mit der Frau gesprochen.
Er lauschte aufmerksam.
»Nein, nein, Mrs. Furniss, es war ganz richtig, daß Sie mich gleich angerufen haben ... untragbar, dieses Verhalten. Seien Sie versichert, Mrs. Furniss, man wird Sie nicht noch einmal belästigen.«

Als erstes wurden die fünf Holzkisten und die zwei Kartons in den Container geladen. Der Fahrer hatte den Lkw rückwärts in Herbert Stones Einfahrt rangiert. Stone händigte dem Mann einen Lieferschein über Ersatzteile für landwirtschaftliche Maschinen aus. Später sollten dann noch weitere Teile für Traktoren und Kühlanlagen eingeladen werden. Die Spedition war ein Unternehmen, das regelmäßig Maschinenteile in die Türkei transportierte.
Als der Lkw abgefahren war, ging er zurück ins Haus und

begab sich sogleich in sein Arbeitszimmer. Er wählte die Nummer, die Charlie Eshraq ihm hinterlassen hatte, und teilte ihm mit, daß die Seife unterwegs sei. Er nannte ihm noch den Namen einer Kontaktperson und erklärte ihm, wo er zu welchem Zeitpunkt erwartet werde.

»Ich sag' Ihnen, Bill, das war kein guter Stil.«
»Wenn Sie möchten, daß es in London bald aussieht wie in Amsterdam, dann können wir es ja mal mit feinen Manieren versuchen.«
»Und ich möchte nicht, daß Sie eine Presseerklärung abgeben.«
»Meine Leute haben sich den Arsch aufgerissen, und wir möchten nicht, daß die Sache im Mülleimer landet.«
Parrish war bereits anderthalb Jahre länger in der Lane als der oberste Boß der Sondereinheit und zweieinhalb Jahre länger als der Stellvertretende. Er sagte selten, was er wirklich dachte, aber wenn er es doch einmal tat, dann konnte er sich einiges erlauben.
Der Stellvertretende sagte: »Wenn Sie wenigstens erst zu uns gekommen wären und sich mit uns abgesprochen hätten ...«
Der Boß saß in seinem Stuhl und stützte sich mit den Ellbogen auf den Schreibtisch. »Man kann die Sache auch ein wenig anders betrachten, Bill. Man kann nicht gerade behaupten, daß wir in unserem Job besonders erfolgreich wären. Es gelingt uns bestenfalls, einen Bruchteil des Stoffs abzufangen, der ins Land kommt. Ich weiß das, und Sie wissen das ... Wenn man in einer Schlacht den kürzeren zieht, und genau das tun wir, dann braucht man Freunde, wo Freunde einem nützen können ...«
»Man muß den Dreckskerlen an die Gurgel springen und darf sie nicht mehr loslassen.«
»Sie erfüllen ganz sicher eine sehr wichtige Aufgabe, Bill, aber leider stellen sich die Dinge aus meiner Schreibtischperspektive ein wenig anders dar.«

»Wer also sind die Freunde, auf die wir angewiesen sind?«
»Wer wohl – die Mächtigen und Einflußreichen ... und die sind im Augenblick mächtig sauer auf Sie.«
»Wir wollten doch nur zeigen, daß wir uns nicht zum Narren halten lassen.«
»Wie unklug, Bill, und alles andere als hilfreich, denn man hat mich heute nachmittag zu einem Gespräch mit den Herren ohne Gesicht ins Century House gebeten. Und was soll ich denen sagen?«
»Daß sie uns mal am ...«
»Aber meine Welt ist nicht Ihre Welt, so schade das auch sein mag, und ich brauche Freunde ... Ich habe einen Mann in Karatschi, und wenn der mal die Nordwestgrenze inspizieren will, was meinen Sie, wer ihn dann begleitet? Ein Typ vom Service, und der fährt auch den Landrover. Und warum, glauben Sie, reist unser Mann in einem Service-Landrover? – Schlicht und ergreifend deshalb, weil in meinem Etat kein Geld für einen eigenen Landrover übrig ist. Ich habe einen Mann in Zypern, und wie erfährt dieser Mann, was in Jôuniê oder andern libanesischen Häfen verladen wird? Auf Zypern, wimmelt es nur so von Spionen ... Ich versuche, Freundschaften zu pflegen, und mir ist nicht damit geholfen, daß ich andere Leute einschüchtere oder ihnen erkläre, daß sie mich mal ...«
»Ich habe Park, und er ist mein bester Mann, versprochen, daß wir uns von den Herren ohne Gesicht nicht die Tour vermasseln lassen.«
»Dann haben Sie Ihren großen Mund zu voll genommen. Erzählen Sie uns ein bißchen über Ihren Wächter, Bill. Wir hören in letzter Zeit eine ganze Menge über diesen Herrn Park. Meinen Sie, daß er schon reif ist für eine Beförderung?«

»Wir haben jetzt eine richtige Berühmtheit hier bei uns«, sagte der Präsident nachdenklich.
»Wieso?«

»Ich schätze, Furniss wird demnächst viel unterwegs sein. Die Kollegen vom CIA werden ihn einladen. Die Deutschen werden ihn einladen, und ich wage zu behaupten, selbst die Franzosen werden einsehen, daß sie noch das eine oder andere lernen können.«
Der Vize entgegnete kühl: »Das würde ich mir zunächst mal aus dem Kopf schlagen. Wenn ich hier das Sagen hätte, dann würde ich dafür sorgen, daß nichts davon nach außen dringt, daß wir einen Abteilungsleiter ohne jeglichen Schutz an einer feindlichen Grenze haben herumgondeln lassen. Natürlich wird sich das ohnehin früher oder später herumsprechen. Und vielleicht bereitet Teheran gerade in diesem Augenblick unter der Überschrift ›Iran läßt britischen Spion frei‹ eine Presseerklärung vor. Außerdem gibt es bestimmt ein paar Leute, die jetzt schon von der Sache Wind bekommen haben.«
Der Präsident sah seinen Vize finster an. »Auch wenn es Ihnen nicht paßt, ich habe Furniss erklärt, daß der ganze Service stolz auf ihn ist.«
»Nicht sehr klug ... Jedenfalls werde ich Terence Snow gründlich ausquetschen. Der Bericht über die Umstände von Matties Entführung ist sehr aufschlußreich. Ich glaube sogar, daß Snow hier bei uns keine Zukunft mehr hat. Jedenfalls werde ich ihn erst mal wieder nach Ankara schicken. Vielleicht kann er für uns dort in nächster Zeit noch von Nutzen sein.«
»Sie sind ein harter Mann.«
»Ich tue nur, was mein Job verlangt.«
Der Präsident schnaubte: »Und Furniss, hat der eine Zukunft?«
»Sehr wahrscheinlich nicht, fürchte ich.«
Nach Auskunft des Vize hatte man inzwischen einen Mann nach Bibury geschickt. Der Beamte hatte Anweisung, jedem Zollfritzen, der Furniss' Haus zu nahe kommen sollte, sämtliche Knochen zu brechen. Im übrigen erklärte der Vize, daß

der Präsident bei dem bevorstehenden Treffen mit den Chefs der Zollfahndung mit ihm rechnen könne.
»Was glauben Sie, was für Leute werden das sein?«
»Ich nehme an, Herr Präsident, daß Sie die Herren innerhalb von fünf Minuten um den Finger wickeln. Wahrscheinlich handelt es sich um etwas bessere Verkehrspolizisten.«

Er zweifelte nicht daran, daß sein Leben davon abhing, ob es ihm gelingen würde, sich in dem Gespräch mit den Geistlichen zu behaupten.
Auf der anderen Seite des Tisches saßen vier dieser Männer. Sie verkörperten jetzt die Macht und den Ruhm der Revolution, und ein paar Jahre früher hätte er sie noch als Fanatiker und Betbrüder bezeichnet. Sie alle hatten seit ihrem vierten Lebensjahr die Koranschule besucht und waren später zu *talabeh,* Wahrheitssuchern, ernannt worden, wobei unter Wahrheit das zu verstehen war, was die Ajatollahs in all ihrer Weisheit dafür ausgaben. Sie hatten kleine Mädchen zur Frau genommen, weil es in dem Buch hieß, daß ein Mädchen die erste Blutung nicht mehr im Elternhaus erleben dürfe. Sie alle hatten eine Zeitlang in der heiligen Stadt Qom gelebt. Es war dem SAVAK anzulasten, daß diese Kreaturen noch lebten. Jetzt waren sie seine Herren. Er behauptete, er habe den britischen Spion bereits vor dessen Flucht ausgepreßt wie eine Zitrone. Er berichtete ihnen von dem jungen Eshraq. Als er ihnen erzählte, warum sich Eshraq auf dem Weg in den Iran befand, schwiegen sie betreten. Dann ließ er sich darüber aus, was man schon alles unternommen habe, um den Verräter mit seinen Panzerfäusten an der Grenze abzufangen. Er erklärte, der ihm direkt gegenübersitzende Mullah sei der erste, auf den Eshraq es abgesehen habe. Er sah, wie die übrigen sich überrascht dem Genannten zuwandten. Dann berichtete der Ermittler ihnen noch, daß er selbst auf Eshraqs Mordliste an zweiter Stelle stehe.
Mehr als anderthalb Stunden lang versuchte er auf diese

Weise seine Haut zu retten, und schließlich gab er ihnen noch einen Überblick über die Vorkehrungen, die man getroffen hatte, um Eshraqs unbemerkte Einreise zu verhindern.
Im übrigen vergaß er nicht, immer wieder kaum verblümt darauf hinzuweisen, daß die anwesenden Mullahs sich selbst gefährdeten, wenn sie ihn aus dem Amt entfernen und ins Evin-Gefängnis schicken würden.
Die Bedrohung, die Charlie Eshraq darstellte, war das Druckmittel, mit dessen Hilfe der Ermittler sein eigenes Leben zu retten hoffte. Nicht mehr und nicht weniger.

Er war morgens vom Golf aus nach Teheran geflogen, um auf der Baustelle des neuen Kraftwerks westlich der Stadt die Arbeit wiederaufzunehmen.
Er bummelte durch den Abbas-Abad-Basar und sah sich bei den Teppichhändlern um.
Er blieb stehen. Er durfte nicht länger als ein paar Sekunden verweilen. Die Tür des Ladens, vor dem er stand, war mit einem schweren Eisengitter verrammelt. Er sah den Blick des Mannes, der vor der nächsten – geöffneten – Teppichbude stand, sich aber sofort in seinen Laden zurückzog. An der Tür der verrammelten Bude war kein Hinweis zu entdecken, warum der Laden geschlossen war. Hätte es sich um einen Krankheits- oder Todesfall gehandelt, dann hätte der Nachbar des Händlers ihm das bestimmt gesagt.
Er ging weiter und trat wieder in das warme Sonnenlicht außerhalb des Gewirrs der Gassen. Er fuhr mit dem Taxi zurück in sein Hotel und verbrannte im Waschbecken die Nachricht, die er gegen Bezahlung mit nach Teheran gebracht hatte.

Henry kam erst spät in Albury an.
Fast jeder, der Henry Carter kannte, und das waren nicht wenige, hatte ihm geraten, er solle seinen alten Morris 1000 Estate auf den nächsten Schrottplatz fahren und sich einen vernünftigen Wagen zulegen. Wieder mal Probleme mit dem Vergaser.

Er kam erst spät in Albury an, und Mattie war schon da, und die Männer, die ihn von Brize Norton herübergebracht hatten, waren sauer, weil sie nach Hause wollten. Er ignorierte ihre beleidigten Gesichter, als er mit seiner Tasche, seinen Wellington-Stiefeln, zwei Wettermänteln, einem Feldstecher, einer Kamera und einem Kassettenrecorder bepackt durch die Vordertür hereinwankte. Typisch, daß keiner der jungen Burschen, die man jetzt für den Service anwarb, ihm behilflich war. Sie fanden kaum noch Zeit, ihn darüber aufzuklären, daß es Mattie gutging und er gerade schlief, und schon waren sie weg.

Die alte Garde im Century starb allmählich aus, und offenbar war es dem Präsidenten wichtig gewesen, daß einer von den alten Kameraden in Albury mit Mattie das übliche Informationsgespräch führte. Er hatte zu Mattie Furniss nicht gerade ein freundschaftliches, aber wenigstens ein gutes kollegiales Verhältnis.

Er drehte sich um und sah zur Tür hinaus. Der Ruf des Vogels war ihm nicht entgangen. Er war noch immer mit seinem Gepäck behängt. Und jetzt sah er seinen gefiederten Freund draußen im Garten. *Picus viridis.* Der Grünspecht machte sich auf der anderen Seite des Rasens auf halber Höhe an einer abgestorbenen Ulme zu schaffen. Sein Informationsgespräch mit Mattie würde ihm zwischendurch sicher Zeit lassen, seine Kamera auf das Stativ zu montieren und das Mikrophon in Position zu bringen. Er trat in eines der Zimmer. Für ihn war der Besuch in dem Landhaus, das in dem hügeligen Waldland von Surrey lag, fast wie eine Rückkehr nach Hause. Mrs. Ferguson kam ihm entgegen und begrüßte ihn. Sie war eine sehr warmherzige Frau, die Hausmeisterin, und früher hatte er tatsächlich einmal daran gedacht, ihr einen Heiratsantrag zu machen, aber das lag lange zurück, und er hatte damals etliche Wochen in dem Haus verbracht. Ihre Kochkünste hatten schließlich den Ausschlag dafür gegeben, daß er von seinem Vorhaben dann doch noch Abstand genommen hatte.

Denn was sie auf den Tisch brachte, war einfach grauenhaft. Sie gab ihm einen Kuß auf die Wange. Er sah George, der hinter ihr in der Küchentür stand. George legte die Hand an die Mütze. Seit er eine Glatze hatte, trug er ständig eine Mütze, sogar im Haus. Ganz sicher ein treuer Bursche, dieser George, aber faul, doch warum nicht, es gab ja ohnehin kaum etwas zu tun in dem Haus. Die Tür, die von der Küche in den Garten führte, war geschlossen. Aber von außen wurde heftig daran gekratzt und geschüttelt.
»Soll ich ›Old Rotten‹ etwa nicht guten Tag sagen?«
George grinste. »Der andere Gentleman mag keine Hunde, und erst recht keine Rottweiler.«
So erging es offenbar vielen Leuten. Henry hatte Angst vor einigen Männern und vor den meisten Frauen, aber vor Tieren grundsätzlich nicht, nicht einmal vor einem über hundert Pfund schweren Tier, dessen Launen berüchtigt waren.
»Dann sorgen Sie dafür, daß das Monster sich von ihm fernhält.«
Er mußte lächeln ... Wäre wirklich zu tragisch, wenn Mattie Furniss nach seiner halsbrecherischen Flucht aus einem iranischen Gefängnis ausgerechnet einem lammfrommen Rottweiler zum Opfer fallen sollte. Er blickte um sich. Er sah, daß die Holzvertäfelung frisch gestrichen und der Teppich vorne in der Diele erst vor kurzem gereinigt worden war. Wurde ja immer feiner hier in dem Haus.
»Wo ist er?«
»Er ist gerade runtergekommen. Hat die ganze Zeit geschlafen, seit er hier angekommen ist. Er ist in der Bibliothek.« Er überließ es George, seine Tasche und das übrige Gepäck nach oben zu bringen. Er hoffte, daß er sein übliches Zimmer bekommen würde, damit er die Singvögel beobachten konnte, die sich im Nutzgarten an den Samen der diversen Blumen und Kräuter gütlich taten.
Er ging über den unter seinen Schritten knarrenden nackten Holzfußboden zur Bibliothek hinüber. Der Boden war nackt,

seit vor ein paar Jahren in einem strengen Winter die Wasserrohre geplatzt waren. Dabei hatten die Teppiche Schaden genommen, und niemand hatte es für nötig befunden, sie durch neue zu ersetzen. Er öffnete die Tür. In seiner Haltung drückte sich fast so etwas wie Unterwürfigkeit aus. Er ging auf Zehenspitzen in das Zimmer. Den Raum als Bibliothek zu bezeichnen war im Grunde genommen ein wenig übertrieben. Natürlich standen in den Regalen Bücher, aber nicht viele, und die meisten davon waren auch noch reichlich langweilig. Die Bücher waren ins Haus gekommen, als irgendwo in der Umgebung eine alleinstehende alte Dame gestorben war, die keine Erben gehabt hatte.
Mattie saß vor dem unbeheizten Kamin in einem Sessel.
»Bitte bleiben Sie sitzen, Mattie.«
»Muß ein wenig eingenickt sein.«
»Sie haben eine lange Ruhepause verdient ... ich meine, was für eine Umstellung ... wenn man bedenkt, wo Sie noch vor vierundzwanzig Stunden waren.«
»Auf der Flucht aus dem Iran, glaub' ich. Eigenartig.«
»Haben Sie schon mit Mrs. Furniss gesprochen?«
»Ja, ein paar Worte, danke. Hab' sie schon im Morgengrauen aufgeweckt, aber sie war gleich munter, die Arme ... natürlich hat sie sich Sorgen gemacht, ist ja nur allzu verständlich.«
»Die ärztliche Untersuchung ist sehr gut ausgefallen – keine größeren Schäden, keine Infektion.«
»Ich bin nur ein bißchen erschöpft.«
Henry sah in Matties Gesicht. Der Mann war völlig fertig.
»Ich sag' Ihnen eins, Mattie ... In zwanzig Jahren, wenn im Century von unserem heutigen Präsidenten und von mir kein Mensch mehr spricht, wird man dort noch immer von Delphins Flucht reden. Delphins Flucht aus dem Iran wird in die Geschichte des Service eingehen.«
»Sehr nett, daß Sie das sagen, Henry.«
»Bei mir brauchen Sie sich nicht zu bedanken, die Heldentat haben *Sie* schließlich vollbracht. Die Kollegen im Service

platzen fast vor Stolz. Alle im Haus, einschließlich der Tee-Damen, sind im Augenblick ganz euphorisch.«
Er sah, wie Mattie die Augen schloß. Vielleicht hatte er ein wenig übertrieben, aber er wußte genau, daß ein Agent, der im Ausland einiges auszustehen gehabt hatte, nichts so sehr brauchte wie Lob und Anerkennung. Einer von Henrys Kollegen, ein Vater einer ganzen Batterie von Kindern, hatte den Zustand nach einer solchen Rückkehr einmal mit der postnatalen Depression einer Frau verglichen. Henry verstand von diesen Dingen nichts, aber er bildete sich ein zu wissen, was der Kollege damals gemeint hatte. Als der Vize ihn beauftragt hatte, das obligatorische Informationsgespräch mit Mattie zu führen, hatte Henry gleich erklärt, daß er mit äußerster Rücksicht zu Werke gehen würde. Alles andere wäre eine skandalöse Behandlung eines gefolterten und gebrochenen Mannes gewesen ... O ja, auch der Vize war so gut wie sicher gewesen, daß die Iraner Mattie kleingekriegt hatten.
»Danke, Henry.«
»Sie wissen ja, was jetzt fällig ist. Wir werden die ganze Geschichte in den nächsten Tagen noch mal durchkauen, und hinterher fahren wir dann nach Hause. Was Sie zu erzählen haben, wird in den nächsten zehn Jahren zweifellos zum Grundlehrplan im Fort gehören ... Ist es Ihnen recht, wenn wir mit unserem Gespräch irgendwann heute abend anfangen? Mattie, wir alle sind von Ihrer Leistung zutiefst beeindruckt.«
»Ich glaube, ich würde gern ein bißchen nach draußen gehen. Meine Füße machen zwar noch nicht so recht mit, aber bis in den Garten wird's schon reichen. Könnten Sie mir wohl bitte diesen fürchterlichen Köter vom Hals halten?«
»Natürlich. Ich bitte George, ihn in den Zwinger zu sperren. Und ich werd' mich auch darum kümmern, daß Mrs. Ferguson heute abend einen guten Tropfen für uns bereithält. Von dem Essen würde ich mir an Ihrer Stelle allerdings nicht allzuviel erwarten.«

17. Kapitel

Sie hatten sich für den nächsten Morgen zeitig verabredet, weil Henry Carter hoffte, daß es Mattie so früh am Tag leichter fallen würde, über die Geschehnisse der vergangenen Wochen zu reden. Das Frühstück bestand aus lauwarmem Rührei und kaltem Toast. Sie sprachen über die letzten Nachrichten aus der Welt des Sports. Sie kicherten über die neueste Wende der Sozialisten in der Verteidigungspolitik. Man saß angenehm in dem alten Eßzimmer mit den schönen Sideboards, dem verschnörkelten Servierwagen und dem schweren Tisch, an dem bequem zwölf Personen Platz gefunden hätten. Carter fühlte sich in seinem Genuß einzig durch das Plastiktischtuch gestört, das Mrs. Ferguson gegen den erklärten Willen ihres alten Freundes aufgelegt hatte.
»Wollen wir dann mal anfangen, Mattie?«
»Warum nicht?«

Er setzte sich in den Sessel vor dem Kamin. Auf der anderen Seite der Feuerstelle machte Carter sich an einem Kassettenrecorder zu schaffen. Es handelte sich um ein Gerät, wie es Harriet den Mädchen einmal mitgebracht hatte, als diese noch Teenager gewesen waren. Er sah, wie die Spulen sich zu drehen anfingen. Er sah wieder den Ermittler vor sich und die Kellerwände und das Bett und die Lederriemen und den Haken an der Wand und das Elektrokabel ...
»Wie lange werden wir schätzungsweise brauchen?«
»Schwer zu sagen, Mattie. Hängt davon ab, was Sie mir zu

sagen haben. Ich möchte möglichst bald nach Hause kommen.«
»Selbstverständlich ... Wo fangen wir an? Sollen wir in Van beginnen?«
Mattie erzählte nun genau, wie der Überfall auf seinen Wagen durchgeführt worden war. Es war ihm peinlich, seine Sorglosigkeit einzugestehen. Henry schaute ziemlich gouvernantenhaft drein, unterbrach jedoch nicht. Matties Darstellung der Geschehnisse war präzise und klar.
Um elf klopfte Mrs. Ferguson an die Tür und brachte Kaffee und etwas Gebäck. Mattie stand am Fenster, bis Henry fragte:
»Und das Haus, in das man Sie gebracht hat?«
»Man hatte mir die Augen verbunden, als man mich dorthin brachte, ich hab' es also nicht gesehen. Und als ich getürmt bin, war es draußen dunkel.«
»Erzählen Sie mir bitte alles, was Ihnen an dem Haus aufgefallen ist.«
»Also, man kann nicht gerade sagen, daß sie mich durch das Haus geführt hätten, schließlich wollten sie es mir nicht verkaufen.«
Er sah Henrys gerunzelte Stirn. Dumm, so etwas zu sagen ...
»Gibt's da ein Problem, Mattie?«
»Tut mir leid – natürlich gibt's da ein Problem. Sie erwarten von mir, daß ich Ihnen ein Haus beschreibe, in dem man mich gefoltert hat und in dem andere umgebracht worden sind.«
»Vielleicht ist es besser, wir gehen ein wenig behutsamer vor, dann tut es nicht so weh. Sie haben keinen Grund, sich zu schämen, Mattie.«
»Schämen?« Er imitierte Henrys behutsamen Tonfall. Er ließ sich das Wort auf der Zunge zergehen. »Schämen?« Er schleuderte Henry das Wort entgegen.
Henry hob versöhnlich die Hände. »Verstehen Sie mich nicht falsch, Mattie.«
»Warum sollte ich mich wohl schämen?«

»Also gut, wir sind davon ausgegangen.«
»Wovon sind Sie ausgegangen?«
»Wir mußten davon ausgehen, daß Sie Agenten des iranischen Geheimdienstes in die Hände gefallen sind und daß man Sie natürlich verhören würde und daß man Sie entweder mit der Zeit zum Sprechen bringen oder töten würde ... Das war eine durchaus realistische Annahme, Mattie.«
»Realistisch?«
»Sie hätten das gleiche angenommen, Mattie, natürlich hätten Sie das.«
»Und wie lange, haben Sie geglaubt, würde Mattie Furniss durchhalten?«
Henry wand sich unbehaglich. »Ich habe keine Erfahrungen mit Schmerzen.«
»Woher sollten Sie auch?«
»Was mich betrifft, so hätte ich keinen Tag durchgehalten, vielleicht nicht mal einen Vormittag. Ich glaube, allein die Vorstellung künftiger Schmerzen würde schon ausreichen, mich zum Sprechen zu bringen. Sie sollten sich deshalb keine Vorwürfe machen, Mattie.«
»Ihr hattet mich also von vornherein abgeschrieben?«
»Nicht der Präsident, aber ich fürchte, sonst fast alle.«
»Ist ja rührend, wieviel Vertrauen ihr in mich gesetzt habt. Und ihr hattet sicher auch schon meinen Nachruf aus der Schublade geholt und einen Gedenkgottesdienst bestellt? Sagen Sie schon, Henry, wer sollte die Trauerrede halten?«
»Beruhigen Sie sich, Mattie, so kenn' ich Sie ja gar nicht! Sie haben doch selbst schon öfter den Part gespielt, der diesmal mir zugefallen ist. Sie kennen doch die Prozedur.«
»Es ist einfach furchtbar, Henry, wenn man erkennen muß, daß es im Century offenbar als selbstverständlich gilt, daß ein hochgestellter Mitarbeiter des Service bereits nach dem ersten Tag das Handtuch wirft – äußerst schmeichelhaft ...«
»Wir sind nur auf Nummer Sicher gegangen und haben die operativen Agenten abgezogen.«

In Matties Stimme klang Schärfe mit. »Dann sind sie also draußen?«
»Wir haben die nötigen Anweisungen erteilt. Draußen sind sie noch nicht.«
Mattie saß aufrecht in seinem Sessel und atmete tief ein. In seiner Brust spürte er noch immer stechende Schmerzen. »Wenn Sie davon ausgegangen sind, daß ich innerhalb von vierundzwanzig Stunden auspacken würde, dann darf ich doch wohl annehmen, daß Sie die Leute informiert haben, sobald ich vermißt wurde? Wie ist es dann möglich, daß die Agenten zwei Wochen später immer noch nicht draußen sind?«
»Man war, glaub' ich, der Meinung, daß man es sich dreimal überlegen muß, bevor man einen so kostbaren Agentenring auflöst, und daß es Jahre dauert, etwas Vergleichbares neu aufzubauen. Deshalb konnten sich die Herren anfangs wohl nicht recht entscheiden. Außerdem hat der Präsident sich eingeredet, daß Sie nie und nimmer reden würden. Offen gestanden, ich glaub' nicht, daß er den geringsten Schimmer davon hat, wie es bei solchen Verhören wirklich zugeht. Jedenfalls haben sich die nach seiner Auffassung weitsichtigeren Kräfte durchgesetzt. Man hat dann zwar schließlich die nötigen Anweisungen doch noch erteilt, aber die Agenten sind bis jetzt noch nicht draußen ...«
»Verdammt ...«
Mattie war aufgestanden. Sein Gesicht war schmerzverzerrt. Seine in Mull eingewickelten Füße, die in drei Nummern zu großen Pantoffeln steckten, brannten wie Feuer.
»War eine schwierige Entscheidung. Wir wußten ja nichts und hatten keinerlei Informationen.«
Matties Stimme klang wie ein Peitschenhieb. »Ich habe durchgehalten, ich bin durch die Hölle gegangen – ja, durch die Hölle, Henry, und ihr Typen im Century House benehmt euch wie blutige Amateure ... Mir wird übel, wenn ich nur daran denke.«

»Ich hatte den Eindruck, daß unsere beiden Chefs sich weniger um die operativen Agenten gesorgt haben, sondern in erster Linie daran interessiert waren, daß Eshraq in Ruhe gelassen wird ...«
Mattie wirbelte herum. Er starrte Henry direkt ins Gesicht.
»Was wißt ihr von Eshraq?«
»Daß er für uns sehr wichtig ist.«
»Ihr habt in meiner Abwesenheit in meinem Safe herumgeschnüffelt, stimmt's?«
»Herumgeschnüffelt? Nein, Mattie, das ist ungerecht. Natürlich hat man sich in Ihrem Safe umgesehen. Wir mußten doch wissen, was es mit diesem Eshraq auf sich hat ...« Henry hielt inne. Das Schweigen lastete wie ein Gewicht im Raum. Er sah Mattie an. Er versuchte einen wohlwollenden, verständnisvollen, freundschaftlichen Ton anzuschlagen. »Ich nehm' an, daß Charlie Eshraq für Sie nicht nur aus professionellen, sondern auch aus familiären Gründen außerordentlich wichtig ist.«
»Dann hat man also meinen Safe ausgeplündert.«
»Mattie, bitte ... Es war unsere Pflicht, alles über den Jungen in Erfahrung zu bringen, und jetzt müssen wir wissen, ob es jetzt noch möglich ist, daß er in den Iran reist, oder nicht.«
»Dann haben Sie also in meinen privaten Unterlagen herumgewühlt und dabei entdeckt, daß der Junge mir aus familiären Gründen sehr nahesteht, ich verstehe Sie doch recht?«
»Ja, so ist es.«
»Und dann haben Sie natürlich angenommen, daß ich meinen Folterern den Namen eines jungen Mannes nennen würde, an dem ich wie an einem Sohn hänge?«
»Tut mir leid, Mattie, aber so ist es.«
»Das haben Sie also angenommen, aber der Präsident offenbar nicht?«
»Richtig.«
»Aber sonst alle?«

»Der Präsident war der Meinung, daß Sie sich eher umbringen lassen, als Namen zu nennen.«
»Und Sie, Henry, was meinen Sie?«
»Ich habe den medizinischen Bericht gesehen. Ich bin über Ihre Verletzungen informiert. Ich kann mir ungefähr vorstellen, was die mit Ihnen angestellt haben. Daß es Ihnen nach alledem noch gelungen ist zu fliehen, spricht für Ihre phänomenale Konstitution und für Ihren phänomenalen Mut.«
»Ich hab' drei Männer umgebracht, um da rauszukommen. Einem hab' ich das Genick gebrochen, einen erwürgt und den dritten über den Haufen gefahren.«
»Wenn es Leute gibt, die an Ihnen zweifeln, Mattie, dann werden sie ganz sicher den Mund halten. Wohl die wenigsten von uns ahnen überhaupt, wozu man in einer Extremsituation fähig ist.«
»Die Frage, die Sie sich stellen, lautet doch, ob ich fähig bin, Charlie zu verraten.«
»In meinen Augen, Mattie, sind Sie – und Gott ist mein Zeuge – einer der feinsten Männer, die ich in meinem ganzen Berufsleben beim Service kennengelernt habe, aber niemand, kein Mensch auf dieser Welt kann auf Dauer den Qualen der Folter widerstehen. Das wissen Sie genau, und niemand im Service macht Ihnen daraus einen Vorwurf. Alle glauben, daß es falsch war, Sie überhaupt dorthin zu schicken – mein Gott, ich hoffe, der Präsident wird dieses Tonband niemals hören –, und um Ihnen die Wahrheit zu sagen, eine ganze Menge Leute glauben auch, daß es ziemlich idiotisch von Ihnen war, sich ganz allein in der Nähe der Grenze herumzutreiben. Aber wahrscheinlich wird man so, wenn man sich zu sehr für Archäologie interessiert.«
Mattie mußte lächeln. Er ging zum Fenster hinüber. Er verzichtete darauf, sich auf den am Tisch aufgereihten Stühlen abzustützen. Er ging, als hätte er keinerlei Schmerzen in den Füßen, so als könnte er den Rücken aufrichten, ohne daß

er in seiner Brust brennende Schmerzen verspürte. Er sah hinaus. Der Rasen lag im hellen Sonnenlicht.
»Schon möglich, daß ich die Namen der operativen Agenten genannt habe, ich kann es nicht mehr genau sagen. Ich war zwischendurch mehrmals ohnmächtig, vielleicht hab' ich auch im Delirium was ausgeplaudert. Manchmal wußte ich nicht mehr, ob ich noch lebe oder schon tot bin, jedenfalls hab' ich sehnlichst gewünscht, tot zu sein. Aber das war, mein Gott, das war nach Tagen unerträglicher Qualen. Wenn man die Agenten nicht unverzüglich abgezogen hat, dann kann ich dafür keine Verantwortung übernehmen ...«
»Und Eshraq, haben Sie Eshraqs Namen genannt?«
Aus der Küche hörte man das frustrierte Bellen des Hundes, der zur Zeit nicht in die übrigen Räume des Hauses durfte. Mattie wandte sich um und blickte Henry direkt ins Gesicht.
»Nein, Henry, das hätte ich nie tun können. Lieber wär' ich tot gewesen, als ihn zu verraten.«
»Mattie, dann kann ich nur den Hut vor Ihnen ziehen.«

Der Lkw machte sich von Nordengland aus auf den Weg nach Dover. Es war Samstag mittag, und der Wagen hielt strikt die vorgeschriebene Geschwindigkeit ein. Der Fahrer würde erst am Abend des folgenden Tages die Zollkontrolle in Dover passieren. Der Lkw-Andrang im Hafen von Dover war am Sonntagabend immer besonders groß, weil die Fahrer hofften, daß sie am Montagmorgen auf den Fernstraßen des Kontinents gut vorankommen würden. Und weil daher am Sonntagabend in Dover das Verkehrsaufkommen besonders hoch war, fielen die Zollkontrollen entsprechend lax aus. Der Frühsommer war außerdem eine gute Zeit für den Verkauf von Maschinenteilen. Die Fahrzeugdecks auf den Fähren waren zu dieser Zeit knallvoll mit Lkws und Touristenautos. Deshalb war das Risiko gering, daß jemand auf die Idee kommen würde, die Ladung des Lkw im einzelnen unter die Lupe zu nehmen. Die Spedition hatte sich überdies verpflichtet festzustellen, ob der Transport überwacht wurde. Deshalb fuhr von Anfang an ein Pkw mit zwei Männern hinter dem Laster her, die nach etwaigen Verfolgern Ausschau hielten. Dieser Pkw veränderte des öfteren den Abstand zu dem weiter vorne dahinrollenden Lkw, mal ließ er sich einen Kilometer zurückfallen, dann wieder drückte er auf die Tube, bis er den Laster wieder eingeholt hatte. Diese Taktik gab dem Fahrer des Pkw Gelegenheit, die Wagen hinter dem Lkw des öfteren zu überholen und darauf zu achten, ob sich in einem dieser Wagen jemand an einem Funkgerät zu schaffen machte oder ob vielleicht ein Auto auffällig lange eine der langsamen Fahrspuren benutzte.

Aber diese Mühe war völlig umsonst.

Die Zollfahndung hatte nämlich darauf verzichtet, den Lkw mit seiner gefährlichen Ladung überwachen zu lassen.

Es war noch vor sechs, und sie war bereits frisch gebadet. Sie saß an ihrer Frisierkommode und hörte, wie er im Nebenzimmer das Malerwerkzeug zusammenräumte. Die Tour mit Bill Parrish hatte seinen Zeitplan durcheinandergebracht. Er hatte ihr nicht erzählt, wo sie gewesen waren, und sie hatte auch nicht gefragt. Er hatte ihr zwar nicht erzählt, wo er mit Bill Parrish gewesen und was sie gemacht hatten, aber als er zurückgekommen war, hatte er sich gleich umgezogen und im Gästezimmer weitergemalt. Er war sehr schweigsam, eigentlich hatte er schon seit der Rückkehr aus Nordengland kaum ein Wort gesprochen. Fast tat er ihr ein wenig leid. So verletzlich hatte sie ihn noch nie erlebt. Sie dachte, daß er das Gästezimmer wahrscheinlich ihr zuliebe renoviert hatte. Aber natürlich würde David sich vor keinem Menschen, geschweige denn vor seiner Frau, die Blöße geben einzugestehen, daß der Fall, an dem er zuletzt gearbeitet hatte, ihm völlig entglitten war. Es war ihr auch egal, was er sagte. Sie fand es höchst angenehm, abends nach der Arbeit in eine Wohnung zu kommen, in der es nach frischer Farbe und

Tapetenkleister roch. Es war für sie eine völlig neue Erfahrung, ihren Mann tagelang zu Hause rumwerkeln zu sehen, ohne daß er auch nur einmal von Bogotá oder dem Medellín-Kartell angefangen hätte.
»Und was für Leute werden wir dort treffen?« rief sie.
»Eine Ansammlung vollkommener Schwachköpfe.«
Sie juchzte fröhlich. »Und kann man mit denen nur über Koks und Fingerabdrücke und böse Verbrecher reden?«
»So ist es. Die Kerls hängen allesamt an der Bar herum, und die Damen sitzen unten bei der Tanzkapelle.«
»Tanzen wir – du und ich?«
»Dann zieh' dir besser deine Bergschuhe an.«
Er kam in das Schlafzimmer hinüber. An seinen Händen, die er ihr auf die Schultern legte, konnte sie die Farbe noch riechen. Verdammt noch mal, und sie wollte doch nichts als glücklich mit ihm sein. Warum konnten sie nicht glücklich sein? Sein Gesicht im Spiegel wirkte grau und resigniert. Ihr David, der tolle Wächter aus der Lane, so niedergeschlagen! Sie überlegte kurz, ob sie ihn nicht eigentlich lieber mochte, wenn er stur und unbeirrbar seinem Weltverbesserungsprojekt nachjagte.
Er beugte sich zu ihr herab und küßte – fast zögernd – ihren Hals. Sie nahm seine Hände von ihren Schultern, führte sie in ihren Morgenrock und preßte sie fest gegen ihren Körper.
»Ich liebe dich, und ich möchte heute abend mit dir tanzen.«
Sie spürte das Beben seines Körpers und das Zittern seiner Hände.

Samstag nachmittag, kurz nach sechs. Der mit einem gelben Pullover und einer karierten Hose bekleidete Richter saß hinter seinem Tisch.
Ein Gerichtstermin an diesem Tag und zu dieser Stunde garantierte, daß die Zuschauerbänke und die Pressetribüne leer sein würden.
Parrish stand in seinem Anzug im Zeugenstand.

»Ich verstehe Sie doch recht, Mr. Parrish? Sie haben gegen eine Kaution nichts einzuwenden?«
Betreten kam die Antwort. »Keine Einwendung, Sir.«
»Trotz der gegen die Angeklagten erhobenen Vorwürfe?«
»Ich habe gegen eine Kaution nichts einzuwenden, Sir.«
»Und der Antrag auf Rückgabe des Passes?«
»Ich habe gegen die Rückgabe des Passes nichts einzuwenden, Sir.«
»Und Sie haben keine Bedenken, daß die Angeklagten sich ins Ausland absetzen und die Kaution schuldig bleiben könnten?«
»Nein, Sir.«
»Und an eine Kaution in welcher Höhe hatten Sie gedacht, Mr. Parrish?«
»Je 2000 Pfund, würde ich vorschlagen, Sir.«
Der Richter schüttelte den Kopf. Er hatte das Gefühl, daß ihn nach diesem Auftritt nichts mehr würde erschüttern können. Tag für Tag mußten sich die Richter von der Polizei angiften lassen, weil sie angeblich zu viele Angeklagte gegen Kaution auf freien Fuß setzten. Es konnte für Parrish' Verhalten die verschiedensten Gründe geben, und er hatte keine Lust, sich darüber den Kopf zu zerbrechen. Wenn es die Zollfahndung unbedingt so haben wollte, konnte man nichts machen. Er selbst wollte nur möglichst rasch wieder in den Golfclub. Er setzte zwei Kautionen von je 2000 Pfund fest.
Der Flug hatte wegen technischer Probleme Verspätung. Ein paar Minuten nachdem Leroy Winston Manvers, seine Lebensgefährtin und seine Kinder an Bord der British-Airways-747 nach Jamaika gegangen waren, waren die Probleme behoben.
Nachdem er mit eigenen Augen gesehen hatte, daß der Vogel abgeflogen war, fuhr Bill Parrish nach Hause, um sich für das Sommerfest umzuziehen.

Dem Detective erschien Darren Cole sehr blaß. Seine Finger waren nikotingelb, da er in der Untersuchungshaft an andere Drogen nicht herankam.
Es paßte ihm gar nicht in den Kram, daß er an diesem Samstag abend noch durch die halbe Grafschaft hatte fahren müssen. Und er war nicht in der Stimmung, viele Umstände zu machen.
»Sie kommen raus, Darren. Morgen früh um acht Uhr werden Sie entlassen. Die gegen Sie erhobenen Vorwürfe werden nicht weiter verfolgt, das heißt aber noch lange nicht, daß sie aus der Welt sind. Wir können die Anklage gegen Sie jederzeit neu aufrollen, falls Sie so blöde sind und mit irgendeinem Schmierfinken von der Presse oder mit sonst jemandem über die Geschichte reden. Ich würde an Ihrer Stelle auch nicht hier in der Gegend bleiben. Und kommen Sie mir nicht mehr unter die Augen. Es gibt 'ne Menge Leute, die wissen, daß Sie gedealt haben, und wenn die merken, daß Sie wieder draußen sind, statten die Ihnen wahrscheinlich sofort einen Besuch ab. Nehmen Sie Frau und Kinder, Darren, und machen Sie eine lange, lange Busreise. Und bleiben Sie sauber. Habe ich mich deutlich ausgedrückt?«
Der Detective überließ den notwendigen Papierkram einem anderen Beamten. Er machte es sich gemütlich. Er schätzte, daß Darren Coles Freilassung ihm drei, vier Auftritte vor Gericht ersparen würde. Die moralische Seite der Freilassung eines überführten Drogendealers interessierte ihn nicht. Wenn sein Chef einen solchen Schritt moralisch verantworten konnte, warum sollte sich dann ein kleiner Detective den Kopf darüber zerbrechen.
Er hätte gerne gewußt, warum Cole plötzlich auf freien Fuß gesetzt wurde, aber er würde es wohl nie erfahren.

»Wer war am Apparat, George?« rief Libby Barnes aus ihrem Ankleidezimmer. Sie saß im Morgenmantel vor dem Spiegel und trug gerade ihren Lidschatten auf.

»Der liebe Gott persönlich.«
»Sonntag abends? Irgendwas Ernstes?«
»Es war wegen Lucy ... Eigentlich dürfte ich es dir gar nicht sagen, aber du hast ein Recht, es zu wissen. Ich hab' die Schlacht verloren, Liebe. Du kannst mir glauben, daß ich alles getan habe. Aber es hat nichts genützt.«
Die Fotografie stand vor seiner Frau auf dem Frisiertisch. Auf dem Foto war Lucy süße sechzehn Jahre alt. Ein glücklicher Teenager in einem Café auf Korfu. Das Foto war während ihres letzten gemeinsamen Familienurlaubs gemacht worden, bevor Lucy Probleme bekommen hatte.
»Was heißt das, du hast verloren?«
»Der Junge, der Lucy das Zeug verkauft hat, ist aus der Untersuchungshaft entlassen worden. Es wird kein Verfahren gegen ihn geben. Der Mann, von dem dieser Dealer den Stoff bezogen hat, wird ebenfalls nicht zur Verantwortung gezogen und darf sogar das Land verlassen. Und auch der Mensch, der den Stoff importiert hat und den die Zollfahndung schon am Schlafittchen hatte, kommt ungeschoren davon ...«
»Und das läßt du dir gefallen?«
»Darum geht es nicht ... Es ist am besten so, Libby. Ein Verfahren hätte schon genug Staub aufgewirbelt, drei Prozesse, das wär' die reinste Katastrophe gewesen ... Stell dir nur vor, all diese Revolverblattjournalisten vor dem Gerichtssaal ... Vielleicht ist es am besten so.«
Libby Barnes flüsterte: »Ja, am besten für deine Karriere.« Sie drückte die Fotografie gegen ihre Brust, und ihr Lidschatten löste sich in Tränen auf.
»Ja, das hat der liebe Gott auch gemeint.«

Charlie sah ihr nach. Er stand am Piccadilly Circus auf dem Gehsteig. Er sah, wie sie sich einen Weg durch den dichten Verkehr bahnte, sah ihre rhythmisch sich wiegenden Hüften, sah ihre schönen Schultern, sah, wie sie ihr in der Abendsonne rot leuchtendes langes Haar aus dem Kragen schüttelte.

Erstmals aus den Augen verlor er sie, als sie hinter einem Bus verschwand, der vor einer Ampel halten mußte. Und dann war sie verschwunden. Sie hatte eine elegante Einkaufstüte in der Hand gehalten. Jetzt ging sie mit ihrem neuen Kleid nach Hause, weil Polly Venables' und Charlie Eshraqs Wege sich getrennt hatten. Am Montag morgen würde sie wieder bei Mahmud Shabro arbeiten und versuchen, Charlie Eshraq zu vergessen, denn er hatte ihr eröffnet, daß er in den Iran zurückkehren wollte.

Er drehte sich um. Das andere Mädchen stand noch immer ganz in der Nähe in einem Hauseingang. Sie versuchte gar nicht erst, ihm etwas vorzumachen. Ein Stück weiter hinten wartete das Auto. Während er mit Polly den Gehsteig entlanggeschlendert war, war ihm das Mädchen die ganze Zeit dicht auf den Fersen geblieben, und der Wagen war in einigem Abstand im Schrittempo hinter den dreien hergefahren. Sie war eine kräftige kleine Person und hatte ihr Haar offenbar mit der Gartenschere geschnitten, und er verstand nicht ganz, warum sie ständig einen Anorak trug, obwohl es draußen schon sommerlich warm war.

Er ging zu ihr hinüber.

»Ich werd' jetzt da drüben einen Fruchtsaft trinken, Gnädigste. Darf ich Sie einladen?«

Token fauchte zurück: »Verpiß dich.«

Der Lkw-Fahrer war Türke. Er fuhr so hochtourig, daß es klang, als würde der Motor jeden Augenblick den Geist aufgeben. Er manövrierte den Laster vorsichtig in die enge Sackgasse hinein und schaltete dann vor dem zerbeulten Metalltor den Motor ab. Er blieb im Führerhaus sitzen und wunderte sich, warum in dem Werkstatthof kein Mensch zu sehen war. Von seinem Platz aus konnte er über die Mauer in den Hof schauen. Er sah keine Menschenseele. Dabei hatte man ihm erzählt, daß in der Firma bis spätabends immer jemand anzutreffen sei.

An der Wand lehnte ein Kind, das an einem Apfel kaute und ihn beobachtete.
Der Türke rief das Kind und fragte nach dem Ingenieur.
Das Kind sah ihn finster an und stieß nur ein Wort hervor.
»Pasdaran.«
Der Fahrer manövrierte den Laster rückwärts wieder aus der Sackgasse heraus. Er fuhr mit ziemlich hohem Tempo durch Täbris, bis er die letzten Vororte der Stadt hinter sich gelassen hatte. Unterwegs zerkaute und schluckte er die Nachricht, die er sich auf den Bauch geklebt hatte.

Sie hatte schon von allen gehört, kannte ihre Namen, aber sie hatte nie zuvor Gelegenheit gehabt, die Namen mit den zugehörigen Gesichtern zusammenzubringen.
Sie kannte sie bei ihren richtigen Namen und bei ihren Decknamen, weil David sie zu Hause mal mit diesem, mal mit jenem Namen bezeichnete.
Wenn sie ehrlich gewesen wäre, und vielleicht würde sie später – je nach Alkoholkonsum – zu Hause ehrlich ihre Meinung sagen, dann hätte sie zugeben müssen, daß sie nicht gerade angetan war von ihnen. Keiner von ihnen war besonders ungewöhnlich. Die Namen der Leute an ihrem Tisch waren Ann besonders vertraut. Da waren der gute alte Bill, der heute erstaunlich ruhig war, und seine Frau, die pausenlos redete. Da war Peter Foster, dessen Hemdkragen zu eng war und dessen Frau, seit sie sich hingesetzt hatte, offenbar nicht mehr aufhören konnte, sich über die skandalösen Verhältnisse an den Vor- und Hauptschulen auszulassen. Und dann war da noch Duggie Williams, alias Harlech, der ein finsteres Gesicht machte, weil seine Freundin ihn laut David versetzt hatte. Mrs. Parrish verbreitete sich ausführlich darüber, daß sie und Bill den nächsten Urlaub auf Lanzarote verbringen würden. Bill selbst sagte kaum etwas und sah aus, als hätte er einen Todesfall in der Familie zu beklagen, und Foster schien jeden Augenblick ersticken zu wollen. Gefallen fand sie einzig

an Harlech. Ja, dieser Harlech hatte etwas, und das Mädchen, das ihn versetzt hatte, mußte ziemlich unterbelichtet sein. Die Band hatte zu spielen angefangen, aber die Tanzfläche war noch leer, und sie hatte nicht den Hauch einer Chance, David auf die Beine zu bringen, solange sich nicht mindestens zwanzig Paare im Tanzschritt wiegten. Der Tisch stand voller Gläser. Die Tombola hatte begonnen. Danach war das kalte Büfett angesagt. Und im Anschluß daran konnte sie vielleicht hoffen, David auf die Tanzfläche zu ziehen.

Duggie Williams brachte ihr einen Drink und setzte sich neben sie auf den Platz, von dem Maureen Foster sich gerade erhoben hatte.

»Sie langweilen sich hier bei uns halb zu Tode, hab' ich recht?«

»Wie bitte?«

»Wie hat Wächter Sie dazu gebracht, ihn hierher zu begleiten?«

»Es war meine Idee, hierher zu gehen.«

»Dann haben Sie in Ihrem hübschen Kopf nicht gewußt, worauf Sie sich einlassen.«

»Vielleicht wollte ich ja Davids Kollegen mal in Augenschein nehmen.«

»Dann kann ich mich nur wundern, daß Sie noch nicht das Weite gesucht haben ... Ich bin übrigens Harlech.«

»Weiß ich ... Ich bin Ann.«

Bill fing an zu reden. Ann konnte nicht hören, was er sagte, aber David lehnte sich von ihr weg, um ihm zuzuhören.

»Wir alle hier sind nicht gerade in Hochform.«

Sie erwiderte trocken: »Dachte ich mir schon.«

»Uns ist ein ganz dicker Fisch von der Angel gegangen.«

»Ja, er hat so was angedeutet.«

»Sie haben uns in die Pfanne gehaun – 'tschuldigen Sie, aber leider nimmt Ihr Mann diese Dinge 'n bißchen zu ernst.«

»Und Sie?«

Er hatte ausdrucksvolle Augen. Wenn sie Harlech ansah, mußte sie ihm ständig in die Augen schauen. Sie bemerkte

aus den Augenwinkeln gerade noch, daß Bills Stuhl leer war.
»Mich kann so leicht nichts aus der Fassung bringen, schließlich hab' ich früher in Heathrow gearbeitet ...«
»Aber David doch auch.«
»Er war nur für die allgemeine Kontrolle der Fluggäste zuständig, während ich hinter den Kulissen gearbeitet habe. Ich war in der Abteilung ›Schlucker und Stopfer‹ tätig. Wissen Sie, was das ist? Natürlich wissen Sie das nicht. Keiner erzählt einem hübschen Mädchen was von Schluckern und Stopfern ... Ich war für den täglichen Flug aus Lagos zuständig. Also, das können sie wirklich, die Nigerianer: stopfen und schlucken. Interessiert Sie das alles überhaupt? Ja? Also gut, die Frauen schieben sich das Zeug unten rein und die Herren der Schöpfung hinten, und beide Geschlechter schlucken es runter. Können Sie mir folgen? Sie füllen den Dreck in Kondome, die sie sich entweder irgendwo reinstecken oder runterschlucken. Wir haben für solche Kandidaten 'ne eigene Abteilung, und da hab' ich gearbeitet, bevor ich zur Fahndung gekommen bin. Wir verfrachten sie in eine Zelle und beobachten sie, und wir füttern sie mit den bewährten weißen Bohnen, und dann wird abgewartet. Mein Gott, diese Warterei ... Aber irgendwann muß der Fraß ja mal wieder rauskommen, so will es die Natur. Alles kommt irgendwann wieder raus – was für die Töchter Evas natürlich nicht gilt, aber für die sind unsere Damen zuständig. Man muß dabei wie ein Habicht aufpassen. Jedesmal wenn einer dieser Stopf- und Schluckexperten sich erleichtert, schnappt man sich 'ne Plastiktüte, streift die Gummihandschuhe über und wühlt nach Herzenslust in den Hinterlassenschaften rum. So ein Schlukker wird richtig ausgebildet. Zunächst übt er mit ganzen Weintrauben, die Kondome werden in Sirup getaucht, damit sie besser rutschen, und dann verwenden sie noch so 'n Zeug, das heißt Lomotil und ist ein Bindemittel. Wissen Sie, wir haben einmal einen Flug aus Lagos gehabt, da haben wir gleich dreizehn Kandidaten rausgeholt und dann im Umkreis

von zwei Meilen jeden Eimer beschlagnahmt. Wir konnten uns vor Arbeit kaum noch retten, denn die Hälfte von denen war positiv. Wenn Sie stunden- und tagelang zugesehen haben, wie irgendwelche Gestalten ihren Darm entleeren, dann haut Sie so leicht nichts mehr aus den Latschen. War ich deutlich genug?«

»Solche Sachen hat er mir noch nie erzählt.«

»Sind Sie ihm deshalb böse?«

Sie schwieg. Bill war inzwischen zurückgekehrt und redete auf David ein. Sie hörte, wie ihr Mann leise fluchte, dann wandte er sich ihr zu.

»Tut mir furchtbar leid, aber ich muß mit Bill weg. Es dauert vielleicht ein oder zwei Stunden. Duggie, kümmerst du dich solange um Ann? Und würdest du sie bitte nach Hause fahren?«

»Soll das 'n Witz sein?« Sie traute ihren Ohren nicht.

Bill schaute zerknirscht über Davids Schulter.

»Tut mir wirklich leid, Liebes, ich komm' so schnell wie möglich zurück.«

Und schon eilte er, mit Bill im Schlepptau, zum Ausgang hinüber. Nein, sie konnte es einfach nicht fassen.

»Möchten Sie tanzen?« fragte Harlech.

Der Ermittler erstattete dem Mullah Bericht.

Als alter Überlebenskünstler war der Ermittler zu der Auffassung gelangt, daß es am besten sei, dem Mullah zweimal täglich Bericht zu erstatten. Zweimal täglich fuhr er durch den dichten Verkehr zu der enteigneten Villa hinüber, in der der Mullah hof hielt. Noch hatte er ein paar gute Karten in der Hand, zwar nicht die erhofften Trümpfe, aber immerhin ein brauchbares Blatt. Er hatte in den Zellen des Sicherheitstrakts von Evin, der normalerweise ausschließlich wichtigen politischen Gefangenen vorbehalten war, noch einen Ingenieur aus Täbris und einen Teppichhändler aus Teheran. Und er ließ einen Beamten im Büro des Hafenmeisters von

Bandar-e Abbas beschatten, weil er hoffte, daß ihm auf diese Weise noch weitere Fische ins Netz gehen würden.
Er hatte sich schon genau überlegt, welche Geständnisse seine Gefangenen bei dem Schauprozeß abliefern sollten. Ja, erzwungene Geständnisse und ihre Präsentation vor solchen Tribunalen, das war die große Spezialität des Ermittlers. Ein Geständnis, das war, wie wenn man ein Buch zu Ende gelesen oder einen Teppich fertig geknüpft hatte. Die Geständnisse des Ingenieurs und des Teppichhändlers waren so gut wie unter Dach und Fach, und der Beamte im Büro des Hafenmeisters würde ebenfalls beizeiten genau das aussagen, was der Ermittler von ihm erwartete.
Über all dies sprach er an diesem Tag spätabends im Büro des Mullahs mit diesem, und er erhielt die Erlaubnis, die Überwachungsaktion in Bandar-e Abbas fortzusetzen. Als sie dann später frischgepreßten Fruchtsaft tranken, sprach er über Charlie Eshraq. Er war ganz offen und behielt nichts für sich.

»Mattie, ich möchte nicht die halbe Nacht darüber sprechen – Sie sind sich also Ihrer Sache ganz sicher?«
»Ich werd' allmählich verdammt müde, Henry.«
»Der Ermittler war ein echter Profi, das sagten Sie doch?«
»Ein alter SAVAK-Mann, der wußte genau, was er tat.«
»Und der Kerl ist sofort ziemlich brutal zur Sache gekommen?«
»Henry, wenn Sie nur wüßten, wie lächerlich das klingt ... ›Ziemlich brutal‹, mein Gott. Wenn Sie hier unten in der Garage ein dickes Elektrokabel auftreiben können, dann bin ich gerne bereit, Ihnen den Unterschied zwischen ›brutal‹ und ›ziemlich brutal‹ zu demonstrieren, falls Sie es wünschen. Aber natürlich können wir's auch gleich mit einer zwölfstündigen Gewaltorgie versuchen und dann sehen, was dabei herauskommt. Haben wir das alles denn nicht schon zwanzigmal durchgekaut?«
»Ja, Mattie, Sie haben schon recht ... Es ist nur so furchtbar

wichtig, daß in diesem Punkt absolute Klarheit zwischen uns herrscht. Dieser Ermittler ist ein SAVAK-Mann der schlimmsten Sorte, und man hat Sie immer wieder entsetzlich geschlagen, immer wieder ...«

»Wie oft soll ich es Ihnen denn noch sagen, Henry? Ich hab' Charlie Eshraq nicht verraten.«

»Ganz ruhig, alter Junge.«

»Es ist nicht gerade witzig, aus dem Iran zu entfliehen und dann zu Hause von der Inquisition empfangen zu werden.«

»Weiß ich doch, Sie haben ja ganz recht. Mattie, Sie sind etliche Male ohnmächtig gewesen und bei anderen Gelegenheiten halb bewußtlos. Ist es nicht vielleicht denkbar, daß Sie seinen Namen doch genannt haben, als Sie völlig am Ende waren und nicht mehr weiterwußten?«

Der Raum war dunkel und schäbig. An der Decke hing eine Lampe mit drei Glühbirnen, von denen eine am frühen Abend den Geist aufgegeben hatte. Von George war nur zu erfahren gewesen, daß er für Ersatz vor Montag nicht sorgen könne. Das Mobiliar war zwar alt, aber ohne Wert. Ein Sotheby's-Mann hätte den Blick wahrscheinlich nur einmal kurz über die Sachen schweifen lassen und sich dann gelangweilt abgewandt – mit dem Eßzimmer überhaupt nicht zu vergleichen, der Raum.

»Wenn Sie sich in einer derartigen Situation befinden, Henry, dann klammern Sie sich an alles, was Ihnen heilig ist. Sie klammern sich an Ihre Familie, an Ihren erlauchten Arbeitgeber, an Ihr Land, an Ihren Gott, wenn Sie einen haben. Alles, was in Ihrem Leben eine Rolle spielt, wird plötzlich unendlich wichtig für Sie. Und wenn dann die Schmerzen schier unerträglich werden, dann können Sie sich nur noch an die wesentlichen Dinge Ihres Lebens klammern. Ihr Gefühl sagt Ihnen, daß Sie alles verraten, was Ihnen heilig ist, wenn Sie sich von den Folterknechten kleinkriegen lassen.«

»Ich muß nur sicher sein, daß ich Sie richtig verstehe.«

So eine gottverdammte Schande ... Der alte Henry, ja der

schmuddelige alte Henry, der eine Daumenschraube nicht von einem Flaschenöffner unterscheiden konnte, setzte ihm fast noch mehr zu, als es der Ermittler in Täbris getan hatte.

Park fuhr, und Parrish saß neben ihm und hatte einen Zettel vor sich, auf dem er die Strecke notiert hatte. Als Park wissen wollte, wohin die Reise ging, entgegnete Bill, daß man sie in einem als Century House bezeichneten Gebäude erwarte. Auf die Frage, warum man sie dort erwartete, erwiderte Bill, der Chef habe ihn angewiesen, sich gemeinsam mit Wächter dort einzufinden. Weitere Fragen waren zwecklos, denn Bill hatte keine weiteren Antworten auf Lager.

Sie fuhren an der Themse entlang, und vor dem Hintergrund der nächtlichen Skyline sahen sie schon von ferne den Towerblock. Nur in einem Teil des Gebäudes brannte Licht.

Parrish dirigierte Park in eine Hofeinfahrt. Der Chef wartete schon auf den Stufen und sah auf die Uhr, neben ihm stand der Stellvertretende, der jetzt herunterkam und die beiden in eine Parklücke einwies. Sie stiegen aus dem Wagen, und Park schloß die Türen ab. Sie gingen zum Haupteingang hinüber. Ein kleines Messingschild kennzeichnete das Gebäude als »Century House«.

Der Chef nickte Parrish knapp zu und baute sich dann vor Park auf. »Da drinnen interessiert sich niemand für Ihre Meinung, Sie brauchen bloß zuzuhören.«

Als sie eintraten, wurden ihnen sofort Getränke angeboten, und der Chef lehnte auch im Namen seines Teams dankend ab.

Kein Abend für gesellige Zerstreuungen, dachte Park. Vielmehr eine Gelegenheit, die Realität der Macht kennenzulernen.

Er stand vor dem Schreibtisch, flankiert vom Chef und dem Stellvertretenden. Parrish befand sich noch im Vorzimmer, wo ein junger Knilch ihn abtastete. Bevor Parrish den Raum auch nur betreten hatte, begannen die beiden bereits in dem

Raum wartenden Männer mit ihren Ausführungen. Der eine von ihnen saß auf einem Stuhl vor dem Schreibtisch, der andere, offenbar der Boß, lehnte in einem Sessel und übernahm das Reden. Er sprach gedehnt und schleppend: »Sie haben keinerlei Anspruch, in die Einzelheiten eingeweiht zu werden, Park, aber ich werde Ihnen soviel erzählen, wie ich kann. Im übrigen sollten Sie sich darüber im klaren sein, daß Ihre unmittelbaren Vorgesetzten mit den Vorschlägen, die ich Ihnen gleich unterbreiten möchte, voll und ganz einverstanden sind ... Als Mitarbeiter der Zollfahndung unterliegen Sie in allen dienstlichen Belangen der Schweigepflicht, das dürfte Ihnen ja bekannt sein. Was Sie in diesem Raum hören, fällt unter das Dienstgeheimnis. Und nun zur Sache. Wir haben uns mit Ihren Vorgesetzten darauf geeinigt, daß Sie befördert werden, Park.«

»Oh, wie schön. Und womit hab' ich das verdient?«

»Schnauze, Park«, raunzte der Chef von der Seite.

»... Charlie Eshraq handelte mit Heroin. Er ist aber auch als operativer Agent für den Service von einiger Bedeutung. Mr. Matthew Furniss ist einer der besten Beamten, die wir hier im Service in den vergangenen zwanzig Jahren gehabt haben. Das ist die Sachlage. Aus Gründen, die Sie nichts angehen, wird Eshraq demnächst in den Iran zurückkehren und einige Waffen in das Land einschmuggeln, die er mit dem Erlös aus seiner letzten Heroinlieferung erworben hat. Er geht in den Iran zurück, und er wird dort bleiben. Wir werden ihm morgen klipp und klar sagen, daß er auf der Basis der von Ihnen und Ihren Kollegen gegen ihn zusammengetragenen Beweismittel hier in England strafrechtlich verfolgt wird, sollte er sich entgegen seinen Zusagen je wieder in unserem Land blicken lassen. Sie werden am Montag mit Eshraq zusammentreffen und ihn in die Türkei begleiten, und Sie werden sich selbst und Ihre Vorgesetzten davon überzeugen, daß er tatsächlich in den Iran eingereist ist. Sobald Sie nach Großbritannien zurückgekehrt sind, werden Sie dann nach dem Willen Ihrer Vorgesetzten als Sektionsleiter Ihrer Behörde in Bogotá, Kolumbien, stationiert. Seien Sie im übrigen versichert, daß Sie sich dort auf die enge Kooperation der Service-Mitarbeiter in jener Region werden verlassen können. Das ist die Vereinbarung, die wir getroffen haben.«

»Da haben Sie sich ja was Schönes ausgedacht. Klingt ja wundervoll. Und wenn ich Ihnen nun sage, daß die Sache stinkt, daß ich Ihnen Ihre Geschichte nicht glaube? Ich glaub' nicht, daß dieser Eshraq einer von euch ist, aber ich kann mich ja irren. Angenommen, er gehört doch zu eurem Haufen, dann wüßte ich gerne, was ich in Bogotá soll, wenn Sie das Zeug durch die Hintertür aus dem Iran wieder hier bei uns reinlassen.«

»Treiben Sie es nicht zu weit, Park.«

»Nein, Chef, keine Sorge ... Das alles dient doch nur dazu, Mr. Furniss' jungem Freund aus der Bredouille zu helfen und mich kaltzustellen. Oder etwa nicht?«

»Ganz recht, Park, vielleicht sollten wir Sie wirklich kaltstellen. Sie erinnern sich doch an einen gewissen Leroy Winston Manvers? Haben Sie den nicht mal – entgegen allen Dienstvorschriften – am frühen Morgen in seiner Zelle zur Brust genommen? Ich glaub', die Akte ist noch nicht geschlossen. Der Anwalt dieses Mannes hat noch einiges gegen Sie in der Hand. Habe ich recht, Chef?«

»In meinen Augen sind Sie ein Schwein, Sir.«

»Fünf Jahre Haft, Minimum. Und Sie können sich darauf verlassen, daß wir den zuständigen Richter kennen. Für körperliche Gewaltanwendung gegen einen schwarzen Untersuchungsgefangenen sind vielleicht sogar mehr als fünf Jahre drin. Guten Abend, Park. Schöne Zeit in Bogotá. Es wimmelt dort von Typen wie Ihnen. Guten Abend, Gentlemen.«

Park ging zur Tür. Wenn er seinem Chef ins Gesicht geschaut hätte, wäre ihm vermutlich die Faust ausgerutscht, und wenn er den Stellvertretenden angesehen hätte, hätte er dem Kerl wahrscheinlich das Knie in die Weichteile gerammt.

»Und noch etwas, Park – noch eine kleine Warnung ... Veranstalten Sie mit Eshraq keine Spielchen. Ich schätze, das würde für Sie wesentlich unangenehmer als die Geschichte mit Manvers.«

Der Hund schlief in dem Korb neben dem Herd in der Küche. Er lag auf dem Rücken, streckte alle viere von sich und prustete wie ein Walroß. Das Schnarchen erfüllte die nächtliche Stille des Hauses. Er dachte, daß ein Einbrecher vermutlich erst den Tisch würde umkippen müssen, bevor das Ungeheuer dort in dem Korb aufwachen würde. Aber es waren nicht die Grunzgeräusche des Rottweilers, was Henry Carter in dieser Nacht nicht zur Ruhe kommen ließ. Unter anderen Umständen wäre er nach einem so anstrengenden Tag und nach dem Bier, das sie sich zum Schluß noch gegönnt hatten, ganz sicher in seligen Tiefschlaf gefallen, aber es gab da eine Frage, die ihm unentwegt im Kopf herumging.
Mattie hatte ihm die Folterqualen in entsetzlicher Anschaulichkeit vor Augen geführt. Er hatte ihm die Brutalität in allen Einzelheiten beschrieben, so daß Henry fast übel geworden war. Henry war absolut sicher, daß Mattie sich auf gar keinen Fall irgendwelche Horrorgeschichten ausgedacht hatte. Mattie hatte niemals von sich aus mit diesen Schilderungen angefangen, sein Gesprächspartner hatte alles aus ihm herauskitzeln müssen. Aber dann hatte Mattie seine Erlebnisse mit knappen Worten so grauenhaft klar geschildert, daß Henry sich in eine Welt tiefster Verzweiflung und höllischer Angst versetzt gefühlt hatte.
Er verstand jetzt, warum man ausgerechnet ihn für dieses Gespräch mit Mattie ausgewählt hatte.
Ganz ausgeschlossen, daß der Präsident einen von den aggressiven jungen Kerls, die sich neuerdings im Century breitmachten, auf einen Mann von Matties Kaliber losgelassen hätte. Aber vielleicht hatte der Präsident sich ja auch getäuscht. Vielleicht wäre es einem dieser ungezogenen, gna-

denlos selbstsicheren jungen Männer ja leichter gefallen zu verstehen, wie Mattie solche Qualen überstanden, wie er überlebt und trotzdem Eshraqs Namen nicht verraten hatte. Ganz sicher wollte er Matties hervorragende menschliche Qualitäten nicht in Frage stellen, aber Henry Carter, der sich seiner eigenen Feigheit nicht schämte, konnte einfach nicht begreifen, wie das möglich war.

18. Kapitel

Sonntag morgen in der Lane. Das Licht in dem Büro beleuchtete die Häuserfront gegenüber. Die Straßen vor dem Gebäude waren leer, kein Müllwagen, keine Pendler, keine Büroangestellten. Nur hin und wieder ein Bus oder ein Taxi, das vergeblich nach einem Fahrgast Ausschau hielt.
Der Papierkorb neben Parks Schreibtisch war halb voll mit leeren Getränkekartons. Der Automat gab schon lange keinen Nachschub mehr her und würde erst am Montag nachgefüllt werden. Das einzige, was er noch auftreiben konnte, war Kaffee, schwarzer Kaffee ohne Milch. Aber besser als gar nichts.
Manche der Einträge hatte er schon früher irgendwann gelesen, trotzdem hatte er im Laufe der Nacht nochmals sämtliche im Computer der Zollfahndung gespeicherten Informationen über die Türkei und den Iran auf seinen Bildschirm geholt. So war er nun einmal. Er war fast in der Flut des Materials ersoffen ... Und er hatte abermals die wenigen Informationen gelesen, die inzwischen über Charlie Eshraq in den Computer eingegeben worden waren. Ja, so war er nun einmal: Wann immer ihm das Wasser bis zum Hals stand, versuchte er durch intensives Aktenstudium wieder Boden unter die Füße zu bekommen. Er hatte einfach nicht nach Hause fahren können, nicht nach dem Besuch im Century House. Also hatte er sich in die Lane begeben und die Nacht vor dem Bildschirm verbracht. Bis zum frühen Morgen war er allein gewesen. Irgendwann war

dann Token aufgekreuzt, aber sie war gleich wieder verschwunden und kurz darauf mit Schinkenbrötchen wiedergekommen.

Sie saß ihm gegenüber auf der anderen Seite des Schreibtisches. Er legte den Plastikschutz auf die Computertastatur.

»Ich hab' gestern abend Bill noch zu Hause angerufen.«

»Ah ja.«

»Hat gesagt, daß sie dir gestern abend übel mitgespielt haben.«

»Recht hat er.«

»Hat gesagt, daß Duggie deine Frau nach Hause gebracht hat.«

»Das hab' ich ja selbst veranlaßt.«

»Er sagt, daß du die beiden vielleicht 'n bißchen im Auge behalten solltest.«

Sie war nicht geschminkt, und auch ihr kurzes Haar wirkte ungekämmt. Ihr Anorak hing an einem Haken zwischen den Fenstern, die auf die New Fetter Lane hinausgingen. Sie trug ein Sweatshirt, unter dem sich ihr Funkgerät deutlich abzeichnete. Er hatte das Gefühl, daß er wußte, was sie meinte und was Parrish zu ihr gesagt hatte.

»Bist du fertig?«

»Meinst du hier am Computer, ja. Aber vielleicht nicht nur damit.«

»Neuer Tag, neues Glück, David.«

»Weißt du was ...? Gestern abend haben sie uns plattgemacht. Die hohen Herren vom Service haben uns wie kleine Blödis behandelt, die nicht so recht wissen, wo's langgeht. Und dann haben sie uns noch schnell wissen lassen, was sie von uns erwarten, und der Chef ist zu Kreuze gekrochen. Mir ist immer noch übel ...«

»Wie ich schon sagte: Neuer Tag. Möchtest du mit zu mir nach Hause kommen?«

»Wozu?«

»Sei nicht so begriffsstutzig.«
»Ich muß mir unbedingt zu Hause frische Klamotten anziehen.«
»Vielleicht wär's besser, wenn du jetzt nicht nach Hause gehen würdest.«
Er dachte, daß er ein Mädchen wie sie hätte heiraten sollen. Er wußte, warum sie ihm ihre Wohnung und ihr Bett angeboten hatte. Er wußte, daß ihre Offerte etwas mit ihrem Telefongespräch mit Bill Parrish zu tun hatte.
»Danke«, sagte er.
Er kam auf die andere Schreibtischseite zu ihr herüber, und als sie aufstand, legte er seine Arme um ihre Schultern und küßte sie auf die Stirn. Er küßte sie sanft wie eine Schwester, als ob sie für ihn nie etwas anderes würde sein können als eine Freundin.
»Laß dich von diesen miesen Typen nicht fertigmachen, David.«
Er warf sein Anzugjackett über die Schulter. Im Knopfloch steckte noch die rote Rose, die er am Vorabend Ann zuliebe dort angebracht hatte. Vor ihm ging Token, die ihm soeben ihr Bett angeboten hatte. Er startete den Wagen. Er fuhr zügig durch die verlassene Stadt und war nach gut einer Stunde bereits zu Hause. Unterwegs hatte er an einem Bahnhofskiosk noch Blumen besorgt.
Sie hatte die Lichter angelassen.
In der Diele und im Schlafzimmer und im Bad brannte Licht.
Der Wandschrank stand sperrangelweit offen, innen gähnende Leere, ihre Sachen waren weg. Das Bett war ungemacht, und auf dem Kopfkissen lag das Kuvert, mein Gott, ausgerechnet auf dem Kopfkissen.
Er ging ins Bad hinüber, weil er das Gefühl hatte, er müsse sich jeden Augenblick übergeben. Auf der Badematte lagen ihr Morgenmantel und ihr Badetuch, und daneben lag sein eigenes Handtuch.

Vielleicht war es ja immer so, wenn eine Ehe auseinanderbrach. Die Blumen lagen in der Küche im Spülbecken, und er wußte nicht, was er mit ihnen tun sollte.

Es klopfte leise an der Tür. Mr. Ferguson schaute herein und bat Carter, kurz hinauszukommen. Der entschuldigte sich lächelnd bei Mattie und verließ den Raum.

Wenn es noch eine Möglichkeit der Umkehr gab, dann entzog sie sich jedenfalls Matties Kenntnis. Er hielt sich noch einmal die Alternativen vor Augen und seine Zukunftsaussichten. Nein, es gab kein Zurück. Jetzt den Rückzug anzutreten und die Lüge einzugestehen, das wäre gleichbedeutend gewesen mit völliger Kapitulation. Er war ein hoher Beamter des Service, und falls er die Lüge zugab, würden sie ihn vom Dienst suspendieren.

»Tut mir leid, Mattie, entschuldigen Sie, daß ich Sie allein gelassen habe. Das Telefon ist einer der größten Tyrannen des modernen Lebens. Inzwischen haben sich die Dinge noch mehr verwirrt. Die Nachricht für unseren Mann in Teheran, die Nachricht, daß er sich absetzen soll, konnte nicht übermittelt werden.«

»Warum nicht?«

»Sieht ganz so aus, als wäre unser Mann spurlos verschwunden. Wirklich schade.«

Ein langes Schweigen erfüllte den Raum. Und Henry ließ Matties Gesicht nicht eine Sekunde aus den Augen. Er ging über den Teppich zu Mattie hinüber und blieb direkt vor ihm stehen.

»Ich hab' schon oft gehört, und Sie wissen ja, daß ich mit diesen Dingen keine persönlichen Erfahrungen gemacht habe, daß man nichts zurückhalten kann, wenn man erst mal angefangen hat zu reden. Wenn man erst mal angefangen hat, dann gibt's kein Halten mehr«, sagte er.

Mattie explodierte. »Verdammt noch mal, wie oft soll ich es Ihnen denn noch sagen?«

»Ich schlage vor, wir statten dem Pub unten im Dorf jetzt mal einen Besuch ab, ist Ihnen doch recht, Mattie, nicht wahr? Ich bitte George, das Ungeheuer einzusperren.«

Die Funksignale waren sehr schwach.

Übermittelt wurde der Funkspruch von einem Kurzwellensender, der die Größe einer Cornflakes-Packung besaß. Stationiert war der Sender im knapp 150 Kilometer entfernten Bandar-e Abbas, jenseits der vielbefahrenen Straße von Hormus. Die Antenne eines Horchpostens auf dem Gipfel des 2300 Meter hohen Jebal Harim in Oman fing die Botschaft auf.

Den Experten des Service war bekannt, daß die Antenne auf dem Jebald Harim Kurzwellenbotschaften des kleinen Senders aus Bandar-e Abbas empfangen konnte. Deshalb hatte man den Beamten im Büro des Hafenmeisters für Notfälle mit einem solchen Gerät ausgestattet.

Er wußte, daß die Situation für ihn immer kritischer wurde, er wußte, daß er beobachtet wurde.

Deshalb funkte er auf Kurzwelle den vereinbarten Code.

Der Mann war halb tot vor Angst und wußte kaum mehr, was er tat. An diesem Nachmittag betete er zu seinem Gott, daß Mr. Matthew Furniss und seine Kollegen ihn beschützen möchten.

Der Militärpolizist winkte Park grußlos durch. Warum sollte auch ein Feldjäger, der dazu noch Sonntagsdienst schob, vor einem schlichten Ford Escort salutieren? Park fuhr holpernd über die verdreckte Piste und stellte seinen Wagen neben einem Suzuki-Jeep ab. Auf der anderen Seite des Suzuki stand ein nagelneuer schwarzer Rover, dessen Fahrer hingebungsvoll den frischen Lack polierte. Park hatte sich daheim umgezogen. Zunächst hatte er das Bad in Ordnung gebracht und das Bett gemacht, in dem Harlech die Nacht verbracht hatte, und dann seinen Anzug ausgezogen, die Rose aus

seinem Knopfloch in ein Glas Wasser gestellt und eine Jeans und einen Pullover übergestreift.
Er ging auf Charlie Eshraq zu. Eshraq stand mit dem eingebildeten Kerl zusammen, der Park am Vorabend im Century House die Leviten gelesen hatte.
Auch als er näher trat, ließen sich die beiden in ihrer Unterhaltung nicht stören.
»Das wär's dann also?«
»Ja, das wär's, Mr. Eshraq. Mr. Park wird Sie bis zur Grenze begleiten. Und versuchen Sie gar nicht erst, ihn in seiner Arbeit zu behindern. Sie lassen ihn in Ruhe, und er hat ebenfalls Anweisung, Ihnen keine Schwierigkeiten zu machen. Verstanden?«
»Und ich bekomm' die Waffen?«
»Mr. Eshraq, wenn wir die Absicht hätten, Ihnen die Waffen vorzuenthalten, dann hätten wir für Sie wohl kaum heute nachmittag hier eine Extra-Übungsstunde arrangiert.«
»Und Mr. Furniss bekomm' ich überhaupt nicht mehr zu Gesicht?«
»Sie werden von Ankara aus betreut – guter Mann dort.«
»Und warum kann ich Mr. Furniss nicht mehr sehen?«
»Weil Sie im Iran von einem anderen Verbindungsmann betreut werden. Nähere Einzelheiten werden Sie in der Türkei erfahren. Viel Glück. Und Sie können auf unsere volle Unterstützung rechnen.«
Der Chauffeur war inzwischen mit dem Polieren fertig und hatte den Motor gestartet. Es gab keine weiteren Abschiedsszenen. Der Wagen fuhr davon.
Jetzt war strikte Pflichterfüllung angesagt ... Park ging zu Charlie Eshraq hinüber.
»Ich bin David Park.«
»Nein, das stimmt nicht, Sie sind April fünf. Sie können mich Charlie nennen.«
»Ich nenne Sie, wie es mir gefällt ... Übrigens, meinen Sie nicht auch – diese Geschichte hier stinkt zum Himmel.«

Eshraq war Tango eins, ein Heroinhändler, und daran würde sich bis in alle Ewigkeit nichts ändern. Charlie kehrte ihm den Rücken zu und ging zu dem Armee-Landrover hinüber. Park folgte ihm auf dem Fuße, und hinter ihnen nutzte der Feldjäger die Gelegenheit und zündete sich schnell eine Zigarette an. Neben dem Landrover wartete ein Offizier, und auf der niedrigen Sitzbank hinten in dem Wagen hockten zwei Sergeants. David sah die olivgrüne Kiste, die zwischen ihren Füßen auf dem Boden stand.

»Wer von Ihnen ist es? Man hat mir gesagt, es wär' nur einer.«

»Hier«, sagte Charlie.

Der Offizier musterte ihn von oben bis unten. »Die LAW 80 geht mächtig zur Sache.«

»O toll, daß Sie so gut informiert sind, dann bin ich ja bei Ihnen in den besten Händen.«

Park hatte das Gefühl, daß der Offizier Charlie am liebsten eine geschmiert hätte. Die beiden Sergeants prusteten vor Vergnügen.

Sie gingen zum Schießplatz hinüber – der Offizier immer vorneweg. Sie hatten Charlie ein langes Rohr in die Hand gedrückt, und die beiden Sergeants trugen auch jeweils eines der Dinger. Sie marschierten eine Weile an roten Fähnchen und Warnschildern vorbei, bis die Heidelandschaft schließlich zu einer Talsenke abfiel. Überall waren tief eingegrabene Kettenspuren zu sehen, und weiter vorne stand ein völlig verkohlter Panzerwagen.

»Wo wollen Sie die Dinger einsetzen, junger Mann?«

»Wüßte nicht, was Sie das angeht?«

»Ersparen Sie mir diesen Schwachsinn, Mr. Eshraq. Wenn ich Ihnen erklären soll, wie man mit diesen Dingern umgeht, muß ich wissen, was Sie damit machen wollen. Wollen Sie die Waffen von einem Schützengraben aus einsetzen oder im offenen Gelände oder in einer Stadt? Es steht Ihnen frei, diese Auskunft zu verweigern, doch dann verplempern wir

hier nur unsere Zeit. Kapiert?« Der Offizier lächelte im Vollgefühl seiner Überlegenheit.
»Die erste werde ich in einer Straße in Teheran abfeuern. Das liegt im Iran.«
Das Lächeln auf dem Gesicht des Offiziers erstarb augenblicklich.

»Im Augenblick kann ich eigentlich nur sagen, daß ich noch nicht ganz zufrieden bin«, sagte Henry. Er sprach über eine Spezialleitung. »Besonders aggressiv reagiert er, wenn ich versuche, ihn auf Details festzunageln ... Ja, ich hab' ein verdammt schlechtes Gewissen, daß ich ihm womöglich etwas unterstelle ... Vermutlich bleibt uns nichts anderes übrig, als noch eine Weile weiterzumachen. Danke.«
Es war still in dem Haus. Sie hatten dem Pub tatsächlich einen Besuch abgestattet, aber das war keine besonders gute Idee gewesen, denn Mattie hatte die zwei Gläser Bier und Mrs. Fergusons Mittagessen zum Vorwand genommen, sich für eine Siesta auf sein Zimmer zurückzuziehen. Außerdem war es Sonntag nachmittag, und der Präsident hielt sich auf dem Land auf, und im Century konnte man ihm nicht sagen, wo der Vize zu erreichen war, und der Mann, mit dem er sprach, war völlig inkompetent und fühlte sich durch Carters Anruf nur belästigt, und Mattie Furniss war ein großer Held. So blieb ihm nichts weiter übrig, als bis Montag früh allein zurechtzukommen.

Er kauerte sich nieder. Sein linkes Knie war vorwärts gebeugt, mit dem rechten Bein kniete er am Boden.
Vor sich sah er das Stahltor.
In seinem Rücken befand sich das leerstehende Haus.
Die blühenden Oleanderbüsche und die Sträucher in den verwilderten Gärten boten ihm Schutz. Er konnte über die Mauer schauen, die das Anwesen begrenzte, und blickte auf das hohe Sicherheitstor, das sich direkt gegenüber auf der

anderen Straßenseite befand. Er verspürte in den Beinen leichte Krämpfe, die er aber ignorierte. Er bemühte sich, die Waffe auf seiner Schulter ganz ruhig zu halten. Die knapp zehn Kilo schwere Waffe ruhte sicher auf seinem Schlüsselbein. Mit der linken Hand hielt er den unten an dem Rohr angebrachten Bügel umklammert, der Zeigefinger seiner rechten Hand befand sich an dem glatten Plastikabzug, und der Daumen dieser Hand lag an dem Knopf, mit dem er von dem Suchmechanismus auf das Hauptprojektil umschalten konnte. Das rechte Auge preßte er gegen das Okular, und im Zentrum der Zielvorrichtung hatte er das Tor, durch das der Mullah jeden Augenblick kommen mußte. Er wußte, daß das Tor sich in den nächsten Sekunden öffnen mußte, denn er hatte den Motor des großen Mercedes aufheulen hören. Auf der Straße unten herrschte dichter Verkehr, und der Mercedes würde kurz anhalten müssen, bevor er sich in die Autoschlange einreihen konnte.

Verdammt schwierig, so reglos dazuhocken, während das Adrenalin in Strömen floß und Rachegelüste in ihm kochten. Das Tor ging auf. Er sah, wie zwei Wächter mit Trillerpfeifen im Mund am Straßenrand Aufstellung nahmen und wild gestikulierend und trillernd den Verkehr aufzuhalten versuchten. Der Kühler des Mercedes wurde in der Toreinfahrt sichtbar. Er konnte den Grill und die Windschutzscheibe des Wagens genau erkennen. Kein idealer Schußwinkel, besser wäre es gewesen, dem Wagen eine Breitseite zu verpassen, aber dann hätte er die bereits beschleunigende Limousine treffen müssen ... noch besser wäre natürlich die Magnetbombe gewesen, die Mr. Furniss ihm gegeben hatte, und das Motorrad. Wie gerne hätte er die von Todesangst verzerrte Visage des dreckigen Mullahs gesehen, aber das Schwein stand natürlich unter Begleitschutz ... Er konnte den Mullah nicht erkennen. Wahrscheinlich saß der Kerl im Fond. Er konnte durch sein Okular nur den Kühlergrill erkennen und die Windschutzscheibe und das Gesicht des Fahrers und das

Gesicht des Leibwächters neben dem Fahrer. Ein Junge auf einem Fahrrad fuhr vorüber und ließ sich durch die Trillerpfeife und die Schreie und das Gefuchtel der Wächter mit den Waffen nicht einschüchtern, und der Fahrer mußte warten, bis die Straße endlich frei war. Er richtete den Suchpunkt auf den Wagen. Der rote Blitz traf den Mercedes genau zwischen Kühlerhaube und Windschutzscheibe, fast ein Volltreffer. Mit dem Daumen den Hebel umlegen. Finger zurück an den Abzug. Jetzt die Waffe stabilisieren. Nochmals genau zielen. Wieder den Abzug betätigen ... und dann die Zündung und der Rückstoß und der weiße Hitzeblitz hinter seinem Rücken, direkt hinter seiner Schulter. Eine Lichtspur, die mit einer Geschwindigkeit von 235 Metern pro Sekunde die Mündung der Waffe verließ – bei einer Entfernung von weniger als vierzig Metern. Dann die Explosion im Kühler des Mercedes, der kupferne Gefechtskopf bohrte sich in den Wagen. Die Limousine wurde zurückgeschleudert und dann angehoben, der erste Feuerschein ... Auf diesen Augenblick hatte er schon seit langem gewartet. Der Wagen brannte lichterloh, auf der Straße herrschte blinde Panik.

»Los, hauen Sie schon ab, Eshraq!«

Er hörte den Zuruf wie von ferne, seine Hände hielten wie erstarrt die Waffe umklammert, die Stimme drang kaum zu ihm durch, denn in seinen Ohren hallte noch immer die Explosion nach.

»Verdammt noch mal, bewegen Sie endlich Ihren Arsch.«

Der Offizier zerrte ihn am Kragen hoch und riß ihm die Waffe aus der Hand.

»Sie sind nicht zum Glotzen hier – Sie müssen rennen, als ob alle Teufel der Hölle hinter Ihnen her wären.«

Der Offizier hatte die Waffe bereits beiseite geworfen, und Charlie stand auf den Füßen. Er sah noch einmal, wie Rauch von dem verkohlten Panzerwagen aufstieg. Er rannte los. Er lief mehr als hundert Meter niedergebeugt den flachen Hügel hinauf – immer weg von dem Offizier und den Sergeants und

den drei leergeschossenen Waffen und dem rauchenden Panzerwagen. Er lief und lief, bis er neben Park anlangte. Der Offizier war ihm im Schrittempo gefolgt.
»Nicht schlecht, Eshraq.«
Er keuchte. Er war noch immer außer sich vor Erregung. »Danke.«
»Bei mir brauchen Sie sich nicht zu bedanken, es geht schließlich um Ihre Haut. Sie müssen sofort nach dem Schuß abhauen. Sie können es sich nicht leisten, hinterher eine kleine Feierstunde einzulegen. Sie schießen, lassen die Waffe fallen und hauen ab. Sie werden als einziger am Explosionsort Ohrenschützer tragen. Nutzen Sie deshalb die Verwirrung der anderen, und verpissen Sie sich augenblicklich.«
»Ja, verstanden.«
»Vermutlich ist Ihnen entgangen, wie schnell die Zeit vergeht. Aber Sie haben mehr als vier Sekunden gebraucht, um von der Suchvorrichtung auf das Projektil umzuschalten. Das ist zu lange. Heute hatten Sie es mit einem stationären Objekt zu tun. Da kann jedes Kind einen Volltreffer landen.«
»Immerhin hab' ich es mit einem gepanzerten Mercedes zu tun ...«
»Ich würde in der Kiste lieber nicht drinsitzen. Die LAW 80 kann noch in 500 Metern Entfernung einen schweren Kampfpanzer außer Gefecht setzen. Kein Auto, wie schwer es auch gepanzert sein mag, hat gegen die Waffe eine Chance. Zerbrechen Sie sich also darüber nicht den Kopf. Sind Sie jetzt zufrieden?«
»Ich bin Ihnen zutiefst verbunden.«
»Die besten Grüße an den Ajatollah ...«
Charlie lachte und winkte zum Abschied. Er drehte sich um und entfernte sich von den Männern. Park folgte ihm auf dem Fuße. Charlie fühlte sich durch Park an den großen Labrador-Hund erinnert, den Mrs. Furniss zum Entsetzen ihres Mannes angeschafft hatte, als die Mädchen noch zur Schule gegangen waren. Guter Typ, der Offizier. Hatte sich weder

aufgeplustert noch den Geheimnisträger gespielt. Er stand neben dem Jeep.
»Ich fahr' jetzt nach London zurück, kommen Sie mit?«
»Ich habe Anweisung, bei Ihnen zu bleiben. Aber ich habe selbst ein Auto.«
Die Abneigung in Parks gepreßter Stimme war unüberhörbar.
»Dann fahren Sie doch einfach hinter mir her.«
»Genau das werde ich tun.«
»Ich fahr' jetzt zu meiner Wohnung.«
»Ihre Adresse ist mir wohlvertraut.«
»Also, ich begebe mich jetzt in meine Wohnung, und dort nehme ich eine Dusche, und dann gehe ich fürstlich essen. Hätten Sie vielleicht Lust mitzukommen?«
Er sah den Unwillen auf Parks Gesicht. Er fand den Ausdruck darin schon fast wieder komisch. »Ich esse mit Ihnen, weil ich Sie nicht aus den Augen lassen darf. Aber meine Rechnung zahle ich selbst. Damit wir uns recht verstehen – ich bin nicht freiwillig bei Ihnen, sondern auf Anweisung. Soll ich Ihnen verraten, wo ich jetzt am liebsten mit Ihnen wäre? Am liebsten säße ich jetzt mit Ihnen im Saal Nummer zwei des Londoner Strafgerichts, und ich wäre hoch beglückt, wenn sich dort ein Richter finden würde, der Sie für die nächsten fünfzehn Jahre in den Bau schickt.«
Charlie grinste. »Vielleicht finden Sie für diesen Zweck ja demnächst mal einen anderen Kandidaten.«

Er war den ganzen Nachmittag in seinem Zimmer geblieben, und als Henry an seine Tür geklopft und ihn darüber informiert hatte, daß das Abendbrot fertig sei, hatte er erklärt, daß er keinen Appetit habe. Es war schon spät gewesen, als er schließlich heruntergekommen war. Vermutlich wäre er oben geblieben, wenn er sich in der jetzt hereinbrechenden Dunkelheit nicht so schrecklich einsam gefühlt hätte.
Sie saßen im Wohnzimmer. Es war ungewöhnlich kalt für die Jahreszeit, und Mattie stand direkt vor dem Kamin, was völlig

idiotisch war, da kein Feuer darin brannte. Aber es war seine Einsamkeit, die ihn frösteln ließ, und er wußte einfach nicht, wie er die Wärme in sein Inneres zurückbringen sollte. Henry war nicht sehr gesprächig. Offenbar hatte er beschlossen, den Sonntagabend als Freizeit zu betrachten und seine Unterhaltung mit Mattie erst am Montag fortzusetzen. Henry hatte Mattie einen Whisky gebracht und sich dann mit ein paar alten Nummern von *Illustrated London News* und *Country Life* in einen Sessel zurückgezogen, wo er aufmerksam diverse Urlaubsangebote für Hobbyornithologen studierte. Immer wieder hatte Mattie die Frage auf der Zunge, aber Henry befand sich im Geiste offenbar gerade irgendwo in den Donausümpfen. Er hielt sein Glas in der Hand. Er hatte seit seiner Rückkehr bisher nur einmal drei kurze Minuten lang mit Harriet telefoniert. Sie waren beide befangen gewesen, und das Alter und die Selbstdisziplin hatten sie daran gehindert, ihren Tränen freien Lauf zu lassen, und er würde mit ihr erst wieder sprechen dürfen, wenn dies hier vorüber war. Harriet hätte ihm sagen können, was er zu tun hatte. Aber Henry würde ihm rundheraus verbieten, sie anzurufen, höflich zwar, aber unerbittlich. Carter machte sich inzwischen an einem Taschenrechner zu schaffen und schien gar nicht zufrieden, denn als er das Ergebnis seiner Kalkulation sah, runzelte er die Stirn. Mattie spürte nur zu deutlich, daß Henry ganz genau wußte, was er tat. Er begriff auch, daß er – egal, was für ein hohes Tier er im Century House auch sein mochte – hier die zweite Geige spielte. Der alte Henry Carter, der im Century House nur noch als Faktotum herumlief, hier hatte er das Sagen, und ganz offenkundig hatte er beschlossen, Mattie Furniss an diesem Abend mal so richtig schmoren zu lassen.

Henry lächelte honigsüß. So unschuldig wie ein ergrauter Chorknabe.

»Zu teuer für mich. Werd' wohl wieder mal nach East Anglia fahren.«

Matties Stimme klang gepreßt. »Eshraq, Charlie Eshraq ... ist er eigentlich schon Richtung Iran abgereist?«
Henry hob eine Augenbraue. Etwas umständlich legte er den Taschenrechner und die Zeitungen beiseite. »Nein, er fährt in den nächsten Tagen ... Ehrlich gesagt, ich hab' das Gefühl, daß ihm die Sache 'n bißchen über den Kopf wächst.«
In Henrys Stimme lag eine unüberhörbare Schärfe. Man könnte ein Messer daran schleifen, dachte Mattie.
»Ein feiner Kerl.«
»Das sind sie alle, unsere Aktivisten. Aber das Thema hat Zeit bis morgen.«

Der Vorsitzende des Revolutionären Zentrums für freiwillige Märtyrer befand sich noch in seinem Büro, wo er häufig die Nacht verbrachte. Er saß vor seinem Schreibtisch und las in einem Handbuch des US-Marine-Infanteriekorps über Sicherheitsmaßnahmen. Die Entdeckung, daß die Autoren dieser Studie absolut nichts dazugelernt hatten, erfüllte ihn mit tiefer Genugtuung.
Sie tranken starken, bitteren Kaffee und dazu Orangensaft. Was ihren Werdegang betraf, hätten die beiden Männer nicht verschiedener sein können. Der Vorsitzende des Zentrums hatte zur Zeit des Schahs sechs Jahre im Quezel-Hesar-Gefängnis eingesessen und sechs weitere Jahre im Irak und in Frankreich im Exil gelebt. Hätte der Ermittler nicht die Protektion eines einflußreichen jungen Mullahs genossen, dann hätte der Vorsitzende des Zentrums dem ehemaligen SAVAK-Mann mit der Pistole, die an einem Haken hinter der Tür aufgehängt war, höchstwahrscheinlich persönlich einen Genickschuß verpaßt.
Der Ermittler erzählte von einem Friseursalon im Aksaray-Bezirk von Istanbul, den er seit kurzem rund um die Uhr überwachen ließ. Er berichtete von einem Mann, der in Kürze in diesem Salon aufkreuzen werde. Dieser junge Mann, ein Sohn des verstorbenen Obersten Hassan Eshraq, würde in

einem Hinterzimmer des Friseurladens in nächster Zeit gefälschte Papiere abholen, mit denen er in den Iran einzureisen gedenke. Dann bat er den Vorsitzenden des Zentrums um einen Gefallen. Er sagte, von dem Augenblick an, da dieser Eshraq den Friseursalon betrete, werde er ihn konsequent beschatten lassen. Er bat seinen Gesprächspartner deshalb um die Entsendung eines kleinen Trupps von Männern, der sich bereit halten solle, um Eshraq an der Grenze abzufangen. Die Frage, ob Eshraq denn überhaupt an einem offiziellen Übergang die Grenze überqueren werde, beschied er positiv. Wegen der gut verpackten schweren Waffen, die er mit sich führe, habe der Junge gar keine andere Wahl, als über eine befestigte Straße und damit eine offizielle Zollstation einzureisen. Er trat gegenüber dem Vorsitzenden des Zentrums wie ein demütiger Bittsteller auf, der bei einem König um eine Gunst nachsucht.
Natürlich könne er nichts verlangen. Aber dem Vorsitzenden des Zentrums sei es ganz sicher ein Herzensbedürfnis, im Namen des Imams eine solche Truppe bereitzustellen.
Der Vorsitzende erwiderte: »Vergessen wir nie die Worte des Ajatollahs Sadeq Khalkhali, der den Märtyrertod gestorben ist: ›Wer sich gegen das Töten stellt, für den ist kein Platz im Islam. Ohne Blutvergießen kein wahrer Glaube. Erfüllen wir also unsere Pflicht.‹ Er war ein großer Mann.«
Ein großer Schlächter, ein Mordrichter der ersten Garnitur. Im Vergleich zu Khalkhali, dem von niemandem betrauerten Beschützer der Revolution, war der junge Mullah, dem der Ermittler diente, der reinste Waisenknabe.
»Ein großer Mann, der Worte der Weisheit gesprochen hat«, sagte der Ermittler. Und dann bat er um einen zweiten Gefallen, er ersuchte den Direktor, nach Charlie Eshraqs Besuch bei dem Friseur in Istanbul dessen Salon in die Luft jagen zu lassen. Dann dankte er seinem Gegenüber überschwenglich für seine Hilfe.
Nachdem der geschäftliche Teil erledigt war, mußte er aus

Höflichkeit noch eine Stunde bei dem Vorsitzenden verweilen. Denn dieser berichtete voller Stolz über die Vorbereitung und den Ablauf des Attentats auf Jamil Shabro in London – diesen Verräter am Imam, am Glauben und an Allah.
Als sie sich in der Stille der Nacht unten auf den Stufen der alten Universität verabschiedeten, berührten sie wechselseitig mit den Lippen ihre stoppeligen Wangen.

Wäre das Restaurant nicht rammelvoll gewesen, dann hätte sich Park an einen anderen Tisch gesetzt. Aber es gab nur einen reservierten Tisch, und so blieb ihm nichts anderes übrig, als sich zu Eshraq zu setzen, es sei denn, er hätte auf das Essen verzichtet. Aber er hatte einen Bärenhunger.
Eshraq unterhielt sich mit ihm wie mit einem einsamen Fremden, der ihm in der fremden Stadt zufällig über den Weg gelaufen war. Und er aß, als wolle er am nächsten Morgen in den Hungerstreik treten. Als Vorspeise wählte er Fettucine, danach nahm er Saltimbocca und verputzte noch den Großteil der für beide bestimmten Gemüseplatte. Als Dessert aß er Erdbeeren und bestellte sich dann einen Kaffee und einen großen Armagnac, den er dem Valpolicella hinterherschüttete, von dem er fast drei Viertel der Flasche allein getrunken hatte.
Park sprach kaum eine Silbe, und den ersten richtigen Wortwechsel hatten die beiden, als er darauf bestand, die Hälfte der Rechnung zu begleichen. Eshraq sträubte sich eine Weile, schob das Geld aber schließlich doch in die Tasche und bezahlte die gesamte Rechnung mit einer American-Express-Karte.
Park sagte: »Aber Sie werden doch gar nicht mehr hier sein, wenn die das Geld von Ihrem Konto abbuchen wollen.«
»Ein Geschenk aus Amerika.«
»Das ist Betrug.«
»Warum lassen Sie nicht den Oberkellner kommen?« fragte Eshraq spöttisch.
»Und außerdem essen Sie wie ein Schwein.«
Eshraq beugte sich vor und sah Park in die Augen. »Glauben

Sie etwa, daß ich dort, wo ich hingehe, je wieder ein solches Essen bekommen werde, na? Und wissen Sie, was die Mullahs mit einem machen, wenn sie einen beim Wein- oder Brandytrinken erwischen, wissen Sie das?«

»Nein, weiß ich nicht, und es ist mir auch egal.«

»Wenn man Pech hat, lassen sie einen auspeitschen.«

»Würde Ihnen recht geschehen.«

»Sie sind wirklich ein würdiges Exemplar der Gattung Mensch.«

Park zögerte kurz und fragte dann: »Wenn Sie wieder dort sind, was wollen Sie dann eigentlich tun?«

»Mir ein neues Leben aufbauen.«

»Und wo kommen Sie unter?«

»Anfangs sicher häufig in freier Wildbahn, manchmal vielleicht in sicheren Häusern.«

»Und wie lange soll das so gehen?«

»Außerordentlich kluge Frage, April fünf.«

»Mir kann's ja gleich sein, aber es ist Selbstmord.«

»Was hat euch Briten vor vielen Jahren ein gewisser Winston Churchill in Aussicht gestellt? Wenn ich mich recht entsinne, hat er euch Blut, Schweiß und Tränen versprochen – und den Sieg.«

Park wußte nicht recht, was er sagen sollte. Er sah vor sich das Gesicht, hörte die lebhaften Gespräche an den Nachbartischen und das Schwingen der Küchentüren und das Gelächter. »Und Sie kommen nicht zurück? Sie kreuzen hier nie mehr auf? Sie fahren nach Hause und bleiben dort. Hab' ich das recht verstanden?«

»Auch wenn es Ihnen egal ist, was aus mir wird, eines kann ich Ihnen trotzdem versprechen: Ich habe nicht die Absicht, so bald zu sterben.«

Die Rechnung wurde zusammen mit der Plastikkarte zurückgebracht. Eshraq legte das Trinkgeld zwischen die Kaffeetasse und das Brandyglas – das ganze Geld, das Park ihm gegeben hatte.

Als sie das Lokal verließen, küßte Eshraq die Bedienung auf den Mund und verbeugte sich, als die übrigen Gäste applaudierten. Park ging unmittelbar hinter ihm her. Draußen im Freien atmete Eshraq tief ein, fast als wolle er die Londoner Straßenluft so tief in sich einsaugen, daß für immer etwas davon in ihm zurückblieb.
Auf dem Weg zu Eshraqs Wohnung ging Park neben ihm her. Er mußte sich Mühe geben, Schritt zu halten. Der Mann hatte etwas Faszinierendes an sich, das konnte er sich nicht verhehlen. Der Mann strahlte eine ungeheure Energie aus. Sie erreichten den Eingang des Mietshauses.
»Eshraq, ich möchte Ihnen was sagen.«
»Ja, bitte?« Charlie drehte sich um. »Was möchten Sie mir denn sagen, April fünf?«
Park hatte schon im Restaurant die ganze Zeit darüber nachgedacht. Er wartete, bis eine alte Dame ihren Hund an ihnen vorbeigeführt hatte, wartete, bis der Hund sein Bein gehoben hatte und mit Frauchen um die nächste Ecke verschwunden war.
»Ich möchte nur, daß Sie eins wissen: Wo immer Sie sich auch aufhalten mögen – mit Ausnahme des Iran –, wir werden Ihnen wie Bluthunde auf der Spur bleiben, und zwar für den Rest Ihres Lebens. Wir werden Ihre Daten nach Paris, Bonn, Rom, Washington weiterleiten, Eshraq. Man wird überall wissen, daß Sie mit Drogen handeln. Sollten Sie wieder aus dem Iran herauskommen und auf irgendeinem Flughafen aufkreuzen, dann werde ich es erfahren, dann läutet mein Telefon. Wenn Sie uns an der Nase rumführen wollen, versuchen Sie's nur. Das ist die Wahrheit, Eshraq, und prägen Sie sich meine Worte gut ein.«
Charlie lächelte. Er angelte seinen Schlüssel aus der Tasche.
»Sie dürfen bei mir auf dem Boden schlafen.«
»Ich ziehe meinen Wagen vor.«
»Sind Sie verheiratet?«
»Was geht Sie das an?«

»Dachte nur, daß Sie vielleicht nirgendwo hinkönnen.«
»Meine Anweisung lautet, Sie nicht aus den Augen zu lassen, bis Sie die Grenze passiert haben.«
»Ich hab' gefragt, ob Sie verheiratet sind?«
»Ich war's bis vor kurzem!«
»Und wer oder was hat Ihre Ehe kaputtgemacht?«
»Es geht Sie zwar 'nen Scheißdreck an ... aber wenn Sie's genau wissen wollen: Sie.«

Der Präsident befand sich gerade in einer Sitzung des Geheimdienstkomitees, während der Vize von seinem Wochenendaufenthalt auf dem Land in die Stadt zurückkehrte. Von all den Hunderten von Mitarbeitern, die in den neunzehn Stockwerken des Century tätig waren, hatte außer diesen beiden Männern niemand auch nur einen annähernden Überblick über den Fall Matthew Furniss. Beide wurden erst am späten Montag vormittag im Büro zurückerwartet, so daß derzeit niemand im Haus war, der die in dieser Sache notwendigen Entscheidungen hätte koordinieren können. Da war einmal der Anruf, den Carter am Sonntag von Albury aus getätigt hatte. Dann war da der Funkspruch, den der Beamte aus Bandar-e Abbas nach Oman gesendet hatte, und dieser Notruf erforderte eine sofortige Reaktion. Dann lag noch der Bericht eines türkischen Lkw-Fahrers vor, den dieser von Dogubayazit aus telefonisch nach Ankara durchgegeben hatte. Alle diese Vorgänge hingen irgendwie zusammen, nur wußte das an diesem Montag morgen, während das Century House allmählich wieder auf Touren kam, keiner von den anwesenden Mitarbeitern. Und so wurde die Mitschrift von Carters Telefonanruf an den persönlichen Assistenten des Direktors weitergeleitet. Der Funkspruch aus Bandar-e Abbas landete auf dem Schreibtisch eines Verbindungsmannes zum Militärischen Abschirmdienst. Und die Mitteilung aus Ankara wurde der Abteilung Naher Osten zugestellt.
Da der Direktor und sein Vize nicht erreichbar waren, ließ

sich der Verbindungsoffizier mit dem Wagen auf die andere Seite der Themse zum Verteidigungsministerium fahren und hat dort ein paar alte Bekannte von der Navy um eine Gefälligkeit.

Sie nahmen den ersten Flug am Morgen.
Charlie hatte ein einfaches, Park ein Rückflugticket. Sie flogen Touristenklasse. Sie sprachen unterwegs kein Wort, denn Charlie schlief die ganze Zeit. Park konnte nicht schlafen, weil ihm wegen der Nacht auf dem Rücksitz seines Escort noch alle Knochen weh taten. Er war dankbar, daß Eshraq schlief, denn für seine Begriffe hatten sie ohnehin schon zuviel geredet.

Angefangen hatte es damit, daß die Polizei das Telefon eines Dealers abgehört hatte, aber das verschwieg Parrish seinen Mitarbeitern. Ebenso verschwieg er ihnen, daß die Sache ganz schön brenzlig ausgesehen hatte, als die Drogenabteilung von Scotland Yard der Polizei die Sache aus der Hand genommen und die Zollfahndung eingeschaltet hatte. Er sprach sehr sachlich. Man sah ihm nicht an, daß er, seit er für die Zollfahndung arbeitete, noch nie ein so schlimmes Wochenende gehabt hatte wie das zurückliegende. Dabei hätte es ein durchaus angenehmes Wochenende sein können, wenn seine Frau ihn nicht ständig mit ihrer Meinung gelöchert hätte und mit ihrem ausführlichen Bericht über das Sommerfest ... Er trug die Sachlage vor, wie man sie ihm geschildert hatte. Der Dealer bekam den Stoff von einem türkischen Zwischenhändler, der von Izmir aus operierte. Der aus dem Iran stammende Stoff war auf dem Landweg nach Izmir gebracht worden. Er kannte außerdem den Namen des Schiffes, das von Izmir aus über Neapel nach England unterwegs war. Man wußte zudem dank der amerikanischen Drogenbehörde, daß in Neapel noch eine größere Menge italienischer Pinienholzmöbel an Bord geladen werden sollte. Es galt als sicher, daß der Stoff bei der Ankunft im Hafen von Southampton unter diesen Möbeln versteckt sein würde. Und das April-Team sollte die Ladung dort in Empfang nehmen. Er selbst würde gemeinsam mit Harlech, Corinthian und Token dort sein, samt dem jungen Typen aus Felixstowe, der an diesem Tag bei ihnen angefangen hatte und den sie mangels eines Decknamens vorläufig als »Extra« bezeichneten. Überdies hatte man ihnen noch von der Zollfahndung in Southampton Verstärkung zugesagt. Parrish zeigte sich zufrieden, daß man den Dealer und den Zwischenhändler schon am Schlafittchen habe, wies aber nochmals darauf hin, daß man auch den Lieferanten ausschalten wolle. Er rechnete damit, daß dieser Lieferant in Southampton aufkreuzen würde. Sie mußten in einer halben Stunde aufbrechen, und er wußte nicht, wann sie zurück sein würden, deshalb riet er den anderen, sicherheitshalber frische Socken mitzunehmen. Dann machten sie noch ein paar Witze über die alten Klapperkisten, die das Depot ihnen wahrscheinlich zur Verfügung stellen würde, und über defekte Funkgeräte und was sonst noch so alles schiefgehen konnte ... Er war ziemlich froh, daß sie so schnell einen neuen Fall bekommen hatten und daß sie mal wieder aus London rauskamen. Die April-Mitarbeiter, die nicht mit nach Southampton fuhren, würden sich in der Zwischenzeit mit dem Dealer beschäftigen und mit den Konten, auf denen er sein Geld deponiert hatte. Das Schiff sollte abends im Hafen von Southampton einlaufen und befand sich bereits mit einem Lotsen an Bord im Kanal. Es wurde also höchste Eisenbahn, daß sie endlich loszogen.

Als er mit seinen Ausführungen fertig war, wies er mit dem Finger auf Duggie Williams und bedeutete ihm, er möge ihm in sein Büro folgen.

Er setzte sich hinter seinen Schreibtisch. Harlech mußte stehen. Parrish wollte aus seinem Herzen nicht länger eine Mördergrube machen. Für ihn war April das beste Team in

der Lane, und er sah nicht ein, daß er sich die Truppe von einem Mitarbeiter mutwillig kaputtmachen lassen sollte.
»Samstag abend, Duggie, das war absolut daneben.«
»Aber sie wollte es so.«
»Sie sollten sie nur nach Hause bringen und dort absetzen.«
»Woher wissen Sie denn ...«
»Ich weiß es nun einmal, und wenn ich es nicht gewußt hätte, dann hätte ich es Ihnen auf hundert Kilometer Entfernung an der Nasenspitze angesehen.«
»Aber sie wollte es wirklich.«
»Sie ist die Frau Ihres Kollegen.«
»Ich hab' doch mit dem ganzen Quatsch nicht angefangen.«
»Er ist Ihr Kamerad, verdammt noch mal.«
»Er ist ein Idiot und ein Langweiler, und seine Süße ist unglücklich mit ihm. Tut mir leid, Bill, ich hab' mir nichts vorzuwerfen.«
»Wenn mir noch mal zu Ohren kommt, daß Sie sich da rumtreiben ...«
»Wollen Sie persönlich vor ihrer Haustür Wache stehen?«
»... dann können Sie wieder die Uniform anziehen.«
»Sie war die unglücklichste Frau, mit der ich je was hatte, und sie ist 'n feines Mädchen. Und wo steckt unser aller Kamerad?«
»Keine Ahnung. Weiß nicht, in was er sich jetzt gerade wieder hineinreitet ... Los, gehen Sie schon.«

»Der Präsident hat angerufen, Mattie. Er ist gerade aus einer Sitzung des Geheimdienstkomitees zurückgekommen. Ich soll Ihnen ausrichten, daß man Sie dort über den grünen Klee gelobt hat.«
»Vielen Dank, ehrt mich sehr.«
»Und ich soll Ihnen ausrichten, daß man Sie für einen Orden vorgeschlagen hat.«
»Ich dachte, daß solche Ehrungen meistens als Überraschung präsentiert werden.«

»Sie kriegen den Orden des Britischen Empire, Mattie. Ich nehm' an, der Präsident wollte Sie 'n bißchen aufmuntern.«
»Wieso, Henry, meinen Sie, daß ich das nötig habe?«
»Ihr Agent in Täbris ... die Revolutionswächter sind uns zuvorgekommen.«
»Und was genau wollen Sie damit sagen?«
»Ihr Mann in Teheran ist ebenfalls nicht erreichbar, einfach verschwunden. Wir wissen aber nicht genau, ob sie ihn festgenommen haben. Bei dem Mann in Täbris allerdings besteht kein Zweifel.«
»Soll ich Ihnen sagen, was ich glaube? Ich glaube, daß ich schon enttarnt war, als ich am Golf aus dem Flugzeug gestiegen bin. Ich glaube, daß sie mich schon am Golf und auf dem Weg von dort nach Ankara und später nach Van beschattet haben. Ich glaube, die hatten's von vornherein auf mich abgesehen ... Und was ist mit meinem Mann in Bandar-e Abbas?«
»Versucht heute nacht rauszukommen. Ein Navy-Schiff soll ihn an Bord nehmen. Ziemlich riskantes Unternehmen. Er weiß, daß sie ihn beobachten.«
»Ich hab' Ihnen ja gesagt, daß ich ihre Namen genannt habe. Rückblickend muß ich sagen: Absolut sicher, daß sie mich schon zu Beginn meiner Reise enttarnt hatten, war ich in dem Augenblick, als der Ermittler mich fragte, weshalb ich mich am Golf herumgetrieben hätte. Er nannte mir – von Bahrain angefangen – sämtliche Stationen meiner Golf-Tour. Ich wünsche, daß Sie sofort veranlassen, daß jemand herausfindet, welcher unserer Mitarbeiter in Bahrain ein doppeltes Spiel mit uns spielt. Aber ganz abgesehen davon: Ich habe zwei unendlich lange Wochen durchgehalten, bis ich die Namen preisgegeben habe. Und ich begreife einfach nicht – mir wird schon übel, wenn ich nur daran denke –, warum ich mich Tag für Tag habe foltern lassen, während man hier beim Service Däumchen gedreht hat. Und jetzt kommen Sie hier hereinspaziert und sagen: Übrigens, wir haben schon wieder

einen Agenten verloren. Verloren, um Gottes willen, Henry, nicht verloren – weggeschmissen.«
Henry entgegnete: »Ich bin in diesem Punkt völlig Ihrer Meinung, und zwar von Anfang an. Kein wirklicher Profi hätte so etwas zugelassen. Das hab' ich Ihnen schon mal gesagt. Aber sprechen wir jetzt erst mal nicht mehr von Ihrer Gefangenschaft, wir werden später noch darauf zurückkommen, und natürlich werden wir die Sache in Bahrain untersuchen lassen. Heute nachmittag möchte ich mich gerne mit Ihnen über Ihre Flucht unterhalten.«
Sie saßen sich vor dem unbeheizten Kamin gegenüber, und Henry spielte die Mutter und goß Tee ein.

19. Kapitel

Carter fühlte sich in seinem frisch gewaschenen Hemd unwohl. Er hatte für seinen Aufenthalt nicht genügend saubere Hemden mitgebracht und seine schmutzigen deshalb Mrs. Ferguson zum Waschen gegeben, und diese alte Dame benutzte einfach zuviel Stärke. Das Hemd störte ihn auf der Haut. Schlimmer noch – der Sommer hatte endlich seinen Einzug gehalten, und trotz der halb geschlossenen Vorhänge war es in dem Zimmer brütend heiß, und der unglückliche Henry schwitzte in seinem dreiteiligen Anzug und dem steifen Hemd vor sich hin.

»Dieser Ermittler, Mattie, Ihr Folterer, wofür hat der sich in erster Linie interessiert?«

»Sie wollten wissen, was ich in der Region zu tun hatte und wie mein Auftrag lautete.«

»Und was haben Sie denen erzählt?«

»Ich hab' gesagt, ich sei Archäologe.«

»Natürlich.«

»Man klammert sich in einer solchen Situation halt an seine Legende, sonst hat man ja nichts.«

»Aber die haben Ihnen doch nicht geglaubt, oder?«

»Nein, natürlich nicht, aber es hilft alles nichts, man muß trotzdem bei der Legende bleiben, egal wie wackelig sie auch sein mag. Die haben mir von vornherein kein Wort geglaubt. Der Ermittler war ein alter SAVAK-Mann und kannte mich noch von früher aus Teheran. Der wußte genau, wer ich bin. Sprach mich schon mit Furniss an, als ich ihm das erstemal gegenübersaß. Offenbar hat die BBC in einer Kurzmeldung mitgeteilt, daß ein gewisser Dr. Owens vermißt würde. Er hat sich darüber nur lustig gemacht.«

»Aber Sie hatten zu diesem Zeitpunkt Ihre wahre Identität noch nicht preisgegeben?«

»Verstehen Sie denn überhaupt nichts? Man ist allein, man weiß, daß niemand einem helfen wird. Wenn man in dieser Situation seine Identität preisgibt, ist man erledigt.«

»Die Iraner wollten also von Ihnen wissen, was Sie in der Region zu tun hatten, und worauf waren die sonst noch aus?«

»Natürlich auf die Namen der Agenten.«

»Die wußten also, daß Sie in der Region unterwegs waren, und sie wußten auch, wer Sie sind ... Waren ihnen unsere Agenten etwa auch schon bekannt?«

»Jedenfalls nicht namentlich.«

»Und wußten sie sonst etwas über unsere Leute?«

»Falls ja, dann haben sie mir wenigstens nichts davon gesagt.«

Henry sagte ganz ruhig: »Sie haben den Brüdern also gesagt, was sie wissen sollten, aber Charlie Eshraqs Namen haben Sie nicht genannt?«

Er sah, wie Matties Kopf sank. Er wußte nicht, wie lange es noch so weitergehen würde. Vielleicht noch einen Tag, vielleicht noch eine Woche. Aber Mattie hatte den Kopf gesenkt.

»Wie oft hat man Sie eigentlich insgesamt verhört, Mattie?«

»Sechs-, siebenmal – und jedesmal den ganzen Tag.«

»Sechs, sieben Tage Folter – und immer wieder dieselben Fragen?«

»Wollten wissen, was ich dort unten zu tun hatte – und natürlich die Namen der Agenten.«

»Glauben Sie mir, Mattie, ich bewundere Sie zutiefst dafür, daß Sie so lange dichtgehalten haben, obwohl man Sie tagelang gefoltert und immer wieder mit denselben Fragen traktiert hat. Aber ist Ihnen überhaupt nicht in den Sinn gekommen, mit Ihren Folterern über Charlie Eshraq zu sprechen?«

»Natürlich denkt man an so was.«

»Weil die Schmerzen so unerträglich sind?«
»Ich habe gehofft, die Namen der übrigen Agenten würden ausreichen.«
»Das müssen Sie mir näher erklären ... Sie leiden unter furchtbaren Schmerzen. Man behandelt Sie wie den letzten Dreck, und man stellt Ihnen immer wieder dieselben Fragen, weil man Ihnen nicht glaubt, daß Sie wirklich alle Agenten genannt haben ... Wie reagiert man da?«
»Man bleibt bei seiner Geschichte.«
»Dürfte verdammt schwierig sein, Mattie.«
»Man hat ja keine Wahl.«
»Trotz der Fußtritte, der Schläge, der Ohnmachtsanfälle – trotz der Scheinhinrichtung.«
Henry schrieb etwas auf den Notizblock auf seinen Knien. Er sah, daß Mattie ihn beobachtete. Er sah einen Anflug von Erleichterung auf dem Gesicht des Mannes. Natürlich war Mattie erleichtert. Er sah, wie sich sein Inquisitor eine Notiz machte, und nahm deshalb an, daß Carter mit der Antwort zufrieden war. Aber da irrte er sich. Denn Henry hatte nur vermerkt, daß er im Century telefonisch frische Kleider für Mattie ordern müsse. Man hielt dort immer einen regelrechten Kleiderfundus für Besucher bereit. Es gab dort einen ganzen Raum voller Hosen, Jacketts, Pullover, Hemden, Unterwäsche und Socken in allen Farben und Größen. Sogar Schuhe. Mattie würde frische Kleider brauchen, denn er hatte sich in eine Lüge verstrickt, und die Prozedur würde weitergehen, bis diese Lüge aufgedeckt war.
»Ich glaube, daß Sie ein sehr anständiger Mann sind, Mattie.«
»Was soll das heißen?«
»Ich glaube, daß Sie sich wirklich um die Leute sorgen, die Ihnen unterstellt sind.«
»Das will ich doch hoffen.«
Carter lächelte traurig. Es hätte ihm aufrichtig weh getan, wenn Mattie geglaubt hätte, daß ihm – Henry Carter – diese Arbeit Freude bereitete.

»Mattie, als Sie dort oben auf dem Berg diese jungen Burschen zurückgelassen haben, diese jungen Männer, die Ihnen geholfen haben, als Sie am Ende waren, die ihr Essen mit Ihnen geteilt haben und so weiter, das muß nicht leicht gewesen sein.«
»Natürlich nicht.«
»Tolle Burschen, nicht wahr? Phantastische Jungs, die Ihnen geholfen haben, als bei Ihnen nichts mehr ging.«
Mattie brüllte: »Was hätte ich denn tun sollen?«
»Sie haben sich nicht eben vehement für die jungen Männer eingesetzt, wie Sie selbst mir erzählt haben. Sie haben sie stehenlassen und sich dem Offizier zugesellt.«
»Ich hab's doch versucht. Aber es stimmt, ich habe dem Offizier nicht so sehr zugesetzt, daß er mich vielleicht wieder den Berg hinaufgeschickt hätte. Ich habe es als meine erste Pflicht angesehen, koste es, was es wolle, nach London zurückzugelangen und hier Bericht zu erstatten.«
»Wirklich ein schweres Kreuz, eine solche Pflicht ...«
»Sie waren ja nicht dort oben, mein lieber Henry Carter ... Sie sind nicht dort gewesen, deshalb können Sie nicht darüber urteilen.«
Die Sonne ließ die Unregelmäßigkeiten in den alten Fensterscheiben besonders deutlich hervortreten und den Schmutz, der an dem Glas klebte. Wenn George, der Hausmeister, seinen Job noch eine Weile behalten wollte, dann konnte man ihm nur raten, sich gelegentlich mal mit einem Eimer heißem Wasser und ein paar alten Putzlumpen an den Fenstern zu schaffen zu machen. Carter sagte: »Nach meinem Dafürhalten, Mattie, und bitte verstehen Sie das nicht als Kritik, ging es Ihnen doch darum, Ihre eigene Haut zu retten ... Lassen Sie mich bitte zu Ende sprechen ... Ihr eigenes Überleben war Ihnen ziemlich wichtig. Ihr eigenes Überleben war Ihnen auch wichtiger als das Schicksal der jungen Burschen, die Sie immerhin mehr oder weniger zur Grenze getragen hatten.«

Matties Stimme klang heiser. »Einmal verlangen Sie von mir, daß ich es so lange auf dem Folterstuhl aushalte, bis man mir jeden Knochen einzeln gebrochen und mir die Fingernägel herausgerissen hat und so weiter, und dann plötzlich erwarten Sie von mir auch noch, daß ich mich über die Grenze zurückbefördern lasse.«
»Ich will nur herausfinden, was Sie möglicherweise getan haben, um sich weitere Folterqualen zu ersparen.«
»Warum frischen Sie Ihr Gedächtnis nicht durch einen Blick auf den medizinischen Bericht auf? Oder soll ich noch mal die Socken ausziehen?«
»Ich muß wissen, ob Sie Eshraqs Namen genannt haben, um sich weitere Folterqualen zu ersparen.«
»Vielleicht hab' ich ja sämtliche Namen schon gleich zu Beginn des Verhörs herausposaunt.«
»Davon ist überhaupt keine Rede, Mattie ...« Carter zog eine Grimasse, als sei er gekränkt. »Als ich vor ein paar Jahren zuletzt hier draußen war, gab es unten im Keller ein altes Crocket-Spiel. Ich hab' den alten Faulpelz gebeten, ein Stück Rasen zu mähen. Hätten Sie vielleicht Lust, nach dem Mittagessen 'ne Runde Crocket zu spielen, Mattie? ... Sie haben zugegeben, daß Sie, um Ihre eigene Haut zu retten, eine Gruppe junger Männer dem Erschießungskommando preisgegeben haben. Deshalb frage ich mich, was Sie alles getan hätten, um den schier unerträglichen Folterqualen ein Ende zu bereiten.«
»Das hab' ich Ihnen doch schon gesagt.«
»Natürlich ... Eshraq wird sehr bald in den Iran zurückkehren.«
Sie gingen ins Eßzimmer hinüber und sahen durch das offene Fenster, wie George sich mit einem dröhnenden und spuckenden alten Rasenmäher unten im Garten zu schaffen machte. Hinter ihm stand – blöde glotzend – das Ungeheuer, auch Hund genannt.

Der Lkw hatte die über dreitausend Kilometer lange Strecke von Calais über München, Salzburg, Belgrad und durch Bulgarien in neunzig Stunden zurückgelegt. Manchmal machte sich der Fahrer auf seinen Touren Sorgen wegen des Fahrtenschreibers, und zwar wenn er für eine saftige Sonderprämie eine eilige Ladung mit Höchstgeschwindigkeit quer durch Europa kutschierte. Natürlich konnte es passieren, daß ein Beamter an irgendeiner Grenze den Fahrtenschreiber sehen wollte, aber dieses Risiko war gering. Im übrigen wußte der Fahrer ganz genau, wie er mit den Zöllnern in Sirpsindigi verhandeln mußte. Er hatte es sich schon seit Jahren zur Gewohnheit gemacht, noch von Bulgarien aus seinen Freund am Grenzübergang Sirpsindigi anzurufen und seine Ankunft rechtzeitig anzukündigen. Der Fahrer nannte den Grenzbeamten seinen Freund, aber tatsächlich hatte er an fast allen europäischen Grenzübergängen solche Freunde, die seine Lieferpapiere mit den nötigen Stempeln versahen. Das für den Grenzbeamten in Sirpsindigi bestimmte Schmiergeld war nicht in erster Linie dazu bestimmt, eine Durchsuchung der Ladung zu verhindern, es hatte vielmehr den Zweck, eine beschleunigte Abfertigung zu garantieren. Denn Lkw-Fahrer, die kein Bakschisch zahlten, mußten erhebliche Wartezeiten in Kauf nehmen. Der Truck des englischen Lkw-Fahrers war im übrigen am Grenzübergang von Sirpsindigi gut bekannt. Er fiel also nicht weiter auf, und das kleine Geschenk an seinen Freund beschleunigte die Einreise in die Türkei. Ein gutes Arrangement, das ihn diesmal einen Karton Marlboro-Zigaretten, eine Seiko-Uhr und einen Umschlag mit US-Dollars kostete.
Nachdem die Plomben an dem Lkw von türkischen Zöllnern offiziell geöffnet worden waren, konnte das Fahrzeug zügig die Grenze passieren. Auch die Papiere waren ordnungsgemäß abgestempelt.
Der Fahrer konnte jetzt ungehindert die Ladung seines Lkw bei diversen Adressen abliefern. Er hatte ohne Schwierigkei-

ten vier LAW-80-Panzerfäuste in die Türkei eingeführt, und in seiner Brieftasche steckte ein Foto des Mannes, für den die vier Holzkisten bestimmt waren. Und von dem Bonus, den sein Chef ihm für den erfolgreichen Transport dieser Ware versprochen hatte, würde er den geplanten Familienurlaub mit seiner Frau und seinen Kindern auf Mallorca finanzieren. Null Problem, der Grenzübergang bei Sirpsindigi.
Der Lkw donnerte Richtung Istanbul.

Er fand in dem Umschlag eine zerfledderte Shenass-Nameh-Kennkarte, ein Entlassungsschreiben der Armee, das ihn als Kriegsverwundeten auswies, und einen Lkw-Führerschein. Außerdem lag noch der Lieferschein einer Kugellagerfabrik aus Yazd bei; laut den Papieren handelte es sich also um eine kriegswichtige Einfuhr. Schließlich entdeckte er in dem Kuvert noch ein Bündel Banknoten – Rials.
Charlie zog die Papiere eins nach dem andern aus dem Umschlag und hielt sie im Hinterzimmer des Friseursalons gegen das Licht der Deckenlampe. Aber er konnte keine verräterischen Wasserzeichen und Stempel entdecken. Immerhin hatte er allen Grund, vorsichtig zu sein. Schließlich hing sein Leben von den Papieren ab. Er zahlte bar und legte dem Fälscher ein ganzes Bündel 20-Pfund-Noten auf den Tisch. Der Mann verdiente mit den Papieren, die er für iranische Flüchtlinge und Exilanten fälschte, bestimmt so viel Geld, daß er inzwischen reich genug war, um den halben Aksaray-Bezirk zu kaufen. Charlie war in den Augen des Fälschers offenbar fast so etwas wie ein Exot, denn bei seinem vorletzten Besuch hatte er Charlie gestanden, daß er der einzige Mensch sei, der gefälschte Papiere erwerbe, um in den Iran einzureisen. Der Friseurladen lag im Zentrum des Aksaray-Distrikts, wo überwiegend Iraner lebten. Ganze Heerscharen von Männern und Frauen waren schon durch das Hinterzimmer des Ladens gepilgert, Menschen, die mit den kostbaren Papieren, die sie dort gegen viel Geld erwarben,

die Hoffnung auf ein neues, ein humaneres Dasein verbanden. Und der Mann hatte hohe Preise ... Er nahm soviel, wie er eben kriegen konnte, und Leute, von denen er nichts bekommen konnte, bekamen auch von ihm nichts. Für einen türkischen Paß verlangte er fünfhundert Dollar, und das war das mit Abstand billigste Angebot, und der Käufer eines solchen Ausweispapiers trug zudem noch das volle Risiko, weil die Paßnummer natürlich nicht mit den entsprechenden Zahlen im Computer des Innenministeriums übereinstimmte. Ein britischer oder deutscher Paß samt Einreisevisum war in dem Friseursalon nicht unter 10 000 Dollar zu haben. Den stolzesten Preis aber verlangte er für einen amerikanischen Paß, eine Summe, die nur die wenigsten Kunden aufbringen konnten, nämlich 25 000 Dollar in gebrauchten Banknoten. Mitunter, allerdings nur selten, akzeptierte der Fälscher auch Diamanten statt Bargeld, aber im Grunde genommen mochte er das gar nicht, denn er kannte sich mit den kostbaren Steinen nicht aus und mußte deshalb in den rund einen Kilometer entfernten überdachten Basar gehen und sich dort dem jungen Juden ausliefern – und natürlich hatte er Angst, daß er vielleicht übers Ohr gehauen wurde. Mit geübten Fingern zählte er rasch die Banknoten. Als sie sich schon zum Abschied die Hand geschüttelt hatten und Charlie den braunen Umschlag eingesteckt und der Fälscher das Geld weggeschlossen hatte, bemerkte Charlie ein leichtes Zucken am Augenlid des Fälschers. Charlie zog nicht in Betracht, daß man das Flackern vielleicht als Zeichen der Angst deuten konnte, er dachte, es sei lediglich ein Symptom der Überarbeitung.

Charlie Eshraq trat in den Sonnenschein hinaus.

Er hielt Ausschau nach seinem Begleiter. Er entdeckte Park etwa 150 Meter entfernt auf dem Gehsteig. Charlie wollte ihm gerade zuwinken, als er sah, wie sein Beschützer sich abwandte.

Erstmals aufgefallen waren ihm die Verfolger im Aksaray-Bezirk, wo die Wände mit Plakaten gepflastert waren, auf denen Khomeini verunglimpft wurde, wo schon die Kinder sich zusammenrotteten und Verbrechen begingen, von denen sie sich das nötige Geld erhofften, um die Türkei verlassen und nach Europa gehen zu können. Er hatte die Typen erstmals gesehen, als Eshraq aus dem Eingang des Friseurladens herausgetreten und auf ihn zumarschiert war. Er wußte nicht genau, ob es sich um zwei Wagen handelte, aber bei einem war er sich ganz sicher. Dann waren da noch drei Kerle, die zu Fuß gingen: zum einen der Mann, der vor einem Café gesessen hatte und sofort aufgestanden war, als Eshraq ins Freie trat, und ihm gefolgt war. Er war ganz sicher auf Eshraq angesetzt, denn er hatte ein fast volles Glas Coca-Cola einfach stehenlassen. Dann war da noch der Kerl, der sich gegen einen Telefonmast gelehnt und seine Fingernägel gesäubert hatte. Sein Interesse an den Fingernägeln war allerdings augenblicklich erloschen, als Eshraq aufgetaucht war. Und dann war da noch ein dritter Mann: Als der eine Wagen langsam an ihm vorbeigefahren war, hatte er sich rasch zu der heruntergelassenen Scheibe auf der Beifahrerseite gebeugt und etwas gesagt.
Kein Zweifel, die Kerle beschatteten Eshraq.
Er fand, daß die Typen in Istanbul ihren Auftrag durchaus professionell erledigt hatten. Aber noch professioneller waren Eshraqs Verfolger in Ankara zu Werke gegangen. Er war sicher, daß die Kerle schon in der Halle des Esenboga-Flughafens auf Eshraq und ihn selbst gewartet hatten. Aber bemerkt hatte er sie erst, als Eshraq mit einem gewissen Terence spazierengegangen war. Als die beiden so durch den mit Vergnügungsattraktionen aller Art bestückten Genclik-Park geschlendert waren, war er bewußt hinter ihnen zurückgeblieben und hatte Eshraq und seinen Kontaktmann aus einigen hundert Metern Entfernung beobachtet. Wieder waren drei Männer aufgetaucht, allerdings andere als in Istanbul.

Er hätte Bill Parrish anrufen können, verzichtete aber darauf. Er hätte den Stellvertretenden anrufen können, doch er unterließ auch das. Die Lane war jetzt nicht mehr für ihn zuständig. Dort hatte man vermutlich inzwischen die Ermittlungen in dem Fall wiederaufgenommen, für den Harlech zuständig war, und kümmerte sich um die übrigen wegen Eshraq liegengebliebenen Dinge. Ohnehin hätte sich dort niemand dafür interessiert, daß Eshraq offenbar Schwierigkeiten hatte.
Er nahm schlicht zur Kenntnis, daß Eshraq allem Anschein nach beschattet wurde, und fühlte sich in keiner Weise verpflichtet, dagegen etwas zu unternehmen.
Der Mann mit der neuen schwarzen Lederjacke und mit dem gepflegten Ziegenbart war ihm erstmals im Genclik-Park aufgefallen. Das zweitemal sah er ihn am Flughafen, als er gemeinsam mit Eshraq Richtung Van abreiste.
Sie sprachen nur das Nötigste miteinander, und auch sonst entwickelte sich zwischen ihnen keinerlei persönliche Beziehung. Eshraq war unterwegs zur iranischen Grenze, und Park bot ihm Begleitschutz. Wenn sie doch einmal ein paar Worte miteinander wechselten, dann nur über Belanglosigkeiten oder Sachdienliches. Sie sprachen darüber, wo Eshraq als nächstes hingehen werde, wie lange er dort zu bleiben beabsichtige und wohin er sich anschließend begeben werde. Mehr nicht. Ihre Beziehung war rein geschäftlicher Natur.
Und wenn ein paar Typen an Eshraqs Sohlen klebten, die ihm schon auf den Fersen waren, seit er im Istanbuler Aksaray-Bezirk aus diesem Friseurladen getreten war, dann war das sein Problem, nicht das von Park.

49841/TL7 6 87.
An: Türkei-Abt., Century cc Iran-Abt., Vizepräs.
Abs.: Sekt. Ankara
Mitteilung: CE gemeinsam mit Park Richtung Van abgereist. Lieferung aus GB wohlbehalten eingetrof-

fen; befindet sich auf Transit nach Van. Habe CE ausführlich in Kommunikationsprozeduren eingewiesen; haben uns geeinigt, Nachrichten überwiegend per Kurier auszutauschen. CE in guter Stimmung und voll Zuversicht. Habe betont, daß es mehr auf Qualität als auf Häufigkeit der Nachrichten ankommt. Bin bezüglich Leistungsfähigkeit sehr optimistisch. Habe Park nicht kennengelernt. CE ignorierte ihn, sagt, daß er harmlos sei. Was Ihre Frage anbelangt – Türkei-Abt. 6 6 87 –, CE sagt, Park ist kein Problem, hat nur ein bißchen Angst, weil seine Mami nicht bei ihm ist ... CE passiert Grenze 9 6 87 am Übergang Dogubayazit. CE hat Lkw-Führerschein und Papiere für Lieferwagen. Transportiert Kugellager und Elektroteile, wie besprochen. Resümee: Keine Probleme, gute Aussichten, weitere Informationen später.
Mitteilung Ende

»Dann fahren Sie also wirklich, Henry? Eine kleine Pause wird mir guttun.«
»Ich fahr' nach London, Mattie, um Bericht zu erstatten.«
»Wär' mir nur recht, Henry, wenn man Ihnen dort ein wenig die Flügel stutzt.«
»Kann schon sein, wär' ja nicht das erstemal ... Was ich noch sagen wollte – ein Problem haben wir ja bisher noch nicht lösen können. Denken Sie daran, daß Eshraq sich im Augenblick noch in Sicherheit befindet. Aber nicht mehr lange. Sind Sie ganz sicher, daß Sie Ihren bisherigen Ausführungen nichts mehr hinzufügen möchten?«
»Ganz sicher.«
»Sollte ich vor Einbruch der Dunkelheit zurückkommen, können wir ja noch mal den Crocket-Schläger schwingen, falls Sie Lust dazu haben. Wirklich erholsam, so ein Crocket-Spiel. Und hinterher genehmigen wir uns dann noch ein Gläschen, was meinen Sie?«

Die Boghammer Bill war nur ein kleiner gelber Punkt auf dem smaragdgrünen Bildschirm.
Der Chef des Radarteams hatte den Punkt längst gesehen und wies den Zweiten Offizier an, das Objekt auf dem Bildschirm im Auge zu behalten. Die Mannschaft der Fregatte vom Typ 22 war in Alarmbereitschaft. Die Männer im Radarraum, auf der Brücke und an den 20-Millimeter-Schnellfeuerwaffen waren schweißgebadet. Obwohl es mitten in der Nacht war, lag die Temperatur noch immer deutlich über 40 Grad, und sämtliche Männer steckten in ihren weißen Kampfanzügen und hatten sich die Kapuzen über den Kopf gezogen.
Der Techniker erkannte an der Geschwindigkeit, mit der sich der Punkt auf dem Bildschirm bewegte, daß es sich um eine Boghammer Bill handeln mußte, ein in Schweden gebautes Patrouillenboot, das schnellste Wasserfahrzeug im Golf.
Die Fregatte konnte nicht mehr lange bei absoluter Funkstille in den Gewässern unmittelbar außerhalb der iranischen Zwölf-Meilen-Zone kreuzen, ohne bemerkt zu werden. Der Zweite Offizier fand das alles gar nicht komisch. Hoch oben am wolkenlosen Himmel stand der Mond, und nicht einmal der Hauch einer Brise brachte Kühlung. Einfach idiotisch, in einer solchen Nacht ohne Vorankündigung oder einen Funkspruch an der Grenze der iranischen Hoheitsgewässer herumzudümpeln. Sie befanden sich östlich der iranischen Insel Larak und westlich des kleinen Fischerhafens Minab, etliche Seemeilen von ihrem regulären Standort, einem Geleitgeschwader in der Straße von Hormus, entfernt. Der Zweite Offizier wußte, warum sie hier waren, aber er wußte nicht, welche Anweisungen der Kapitän für den Fall einer Beschießung durch die Iraner hatte. Sie hatten die Dhau schon seit mehr als einer halben Stunde auf dem Radarschirm, vermutlich ein kleinmotoriges Fischerboot, das von Minab aus Kurs auf die Fregatte nahm. Es war gerade sieben Minuten her, seit das in Bandar-e Abbas gestartete Patrouillenboot plötz-

lich auf dem Radarschirm aufgetaucht war. Immer wieder kurze Rücksprachen zwischen dem Zweiten Offizier und der Brücke, Blicke und Zeichen der Verständigung zwischen dem Techniker und dem Zweiten Offizier. Die Dhau hielt weiter Kurs auf die Fregatte, und die Boghammer Bill durchpflügte den Golf, um die Dhau etwa vier Meilen vor dem Treffpunkt abzufangen. Die Fregatte kreuzte weithin sichtbar durch die mondhelle Nacht.

Wenn er auf Heimaturlaub in Plymouth war, dann fuhr der Zweite Offizier zur Entspannung gerne an einen der Speicherseen in Devon, wo er eine kleine Plötze an seinem Angelhaken befestigte und dann wartete, bis ein Hecht auf den zappelnden Köder aufmerksam wurde. Natürlich hatte der Zweite Offizier nie mit eigenen Augen gesehen, wie ein Hecht angebissen hatte, dazu war das Wasser in diesen Speicherseen zu trübe, aber er hatte es sich immer wieder lebhaft vorgestellt. Und er glaubte nicht, daß ein Hecht sich dem Köder vorsichtig näherte, nein, in seiner Phantasie ging der Raubfisch direkt zum Angriff über. In seinen Augen war die Boghammer Bill jetzt der Hecht, und die arme Kreatur auf der Dhau war der Köder. Er sah, wie die Punkte auf dem Radarschirm sich immer mehr annäherten, er sah, daß die Boghammer Bill mit vollem Tempo auf ihr Ziel zuraste. Die Punkte kollidierten, verschmolzen.

Er wartete in seinem Büro im Ministerium.

Er wartete auf das Telex mit der Vollzugsmeldung.

Er hatte veranlaßt, daß der Beamte aus dem Büro des Hafenmeisters von Bandar-e Abbas auf See festgenommen wurde. Er hatte veranlaßt, daß drei Teams junger Männer des Revolutionären Zentrums für freiwillige Märtyrer in Maku, unweit des Hauptgrenzübergangs in die Türkei, bereitstanden. Und er wußte, daß Charlie Eshraq, der sich vom Flugplatz Van aus in Richtung Dogubayazit in Bewegung gesetzt hatte, von drei Männern beschattet wurde.

Während er seinen Schreibtisch aufräumte und diverse Landkarten und Schriftstücke in seine Aktentasche beförderte, ging dem Ermittler eine Frage nicht aus dem Kopf. Furniss hatte Charlie Eshraqs Namen preisgegeben, und doch hielt Eshraq sich augenblicklich im Ararat-Hotel in Dogubayazit auf. Warum hatte man ihn nicht gewarnt?
Der Mann, der Eshraq von Istanbul nach Ankara und von dort aus nach Van und dann nach Dogubayazit begleitet hatte, interessierte ihn zu diesem Zeitpunkt nicht weiter. Um den würde er sich später kümmern.
Sein Wagen wartete draußen. Auf dem Militärflugplatz stand ein Flugzeug für ihn bereit.
Er hatte blendende Karriereaussichten. Eshraqs Festnahme an der Grenze würde seinen Aufstieg besiegeln ... Falls Eshraq tatsächlich an der Grenze aufkreuzte. Äußerst verwirrend.

Als er frühmorgens losgefahren war, hatte Mattie Furniss noch geschlafen wie ein Murmeltier. Sein erster Weg führte ihn in seine geräumige Zweizimmerwohnung, wo er nach seiner Post sah.
Jetzt saß er vor dem von Seifenlauge umspülten Bullauge. Einige Leute hatten ihm verwunderte Blicke zugeworfen. Schließlich war es nicht an der Tagesordnung, daß jemand in einen Waschsalon stapfte und einen ganzen Packen saubere, frisch gebügelte Hemden in eine der Trommeln steckte. Er hatte sich Marken für zwei Waschgänge geholt und hoffte nun, daß das reichen würde, um die Stärke aus seinen Hemden herauszuspülen. Er sah nachdenklich auf das schäumende Fenster vor sich. Er war hier Stammkunde, und hin und wieder kreuzten in dem Salon Leute auf, die er kannte und mit denen er sich schon des öfteren unterhalten hatte. Für diverse Kunden waren diese Plauderstunden im Waschsalon offenbar die einzige Gelegenheit, mal mit anderen Menschen zu sprechen.

Er war ziemlich sicher, daß er im Century House mit seinem Verdacht allenthalben auf Ablehnung stoßen würde. Wenn er Glück hatte, würde der Präsident vielleicht fünfzehn Minuten für ihn erübrigen können. Und außerdem hatte man ihm gesagt, daß der Präsident in ein paar Stunden eine Reise nach Washington antreten werde, und das war gar nicht gut.

Als er seine Hemden gewaschen und getrocknet hatte, legte er sie sorgfältig zusammen, trug sie in seine Wohnung zurück und bügelte sie noch rasch.

Er hatte für seinen Wagen einen sehr guten Parkplatz gefunden, den er nicht aufgeben wollte. Deshalb fuhr er mit dem Bus von der Putney Bridge am Fluß entlang zum Century hinüber.

Natürlich war ihm klar, daß er als Überbringer schlechter Nachrichten nicht sonderlich viel Sympathie erregen würde. Aber welche Wahl hatte er denn? Er war überzeugt, daß Mattie log.

Der Hund war an einem schweren Gartenstuhl festgebunden. Mattie schritt hinter dem Rasenmäher her. George lud das gemähte Gras auf einen Schubkarren. Mattie mähte schöne, regelmäßige Streifen.

Er wußte, wohin Henry Carter gefahren war. Armer alter Henry, und nicht halb so clever, wie er geglaubt hatte. Er hatte zwar dafür gesorgt, daß das Telefon unten in der Diele entfernt worden war, den Apparat in Mrs. Fergusons Schlafzimmer allerdings, den hatte er vergessen.

Er mähte den Rasen auf Crocket-Länge, das heißt ganz kurz. Er hatte das ~~Gefühl, daß~~ George ihm nicht zufällig bei der Arbeit half, denn der Hausmeister hatte offenbar Anweisung, ihm ein bißchen auf die Finger zu schauen.

Sein Name ist Charlie Eshraq ...

Mattie mähte saubere, schnurgerade Streifen und versuchte das Echo seiner eigenen Gedanken aus seinem Kopf zu verscheuchen.

»... aber er hat Ihnen gegenüber nichts derartiges gesagt...«
»Ganz recht, Sir, er hat absolut gar nichts zugegeben.«
Das Lächeln des Präsidenten erlosch. »Trotzdem glauben Sie ihm nicht?«
»Ich würde ihm ja nur zu gerne glauben, Sir, aber ich kann nicht.«
»Obwohl Sie keine Beweise haben, auf die sich Ihr Mißtrauen stützt?«
»Ich bin davon überzeugt, daß ein Mann, der nach tagelanger Folter die Namen seiner operativen Agenten preisgibt, auch noch ein paar weitere Geheimnisse ausplaudert.«
»Aber vielleicht hat seine frühzeitige Flucht ihn ja davor bewahrt, Eshraqs Namen zu nennen.«
»Schon möglich, Sir. Natürlich handelt es sich nur um eine Mutmaßung.«
»Und Sie sind bereit, einen Mann wegen einer bloßen Vermutung zu verurteilen?«
»Ich habe in meinem Leben schon viele solche Sondierungsgespräche geführt – wie jetzt mit Mattie Furniss. Deshalb würde ich raten, daß wir diesen jungen Mann erst in den Iran ausreisen lassen, wenn wir genauer Bescheid wissen. Im übrigen hat mir bisher niemand erklärt, warum Eshraqs Entsendung so eilt.«
»Es gibt eine ganze Menge Dinge, die Sie nicht wissen, Carter.«
Jemand klopfte an die Tür. Houghton betrat das Zimmer. Er wirkte wie ein Mann, der soeben erfahren hat, daß seine Bank pleite ist. Er nahm Henry Carter offenbar gar nicht wahr. Er legte ein einzelnes Blatt Papier auf den Schreibtisch des Präsidenten. Während der nächsten Sekunden herrschte Schweigen, während der Präsident in seiner Brusttasche nach seiner Brille fingerte.
»Von unseren Marine-Freunden am Golf. Hören Sie sich die Meldung genau an, Carter. Die Nachricht ist heute früh um 7.00 Uhr abgegangen und lautet: ›Das geplante Rendezvous

hat nicht stattgefunden. Das fragliche Boot ist von einer Boghammer Bill der iranischen Marine abgefangen worden. Die ganze Besatzung vermutlich von Bord gegangen; Schiff versenkt. Boghammer zum Stützpunkt Bandar-e Abbas zurückgekehrt. Begeben uns zu unserem Standort zurück ...‹ Ende der Mitteilung.«

Der Präsident legte die Nachricht auf den Schreibtisch. Er nahm seine Brille ab.

»Was würde Mattie wohl dazu sagen?«

»Mattie würde sagen, daß er für Sie wie für mich unvorstellbare Qualen auf sich genommen hat, um uns die nötige Zeit zu verschaffen, die drei Männer rauszuholen. Mattie würde sagen, daß wir unserem Agentenring durch unser Zaudern selbst den Todesstoß versetzt haben.«

»Er hat zugegeben, daß er die Namen genannt hat?«

»Ja, aber wohlgemerkt erst nach mindestens fünf, wenn nicht gar sieben Tagen schlimmster Folter.«

»Wenn er das zugibt, weshalb fällt es ihm dann so schwer einzugestehen, daß er auch Eshraqs Namen preisgegeben hat?«

»Stolz.« Carter sprach das Wort aus, als handle es sich um etwas Obszönes, als würde er am liebsten den Raum verlassen und seinen Mund ausspülen.

»Was um Gottes willen hat das mit Stolz zu tun?«

»Eshraq gehört mehr oder weniger zur Familie. Furniss bringt es nicht über sich zuzugeben, daß er seine Familie verraten hat, um sich selbst vor weiteren Schmerzen zu bewahren.«

»Soll das heißen, Carter, daß Furniss aus lauter Stolz Eshraq opfern würde?«

»Genau das, ja.«

Der Präsident ging zu seinem Safe hinüber. Er verdeckte vor Carter die Zahlenkombination mit seinem Körper. Er drehte ein paarmal an irgendwelchen Knöpfchen und öffnete dann den Safe. Er nahm eine alte abgegriffene Akte heraus. Die Beschriftung vorne auf dem Deckel war verblichen. »Ich habe in den letzten Wochen Furniss' Akte gründlich studiert. Dabei ist mir nichts aufgefallen, was auf eine besondere Neigung zur Eitelkeit schließen ließe. Ganz im Gegenteil – ich habe nur Hinweise auf außergewöhnliche Loyalität und Charakterfestigkeit gefunden. Wußten Sie, daß er damals als junger Mann auf Zypern während des Aufstands einen Zug angeführt hat? War Ihnen das bekannt – nein? Das verwundert mich nicht weiter, weil diese Periode in seiner offiziellen Biographie überhaupt nicht erwähnt ist. Furniss mußte sich damals mit seinen Leuten an einer Suchaktion an den Hängen des Troödos-Gebirges beteiligen. Während dieser Aktion kam irgendein Idiot auf die glorreiche Idee, das dort wachsende Buschwerk anzuzünden und die EOKA-Kämpfer auszuräuchern und Furniss' Einheit direkt in die Arme zu treiben. Dann kam Wind auf. Das Feuer geriet außer Kontrolle. Furniss' Einheit war plötzlich von einer Feuerwand eingekreist. Der Bericht, den ich gelesen habe, stammt von seinem Kompaniechef, der die Szene durch ein Fernglas beobachtet hat. Furniss hielt seine Männer zusammen, beruhigte sie und wartete, bis ihnen fast die Kleider vom Leib brannten. Er wartete, bis er in der Feuerwand plötzlich eine Lücke entdeckte, durch die er seine Leute hindurchführen konnte. Während dieser ganzen Zeit stand die Einheit unter feindlichem Feuer, und sechs der Männer fielen. Ich hab' im Century niemanden getroffen, der je von dieser Geschichte gehört hat. Offenbar hat Furniss nie darüber gesprochen. Würden Sie sagen, daß das typisch für einen eitlen Mann ist, Carter?«

Carter lächelte müde und erschöpft. »Bei der Geschichte war er der Gewinner, Sir, diesmal würde er als Verlierer dastehen.«

»Gut, dann sagen Sie schon, was Sie von mir erwarten.«

»Ich brauche jemand, der Furniss ein bißchen auf die Sprünge hilft, Sir. Natürlich nur, falls Sie es absegnen.«

Er hatte sich die Nummer des Lkw notiert und den Fahrer fotografiert – aber das hatte noch Zeit, das war eine andere Geschichte. Park blickte von dem Hotelzimmer aus in den Hof hinunter. Er sah, wie der Fahrer und Eshraq die schweren Kisten eine nach der anderen von dem Lkw in den Laderaum des Transit umluden.
Die Nacht brach herein in Dogubayazit.

20. Kapitel

Reifen knirschten auf dem Kieselbelag. Der Wagen hielt draußen vor dem Haus.

Mattie war das Geräusch nicht entgangen, und er erkannte an Henrys nervös zuckender Augenbraue, daß auch dieser die Ankunft des Wagens registriert hatte. Matties Husten wirkte fast wie der Versuch, Carters Aufmerksamkeit von dem Auto abzulenken, das so spätabends noch – es war bereits nach zehn – vor dem Landhaus vorgefahren war. Aber Carter ließ sich nicht beirren und horchte auf das Auto und die zuschlagende Wagentür und das Läuten vorne in der Diele. Mattie hatte keine Ahnung, was als nächstes passieren würde, er wußte nur, daß sich etwas zusammenbraute. Er hatte ein mulmiges Gefühl, denn obwohl Henry bereits vor vier Stunden aus London zurückgekehrt war, hatte er weder erzählt, was dort vorgefallen war, noch überhaupt viel gesprochen. Mattie begriff allmählich, was los war. Henry hatte während der vergangenen Stunden so wenig gesprochen, weil er auf etwas gewartet hatten und nun war das Warten vorüber.

Mattie fand es reichlich absurd, dieses entschuldigende Lächeln, das Henry aufsetzte, als er nun den Raum verließ. Er hatte den Eindruck, daß seine endlosen Sitzungen mit Henry bald zu Ende sein würden, und bildete sich ein, die Situation im Griff zu haben. Vielleicht mußte er noch eine Nacht und einen Tag überstehen, bevor er nach Bibury zurückkehren und seine alte Position im Century wieder einnehmen konnte. Natürlich hatte Mattie sich nicht danach erkundigt, was

Henry in London angestellt hatte. Eine solche Frage hätte man ihm zu leicht als Schwäche auslegen können. Und das Wort Schwäche hatte Mattie inzwischen wieder aus seinem Wortschatz gestrichen. Mit Schwäche assoziierte er die Villa in Täbris und den Haken an der Wand und das Elektrokabel und die Waffe mit der Platzpatrone, die man ihm gegen den Kopf gedrückt hatte – aber das alles lag nun weit zurück. Diese Schwäche hatte sein Gewaltmarsch über die Berge längst wieder ausgelöscht. Als er an diesem Abend gemeinsam mit Henry schweigend das Nachtmahl eingenommen hatte, schien es Mattie, als könne er sich nur noch undeutlich an die Tage und Nächte in der Villa erinnern. Hätte er sich wirklich angestrengt, und er hatte nicht die geringste Lust, sich anzustrengen, dann hätte er sich vielleicht gewisse Augenblicke wieder ins Gedächtnis rufen können. Aber er dachte gar nicht daran ... *Sein Name ist Charlie Eshraq* ... Nein, das war vorbei – ein für allemal.
Die Tür öffnete sich.
Henry trat beiseite und ließ jemandem den Vortritt.
Ein kräftig gebauter Mann. Er trug das Haar so kurz geschnitten, daß es sich kaum mehr scheiteln ließ. Sein etwas eng sitzender Anzug ließ die Muskelpakete an seinen Schultern deutlich hervortreten. Er trug einen Oberlippenbart, war jedoch ansonsten glatt rasiert.
Mattie war völlig verblüfft. »Mein Gott, Major, was für eine Überraschung. Großartig, Sie zu sehen ...«
»Wie ich höre, haben wir da ein kleines Problem, Mr. Furniss«, sagte der Mann.

Der Mond tauchte den Gipfel des Ararat in silbriges Licht. Unten im Hof sah er den Transit. Die schweren Tore des Hotelhofes waren über Nacht abgeschlossen. Der Lkw-Fahrer war schon lange wieder fort. Der Mann hatte erzählt, daß er die Nacht in Erzurum verbringen wolle. Das hatte Park gehört, als er vom Fenster aus zugesehen hatte, wie Eshraq

den Fahrer mit dem Geld bezahlt hatte, das früher einmal einem Griechen gehört hatte. Jesus, war das reinste Kinderspiel gewesen, gemeinsam mit Token das Haus des Griechen zu observieren. Mit solchen Dingen kannte er sich aus. Gar nicht zurecht dagegen kam Park mit der Situation in dem Hotelzimmer im Dogubayazit, das er mit Eshraq teilte.
Eshraq hatte das Bett ein Stück von der Tür weggeschoben. Der Iraner nahm Park einfach nicht zur Kenntnis. Vor sich auf dem Bett hatte er ein paar Landkarten des nördlichen Iran ausgebreitet.
Schon seit über einer Stunde hatte Eshraq kein Wort mehr gesprochen, und Park hatte während dieser ganzen Zeit am Fenster gestanden und die im Mondlicht liegende Landschaft betrachtet, hinter der der ferne Gipfel des Ararat emporragte.

»Los, aufstehen.«
Die Stimme klang wie auf dem Kasernenhof. Es gab für ihn kein Entrinnen.
Aber es hatte für ihn nie ein Entrinnen gegeben – weder hier noch unten in dem Keller der Villa in Täbris. Beide Schauplätze verschmolzen in eins: der Teppich in der Halle und der geflieste Fußboden in dem Keller; die Bilder an den Wänden hier in dem englischen Landhaus und der Haken an der Wand des Kellers; die Sessel mit den verblaßten Blumenmustern und das eiserne Bettgestell mit den Lederriemen und der stinkenden Wolldecke; die rauhe Stimme des Majors und die schneidend kalte Stimme des Ermittlers.
Die Hände faßten nach dem am Boden Liegenden.
»Ich hab' gesagt, Sie sollen aufstehen, Mr. Furniss.«
Die Hände faßten den Kragen von Matties Anzug und Hemd, das Jackett wurde ihm halb über den Kopf gezogen, und seine Arme staken grotesk aus den Ärmeln hervor. Er hörte, wie sein Hemd entzweiriß. Aber er verweigerte jegliche Mitwirkung und lag schwer wie Blei da.

Die Hände wuchteten ihn hoch, doch als ihm das Jackett nun vollends vom Leib gerissen wurde und auch sein Hemd in Fetzen ging, sank er zurück auf den Teppich.
Wieder wurde er hochgezogen, und der Major keuchte, wie die Folterknechte in dem Keller gekeucht hatten. Er wurde auf die Füße gestellt und aufrecht gehalten und gnadenlos durchgeschüttelt. Dann stießen die Hände ihn rückwärts. Seine Arme griffen ins Leere, er fand keinen Halt und krachte abermals mit dem Hinterkopf voran auf den Teppich. Er blickte nach oben. Henry stand vor dem Kamin und hatte sich abgewandt, so als wolle er mit alledem nichts zu tun haben.
Mattie wußte nicht mehr, wann der Major ihn das erstemal ins Gesicht geschlagen hatte. Es kam völlig aus heiterem Himmel. Eine Frage, eine negative Antwort und dann plötzlich eine kräftige Ohrfeige. Tränen waren ihm in die Augen gestiegen, seine Wange hatte sich gerötet. Aber die Ohrfeige war erst der Anfang gewesen.
Der Major hatte ihn geohrfeigt, ihn getreten, ihn mit den Fäusten bearbeitet Er hatte ihn nicht wirklich bösartig mißhandelt, hatte ihm die Schmerzen nicht um ihrer selbst willen zugefügt. Die Schmerzen sollten ihn erniedrigen, dienten der Fortsetzung des Verhörs mit anderen Mitteln. Sie wollten ihm keine Schmerzen bereiten, sie wollten ihn nur zum Sprechen bringen. Die Schläge waren dann härter, die Fußtritte heftiger geworden. Sie wollten ihr Ziel mit einem Minimum an Gewalt erreichen ... Die Schweine.
Er lag auf dem Teppich.
Mattie drehte den Kopf zur Seite und sah auf.
O ja, Mattie hatte in dem Keller in Täbris seine Lektion gelernt. Das reinste Kinderspiel war das hier – nach dem Keller und dem Haken und dem Elektrokabel und der ungeladenen Waffe. Er sah Henry an, und Henry hielt sich die Hand vor die Augen. Mattie ließ den Kopf wieder sinken. Er lag reglos da.

Er hörte Carters ängstliche Stimme. »Man hat mir versprochen, daß er nicht mißhandelt wird.«
»Der spielt doch nur Theater. Wollen Sie nun eine Antwort oder nicht?«
»Verdammt noch mal, der Mann da ist Mattie Furniss ... Ich will eine Antwort, natürlich will ich eine Antwort, aber im Century drehen sie mich durch den Wolf, wenn ihm was passiert.«
»Und was hängt von der Antwort ab?«
»Der Erfolg einer Aktion – mein Gott, was für ein Quatsch –, das Leben eines Agenten hängt davon ab.«
Er lag ausgestreckt auf dem Teppich und versuchte, seinen Atem zu kontrollieren, wie ein Mann zu atmen, der ohnmächtig ist – langsam und regelmäßig. Der Schlag traf ihn direkt zwischen den Beinen – ohne Vorwarnung. Er schrie auf und zog die Beine an und wälzte sich auf dem Teppich und versuchte seine Geschlechtsteile mit den Händen zu schützen. Aus seinen zugepreßten Augen flossen Tränen.
»Um Himmels willen, Major ...« Carters Stimme zitterte.
»Er spielt nur Theater, hab' ich doch gesagt.« Der Major kniete jetzt neben Mattie und hob seinen Kopf an. Mattie öffnete die Augen. Er sah das Gesicht des Majors nur wenige Zentimeter vor sich.
Sein Name ist Charlie Eshraq.
»Mr. Furniss, seien Sie kein Dummkopf. Was haben Sie denen erzählt?«
Das Gesicht des Majors und das Gesicht des Ermittlers verschwammen in eins. Jesus, für was für einen Schwächling hielten die ihn eigentlich? Sie hatten dasselbe Gesicht, sie hatten dieselbe Stimme. Mattie Furniss würde nicht sprechen, Mattie Furniss war Leiter der Iran-Abteilung. Und jetzt hatte er eine zweite Chance. Die erste Chance hatte er vertan – beim erstenmal war er zusammengebrochen, hatte geredet. Aber jetzt hatte er eine zweite Chance. Der Schmerz brannte in seinem Unterleib, er konnte den Brech-

reiz kaum mehr kontrollieren. Jetzt hatte er eine zweite Chance.

»Mein Name ist Owens, ich bin Wissenschaftler. Ein Fachmann für die urartäische Kultur.«

Und dann verließ ihn das Bewußtsein, und er tauchte in die Dunkelheit ein.

Charlie lag auf seinem Bett. Das Licht war ausgeschaltet. Er lag in der Nähe des Fensters, und durch die Vorhänge sah er das silberne Licht des Mondes. Er wußte, daß Park wach war, denn sonst hätte sein Zimmergenosse tiefer und regelmäßiger geatmet. Er hatte gepackt, er war reisefertig. In der ersten Morgendämmerung würde er aufbrechen. Am Fußende des Bettes stand neben dem Seifenbehälter sein vollgestopfter Rucksack, und unten im Hof parkte der mit etlichen Rollen Elektrokabel beladene Transit, und unter den Kabelrollen waren drei Holzkisten verborgen. In ein paar Stunden würde er sich auf den Weg machen, und Park hatte kein Wort mehr gesprochen, seit das Licht aus war. Die Stille der Nacht wurde bisweilen von Tierlauten durchbrochen, von dem Meckern der Ziegen und dem Blöken der Schafe irgendwo da draußen. Einmal erklang plötzlich die Sirene eines *jandarma*-Wagens. Und dann waren da noch das dumpfe Dröhnen des Hotelgenerators und das Surren eines Moskitos, der auf seine Chance wartete. Er war Charlie Eshraq. Er war zweiundzwanzig Jahre alt. Er war ein Mann mit einem Auftrag und mit einem Ziel. Er hatte keine Angst vor dem Tod – weder seinem eigenen noch dem seiner Feinde ... Aber warum nur wollte der blöde Typ da drüben kein Wort mit ihm sprechen? Warum nicht, verdammt noch mal? Im Halbdunkel des Hotelzimmers verspürte er den unwiderstehlichen Drang zu sprechen. Wenn er unter den Bögen von Charing Cross Station bei den Pennern übernachtet hätte, dann wäre es kein Problem gewesen, jemanden zum Reden zu finden. Er ging in den Iran zurück. Er wußte mit den Panzerfäusten umzugehen, und er kannte die Gesichter seiner potentiellen Opfer, und er wußte genau, welche Route er fahren wollte, und er würde mit alledem allein zurechtkommen, aber jetzt wollte er reden.

»David, ich möchte mit Ihnen sprechen.«

»Ich will schlafen.«

»David, ist das der Grund, warum Ihre Frau von Ihnen weggegangen ist?«

»Was?«

»Weil Sie nicht lieben können.«

»Nein. Heroinhändler kann ich beim besten Willen nicht lieben.«

»Ich hab' das Heroin nur verkauft, um mir mit dem Geld Waffen zu besorgen, und die Waffen brauch' ich, um ein paar Bestien in Menschengestalt ins Jenseits zu befördern.«

»Meiner Meinung nach sind Heroinhändler die Bestien in Menschengestalt.«

»Es gab keinen anderen Weg für mich.«

»Das ist nur 'ne faule Ausrede, Eshraq, und Ausreden machen aus Unrecht noch lange kein Recht.«

»David, gibt es jemand, den Sie lieben?«

»Geht Sie 'nen Scheißdreck an.«

»Irgendeinen Menschen auf der Welt?«

»Ich will jetzt schlafen, und morgen früh will ich so schnell wie möglich aus diesem Drecksloch raus.«

»Lieben Sie Ihre Frau?«

»Das ist meine Sache.«

»Meine Schwester, David, sie war meine Sache ...«

»Ist mir egal.«

»Dann erzähl' ich Ihnen mal, was sie mit meiner Schwester gemacht haben. Sie haben sie aus dem Gefängnis in Evin rausgeholt und nach Täbris geflogen. Dann haben sie sie ins Stadtzentrum gebracht, wo schon ein Kran bereitstand. Sie haben meine Schwester auf den Tisch gestellt und ihr einen Strick um den Hals gelegt. Es waren Hunderte von Menschen gekommen, um ihre Hinrichtung zu sehen, David. Ich habe von Leuten, die damals die Exekution mit eigenen Augen gesehen haben, gehört, daß meine Schwester, als sie so auf dem Tisch stand, über die Leute gelächelt hat, die zu ihrer Hinrichtung erschienen waren. Es war das Lächeln eines Mädchens, das noch nicht einmal zur Frau erwacht war. Die Leute haben damals noch wochenlang über dieses Lächeln meiner Schwester geredet ... Dann wurde sie vom Tisch gestoßen, während der Kranarm nach oben schnellte. So ist sie gestorben. Man hat mir erzählt, daß sie einen qualvollen Tod gestorben ist. Es waren damals zwei Männer anwesend, die sie auf dem Tisch festgehalten haben, während der Henker ihr den Strick um den Hals legte. Wäre sie Ihre Frau gewesen, David, und nicht meine Schwester, hätten Sie dann nicht auch versucht, Geld aufzutreiben und Waffen zu kaufen?«

»Heroinhandel ist ein Verbrechen – und damit basta.«

»Sagen Sie das, weil Sie nicht wissen, was Liebe ist?«

»Nein, weil ich Leute nicht ausstehen kann, die mit Heroin handeln.«

»Lebt Ihr Vater noch?«

»Ja.«

»Lieben Sie Ihren Vater?«

»Ich möchte jetzt schlafen.«

»Schämen Sie sich zuzugeben, daß Sie Ihren Vater lieben?«

»Meine Gefühle für meinen Vater gehen Sie nichts an.«

»Mein Vater war in Evin im Gefängnis. Er war Soldat. Er war kein Polizist, er hat nicht dem SAVAK angehört, er hat nie Truppen kommandiert, die aufständische Massen niedergeschlagen haben. Er war niemandes Feind, und er war mein Vater. Ich weiß über die letzten Stunden meiner Schwester Bescheid, David, und ich weiß auch einiges über die letzten Stunden meines Vaters. Ich weiß, daß man ihn eines Morgens in aller Frühe aus seiner Zelle geholt und in den Hinrichtungshof des Gefängnisses hinuntergeführt hat. Dort wurde

er an einen Pfosten gebunden und erschossen. Wenn dem eigenen Vater so etwas widerfährt und wenn irgendwelche Schweine auch Ihren Onkel bestialisch umbringen, ist es dann nicht verständlich, daß man versucht, an Waffen heranzukommen?«
»Sie können von mir aus die ganze Nacht reden, Eshraq, ich jedenfalls werde jetzt schlafen.«
Er hörte, wie das Bett quietschte. Er sah im Halbdunkel, wie Park sich zur Wand drehte und ihm den Rücken zukehrte.
Er mußte daran denken, daß er sich in vierundzwanzig Stunden schon tief im Iran befinden würde. Er dachte daran, daß er schon am Abend des folgenden Tages oben auf den eisigen Hängen des Iri Dagh in Majid Nazeris Bruchbude Unterschlupf finden würde. Dann würde er sich in einer Welt befinden, in der es noch Adler gab und Wolfsrudel, einer Welt, in der man bisweilen sogar noch einen Leoparden sehen konnte. Vielleicht war er ja dort oben zu Hause. Vielleicht gehörte er nicht in David Parks Welt, hatte nie dorthin gehört.
»David, würden Sie mir einen Gefallen tun?«
»Wohl kaum. Um was geht es?«
»Würden Sie einen Brief von mir mit nach England nehmen?«
»Nur einen Brief?«
»Ja – an einen sehr feinen und sehr liebenswürdigen Mann – einen Mann, der weiß, was Liebe ist.«
Widerwillig stimmte Park zu. »Ja gut, mach' ich.«
Charlie stieg aus dem Bett, ging zu seinem Rucksack hinüber und holte daraus ein Kuvert hervor. Der Brief, den er zwischen seinen Kleidern und Landkarten hervorzog, sah schon reichlich mitgenommen aus. Er legte das Kuvert auf Parks Nachttisch.
Er stand am Fenster. Vorsichtig und ganz langsam zog er den Vorhang ein Stück zur Seite. Er sah unten im Hof den Transit. Er sah die Kühlerhaube eines Mercedes, und er sah einen weißen Lichtblitz. Er hörte den infernalischen Lärm

der Explosion, und er spürte die heiße Druckwelle der LAW 80.
»Sie sollten versuchen, Liebe zu finden, David. Ohne Liebe ist das Leben sinnlos.«

Er hatte den ganzen Abend im neunzehnten Stock auf den Anruf gewartet.
Sein Chauffeur stand unten auf dem Parkplatz startbereit.
Houghton gähnte.
Der Präsident wählte eine Nummer, und es dauerte eine Weile, bis jemand abnahm.
»Carter – sind Sie es, Carter? Wissen Sie eigentlich, wie spät es ist? Es ist schon nach Mitternacht, ich warte inzwischen seit über zwei Stunden auf Ihren Anruf. Was hat Furniss gesagt?«
Die Stimme klang schwach und dünn über die Spezialleitung. Aber trotz der Verzerrung war das Zögern in der metallisch schnarrenden Stimme unüberhörbar.
»Er hat noch nichts gesagt.«
»Dann stecken Sie bis zum Hals im Dreck, Carter, darauf können Sie sich verlassen.«
»Ist mir klar, Sir.«
»Ich rate Ihnen, Carter, Sie haben noch eine Stunde ... Ich will Mattie Furniss sprechen.«
Er hörte, wie der Hörer umständlich beiseite gelegt wurde. Er hörte, wie Schritte sich entfernten. Er wartete. Warum brauchte Carter nur so lange? Er wußte nicht, wie er Furniss je wieder gegenübertreten sollte. Er hörte, daß Schritte sich näherten.
»Sie können leider im Augenblick nicht mit Mattie sprechen, Sir.«
»Carter, damit wir uns nicht mißverstehen ... damit Sie wissen, woran Sie sind. Wenn Furniss irgendwas passiert ist und wenn Sie unrecht gehabt haben, dann lass' ich Sie in Ihre Bestandteile zerlegen, verstanden? Ich gebe Ihnen noch eine Stunde.«

Er war davon überzeugt, daß er Furniss ein Unrecht angetan hatte. Er empfand tiefe Scham. Er marschierte aus seinem Büro und würdigte seinen persönlichen Assistenten, der hinter ihm herstapfte, keines Wortes. Er war davon überzeugt, daß er einem sehr guten Mann ein Unrecht angetan hatte.

Der Sektionsleiter wurde von Müdigkeit übermannt.
Auf einem Block gleich neben dem Telefon in seinem Schlafzimmer hatte er die Vorwahl von Dogubayazit und die Nummer des Ararat-Hotels vermerkt. Falls aus London tatsächlich noch ein Anruf kommen sollte, so würde er gleich im Bilde sein. Kein Problem. Man hatte sich noch nachmittags während der offiziellen Geschäftszeit via Telefax über das Codewort verständigt, das im Fall eines Abbruchs der Aktion durchgegeben werden sollte. In einer idealen Welt hätte er sich jetzt eigentlich nicht in seinem eigenen Bett gegen den Rücken seiner Frau kuscheln dürfen, vielmehr hätte er sich in einer solchen Welt jetzt weit hinten in Nordostanatolien nahe der berüchtigten Grenze befinden müssen. Aber davon konnte natürlich gar keine Rede sein. Die iranische Grenze war neuerdings tabu, genaugenommen seit dort ein Ressortleiter (Iran) am hellichten Tage auf offener Straße entführt worden war. Man hatte ihn nicht darüber aufgeklärt, warum Eshraq seine Reise womöglich noch eine Weile aufschieben mußte. Ging ihn ja auch nichts an ... Aber falls die entsprechende Order einging, dann mußte er sie unverzüglich weiterleiten. Er glitt langsam ins Land der Träume hinüber. War ein interessanter Typ gewesen, der junge Mann, den er in diesem Park in Ankara getroffen hatte. Natürlich ein bißchen fanatisch. Aber ein Mann, der mit einigen LAW 80 in den Iran einreiste, mußte ja schließlich ein bißchen verrückt sein. Immerhin waren sie sich schnell einig geworden, wie künftig die Kommunikation zwischen ihnen vonstatten gehen sollte. Nicht daß er dem jungen Mann eine echte Chance gab. Unter

solchen Umständen konnte der Iraner unmöglich lange überleben.
»Terence, meinst du, daß das Telefon heut nacht noch mal läutet? Dann gibt es aber Mord und Totschlag, das garantiere ich dir.«
»Ich habe keine Ahnung, Liebes, ich weiß es wirklich nicht.«

Sie hatten nicht geschlafen. Sie hatten lediglich in einem Raum in der Kaserne von Maku auf dem Betonfußboden auf ihren Schlafsäcken gelegen. Der Ermittler gehörte zu den letzten, die sich erhoben. Einige von ihnen beteten, andere machten sich mit sauberen Tüchern am Zündmechanismus ihrer automatischen Waffen zu schaffen. Der Ermittler verließ auf der Suche nach einer Latrine den Raum; danach wollte er dann die Funk- und Telefonzentrale aufsuchen und sich erkundigen, ob von den Männern, die jenseits der Grenze ein Hotel beobachteten, schon eine Nachricht eingetroffen war. Wäre er in dem Raum geblieben, dann hätten die übrigen gesehen, daß er nicht betete. Es fiel ihm schwer zu beten, denn er konnte sich die vielen Suren des Korans einfach nicht merken. Er hatte es eilig an diesem Morgen, denn er sah vor seinem inneren Auge immer wieder Panzerfäuste und einen Transit-Kombi und den Mann, dessen Namen Mattie Furniss genannt hatte.
Er freute sich schon auf seine Begegnungen mit Eshraq. Vielleicht würden ihm die Unterhaltungen mit Charlie Eshraq sogar noch mehr Spaß machen als die Gespräche mit Matthew Furniss.

Vorne in der Halle schlug die Wanduhr.
Der Hund war unruhig und kratzte immer wieder an der Küchentür, und zwischendurch, wenn das Tier sich schüttelte, hörte man das Klirren der Metallkette an seinem Hals. Der Hund konnte nicht schlafen, nicht solange im Haus noch fremde Leute umherspazierten und Stimmen erklangen.

Mattie hörte die Uhr.
Er blickte in das grelle Licht. Er lag auf dem Sofa, und sie hatten ihm die Schuhe ausgezogen und seine Füße hochgelegt. Er trug keine Krawatte mehr, und sein Hemd war bis zum Bauchnabel aufgeknöpft. Er sah nichts als das Licht. Das Licht schien ihm aus weniger als einem Meter Entfernung direkt ins Gesicht.
Es war inzwischen eine Weile her, seit sie ihn zuletzt geschlagen und getreten hatten, aber das Licht schien ihm ins Gesicht, und der Major stand hinter ihm und hielt seinen Kopf fest, so daß er sein Gesicht nicht von dem Licht abwenden konnte, und Henry, das Schwein Carter, stand hinter der Lampe.
Fragen ... ein sanfter Strom ewig gleicher Fragen. Immer wieder diese Fragen, und er war so hundemüde ... so höllisch müde, und die Hände hielten seinen Kopf, und das Licht schien ihm in die Augen, und unablässig stürmten die Fragen auf ihn ein.
»Wir alle sind todmüde, Mattie. Erzählen Sie uns nur, was Sie den Iranern gesagt haben ...?«
»Es geht um das Leben eines jungen Mannes, Mattie, darum geht es hier. Was also haben Sie denen erzählt ...?«
»Niemand macht Ihnen einen Vorwurf, Mattie, wenn Sie die Wahrheit sagen. Was also haben Sie denen erzählt ...?«
»Die Schläge und die Quälerei, das ist jetzt vorbei, wir sind jetzt wieder Ihre Freunde. Was haben Sie denen erzählt ...?«
Zu müde, um nachzudenken, zu müde, um zu sprechen, und seine Augen brannten von dem Licht.
»Ich weiß nicht mehr. Ich weiß es wirklich nicht mehr.«
»Denken Sie nach, Mattie, denn es hängt das Leben eines Menschen davon ab, daß Sie sich erinnern, was Sie denen gesagt haben ...«

Park blickte auf Charlie Eshraq, der friedlich schlief.
Er versuchte, sich vorzustellen, wie das wohl sein mochte – ein

von Liebe erfülltes Leben. Er war allein, und in seinem Leben gab es keine Liebe. Er war weit weg von Parrish und Token und Harlech und Corinthian – und Ann. Er war weit weg von allem, was er kannte. Alles, was ihm vertraut war, hatte er in der Lane zurückgelassen. Alles, was er kannte, war im neunzehnten Stock des Century House zu Bruch gegangen.

Er wußte nicht, was er anstellen mußte, um Liebe zu finden. Er dachte, daß sein besessener Wunsch, nach Bogotá zu gehen, letztlich auch nur dem Impuls entsprang, der Begegnung mit der Liebe aus dem Weg zu gehen ...

Die Uhr an Eshraqs Arm gab plötzlich einen schrillen Piepton von sich. Er beobachtete, wie Eshraq zusammenzuckte und dann langsam zu sich kam. Eshraq rieb sich die Augen, glitt dann aus dem Bett und ging zum Fenster hinüber. Er zog den Vorhang zur Seite.

Das Zimmer war nun von dem grauen Licht des frühen Morgens erfüllt. Eshraq streckte sich.

»Kein schlechter Morgen, um eine Reise anzutreten.«

Neben ihm stand ein mit Wasser verdünnter Scotch. Auf dem Sofa gleich neben ihm saß der Major. Henry stand am Fenster. Er starrte nach draußen und schien aufmerksam zu lauschen, wahrscheinlich hörte er irgendwo in der Ferne die ersten Amseln singen.

Es war schon der dritte Scotch, den Henry Mattie gebracht hatte, und jedesmal war der Wasseranteil geringer gewesen.

Der Major hatte seinen Arm locker um Matties Schultern gelegt.

Der Major lächelte Mattie ins Gesicht.

»Sie wissen doch, Mattie, was Ihnen in ein paar Stunden bevorsteht. Ist Ihnen klar, wo Sie sich um die Mittagszeit befinden werden? Wissen Sie das, Mattie?«

Mattie antwortete mit schwerer Zunge: »Ich möchte, daß Sie einen Arzt holen. Ich will ins Bett und schlafen, und dann will ich nach Haus.«

»Sie werden einem Richter gegenüberstehen, Mattie.«
»Scheiße.«
»Und Sie werden der Beihilfe zur Einfuhr von Heroin angeklagt werden.«
»Machen Sie sich nicht lächerlich, Major. Es ist zu spät für solchen Schwachsinn.«
»Charlie hat mit Heroin gehandelt, hat mit Heroin seinen Lebensunterhalt bestritten. Und Sie haben sich für Charlie verbürgt, Charlie war Ihr Mann. Sie werden eine ganze Weile hinter Gittern sitzen, alter Junge.«
Der Arm lag immer noch auf Matties Schultern, als er versuchte, sich auf dem Sofa aufzurichten, weg von der monotonen Stimme des Majors. Aber es fehlte ihm die nötige Kraft.
»Damit hab' ich nichts zu tun.«
»Fünfzehn Jahre kriegen Sie. Eine harte Zeit, Mattie.«
»Niemals.«
»Sie werden für fünfzehn Jahre mit den Schwulen zusammengesteckt, mit Gaunern und Abschaum. Das ist zwischen den zuständigen Stellen schon alles abgesprochen, Mattie. Was wird Mrs. Furniss wohl dazu sagen? Meinen Sie, daß Ihre Frau Sie an jedem ersten Dienstag im Monat im Knast besuchen wird? Und Ihre Töchter? Ich bezweifle, daß sie öfter als ein- oder zweimal bei Ihnen aufkreuzen werden.«
»Ich weiß nichts von Heroin, absolut gar nichts.«
»Erzählen Sie das dem Richter, Mattie ... Erzählen Sie ihm, Sie hätten nicht gewußt, daß Ihr Ziehsohn Charlie Eshraq seinen Lebensunterhalt durch Heroinhandel bestritten hat ... und erzählen Sie Mrs. Furniss, daß Sie von alledem nichts gewußt haben. Sie wird daran zerbrechen, Mattie, wenn Sie in den Knast gehen. Vergessen Sie das nicht.«
»Aber es ist nicht wahr.«
»Sie wird gesellschaftlich erledigt sein. Und das Haus in Bibury wird sie wahrscheinlich auch aufgeben müssen. Wie soll sie denn den Nachbarn noch ins Auge sehen? Und Ihre

Mithäftlinge werden auch nicht gerade zimperlich mit Ihnen umspringen. Solche Leute haben auch ihren Ehrenkodex, und Heroin mögen sie gar nicht.«
»Es ist alles eine Lüge. Ich weiß nichts von Heroin.«
»Ja, das stimmt. Von Anfang an ist alles eine Lüge gewesen. Und die erste Lüge war, daß Sie Charlie Eshraqs Namen nicht preisgegeben haben ... Hat Eshraq es Ihren Töchtern besorgt?«
Schweigen. Henry hatte sich abgewandt. Henry sah auf die Uhr und zog eine Grimasse. Der Major nickte ihm zuversichtlich zu. Das haben wir gleich, schien sein Blick zu sagen.
»Mattie, Charlie Eshraq hat während der Zeit, als er es mit Ihren Töchtern trieb, regelmäßig Heroin aus dem Iran nach England gebracht. Nur ein kleiner Extraservice, Mattie.«
»Nein, sagen Sie, daß es nicht wahr ist.«
Draußen im Garten fingen die Vögel zu singen an.
»So hat man es mir jedenfalls berichtet.«
»O Gott ...«
»Hat Ihre Töchter mit Heroin versorgt, dieser Eshraq.«
»Ist das die Wahrheit?«
»Ich möchte von *Ihnen* die Wahrheit hören.«
»Charlie hat meinen Mädchen das Dreckszeug gegeben?«
»Sie haben eben Pech gehabt, Mattie, schon seit einiger Zeit hat sich offenbar alles gegen Sie verschworen.«
Tränen rannen Matties Wangen hinab, und die Hand, in der er das Glas hielt, zitterte. Der Major hob den Kopf, und Henry sah, daß er die Augenbrauen hochgezogen hatte.
Carter fragte vom Fenster aus: »Haben Sie seinen Namen genannt?«
»Ich konnte nichts dafür.«
»Nein, Mattie, natürlich nicht. Und niemand wird Ihnen daraus einen Vorwurf machen.«
Henry kam zum Sofa hinüber. Er hielt einen Notizblock in der Hand. Er schrieb einen einzigen Satz nieder, reichte dann Mattie den Stift und wartete, bis der seine Unterschrift unter

den Text gekrakelt hatte. Auf dem Weg zum Telefon rannte er gegen den Tisch in der Halle, und in der Küche brach ein Höllenlärm los.

Als der Major den Raum verließ, begegnete er Henry an der Tür. Die beiden Männer verzichteten auf einen Handschlag. Henry trat wieder in das Zimmer und ging zu Mattie hinüber. Er nahm seinen Arm und half ihm aufstehen.

»Kann ich jetzt nach Hause?«

»Eine sehr gute Idee ... Ich bring' Sie selbst hin.«

»Sagen Sie, daß es nicht wahr ist.«

»Natürlich nicht, Mattie. Ein unverzeihlicher Trick. Tut mir furchtbar leid.«

Die Morgendämmerung brach herein, und auf den ersten Blick ließ sich der neue Tag vielversprechend an.

21. Kapitel

Er sah vom Fenster aus in den Hof hinab.
Ein etwa zehnjähriges Kind putzte die Windschutzscheibe, und Eshraq hockte vor der Stoßstange und war damit beschäftigt, das türkische gegen ein iranisches Kennzeichen auszutauschen. Aus den Küchenfenstern fiel Licht in den Hof.
Er hatte sich gerade rasiert und angezogen, als in dem Hotelzimmer das Telefon schrillte. Er zog noch rasch den Reißverschluß seiner Reisetasche zu. Neben ihm auf dem Bett lagen sein Paß, seine Brieftasche und das Rückflugticket nach Istanbul bereit. Es war das erstemal seit ihrer Ankunft in Dogubayazit, daß das Telefon in dem Zimmer läutete.
Unten im Hof hatte Eshraq inzwischen das vordere Kennzeichen ausgewechselt und ging nun zur Rückseite des Transit. Der mit einer alten Jeans, einem blauen Baumwollhemd und Tennisschuhen bekleidete junge Mann bewegte sich geschmeidig wie eine Katze. Das Telefon neben Park läutete noch immer.
Er nahm den Hörer ab. Er hörte das Klicken, das er von Gesprächen über sehr weite Entfernungen her kannte. Er hörte eine sehr fern klingende, leise Stimme.
»Ist dort Zimmer 12?«
»Ja, hier ist Zimmer 12.«
»Spreche ich mit David Park?«
»Richtig.«
»Ich möchte mit Charlie sprechen.«
»Der ist nicht da.«

»Mist ... Ich bin schon zweimal aus der Leitung geflogen. Können Sie ihn holen?«
»Wird allerdings einen Augenblick dauern.«
»Dann flieg' ich wahrscheinlich noch mal aus der Leitung. Verdammt. Mein Name ist Terence. Ich bin in Ankara mit ihm zusammengetroffen.«
Ihm fiel die Szene im Genclik-Park wieder ein. Er hatte aus ein paar hundert Metern Entfernung beobachtet, wie Eshraq mit dem Mann spazierengegangen war. Und er hatte gesehen, daß ein paar Männer den beiden folgten. Er konnte sich daran noch sehr gut erinnern. Er sah Terence vor sich. Terence war ein blasser, fast anämischer blonder Mann mit fliehendem Kinn. Schien aus einem guten Stall zu kommen.
»Wenn Sie mir sagen, worum es sich handelt, werd' ich's ausrichten.«
»Und Sie wissen, wo er sich gerade aufhält?«
»Wenn Sie mir sagen, was los ist, werd' ich's ausrichten.«
»Es ist einfach eine Katastrophe, in diesem Land zu telefonieren ... Sie garantieren mir, daß Sie meine Mitteilung an ihn weiterleiten?«
»Können sich darauf verlassen.«
»Wir sprechen hier über eine ungeschützte Leitung.«
»Ja, was denn sonst?«
»Er soll nicht gehen ... so lautet die kategorische Anweisung meiner Vorgesetzten. Er soll sich von der Grenze fernhalten. Man weiß Bescheid über ihn, mehr kann ich nicht sagen. Er soll nach Ankara zurückkehren. Haben Sie das verstanden?«
»Verstanden.«
»Herzlichen Dank.«
»Keine Ursache.«
»Vielleicht sehen wir uns ja in Ankara – und vielen Dank für Ihre Hilfe.«
Er legte den Hörer wieder auf. Er trat zurück ans Fenster. Das rückwärtige Kennzeichen war inzwischen angebracht, und das Kind wusch gerade die Scheinwerfer des Transit.

Eshraq war sowohl in Istanbul als auch in Ankara beschattet worden. Eigentlich durften sie ihn dann auch in Dogubayazit nicht aus den Augen lassen, aber Park war sich dessen nicht so sicher wie einige Tage zuvor in Aksaray und im Genclik-Park. Er blieb lange am Fenster stehen. Vor seinem inneren Auge tauchten zahllose Bilder auf. Er dachte an Leroy Winston Manvers, damals, in der Zelle ... der war jetzt in Jamaika und in Sicherheit. Er dachte an die Frau dieses Matthew Furniss, damals, an der Tür dieses Landhauses ... ihr Ehemann hatte sich für das Wohlverhalten eines Heroinhändlers verbürgt und war jetzt sicher nach Großbritannien zurückgekehrt. Er sah Charlie Eshraq, der vorne auf der Haube einer Sierra-Limousine saß und sich über ihn lustig machte ... und auch Eshraq sollte offenbar ungestraft davonkommen. Er sah Ann vor sich und die feuchten Handtücher auf dem Boden im Bad und den arroganten Fatzke im Außen- und Commonwealth-Ministerium, der ihn wie einen Kretin behandelt hatte, und er sah Bill Parrish vor sich, den sie im Century wie einen Dienstboten im Vorzimmer hatten warten lassen, während die hohen Herren ihn – Park – fertiggemacht hatten. Er wußte, was Recht und was Unrecht war. Er mußte es ja wissen. Recht und Unrecht waren der Dreh- und Angelpunkt seiner ganzen Existenz. Er ging im Zimmer umher. Er warf noch einmal einen Blick in sämtliche Schubladen der Kommode und in den Schrank, dann inspizierte er nochmals das Bad. Er vergewisserte sich, daß sie nichts vergessen hatten. Dann zog er seine Jacke an und schob seine Brieftasche samt Paß und Flugschein in die Innentasche. Zum Schluß hängte er sich seine Reisetasche über die Schulter.

Sie werden sich vergewissern, daß er tatsächlich in den Iran eingereist ist.

Unten an der Rezeption bezahlte er das Zimmer. Er faltete den Beleg sorgfältig zusammen und steckte ihn in seine Brieftasche. Er gab dem Portier kein Trinkgeld, denn er hatte die Dienste des Mannes nicht in Anspruch genommen und

beabsichtigte im übrigen, sein Gepäck selbst zu tragen. Als er seine Sachen in dem kleinen Mietwagen verstaut hatte, schloß er den Kofferraum wieder ab. Er ging noch einmal zurück ins Hotel und gelangte durch einen Seitengang neben der Treppe in den Hof. Die hinteren Türen des Transit standen offen, und David sah, daß der Laderaum bis oben hin mit Elektrokabelrollen bepackt war.
»Wo waren Sie so lange?«
Er fuhr zusammen. Er hatte nicht gesehen, daß Eshraq sich vorne an dem Transit zu schaffen machte. Er betrachtete die Kabelrollen und überlegte, ob sie ausreichen würden, die Holzkisten zu verbergen.
»Hab' nur meine Klamotten zusammengepackt.«
»Hat in unserem Zimmer das Telefon geläutet?«
»Das war die Rezeption. Wollten nur wissen, ob wir heute abreisen. Hatten offenbar Angst, daß wir heimlich 'ne Düse machen.«
Er sah das breite Grinsen auf Eshraqs Gesicht. »Ich nehm' doch an, daß Sie bezahlt haben?«
»Ja, hab' ich.«
Er sah das breite Grinsen und die Heiterkeit auf dem Gesicht des jungen Eshraq. Park selbst lächelte nur selten, und Augenblicke des Glücks waren ihm fast fremd. Eshraq dagegen lächelte unverdrossen und sah aus, als ob er gerade das wahre Glück gefunden hätte.
Das breite Grinsen verschwand.
»Sie hassen mich – was?«
»Sie sollten sich allmählich Richtung Grenze in Bewegung setzen.«
»Ihr Problem ist, daß Sie alles zu ernst nehmen.«
»Sonst verpass' ich mein Flugzeug noch.«
»Und Sie besorgen meinen Brief?«
»Ich werd' ihn einstecken.«
»Was ich vorhabe – finden Sie nicht, daß es sich lohnt?«
»Über Sie nachzudenken macht mich bloß müde.«

»Und ich bekomm' gar keinen Abschiedskuß?«
»Wiedersehn, Charlie. Viel Glück.«
Er sagte, er werde vor dem Hotel auf Charlie warten. Er ging wieder durch das Gebäude und trat durch die Vordertür ins Freie hinaus. Er hörte noch den Abschiedsgruß des Portiers, fand es jedoch nicht nötig, sich nochmals umzudrehen. Er schloß den Wagen auf und kurbelte erst mal die Fenster runter, damit die Hitze aus dem Innenraum entweichen konnte. Dann steckte er den Schlüssel ins Zündschloß. Die alte Kiste sprang nur mühsam an. Wahrscheinlich sind die Zündkerzen verdreckt, dachte er. Dann hörte er hinter sich eine Hupe. Der Transit fuhr an ihm vorbei. Er glaubte nicht, daß er Eshraqs Gesicht je wiedersehen würde. Das letzte, was er von ihm sah, waren ein Grinsen und eine winkende Hand. Als er auf die Fahrbahn bog, hatten sich bereits zwei Lkws zwischen ihn und den Transit geschoben. Er fuhr die breite, schnurgerade und mit Schlaglöchern übersäte Straße entlang. Zwei Lkw-Längen vor sich sah er den Transit. Er fuhr langsam. Er blickte auf die unabsehbare Lkw-Schlange, die sich gemächlich dem Grenzübergang näherte.

Mattie stand vorne in der Diele.
Er hörte draußen ihre Stimmen. Typisch für Harriet, daß sie Carter noch zum Tor begleitete. Niemals hätte sie sich auch nur die geringste Unhöflichkeit gestattet.
Er versuchte schnuppernd die süßlichen Gerüche zu identifizieren, die in seine Nase strömten. Er roch die Politur, mit der Harriet den Walnußtisch in der Diele eingerieben hatte, und die Chrysanthemen auf der Fensterbank gleich neben der Eingangstür. In seinen Ohren lauter Wohlklänge. Er hörte die Bienen, die draußen zwischen den Blumen nach Honig suchten. Er hörte das Summen der Fliegen, die unablässig gegen die Fensterscheiben anflogen, er hörte das Schnurren seiner Katze, die an seinen Beinen vorbeistrich.
Der Wagen fuhr ab.

Sie kam zurück ins Haus. Sie schloß die Eingangstür und schob den Riegel vor, als wolle sie ihn vor den Unbilden der Welt schützen. Dann kam sie zu ihm herüber und legte ihre Hände leicht um seine Taille. Sie küßte ihn auf die Wange.

»Eine Rasur könnte dir nicht schaden, Mattie.«

»Ja, glaub' ich auch.«

»Was für ein netter Mann, dieser Carter.«

»Scheint so.«

»Er hat so gut von dir gesprochen und immer wieder gesagt, wie sehr er dich bewundert.«

»Tatsächlich?«

»Und er sagte, daß du jetzt viel Zuwendung brauchst. Was wünschst du dir denn am allermeisten, Mattie?«

»Ich möchte draußen im Garten sitzen und die *Times* lesen, und dann wünsch' ich mir noch eine Tasse Kaffee mit heißer Milch.«

»Er hat gesagt, daß du schreckliche Dinge durchgemacht hast.«

»Wir sprechen noch darüber, aber bitte nicht jetzt.«

»Er hat gesagt, daß Delphins Flucht im Century das Hauptthema ist ... So ein außerordentlich angenehmer Mann.«

»Ich geh' jetzt raus in den Garten.«

Die Sonne war gerade erst aufgegangen. Das Gras war noch taubenetzt. Er hörte, wie der erste Traktor hinausfuhr, um Silage zu mähen.

Die Straße führte immer geradeaus durch ein weites grünes Tal. Zur Linken ragte in der Morgensonne majestätisch der Ararat auf. Auf der rechten Seite sah er den niedrigeren der beiden Gipfel des Tendürük Dag. Neben der Straße grasten Schafe, und als sie die Stadt endgültig hinter sich gelassen hatten, fuhren sie an dem verrückten Palast Ischak Paschas vorüber. Er ließ den Blick über das Bauwerk schweifen. Der Palast lag in herrschaftlicher Pracht oberhalb der Straße. In seinem Reiseführer hatte er gelesen, daß im letzten Jahrhundert einen kurdischen Häuptling der Ehrgeiz gepackt hatte, den schönsten Palast der Welt zu errichten. Mit der Planung und Ausführung hatte er einen armenischen Architekten beauftragt. Als das Gebäude schließlich fertig war, hatte der Häuptling dem armenischen Architekten beide Hände abschlagen lassen, um ihn daran zu hindern, je wieder etwas so Schönes zu entwerfen ... Rauhe Sitten hierzulande, Herr Architekt ... Rauhe Sitten, Mr. Charlie Eshraq.

Ganz weit vorne konnte er jetzt in der flirrenden Hitze die flachen Dächer der türkischen Grenzstation und die blutrote türkische Fahne erkennen.

In dem hügeligen Vorland der beiden großen Berge zu seiner Linken und zu seiner Rechten erblickte er immer wieder das leuchtende Rot der Mohnfelder. Diese mit Mohnblumen reich gesegnete Landschaft war für Charlie Eshraq die ideale Begräbnisstätte.

Er schaltete herunter.

Die türkische Grenzstation bestand aus einem zweistöckigen Gebäude und einigen Behelfsbaracken. Ein Windstoß ließ die Fahne flattern. Er sah eine Gruppe Soldaten, die lustlos herumhingen. Ein Zollbeamter stand mitten auf der Straße, hielt jeden Lkw kurz an, sprach mit dem Fahrer und winkte ihn dann durch. Auf der Gegenfahrbahn kroch zäh die Schlange der aus dem Iran ausreisenden Fahrzeuge dahin, die etwas strenger kontrolliert wurden. Die Richtung Iran fahrenden Lkws wurden zügig abgefertigt. Der Transit war immer noch zwei Lastwagenlängen vor ihm. Es ging jetzt nur mehr stockend voran. Er hatte eine Hand am Steuer und den Daumen direkt neben der Hupe. Die andere Hand lag auf dem Schalthebel, nur ein paar Zentimeter von der Lichthupe entfernt.

Der Transit stand jetzt.

Der Zollbeamte ging an einem Lkw vorbei auf den Lieferwagen zu. Park beobachtete die Szene; deshalb hatte man ihn schließlich hergeschickt. Er sah, wie der Zollbeamte durch

das Fenster auf der Fahrerseite kurz das Wageninnere inspizierte, dann mit dem Kopf nickte, zurücktrat und den Transit fröhlich durchwinkte.
Die Lkws vor ihm setzten sich nun in Bewegung. Park riß das Lenkrad herum. Er bog von der Asphaltstraße ab und fuhr auf den unbefestigten Parkplatz gleich neben der Zollstation. Er stieg aus und ging auf die Gebäude und die Soldaten zu, die schon so früh am Morgen für jedes Stückchen Schatten dankbar waren, das sich ihnen bot. Das Hemd klebte ihm am Rücken, und seine Beine zitterten, während er so dahinschritt. Neben dem Flaggenmast blieb er stehen. Der Wind blies ihm die Haare ins Gesicht.
Nach seiner Schätzung war die ebenfalls beflaggte iranische Grenzstation zirka 500 Meter entfernt. Die Grenze wurde wahrscheinlich von einem kleinen Bach gebildet, der ungefähr in der Mitte zwischen den beiden Kontrollstationen unter der Straße hindurchfloß. Die Straße fiel zunächst ein wenig ab, bis sie den Bach erreichte, und führte dann langsam ansteigend zum iranischen Grenzposten.
Der Transit befand sich jetzt auf dem abschüssigen Teil der Straße und war nicht mehr weit von dem Bach entfernt. Der Wind spielte mit seinem Haar, die Sonne brannte ihm in den Augen, und in seinen Ohren dröhnten die schweren Motoren der Laster.
Ein junger Armeeoffizier hatte sich neugierig dem Fremden genähert und musterte ihn interessiert. An seinem Hals hing ein Fernglas. Park sprach kein Wort. Er lächelte knapp und wies auf den Feldstecher. Er wußte nichts über die Türken und ihre Großzügigkeit. Die Geste genügte, und schon hielt er das Fernglas in der Hand.
Der Transit fuhr nun die Steigung hinauf. Park richtete das Fernglas auf die iranische Grenzstation.
Er sah das Abfertigungsgebäude und entdeckte an einer dem einreisenden Verkehr zugewandten Mauer ein großes Bild des Imams.

Hinter dem Gebäude hinderten uniformierte und bewaffnete Männer eine Reihe von Lkws an der Ausreise in die Türkei. Er sah, wie drei Männer in gebückter Haltung aus einem Seiteneingang hervorstürzten und hinter einigen Autos Stellung bezogen. Auf der den Abfertigungsschaltern gegenüberliegenden Seite war allem Anschein nach in großer Hast ein hüfthoher Stapel Sandsäcke aufgeschichtet worden. Er sah durch das Fernglas die in der Sonne blitzenden Munitionsgürtel. Gleich neben dem Abfertigungsgebäude zur Straßenseite hin stand ein Mann. Er trug Sandalen und eine alte Jeans, und das Hemd hing ihm aus der Hose. Der Mann war nicht mehr jung. Er sprach in ein Funkgerät.
Der Transit war jetzt auf iranischem Territorium und fuhr die sanft ansteigende Straße hinauf.

Ein krachender Gewehrschuß zerriß die Stille.
Er zuckte zusammen. Er ballte die Hände zu Fäusten, um das Zittern zu unterdrücken.
»Beruhige dich, Mattie, das ist nur der Pottinger-Junge ... ich hab' ja nichts dagegen, wenn er zwischendurch mal eine Taube schießt, aber bei den Saatkrähen hört der Spaß auf. Ich hoffe, du sprichst mal mit seinem Vater ... Hier ist dein Kaffee. Mattie, Liebling, du siehst ja ganz verfroren aus. Ich hol' dir einen dickeren Pullover, und wenn du den Kaffee ausgetrunken hast, kommst du bitte sofort ins Haus.«

Die Sonne brannte auf seiner Stirn. Die flirrend vom Boden aufsteigende Hitze behinderte ein wenig seine Sicht, trotzdem konnte er genug erkennen.
Der Transit rollte jetzt ganz allein auf die Grenzstation zu. Vor dem Wagen befanden sich jetzt keine anderen Fahrzeuge mehr. Und an einer Stelle, die der Wagen gerade passiert hatte, war plötzlich ein uniformierter Mann aus dem Graben neben der Straße gesprungen und hatte den nachfolgenden Verkehr gestoppt. In dem Augenblick, als der Transit neben

der Kontrollstation anhielt, befand sich auf der Fahrbahn vor und hinter Eshraqs Wagen in weitem Abstand kein anderes Fahrzeug.
Plötzlich wurde es lebendig auf der Szene. Der Transit wurde in Windeseile von Uniformierten umstellt. Er sah die Männer, die mit schußbereiter Waffe auf den Wagen zustürmten. Der Wind trug durch ein Megaphon erteilte Befehle zu ihm herüber. Er sah, wie der Kreis um den Transit immer enger wurde. Er sah, wie die Tür des Lieferwagens aufflog. Er sah, daß eine Art Rohr aus der Tür hervorragte.
Plötzlich blitzte ein Feuerstrahl auf.
Er sah den weiß leuchtenden Rückstrahl der LAW 80.
Überall Rauch und Feuer, und in dem Flammen- und Rauchinferno überall wie Spielzeugpuppen am Boden liegende Gestalten.
Er sah, wie der Transit losraste. Er überlegte, wann zum Teufel Charlie die Panzerfaust aus einer der Kisten im Laderaum des Transit herausgeholt hatte.
Der Transit hatte inzwischen vielleicht 25 Meter zurückgelegt. Der Wagen schoß ruckelnd vorwärts, fast als schaltete der Fahrer zu schnell in die höheren Gänge hinauf. Der Transit hatte vielleicht 25 Meter zurückgelegt, als das Maschinengewehr hinter den Sandsäcken das Feuer eröffnete und den Transit durchlöcherte. Der Wagen schleuderte, das konnte er erkennen, das konnte er durch das Fernglas genau verfolgen. Der Wagen stabilisierte sich wieder. Park fröstelte. Er wünschte weder, daß Eshraq die Flucht gelingen möge, noch wünschte er seinen Tod. Er war nur Augenzeuge und beobachtete das dramatische Geschehen. Der Transit schleuderte wieder, stabilisierte sich dann und fing abermals zu schleudern an. Er raste quer über die Straße und prallte gegen einen Mast der von der Grenzstation ins Landesinnere führenden Telefonleitung. Er hörte das Hämmern des MGs und sah den schwerbeschädigten Transit. Jemand brüllte in sein Ohr. Es war der türkische

Soldat, der höflich, aber bestimmt das Fernglas zurückverlangte.

Seine Mission war erfüllt. Drüben hinter der iranischen Grenzstation sah er einen orangefarbenen Feuerball. Das Ende eines Traums. Er bedankte sich bei dem Offizier, der nun gebannt das Geschehen auf der anderen Seite des Tales beobachtete, und ging zu seinem Wagen zurück. Wenn er sich beeilte, konnte er in Van sogar noch das Flugzeug erwischen. Nachdem er die Wagentür geöffnet hatte, wandte er sich nur noch einmal um. Vor der weiß leuchtenden Sonne stieg eine schwarze Rauchsäule auf. Park fuhr los. Er fuhr auf der Überlandstraße nach Dogubayazit zurück – vorbei an Schafherden und rot blühenden Mohnfeldern. Der Job war erledigt, jetzt nichts wie zurück nach Hause.

22. Kapitel

Sie trat als erste aus der Kapelle, und Belinda und Jane gingen direkt hinter ihr. Sie war sehr elegant gekleidet, und zwar weil sie selbst es so gewollt hatte, nicht etwa weil die Mädchen sie gedrängt hatten. Sie trug ein dunkelblaues Kostüm und einen gleichfarbigen Strohhut mit einem roten Band daran. Vielleicht hätten die Mädchen Einwände erhoben. Sie hatte dieses Kostüm und diesen Hut nur einmal zuvor getragen, und das war vor fast zwei Jahren gewesen, als sie von der Gästetribüne aus voll Stolz zugesehen hatte, wie Mattie vorgetreten und aus der Hand der Königin den Orden des Britischen Empire entgegengenommen hatte. Sie fand es richtig, daß sie an diesem Herbstmorgen – während von den Platanen im Park auf der anderen Straßenseite die Blätter zu der Trauergesellschaft herüberwehten – dieselben Kleider trug wie damals bei der Ordensverleihung. Ganz sicher wäre Mattie mit ihr einer Meinung gewesen und hätte sie für ihre Haltung gelobt.

Sie blieb ein paar Schritte neben dem Eingang stehen, und sie spürte den leichten Nieselregen in ihrem Rücken, und ein Stück weiter hinten auf dem Birdcage Walk strömte der Verkehr vorüber. Die Mädchen hatten sie in die Mitte genommen. Man hatte sogar eigens Wachen zum Schutz der Familie herbeordert. Nicht daß Harriet Furniss irgendwelchen Schutz benötigt hätte. Niemand würde ein Schluchzen in ihrer Stimme hören, niemand auf ihren Wangen von Tränen aufgelöstes Make-up sehen. Sie war die Frau eines Service-Mannes

gewesen, und jetzt war sie die Witwe eines Service-Mannes. Sie wußte es sehr wohl, was sie sich schuldig war.
Sie fand, daß der Präsident gealtert war, daß der Ruhestand ihm nicht gutgetan hatte. Sein Mantel schien viel zu groß für ihn, und sein Gesicht wirkte eingefallen.
»Sehr nett, daß Sie gekommen sind.«
Er war es gewesen, der damals Matties sofortige Suspendierung vom Dienst veranlaßt hatte.
»Um einem echten Gentleman die Ehre zu erweisen, Mrs. Furniss.«
Sie wußte, daß er seinen Rücktritt an dem Tag eingereicht hatte, als der interne Untersuchungsbericht in Downing Street eingegangen war.
»Sie sehen gut aus.«
»Nett, daß Sie das sagen ... Ich weiß mich durchaus zu beschäftigen ... Ich werde an Ihren Gatten stets nur mit Bewunderung denken.«
Sie empfand eine gewisse Genugtuung, als sie sah, wie er sich mit etwas unsicherem Gang in Richtung des Paradeplatzes entfernte, der Mann, der ihrem Mattie den Todesstoß versetzt hatte.
Sie hatte klargestellt, daß keiner der hohen Herren sich die Mühe machen und von London aus zur Beerdigung anreisen solle. Das Begräbnis, das vor mittlerweile drei Wochen in Bibury stattgefunden hatte, war eine reine Familienangelegenheit gewesen, und darauf hatte sie auch mit allem Nachdruck bestanden. Die zwei Jahre zwischen seiner Rückkehr damals und seinem Tod, der eine Erlösung von seinen Qualen bedeutet hatte, waren eine schwere Zeit gewesen. Und in diesen zwei schlimmen Jahren war Matties Überlebenswille immer mehr erloschen. Der neue Präsident stand jetzt vor ihr. Er sah ein wenig pausbäckig aus, konnte sich wahrscheinlich beim Essen nicht zurückhalten.
»Sie haben sich großartig gehalten, Mrs. Furniss.«
»Nichts anderes hätte Mattie von mir erwartet, nehm' ich an.«

»Wir vermissen ihn sehr bei uns im Century.«
»Ja, auch er hat seine Arbeit ganz furchtbar vermißt.«
»Man spricht bei uns immer noch von seiner damaligen Flucht, eine großartige Erinnerung für uns alle. Wir werden ihm ein dankbares Andenken bewahren.«
»In der Abteilung hat sich vermutlich mittlerweile vieles verändert?«
»O ja, eine Menge. Seit wir wieder eine Botschaft in Teheran haben, läßt es sich natürlich wesentlich effizienter arbeiten.«
»Ich glaube, das würde Mattie verstehen.«
»Sollten Sie irgendwelche Probleme haben ... dann werden Sie hoffentlich nicht zögern ...«
»Mattie hätte uns niemals unter schwierigen Umständen zurückgelassen.«
Der neue Präsident nickte. Sie wäre lieber auf die Straße gegangen und hätte ihre Töchter ins Arbeitshaus geschickt, als jemals im Century um milde Gaben zu bitten. Alles hatte sich völlig verändert. In den letzten Monaten seines Lebens hatte Mattie sich immer wieder maßlos über die Wiederaufnahme der diplomatischen Beziehungen mit der Islamischen Republik Iran erregt. Diese politische Entwicklung hatte ihn empört und beleidigt. Sie hatte die Narben an seinem Körper gesehen, hatte sich gezwungen, die Wunden anzuschauen, wenn er badete, und zugleich so getan, als bemerke sie nichts. Sie hatte innerlich vor Wut gekocht, wenn sie im Fernsehen gesehen hatte, wie westliche – besonders britische – Politiker irgendwelchen Mullahs die Hand schüttelten. Sie hatte im Century keinen Ansprechpartner mehr. Flossie Duggan hatte noch in der Woche, als man ihr – Harriet – ihren Mattie zurückgebracht hatte, den Dienst quittiert. Allerdings legte sie auch nicht den geringsten Wert auf weitere Kontakte zum Service. Der Wind zerzauste ihr Haar, und sie strich es entschlossen zurück. Ein paar Schritte entfernt von ihr stand eine Gruppe von Männern, Gesichter, die sie nicht kannte. Wahrscheinlich Mitarbeiter der verschiedenen Ressorts und

Verwaltungsleute. Kaum einer der Männer sah ihr ins Gesicht, die meisten mieden ihren Blick. Henry Carter stand mit dem Hut in der Hand vor ihr. Er war damals – eine Woche nachdem er Mattie zurückgebracht hatte – nochmals nach Bibury herausgekommen, mit Mattie in den Garten hinausgegangen und hatte ihm eröffnet, daß Charlie an der iranischen Grenze ums Leben gekommen war. Mattie hatte den Namen Charlie Eshraq von diesem Tag an bis zu seinem Ende nie mehr in den Mund genommen und auch den Mädchen verboten, den Jungen zu erwähnen.

»Freut mich sehr, Sie zu sehen, Henry. Sind Sie immer noch ...«

»O nein, Mrs. Furniss, schon eine ganze Weile nicht mehr. Ich hab' jetzt bei der Königlichen Gesellschaft für Vogelschutz einen Teilzeitjob. Bin dort für den Versand von Geschirrtüchern und Nistkästen zuständig.«

»Hat die Aktion damals im Frühjahr vor zwei Jahren eigentlich irgendwelche positiven Ergebnisse gebracht?«

»Über diese Frage mag ich gar nicht nachdenken, Mrs. Furniss. Vielleicht ist es besser zu glauben, daß soviel Leid im Endeffekt womöglich doch einen Sinn gehabt hat, meinen Sie nicht auch?«

Und schon hatte er sich abgewandt, bevor sie noch weiter in ihn dringen konnte. Fast alle Trauergäste hatten inzwischen die Kirche verlassen, und auch die Musik war verstummt. Ein paar Schritte von ihr entfernt stand ein Mann mittleren Alters, der keinerlei Anstalten machte näher zu treten. Er trug einen zu engen alten Regenmantel, der vor seinem Bauch Falten warf, und sein Haarkranz wurde arg vom Wind zerzaust. Er erwiderte ihren Blick. Er war ein Eindringling, dessen war sie sich ganz sicher, aber sie wußte nicht, wohin mit ihm. Sie richtete sich zu ihrer vollen Größe auf.

»Kennen wir uns?«

»Ich bin Bill Parrish.«

»Haben wir uns schon einmal gesehen?«

»Ich habe Sie einmal in Ihrem Haus aufgesucht, vor etwas über zwei Jahren.«
»Sie müssen entschuldigen, aber ich kann mich leider nicht erinnern ...«
»Ich bin im Auftrag eines Freundes hier, Mrs. Furniss. Er hält sich im Ausland auf und konnte nicht persönlich kommen. Mit meiner Anwesenheit hier wird sozusagen eine Akte geschlossen, könnte man vielleicht sagen. Ein sehr schöner Gottesdienst, Mrs. Furniss.«
Sie sah, wie die Trauergäste sich zerstreuten. Der frühere Präsident hielt ein Taxi an und fuchtelte dem Fahrer mit dem Schirm vor der Nase herum. Der neue Präsident stieg soeben in eine schwarze Limousine. Henry Carter stand in einiger Entfernung neben einem uralten Auto und stritt sich mit einem Verkehrspolizisten herum. Bill Parrish ging entschlossenen Schrittes Richtung Whitehall. Sie ließ sich von den Mädchen zu beiden Seiten unterhaken. War unter dem Strich irgend etwas Positives zu vermelden? Sie wußte nur, daß sie jeden einzelnen der Männer, die es jetzt so eilig hatten, Mattie Furniss' Leben und Tod hinter sich zu lassen, zutiefst haßte.